KB163046

약손전

약손전 2권

초판 1쇄 인쇄일 | 2018년 10월 19일
초판 1쇄 발행일 | 2018년 10월 25일

지은이 | 7월아카이브
펴낸이 | 박성면
펴낸곳 | 도서출판 로담

출판등록 | 제 396-2011-000014호
주소 | 경기도 파주시 광인사길 9-6 (문발동 520-8)
전화 | (031)8071-5201
팩스 | (031)8071-5204
E-mail | bear6370@hanmail.net

정가 | 9,800원

ISBN 979-11-5641-124-6 (04810)
    979-11-5641-122-2 (set)

R O D A M R O M A N C E S T O R Y

7월아카이브 장편소설

악손전

2

로담

차례

第八章. 탈출

[1]

약손이 궐에 입궁한 지 꽤나 오랜 시간이 흘렀다.

누각 위에 두둥실 뜬 보름달이 여섯 번 차올랐다가 또 여섯 번 일그러졌으니 오늘로서 딱 육 개월 즈음 됐으려나? 처음엔 그저 석 달만 머물고 떠날 심산이었는데, 이런저런 일을 겪고 보니 벌써 시간이 이렇게나 많이 흘렀다. 뭐 좀 더 솔직히 말하자면, 이런저런 일은 궁색한 변명이고, 실은 궁궐 생활이 약손의 체질에 무척이나 잘 맞아서였다. 재깍재깍 시간 되면 밥 나와, 때 되면 참 나와, 밤중에 숙번이라도 설라치면 생각시들이 누룽지 챙겨 줘…….

평생을 떠돌이, 장돌뱅이, 사이비 약장수로 살아온 약손이었다. 역마살 낀 드센 나날만 보내다가 처음으로 겪어 보는 등 따습고 밥 잘 주는 궁궐은 그야말로 무릉도원 그 자체였다. 다른 생도들은 하는 일이 너무 고되다고 불평했지만 약손은 하나도 힘든 줄 모르고 맡은 바 일을 꿋꿋이 해냈다.

덕분에 약손은 본의 아니게 웃전들에게 게으름 피우는 법 하나도 없고, 성실한 생도라고 톡톡히 눈도장 찍는 중이었다. 물론 약손이 암만 웃전에게 잘 보이고, 동기들 중에서 제일 빠릿빠릿하게 군다 한들 정작 약손 본인은 슬슬 궁궐을 탈출할 적당할 기회를 엿보고 있었지만 말이다.

"그래. 아무래도 거사는 밤중에 치러야 하니, 칠흑 같은 밤보다는 어느 정도 달빛 비춰 주는 날이 좋을 거야."

약손이 저 멀리 동그랗게 솟아오른 보름달을 보며 혼잣말했다. 이미 저가 궁궐을 나갈 방도는 모두 알아본 후였다. 이제는 거사 날짜를 정하기만 하면 됐다. 하지만 오늘처럼 보름달이 뜬 날은 제 몸 숨기기에 달빛이 너무 밝았고, 그렇다고 그믐은 달빛이 아예 보이지 않아 저가 길을 못 찾고 헤매다가 낭패를 볼 수도 있었다. 하여 약손은 보름이 서서히 지기 시작하는 스무날 즈음, 돌아오는 하현(下弦: 보름달과 그믐달의 중간)에 궐을 빠져나가기로 결심했다.

"암만 궐 생활이 편하다 한들, 세상에 비밀이 어디 있겠어? 계집인 거 들키면 그야말로 날벼락이 떨어진다. 개죽음당하기 전에 빨리 떠나자. 그렇게 하자."

막 생각을 정리하는데, 마침 방 안으로 복금이가 들어왔다. 세수를 끝내고 왔는지 복금의 얼굴에서 물이 뚝뚝 흘렀다. 복금이 얼굴의 물기를 갈무리하며 약손을 바라봤다.

"약손아, 안 씻어? 난 목간하고 왔어. 너 씻으라고 뜨스운 물도 반쯤 남겨 뒀고."

"뜨스운 물?"

"응."

뜨스운 물이라는 말에 바닥에 벌렁 드러누워 들창으로 달바라기를 하던 약손이 번쩍 몸을 일으켰다. 김 모락모락 나는 목간통에 몸 담근 지가 언제였던가? 혹시라도 저가 계집이라는 것을 들킬까 봐 남들 눈 피해 젖은 수건으로 몸만 닦아 내다 보니 좀이 쑤셔 미칠 지경이었다. 하지만 금방이라도 목간통으로 첨벙 몸을 담그러 갈 것만 같았던 약손은 다시 방에 드러누웠다.

목간하고 싶은 마음이 굴뚝같았지만 참아야만 했다. 괜히 다른 동기들 눈에 띄었다가는 그야말로 경을 칠 터였다.

"난 됐다."

"왜? 오늘 땀 많이 흘리지 않았어?"

그러고 보니 날씨가 점점 더워져 오늘 하루 종일 심부름하러 종종걸음으로 뛰어다닌 약손은 땀을 뻘뻘 흘려 댔었다.

어쩐지 꼬릿꼬릿한 냄새가 나는 것 같기도 하고…….

하지만 목간하다 경 치르느니 그냥 좀 더럽게 사는 게 훨씬 나았다. 개똥밭에 굴러도 이승이 나으니까, 이딴 땀 냄새쯤은 얼마든지 참을 수 있었다. 약손은 일부러 귀찮은 척 등을 돌려 누웠다.

"몰라, 다 귀찮다. 사내가 큰일하다 보면 좀 안 씻고 그럴 수도 있지. 정 내가 더러워 못 견디겠으면 넌 밖에서 자라."

"아니, 내 말은 그게 아니구……."

복금이가 그게 아니라며 마구 손을 휘저었다. 그러거나 말거나 약손은 벽을 본 채로 누워 있다가 이내 진짜로 잠이 들었다. 드르렁 드르렁 코를 코는 약손은 실로 남정네들의 코골이는 저리 가라였다.

휘영청 밝은 보름달이 들창으로 약손을 비췄다.

이 빛이 사그라지면 이제 의학 생도 약손의 모습은 궐 안 어디에서도 찾아볼 수 없으리라.

약손이 궐을 떠날 날이 성큼 가까워졌다.

*

약손이 거사로 정한 날이 하루 앞으로 다가왔다. 그동안 약손은 알게 모르게 자신의 주변 정리를 착실히 끝냈다.

　―보고 싶은 아버님께.
　아버님, 무탈하신지요? 저 약손은 이제 어엿한 궐 안 생도로서 밥도 잘 먹고 잠도 잘 자고 무사히 잘 적응하며 지내고 있습니다. 편찮으신 아버님 생각만 하면 제가 눈물이 앞을 가려 마음 심란하기 이루 말할 데 없습니다.
　하여, 이번 하현 날 아버님 좋아하시던 조기 한 두름 인편으로 보내옵니다. 부디 이 못난 아들 없어도 반찬 잘 챙겨 잡수세요…….

　얼핏 보면 아버지 건강 걱정하는 효자의 서찰 같았지만 실은 약손은 저가 궐을 떠나는 날짜를 '이번 하현 날, 조기 한 두름 인편으로 보낸다.'고 에둘러 말하고 있었다. 칠봉 또한 약손이 서찰에서 뜻하는 바를 눈치채고, 약속한 장소에서 약손을 마중 나올 터였다.
　약손은 괜히 짐만 되고 도움 안 되는 세간 정리를 하는 것은 물론이고, 그동안 칠봉과 주고받은 편지는 모두 아궁이에 넣어 불태웠다. 아주 치밀하기 짝이 없었다. 하긴 이런 완벽한 계획성, 준비성이 있었기에 그동안 저가 여인의 몸이라는 것을 용케 들키지 않고 버틴 것이 분명했다.

"아휴, 짐이 왜 이렇게 많은 거야?"

요 며칠 나름 정리한다고 정리했는데 방 안에는 아직도 소소한 세간이 잔뜩 남았다. 항아님들이 낡았다고 버렸으나 멀쩡하기만 해서 주워온 경대, 입 심심할 때마다 먹으려고 몰래 챙겨 둔 말린 대추 한 움큼, 어디에서 났는지 출처를 알 수 없는 다홍 원앙 노의 단추까지……. 아마도 궁궐에서 처음 본 것들이 신기해서 잡쓰레기인 줄 모르고 보물처럼 모아 둔 것이 분명했다.

대체 단추는 왜 주워다 놓은 거야? 나 이렇게까지 궁상맞게 살았던 거야?

약손은 도무지 이해할 수 없는 과거 자신에게 설레설레 고개를 젓고는 짝 잃어 쓸모없는 노의 단추는 미련 없이 버렸다. 그렇게 하나하나 세간을 정리하는데, 언제나처럼 앉은뱅이책상에 붙어 앉아 서책에 뭔가를 바삐 적어 내려가던 복금이 갸우뚱 고개를 젖혔다.

"약손아, 너 어디 가?"

"응?"

복금이 손가락에 걸어 둔 세필 붓으로 약손의 앞을 가리켰다.

"꼭 어디 떠나는 사람처럼 짐 정리를 하길래."

"아……."

약손은 뜨끔 속이 찔리는 기분이었지만 이내 아무렇지 않은 척 고개를 저었다.

"내가 가긴 어딜 가? 그냥 방이 하도 더러워서 오랜만에 대청소 좀 하는 거지."

"……그래?"

설마 약손이 궐을 떠난다는 생각은 조금도 하지도 못한 채, 복금은 다시 아무렇지 않게 고개를 돌려 서책을 바라봤다.

서당 개 삼 년이면 풍월 읊는다고, 복금은 매일 밤 잠들기 전에 의원님들 어깨너머로 배운 잔지식을 서책에 반드시 필서하곤 했다. 온갖 잡일 맡아하는 생도 신분이었으니 고단할 법도 한데, 복금은 아무리 피곤하고 몸이 힘들어도 단 한 번도 서책 정리를 건너뛴 법이 없었다. 동기로서 하는 말이 아니라 약손은 복금의 성실함 하나 만큼은 진심으로 인정해 줬다.

약손이 서책 써내려 가는 복금을 물끄러미 쳐다봤다. 그러다 뭔가 퍼뜩 생각이 난 듯 꾸러미를 뒤졌다.

"복금아."

"응?"

깊은 밤, 손가락만 한 호롱불 하나에 의지해 필서를 하려니 복금은 잔뜩 어깨를 굽힌 채였다. 복금이 인상을 찡그린 채로 고개를 들었다. 약손은 무릎걸음으로 엉금엉금 기어가 복금의 앉은 뱅이책상 위에 웬 호리병 하나를 올려놨다.

"이게 뭐야?"

"뭐겠냐?"

약손은 다시 무릎걸음으로 제자리로 돌아가며 개구진 얼굴로 방실방실 웃기만 했다. 복금이 호리병 뚜껑을 열고 그 안에 살짝 코를 갖다 대고 냄새를 맡아 봤다.

"……어? 이건?"

비릿한 냄새가 훅 코끝에 끼쳤다.

호리병 안에 찰랑찰랑 가득 들어 있는 것은 다름 아닌 호마유胡麻油. 원래는 검은 참깨를 볶지 않고 짜낸 기름을 말하는데, 일반적으로 등잔을 밝히는 기름으로도 사용했다. 하지만 가격이 만만치 않아서 양반들을 제외하고 일만 서민들은 쉬이 쓰지도 못했다. 복금 역시 등촉색(燈燭色: 등잔과 촛불 밝히는 일만을 전적으로 맡아 담당했던 일꾼)에게 배정받은 등잔유를 아끼고 아껴 가며 호롱불을 밝히는 처지였다. 나눠 준 등잔유를 다 쓰면 복금은 달빛 밝은 누각이나 횃불 붙인 각사 처마 아래를 찾아서 주경야독해야만 했다.

말하자면, 지금 약손이 복금에게 주는 호마유는 그동안 함께 잘 지내 준 동기에게 주는 마지막 선물이었다. 어쨌든 복금은 궐에서도 그렇고, 심지어 역병 도는 칠촌에서도 약손과 동고동락하며 죽음의 위기를 함께 넘긴 전우였기 때문이었다.

내가 앞으로 이런 동무를 또 어디서 만날 수 있을까?

"약손아, 이 귀한 걸 왜 날 주는 거야? 이거 어디서 났어?"

복금이 깜짝 놀란 얼굴로 물었으나 약손은 그 정도는 별거 아니라며 휘이휘이 손을 내저었다.

"별 건 아니고, 등촉색한테 부탁해서 좀 얻어 왔어."

"이걸 전부 말이야? 그냥 주지는 않을 텐데……?"

"당연히 공짜는 아니지. 세상에 공짜가 어딨냐?"

약손은 호마유 한 병을 얻기 위해 등촉색에게 엽전 몇 푼 넌지시 찔러줘야만 했었다. 게다가 이만한 양이면 분명 한두 푼의 금액은 아닐 터.

"네가 무슨 돈이 있다고 이걸 샀어?"

"무슨 돈이 있냐니? 내가 그렇게 없어 보여? 내가 이래봬도……."

이래봬도 여약손, 여태까지 월당 다니며 착실하게 모은 유황을 수라간에서 일하는 숙수에게 부탁해 모두 노리개나 지환, 엽전 따위로 바꾼 후였다. 약손과 거래하는 숙수는 말만 수라간 소속이지, 실은 궐내 궁녀들에게 바깥 물건을 구해 주고, 바꿔 주는 장사꾼 노릇을 하고 있던 자였다. 자고로 뜻이 있는 곳에 길이 있다고, 약손은 숙수를 수소문해 도적질한 유황을 돈 되는 패물로만 알차게 바꿨다.

"그래도 그렇지, 이렇게 귀한 걸……."

"그 정도는 아무것도 아니야. 그동안 나와 동무해 줘서 고맙고, 앞으로도 열심히 주경야독하라는 의미로다가 이 형님이 특별히 주는 거다."

"약손아……."

"감동받기는."

약손이 에헴에헴 헛기침을 하며 거들먹거렸다.

마음 약한 복금은 약손이 저를 이렇게까지 생각하는 줄은 미처 몰랐는지, 어느새 눈물까지 글썽거렸다. 복금이 정말 울음을 터뜨릴 것만 같아서 약손이 벌떡 자리에서 일어났다.

"난 잠깐 산책 좀 다녀와야겠다. 괜히 꿉꿉하고 그러네."

"이 밤에?"

"어허, 밤이든 낮이든 뭐가 중요해? 다 내가 생각이 많아서 그렇지. 형님 하는 일에 자꾸 토 달래?"

"그건 아니지만……."

약손이 복금의 걱정을 뒤로하고 숙사를 나섰다. 등 뒤에서 복금이 '조심해서 다녀와!' 외쳤다.

"오냐. 늦을 테니 먼저 자."

약손은 잠방이를 추켜올리는 척, 허리에 찬 전대를 꼼꼼히 확인했다. 전대 안에는 약손이 유황과 바꾼 전 재산이 다 들어 있었다.

히힛! 궐 생활 육 개월 만에 꿍친 재산치고는 퍽 나쁘지 않고나. 약손은 묵직한 전대를 붙잡으며 괜한 뿌듯함을 느꼈다. 이 정도 패물이면 지방 어느 한적한 곳에 남부럽지 않을 집 한 채,

한 뙈기밭 정도는 살 수 있었다.

이제 떠돌이 생활 끝! 아부지랑 둘이 정착해서 농사나 지으며 여생을 보내야지!

약손은 앞으로 펼쳐질 꿈같은 미래에 대해 생각하느라 실실 웃음을 터뜨렸다. 물론 그러기 전에 약손은 궐 안에서 마지막으로 해야 할 일이 있었다.

그것은 바로 여태껏 유황 장사를 하는데 큰 도움을 준 서생 이유에게 '나 여덟, 너 둘'의 몫을 나눠 줘야 하는 것이리라.

약손은 이젠 눈 감고도 갈 수 있는 익숙한 그 길을 콧노래를 부르며 걸어갔다.

곧 저 멀리, 온천에서 퍼지는 수증기 속에서 월당 누각이 어슴푸레하게 모습을 드러냈다. 월당에 도착한 약손은 혹시나 싶어 몸을 바짝 움츠리며 사위를 살폈다. 물론 임금님께서는 이제 월당의 경치 따위 물리셔서 쉬이 걸음 안 한다는 사실을 알고 있었지만, 어쨌든 월당은 금족령이 내린 곳이 아닌가? 주변 경계를 하는 것은 어쩔 수 없이 몸에 밴 습관이었다.

약손은 누각 한쪽에 몸을 숨긴 채 뻐꾹뻐꾹 새소리를 냈다.

"이보게, 아우! 아우 왔나? 아우, 거기에 있어?"

약손이 낮게 속삭였다. 오늘 밤 월당에서 만나자 약속을 했으니 이유가 오지 않을 리는 없고. 아직 안 온 건가?

월당 안은 졸졸졸 온천수 흐르는 소리만 날 뿐 사람의 인기척이라는 조금도 찾아볼 수 없었다.

"어이, 아우! 나야, 약손이. 이봐, 아우……."

약손이 끊임없이 뻐꾸기를 날리는 그때, 불현듯 톡톡 약손의 어깨를 두드리는 손이 하나 있었다. 히끅! 약손이 깜짝 놀란 얼굴로 뒤를 돌아봤다.

그리고 약손의 등 뒤에는…….

"형님, 오셨습니까?"

"어우, 깜짝이야. 놀래라. 왜 갑자기 뒤에서 튀어나오고 그래?"

자라 보고 놀란 가슴 솥뚜껑 보고 놀란다고, 어디 저가 그동안 월당에서 빼돌린 유황이 한둘이던가? 혹여나 순찰 도는 금군인 줄만 알고 간이 콩알만 해진 약손은 저를 놀라게 한 이가 이유라는 것을 깨닫자마자 퍽! 퍽! 이유의 등짝을 사정없이 내려치며 구박했다.

"이 망충이! 모질이! 사람 놀라게 하고!"

"죄송합니다, 형님. 저는 그저 형님이 반가워서……."

약손은 아직도 두근대는 심장을 한참이나 붙잡으며 마음을 진정시켜야 했더랬다. 이유는 그렇게 등짝을 맞고도 뭐가 그렇게 기분이 좋은지 약손을 보며 벙글벙글 웃기만 했다.

이이가 뭐 잘못 먹었어? 왜 실없이 웃어? 약손이 웃는 얼굴에 가차 없이 침 뱉으며 타박해도 개의치 않았다.

그도 그럴 것이…….

"우리 오랜만이지요? 칠촌에서 헤어진 후로 꼭 스물두 날 만에 다시 만난 것이지요?"

"그런가?"

약손과 이유는 칠촌에서 헤어진 이후 월당에서 처음 재회하는 것이기 때문이었다. 물론 약손은 이유를 다시 만난 일수가 열흘인지, 보름인지, 스무날인지 전혀 몰랐지만 이유가 스물두 날이라고 하니까 그냥 그러려니 했다.

"참으로 반갑습니다, 형님."

이유가 번듯한 얼굴로 인사를 했다.

*

은장도, 수저집, 도장주머니, 나침반 선추, 각향노리개…….

월당 누각 위에서 뜬금없는 저자 판이 벌어졌다. 약손이 풀어 놓은 전대 안에는 실로 없는 것 빼놓고는 온갖 귀품이 다 모여 있었다. 아무래도 수라간 숙수의 귀물 보따리를 싹쓸이한 것이 틀림없었다. 약손이 전대 안에서 잡다한 장물을 꺼낼 때마다 이유는 그만 눈이 휘둥그레져서 놀란 마음을 감추지 못했다.

"아니, 형님. 이것 좀 보세요. 그 귀하다는 오방주머니 아닙니까?"

오색 비단을 붙여 만든 주머니 위에 놓인 원앙 자수가 얼핏 봐도 보통 솜씨가 아니었다. 아마도 정식 수방나인繡房內人이 되기 전, 애기 나인들이 실습 격으로 만든 낭자 같았는데 그래도 그 솜씨가 몹시 뛰어났다. 이런 식의 사품들은 궐내에서 정식으로 쓰지는 않고 대부분 궐 밖 부녀자들에게 되팔곤 했다.

물론 사사로이 궐 안의 물건을 매매하다가 발각될 시에는 본인이 취한 이득의 열 배를 속전(贖錢: 지금의 벌금)으로 뱉어 놓아야 했지만 워낙 암암리에 관습처럼 행해지고 있어 실제로 속전을 납부한 궁녀는 거의 없었다.

이유가 오색 비단을 손바닥으로 쓸어 봤다. 참 보드랍다…… 생각할 무렵 약손이 찰싹! 이유의 손등을 매정하게 내려쳤다.

"그거 내려놔! 당장 내려놔! 그게 얼마나 비싼 건 줄이나 알고 만지는 거야?"

"으음……."

이유가 망충하게 바라보고만 있자 약손이 휙 오방주머니를 제품으로 끌어갔다.

"하여간 보는 눈은 있어 가지고!"

궐 밖, 각 마을에서 내로라하는 자수 솜씨 가진 명인들이 만든 장신구는 엄청나게 비싼 값으로 거래됐다. 하물며 이 오방주머니는 임금님이 직접 입으시는 곤룡포와 이부자리, 병풍에 직접 수놓는 천하제일 최고 솜씨 가진 항아님들이 직접 만든 귀품 중의 귀품이었다.

오방주머니 위에 수놓아진 원앙은 평생의 차고 넘치는 부부 금슬을 뜻하니, 딸내미 혼인 앞둔 부자 대가 댁에 혼수로 팔면 엄청난 값을 챙길 수 있을 것이 분명했다. 약손은 바닥에 늘어놓은 물품 중에서 귀한 것들은 싹 다 제 앞으로 끌어가고, 귀퉁이가 다 해진 향갑이랑 세공이 고르지 않은 옥 노리개, 줌치 몇 개는 이유에게 줬다.

"여기 있는 게 아우 거야. 알지? 내가 여덟이고 아우는 둘이잖아."

나눈 몫을 엄격하게 따져 보자면 누가 봐도 약손은 꽉 채운 열, 이유는 둘은커녕 하나의 반, 그 반의반의 반도 안 될 소량의 패물뿐이었다. 그런데도 약손은 마치 저가 엄청난 아량과 은혜를 베푸는 양 거들먹거렸다.

"솔직히 이거 향갑은 절대 아무나 안 줘. 아우니까 특별히 주는 거야. 그간의 정을 생각해서."

"으음……"

약손이 슬쩍 이유의 눈치를 살폈다. 어차피 세상 물정 모르는 맹충한 서생이니까 등 좀 치려고 마음먹었는데, 어째 이유의 안색이 안 좋았다. 괜히 찔린 약손이 이번엔 정말, 정말정말 큰 선심 쓴다는 듯 다홍 원앙 노의 단추를 건넸다.

단추는 귀품은커녕, 며칠 전에 방 청소하다가 잡쓰레기로 분류했으나 버리기엔 아깝고, 되팔자니 별로 돈은 안 될 것 같아 어떻게 처리할까 고민하던 물품이었다.

"자, 이거 아우 가져."

약손이 노의 단추를 이유의 향갑 안에 손수 넣어 줬다. 하지만 이유는 아까부터 계속 약손의 전대를 힐끗거리는 게 좀 전에 보았던 오방주머니가 특히 마음에 드는 모양이었다.

하여간 눈이 보배다, 보배야.

세상 물정은 몰라도 귀하게 자란 도령이라 그런가? 어째 이렇게 돈 되는 귀품을 귀신같이 알아보는 건지, 원. 약손은 속으로 쯧쯧쯧 혀를 찼으나 그래도 오방주머니는 절대 넘겨줄 수 없다는 듯 품 안에 단단히 사수했다.

"그걸로 맛있는 거 많이 사 먹어. 알았지?"

"……감사합니다. 잘 쓰겠습니다."

오방주머니를 갖지 못해 이유의 얼굴에 약간 서운한 기색이 스치긴 했지만 곧 사라졌다.

으이구, 단순한 인간. 망충이!

약손은 속으로 낄낄 웃으며, 하지만 겉으로는 한없이 근엄한 척 전대를 정리했다. 이유 역시 몇 안 되는 패물을 제 앞으로 차곡차곡 끌어와서 향갑 안에 넣었다. 약손과 이유, 두 도적이 한참이나 머리를 맞대고 장물을 정리하는데 문득 이유가 갸우뚱 고개를 젖히며 물었다.

"한데 형님, 갑자기 유황은 왜 파셨습니까?"

"응?"

"좀 더 많이 모은 다음에 재물과 바꿀 줄 알았는데……?"

이유가 질문하니 약손이 괜히 뜨끔해서 어깨를 움찔 떨었다. 갑작스레 유황을 판 연유, 그건 말이야…… 내일이면 내가 궁궐을 떠나기 때문이지. 세상에 그 무거운 걸 어깨에 지고 어떻게 도망가겠어? 자고로 먼 길 떠나기 전에는 미리미리 봇짐을 가벼이 만들어야 하는 법이거든.

타당한 이유 여러 개가 떠올랐으나 그것은 모두 실제로 입 밖으로 내뱉지는 못할, 아니 절대로 내뱉어서는 안 될 말이었다. 오직 약손 혼자서만 생각해야 하는 내용뿐이었다. 길 떠나기 전 몸을 최대한 가볍게 해야 한다거나, 쓸모없는 물건은 챙겨 가지 말아야 하는 장돌뱅이들의 요령은 말할 것도 없었고, 특히나 저가 내일 밤 궐을 탈출한다는 말은 더더욱 해서는 안 됐다.

물론 그 비밀을 말해 준다고 해서 이유가 절대 발고할 것 같은 인물처럼 보이지는 않았지만 그래도…… 약손은 궐 안에는 벽에도 귀가 있고 땅에도 눈이 있다는 말을 절대 잊지 않았다.

"예? 갑자기 유황을 처분하신 까닭이 따로 있으세요?"

"그건…… 그건 말이야……."

물론 이유의 입장에서는 뭔가 다른 뜻이 있어서 질문한 것은 아니었다. 그저 약손이 갑자기 유황을 매매한 까닭이 궁금했을 뿐이었다. 하지만 어째 약손은 '급전이 필요해서 그랬다.', '내 맘이다! 내가 팔고 싶으면 파는 거지, 아우가 뭔데 상관해?' 따위의 말도 하지 못하고 하염없이 버벅거리기만 했다.

"어…… 음, 그러니까…… 내가 갑자기 유황을 판 연유는……."

괜히 저 혼자 발 저린 약손이 한참 동안 눈만 댕글댕글 굴리며 둘러댈 말을 생각하는 그때, 가여운 약손을 하늘이 도왔나 보다. 불현듯 월당 입구 쪽에서 환한 불빛이 보였다.

"……어? 저건 뭐지?"

"……?"

이런 염병. 하늘이 돕기는 개뿔!

둘러댈 적당한 말을 찾지 못하던 곤란한 순간이 지나갔다 싶었는데, 이건 마치 여우 지나가니까 호랑이 온 격이었다. 궁궐 내부 순찰 도는 오위진무소五衛鎭撫所의 위장이 들이닥친 것이었다.

여태까지 약손과 이유가 유황 훔쳐 가던 수많은 나날 동안 처음 만났을 때 말고는 단 한 번도 순찰관이 온 적은 없었는데!

약손의 얼굴이 사색이 됐다. 당황한 것은 이유 또한 마찬가지였다. 물론 약손이 놀란 까닭이 '재수 옴 붙었구나. 금족령 내린 월당에 드나들었다가 걸리면 무릎 잘리는데!'이었다면, 이유가 당황한 까닭은 조금 달랐다.

여태껏 궐을 순찰하는 군관들이 월당에는 들르지 않았던 연유. 그것은 바로 이유가 앞으로는 월당에 순찰을 돌지 말라 직접 전교를 내렸기 때문이었다.

하여 오위진무소 군관들은 주상 전하의 하교 받은 날 이후로 단 한 번도 월당에 들른 적이 없었다. 덕분에 약손은 이유와 함께 마음껏 도적질을 할 수 있었다……는 뭐 그런 속사정이 있었다. 물론 약손은 그런 사정 따위 전혀 알지 못했다.

"맙소사! 군관, 군관…… 군관이다!"

약손은 아직도 허리에 칼 찬 군관만 보면 딱히 잘못한 것도 없으면서 지레 겁을 먹고 떨었다. 의원님들 심부름하느라 드넓은 궁궐 뛰어다니는 와중에도 군관만 마주치면 그 자리에서 거북이처럼 납작 엎드려 몸을 사렸다. 여인의 몸으로 궐에 입궐해, 밤마다 유황 훔쳐가, 심지어 숙수랑 내통해 패물까지 바꿔…….

따지고 보면 약손이 이 궐 안을 헤집고 다니며 저지른 잘못이 수두룩하니 도둑이 제 발 저리다고 해도 어쩔 수 없었다.

한데, 여태 잘만 살아왔고 심지어 내일이면 저는 이 궁궐을 떠나는데! 여기서 군관에게 잡히면 자비 없이 무릎이 잘릴 터였다. 안 돼! 절대 무릎 병신이 될 수는 없어! 팔도 떠돌며 살아야 하는 장돌뱅이한테 다리는 생명과 진배없다고! 다급해진 약손이 벌떡 자리에서 일어났다.

하지만 이유는 태평스럽게도 제가 순찰 돌지 말라는 하교를 내렸는데 오위진무소 사령이 어인 일로 월당에 들렀을까? 연유를 곰곰 생각하기만 했다. 당연히 약손의 시점에서 보기에 그런 이유는 세상 답답하고 망충하기 이를 데가 없었다.

어이구, 어이구! 이치는 저가 죽어도 죽는 줄 모를 천치 등신이야!

"일어나! 일어나, 얼른!"

"왜요? 왜 그러세요?"

"뭘 물어? 빨리, 이러고 있을 시간 없다고!"

약손이 이유의 어깨를 찰싹찰싹 후려쳤다. 그러는 동안 위장의 횃불은 점점 더 가까워졌다. 저번처럼 수풀 속에 몸을 숨길 여유는 전혀 없었다.

약손은 이제 발을 동동 구르는 지경에 이르고 말았다. 위장이 저만치 걸어오고 있으니 수풀에 숨기는 글렀고. 약손이 빠르게 주위를 둘러봤다. 맹하니 넋 놓고 있다가는 누각 위에 도란도란 앉아 있는 모습 들키는 것은 시간문제였다. 약손의 머리가 오직 숨을 곳을 찾아 팽팽 돌아갔다. 그러는 도중 약손의 시선이 한곳에 머물렀다.

"그래! 바로 저기! 저기야! 저기 숨어야겠다!"

"예? 어디요? 어디……?"

이유는 더 이상 말할 수도 없었다. 약손은 이유의 목덜미를 사정없이 잡아챘다. 그러고는 질질 끌다시피 하며 이유를 데리고 누각 밑으로 뛰어 내려갔다. 덕분에 목이 졸린 이유는 켁켁 기침을 내뱉어야만 했다.

너 진짜 조용히 안 할래? 그 입 못 다물어? 약손이 무섭게 눈을 부라렸다.

"응? 이게 무슨 소리지?"

불현듯 순찰 돌던 위장이 사람 목소리를 듣고는 자리에 멈춰 섰다. 끄아아아악! 약손은 소름이 끼쳤다. 더는 망설이거나 고민할 것도 없었다. 제 손에 목덜미를 잡힌 망충 서생 이유를 데리고는 월당 누각 아래, 뿌얀 수증기가 폴폴 풍겨 오는 온천 안으로 풍덩! 그대로 몸을 담갔다.

"어? 이게 무슨 소리지?"

좀 전에는 사람 목소리가 들리는 것 같더니, 이번엔 뭔가 물에 빠지는 소리가 들렸다. 감히 주상 전하께서 금족령 내린 곳에 어떤 이가 드나들어……? 군관 특유의 예민함이 빛을 발했다. 번쩍번쩍 시뻘건 횃불 든 위장이 소리가 난 쪽을 향해 빠르게 걸음했다.

"혀, 혀, 형님……."

"쉿! 조용히 해. 무릎 잘리고 싶어? 죽을래?"

이유가 뭐라 한마디 할라치면 약손은 혹여나 목소리 새어 나갈까 그 입 닥치라며 오직 눈빛 하나로만 세상 제일 흉악한 욕을 전부 해댔다. 덕분에 이유는 살짝 의기소침해진 얼굴로 얌전히 입을 다물 수밖에 없었다.

형님 무서워…….

"거기 누가 있느냐? 사람이라면 당장 모습을 드러내!"

군관 목소리가 월당 내에 쩌렁쩌렁 울려 퍼졌다. 덕분에 이유는 잔뜩 겁먹은 약손이 밀면 미는 대로, 끌면 끌리는 대로 온천 깊은 곳으로 점점 더 향할 수밖에 없었다.

"감히 주상 전하께서 금족령 내린 곳에 몰래 숨어들어?"

약손의 어깨가 움찔 떨렸다. 이제 약손과 이유는 군관의 시야를 피하기 위해 온천탕의 가장 깊은 자리까지 들어선 채였다.

뭐, 온천 물길이 아무리 깊다 해봤자 이유에게는 가슴팍에까지 닿지 않았지만 키가 작은 약손은 목 아래가 전부 잠긴 채 턱만 간신히 내놓을 수 있었다. 심지어 까치발 들고 버티는 것도 한계가 있어서 아까 전에 머리채 잡듯이 잡았던 이유의 목덜미를 마지막 남은 생명 줄처럼 단단히 붙들고 있어야만 했다.

"분명 이쪽에서 소리가 들린 것 같았단 말이지……."

군관의 횃불이 월당 여기저기를 비췄다. 달빛이 밝지 않은 것이 무척 다행이라면 다행이었다.

"어, 어, 어떻게……."

약손이 저도 모르게 중얼거렸다. 잔뜩 겁먹어 어쩔 줄을 모르는 표정이었다. 이유는 그저 의연하기만 한데 약손은 절체절명 인생 최고의 위기를 겪고 있으니 두 사람이 처한 꼴이 무척이나 우습기 짝이 없었다.

나 원 참, 이런 촌극은 정말 나 살다 살다 처음이다.

하여 이유는 저도 모르게 입꼬리를 당겨 벙긋벙긋 웃고 말았다. 약손의 온 신경이 군관에게 팔려 있었기에 망정이지 만약 들켰다면 생각 없는 모지리라고 등짝을 쳐 맞았을 것이 분명했다.

"당장 나오지 못하겠느냐?"

군관이 소리쳤다. 그 바람에 깜짝 놀란 약손이 삐끗하며 발가락을 잔뜩 세워 애처롭게 딛고 있던 바닥에서 미끄러지고 말았다. 약손이 그만 온천 안으로 꼬르르륵 잠겨 들어가려는 찰나.

"가만히 좀 계세요. 이러다 형님 때문에 다 들키겠습니다."

"어푸읍……."

이유가 약손의 허리께에 단단히 손을 받쳐서 수면 위로 약손을 끌어올렸다. 덕분에 이마까지 물 안에 잠겼던 약손의 머리통이 다시 수면 위로 퐁 솟아올랐다.

분명 물 안에 잠겼던 순간은 잠깐이었는데 뜨거운 물에 담겼다 꺼내진 약손의 볼은 금방 빨갛게 익어 버렸다. 그게 꼭 대여섯 살짜리 아기들의 볼 같기도 하고…….

"아, 죽을 뻔했어. 숨 멎을 뻔했어."

약손이 필사적으로 이유에게 몸을 붙여 왔다. 발이 닿지 않는 깊이의 물속이었으니 딱히 어쩔 도리가 없었다. 이제 약손은 이유의 가슴팍에 거의 안긴 꼴이 되고 말았다. 약손이 꼼질거리면서 몸을 움직일 때마다 수면 위로 잔잔하게 파장이 퍼져 나갔다.

"후으, 후으, 후으……."

초조함을 이기지 못한 약손이 자꾸 입술을 깨물었다. 잇새에서 뿜어내는 거친 숨은 자꾸만 이유의 목덜미를 간지럽혔다.

세상에. 저깟 군관이 뭐 무섭다고 이렇게 겁을 먹는지. 이렇게 작은 배포로 그동안 어찌 그렇게 마음 놓고 유황 도적질을 했어? 심지어 사람 목숨 가뿐히 앗아 가는 역병 도는 마을에서는 의원들과 무슨 용기로 맞섰고?

암만 생각해 봐도 약손은 알쏭달쏭 참으로 종잡을 수 없는 생도가 틀림없었다.

물에 젖은 약손의 속눈썹이 떨렸다. 약손은 이마를 타고 흐르는 물방울이 간지러웠는지 제 얼굴을 이유의 어깨에 대고 팽 문질렀다.

한데 하필이면 그 순간, 구름에 가려졌던 하현달이 드디어 모습을 드러냈다. 여태 달빛 꽁꽁 숨겨 주더니 바람은 무슨 심보로 급작스럽게 구름을 밀어낸 것인지.

하여간 속을 알 수 없는 인간이야…… 이유가 쯧 가볍게 혀를 찼는데 불현듯 약손의 말간 얼굴이 달빛에 비춰 그 모습을 드러냈다.

"……형님?"

"흐윽……."

이유는 기껏해야 약손이 평소처럼 '저 군관은 왜 갑자기 찾아와서 날 놀래켜? 썩 사라졌으면 좋겠네. 망할 인간.' 잔뜩 욕이나 하고 있을 것이라고 생각했다. 사정없이 미간을 찡그리며 특유의 눈빛으로 사람 죽일 듯 눈을 부라리고 있을 것이라고 생각했었다. 한데 아니었다. 이유의 짐작은 완전히 틀렸다.

놀랍게도 약손은, 약손은…….

"흐으윽……."

"형님…… 우십니까?"

약손의 눈가가 붉었다.

[2]

─와장창창!

편전에 와연瓦硯 벼루가 뒹굴었다. 어쩨 어전회의 때부터 불안불안하더니 척하면 척이었다. 과연 동재의 예상이 딱 맞았다.

사영운(謝靈運: 송나라 시인)의 시조를 필사한다며 붓을 잡고 계신지 한 식경이 조금 넘었을까? 하남 장인이 깎아 만든 벼루는 이제 돌멩이 본연의 신세로 되돌아갔고, 대전 궁녀들이 편전에 나뒹구는 벼루 조각을 주워 담아 먹물을 닦아 냈다.

이유는 눈앞을 어지럽히는 치맛자락 한귀도 보기 싫다는 듯 아예 눈을 감아 버렸다. 동재가 재빨리 이만 가보아라 눈짓으로 궁녀를 물렸다. 슬쩍 올려다본 이유의 귀, 목뒤가 시뻘겋게 변하기 시작했다.

요 며칠 수라도 잘 잡수셨고, 깊은 밤에도 몇 번 뒤척이기만 할 뿐 따로 신경증 내실 일은 별로 없었는데 잠잠하던 피부염은 왜 갑자기 도진 걸까? 동재가 황급히 녹두 물에 담근 무명천을 가져와 제 주인의 이마를 꾹꾹 눌러 닦아드렸다.

이유는 그저 눈만 꾹 감은 채로 편전 의자에 등을 대고 깊숙이 몸을 뉘었다. 이마에 핏대 하나가 섰고, 얇은 세필 붓 쥔 손등에도 죽죽 시퍼렇게 힘줄이 솟아올랐다.

자줏빛 궁전은 장엄하고 대궐의 뜰은 밝고 드넓게 트였네.
이 상봉화지에 패옥을 올리는 맑은 소리 많아
진실로 아름답지만 내 집이 아니로다.
어찌 바람 탈 날개를 얻어
오로지 내 맘대로 산천 감상할 수 있으랴……

죽청지 위에는 사영운이 지은 '직중서성直中書省'이 이유 특유의 습관인 안진경체로 정갈하게 써져 있었다. 본래 글씨에는 붓 거머쥔 사람의 소양과 교양, 됨됨이가 그대로 드러난다고 하던데. 확실히 이유의 글씨는 요즘 유행하는 송설체松雪體와는 정반대되는 경향이 있었다.

이유는 꾸미는 필체 특유의 우아하고 유려한 분위기를 좋아하지 않았다. 덕분에 이유가 남기는 모든 문서의 글씨는 보는 이로 하여금 엄격한 느낌을 갖게 했다. 신료들은 새 주상 전하의 글씨가 너무 딱딱해서 못 쓰겠다느니, 보수적이라느니 수군거렸지만 오히려 동재가 보기엔 크게 멋 부리지 않고 단정하게 써내려 간 제 주인의 글씨야말로 천하제일 명필名筆임이 틀림없었다.

"전하, 심중에 무슨 근심 있으시옵니까? 미천한 동재는 진즉 헤아리지 못했나이다."

"……."

동재가 어깨를 동그랗게 굽힌 채로 머리를 조아렸다. 물론 그 와중에도 대체 전하께서 왜 심기 불편해지셨을까, 가늠하기 바빴다.

동재가 곰곰이 오늘 하루, 그리고 최근의 근황을 떠올렸다. 얼마 전 칠촌에서 일어났던 역병은 무사히 지나가서 간신히 한숨 돌렸더랬다. 새벽에는 월당에서 의학 생도 약손도 만났다. 동재는 여느 날과 다름없이 이유가 약손과 함께 도적질하는 모습을 풍운우와 함께 지켜봤다.

이날 이때껏 동재가 평가한 바로는 약손은 무척이나 당돌하고 개구진 생도였다. 감히 천하제일 지존이신 주상 전하의 어깨를 찰싹찰싹 내려치질 않나, 망충이라고 스스럼없이 부르지를 않나. 뭐, 어차피 주상의 신분을 모르고 그런 것이니 목에 칼 들이밀고 싶다는 생각은 애초에 끝냈다.

약손의 엉뚱함과 짓궂음이 주상 전하를 기쁘게 하고, 즐겁게 만드는데 무엇이 문제일까? 동재는 약손을 만나고 오면 며칠간 항상 기분이 좋던 이유의 심경 변화를 놓치지 않았다. 그러다 보니 언제부턴가 동재는 되레 이유와 약손이 월당에서 만날 날을 기대할 정도였다. 한데 분명 평소대로라면 지난밤에 약손을 만나고 온 이유의 기분은 최고조를 찍어 마땅해야 했다. 경연 때마다 하극상 벌이는 신료들의 발언도 그저 허허 웃으며 넘길 수 있어야 했다.

동재가 한입만 더 드십시오. 딱 한술만 더 뜨십시오…… 보채지 않더라고 수라 한 그릇은 스스로 뚝딱 비우셔야 하고, 동재에게 실없는 농담도 건네셔야만 했다.

대체 전하의 심기는 왜 이리 불편해진 걸까?

"됐다. 다 치워라."

가만히 눈을 감고 있던 이유는 이제 동재의 손길도 거추장스러워졌나 보다. 이유가 짜증스럽게 고개를 저었다. 동재가 재빨리 고개 숙이며 뒤로 한 걸음 물러났다. 동재는 전하께서 어인 일로 이러하실까, 가만가만 새벽에 있던 일을 복기했다.

"형님, 우십니까? 우셨습니까? 참말 우셨어요?"

이유는 거의 누각 마루를 데굴데굴 굴러다니는 지경에 이르렀다. 약손이 몇 번이나 그만해라, 작작해라, 적당히 해라, 목소리를 낮게 깔며 위협했지만 눈물 바람 보인 주제에 그 협박이 통할 리 없었다.

이유는 약손의 주위를 맴맴 돌며 간죽대기 바빴다.

"자고로 사나희는 일생에 단 세 번을 운다던데요? 태어났을 때 한번, 부모님 상중에 한번, 그리고 관군 무서울 때 한번……. 악!"

"너 내가 그만하라고 했지? 작작하라고 했지?"

콧물을 팽 풀던 약손이 더는 못 참고 이유의 등짝을 퍽퍽 내려쳤다. 이유는 매섭게 떨어지는 손바닥에 굼벵이처럼 몸서리를 치면서도 웃음을 멈추지 못했다. 간신히 웃음을 갈무리하는가 싶다가도 아직도 시뻘겋게 부풀어 오른 약손의 눈가만 보면 또다시 'ㄲ아아아악!' 배를 잡고 쓰러지고 말았다.

염병……. 여태 형님으로서 위엄 보이고 근엄하게 잘해 왔는데, 오늘 일 때문에 다 글렀어. 망쳤어.

약손은 다른 사람도 아니고 망충 서생 이유한테 못 볼꼴 보였다는 수치심 때문에 환장할 지경이었다. 저가 우는 모습을 이유가 그대로 재연하고, 놀릴 때마다 발끈하는 것도 한두 번이었다.

약손은 이제 모든 것을 내려놓고 그래 너는 놀려라, 나는 내 갈 길을 가련다…… 해탈의 자세를 뽐냈다. 제가 왜 그토록 관군을 무서워하는지, 저도 모르게 울음까지 터뜨릴 정도로 두려워하는지…… 이 모자란 자한테 구구절절 설명하느니 그냥 혼자 앓는 게 훨씬 더 나았다.

"그래, 웃어라. 웃고 싶은 만큼 마음껏 비웃어!"

약손이 다 포기한 표정으로 설레설레 고개를 저었다.

온천수에 흠뻑 젖었던 약손의 옷은 이제 얼추 마른 상태였다. 이제 월당에는 약손과 이유를 제외하고는 아무도 없었다. 아까 전에는 관군한테 발각되어 이대로 딱 무릎 잘리는 줄만 알았는데, 천만다행으로 하늘이 도왔다. 웬 고양이 한 마리가 '왜에에옹' 울며 수풀에서 뛰쳐나오는 바람에 들키지 않고 무릎 보전했다.

하지만 무릎을 사수한 대신 약손은 망충 서생에게 위엄을 잃었다. 관군이 무서워서 가슴팍에 안겨 오들오들 떨었던 울보 형님으로 낙인찍히고 만 것이었다.

참으로 상처뿐인 영광이었다.

약손이 아직도 물기 흥건한 소매를 탈탈 털며 자리에서 일어났다. 아직도 큭큭 웃기 바쁜 이유를 바라보는 눈에는 한심함이 가득했다. 약손이 그런 이유를 뒤로하고 미련 없이 누각을 내려가는데 이유가 물었다.

"하면, 형님. 다음에는 또 언제 만날까요?"

"······다음?"

약손이 시큰둥한 표정으로 되물었다.

약손과 이유는 유황 도적질을 끝내고 헤어질 때면 꼭 다음번에 언제 만날지 정확한 날짜를 정하곤 했다. 그리고 그 날짜는 대부분 약손이 숙번을 서지 않는 날이기도 했다. 하여 이유는 습관처럼 다음에 만날 약속을 정하자는 말이었는데, 애석하게도 내일 궐을 떠나는 약손에게 다음은 없었다.

"다음에 만나긴 뭘 또 만나. 난 이제 월당에 안 올 거야."

"에이, 형님. 제가 자꾸 놀려서 삐치셨습니까?"

이유는 그저 저의 장난이 심해서 약손이 빈정 상했다고 생각하는 모양이었다. 이유가 약손의 어깨를 손가락으로 콕콕 찌르며 놀렸다.

하지만 약손은 단호하게 고개를 저었다.

"아우한테 화난 건 아니야. 내가 뭐 그렇게 속 좁은 사내인 줄 알아? 근데 나, 이제부턴 정말 월당엔 안 와. 유황을 건지든, 팔아먹든 앞으로는 아우 혼자서 하도록 해."

"······예?"

말을 마친 약손이 탁탁탁 빠른 걸음으로 누각 계단을 내려갔다. 약손의 말마따나 이유의 장난에 화가 난 것 같지는 않았고, 그렇다고 또 허튼 말하는 표정도 아니었다.

"그게 무슨 말씀이세요?"

이유는 이제야 상황의 심각성을 파악했다. 앞으로 월당에 오지 않겠다니? 대체 왜?

이유가 벌써 저만치 앞서가 버린 약손의 뒤를 따라잡았다. 약손은 허리춤의 전대를 목숨보다 소중하게 붙잡고 있었다.

이유가 그런 약손의 손목을 잡아챘다. 그 반동에 약손의 몸이 저도 모르게 돌려지고 말았다.

"뭐야? 왜 이래?"

"그게 무슨 말씀이세요? 앞으로 월당에 안 오시겠다니요? 자세히 설명을 좀 해주세요."

이유가 채근했다. 약손은 철없는 서생이 떼를 쓴다고만 생각하고는 절레절레 고개를 저었다. 대체 이 세상 물정 모르고 어수룩한 도령한테 뭘 어디서부터 어떻게 설명해야 할지 감도 잡히지 않았다.

사실은 자신이 여인의 몸인 것, 궐에 들어와서는 안 되는 신분인 것, 반드시 떠나야 하는 연유가 있는 것……. 부잣집 대가 댁에서 곱게만 자란 도령이 이해할 만한 수준의 사연은 절대 아니었다.

"형님……. 예? 말씀해 주세요. 앞으로 월당에 아니 오시겠다니 대체 왜……? 혹여 제가 버릇없게 굴어 그러십니까? 하면 다시는 그러지 않겠습니다."

"아니, 그런 게 아니라……."

이유 목소리에 서운함이 가득했다. 방금 전까지만 해도 약손을 놀리지 못해 안달이더니, 약손이 월당에 오지 않겠다는 말에 이유가 이토록 서운해 할 줄은 약손 본인조차도 미처 예상하지 못한 일이었다.

사실 둘은 만날 때마다 투덕대기 바빴고, 약손은 악독한 시정 잡배라도 된 것처럼 이유한테 돈 되는 유황을 건져 오라고 고된 심부름만 시켰으니까……. 심지어 약손은 앞으로 저가 오지 않는다고 하면 이유가 이젠 저 혼자 유황을 독차지하게 됐다며 기뻐할 거라고 생각했을 정도였다.

한데 이제 보니 이 망충한 서생이 날 이렇게나 애틋하게 생각하고 있었단 말이야?

살짝 감동스럽기도 하고, 가슴 한편이 약간 뭉클해지기도 했다. 여태까지 소처럼 부려먹어 놓고 '나는 여덟, 너는 둘' 만큼도 안 되는 값어치 없는 잡패물만 넘겨준 것이 이제야 조금 미안해졌다.

"관군이 무서워서 그래요? 아닙니다. 제가 말씀드렸잖아요. 이제 주상 전하께서는 월당에 아니 오시고, 관군이 찾아오는 일도 절대 없을 거라고……."

"아니야, 아니야. 그게 아니라고 했잖아."

"그럼 무엇 때문에 오지 않으시겠다는 건데요?"

이유가 약손의 손목을 잡은 손에 꾹 힘을 주었다.

어, 여기 좀 아픈데? 약손이 살짝 인상을 찡그렸다. 이유는 그제야 아차 싶었는지 재빨리 손에 준 힘을 풀었다. 하지만 잡은 손을 완전히 놓지는 않았다.

"그러니까…… 그게 말이야……."

약손이 조심스럽게 주위를 둘러봤다.

언제나 그랬듯 월당 주변에 둘을 제외하고는 아무도 없었다. 뜨거운 수증기 쉼 없이 뿜어내며 졸졸 흐르는 온천수, 바람에 휘이 나부끼는 수풀, 바람에 이리저리 밀려다니는 하늘 위의 구름……. 분명 제 앞의 이유를 제외하고는 아무도 없다는 것을 알면서도 약손은 여전히 불안한 표정을 숨기지 못했다.

이걸 말해야 되나, 말아야 되나…… 궁궐에는 벽에도 귀가 있고, 땅에도 눈이 있다고 했는데…….

원래 약손은 이유에게 저가 내일 밤 궁궐 떠난다는 말은 일언반구도 하지 않으려 했다. 의심스러운 기색은 눈곱만큼도 내비치지 않으려 했다. 그냥 다음부터 저가 월당에 나타나지 않으면 이유도 아무 미련 없어 할 거라고 단정 지었다.

하지만…….

"그러니까, 그게 뭔데요? 저에게만 말씀해 주세요."

"……너한테만?"

"예. 아무한테도 말 안 하겠습니다. 저만 알고 있겠습니다."

"진짜 안 되는데……."

"형님……."

이유가 측은한 얼굴 표정을 하며 약손의 소매를 쥐고 앞뒤로 흔들었다. 꼭 일곱 살배기 철없는 아이들이 엿이나 곶감 하나 달라며 조르는 모습 같았다.

"이건 진짜 비밀인데…… 내 목숨이 달린 일인데……."

"제가 뭐 형님께 해코지할 사람입니까? 우린 칠촌에서도 동고동락한 사이잖아요."

"……."

맞다. 우린 칠촌에서도 함께 목숨 걸고 역병의 원인을 찾아낸 사이였다. 하마터면 그대로 인생 끝장낼 뻔한 위기를 함께 헤쳐 나온 전우였지. 이유가 꺼낸 '칠촌'이 결정타였다. 약손은 여전히 안심이 안 되는 듯 입술을 지근지근 깨물다가 이내 이유에게 손가락을 까닥이며 손짓했다.

"그럼, 귀 좀 대봐."

작게 속삭였더니 이유가 냉큼 허리를 굽혀 약손의 얼굴에 제 귀를 바짝 들이댔다.

"이거 진짜 아무한테도 말 하면 안 돼. 알았지?"

"예. 저만 믿으세요. 아무한테도 발설하지 않겠다고 맹세하겠습니다."

"사실은 말이야……."

약손은 정말 보이지 않는 궁궐의 귀가 듣기라도 할세라, 땅의 눈이 엿볼세라 목소리를 잔뜩 줄인 채 이유의 귓가에만 뭔가를 속삭였다.

"그래 가지고…… 내가…… 내일 밤에……."

"……."

물론 금족령 내려진 월당에 누군가 잠입하여 약손을 엿본다거나, 감히 이야기를 몰래 엿듣는 불경한 세력은 아무 데도 없었다. 하지만 약손은 알았을까? 지금 저가 내뱉는 말을 아무에게도 전해서는 안 된다고 신신당부하며 속삭이는 귓속말의 주인이 누구인지. 실상 어떤 신분을 가진 자인지.

달빛이 구름에 가려진 순간, 주위에는 오로지 어둠뿐이라 제 앞에 바짝 다가선 상대의 얼굴 표정조차 확인할 수 없는 순간…….

"지금 제게 하신 말씀…… 정말이십니까?"

"응. 정말이야."

"……."

약손이 비장하게 고개를 끄덕였다. 과연 약손의 말이 큰 충격이었는지 이유는 한동안 아무 말도 하지 않고 그대로 굳어 있었다.

하여 약손은 지금 이 순간, 얼굴에서 웃음기 완전히 걷힌 이유의 표정이 어떠하였는지 전혀 알 길이 없었다.

한동안 눈을 꾹 감은 채로 생각에 잠겨 있던 이유가 눈을 떴다. 다른 이들에 비해 훨씬 더 길게 빠진 눈꼬리 끝이 신경질적으로 휘어졌다. 이유가 뻐근한 뒷목을 손바닥으로 주물렀다. 감당할 수 없을 만큼 화나 날 때마다 피부병이 도지는 목덜미는 열기 때문에 뜨끈뜨끈했다.

이유가 제 앞에 놓인 작은 궤를 뒤졌다. 낭보를 풀자 귀퉁이가 다 해진 향갑 하나가 나왔다. 이유는 향갑 안의 물건을 편전의 널찍한 책상 위로 던지듯 쏟아 버렸다.

줘도 안 찰 옥 노리개, 줌치 몇 개, 또록또록 굴러다니기 바쁜 노의 단추…… 온갖 잡다한 물건들 사이에서 청백적황흑靑白赤黃黑 다섯 가지 색깔로 이어 만든 오방주머니 하나가 보였다.

비록 최상급의 품목은 아니나 주머니 한가운데 놓은 원앙 자수 솜씨가 참으로 정갈하고 보기 좋아서 이유가 탐냈던 패물이었다. 하지만 약손이 이것만큼은 절대 넘겨줄 수 없다며 엄포를 놓아서 단념했더랬다. 약손의 뜻이 워낙 완고하여 이유 또한 미련 없이 오방주머니를 포기했었는데, 역시 그 마음속 한 치도 짐작할 수 없는 알쏭달쏭 생도다웠다. 약손은 불현듯 헤어지기 직전에 전대를 뒤지더니 이유에게 오방주머니를 건네줬다.

"그동안 정말 고마웠어. 즐겁기도 했었고. 솔직히 아우가 아니었더라면 그 많은 유황을 어찌 모았겠어?"

약손이 농담처럼 말했다. 물론 이유는 아무 대꾸도 하지 않았다.

당시의 이유는 상당히 복잡한 심경이 되어 내일 밤 궐을 떠나겠다 작정한 이 발칙한 생도를 어찌해야 하나 싶은 마음뿐이었는데, 약손은 이유가 저와 헤어지는 것이 너무 서러워 암말 못하는 줄 아는 것 같았다.

"아우는 좋은 사람이야. 내가 만났던 사람 중에 제일 순하고 착해. 대체 그래 가지고 이 험한 세상 어찌 살아가려는지, 원."

쯧쯧쯧 혀를 찬 약손은 세상 물정 모르는 망충 서생에게 마지막 이별 선물로 그가 내내 눈 떼지 못하던 오방주머니를 준 것이었다.

"······."

오방색 비단은 어제와 똑같이 부드럽고, 그 위에 놓인 한 쌍의 원앙 자수는 여전히 보기 좋았다.

약손의 말에 의하면 원앙 수컷은 밤이나 낮이나 암컷을 사랑하고 보호하는 습관이 있다고 했다. 암컷과는 평생 동안 변치 않는 사랑을 한다고도 했다. 원앙이 부부의 다정한 금슬을 뜻하게 된 것도 다 그런 연유 때문이라고 했다.

"그러니까 괜히 맹하게 굴다가 사기당하지 말고, 이 오방주머니는 절대 열 냥 이하로는 팔지 마. 못 받아도 여덟 냥. 꼭 그 정도 값은 쳐 받으란 말이야!"

약손은 누군가에게 사기당하고 호구 잡힐 이유가 눈에 선한지 마지막까지 신신당부를 아끼지 않았다.

"······."

이유가 물끄러미 손에 쥔 오방주머니를 바라봤다.

문득 편전에 열어 둔 들창으로 찬바람이 들이쳤다.

자줏빛 궁전은 장엄하고 대궐의 뜰은 밝고 드넓게 트였네.
이 상봉화지에 패옥을 울리는 맑은 소리 많아
진실로 아름답지만 내 집이 아니로다······.

대나무 속보다 더 하얀 죽청지의 시구가 허공에 나부꼈다. 어린 내관 하나가 날아간 종이를 잡으러 황급히 밖으로 뛰쳐나갔다.

"동재야."

"예, 전하."

제 주인께서 부르시니 그림자처럼 섰던 동재가 종종걸음으로 달려왔다.

이유가 손안의 오방주머니를 살살 손끝으로 쓸어 만졌다.

"너 한번 말해 보아라. 이 일을…… 어찌하면 좋겠느냐?"

응? 어찌하면 좋겠어? 이유는 자신이 머릿속으로만 생각한 것은 하나도 입 밖에 내지 않은 채 동재에게 의견을 구했다.

조금도 내색하지 않았지만 그 순간, 동재의 등 뒤로 주르륵 식은땀이 흘러내렸다.

주상 전하께서 지금까지 혼자 무슨 생각을 하셨는지, 어떤 고민 있으신지 하나도 모르는데 대체 동재가 무슨 수로 정답을 알아맞힐 수 있단 말인가?

하지만 동재는 당황한 낯빛 하나도 없이 곧장 제 주인에게 현답을 내려드렸다.

"전하, 소인의 미천한 생각으로는……."

"그래."

동재가 자리에 부복했다. 그리고 깊숙이 머리를 숙이며 덧붙였다.

"전하의 뜻대로 하시는 것이 옳다 여겨집니다."

과연, 상선 동재라.

두말할 필요도 없이 이유의 마음에 쏙 드는 답이었다.

[3]

'갯버들탕'이라는 한약 처방전이 있다.

여인네들 살아가는 깊은 규방에서만 입에서 입으로 전해지는 은밀한 탕약인데, 본래 갯버들이라 함은 쌓였던 눈이 녹고 봄 찾아올 때 양지바른 둔덕에 자라며 사람 마음 싱숭생숭하게 만든

다는 풀 잎사귀의 이름이었다. 한데 이 갯버들탕이란 것이 그 순진한 생김새와 다르게 아주 요망하기 짝이 없었다.

우선 갯버들탕에 들어가는 약재를 살펴보자.

잎을 따서 바로 씹으면 입안과 혀, 얼굴이 마비된다는 천남성이 첫 번째로 쓰였다. 삼을 닮은 뿌리를 가졌으나 치명적인 독으로 사람을 마비시키는 자리공이 두 번째로 쓰였다. 그 밖에도 독말풀, 견정산, 오독도기 등 그야말로 한 그릇 마시면 그 자리에서 즉사한다 해도 전혀 이상하지 않을 맹독 풀만 가득 들어갔다.

하면 깊숙한 규방에 들어앉아 있는 듯 없는 듯 하루하루 살아가는 여인네들의 안채에 이런 흉흉한 약 처방전이 유행처럼 번지게 된 까닭은 무엇일까?

그것은 바로 여인들에게만 강요되는 정절貞節 때문이었다.

남편 죽고 평생 수절하면 절부節婦, 남편 따라 죽으면 열부烈婦…… 여인들이 재가하지 못하도록 옭아매고 규정하는 방식도 가지가지였다.

하지만 생각해 보라.

젊은 나이에 홀로 과부된 여인이 자의도 아니고 자식이나 시부모, 가문의 눈치 때문에 규방에 갇혀 남편 없이 평생을 보내야 하는 비극적인 삶을. 아무 재미도 없고, 아무 보람도 없는, 그야말로 여성이라는 이유 하나로 인격을 말살당하는 생고문과 다름없는 행위였을 것이다. 하여 여성들은 남편 잡아먹었다는 저주 들으며 살아야 하는 여생을 택하느니, 차라리 명예를 지킨다는 이유로 온갖 독이란 독은 다 들어 있는 '갯버들탕'을 마시는 비극적인 결말을 선택하는 것이었다.

여자가 죽은 남편 따라 목숨을 끊으면 시댁에서는 세상에 다시없을 효부孝婦 며느리라고 칭하며 열녀문을 세워 줬다.

같잖지도 않은 이유 때문에 무고하게 세상을 등져야만 했던 규방의 수많은 여성들.

　한데 이 '갯버들탕'에는 아주 은밀한 비밀 하나가 숨겨져 있었다. 보통 갯버들탕을 마신 여자들은 온몸이 마비되고 숨이 끊어지며, 온몸에 부스럼 따위의 발진이 올라 끔찍한 모습으로 변하게 됐다. 그 증상이 마치 호환마마와 똑같아 시댁에서는 불길하다 여겨 장례를 서둘러 치렀다. 염습하는 과정은 당연히 생략됐고, 혹여나 죽은 자의 불길함이 산 사람에게까지 미칠까 봐 시신은 그날로 땅속에 묻혔다.

　여기까지만 본다면 '갯버들탕'을 먹고 죽은 여인은 살아서나 죽어서나 대우받지 못한 불쌍한 혼백이라는 생각을 금할 길 없다. 하지만 '갯버들탕'의 비밀은 바로 여기에 있었다.

　죽은 날, 그 흔한 염 한번 받지 못하고 땅에 묻히고 마는 비극적인 시신들. 한데 야심한 밤이 되고, 묘지에 어둠이 깃들 때, 누군가에 의해 아직 습기도 마르지 않은 죽은 자의 봉분이 다시 파헤쳐졌다. 언뜻 보면 부관참두剖棺斬頭를 불사하는 천인공노할 만행이었는데, 정작 흙을 치우고 땅땅 못이 박힌 관을 부숴 뚜껑을 열고 나면 그 안에는 분명 아까까지만 해도 독을 마시고 숨이 끊어진 소복 차림의 여인이 색색 숨을 몰아쉬고 있었다.

　남편 사후 언제 집 밖을 나와 봤는지 기억도 못 할 만큼 오랜 세월 규방에 갇혀 있던 여인은 처음엔 한 치 앞이 보이지 않는 어둠과 공동묘지의 으슥함에 겁을 먹기 마련이었다.

　하지만 여인이 얼추 정신을 차리게 되면,

　"이 환을 왼쪽 이와 오른쪽 이로 스무 번씩 꼭꼭 씹어 삼키세요. 봉분은 지금부터 다시 세워야 하니까 제 손 잡고 일어나시고요."

갯버들탕 독의 부작용 때문에 숨쉬기 버거워하는 여인의 입에 해독제 환을 손수 넣어 주고, 등을 두드려 주고, 시원한 물 한 모금을 먹여 주는 사람들.

헤쳐 놨던 흙을 삽으로 퍼서 덮는 행위는 이런 경우가 한두 번이 아닌 듯 군더더기 하나 없고 날래기 그지없었다. 그리고 다시 봉분이 아까처럼 제 모습을 찾아가면, 여인은 이제 해독제 기운이 돌아 말짱하게 정신을 차리기 마련이었다.

숨이 멎었던 심장이 다시 팔딱팔딱 뛰었고, 호환마마라 여길 정도로 온몸을 뒤덮었던 징그러운 종기는 불그스름한 기운만 남기고는 거의 사그라진 채였다.

여인은 그제야 죽었던 자신이 다시 살아났음을 깨닫고 저를 구해 준 무리에게 인사를 했다.

"감사합니다. 이 은혜를 어찌 갚아야 할지……."

"은혜랄 게 뭐 있나요? 이미 저희에게 충분한 패물을 주셨잖아요."

다소곳하게 고개 숙이는 여인에게 씨익 웃어 보이며 남다른 미장부의 색기를 뽐내는 것은 바로 약손이더라.

"이러다 해 뜨겠네. 다른 이들 눈에 띄면 큰일 납니다. 어서 떠나십시오."

여인을 재촉하는 것은 밤새 삽질하느라 죽을 똥 피똥 싸며 거친 숨 몰아쉬는 칠봉이었다.

"하면……."

여기까지는 모두가 똑같은 과정이었다.

여인은 미리 챙겨 온 패물을 소중히 품에 들고 혼자 떠나든가, 아니면 미리 기다리고 있던 친정 식구들과 조우하든가, 이도저도 아니라면 그 깊숙한 규방에서 무슨 재주로 눈 맞고 마음 맞쳤을지 모를 사내와 떠나든가……. 하여튼 각자의 방식으로 각자의 길을 떠났다.

"도와주셔서 감사합니다."

"뭘요. 다만, 앞으로 일주일간은 독을 해독해야 하니 끼니때마다 환약 챙겨 드시는 것만 잊지 마세요."

어슴푸레하게 날이 밝아올 무렵, 여자는 간소한 짐을 가지고 떠났다. 물론 약손과 칠봉 또한 묘지에 혹여나 남았을 수상한 흔적은 말끔히 지우고 바삐 자리를 떠났다.

죽은 자가 다시 살아났는지, 무덤을 다시 파헤치고 덮어 놓은 엄청난 일이 일어났는지, 안 났는지. 약손과 칠봉이 저지른 간밤의 행위는 누군가 다시 관을 열지 않는 이상 아무도 알지 못할 일이었다.

그랬다.

규방 깊숙한 곳, 여인네들에게만 은밀하게 떠돌아다니는 '갯버들탕'의 정체. 그것은 죽음으로써만 자유로워질 수 있는 규방에 갇힌 여인들을 말 그대로 '죽음'으로 되살리는 칠봉과 약손이 고안해 낸 천재적인 비방서秘方書였다.

아무튼 약손과 칠봉은 한때 저들이 발명해 낸 갯버들탕으로 인해 돈깨나 짭짤하게 벌었더랬다.

갯버들탕에는 천남성과 자리공, 견정초와 매자기 등 온갖 독성 가진 약재는 다 들어갔다. 얼핏 들으면 부자탕과 다를 바 없는 극약이었는데, 아무리 이 악명 높은 갯버들탕을 마신다 한들 칠봉이 만들어 낸 환약을 일주일만 복용하면 독은 완전히 해독할 수 있었다. 단언컨대 칠봉이 만들어 낸 약방문 중 가장 획기적이고 놀라운 조합이 아닐 수 없었다.

아무튼 약탕은 칠봉이 만들었으나, 그 약탕과 해독제를 규방에 갇힌 부녀자들 살리는데 쓰자는 묘수를 낸 것은 다름 아닌 약손이었다.

처음엔 이 말도 안 되는 장사가 될까 싶었는데, 웬걸? 한번 입소문이 돌기 시작하니까 갯버들탕 마시겠다는 부인네들이 줄을 섰다.

부인들은 직접 패물을 보내기도 했고, 아니면 애지중지 딸내미 고생하는 것을 더는 두고 볼 수만은 없는 친정집에서 먼저 약손과 칠봉 부자에게 접선해 오기도 했다. 하여간 그때 모은 재물을 칠봉이 투전으로 날리지만 않았어도 약손은 지금 남부럽지 않게 떵떵거리며 살았을 것이 분명했다.

하지만 지나간 일 탓해서 무엇 하랴. 속만 쓰리고 기분만 더럽지. 약손은 깨끗하게 단념했다.

다만 약손은 이번에 궐을 탈출할 묘수로 저가 수많은 여인네들에게 새 삶을 선물했던 바로 그 방법. 그러니까 칠봉의 '갯버들탕' 비방을 이용하려고 처음부터 맘먹고 있었다.

'계집이 어찌 내약방 생도를 한단 말이냐? 그런 짓 하다가 발각되면 큰일이야. 큰일뿐이겠니? 임금님 계시는 곳은 법도인가 뭔가가 엄청 중요하대. 그거 어기잖아? 넌 그냥 죽은 목숨……'

'너무 걱정 마. 나한테도 다 생각이 있으니까!'

괜히 어쭙잖게 도망쳤다가는 평생을 관군에게 쫓기는 몸이 될지도 몰랐다. 아무리 약손이 팔도 유랑하는 장돌뱅이라 해도 관군이 한번 잡기로 작정했는데 어찌 맘 편히 살 수 있을는지?

하지만 궐을 온전히 살아서 나오기 힘들다면 죽어서 나오는 건 어떨까? 죽은 사람의 뒤를 쫓을 망충이는 이 세상 어디에도 없을 터였다.

그리고 죽은 체를 하기에는 칠봉이 만든 갯버들탕보다 좋은 묘수는 없었다. 하여 약손은 그토록 자신 있게 궁궐을 도망치겠다 큰소리칠 수 있었던 것이다.

*

"약손아, 저녁밥 안 먹을 거야? 아직도 많이 아파? 하루 종일 아무것도 안 먹어서 어떻게 해……."

복금이 울상을 지었다. 약손은 아침부터 몸이 좋지 않다 말하고는 하루 종일 방 안에 누워 뒹구는 중이었다. 멀쩡한 사람이 갑자기 죽었다고 하면 의심받을 수 있으니까 나름 초석을 다지기 위함이었다.

방금 전까지 이불 속에서 눈만 말똥말똥 뜨고 있던 약손은 갑자기 축 늘어진 표정이 되어서는 힘없이 고개를 저었다.

"난 입맛이 없다. 무슨 큰 병에 걸린 것 같기도 하고…… 콜록콜록. 그냥 너 혼자 밥 먹고 와……. 코올록 코올록!"

심지어 약손은 목이 터져라 기침을 하기도 했다. 광대 뺨치는 열연에 복금은 더욱 안절부절못했다. 하지만 약손은 저는 괜찮다며, 걱정하지 말라며 복금에게 어서 가서 밥 먹고 오라 손짓을 했다.

"하면, 올 때 죽 좀 쑤어 올게. 항아님들께 부탁하면 한 그릇 정도는 주실 거야. 조금만 기다려."

"응…… 내 걱정 말고 밥 맛있게…… 맛있게 먹고 와……."

약손이 영 기력 없는 얼굴로 방바닥에 드러누웠다. 복금은 그런 약손이 걱정되어 몇 번이나 뒤를 돌아보다가 겨우 탁 문을 닫고 방을 나섰다.

약손은 정말 아픈 병자라도 된 것처럼 '아이고오…… 아이고

오……. 아이고 죽겠고나아……' 시름시름 앓는 척을 했다. 아무것도 모른 채 저만 걱정하는 복금에게 거짓말하는 것이 미안하기는 했지만 어쩔 수 없었다.

어쨌든 약손은 더 이상 궐에 머물러서는 안 될 몸이었고, 반드시 떠나야만 하는 사람이었다. 복금이 밥 먹으러 갔는지 곧 숙사가 조용한 침묵에 잠겼다.

"아이고오……. 아이고오……."

꾀병 부리던 약손의 목소리도 점점 사그라졌다. 약손이 휙 고개를 들어 반쯤 열린 들창을 쾅 소리가 나도록 닫았다. 외따로이 떨어진 숙사에 누가 올리는 없겠지만 궐에는 벽에도 귀가 있고, 땅에도 눈이 있는 법이니까!

약손은 방 안에 오롯이 혼자라는 것을 몇 번이나 꼼꼼하게 확인한 후에야 마음 놓고 제 짐 꾸러미를 뒤졌다. 비싼 패물 모아 놓은 전대는 아침나절에 사람 시켜서 칠봉에게 진즉 보냈다. 이제 방 안에 있는 것들은 버려도 그만인 쓸모없는 물건들뿐이었다.

약손은 온갖 잡동사니 사이에서 미리 달여 놓았던 갯버들탕한 병, 그리고 이따 새벽녘에 정신 차리고 먹을 해독환을 바지옆 춤에 단단히 묶었다. 산가지로 입구를 단단히 막아 놓은 갯버들탕 뚜껑을 여니까 뽕 소리와 함께 엄청나게 고약한 냄새가 확 퍼졌다. 이틀 동안 그늘진 곳에 놨더니 숙성이 제대로 된 모양이었다.

"휴……. 이걸 내가 마시게 될 줄은 정말 몰랐는데……."

약손이 쩝 인상을 찌푸렸다. 여태까지는 막연하게 궐을 나가겠거니, 생각만 했었는데 갯버들탕을 눈앞에 두고 보니까 제가 벌이는 짓의 무게가 점점 무겁게 느껴지기 시작했다.

약손은 갯버들탕을 마시고 정신을 잃는다. 온몸에 돋아난 흉측한 두드러기 때문에 시신은 지체하지 않고 궁궐 밖으로 옮겨진다. 어차피 약손은 왕족도 아니고, 벼슬아치도 아니고, 궁녀도 아닌 고작 생도 신분이기에 검시 따위는 받지 않는다. 시신은 시구문屍口門 밖으로 옮겨질 것이고, 시신을 모아 태우는 청계천 근처에서 칠봉과 재회한다……

이것이 바로 약손이 세워 놓은 계획이었다.

여태 궐 생활하는 동안 일부러 생도들이 심부름하기 꺼려하는 북문을 서슴없이 드나들며 시신 뒤치다꺼리를 한 이유도 바로 이런 계획을 세우기 위함이었다. 별다른 예외가 없다면 약손은 시신으로 발견된 이후, 곧바로 궐을 나가 시구문에 도착할 것이 분명했다.

"……."

약손이 물끄러미 갯버들탕을 바라봤다. 좁은 주둥이에서 풍겨나오는 냄새가 예사롭지 않았다. 더 맡고 있다가는 구역질을 할 것만 같았다.

그래, 매도 먼저 맞는 게 좋은 법이지. 괜히 질질 시간 끌지말자.

더는 지체할 까닭이 없었다. 약손은 흡 크게 숨을 들이마시고 코를 붙잡았다. 그러고는 호리병 주둥이에 입을 대고는 꼴깍꼴깍 갯버들탕을 마시기 시작했다.

"악! 이거 엄청 쓰잖아?"

이런 줄 알았으면 엿이라도 미리 하나 준비해 두는 건데! 상상을 초월하는 쓴맛에 미간이 사정없이 찌푸려지고, 욕이 절로 터져 나왔다. 혀부터 시작해서 식도, 배 안으로 불이 옮겨 붙은 것만 같은 느낌이었다.

세상에, 규방 여인들은 여태 이렇게 맛없는 걸 마셨단 말이야? 아부지도 참. 이왕이면 다홍치마라고 좀 더 맛있게 만들 수는 없었대?

약손은 갯버들탕을 맛없게 만든 칠봉을 한참 욕하다가 이내 서서히 눈이 감겨 오는 것을 느꼈다.

확실히 궐의 약재가 좋아 그런가, 약효가 빨리 도는구만…….

약손의 의식이 점점 멀어져 갔다. 그동안 나름대로 정 붙이고 살았던 방 안의 천장이 핑핑 돌았다. 약손은 엉금엉금 기어 펴놓았던 이불 위에 픽 쓰러졌다.

어느 순간 약손은 까무룩 정신을 잃었다.

그리고 한참 뒤, 저녁밥을 먹고 돌아온 복금이가 약손 먹이려고 챙겨 온 죽 사발이 와장창창! 방바닥 위를 굴렀다.

"세상에, 약손아! 약손아! 정신 좀 차려 봐!"

내약방이 발칵 뒤집혔다.

어젯밤까지만 해도 멀쩡하게 밥 먹고, 자고, 제 할 일 잘하던 생도가 갑자기 숨이 끊어지다니. 괜히 밤사이 안녕이라는 말이 있는 것이 아니었다.

복금이가 사색이 된 얼굴로 약손이 죽었다고, 제 동무가 숨을 쉬지 않는다고 내의원에 들이닥쳤을 때만 해도 사람들은 복금의 말을 쉬 믿지 않았다.

하지만 복금의 말은 사실이었다. 제 방에서 나자빠진 약손은 미동도 하지 않았다. 한달음에 달려온 한길동 영감이 손목의 혈을 짚어 봤지만 팔딱팔딱 느껴져야 할 맥은 잠잠하기만 했다.

"나리! 살려 주세요. 약손이 좀 살려 주세요. 저가 밥 먹고 오기 전까지만 해도 분명 살아 있었는데, 밥 잘 먹고 오라 인사까지 했었는데⋯⋯."

복금이가 엉엉 울며 한길동 영감의 바지춤을 잡고 매달렸다. 하지만 이미 숨 끊어진 약손의 목숨을 한길동 영감이 무슨 수로 되돌릴 수 있을까? 그건 화타가 와도 안 될 얘기였다.

게다가 약손이 죽어 애석한 건 애석한 거였고, 일단 약손의 시신을 한시라도 빨리 궐 밖으로 옮기는 것이 훨씬 더 중요했다. 아무래도 약손의 온몸에 종기처럼 돋아난 포진이 예사롭지 않아 보였다. 재수 없게 돌림병이라도 돌면 지존께서 살고 계시는 궐 안에 피바람이 불어 닥치는 것은 자명할 터.

"당장 생도의 시신을 시구문 밖에 갖다 버려라! 반드시 태워야 할 것이야!"

한길동 영감이 엄한 목소리로 명령했다.

그뿐만이 아니었다. 내약방 의원들은 약손의 시신이 발견된 숙사부터 시작하여 주상 전하께서 주로 계시는 외전과 내전, 궐내 각사에 계피 물과 식초, 울금 가루를 뿌려 불미스러운 일이 일어나지 않도록 만전을 기했다.

사람들은 고작 생도 나부랭이의 죽음에 애도하기보다 혹여나 그가 전염병에 걸리지는 않았는지, 궐내에 병이 퍼지지는 않을는지 걱정하기 바쁠 뿐이었다. 하여 약손의 시신은 복검할 새도 없이 거적에 둘둘 싸여 궐 밖으로 옮겨졌다. 곧 도성 안의 시체를 모아 두는 시구문까지 무사히 당도했다.

참말이지 약손의 예상이 완벽히 들어맞는 순간이었다.

*

"아으으⋯⋯."

약손은 머리가 깨지는 것만 같은 두통에 눈을 떴다.

누가 정을 대고 내 머리를 쾅쾅 두드리는 것인가? 약손은 갯버들탕의 부작용 때문에 한동안 꼼짝없이 움직이지도 못하고 누워 있어야만 했다. 머리 꼭대기까지 덮어쓴 거적에서 뭐라 말로 표현할 수도 없을 만큼 고약한 냄새가 났다. 약손은 슬금슬금 눈치를 보다가 손을 삐죽 올려 거적때기를 턱 아래까지 잡아끌었다. 힐끗 실눈을 뜨고 주변을 살펴보니 약손은 소달구지에 누워 옮겨진 채였다. 누런 황소가 간간이 뿌직뿌직 방귀를 뀌어 댔는데 소똥 냄새가 무척이나 구렸다.

약손이 파아, 파아, 호흡하며 맑은 공기를 쐤다.

그동안 무덤에서 갓 꺼낸 여인들이 왜 그렇게 맥을 못 추고 바닥에 픽픽 쓰러지는가 싶었는데 엄청난 두통 때문이라는 것을 이제야 깨달았다.

궁궐 빠져나온 지는 한참된 것 같고, 시구문까지는 아직 멀었나? 마음 같아서는 빼꼼 고개를 들고 어디쯤 왔나 살피고 싶은 마음이 굴뚝같았다. 하지만 혹여나 저가 살아 있다는 것을 들킬까 봐 약손은 그저 색색 숨만 몰아쉬어야 했다.

"캬……."

이 와중에 할 말은 아니지만 별빛 하나 만큼은 기가 막히는구나. 소달구지에 누운 약손은 지금 이 순간, 하늘에 촘촘하게 박혀 있는 별에게서 눈을 떼지 못했다. 아무리 훌륭하게 세공한 보석이라도 별의 반짝임을 따라갈 수는 없었다.

그래, 이왕 이렇게 되어 버린 거…….

약손은 아예 손바닥을 머리 뒤에 대고 본격적으로 별을 감상하기 시작했다. 계획은 한 치의 틀어짐도 없이 완벽했다. 약손은 그 어떤 위험도 없이 궐을 빠져나왔다. 칠봉의 투전 빚은 이로써 모두 갚은 셈이 됐고, 유황을 팔아 마련한 약간의 패물로는 지방에서 농사지으며 유유자적 살아간다……

앞으로 아버지와 함께 둘이 행복하게 살아갈 날을 생각하니 그동안에는 약에 쓰려도 없던 낭만이 마구 샘솟았다.

"이래서 인생사 새옹지마라는 건가 봐. 장돌뱅이 여약손이 이리 출세할 줄 누가 알았겠어?"

별빛에 잔뜩 취한 약손이 키득거리며 웃었다.

감히 남자 행세를 하며 궁궐에 들어갔던 일, 한길동 영감 앞에서 시험을 보았던 일, 혹여나 저가 여인인 것이 밝혀지지는 않을까 마음 졸이던 밤. 그리고 칠촌에서 역병의 원인을 밝혀냈던 일까지. 지난 육 개월 간 궁궐에서 보냈던 수많은 날들이 주마등처럼 머릿속을 스쳐 지나갔다.

참으로 짧다면 짧고, 길다면 긴 파란만장하기 그지없는 일상이었다. 생각이 거기에 미치자 문득 월당에서 만났던 서생 이유의 얼굴도 떠올랐다.

밤새 숙번 서다가 길을 잘못 들어 임금님 말고는 아무도 드나들 수 없는 월당에서 만난 젊은 사내. 하는 짓이 영 맹하여 분명 딱 봐도 저가 연하인데도 스스럼없이 형님이라 불러 준 망충한 도령.

대체 무슨 인연인지 약손은 칠촌에서도 그와 함께 지냈고, 심지어 유황 도적질도 함께했더랬다. 솔직히 말해 그이가 아니었더라면 약손 혼자 그 많은 유황을 어찌 건져 낼 수 있을는지. 다사다난한 날을 함께했기에 약손은 어젯밤, 선뜻 이유에게 저가 오늘 밤 궐을 떠난다는 엄청난 비밀을 말해 준 것인지도 몰랐다.

'난 이제 월당에 못 와. 왜냐하면…… 난 내일 밤, 궐을 떠날 거니까.'

처음엔 그저 매일 밀회하던 이유에게 더 이상 저를 기다리지 말라 언질을 해주려던 것뿐이었다. 그런 말도 하지 않고 무작정 궐을 나가 버리면 융통성 없는 이유는 영문도 모른 채 약손이 오기만을 망부석처럼 기다릴 자였기 때문이었다.

약손은 스쳐 지나가듯 이제부터 저는 월당에 오지 않겠다고 말했는데, 의외로 이유의 반발이 컸다. 왜요? 무슨 이유 때문에 월당에 아니 오십니까? 주상 전하가 무서워서 그러세요? 관군이 무릎 자를까 봐요? 이유는 꼬치꼬치 그 까닭을 캐물었다. 약손은 그게 아니라며 도리도리 고개를 저었지만 이유는 끝까지 포기하지 않았다. 심지어 '형님 여덟, 저는 둘'의 분배가 불만이라면 저는 하나, 아니 그 절반의 몫만 받겠다고 말했을 정도였다.

아무리 그래도 저가 일한 몫은 무슨 일이 있어도 챙겨야지! 이렇게 수작 없이 이 힘든 세상 어떻게 살아가려고 그래? 약손은 이래도 흥, 저래도 흥. 재물에는 요만큼의 욕심도 없는 이유 때문에 답답해진 가슴을 땅땅 쳐야만 했다. 그렇게 요령 없이 사는 이유가 불쌍하기도 했고, 어디 가서 삑 하면 호구 잡힐 이유가 조금 안돼 보이기도 했었다.

그래서…… 약손은 궐 벽에 있는 귀, 땅에 있는 눈 따위를 모두 무시하고 이유에게만 살짝 저의 계획을 말해 준 것이었다.

'사실은 난 궐을 떠나야만 해. 난 더 이상 궁궐에 머물 수가 없어.'

'왜요? 어째서요? 연유가 무엇인대요?'

'음…… 그건 말이야……'

이유는 금방이라도 왈칵 울음을 터뜨릴 것 같은 표정이었다. 덕분에 약손은 되레 저가 더 당황했을 정도였다.

이치는 나를 이렇게나 좋아했었나? 아니면 늦게 배운 도둑질이 무섭다고, 유황 빼돌리는 일에 완전히 재미 붙인 거야?

약손은 결국 이유에게 저가 갯버들탕이라는 약을 먹을 것이라는 것, 그 약을 마시면 숨이 멎는 듯 보이지만 맥이 마비되어 뛰지 않는 것처럼 느껴질 뿐 실은 깊은 잠에 빠지는 것과 똑같은 이치라는 것, 환약을 먹으면 모든 독이 해독된다는 것……

일련의 모든 비밀을 미주알고주알 알려 주고 만 것이었다.

하지만 그런 이야기를 하는 와중에도 약손은 차마 저가 '여인'이라는 말은 미처 말하지 못했다. 그건 약손에게 남은 마지막 보루였다.

약손이 계집이라는 이야기는 약손이 어렸을 적 겪었던 일과도 연관 있었기에 그것만은 말하지 못했다.

다만 약손은,

'아버지가 많이 아프셔. 일가친척 없고, 아들이라고는 나뿐인데 내가 아니면 아버님 병간호는 누가 하겠어? 그래서 어쩔 수 없이 궐을 나가는 거야. 아우는 내 맘 이해하지?'

그럴듯한 거짓말을 둘러댔다.

처음엔 이유도 그런 짓 하다 발각되면 정말 목숨을 잃는다, 까딱하다가는 가족들이 몰살당할 수도 있다, 이런저런 연유를 대며 약손의 마음을 돌리려 노력했었다.

하지만 약손이 아버지의 병간호 때문에 궐을 나가야 한다고 하자 이내 체념하는 듯 보였다. 하긴 아버지의 병수발 때문에 어쩔 수 없이 궐을 도망치겠다는데 아무리 이유라도 약손을 붙잡을 수는 없었다.

이후에 이유는 거의 넋이 반쯤 나간 표정으로 월당을 나섰더랬다. 너무나도 착잡하고 제가 더 속이 상한 표정.

그게 약손이 기억하는 이유의 마지막 얼굴이었다. 하긴, 그치가 좀 멍충하고 눈치가 없어도 천성이 나쁘지는 않은 사람 같던데……

약손은 마지막에 봤던 이유의 얼굴이 못내 마음에 걸렸지만 저가 뭘 어쩌랴. 그래, 인연이 되면 언젠가 다시 만나겠지.

그리 생각하는 수밖에 없었다.

그때, 한참을 덜그럭거리던 소달구지가 마침내 멈춰 섰다. 일꾼이 훌쩍 달구지에서 뛰어내리는 소리, 시구문 밖의 사람들과 대화를 나누는 소리가 얼핏 귓가에서 들렸다.

"시신은 내일모레나 나오는 거 아닌가? 웬일이야?"

"생도 하나가 죽었는데 온몸에 종기가 돋았어. 행여 전염병 돌까 봐 지금 궐 안이 발칵 뒤집혔다고."

"그래? 거참 큰일이구만."

"반드시 불에 태우라는 웃전 명령이니까, 어서 불부터 피워."

"밤새 비와서 나무 태우려면 시간 좀 걸릴 거야. 일단 들어와서 탁주나 한잔 마시고 있지."

"그럴까? 염병 도는 시체라니. 별, 재수가 없으려니까."

일꾼이 카악 가래침을 모아 땅에 뱉고는 남자의 뒤를 따라 화장터 안으로 들어갔다.

도망치던 순간만을 호시탐탐 노리던 약손이었는데, 지금이야말로 하늘이 준 기회이며 두 번 다시없을 순간이었다.

노자가 자리를 떠나자마자 약손이 휙 거적을 걷어 자리에서 일어났다. 누워 있을 때는 몰랐는데 땅에 발을 딛고 서자마자 팽그르르 하늘이 돌았다.

약손은 저도 모르게 소의 등을 붙잡고 한동안 멈춰 숨을 몰아쉬어야만 했다. 갯버들탕을 만들 때 들어가는 약재를 내의원 약재상에서 야금야금 훔쳐다 만들어서 그런가?

빌어먹을, 약 효과 한번 되게 좋았다.

약손이 바지춤에 매어 놓은 해독환을 뚝 끊어 손에 쥐었다. 시구문의 성문을 따라가면 고개 너머 근처에 작은 샘물이 있었다.

여인들이 막 정신을 차렸을 때는 이마에 흐르는 땀도 닦아 주고, 약 기운 때문에 바싹 마른 목구멍으로 해독환 삼킬 물도 넣어 주며 뒤치다꺼리해 줄 사람들이 있었지만 지금 이 순간 약손은 철저하게 혼자였다. 약손을 도와줄 이는 아무도 없었다.

칠봉과 만나기로 한 나루터까지 홀로 가려면 어서 해독환을 먹고 밤새 부지런히 걸어야 할 터.

"아…… 죽겠네, 진짜."

약손은 잠시 중심 잃고 넘어질 뻔한 제 몸을 지탱해 준 누런 황소의 등을 토닥토닥 두드려 주었다. 그러고는 사내가 다시 나올까 싶어 이내 화장터를 벗어났다. 한 걸음 한 걸음 걸을 때마다 바싹바싹 목이 탔다.

빨리 물을 마셔야지…….

어서 해독환을 먹어야지…….

약손이 시구문 고갯길을 추적추적 홀로 걷기 시작했다.

궐내 각사마다 쑥 냄새가 가득했다.

웬 생도 한 명이 온몸에 종기가 가득 오른 채로 죽어 발견되었다는데, 혹여나 그 여파가 웃전들에 미칠까 내시며 궁녀들이 궐 곳곳에서 쑥을 태우고 있는 것이었다.

예로부터 쑥은 귀신도 막아 주고 호열자도 막아 주는 기능이 있다 하니 나름대로 병마를 물리칠 만반의 대비였다.

오늘따라 일찍이 침수 든 이유의 침전에도 향긋한 쑥 냄새가 스며들었다. 심지어 동재는 용 상궁에게 부탁해 잘 익은 마늘 두

쪽을 귀에 꽂은 채로 종종거리며 대전 안을 휘젓고 다녔다.

세상에, 종기라니. 전염병이라니! 다른 곳도 아니고 어째 궐 안에서 이런 흉흉한 일이 일어날 수 있어? 대체 내의원 것들은 생도 관리를 어찌한 거야?

혹여나 불미스러운 일이 일어난다면 내의원 것들의 목부터 치리라, 동재가 아득 입술을 깨물었다. 물론 동재가 마늘로 귓구멍 막고 으깬 쑥 즙을 침전 곳곳에 뿌리는 동안 이유는 유유자적 난을 치기만 했다. 붓 한 필이 허공을 휘저을 때마다 새하얀 설화지雪花紙 위에 난의 잎사귀가 돋아났다. 끝이 뾰족하게 빠진 잎사귀의 휘어짐을 보며 잠시 저의 실력에 심취한 이유가 이내 만족한 듯 턱을 쓸며 붓을 내려놓았다. 그러고는 설화지를 통째로 동재에게 건넸다.

"가보로 삼으렴."

"팔아도 됩니까?"

"……"

이유가 말없이 동재를 바라봤다.

"소인의 농이 심하였습니다. 삼대가 멸하여도 부족할 죽을죄를 지었나이다."

동재가 넙죽 엎드려 죽는시늉을 했다. 감히 지존이 하상한 묵란도를 재물과 바꾸려 들어? 이유는 싸늘한 얼굴로 동재를 내려다보기만 했다.

"쑥 향 때문에 속이 울렁이는구나. 아까 먹었던 수라가 도로 올라올 지경이야. 안 되겠다, 산보라도 다녀오자꾸나."

"하면 월당에 준비를 해놓으라 이르겠습니다."

동재가 냉큼 명을 받들려는데 이유가 설레설레 고개를 저었다.

"내가 언제 월당에 간다 하였느냐? 지천에서 쑥을 태우는데 월당이라고 이 냄새가 아니 나겠어?"

"하면 어디를 걸음 한다 하시는 건지……?"

동재가 알쏭달쏭 잘 모르겠다는 듯 고개를 갸웃거렸다. 이유가 씩 웃으며 대답했다.

"풍운우를 들라 해."

*

하현下弦의 달은 그믐과 가깝다. 활시위를 아래로 당긴 모양이라 반달과 가깝다 해도 빛의 밝음은 상현上弦과는 견줄 수 없이 미약하다.

과연 약손이 궁궐 빠져나가는 날을 하현으로 정한 것은 저에게 득이 될는지, 실이 될는지. 이때 새벽녘에 칠봉과 만날 때 혹여나 다른 사람들 눈에 띄면 어떡하나 싶어 최대한 몸 숨기기 좋은 시기를 골랐는데, 웬걸. 이때가는 이때가고 당장 지금이 중요했다.

약손은 갯버들탕의 독 때문에 별로 험하지도 않은 고갯길에서 몇 번이나 넘어지고, 몇 번이나 굴렀는지 몰랐다. 달빛 하나 제대로 들지 않은 길을 제정신 아닌 몸으로 걸으려니 천지분간 못하고 발작하는 개새끼처럼 휘청거릴 수밖에 없었다.

이러다가는 칠봉을 만나기 전에 딱 죽을 것만 같아 멋모르고 물 없이 해독환을 집어 먹었다가 우웨에엑 한 알도 제대로 못 넘기고 다 토하고 말았더랬다.

입안이 바짝바짝 말랐다. 먹은 것도 없는데 속에서는 헛구역질이 올라왔고 자꾸 무릎에 힘이 풀려 약손은 다 죽어 가는 노인네처럼 작대기를 짚은 채로 겨우겨우 걸음을 옮겨야만 했다.

"아부지…… 물…… 무울……."

어디 웅덩이라도 있을까 싶어서 산길을 걷는 내내 주변을 빠짐없이 살폈는데 어둠 속에서 놓쳤는지 어쨌는지 약손의 눈에 띄지는 않았다.

이제 약손의 입술은 허옇게 말라붙기 시작했다. 마음 같아서는 침을 모아서라도 해독환을 삼키고 싶었는데 아까 주머니에 챙겨 온 절반의 양을 맥없이 토해 버리고 나서부터는 허투루 약 낭비할 생각일랑 아예 접었다. 아무튼 이대로 길바닥에서 객사하지 않으려면 무조건 물이 있는 자리를 찾는 수밖에 없었다.

"헉, 헉, 허억……."

약손의 숨소리가 점점 더 거칠어졌다. 게다가 엎친 데 덮친 격이라고 오늘 일진이 사나울 징조인지 약손은 바닥에 뻥 뚫린 구덩이를 보지 못하고 그대로 발을 헛딛고 말았다.

"어어?"

놀랐을 때는 이미 늦었다. 구덩이에 빠지지 않기 위해 저도 모르게 팔을 허우적거리다가 약손은 그만 저 멀리 아찔한 비탈 아래로 데구루루 공처럼 굴러가기 시작했다.

"흐아아악!"

나무줄기가 사정없이 약손의 얼굴을 후려쳤다. 커다란 돌부리에 어깨를 부딪쳐 절로 억 소리가 나왔다. 하지만 경사를 구르는 속도는 좀처럼 줄어들지 않았다. 약손은 최대한 충격을 적게 받기 위해 몸을 동그랗게 움츠렸다. 그래도 단 하나 다행인 것은 약손이 넘어진 곳이 산 중턱의 꼭대기는 아니었나 보다.

약손은 몇 번을 구르다가 이내 털썩 평지 위에 멈췄다. 갑자기 산을 굴러 내려오는 소란에 한 떼의 새가 푸드덕 홰를 치며 날아가다.

"아으으으으……."

신음이 절로 나왔다. 꼬리뼈가 당겼고 무릎이 욱신거렸다. 살려고 궁궐 나왔는데 이러다가는 딱 죽겠다 싶을 정도였다. 어디를 얼마나 부딪쳤는지는 가늠도 할 수 없었고, 온몸이 노비 매질 당한 것처럼 아파 왔다. 약손은 한동안 자리에 누워 콜록콜록 밭은기침만 토해 내야 했다.

"죽겠다, 진짜……."

아까 산길 구르다가 나무뿌리에 부딪친 명치가 얼마나 아픈지 찔끔 눈물이 다 나왔다. 내 이래봬도 사내 행세로만 수년 차인데 이리 쉽사리 눈물을 보이다니.

한동안 자리에 누워 몸을 추스르던 약손이 이내 흙바닥을 두 손으로 짚고 일어났다. 눈앞이 핵핵 도는 걸 잠시 눈을 감고 참아 내기도 했다.

대체 여긴 어디인가…….

일단 방향부터 찾으려고 애써 정신을 다잡는데 그 순간, 약손의 귓가에서 졸졸졸 물 흐르는 반가운 소리가 들렸다.

아니, 이 소리는?

이제 보니 약손이 흙을 집고 있던 자리는 물기가 흥건한 진흙이었다. 그렇다면 물가가 멀지 않다는 뜻인데! 예전에 저자 떠돌던 장님 박수가 약손의 손금을 만지며 비록 초년의 팔자가 다사다난하고 운수가 사나울지언정 일정 시점만 넘기면 오래오래 벽에 똥칠할 때까지 만수무강 잘 먹고 잘 살겠다며 호언장담을 하더니만. 그 돌팔이 박수의 예언이 딱 맞았다. 약손은 언제나 그렇듯 아무리 죽을 위기에 처해도 용케 살아날 방도를 찾아냈다.

그래. 나 여약손이가 이리 쉽게 죽을 수는 없단 말이야!

약손이 다시금 무릎에 힘을 주며 휙휙 다급하게 주변을 둘러봤다. 그리고 저 멀리, 수풀 사이에서 졸졸 샘물을 뿜어내는 조그만 약수터가 눈에 보였다.

됐다, 됐어! 난 이제 살았어!

약손이 주머니 속의 해독환을 손에 꼭 쥐었다. 주머니에 가득 덜어 놓았던 환은 오는 길에 토하고, 뱉고, 떨어뜨리는 바람에 이젠 몇 알 남지도 않은 상태였다. 일단 이것부터 먹고 아부지한 테 해독제 더 만들어 달라고 해야겠어.

약손이 약수터로 걸음을 옮겼다.

이제 살았구나! 내 인생에 빛이 드는구나!

어지러운 와중에도 머릿속으로는 아부지와 함께 오순도순 살 오두막집, 마당 너머로는 제 명의로 사 놓은 땅뙈기가 신기루처럼 아른거렸다. 약손이 히죽히죽 웃음을 터뜨렸다.

"무울······."

약수터에는 주변을 오며 가며 객들이 가져다 놓은 조롱박이 놓여 있었다. 물론 약손은 조롱박에 물 떠먹을 겨를 따위 없었다. 대뜸 졸졸졸 약수가 흐르는 바위 가까이로 다가가 크게 입부터 벌렸다. 고개를 거꾸로 젖혀 하늘을 보자, 구름에 반쯤 가려진 하현달이 보였다.

그래. 달빛은 너무 밝지도 않고, 너무 어둡지도 않고 딱 적당해. 누가 뭐래도 내 결정은 틀리지 않았지.

도망치기에는 오늘 같은 날이 제격이란 말씀······.

약손이 생각할 때였다.

분명 너무 밝지도 않고, 너무 어둡지도 않은 하현의 빛이 갑자기 눈을 멀게 할 만큼 강한 빛을 내뿜기 시작했다.

"으응······?"

칠흑 같은 어둠 속에서 나타난 엄청난 빛 때문에 약손이 저도 모르게 질끈 눈을 감고 말았다. 이게 무슨 일이야? 한순간 약손은 저가 약에 취해 가지고 헛것을 보는 줄만 알았다.

약손이 손등으로 제 눈두덩을 마구 비볐다.

때마침 바위에 고인 샘물이 조르르 약손의 입가로 흐르려던 순간이었다. 약손이 이제 저는 살겠다고, 역시 박수 말대로 내 명은 질기고 오래오래 만수무강하며 살 거라고 안심하던 그 순간, 약손의 턱 아래로 휘익, 서슬 퍼런 칼날이 들어왔다. 그러고 는 쩌렁쩌렁한 군관의 목소리가 산을 울렸다.

"생도 여약손, 감히 궐의 기강을 어지럽히고 도망치려 하느냐? 내 죽음으로 네 죄를 묻겠다!"

군관의 사자후가 메아리치던 순간부터 약손은 그대로 납작하 니 바닥에 몸을 움츠렸다.

대체 어떻게 알게 됐을까?

궁궐은 죽은 사람 행세를 해서 말짱히 나왔고, 시구문에서 도 망친 게 알려졌다 해도 이렇게 빨리 군관이 제 뒤를 쫓을 리가 없는데? 게다가 만일의 사태에 대비해서 궁길 대신 산 너머의 고갯길을 도주로로 선택한 약손이었다. 제아무리 날고 기는 궐 의 군관이라도 달빛조차 쉬이 들지 않는 야밤에 약손의 흔적을 쫓기는 쉽지 않았을 터.

대체 어떻게 알고 날 쫓아온 거지?

약손의 머릿속이 뒤죽박죽 엉켰다. 하지만 이제 와서 생각해 무엇 하랴. 이미 저가 도망치려 했던 일은 다 까발려진 마당이었 다. 이제 남은 것은 생도의 규율을 어기고 몰래 도망치려 했던 죄를 달게 받는 일뿐. 심지어 약손은 가불 당겨 쓴 전적도 있으 니 아마 전 재산을 몰수당하고 태형(笞刑: 죄인의 볼기를 치는 형벌)에 처해질 것이 분명했다.

오형(五刑: 죄인을 다스리던 다섯 가지 형벌) 중에서 태형이 가장 가볍다 해도 그거 한번 맞으면 살갗이 다 터져 가지고 하체 병신 되는 건 시간문제라던데?

엎드린 약손의 어깨가 부들부들 떨렸다.

어깨뿐만이 아니었다. 거친 흙바닥 위에 아무렇게나 올려놓은 두 주먹, 심지어 꽉 다문 입술조차 한겨울 엄동설한 추위에 내몰린 사람처럼 딱딱 부딪치기까지 했다.

"너 이놈! 네 죄를 네가 알렷다!"

관군의 목소리가 약손의 머리 위로 벼락처럼 내리꽂혔다. 그 앞에 약손은 죽은 개구리처럼 엎드린 채 고개도 들지 못했다.

너 이놈, 여약손! 너에게 태형을 내려서, 웃전을 기만하였으니, 궁궐에서 사사로이 독약을 제조한 죄, 다시는 그 손 자유롭게 놀릴 수 없도록 엄중히 처벌……

군관이 뭐라 뭐라 잔뜩 위협적인 말을 늘어놓는데 정작 약손은 그 이야기를 미처 다 듣지 못하고 자꾸만 자꾸만 제 입술 깨물기 바빴다. 제 의지와는 하등 상관없이 부들부들 떨리는 손목이 심상치 않았다.

약손이 힐끗 눈동자만 움직여 주변을 둘러보았다. 아까 군관에게 멱살 잡혀 끌려올 적에 떨어뜨린 해독환이 흙 위에 아무렇게나 흩어져 있는 것이 보였다.

내가 지금 저걸 먹어야 하는데…….

저걸 못 먹으면 큰일이 나는데…….

심지어 약손은 제가 엎드려 있는 진흙에 질퍽하게 섞인 소량의 물기를 혀로 핥아 먹고 싶을 정도로 심한 갈증을 느끼는 중이었다.

"생도 여약손에게 태형 오십 대, 두 손목을 단수(斷手: 손목을 도끼로 찍는 형벌)하여 생도들에게 고루 돌려 보라 명을 내릴 것이다. 만인에게 본보기를 보여 그 죄의 상응함을……."

약손은 더는 참지 못하고 번쩍 고개를 들어올렸다. 태형을 맞든 단수를 당하든 일단 그것도 지금 당장 살고 봐야 할 일이었다. 약손이 저도 모르게 해독환이 흩어져 있는 방향으로 손을 뻗었다.

지금 이 순간, 약손은 저 환을 삼켜야겠다는 생각밖에 없었다.

"네 이놈!"

하나 약손이 제 맘대로 몸을 움직여 대는 꼴을 마냥 손 놓고 지켜볼 군관들이 아니었다. 옆구리에 칼 찬 군관들의 얼굴 위로 오랫동안 군사 훈련받은 자들 특유의 살기가 가득했다. 약손이 몇 발자국 움직이기도 전에 챙캉! 칼이 목 언저리에 와 닿았다.

"네놈이 아직도 주제를 알지 못하고 방자하게 굴어?"

약손의 목 아래에 닿은 잘 벼린 칼날이 달빛 아래 반짝 빛을 뿜어냈다.

그것이 아니라요, 제가 일부러 방자하게 군 것이 아니라요…… 제가 저걸 먹어야 해서…….

뭐라 말은 하고 싶었는데 서서히 마비되는 혀끝에선 아무런 말도 나오지 않았다. 약손의 입속에서는 그저 '어으으…….' 백치 같은 소리만 새어 나올 뿐이었다. 질끈 감았다 뜬 약손의 눈 아래에서 땀, 흙과 뒤섞인 핏방울이 흘렀다.

그때였다.

무슨 일 때문인지 바닥에 납작 엎드려 있던 약손을 병풍처럼 두르고 서 있던 군관들이 저마다 뒤로 한 걸음씩 물러섰다. 심지어 대열의 한쪽이 쫙 갈라지며 길이 트이기도 했다.

하나 약손은 관군들이 물러나거나 말거나 그저 영문을 모르는 채로 난 이대로 죽는 거냐, 벽에 똥칠하고 오래 산다더니 박수가 제게 공갈을 친 것이냐, 절체절명의 위기를 겪어야만 했다. 다만 약손은 그 와중에도 군관이 물러난 틈을 타서 해독환이 떨어진 흙을 한 움큼 움켜쥐었다.

어떻게든 이걸 먹어야 해! 그래야 살 수 있어! 저도 모르고 있던 절박한 생존 의지가 마구 샘솟았다. 하지만 그때, 약손의 손으로 휙 날카로운 단도가 꽂혔다.

"흐익!"

놀란 약손은 비명도 못 질렀다. 군관들 중 몇 명이 안 그래도 밝았던 주변에 횃불 몇 개를 더 지폈다. 이제 약손이 있는 산기슭은 낮처럼 밝았다. 장대 끝에 잔뜩 묻혀 놓았을 송진 타는 냄새가 코를 찔렀다.

"……."

약손의 등 뒤로 식은땀이 흘렀다. 흙 위에 꽂힌 단도는 약손의 손날 바로 옆에 꽂혀 있었다. 실로 조금만 더 어긋났다면 약손은 도끼로 손목 잘리기 전에 손등이 먼저 터져 병신이 되었을 터다.

약손은 차마 움직이지도 못한 채 그저 망부석처럼 굳어 버렸다. 곧 군관들을 헤치고 웬 남자 하나가 성큼성큼 큰 보폭으로 걸어오는 것이 보였다.

뭐, 군관님들 중에서도 제일 높은 분이시려나? 사내가 한 걸음걸음 옮길 때마다 그 주변을 호위하는 분위기가 엄중해졌다.

설마 나 태형 치러 온 자는 아니겠지?

도끼로 손목 찍으려고?

고운 운문필단 철릭을 차려입은 남자의 기세가 위풍당당하기 그지없었다. 광다회(廣多繪: 명주실로 넓고 납작하게 짠 매듭 띠)

를 두른 가슴팍은 고목 둘레처럼 늠름하였고, 깊숙하게 눌러쓴 마미두면 아래로는 굵은 턱선이 반쯤 드러났다. 얼굴 전체를 보인 것도 아닌데 사내의 온몸에서 귀티가 절절 흘러넘쳤다.

그리고 약손은 여전히 망부석 꼴로 굳어 있는데…….

한데 참 이상한 일이었다. 약손과는 단 한 번도 만난 적도, 말섞은 적도 없어 보이는 지체 높으신 군관의 행색이 어쩐지 낯익어 보이는 것은 왜인지?

"……."

약손이 눈을 깜박였다. 멀찍이서 볼 때는 몰랐는데, 사내가 차려입은 복식이 예사롭지 않았다. 비단에 촘촘하게 놓인 구름운사 솜씨가 참으로 절경이었다. 이윽고 흑립 눌러쓴 사내가 약손의 바로 앞으로 다가왔다.

"……?"

이게 무슨……?

약손이 하염없이 남자를 바라보기만 하는데 문득 그가 허리를 굽혀 아직도 맹한 표정으로 주저앉아 있는 약손과 시선을 맞췄다. 그와 동시에 주변에 서 있던 군관들이 무릎을 굽혀 사내보다 더 낮은 자세로 부복했다.

흑립 아래, 드디어 남자의 얼굴이 보였다.

갓끈 대신 걸어 놓은 누런 빛깔의 밀화蜜畫가 약손의 눈앞에서 차르륵 차르륵 소리를 내며 흔들렸다.

"아으으……?"

약손의 눈이 휘둥그레졌다.

약손이 놀란 까닭은 저거 한 알만 팔아도 평생은 먹고살 수 있는 최상급의 밀화 때문도 아니요, 남자가 걸쳐 입은 귀하디귀한 비단 때문도 아니더라.

"으어…… 으어…… 어어어?"

너, 너, 너, 너는……? 혀가 굳어 제대로 말은 못 하고 웅얼웅얼 옹알이만 내뱉었다.

네가 어떻게 여기에 있어?

네가 왜 여기에 있어?

대체 여기가 어디라고 날 따라온 거야?

그렇다. 철릭 걸쳐 입은 사내는 다른 누구도 아닌, 망충한 도령 이유더라. 그 순간 약손은 도망치는 저가 걱정되어 이유가 차마 저 죽을 자리인 줄도 모르고 멋대로 끼어든 것이라고 생각했다. 애가 아무리 세상 이치 모르고 눈치가 없다 해도 난 지금 군관 나리들한테 잡혀 있는 상태인데, 함부로 아는 척을 하면 어떻게 해? 까딱하면 너도 죽는 수가 있는데…….

하고 싶은 말은 많은데 정작 밖으로 터지는 소리는 한마디도 없으니 약손은 참으로 답답하다는 듯 제 가슴을 쳤다.

이 망충아! 바보야! 모지리야!

약손이 눈으로 갖은 욕을 다하는데 불현듯 이유의 시선이 흙 바닥위에 떨어진 환약에 닿았다.

너 여기서 뭘 해? 얼른 가? 도망가라고, 이놈아!

약손이 웅얼웅얼 뭔가 말을 하거나 말거나, 이유는 손수 흙을 뒤져 동글동글한 환약 몇 개를 솜씨 좋게 골라냈다. 약손은 설마 그런 이유에게도 칼이 떨어질까 싶어 전전긍긍 관군의 눈치를 살피기 여념이 없었다.

하지만 웬일인지 뒤로 물러난 관군은 이유가 무슨 짓거리를 하든 지켜보기만 할 뿐 감히 끼어들 기미가 없었다.

"으어…… 으어…… 으어어어……."

너 가. 가, 가라고!

혀가 굳은 약손의 입에서 뚝뚝 맑은 침이 떨어져 내렸다. 이유는 그런 약손을 물끄러미 보다가 픽 헛웃음을 터뜨렸다. 한데 그 모습은 이제까지 약손이 본 그런 웃음이 아니었다. 어쩐지 낯설게 느껴지는 웃음이었다. 불현듯 약손의 시선이 이유가 차려입은 철릭 어깨 위에 닿았다.

이유의 양어깨. 그러니까 철릭 좌우에 금실로 수놓아진 용자 수가 보였다. 그 발톱 수를 가만가만 세어 보니 하나, 둘, 셋, 넷, 다섯 개더라…….

염병. 이이가 정신이 나갔나? 오조원룡포 무늬는 이 나라의 임금님만 입으실 수 있는 거 몰라서 이래? 얘가 암만 세상 물정 모르고 귀하게 자랐어도 그렇지. 너 이거 알려지면 삼대가 멸하는 건 물론이고 역모 죄로 사지가 찢겨 죽을 수도 있단다…….

하지만 약손의 걱정을 아는지 모르는지 삼대가 멸할 오조원룡포 비단옷을 차려입은 이유는 여전히 여유작작한 표정이었다.

약손의 얼굴이 점점 흙빛으로 변해 갔다. 약손의 이마를 타고 굵은 땀방울이 흘렀다. 아까 산을 구를 적에 나뭇가지가 후려치고 지나가며 상처가 났는지 소금기가 닿은 곳이 몹시 쓰라렸다. 약손이 저도 모르게 한쪽 눈을 찡그렸다. 그동안에 이유는 땅에 떨어진 해독환을 착실히 모아 제 손에 움켜쥐었다. 후후, 바람을 불어 여남은 먼지를 제거하기도 했다. 이유가 제 손에 든 환을 보다가 이내 약손과 눈을 마주했다.

그리고 물었다.

"……이겁니까? 독을 마신다 해도 말끔히 해독해 준다는 환약이?"

"……?"

이유는 참말 그런 게 있냐는 듯 신기한 얼굴로 환약을 손안에서 데굴데굴 굴렀다. 그러다가 그 중에 몇 개는 이유의 악력을 이기지 못하고 짓이겨진 채로 바닥에 흩어졌다.

"으……."

야! 뭐하는 짓이야? 너 이게 어떤 약인지 알면서!

'아무리 그래도 독약을 마시는 일입니다. 어찌 그런 위험한 일을 하시려고 그러세요?'

'그런 걱정은 하지 마. 아우는 우리 아부지 실력을 모르잖아. 해독약은 벌써 만들어 놨다고. 그거 먹으면 말끔히 나아.'

약손은 궐을 탈출하는 방법을 설명하다가 저도 모르게 해독환에 대해서도 미주알고주알 다 설명하고 말았더랬다. 하여간 이 놈의 주둥이가 문제야…….

이제 남은 해독환은 몇 개 없어서 약손은 안절부절못했다.

"어으으으……."

장난치지 마. 그거 줘. 이리 줘. 나 그거 못 먹으면 정말 죽어. 나 달란 말이야…….

약손이 다급하게 손을 뻗었지만 이유는 약손의 손이 닿기 전에 휙 제 손을 등 뒤로 감춰 버렸다.

"?"

약손이 놀란 얼굴로 이유를 바라봤다. 약손은 한시가 급해 애가 타는데 정작 이유는 재미있는 광대놀이 구경이라도 하는 양 벙실벙실 웃기만 했다.

너 어째서…….

약손이 발을 동동 구르며 버릇없게 구니까 곁에 있던 군관이 '무엄하다!' 엄하게 호통을 쳤다. 그쯤 되니 아무리 약손이라 해도 뭔가 잘못됐다는 생각이 들지 않을 수가 없더랬다.

그동안 월당에서 만날 때마다 이유가 야잠의 입고 있어 잘 몰랐지만 언뜻언뜻 옷감 곳곳에서 보이는 뛰어난 바느질 솜씨. 하다못해 이유가 허리춤에 차고 오는 노리개 또한 예사롭지 않았더랬다. 나는 그게 이유가 엄청난 집안의 부잣집 도령이라서 그런 줄만 알았는데······.

'이제 임금님은 월당에 오지 않으신대요. 풍경이 질린다고······. 더 좋은 장소를 찾으셨대요.'

'무슨 이유 때문에 월당에 아니 오십니까? 주상 전하가 무서워서 그러세요? 관군이 무릎 자를까 봐요? 그런 걱정일랑 접어 두세요. 앞으로 이런 일 두 번 다신 없도록 제가 더 노력하겠습니다.'

생각해 보면 이상한 점이 한둘이 아니었다.

뭐, 저 말로는 웃전들 이야기를 귀동냥하여 알게 됐다는데 대체 제까짓 게 임금님이 월당에 오시는지 아니 오시는지 어떻게 장담할 수 있는지? 또한 관군이 찾아오지 않도록 저가 무슨 수로 노력을 할는지? 고작 서관 잡부에 불과한 망충 서생 따위가 말이다.

"!"

이윽고 약손의 얼굴이 허옇게 질려 가기 시작했다. 해독환을 먹어야 할 시점을 한참 넘긴 참이라 점점 호흡이 가빠졌다. 한데 그것이 그동안 망충하다 무시하고 하대했던 이유의 정체를 어렴풋하게나마 유추했기 때문인지, 아니면 갯버들탕의 기운이 퍼져서인지 약손은 가늠도 할 수 없었다.

너 설마······ 설마 네가······.

'글쎄, 이 금천교에서 김종서 영감의 무리가 싹 다 철퇴에 맞아 죽었다는군. 수양 대군, 아니 주상 전하께서 화가 엄청 나셔 가지고······. 아예 작살을 냈대.'

'성정이 잔혹하기로 이루 말할 데가 없어 유독 박살형을 좋아 하신다나? 금천물에 몇 날 며칠 동안 핏물이 줄줄 흘렀대.'

'이전에 계시던 어린 마마는 아주 먼 데로 귀양 보내 버리고 친동생인 안평 대군마저 피를 보았는데……'

맨 처음 궁궐에 들어왔을 때 수남 아저씨가 전해 주었던 끔찍한 이야기. 너희도 죽고 싶지 않으면 궐내에서 처신 잘 해야 한다는 충고. 뭐 그런 것들이 약손의 머릿속을 스쳐 지나갔다.

나름 궐에 있는 동안 있는 듯 없는 듯 죽은 듯이 잘 살았다고 자부하였는데, 대체 나는 여태까지 누구와 어울린 것인지? 그동안 유황 도적질을 함께하고, 궐내에 떠도는 주상 전하의 소문을 전하며 함께 흥봤던 자는 대체 누구란 말인지?

"너으…… 어ㅇㅇㅇ……"

황망한 약손이 저도 모르게 제 앞에 선 이유의 얼굴에 삿대질을 해댔다. 감히 어느 안전이라고, 무엄하다 큰소리를 칠 법도 한데 정작 이유는 그런 약손을 보며 빙긋 웃기만 했다.

"예, 맞습니다. 이제 아시겠습니까?"

"으어어……"

"제가 바로 형님이 그토록 무섭다, 잔혹하다, 악귀와 다름없다…… 누누이 말씀하시던 장본인입니다."

"!"

이유의 얼굴에서 웃음기가 싹 가셨다.

이유는 이때껏 약손에게 단 한 번도 보여 준 적 없는 아주 날카로운 얼굴로 약손을 내려다보았다. 이유가 이제 몇 알 남지도 않은 환약을 굴리며 약손을 응시했다.

"하면 이제 어쩔까요? 궐내의 사품을 빼돌려 재물을 취한 자, 지엄한 주상의 분부를 어기고 마음대로 금족의 구역을 드나든

자, 사사로이 독을 제조한 자, 죽은 자로 위장하여 궐을 도망친 자……."

"!"

죄목을 나열하자니 줄줄줄 끝이 없었다. 정말이지 약손은 당장 죽어도 이상하지 않을 온갖 범법이란 범법은 다 저지르고 다녔다. 차라리 약손은 이 모든 것이 다 꿈이길 바랐다. 하지만 이유는 제 앞의 약손 따위 조금도 상관하지 않고 말을 이었다.

"죄인을 살려 두고 싶지는 않습니다."

"?"

"그 죄인이 멀리 도망가 평온하게 사는 꼴은 결코 더더욱 보지 못하겠습니다."

"……?"

"제 곁을 떠나 사는 걸 보느니……."

"……?"

"차라리 그 목숨 거둬 제 곁에 머무르게 하겠다는 말이에요."

비죽 이유의 입술 끝이 비틀렸다. 동시에 이유가 손에 쥔 환약을 휙 바닥으로 던져 버렸다. 이유의 손만 오매불망 바라보던 약손의 눈이 놀라 커졌다.

"!"

너 대체 이게, 이게 무슨 짓이야!

동시에 가쁜 숨을 겨우겨우 몰아쉬던 약손은 정신을 잃었다.

*

입안으로 조르륵 차가운 기운이 흘러들어 왔다. 맨 처음에는 그게 무엇인지도 잘 모르고 그저 본능적으로 혜에 입만 벌려 받아먹었다. 까슬까슬한 입속이 점점 보드라워지고 바싹 말랐던 배 속이 점점 더 편안해졌다.

"더 줘…… 더 먹을래……."

타는 듯한 갈증에 시달렸던 약손이 저도 모르게 칭얼거리며 떼를 썼다.

"약손아! 정신이 들어? 약손아!"

귓가에서 익숙한 목소리가 들렸다. 하지만 눈은 마음처럼 쉬이 떠지질 않아서 약손은 가위에 눌린 사람처럼 온몸에 잔뜩 힘을 주고 버티다가 겨우 팟 두 눈을 떴다.

그 갑작스러운 움직임에 입안으로 조금씩 흘러들어 가던 차운 물이 코로 넘어갔다. 코끝이 찡해질 정도로 도는 매운 기운에 약손이 발딱 고개를 쳐들고 일어났다.

그와 동시에 챙그랑!

깜짝 놀란 복금이가 쿵 엉덩방아를 찧으며 넘어졌고, 약손의 입으로 물을 떠넘기던 놋수저는 아무렇게나 방바닥을 굴렀다.

"약손아……? 너 괜찮아?"

"허억!"

여기가 어디야?

나 안 죽었어?

약손이 손바닥으로 제 목부터 잡아 봤다. 오른쪽 턱 밑, 맥박이 팔딱팔딱 고르게 뛰는 것이 느껴졌다. 혀를 쭉 내밀어 좌우로 움직였더니 그새 마비가 풀린 건지 자유자재로 맴돌았다. 정수리, 귀, 눈, 입술, 어깨, 무릎…… 하나하나 짚어 보고 만져 본 약손은 이내 제 몸에 아무 이상이 없구나, 갯버들탕 마시고 해독환 못 먹었으니 빼도 박도 못하게 반병신되나 싶었는데 다친 데는 하나도 없이 멀쩡하구나, 안도의 한숨을 내쉬었더랬다.

"약손아, 왜 그래? 어디 아파? 몸이 안 좋아?"

다만 복금만이 그런 약손이 좀 이상하다는 듯 걱정스러운 눈빛으로 바라볼 뿐이었다. 복금이 얼른 머리맡을 뒤졌다 그러고는 꼬깃꼬깃 손바닥만 하게 접힌 한지를 폈다. 안에는 새알처럼 뭉쳐 놓은 동그란 환약이 들어 있었다. 복금이 환약과 대접의 물을 약손의 얼굴 앞으로 내밀었다.

"정신 들면 이것 좀 먹어 봐. 너 이거 꼭 먹여야 한대. 이거 먹어야 나을 수 있대."

"이건……?"

약손이 환약을 코 밑에 가져가 킁킁 냄새부터 맡아 봤다. 특유의 알싸한 냄새가 나는 걸 보니, 약손이 만들어 놓았던 갯버들탕의 해독환이 틀림없었다.

아니, 이게 어떻게 여기에 있지? 분명 내가 다 토해 버렸고, 남은 것들은 전부 다 흙바닥에 버려졌는데…….

생각이 거기까지 이르자 불현듯 저가 정신을 잃기 전에 겪었던 일이 새록새록 떠오르기 시작했다.

갯버들탕을 마시고 죽은 척하여 궐을 빠져나온 일, 시구문 밖에서 도망친 일, 샘물을 찾아 헤매다가 갑자기 들이닥친 관군을 만난 일, 그리고…….

'죄인을 살려 두고 싶지는 않습니다. 그 죄인이 멀리 도망가 평온하게 사는 꼴은 결코 더더욱 보지 못하겠습니다.'

'제 곁을 떠나 사는 걸 보느니…….'

'차라리 그 목숨 거둬 제 곁에 머무르게 하겠다는 말이에요.'

한 치의 망설임도 없이 해독제를 흙바닥에 버리던 이유의 얼굴까지. 이유가 차려입은 철릭 양쪽 어깨에 놓인 오조룡 금실 자수가 아직도 눈앞에 선연했다.

조선 땅에서 오조룡五爪龍이 의미하는 바는 단 하나뿐이었다.

천하의 지존. 주상 전하. 상감마마. 임금님.

이유가 아무리 세상 물정을 모른다 한들, 오조룡 수놓인 옷을 제 맘대로 척척 입을 수는 없었다.

그 말인즉슨, 오조룡 새겨진 철릭을 입은 이유는 바로……

그는……

"흐이이이익!"

약손이 기겁을 하며 놀라 뒤로 물러났다. 그 바람에 복금이가 손에 들고 있던 대접이 엎어지며 사방에 물이 튀었고, 잘 개어 놓았던 환약이 데구루루 방구석으로 굴러갔다.

"약손아! 너 이거 먹어야 된단 말이야! 꼭 먹으라고 그랬는데…… 안 먹으면 큰일 난다고 그랬는데……?"

"누가? 누가 그래? 누가 이 약을 주고 갔는데?"

약손이 귀신이라도 본 듯한 얼굴로 되물었다. 얘가 정말 왜 이러지? 죽다 살아나서 그런가? 성격이 변했는가? 아직 제정신이 돌아오지 않은 탓인가?

당황한 복금이 애써 차분하게 약손의 말에 대답했다.

"나도 잘은 몰라. 그냥 대전의 어르신이었는데 너한테 이 약을 꼭 먹이라고 하셨어. 그래야 네가 산다고……"

"대전 어르신?"

설마 꿈일까, 허깨비를 본 것은 아닐까, 내가 꽃인지 나비인지 구분 못 하는 호접지몽을 헤매는 것은 아닐까…… 마지막 희망을 걸었는데 환약 주고 간 이가 다름 아닌 대전 소속의 어르신 이라니!

이제 약손은 방 벽에 찰싹 달라붙은 채로 오들오들 떨고 있었다. 심지어 이불을 꽁꽁 둘러 싸매고 두더지처럼 숨기까지 했다.

"복금아, 이거 꿈 아니지? 차라리 꿈이라고 해줘. 내가 정신이 나간 거라고 말해 줘……."

"대체 무슨 일이 있었는데 이래? 맥이 안 뛰어서 죽은 줄만 알았더니 갑자기 이렇게 멀쩡히 살아 나타나지를 않나……. 대체 뭐야? 응? 왜 그래? 무슨 일이야?"

사실 답답하기로 따지자면 복금이 약손보다 더하면 더했지 덜하지는 않았다. 새벽녘, 약손이 실신한 채로 대전 나인의 등에 업혀 숙사로 돌아왔을 때 복금은 정말 놀라 까무러치는 줄만 알았다. 분명 죽어 실려 나간 이가 어떻게 다시 되살아났을까? 어떻게 되돌아왔을까? 자초지종을 묻고 싶었지만 감히 생도 나부랭이가 대전 소속의 어르신께 질문할 수는 없었다. 복금은 그저 발만 동동 굴렀다.

다만 복금은 대전 내시가 분부 내린 대로 약손의 입이 마르지 않도록 계속 물을 먹였으며, 시간마다 환약을 숟가락 위에 으깨서 입안으로 흘려보내 줬더랬다. 복금은 꼬박 밤새우며 약손을 간호했다.

처음엔 이깟 환약 먹인다고 약손이 정신을 차릴까 싶었는데, 실제로 핏기 하나 없던 약손의 얼굴에 혈색이 돌고, 차츰 숨소리가 안정되는 것을 보고 나서야 겨우 안심했다. 한데 약손은 말짱히 정신을 차려 놓고 모든 게 꿈이라는 둥, 저는 이제 죽었다는 둥 헛소리만 줄줄 내뱉으니 대체 어떤 앞뒤 사정이 있는 건지 전혀 알 수가 없었다.

"약손아, 말해 봐. 응? 나한테 이야기를 해야 나도 널 도와주지. 왜 그래? 무슨 일이 있었던 거야?"

복금이 이불 둘러싼 약손을 어르고 달랬지만 약손은 이불 안에서 꿈쩍도 하지 않았다. 한참을 이불 속에서 죽은 듯이 엎드려 있던 약손이 마침내 꺼이꺼이 울음을 터뜨렸다.

"나도 몰라. 어떻게 된 일인지 나도 하나도 모른다고!"

"그게 무슨 말이야? 네가 모르면 누가 알아?"

"난 이제 끝장이야. 난 죽었어…… 난 이제 무릎이 잘린 다음에, 손목도 작살나고, 철퇴 맞고 박살형에 처해질 거라고!"

으어어어엉!

햇살 쏟아지는 숙사의 아침, 약손의 울음소리가 울려 퍼졌다.

새벽녘 시구문 밖에까지 친히 다녀온 이유는 밤새 무슨 일이 있었냐는 듯 말짱한 얼굴이었다. 늘 그렇듯 신료들과 조강을 끝마치고 나서 아침 수라를 받았다. 몸이 좀 허하였는지 밥 한 공기를 뚝딱 해치우고서는 찻물로 말끔하게 입까지 헹궜다. 나인들이 수라상 치우는 걸 물끄러미 바라보다가 이내 시큰둥한 표정으로 동재에게 물었다.

"그래, 여약손은 뭘 하고 있더냐?"

"예. 아까 아침나절에 정신을 차려 물 한 사발을 비우고는 내내 자리보전하며 누워 있다 하옵니다."

"그뿐이냐?"

"저는 곧 죽을 거라고 곡을 하며 운다던데요?"

그 말에 이유 본인도 자각하지 못한 채로 피식 웃음이 새어 나왔다. 제 한목숨 보전하는 것을 누구보다 간절하게 바라는 자이니 멀쩡히 살아났다고 좋아할까, 춤을 출까, 노래를 할까, 어떤 반응 보일지 궁금하였는데 곡하며 울고 있다니.

"……울어?"

"예."

하긴 여태까지 저가 망충하다고 무시한 도령이 실은 이 나라의 임금님이라는 사실을 깨달았으니 당장의 한목숨 부지했다고 마냥 기뻐할 리가 없다. 게다가 저가 여태까지 저지른 죄가 어디 한두 가지여야 말이지. 이유 본인이 눈앞에서 지켜봤으니 줄줄이 굴비처럼 엮을 죄목만 한 두름이 넘었다.

"밥은 먹었고?"

"식음 전폐하였다 하옵니다."

허허…… 예전에 칠촌에서 밥 먹는 꼴 보니까 고봉밥을 막 두세 그릇씩 해치우고도 속이 허해 어쩔 줄 모르던데? 입으로 들어가는 건 없어서 못 먹지, 부러 등 돌리고 입맛 없다거나 기력 없다고 말할 자가 아니던데? 어마무시한 식성 가진 약손이 밥 한술을 못 뜨고 있다는 소식을 들으니 아마 어젯밤에 어지간히 놀랬나 싶었다.

그렇게나 많이 겁주려던 것은 아닌데…….

그냥 좀 놀려 주고 싶었던 것뿐인데…….

이유는 어젯밤 시구문 밖에서 있던 일을 떠올렸다. 독을 마셔 정신이 오락가락했던 약손은 잘 모르겠지만 사실 이유는 정말로 약손에게 진노하였다거나, 제 말마따나 목숨을 거두네 마네 하려던 것은 절대 아니었다.

'아우는 우리 아부지 실력을 모르잖아. 해독약은 벌써 만들어 놨다고. 그거 먹으면 말끔히 나아.'

궐을 떠나려는 것도 아부지 병간호할 사람이 저밖에 없어 그렇다더니, 세상에 말만 열면 아부지 아부지 우리 아부지……. 서슴없이 독약을 마시겠다는 말도 이상한데, 극약을 환약 몇 알로 해독한다는 말은 더 신기하고 더 믿을 수가 없었다.

'이겁니까? 독을 마신다 해도 말끔히 해독해 준다는 환약이?'

이유는 정말 궁금해서 물어봤을 뿐이었다. 한데 혁은 마비되어 가지고, 되뇌는 말이라고는 '어으으 어으으으' 이상한 옹알이를 하는 약손의 모습이 참 팔푼이 같고 모지리 같아 우습기 짝이 없었다.

제 앞에서 매일 형님인 척하더니 참 꼴좋다, 고소하기도 하고.

뭐 그러다 보니 마음속에서 불쑥 약손을 놀려 주고 싶은 마음이 샘솟았더랬다.

'죄인을 살려 두고 싶지는 않습니다. 그 죄인이 멀리 도망가 평온하게 사는 꼴은 결코 더더욱 보지 못하겠습니다.'

'제 곁을 떠나 사는 걸 보느니…….'

'차라리 그 목숨 거둬 제 곁에 머무르게 하겠다는 말이에요.'

한데 장난이 과해도 너무 과했나 보다. 약손이 허세만 가득할 뿐, 실은 세상 누구보다 졸보 짓 하는 사내라는 걸 잠시 잊고 말았다. 이유가 장난 좀 쳤더니 약손은 그만 까무룩 정신을 잃고 쓰러지는 것이 아닌가?

사실 바닥에 버린 환약은 몇 알 되지도 않았고, 실제로는 철릭 소매에 숨겨 놓았다가 '짠! 이것 좀 보세요. 제가 장난친 겁니다. 속으셨죠?' 자랑스럽게 농담하려고 했었는데.

'너으으으…… 으으으으으…….'

약손이 황망한 얼굴로 풀썩 쓰러졌을 때는 도리어 이유가 더 놀랐었다.

'형님, 정신 좀 차려 보세요. 장난입니다. 장난친 거예요. 환약은 여기 있습니다!'

이유가 다급하게 약손의 팔다리를 주물렀다. 샘물을 떠다가 입안에 흘려주고, 입을 억지로 벌려 환약을 목구멍 깊숙이 밀어 주었다. 하지만 약손은 기절한 채 그대로 조금도 눈뜨지 못했다.

결국 이유는 정신 잃은 약손을 데리고 궐로 돌아오는 수밖에 없었다. 그나마 다행인 것은 그토록 입에 침이 마르도록 자랑하고 칭찬하던 저희 아부지가 만든 환약이 실제로 효과가 있어 정신을 좀 차렸다는 것일까?

"전하, 조회에 드실 시간이옵니다. 동부승지가 기다리고 있나이다."

"그래?"

"예."

아무리 생각해도 내가 장난이 좀 심했나 봐. 그치가 실속 따위 조금도 없는 겁쟁이라는 걸 깜빡하다니. ㅉㅉ응, 신음한 이유가 자리에서 일어났다. 편전으로 가는 내내 마음이 썩 편치 않았다. 편전 댓돌 위에 오르기 전, 동재가 다가와 조용히 속삭였다.

"하면, 여 생도는 어찌할까요?"

"……음."

그 생도는 말이지. 발칙하게도 나를 속인 여약손.

나를 두고 도망가겠다 결심한 생도 나부랭이.

그이는 말이야……. 이유가 아무도 들을 수 없도록 작은 목소리로 동재에게 짤막한 분부를 내렸다. 동재는 세상에서 가장 중요한 이야기를 듣는 듯 심각한 목소리로 경청하더니 '예. 그리하겠나이다.' 대답하고는 뒤로 물러났다.

곧 편전의 문이 열렸다.

"주상 전하 납시오!"

우렁찬 목소리와 함께 승지를 필두로 대소 신료들이 자리에서 일어섰다.

第九章. 상약 생도

참 이상했다.

약손이 궁궐로 돌아온 지 여러 날. 날이 밝는 대로 무릎이 잘리거나, 도끼로 손목 찍히거나, 철퇴에 머리를 맞아 시신이 아스러지고 바스러져 가루가 될 거라고 예상했는데 약손은 멀쩡하기만 했다. 무서운 관군이 찾아온 적도 없고, 차가운 옥에 갇혀 모든 죄를 자복하라 문초하는 일도 없었다.

심지어 약손은 아직 몸이 좋지 않다는 이유로 모든 일과에서 배제되기도 했다. 하루하루 등 따습고 배부른 나날이 이어졌다. 약손은 첫날에는 미음을, 둘째 날에는 죽을, 셋째 날에는 흰 쌀밥을 골고루 배 터지도록 먹었다.

약손이 움직이는 거리라고는 빈청 앞의 마당과 밥 먹을 때 나다니는 숙사가 전부. 덕분에 약손은 팔자에도 없는 몸보신을 하며 얼굴에 포동포동하게 살이 오르는 지경에 이르고 말았다.

약손은 하루 종일 뒹굴다가 느지막이 일어나 칠봉에게 전할 서찰을 썼다. 만나기로 한 때에 저가 나타나지 않았으니 아마 지금쯤 칠봉의 걱정은 어마어마할 터였다. 약손이 서찰을 보내기 위해 마당으로 나갔다.

"어이, 약손이. 몸은 좀 괜찮나? 숨 끊어져 죽었다더니 어째 다시 살아왔어? 용하네, 용해."

"독 있는 약초를 잘못 씹어 몸에 마비가 왔다면서? 세상에, 명부에도 없는 황천길 떠날 뻔했네그려."

내의원 마당에 생도들이 전부 모였다. 생도들은 간만에 얼굴 드러낸 약손에게 저마다 한마디씩 건네며 걱정의 말을 전했다. 사람들은 사건의 전말은 전혀 모르고, 그저 몸이 마비된 약손을 의원이 죽은 것으로 오해해 시구문 밖에까지 다녀온 거라고 생각했다. 하긴 그 누가 스스로 독약 먹을 거라고 상상이나 할 수 있을는지? 약손의 입장에서는 퍽 다행이라면 다행인 일이었다.

"그러나저러나 갑자기 무슨 일이래요? 왜 모이라는 거래요?"

복금이 걱정스러운 표정으로 물었다. 어차피 생도들이야 잡일 하는 일꾼들인데, 이렇게 전부 다 모이라는 명령이 떨어질 때는 괜히 잘못한 것도 없으면서 가슴이 철렁 내려앉았다. 저번에 칠촌에 불려 갈 때도 이렇게 싹 다 마당에 불러 놓고 명령을 하셨던 것 같은데……

또 무슨 큰일이 일어난 건 아닌지 생도들 얼굴에 불안한 기색이 스쳤다. 하지만 곧이어 촉새 수남이 마당에 들어오면서 궁금증은 금방 풀렸다.

"다들 들었는가? 오늘 상약 생도를 따로 뽑는다네. 그래서 우리를 이렇게 다 부른 거래."

"상약 생도? 그게 뭔데요?"

상약 생도라니? 다들 그런 건 들어보지도 못했다는 듯 갸웃 고개를 젖혔다. 덕분에 수남의 어깨가 더욱 하늘 높이 치솟았다.

단언컨대 남들 모르는 정보를 한발 일찍 접하여 동네방네 떠들어 대는 것이 수남 인생의 가장 큰 보람이 분명했다. 수남은 에헴에헴 헛기침을 해대며 저에게 집중된 생도들의 시선을 한껏 즐기다가 못 이기는 척 말을 이었다.

"상약 생도, 그게 뭐냐 하면 말이야……."

상약尙藥.

본래는 내시부에서 궁중의 약에 관한 일을 맡아 보던 종삼품 벼슬을 뜻하는 말이었다. 말이 약에 관한 일이지, 간단하게 설명하자면 왕이 탕약을 마시기 전에 그 안에 독이 들었는지, 다른 불경한 것은 없는지 미리 맛보는 내시를 일컬었다. 마치 미리 음식을 맛보는 기미 상궁과 비슷한 격이라고 생각하면 편했다.

상약 내시는 종삼품의 벼슬을 가진 이들이 주로 맡아 봤는데 이유가 왕에 오른 후부터는 일반 내시부에서 재원을 뽑지 않고 동재가 각별히 고르고 고른 자를 추천해 상약 임무를 맡게 했다.

왕에게는 여러 가지 위험이 도사리고 있었지만 특히 이유는 독살에 민감했다. 이유가 마시고 먹는 음식은 말할 것도 없었고, 특히 모든 탕약은 엄격한 검수를 거쳐야만 했다.

한데 이유 즉위 후 쭉 상약 일을 돌보던 자가 아비를 잃어 삼년상을 지내기 위해 고향에 내려가게 되는 일이 벌어졌다. 최소 삼 년 동안은 궐을 떠나 있어야 하니, 상약 일을 맡을 새로운 사람을 뽑는 것은 당연할 터.

동재는 새로운 상약 내시를 들일지, 저가 움켜쥔 인맥을 총동원해 믿을 만한 자를 선별할지 고민에 고민을 거듭하는 중이었다. 실제로 동재는 머릿속으로 몇 명의 인물들을 최종 후보군으로 추려 내기도 했었다. 한데 모두 부질없는 일이었다.

'하면, 여 생도는 어찌할까요?'

얼마 전, 여약손이 아비의 병환을 핑계로 궐을 빠져나갔을 때 동재는 그를 어떻게 처분할지 이유에게 물었다. 여약손에게 보통 사람들처럼 유황을 훔친 죄, 금족령을 어긴 죄, 사사로이 독을 제조한 죄, 생도의 규율 어긴 죄를 따지고 들 것이 아니라는 것쯤은 벌써 파악했다. 주상 전하께선 여약손과 함께 칠촌에서 보낸 날이 있으시고, 나름 각별한 정을 느끼시는 게 분명했다.

그런 동재의 생각을 방증이라도 하듯 이유는 여약손에 대하여 미처 생각지도 못했던 지시를 내렸다.

'여약손…… 그이는 말이지…….'

내의원 각사에 동재를 비롯한 대전 내시들이 함께 들었다. 동재의 갑작스러운 방문에 종육품 이상의 의원들이 버선발로 뛰쳐나와 맞았다. 다른 이도 아니고 동재다. 그는 주상이 수족처럼 부리는 자. 고로 동재가 걸음 한 것은 임금이 직접 찾아온 것과 진배없는 일이었다.

"상선, 미리 언질도 없이 어인 일이십니까? 미리 알려 주셨으면 소인이 미리미리 준비하였을 텐데요."

"생도는 여기 있는 자들이 전부입니까?"

"예, 그렇습니다."

종오품의 판관이 어떻게든 눈도장 좀 찍어 보겠다고 아첨을 떨어 대는데 동재는 그에게 일말의 관심도 주지 않았다. 동재의 시선은 오직 내의원 마당에 바짝 엎드려 있는 생도들에게 멈춰 있을 뿐이었다.

생도들이 엎어져 있으니 보이는 것은 새카만 정수리뿐이더라. 동재가 신경질적으로 얼굴을 찡그렸다.

"얼굴이 하나도 보이지 않으니 답답하구만. 무슨 죽을죄 지었어? 다들 일어나 고개를 들어 봐."

동재의 말에 판관이 '얼른 일어나지 않고 뭘 꾸물거려?' 빽 소리를 질렀다. 아니, 좀 전에는 웃전 심기 거르지 말고 죽은 듯 엎드려 있으라면서요? 이랬다저랬다 변덕이 죽을 끓네, 진짜. 약손은 그 와중에도 구시렁대며 무릎을 털고 자리에서 일어났다. 혹여나 그 불평이 들릴까 복금이 그런 약손의 옆구리를 쿡 찔렀다.

동재는 한쪽에 도열해 있는 생도들의 얼굴을 하나하나 살피기 시작했다.

"상약 내시를 따로 뽑지 않고, 어찌 천한 생도들에게 이런 엄중한 일을 맡기세요?"

"……."

판관이 동재의 뒤를 졸졸 쫓으며 말을 걸었다. 물론 동재는 아무 대답도 하지 않았다. 동재의 단호한 등이 제발 나 귀찮게 하지 말고 썩 꺼져 달라 말하고 있었다. 그 뜻이 너무도 분명하고 노골적이라 괜히 민망해진 판관이 흠흠, 헛기침을 하며 뒤로 물러났다.

판관을 떨쳐 낸 동재는 좀 더 자유롭게 생도들을 살폈다.

저이가 주상 전하 곁을 그림자처럼 지키는 자라더군. 주상 전하께서 그 누구보다 믿고 의지하셔서 수족과 다름이 없대. 정말 중요한 일은 모두 상선을 거쳐야만 통용된다더군…….

아까 수남이 촉새처럼 나불거린 이야기 때문에 생도들은 괜히 더 주눅 들고 겁먹은 표정이 되었다.

그 높으신 임금님께서 스스럼없이 믿고 쓰임 하는 자라니. 동재의 눈이 스칠 때마다 잘못한 것도 없는데 괜히 마음이 조마조마해졌다. 한데 수남은 '내가 반드시 상약 생도에 뽑히고 말겠다! 임금님을 가까이 모시는 자가 되겠다!'라는 듯 숨겨 왔던 야망을 드러내며 초롱초롱한 눈빛으로 동재를 바라봤다. 하지만 그 의지가 사뭇 부담스러웠는지 동재는 못 본 척 수남의 앞을 스쳐 지나갔다.

아, 아깝다. 내가 만약에 상약 생도로 뽑히면 최선을 다해 약을 맛볼 수 있을 텐데. 탕약 안에 독이 있는지, 불순물이 있는지 누구보다 예리하게 찾아낼 수 있는데…….

수남은 동재가 저를 지나치자 섭섭한 마음에 울상을 지어 보였다. 동재가 스쳐 지나가는 생도의 숫자가 한 명, 두 명, 세 명, 네 명…… 점점 많아졌다. 동재가 어떤 기준으로 상약 임무를 맡길 생도를 찾는 지는 아무도 알지 못했다.

뭐, 만약에 뽑히면 가까이서 임금님 보게 되는 거니까 가문의 영광이 따로 없겠지. 어디 가서 무시당하지 않는 것은 물론이고, 듣자 하니 임금님과 체질을 비슷하게 만들기 위해 임금님이 드시는 음식도 똑같이 먹는다는데……. 하여튼 뽑히기만 하면 그날로 운수 트이는 것은 분명한 일이었다.

모두가 다른 누구도 아닌 내가 상약 생도로 뽑혔으면 좋겠다고 간절히 바라던 이 순간, 단 한 사람 약손만이 제발 저는 뽑지 말아 달라고, 상약 생도고 나발이고 저를 그냥 스쳐 지나가 달라고 그 어느 때보다 간절하게 기도를 했더랬다.

그 망충한 도령…… 아니, 망충한 도령이래! 미쳤어! 너 지금 여기가 어느 안전이라고 그런 불경한 말을……! 그러니까 천하제일 지존 임금님께서 여태까지 약손에게 벌을 내리시지 않는 까닭은 어쩌면 약손의 방자함을 깜빡 잊으셨기 때문일지도 몰랐다.

생각해 보라. 한 나라의 지존이신 주상 전하가 해야 할 일이 얼마나 많으실까? 괜히 임금의 정사를 만기萬機라고 하는 것이 아니었다. 하루에도 만 가지 이상의 일을 처리하시는 분이니 약손의 처분 따위는 어느새 임금님의 기억 속에서 까맣게 잊힌 지 오래일지 몰랐다. 그게 아니라면 이유가 약손을 여태 벌주지 않을 연유가 없었다.

만약 그런 거라면 궐을 탈출하는데 실패한 지금으로서는 최대한 주상 전하 눈에 띄지 않고 죽은 듯 살아가는 게 약손이 목숨을 부지할 수 있는 최대한의 방책이었다. 약손은 유황이고 나발이고 도적질은 딱 끊은 지 오래였고, 월당 근처에는 얼씬도 하지 않았다. 약손은 정말이지 죽고 싶지 않았다. 개똥밭에 굴러도 이승이 좋았으며 오래오래 벽에 똥칠할 때까지 살고 싶었다.

늙은 노모 봉양하는 자손들이 힘들거나 말거나 내가 너희를 낳아 줬잖아! 내가 없었으면 네들이 태어나기나 했을 것 같아? 그러니 날 부양해라, 이것들아! 심술궂은 할망구 소리 들으면서도 그렇게 천년만년 살고 싶은 것이 솔직한 심정이었다.

하여 약손은 상약 생도 따위, 인생 역전 따위 꿈도 꾸지 않은 채 푹 고개를 숙이는 것도 모자라 최대한 동재 눈에 띄지 않기 위해 복금의 등 뒤로 살금살금 숨기까지 했다.

어느덧 동재가 약손 근처까지 왔다. 대체 뭐가 문제인지, 뭐가 그렇게 까다로운지 동재는 여전히 상약 생도를 결정하지 못했다. 하긴 임금님을 바로 곁에서 모실 자를 뽑는 거니까 신중에 신중을 기해야 하겠지……

약손은 설마 그 높은 기준에 부합하는 인물이 저일 수는 없을 거라고 확신을 거듭했다. 그리고 여태까지 살아온 약손의 인생을 반추해 봤을 때, 약손은 뽑기 운 같은 건 지지리도 없었다. 저자에서 소소하게 내기 거는 雙六쌍륙, 주사위 놀이, 말판 같은 걸 하면 백이면 백 호구 잡혀서 재산을 잃어야만 했다. 그래서 약손은 다들 뽑히길 바라는 상약 생도의 자리에 저가 뽑히리라고는 눈곱만큼도 기대하지 않았다. 실제로도 동재는 복금의 등에 반쯤 몸을 가린 약손을 휙 지나쳐 갔다.

"휴…… 다행이다."

까딱했다가는 임금님 면전에서 알짱거리는 신세 될 뻔했네. 내가 어떻게 살아났는데! 죽을 자리에 내 발로 스스로 걸어 들어갈 수는 없지!

약손이 안도의 한숨을 내쉬며 가슴을 쓸어내리는 그때, 불현듯 동재가 뒷걸음치더니 고개를 푹 숙이고 있는 약손을 똑바로 쏘아봤다. 동재가 검지를 펴서 약손을 가리켰다.

"너!"

우와, 누군지는 몰라도 되게 잘됐다! 나는 아니잖아! 그래, 나만 아니면 돼! 나만 살면! 나만 오래 살면 되는 거라고! 역시 나는 운수가 좋아!

약손이 땅을 내려다보며 헤헤 속으로 함박웃음을 터뜨렸다. 하지만 '너!'라고 말하는 목소리가 왜 내 앞에서 들리는 것 같은지? 엄청나게 가깝게 들리는 것 같은지? 꼭 코앞에서 말하는 것처럼……?

약손이 웃음을 삼키며 무심코 고개를 들었다. 그리고 약손은 제 바로 앞에 보이는 광경에 '으아아아악!' 심장을 붙잡으며 뒤로 물러났다. 깜짝 놀란 것도 모자라 심지어 다리에 힘이 풀렸는지 자리에 풀썩 주저앉고 말았다.

혼자 놀라고, 혼자 소리 지르고, 혼자 넘어지고.

누가 봐도 좀 모자라 보이는 광경이었다.

"애 왜 이래?"

동재는 그런 약손을 한심하다는 듯 쳐다보다가 이내 고개를 끄덕였다. 그러고는 멀찍이 떨어져 있는 판관에게 고갯짓했다.

"대전에는 이 생도를 데려가도록 하겠네."

"그러시겠습니까?"

감히 뉘의 말씀이라고 저 따위가 거스를 수 있겠습니까? 판관은 지당하다는 듯 고개를 끄덕였다.

제 할 말, 제 임무 마친 동재는 조금도 지체 없이 휙 뒤돌아섰다. 동재가 내의원을 나서자 수많은 내시부 소속 내시들이 그 뒤를 따랐다. 대전 최고 내시부 웃전답게 위엄이 뚝뚝 묻어나는 행렬이었다.

동재가 사라지자 생도들은 그제야 긴장이 풀렸는지 '휴우⋯⋯.' 긴 한숨을 내쉬었다. 생도들은 그 와중에 이제부터 임금님의 가장 측근에서, 임금님을 누구보다 가까이 모시게 될 약손을 부러워했다.

"약손이 좋겠네. 대전 드나들어도 나 잊으면 안 돼? 우린 칠촌에서 동고동락한 동료 아닌가? 그리고 이거 먹어."

수남은 어디서 챙겨 왔는지 약손에게 인절미 한 덩이를 내미는 중이었다. 자네, 이거 좋아했잖아. 저번에 보니까 떡이라면 사족을 못 쓰더니만⋯⋯.

다들 약손에게 '좋겠네', '축하하네', '인생 폈구만' 한마디씩 덧붙였다. 하지만 정작 인생 역전의 주인공인 약손은 하늘이 무너진 표정이었다.

"왜요? 왜 저를요? 왜 하필 저 따위를⋯⋯ 대체 왜!"

동재가 사라진 쪽을 향해 울부짖어 봤지만 소용없는 일이었다. 임금님이 내리는 벌을 겨우 면하나 싶었는데, 이 못난 면전 들고 다시 또 찾아뵈야 한다니.

정말이지 사람 목숨이 이토록 하찮아질 수 있는 것인가?

이제 약손의 목숨은 풍전등화라.

바람 앞의 촛불 신세였다.

*

상약 생도의 주된 일과는 이러하다.

생도는 주상 전하 기침하시는 묘시(卯時: 오전 5시부터 7시 사이) 이전에 일어나 소세하고 의복 정제하여 몸을 정갈히 한다. 간밤에 주상 전하 옥체에 별 탈 없으셨는지, 혹 열이 오르거나 고뿔 걸리지는 않으셨는지, 하다못해 편히 침수 못 드시고 뒤척이지는 않았는지 숙번 내시의 말에 따라 의원들이 탕약을 제조하면 주상 전하께서 탕약 드시기 전에 들러 미리 탕약을 맛본다······.

어찌 보면 무척이나 간단하고 속 편하기 그지없는 임무 같아 보였는데, 제길. 역시 이 세상에 쉬운 일이란 없었다. 약손은 이유가 눈뜨는 시간에 맞춰 일어나느라 아직 해 뜨지도 않은 시커먼 하늘을 보며 하품을 쩍쩍 해댔다.

임금님이 드셨다는 초조반의 타락죽을 똑같이 먹었는데, 평소였더라면 내가 이 귀한 타락죽을 먹는다고 호들갑을 떨었겠지만 아직 잠도 깨지 않은 마당에 어떤 진수성찬이 좋을까. 약손은 타락죽이 입으로 들어가는지 코로 들어가는지도 몰랐다.

임금님 진짜 대단하다······ 이 새벽에 죽을 다 드시고. 속 부대끼지도 않으신가 봐······.

약손은 임금님이 식후에 드셨다는 옥정수(玉井水: 옥이 있는 곳에서 퍼 올린 샘물)까지 마시고 나서야 간신히 한숨 돌렸다.

약손이 상약 생도가 된 이후 약손은 단 한 번도 주상 전하를 직접 알현한 적이 없었다. 원체 검무에 능하고 강철 체력 가지신 분이라 쉬이 아프지를 않으니 의원들이 따로 탕약을 올리지 않은 탓이었다.

뭐야. 임금님 만날까 봐 엄청 겁먹었는데.

이럴 줄 알았으면 괜히 걱정했어······.

하여튼 사람이란 존재가 이렇게나 간사하다. 며칠 전만 해도 제 무릎 잘릴까, 철퇴 맞을까, 전전긍긍했었는데 사지 육신 조금 편해지니까 걱정 따위 멀리 날아가고 꾀를 부리게 됐다.

"으으으으······."

약손이 찌뿌듯한 어깨를 좌우로 툭툭 돌리며 기지개를 폈다. 아마 대전 내시는 오늘도 주상 전하께서는 탕약을 드시지 않을 테니 네가 직접 대전에 갈 일은 없을 거라고 분부 내릴 게 분명했다.

그러면 나 한숨 더 자고 일어나야지. 아무리 주상 전하라도 그렇지. 사람이 이렇게 일찍 일어나면 어떻게 살아?

내가 왕이라면 아주 늦게늦게 일어나도 괜찮다고 명령을 내릴 텐데······.

약손이 별 쓸데없는 상상을 하며 다시 스르륵 눈을 감을 때, 갑자기 아무 예고도 없이 벌컥 방문이 열렸다. 방문 사이로 대전 내시의 얼굴이 보였다.

"어이구, 나리······."

약손이 엉거주춤 바닥에 이마를 대고 절부터 했다. 약손은 웃전을 만나면 그 상대가 누구든, 직책이 뭐든 한껏 치켜 올려드리고, 저 자신은 사정없이 내려야 한다는 것을 짧다면 짧고, 길다면 길었던 궁궐 생활에서 터득했다. 약손이 더 겁먹고, 더 죽는 시늉을 하면 할수록 웃전은 그나마 만족해서 괜히 성질내거나 패악 부리는 일을 하지 않았다.

대전 내시가 이마를 땅 대고 엎드린 약손에게 한마디 고했다.

"따라오시게."

약손이 종종종 내시를 따라 걸었다. 웃전들 심부름하느라 드넓은 궐 지리는 빠삭해졌지만 그래도 임금님 계시는 침전에까지 들어온 것은 이번이 처음이었다. 사정전을 지나자 강녕전으로 이어지는 향오문嚮五門이 나왔다.

오복五服을 향하는 문이라. 약손도 그 옛날 서당에서 마당 쓸며 갈고닦은 풍월이 있는지라 오복이 무엇인지는 잘 알았다.

그 옛날 하늘님께서 우왕禹王에게 천지를 다스리는 아홉 가지 규칙을 내렸는데, 그 중에 가장 중심 되는 다섯 가지 사상. 즉, 수壽, 부富, 강녕(康寧: 편안하고 건강함), 유호덕(攸好德: 덕을 좋아하며 즐겨 행함), 고종명(考終命: 명대로 살다가 편안히 죽음)을 일컫는다 했다.

천하의 지존이 제 한 몸 쉬기 위해 매일같이 드나드는 문 이름을 향오嚮五라 지은 까닭은 아마도 저가 두루 살필 만백성의 오복을 위해 힘쓰라는 뜻이겠지?

약손은 기특하게도 그런 생각을 하며 향오문 좌측에 나 있는 샛문으로 걸어 들어갔다. 약손을 쏘아보는 관군의 눈빛에 괜히 속이 뜨끔해서 더욱더 내관의 등 뒤로 바짝 붙었다.

다른 각사들과 달리 용마루가 없는 무량각無樑閣 지붕이 가장 먼저 눈에 들어왔다. 용신이라 일컫는 왕이 거처하는데 용마루를 얹는 것은 하늘 아래 용이 두 마리인 것과 같은 이치라 했다. 그래서 주상 전하 침전에는 용마루가 없는 거지? 하늘로 높이 솟아오른 팔작지붕이 부챗살처럼 펴져 있었다. 그 아래 다섯 가지 색으로 칠해진 단청이 화려함의 극을 달렸다. 약손은 넋 놓고 강녕전을 구경하다가 하마터면 답도에서 발을 헛디뎌 넘어질 뻔하였다.

"끅!"

하마터면 악 소리 지를 뻔한 걸 겨우 손바닥으로 입을 틀어막아 화를 면했다. 약손의 소란 아닌 소란에 대전 내시가 싸늘한 얼굴로 약손을 쏘아봤다. 약손은 최대한 고개를 조아리며 그 눈길을 피했다.

그렇게 얼마나 걸었을까.

기나긴 답도를 지나고, 월대를 지나고, 복도를 돌아가니 사방의 문이 꼭꼭 닫혀 있는 온돌방이 나왔다.

아니, 방이 왜 이렇게 많아?

약손은 왕의 침전이 암살의 위협을 막기 위해 우물 정井의 구조로 지어졌다는 사실은 알지 못했다. 왕의 침소는 매일 밤 달라졌으며, 왕이 잠드는 진짜 침전의 위치를 아는 사람은 상선을 비롯한 몇 명의 운검뿐이었다.

어느 순간 앞서가던 내시가 불현듯 멈춰 섰다. 미처 속도를 줄이지 못한 약손이 내시의 등에 꽝 이마를 박았다. 이 무슨 방자한 짓이냐고, 정신 똑바로 차리지 못하겠냐고 불호령이 떨어질 거라고 생각했는데 내시는 방 앞에서 깊숙이 머리를 조아리기만 했다.

"상선, 상약을 데려왔나이다."

내시의 부름에 굳게 문 닫힌 방 안에서 누군가 두런두런 대화 나누는 소리가 들렸다. 약손은 본능적으로 직감했다.

아, 이 방 안에 주상 전하께서 계시는구나.

까맣게 잊고 있던 불안감이 스멀스멀 밀려오기 시작했다. 약손의 애타는 속을 아는지 모르는지 아름다운 궁녀님들이 초조반상을 가지고 나갔다. 언뜻 보니 약손이 꾸벅꾸벅 졸면서 먹었던 것과 똑같은 타락죽이었다.

주상 전하께서 날 알아보실까?

내가 상약으로 온 사실을 알고 계실까?

아니야. 이 궐 안에 잡부가 수백 수천 명인데 어찌 나 같은 상약한테까지 관심을 두시겠어?

약손은 그럴 리가 없다며, 임금님이 그렇게 한가롭고 여유로운 분이실 리가 없다며 거듭 부정했다. 저 같은 상약 따위, 그저 임금님이 탕약 드시기 전에 독 있나 없나 맛이나 보면 그만일 터였다.

"전하, 제조 민희교가 윤부탕潤膚湯을 올렸나이다. 드시옵소서."

"내가 어젯밤에 또 쉬이 잠들지 못하였나 보구나."

방 안에서 나직하게 한숨 쉬는 목소리가 들렸다. 죄인처럼 푹 고개 숙인 약손의 어깨가 움찔 떨렸다. 분명히 익숙한, 엄청나게 낯익은 목소리였다. 만약 약손이 토끼였다면 지금 이 순간 약손의 귀는 하늘을 향해 바짝 솟아올랐을 텐데. 곧 또 다른 내시가 소반에 약 대접을 들고 방 안으로 들어갔다. 상약 생도인 약손에게는 그것보다 좀 더 작은 크기의 종지가 내려졌다.

"이, 이걸 마시면 됩니까?"

본격적으로 상약 해보는 것은 처음이라서 약손이 내시에게 속삭이듯 질문했다. 내시가 그렇다는 듯 눈짓을 해보였다. 그래도 천만다행인 것은 임금님 면전에서 탕약을 마시는 것은 아니라는 사실이었다. 약손은 여전히 임금님 계시는 온돌방 안으로는 걸음 하지 못했고, 그저 복도에서 약 종지를 받았을 뿐이었다.

좋아! 됐어!

상약 생도의 임무가 이런 거라면 열 번이고 백 번이고 할 수 있어!

어차피 주상 전하는 내가 상약 생도로 왔는지 안 왔는지 절대 알 수가 없을 테니까…….

약손의 얼굴이 기쁨으로 물들었다. 하지만 그때,

"참, 경원이는 고향에 잘 내려갔느냐?"

"예. 아비 장례 치른 묘지 곁에 움막을 짓고 삼년상을 지내는 중이라 하옵니다."

"그래. 하면 경원이 대신 새로운 상약이 왔겠네?"

"그러하옵니다."

"얼굴을 봐야겠다. 들라 해라."

"예."

덜그럭! 그와 동시에 약손이 저도 모르게 약 종지를 손에서 놓쳤다. 다행히 깨지지는 않았으나 종지는 마룻바닥을 데구루루 구르며 요란한 소리를 냈다.

"자네, 이게 무슨 짓이야?"

주상 전하 계시는 자리에서는 조심 또 조심해도 부족하거늘! 이런 식으로 경거망동하다니!

약손을 데려온 내시가 눈을 부라렸지만 일단 혼을 내는 것은 둘째였다. 주상 전하께서 상약의 얼굴을 직접 보겠다 분부 내리셨으니 약손을 안으로 데려가는 것이 더 급했다.

자네, 좀 있다 봐. 내시가 이를 앙다물며 약손을 위협했다가 이내 아무 일도 없었다는 듯 '여 생도, 들이옵니다.' 평온한 목소리로 아뢰었다.

"저, 저보고 지금 이 방에 들어가라는 말씀이십니까? 주상 전하 계신 방에요?"

약손이 도리질 쳤지만 내시는 완강했다.

"주상 전하의 명이다. 그 누구도 그 뜻을 거스를 수는 없어."

내시가 약손의 등을 떠밀었다.

결국 약손은 속절없이 이 나라의 지존, 주상 전하, 하늘처럼 높으신 임금님과 독대해야만 했다.

"옛적부터 경원이가 효심이 깊었지. 그 아비 장례는 후하게 치렀다느냐?"

"그러하옵니다. 비단과 금, 패물을 내려 부족함이 없도록 염하라 명하였나이다."

"그래, 잘했다. 경원이가 과인에게 오죽 잘했는가. 그가 서운해해서는 안 될지어니."

"성은이 망극하옵니다."

여약손, 참으로 출세했다. 임금님 계시는 강녕전에 드나들게 되는 것도 모자라 이제는 임금님이 숙면하시고, 수라도 드시고, 온갖 사적인 생활 다 하시는 침전까지 들어오게 되다니.

약손은 내시에게 등 떠밀려 방에 들어온 이후 차마 고개는 들지도 못하고 바닥에 바짝 부복하여 엎드려 있는 중이었다.

비록 시선은 온돌방에 고정되어 있으나, 온몸의 감각은 상선과 스스럼없이 대화 나누고 계신 주상 전하를 향해 있더라. 이건 한 번 듣고, 두 번 듣고, 스쳐 지나가듯 들어도 영락없는 망충 도령 이유의 목소리가 분명하니……. 막심한 후회가 파도처럼 밀려왔다. 나는 어째서 그토록 천치 바보처럼 그가 주상 전하인 줄 모르고 그렇게 막 대한 걸까? 왜 유황 팔아 나눈 재물을 나는 여덟을 갖고 그는 둘을 줬을까? 아니야. 따지고 보면 둘도 안 준

격이잖아. 돈 안 되는 패물만 잔뜩 떠넘겨 호구 잡은 거잖아······.

예전에 칠촌에 있을 적에 면전에서 주상 전하 욕한 건 또 어떻고.

'세상에 이렇게 나쁘고 악질인 군수가 있는데 주상 전하는 참말 아무것도 모른단 말이야? 천치야? 바보야? 망충이야? 왜 주상 전하는 조경창을 혼내 주지 않아?'

'이런 개차반, 돌차반한테 벼슬이나 내리고! 나라 꼴 참 잘 돌아간다. 이게 다 주상 전하 때문이지? 전하는 눈도 없고, 귀도 없으실 거야? 저잣거리 거지한테 왕을 시켜도 이보다는 잘하겠네. 애초부터 그런 못된 사람한테 권세 준 주상 전하가 제일 나빠!'

'나라님 없는 자리에서 역모가 백 번 일어난들 어쩌겠으며, 무슨 말 지껄이든 어쩌겠어? 쳇!'

새록새록 떠오르는 기억. 엄청난 하극상의 일 때문에 약손은 정말이지 이 자리에서 딱 혀 깨물고 죽고 싶은 심정이었다. 실제로 약손은 반성하는 의미로다가 죽음으로 잘못을 면하려고 혀를 꾹 깨물어 봤지만 너무 아파서 금방 포기했다.

와, 대체 혀 깨물어 죽는 사람들은 어떤 생각으로 그런 거래? 엄청나게 아픈데? 하여튼 독하다, 독해······.

약손이 혼자 죽상을 쓰며 혀를 깨물어 봤다가, 입술을 물어 봤다가, 다른 사람은 조금도 알지 못할 혼자만의 난리를 칠 때 불현듯 아무런 예고 없이 이유가 말했다.

"경원의 뒤를 이어 온 새 상약은 고개를 들라. 과인을 보라."

"······큽!"

이럴 땐 당황하지 말고 침착하게 혀를 깨물자. 약손은 부들부들 사시나무처럼 온몸을 떨어 대며 바닥에 떨군 고개를 선뜻 들지 못했다. 약손이 하염없이 뭉그적대기만 하니까 동재가 '어허, 자네 뭘 하는가? 주상 전하께서 내리신 분부를 거역할 셈이야?' 엄한 목소리로 꾸짖었다.

"저, 저, 저…… 그, 그, 그, 그것이……."

아무리 머리를 굴려 봐도, 아무리 묘수를 짜내 봐도 지금 이 순간 약손이 방 안을 벗어날 방법은 전혀 없었다. 약손은 순순히 고개를 들고, 이유에게 제 얼굴을 보여 제가 바로 새로 온 상약임을 이실직고해야만 했다.

다름 아닌 내가, 그 누구도 아닌 여약손이 새로 온 상약임을 알게 되는 순간, 내 머리에 철퇴 떨어지는 것은 따 놓은 당상이 겠지…….

"저, 저, 저, 전하……."

"그래."

"사, 사, 사, 상약…… 여, 여, 여, 야악 소온……이, 이, 인사드리 옵니다……."

질끈 눈 감은 약손이 마침내 고개를 들고 주상 전하를 마주했다.

난 이제 참말 죽었다!

근데 철퇴는 많이 아플 것 같아. 아니 사실은 엄청나게…….

부디 주상 전하께서 칠촌에서 동고동락했던 옛정을 생각해서 라도 이 한목숨 고통 없이 보내 주시길…….

지금 이 순간, 약손이 바라고 또 바라는 마지막 소망이었다.

*

흔히 사약이란 먹으면 즉시 죽는다 하여 사약死藥으로 알고 있는 경우가 많다. 하지만 아니다. 임금님이 직접 약을 주셨다 하여 '죽을 사死'가 아닌 '하사하다 사賜'를 쓴다.

주상 전하께서 친히 내리신 죽음, 사약賜藥.

목을 자르는 참수, 소에 밧줄을 걸어 사지를 찢는 거열, 성기를 절단하는 궁형 등 끔찍한 고통을 동반하는 형벌에 비하면 사약 받아 죽는 것은 나름 고인에 대해 예의를 갖추는 격이었다. 어찌 됐든 신체발부수지부모 불감훼상효지시야라. 부모가 준 것은 머리카락 한 올도 함부로 해서는 안 되었다.

하지만 약손이 보기엔 어차피 죽는 목숨, 목 잘려 죽든 사지가 찢겨 죽든 그게 그거였다. 정말 상대방을 걱정하고 위해 줄 거라면 죽이지 말고 사면을 해달란 말이다! 결국엔 죽일 거면서 시신은 온전히 보존하게 해줬으니 고마워해라? 병 주고 약 주는 심보인가? 아주 얄밉기 짝이 없는 짓거리였다.

그리고 약손은 지금…….

"저, 저, 저, 전하…… 상감마마…… 주상 전하……."

"그래, 과인이 여기 있다. 뭐 할 말이라도 있느냐?"

"크흐흡……."

약손은 두 손에 약 사발을 꼭 쥔 채로 울먹이는 중이었다. 눈물콧물 범벅이 된 얼굴은 이미 엉망진창이 된 지 오래였다. 몇 번이나 킁킁 콧물을 들이마셔 봤지만 죽음의 공포 앞에서는 아무 소용도 없었다. 약손이 숨을 들이쉬고 내쉴 때마다 연신 콧방울이 펑펑 터졌다.

어이구, 더러운 놈. 추잡하기도 하지.

이유는 아무 감흥 없는 얼굴로 약손을 바라보기만 했다. 아무래도 그 사약 내가 다시 거두겠다, 네 하찮은 목숨 살려 주겠다, 하해와 같은 아량을 베풀 생각 따위는 전혀 없어 보였다.

이런 정 없는 전하, 매정한 전하.

그래도 우리가 이날 이때껏 함께 유황을 도적질하고, 월당에서 밀회 아닌 밀회 즐기었고, 칠촌에서 함께 죽을 고비 넘긴 수많은 날들은 정녕 아무것도 아니란 말인가……

약손이 달달 떨리는 손으로 사발을 코앞으로 가져왔다. 아까 전에 종지를 괜히 깨먹었나 보다. 종지에 들어 있던 약과는 비교할 수도 없을 만큼의 탕약이 대접 안에서 한가득 찰랑거렸다. 뭐라 말로 형언할 수 없는 쓴 냄새가 코끝에서 진동을 했다.

이걸 먹으면 난 죽겠지……

이승과는 영영 안녕이로다……

아부지, 불효자 약손이는 이렇게 허망하게 떠나요……

약손이 자꾸만 약을 마실 듯 말 듯, 마실 듯 말 듯 망설이길 반 식경. 이유가 더는 참지 못하겠다는 듯 '어허! 정녕 네놈을 박살형에 처해야 정신을 차릴 것이냐? 어서 마시지 못할까?' 엄한 목소리로 꾸짖었다. 그 매정한 목소리에 또다시 우아앙 설움이 복받쳤다. 더는 시간을 끌 수도 없었다.

"저, 저, 전하. 소인 여, 여, 여약손이 부덕하고…… 또한 미천하여…… 전하의 가슴에 못질만 하고 떠나옵니다……"

"……"

"주상 전하, 부디 저가 없어도 백년천년 만수무강하시옵고…… 왕실의 번영을 위해 힘써 주셔……"

"……"

약손이 꼴깍꼴깍 약을 마셨다. 그와 동시에 챙그랑! 흰 사기대접이 바닥에 떨어져 궁둥이를 하늘로 보이며 뒤집어졌다. 약손 또한 온몸에 독이 퍼졌는지 온돌방 위로 풀썩 쓰러졌다. 약손은 잠시 잘게 어깨를 떨다가 이내 스르륵 두 눈을 감았다. 꾹 감은 동그란 눈꺼풀 사이로 찔끔 눈물방울이 새어 나왔다.

어찌 보면 처연하고, 어찌 보면 불쌍하여 마음이 동하는 풍경이었으나 이유는 여전히 아무런 미동도 없이 그런 약손을 바라보기만 했다.

"……."

"……."

이유는 물론이고 곁에서 약손이 한 떨기 꽃잎처럼 스러지는 꼴 지켜보는 동재 또한 그만 할 말을 잃고 말았더라…….

저 인간 참 이상하다. 뭐 저런 애가 다 있지?

동재가 갸웃 고개를 젖혔다.

색색, 약손의 숨소리가 점점 가늘어진다 생각될 무렵, 불현듯 바닥에 철퍼덕 쓰러졌던 약손이 반짝 두 눈을 뜨고 자리에서 일어났다.

"어……?"

임금님이 직접 하사하신 사약 먹고 죽는 줄 알았는데? 정말 숨 끊어지는 줄만 알았는데? 왜 아직도 멀쩡하지? 왜 피 안 토하지? 심지어 약손은 검지를 목구멍 깊숙이 집어넣어 '우웨에엑' 헛구역질까지 해봤다. 하지만 방금 전에 마신 탕약의 쓴 냄새만 도로 올라올 뿐 피가 역류하는 기분은 딱히 들지 않았다.

"역시…… 이렇게 맥없이 죽여 버리는 것은 너무나도 안 될 말이야. 흥미도 떨어지고."

"흐읍……?"

약손이 깜빡깜빡 눈만 뎅그렇게 떠서 무엄하게도 천하지존 주상의 얼굴을 똑바로 쳐다보았다. 약손이 지레 겁먹어 울며불며 난리 친 것 빼고는 탕약을 마시고도 아무 탈이 없었다. 곧 동재가 이유의 앞으로 사발을 내밀었다. 방금 전 약손이 마신 탕약기에서 똑같이 따라 낸 약재였다.

"어으으응……?"

약손이 맹한 얼굴로 이유를 바라봤다. 이유는 동재가 내민 탕약을 받아 들고는 대접에서 단 한 번도 입술을 떼지 않은 채 끝까지 비워 냈다.

오잉? 저거는 사약인데? 먹으면 곧바로 저세상 가버리는 건데? 한데 주상 전하께서 왜 저걸 마시지?

이유가 탕약을 모두 마시니까 약손이 입을 딱 벌렸다. 이유가 탁 소리 내며 약사발을 소반 위에 내려놓았다. 동재가 조르르 그 곁으로 다가가 이유의 의관을 단정하게 정대했다. 소매가 좁은 직배래를 오른쪽으로 돌려 단단히 여몄고, 매듭단추도 빠짐없이 채워 짧은 끈으로 쉬이 풀리지 않도록 동여맸다. 임금을 지척에서 모시는 상선답게 군더더기 하나 없는 솜씨였다.

물론 이유는 의관을 완벽히 걸치고 나서도 여전히 죽지 않고 용케 살아 있었다. 이제 보니 아까 약을 마실 때 목구멍이 타는 듯이 쓰라렸던 것은 독 때문에 피가 역류해서 그러는 줄 알았는데 그냥 약이 하도 써서 아픈 거였나 보다.

나 사약 마신 거 아니었어?

주상 전하께서 나를 벌하시는 거 아니었어?

생각이 거기에 닿자 약손이 넙죽 바닥에 이마를 대고 엎드렸다.

"주, 주, 주, 주상 전하……."

"고하라."

이유는 면경에 비친 제 면부面膚를 유심히 바라볼 뿐, 약손 쪽으로는 고개도 돌리지 않았다. 그래도 약손은 저가 죽지 않고 살았다는 기쁨 때문에 이유가 자기를 보거나 말거나 서운한지도 몰랐다.

"저, 저, 전하. 소인을 사, 사, 살려 주시는 것이 맞으신지요?"

"허……."

질문하는 약손의 목소리에 벌써 기쁨이 가득했다. 이유는 살려 주겠다 단언한 적도 없는데 혼자 판단하고, 혼자 기뻐하고. 아니, 애초에 사약 내려 목숨 거두겠다 말한 적도 없는데 혼자 지레 겁먹고 바닥에 풀썩 쓰러지며 온갖 난리를 쳤더랬지.

쟤는 원래 저렇게 김칫국을 잘 마시는 성격인가?

"……."

이유가 못 말린다는 듯 절레절레 고개를 저었다.

"전하, 편전으로 가실 시간이옵니다."

곁에 선 동재가 말했다. 약손이 저 사약 마시는 줄만 알고 아침 댓바람부터 눈물콧물 다 쏟으며 난리를 쳐대 가지고 조강에 맞춰 나가려면 시간이 빠듯했다. 이유가 고개를 끄덕였다. 익선관을 바로 쓰고 옥대를 띠고, 댓돌 위에 발을 딛자 화靴가 쑥 신겨졌다.

약손은 여전히 얼굴을 바닥에 처박은 채였다. 옛날에 월당에서는 턱 똑바로 쳐들고 말대답도 잘하더니만, 하여간 웃전들 눈치 보는 데는 도가 튼 귀신임이 분명했다.

"하면 전하, 정녕 소인을 살려 주시는 것인지요? 지난날의 잘못은 모두 잊고 벌하지 않으시는 것인지요?"

"벌하지 않기는 누가! 너 앞으로 상약으로서 임무 충실히 하며 내 대신 탕약에 독이 있는지 없는지 두 눈 똑바로 뜨고 제대로 검수하여야 할 것이다. 혹여라도 재수 옴 붙어 내 대신 죽는다 해도 난 절대 널 책임지지 않아!"

예, 예. 천부당만부당하시옵니다. 주상 전하 말씀은 무조건 옳사옵니다. 이 미천한 목숨 아낌없이 바쳐 주상 전하의 은덕을 갚을 것이옵니다. 주상 전하, 부디 만수무강하시옵소서. 천세천세 천천세를 누리시옵소서…….

엎드린 약손의 자세가 점점 더 낮아졌다. 아주 땅을 파고들어 갈 기세였다.

하여튼 저 인간…….

이유는 한마디 더 대거리하고 싶었지만, 어서 가셔야 한다 무언으로 독촉하는 동재의 눈초리가 매서웠다.

"여약손, 넌 나중에 다시 보자."

이유가 획 등을 돌렸다.

자리가 사람을 만든다고 했던가? 예전에 망충한 도령일 때는 어딘가 맹해 보이는 게 천하의 둘도 없는 호구처럼 보였는데, 용포 입은 이유는 세상 무서운 주상 전하였다. 아주 그냥 온몸에서 쌩쌩 찬바람이 쉴 새 없이 불어 댔다.

문득 약손이 이마를 박은 구들 위로 송화색 손수건이 툭 떨어져 내렸다.

"콧물이나 닦아라. 추잡스러워서 정말."

"……?"

약손은 그제야 반짝 고개를 들고 몸을 일으켰다.

"이, 이게 무엇인지……?"

치자에 가까운 송화가 샛노랗게 빛을 발했다. 슬쩍 손가락으로 쓸어 보니까 비단도 아니고, 견마기도 아닌 헝겊때기가 말도 못 하게 보드라웠다.

"이걸로 코, 코를 풀라고요?"

약손이 한 번 더 되물었으나 공사다망하신 주상 전하 이유와 그를 따르는 동재, 대전 내시부, 상궁들의 행렬이 저만치 멀어진 후였다.

"정말 코를 풀어도 되나……?"

손수건이 워낙 보드라워 더러운 콧물 묻히는 게 죄스러운 정도였다. 하지만 그렇다고 해서 추잡스러우니 당장 코 풀라는 주상 전하의 말씀을 거스를 수는 없고…….

약손은 미련 없이 손수건을 반 접어 '팽!' 코를 풀었다. 코끝에 닿은 손수건에서 희미한 백단나무 냄새가 풍겼다.

"흐음……."

손수건으로 눈물도 닦고, 코도 닦고, 저도 모른 새에 흐른 침도 닦고 나니까 약손은 비로소 지금 자신의 처지가 실감이 나기 시작했다.

그러니까, 임금님은 날 죽이지는 않으시는 거야. 온갖 미운 짓한 나라도, 이 몸이라도 살려 주시려는 거야!

그제야 살았다는 환희와 기쁨이 마구 밀려왔다. 약손은 강녕전 주변 곳곳을 지키고 있는 관군들만 아니라면 '얏호!' 소리라도 치고 싶은 심정이었다.

역시, 주상 전하는 세간의 사람들 말처럼 정 없고 매정한 분이아니셨어. 그리고 사람들이 뭐라 하던 간에 난 원래부터 주상 전하 좋게 생각했었어!

살았다! 난 이제 살았다!

약손이 자리에서 깡충깡충 뛰어오르며 두 손을 양쪽으로 높이 펼쳐 만세를 들어 보였다.

*

식사를 하는 각사 한편, 오늘따라 생도들이 시장판의 왈패처럼 바글바글 모여 있었다. 무슨 일이라도 났는가 싶었는데, 이제 보니 무리의 중심에는 여약손이 있었다.

약손이 꽤나 근엄하고 진지한 얼굴로 밥술을 떴다. 생도들 중 한 명이 고새를 참지 못하고 질문을 퍼부었다.

"여보게, 약손이. 강녕전은 어떻던가? 참말 주상 전하께서 그곳에 계시던가? 실제로 뵈었는가? 봤더니 어떻던가? 소문대로 몹시 무서우시지?"

"그렇지 않습니다. 응당 한 나라의 극본으로서 위엄을 갖추신 분이십니다."

"그렇구먼! 난 또 소문처럼 주상 전하 얼굴이 아주 사납다거나 흉측하신 분인 줄만 알고……."

"어허! 말씀 삼가세요!"

때 아닌 생도의 망발에 약손이 숟가락을 탁 소리 나도록 상위에 얹었다. 그 위엄에 움찔 생도의 어깨가 떨렸다.

"아니, 내 말은 그게 아니라…… 소문이…… 그러니까 떠도는 풍문에……."

"얼굴이 사납다니요? 얼굴이 흉측하다니요?"

"야, 약손이……."

약손이 휙 매서운 눈빛으로 생도를 쳐다봤다. 그러고는 몹시 진중하게 덧붙였다.

"주상 전하의 용안이 사납다. 용안이 흉측하다고 말해야 하는 것 모르세요? 궐에는 엄연한 법도가 있습니다!"

"……응?"

생도에게 날카롭게 일침을 가한 약손이 이내 밥술을 떴다. 상약되기 전에 대전 내시에게 붙들려 밤낮 안 가리고 궁중 예절 배우고, 궁중 용어 익힌 보람이 이럴 때 빛을 발했다.

'주상 전하의 얼굴은 용안龍顔, 눈물은 용루龍淚, 마음은 성심聖心, 다리는 각부脚部…… 주상 전하를 곁에서 모시는 자라면 응당 이 정도의 간단한 용어는 숙지하고 있어야 하네.'

그렇게 외운 '이 정도의 간단한' 궁중 용례 개수가 수십, 수백 가지였다. 약손으로서는 왜 얼굴을 얼굴이라 하지 못하고 용안이라 지칭하는지, 왜 굳이 어려운 말을 따로 만들어 사용하는지 알 수 없었지만 일개 생도 따위에게 무슨 힘이 있을까. 약손은 대전 내시가 알려 준 용례와 궁중 법도를 달달 외워야만 했다.

"하여간 자네는 입이 방정이야! 역시 우리 약손이는 총명하기가 이를 데 없어. 약손이 말이 백 번 천 번 옳고, 무조건 맞아. 약손이, 이것 좀 먹어 봐."

수남이 방금 전 주상 전하 얼굴이 어쩌구 한마디 했다가 약손에게 호되게 꾸짖음 당한 생도를 어깨로 휙 밀쳤다. 그러고는 약손의 숟가락 위에 떡갈비를 얹어 주었다. 떡갈비는 바로 구워 왔는지 아직도 따뜻한 김이 모락모락 피어오르고 있었다.

"우리 작은아부지랑 잘 아는 숙수님께서 약손이 자네 전해 주라고 하더라고. 주상 전하 상약 보는 일이 어디 보통 일이야? 평소에도 꾸준히 좋은 거, 든든한 거 많이 먹어 둬야지. 언제, 어느때 임금님 대신 독 마시고 개죽음 당할지 모를…… 큽!"

진짜 입방정은 누가 떠는지 모를 일이었다. 약손이한테 잘 보이려고 떡갈비 가져왔다가 고작 세 치 혀에 말짱 도루묵 되게 생겼다. 수남이 황급히 손바닥으로 제 입을 턱 막았다. 제 망언을 들었는가, 힐끗 약손을 쳐다봤더니 천만다행으로 약손은 떡갈비에 정신이 팔려 아무것도 듣지 못한 듯싶었다.

"자꾸 이런 거 가져다주시면 제가 부담스러운데…… 아저씨랑 제가 남인가요? 우리 사이에 무슨……."

"그래! 내 말이 그 말이야. 우리 사이에 무슨 부담을 느끼고 그래? 난 그냥 자네가 걱정되어서 그런 거라니까? 어서 먹어. 식기 전에 먹어야 맛있어."

"예, 잘 먹겠습니다."

약손이 쩝 입맛을 다셨다. 떡갈비에서 윤기가 좌르르 흘렀다. 꼴깍 침이 넘어갔지만 이 순간에도 약손은 제 옆에 앉아 있는 복금을 잊지 않았다. 약손은 숟가락으로 떡갈비 반을 뚝 잘라 복금의 밥 위에 얹어 주었다. 복금이 금방 손사래를 쳤다.

"아니야! 난 안 먹어도 돼. 수남 아저씨가 너 주려고 가져온 건데……."

"같이 먹어야 맛있지. 너도 먹어."

식탐은 남들보다 곱절은 많고, 맛난 음식이라면 사족을 못 쓰면서도 약손은 반드시 콩 한쪽이라도 복금과 나눠 먹었다. 복금이 힐끗 수남의 눈치를 봤다. 수남은 '괜찮아. 복금이 너도 먹어! 많이 먹어!' 고개를 끄덕였다. 복금은 그제야 약손을 따라서 떡갈비를 입안에 넣을 수 있었다.

민가에서는 쉬이 먹을 수 없는 음식이라 그러한가. 수남의 작은아버지가 친하게 지낸다는 숙수의 솜씨가 빼어나서 그러한가. 떡갈비는 입안에서 사르르 녹았다.

"맛있다!"

"엄청나게!"

약손과 복금의 눈이 휘둥그레졌다. 약손과 복금은 약속이라도 한 것처럼 와구와구 밥을 퍼먹기 시작했다.

곧 수남의 뒤를 이어 다른 생도들이 '약손이, 이것 좀 먹어 보게.', '우리 어머니가 만든 고물인데 아주 맛이 좋아!', '목 막히지는 않은가? 직접 담근 식혜야. 이것도 마셔 보라고!' 보자기에

싼 먹을거리를 줄줄이 가져왔다.

"다들 왜 이러세요, 정말? 이런 거 안 주셔도 된다니까. 저 정말 이런 사람 아니라니까……. 그리고 전 수정과는 매워서 잘 안 먹어요. 에헴에헴……."

사람이란 족속이 이토록이나 알랑하다.

약손이 집도 절도 없이 온 궁궐 쏘다니며 온갖 잔심부름할 때는 거들떠도 안 보더니만, 대전 드나드는 상약이 된 후부터는 다들 약손에게 잘해 주지 못해서, 약손에게 눈도장 한번 찍지 못해 안달이었다.

앞으로도 약손이 대전을 제집처럼 드나들 것은 뻔한 일. 어떻게든 약손을 통해 뒷배를 만들어 나쁠 것은 하나도 없었다.

곧 약손의 밥상 위에는 온갖 먹을거리가 그득그득 산더미처럼 쌓였다. 거짓말 조금 더 보태면 임금님 수라상 부럽지 않을 정도였다. 덩달아 약손의 입이 쫙 벌어졌다.

"저, 정말 그런 사람 아니라니까……."

말은 그렇게 하면서도 이미 약손은 그 귀하다는 전복 구이에 손을 뻗고 있었다. 바다 냄새 가득한 전복 향이 코끝을 스쳤다.

이햐! 임금님 대신 독 먹고 눈 깜짝할 사이에 죽든 말든 어차피 한번 사는 삶, 맨날맨날 맛난 것만 먹는다면 더는 바랄 게 없겠네. 그리고 먹고 죽은 귀신은 때깔도 좋다잖아. 약손이 더는 망설일 것도 없이 와앙 전복 구이를 한입에 털어 넣었다.

상약 자리 차지하고서는 인생이 완전히 뒤바뀌었다고 해도 과언이 아닌, 바야흐로 여약손의 시대였다.

第十章. 평양기생 사월이(1)

[1]

생각시들이 고뿔에 걸렸다. 똑같이 밥 먹고, 똑같이 잠자며 단체 생활하는 생각시 각사의 특성상 고뿔은 빠르게도 퍼졌다. 덕분에 밤새 어린 생각시들 간호하느라 생도들만 내내 죽어났다. 그나마 약손은 상약이라 생각시들을 직접적으로 돌보지는 않고 약방에서 탕약만 달였으니 다행이었다. 하지만 밤을 꼬박 새운 건 마찬가지라서 약손의 눈 밑이 검었다. 약손은 내 정신인지 남의 정신인지, 내 몸인지 남의 몸인지 모를 넋 나간 얼굴로 탕약기 앞에 쪼그리고 앉아 팔락팔락 부채질만 했다.

그렇게 꾸벅꾸벅 병든 닭처럼 졸기를 얼마나 했을까…….

"어허, 여보게. 자네, 약손이 아닌가?"

"……?"

누군가 제 이름을 부르는 기척에 약손이 번뜩 눈을 떴다. 깊은 숙면 취한 주제에 전혀 안 잤다는 듯 천연덕스러운 표정은 덤이었다. 약손은 재빨리 약이 잘 달여지나 안 달여지나 확인하려는 듯 탕약기 안을 세심하게 살펴보는 척을 했다. 저가 조는 사이에 탕약이 다 졸아서 타버렸으면 어쩌나 싶었는데 다행히 탕약은 부글부글 낮게 끓고 있을 뿐이었다. 약손은 그제야 힐끗 소리가 난 쪽으로 고개를 돌렸다.

"아이고! 한길동 영감 아니십니까?"

"그래, 날세. 내가 자네를 얼마나 보고 싶었는데, 여기 있었구먼!"

"······저를요?"

약손은 제 이름을 부른 상대가 한길동 영감이라는 것을 안 순간, 자리에서 벌떡 일어나 인사를 올렸다. 웃전에게 예를 보이는 것은 몸에 밴 습관이었다. 물론 한길동 영감이 아랫사람 막 부리고, 괴롭히고, 무시하는 자가 아니라는 것을 알면서도 그랬다. 이를테면······ 궁 생활하며 익힌 처세술이랄까?

약손이 다소곳하게 고개를 조아리니까 한길동 영감이 저는 신경 쓰지 말고 달이던 약이나 계속 달이라는 듯 손사래를 쳤다.

"한데, 자네 말이야. 대체 어찌하여 죽었다가 다시 돌아왔나? 그때 분명 내가 자네 숨이 멎은 것을 분명히 짚었거늘."

"그, 그것은······ 그것은 말입니다······."

과연 한길동 영감이라.

호기심으로 따지자면 천하 으뜸인 자라 다른 사람은 그냥 넘어가도 한길동 영감이 약손의 일을 쉬이 넘길 리 없었다. 게다가 한길동 영감은 약손이 독약 먹고 쓰러졌을 때 맥이 끊긴 것을 확인한 당사자였다. 이래뵈도 한길동 영감, 지금은 한직으로 밀려나 서리 자리만 겨우겨우 보존하며 사는 형편이지만 과거는 제법 찬란했다.

내의원 동기들 중에서 가장 손끝이 예민하여 맥 짚기는 항상 일등을 했다. 오죽하면 그 콧대 높은 민희교가 한길동 영감을 찾아와 맥 짚는 방법을 배우고 갔을까. 이제는 내약방의 수장인 제조와 서리로 갈라진 직분은 하늘과 땅끝 차이로 벌어졌지만…….

아무튼 이야기의 요지는 한길동 영감이 그만큼이나 뛰어난 실력 가진 의원이라 이 말씀이었다.

한데 천하의 한길동이 산 사람의 맥을 못 짚어 냈다? 결코 있을 수 없는 일이었다. 하여 한길동 영감은 어찌 된 영문인지 궁금해 죽을 뻔해 발을 동동 굴렀다. 당장이라도 약손을 찾아와 어찌 된 일인지 묻고 싶었는데 요 근래 혜민서의 일손이 부족하여 도와주느라 오늘에서야 약손을 만난 것이었다. 쇠뿔도 단김에 빼랬다고 한길동 영감이 냉큼 약손의 곁으로 다가섰다.

"그래서 말인데, 내가 자네 맥을 한번만 더 짚어 봐도 될까?"

"……예? 지금요?"

탕약기 앞에서 쉼 없이 바람 일으키던 약손의 손이 멎었다. 부채가 맥없이 바닥으로 툭 떨어져 내렸다. 약손의 얼굴이 하얗게 질렸다.

"그, 그, 그것은 아니 되는데……."

"응? 안 된다고? 왜?"

한길동 영감이 갸웃 고개를 젖혔다.

"그건, 그건…… 그러니까 나리……."

아닌 밤중에 홍두깨였다. 약손만 난처해졌다. 독약 먹고 되살아난 것은 여차저차 물에 물 탄 듯, 술에 술 탄 듯 잘 넘어갔는데 세상에 이런 복병이 숨어 있었을 줄이야! 약손이 보통 사내였더라면 그깟 맥 한 번이든 열 번이든 마음껏 짚어 보시라고, 그땐 뭔가 착오가 있었나 보다고 속 시원히 대처했을 텐데, 애석하게도 약손은 보통 사내가 아닌, 여인의 몸이었다.

약손이 암만 여태까지 거짓말을 줄줄 외워서 저가 여인이라는 것을 숨겼다 해도, 맥까지 속일 순 없었다. 한길동 영감이 맥을 짚었다가는 저가 여인이라는 것을 백이면 백 들키고 말 터였다.

약손이 식은땀을 삘삘 흘리는 사이 한길동 영감은 반드시 약손의 맥을 짚어 보겠다는 듯 초롱초롱 눈을 빛냈다. 감히 웃전 말씀하시는데 안 된다고 단호하게 거절할 수도 없고, 그렇다고 짚어 보시라 손을 내줄 수도 없으니…… 물러설 수도, 나아갈 수도 없는 진퇴양난의 상황 속에서 약손이 난감해했다.

그저 제 옷소매를 잡아당겨 손목을 절대 사수하고 있는데 바로 그때 약손의 천군만마가 등장했다.

"한길동 영감님, 부르셨습니까?"

"부르셨습니까?"

약방 안으로 다소곳이 인사하며 들어오는 사내 두 명. 그들은 다름 아닌 복금과 수남이더라. 복금과 수남이가 들어오니까 한길동 영감이 반색하며 약손에게서 등을 돌렸다.

"자네들 왔는가?"

"예. 분부하실 일이라도 있으신지요?"

"있지, 있고말고. 한데 생각시들 고뿔은 좀 나아졌는가? 나 원 참, 자기 전에 생강물 먹이라 그렇게 당부하였건만……."

한길동 영감은 저의 지시를 따르지 않은 궁녀 몇을 탓하다가 '아이고, 내 정신 좀 봐!' 퍼뜩 제 무릎을 치더니 약방 서랍을 뒤져 금방 여남 개의 약방문을 제조해 냈다.

한길동 영감의 관심이 약손의 맥에서 멀어졌다. 약손은 때를 놓치지 않고 얼른 복금의 등 뒤로 숨었다. 복금의 뒤에서 힐끗 쳐다보니 한길동 영감은 녹각, 오가피, 명아주, 청어와 복분자 등의 약재를 혼합하고 있었다.

전부 다 기력이 쇠했을 때 몸을 보신해 주는 약재들뿐인데. 누가 아프신가?

약손이 속으로만 생각할 때, 한길동 영감이 그 자리에서 뚝딱뚝딱 만들어 낸 약첩을 복금과 수남에게 건네줬다.

"내 조카 놈이 요즘 영 비실비실하여 정신을 못 차리고 있거든. 내달이면 주상 전하 하문 받아 명나라로 사행(使行: 관리가 해외로 출장 가는 일) 갈 놈이 기력 없어서 어떻게 해? 그 몸으로는 도성도 못 빠져나가 고꾸라지고 말지. 자네 둘이 가서 이것 좀 전해 주고 올 수 있겠나?"

"물론입니다. 분부 받잡겠습니다."

"그리하겠나이다."

별로 어렵지도 않은 청이었다. 한길동 영감은 창의문 밖에 산다는 조카의 집 약도를 상세하게 일러 주었다. 복금과 수남이 하나라도 잊지 않겠다는 양 주의 깊은 표정으로 설명을 들었다. 곧 복금과 수남이 한길동 영감이 챙겨 준 약첩과 미리 싸둔 몇 가지의 음식을 품에 안고 약방을 나서려 했다.

"어어······?"

그 순간, 약손의 머릿속으로 복금과 수남이 볼일을 보러 나가면 한길동 영감이 다시 저에게 맥을 짚겠다고 나서지 않겠냐는 생각이 퍼뜩 스쳐 지나갔다. 무슨 일이 있어도 한길동 영감이 맥을 짚도록 놔두어서는 아니 되었다.

약손이 후다닥 복금과 수남의 뒤를 따랐다.

"영감! 저도, 저도 함께 가게 해주십시오!"

"······자네가?"

한길동 영감이 의아한 얼굴로 약손을 바라봤다. 상약 생도가 무슨 일로 궂은일을 나서서 해? 그저 대전 내시가 부를 때까지

가만가만 얌전하게 숨만 쉬며 살아도 될 것을? 눈치 빠른 약손이 척하면 척 한길동 영감의 속마음을 읽고는 냉큼 덧붙였다.

"저가 궐에 온 이후로 한 번도 사사로이 밖에 나가 본 적이 없어 답답하여 그렇사옵니다. 기력도 없고, 힘도 없고, 우울해지고…… 가슴만 선득선득 뛰는 게 괜히 몸도 축축 처집니다. 오랜만에 나가서 콧바람 한번만 쐬고 싶어서요."

"……그러한가?"

"예, 영감."

약손이 간곡한 얼굴로 부탁을 했다. 더군다나 어젯밤에 약방에서 밤 꼬박 새우며 해쓱해진 얼굴, 망자의 것처럼 시커메진 눈밑이 한몫했다. 마음 약한 한길동 영감은 그런 약손의 부탁을 모른 척하지 못했다.

"하면…… 약손이 자네도 함께 다녀오게나."

"감사합니다, 영감!"

약손의 얼굴에 금방 화색이 돌았다. 한길동 영감이 허락을 구하자마자, 약손은 재빨리 복금과 수남의 등을 두드리며 약방 나서기를 재촉했다.

"어서 가자고, 어서! 한길동 영감 조카님께서 오늘내일 하신다는데, 병자를 앞에 두고 굼벵이처럼 꾸물댈 텐가?"

"아니, 뭐가 그렇게 급해서 이래……."

덕분에 복금과 수남은 영문도 모른 채 번갯불에 콩 구워 먹듯 약방을 빠져나가야 했다. 약손은 뒤도 돌아보지 않고 한길동 영감과 최대한 멀어졌다. 온갖 부산이란 부산은 다 떨던 약손과 복금, 수남이 빠져나가자 곧 약방에는 한길동 영감 홀로 남았다.

한길동 영감은 약손이 남겨 두고 간 탕약기를 갈무리하다가 '아뿔싸! 여 생도 맥 짚는 것을 깜빡하였네!' 한참만에야 잊고 있던 제 본분을 떠올렸다. 나이가 먹으니까 이렇게 깜빡깜빡한다.

한길동 영감이 황급히 약방을 나섰지만 이미 약손은 궐을 빠져나가고도 한참 후라.

"어쩔 수 없지. 어찌하여 내가 여 생도의 맥을 잘못짚었을까? 그땐 분명 사맥(死脈: 죽은 맥)이었는데…… 다음번에는 꼭 한번 다시 짚어 보자 해야겠어."

한길동 영감이 중얼거렸다.

*

한길동 영감의 조카 되는 정선도의 집은 창의문 근처에 위치해 있었다. 약손의 입장에서는 이게 웬 모래밭에서 바늘 찾기인가 싶었는데, 복금과 수남은 한양 출신 아니랄까 봐 복잡한 도성 길을 한눈에 꿰고 요리조리 잘도 찾아다녔다. 아무리 조선 팔도 제집처럼 돌아다녔다 한들 사람 많은 한양 한복판에서는 약손도 어쩔 수 없는 촌놈, 시골에서 갓 상경한 김 서방이 됐다. 분명 똑같이 보던 기와집, 장터인데도 왠지 모르게 멋있고, 때깔이 달라 보이는 것은 기분 탓인지.

연모 파는 좌판상, 장작 실은 소, 오지그릇 장수, 도롱이를 입은 상인…… 별천지가 눈앞에서 펑펑 돌았다.

약손은 넋 놓고 장터 구경하다가 몇 번이나 사람들 어깨에 치여 넘어질 뻔한 적이 한두 번이 아니었다. 보다 못한 복금이가 '약손아, 일루 와.' 약손을 제 등 뒤로 보냈다. 그래도 사내 체격이라고 어깨 벌어진 복금의 뒤만 졸졸 쫓아가니까 사람들한테는 덜 시달렸다. 약손은 혹여 복금을 잃어버릴까 봐 복금의 옷깃을 꼭 잡고 걸었다. 수남이 그런 약손을 보며 픽픽 웃어 댔다.

"우리 상약, 궐 안에서나 똘똘하지 밖에서는 영 아니올시다구면."

"제가 뭘요?"

"하여간 조심해. 맹하게 굴다가는 장터 왈패들한테 전대 도둑 맞기 십상이니까."

"저 그렇게 칠푼이 아니거든요? 제가 그 정도도 모를 것 같아요?"

약손이 톡 쏘아붙였다.

대체 수남은 천하의 여약손을 뭐로 보는 건지. 이래봬도 고약한 왈패들한테 투전 잃어 뱃사람으로 팔려갈 뻔한 아비도 구하고, 팔도의 온갖 장터란 장터는 다 떠돌며 더럽기 짝이 없는 텃세 다 이겨 내고 산 여약손인데…….

저가 얕보였다는 것이 못내 마음에 안 들어 툴툴대면서도 은근슬쩍 허리춤에 맨 전대를 다시 한번 확인했다.

넋 잔뜩 놓고 다녔으나 궐을 드나드는 생도 복색에, 또 복금과 수남까지 도합 장정 셋이 몰려다니니까 왈패들이 허튼짓은 안 한 모양이었다. 다행이었다. 약손은 수남 모르게 전대의 끈을 단단히 동여맸다. 어쨌든 한양에서 눈 시퍼렇게 뜨고 코 베일 수는 없는 노릇이니까.

약손이 흠흠 헛기침을 하며 어깨를 쫙 펴고 걸었다. 비록 복금과 수남에 비하면 머리통 하나가 쑥 들어가는 작은 키였지만 그래도 제법 사내대장부처럼 보였다. 푸른 생도복 번듯하게 갖춰 입은 셋이 지날 때마다 저잣거리의 아낙들이 모두 휜칠한 셋의 얼굴 훔쳐보기 바빴다.

"하여튼 이놈의 인기…… 내 이러니 한 여인에게 정착할 수가 없지…….

수남이 진심으로 가슴 아파하며 한탄했지만 복금과 약손은 약속이라도 한 듯 일절 관심을 주지 않았다.

그렇게 한참을 걷다가 마침내 수남과 복금이 한 대문 앞에 멈춰 섰다. 한길동 영감의 조카분이라기에 내심 어디 으리으리한 부잣집의 자제분일 줄 알았는데 의외로 집이 작았…… 아니 엄청 소박했다.

이 정도 수준이면 사랑까지 합친다 해도 네 칸이 좀 못 될 크기이리라. 약손이 속으로 집의 크기를 가늠했다.

"계십니까?"

"아무도 안 계십니까?"

수남과 복금이 대문 앞에서 큰 목소리로 외쳤다. 대문 역시 으리으리한 솟을대문은 아니었고, 그저 집을 둘러싼 담과 같은 높이의 평대문이었다. 그래도 남의 집이라 함부로 드나들지 않고 몸종을 찾아 부르는데, 아무리 손님이 왔다 목이 터져라 외쳐도 대문을 열어 주는 사람이 없었다.

"아무도 없는 건가?"

수남이 갸우뚱 고개를 젖히며 슬쩍 대문 고리를 잡아당겼다. 대문은 안에서 잠기지 않았던 건지 오철목 깎아 만든 문짝이 맥없이 열리며 길을 텄다.

"어……? 그냥 열리는데?"

"허락 없이 함부로 들어가도 될까요?"

"뭐 어때. 우린 한길동 영감 심부름하러 온 건데."

"하긴 그렇긴 하죠."

복금이 고개를 끄덕였다. 하여 수남이 제일 먼저, 그다음엔 복금이, 마지막으로는 약손이 집 안으로 들어섰다.

"들어갑니다. 들어가겠습니다. 저희는 한길동 영감 심부름 때문에 온 것입니다!"

수남은 여러 번이나 당부하듯 외치고는 발걸음을 옮겼다.

—끼이이익.

문짝이 긁혀 어긋나는 소리가 유난히 소름 끼쳤다. 분명 사람 사는 집인데, 한길동 영감의 조카가 사는 집이라는 걸 빤히 아는데도 괜히 뒷골이 당겼다. 어째 예감이 안 좋은데…….

내색하지는 않았으나 약손은 집 안으로 발 딛는 순간부터 뭔가 켕겨도 단단히 켕기는 듯한 느낌이었다. 그리고 집 안에 완전히 들어섰을 때, 약손은 역시나 자신의 예감이 틀리지 않다는 것을 두 눈으로 똑똑히 확인할 수 있었다.

"어이구야, 이게 다 뭔가?"

"그러게요? 대체 무슨 일이 있었던 건지…….."

앞장섰던 수남과 복금은 그만 제 눈앞에 펼쳐진 광경에 할 말을 잃고 굳은 듯 서 있었다. 내내 복금의 등 뒤를 따르던 약손이 빼꼼 고개를 빼고 집 안 전경을 살폈다.

"흠…….."

한눈에 봐도 오랫동안 쓰였을 듯한 손때 탄 의걸이, 책장, 서안, 연상 따위가 마당에 마구 흩어져 있었다. 한편에는 뭔가를 불태운 듯 그을린 자국이 가득했다. 재로 짐작해 보건데 분명 서책이리라. 약손의 짐작을 방증이라도 하듯 반쯤 타다 만 직해소학(直解小學: 고려 말기, 설장수가 소학을 한어로 번역한 책)이 아무렇게나 나뒹굴었다.

복금이 불에 탄 책을 손에 들고는 휘리릭 책장을 넘겨봤다. 비록 재에 그슬려 못 쓰게 되었으나 주인이 누구였는지 서책에는 빈 공간이라고는 찾아볼 수 없을 만큼 꼼꼼한 필기로 가득했다.

이런 귀한 책을 어찌 태웠을까?

무슨 연유로?

복금은 책 맨 뒷장에서 본래 책 주인이었던 것으로 추정되는 이름 석 자를 발견했다.

"정선도?"

정선도라 함은 한길동 영감이 알려 준 조카의 이름과 일치했다. 그렇다면 이곳이 한길동 영감 조카의 집이 맞다는 얘기인데.

어찌 이렇게 폐허와 다름없이 된 거야?

집 안 구석구석을 살펴보던 약손의 시선이 문득 화방담 아래에 멈췄다. 딱 봐도 보통 정성 들인 것이 아닌 것처럼 보이는 정원의 풀이 드러누워 있었다. 자세히 살펴보니 필경 누군가 발로 짓이기고 손으로 뜯어 버린 자국이더라.

반쯤 꺾인 능소화 줄기가 가련했다. 부러진 능소화 꽃대에서 금방이라도 뚝뚝 붉은 핏방울이 떨어질 것만 같았다.

"세상에. 누가 이런 몹쓸 짓을……."

아무리 말 못 하는 꽃이고, 나무라 하더라도 제 몫 하려고 애써 꽃 피우고 열매 맺은 미물에게 이리 못된 짓을 하다니. 약손이 쯧 가볍게 혀를 차며 허리를 굽혀 부러진 능소화를 손에 주워들었다.

그 순간 어디선가 휘이 서늘한 바람이 약손을 스쳐 지나갔다. 소스란 바람 한 줄기에 쭈뼛 등에 소름이 돋았다. 능소화 줄기 위해 허리를 굽혔던 약손이 손에 꽃을 쥔 채로 천천히 고개를 들었다.

"……."

약손이 꽃을 주운 자리는 하필이면 사랑채와 이어지는 집의 모퉁이더라. 수남과 복금이 서 있는 자리에서는 사랑의 전경이 보이지 않았지만 약손의 눈에는 그 누구보다도 똑똑히 보였다.

"세, 세상에…… 이런……."

약손은 그만 할 말을 잃고 말았다. 자꾸만 불어오는 바람 때문에 집 안 어디에선가 딸랑딸랑 풍경 소리가 요란했다. 풍경 소리가 잦아질수록 약손의 눈에 보이는 '그것' 또한 바람에 휩쓸려 좌우로 아무렇게나 흔들렸다. 약손의 표정이 심상치 않음을 가장 먼저 눈치챈 것은 복금이었다.

"약손아, 왜 그래? 거기 뭐가 있어?"

복금이 직해소학을 바닥에 내려놓고 약손의 곁으로 다가왔다. 약손이 아무 말도 없이 손끝으로 사랑채를 가리켰다. 사랑채를 가리키는 검지가 바들바들 떨렸다.

"저, 저기…… 저기에……."

곧이어 약손이 제 입을 틀어막았다. 복금이 대체 뭘 보고 그러나는 듯 갸우뚱 고개를 젖히며 약손이 가리킨 방향을 바라봤다.

"!"

복금의 얼굴 역시 약손과 똑같이 굳어졌다.

"다들 왜 그래? 뭐? 귀신이라도 봤대?"

뒤늦게 다가온 수남이 왜 그러고 있냐는 듯 약손과 복금의 등을 툭툭 치다가 이내 '헙!' 입을 다물었다.

셋은 그야말로 빙고 속의 얼음, 채석장의 돌, 혼례 날 소박 놓고 도망간 몹쓸 신랑 기다리는 색시처럼 굳었다.

"……."

"……."

"……."

세 사람은 할 말을 잃고 말았는데, 딸랑딸랑 풍경은 눈치도 없이 잘도 울었다.

그랬다.

바람에 흩날리는 사랑채의 '그것'.

그것은 바로…….

대들보에 목을 매어 속절없이 나부끼는 웬 남자의 시체였다.

"으아아아악!"

누가 먼저랄 것도 없었다. 약손은 눈앞에서 흩날리는 기다란 물체가 다름 아닌 목매단 사람 시체라는 것을 깨달은 순간, 뒤도 돌아보지 않고 달렸다. 명나라 무술 고수 중에는 경공輕功이라 하여 아무리 먼 거리라도 찰나의 순간에 왕복하는 사람이 있다던데, 이제 보니 약손이 딱 그 짝이었다.

약손은 눈 깜짝할 새에 집 밖으로 뛰쳐나왔다.

"흐억, 흐억, 흐억, 흐어억…….."

답답한 궐 나와 간만에 바깥세상 구경하여 좋아했는데 이런 제길. 목매단 시체나 보고. 이거야 원, 완전 재수 옴 붙었다.

약손은 퉤퉤퉤 침을 세 번 뱉고 흙바닥에 등을 대고 세 번 굴렀다. 누가 보면 네가 땅강아지도 아니고 뭐하는 짓이냐고 욕하겠지만 상관없었다. 자결한 혼백이 제 등에 붙지 않게 하려면 이 방법밖에 없었다. 이따 갈 때는 소금 한 줌 사서 몸에 팍팍 뿌려야지…….

약손이 주위를 둘러봤다. 역시나 겁 많기로는 일등인 수남도 사색이 된 얼굴로 제 팔다리를 마구 때리며 나름의 액땜을 하고 있는 중이었다. 얼른 이 불길한 자리를 벗어나야지, 떠나 버려야지, 약손이 삼십육계 줄행랑을 치려는데 문득 제 곁에 복금이 없다는 것을 그제야 깨달았다.

"……복금아? 아저씨, 복금이 못 보셨어요?"

"……복금이? 걔 아직도 안 왔냐?"

제 한 몸 빠져나오기 바빠 누굴 챙기고 말고 할 정신이 없던 둘이었다. 뭐야, 복금이가 왜 없지? 그럼 지금 집 안에 복금이 혼자 있는 거야? 이 망충이가?

약손은 이번엔 좀 다른 의미로 온몸에 쫙 소름이 돋았다. 이 모지리가 왜 아직도 못 나왔어? 사람 죽은 자리에 뭐 볼 게 있다고 굼벵이처럼 꾸물거려? 복금이를 데리러 다시 돌아가야 하나? 명색이 동무인데 이대로 두고 가면 안 되겠지? 나 몹쓸 놈 되는 거겠지? 약손이 잔뜩 인상을 썼다. 그때, 집 안에서 복금의 다급한 목소리가 들려왔다.

"약손아! 수남 아저씨! 이리 좀 와보세요. 사람이 살아 있어요. 아직 숨이 붙어 있다고요!"

약손과 수남이 다시 집 안으로 갔을 때, 복금은 목매단 남자의 목이 졸리지 않도록 발을 품에 끌어안고 있었다. 다 큰 장정을 복금 혼자 끌어내리기에는 역부족이었다.

"살아 있어? 죽은 게 아니란 말이야?"

"응. 방금 전에 손 움직인 걸 봤어. 어서! 어서 저 줄부터 좀 풀어 봐."

복금이 죽은 게 아니라고, 저가 움직이는 걸 봤다고 말한 후부터는 약손과 수남도 지체 없이 복금을 도왔다. 약손이 마당에 굴러다니던 책장을 가져왔고, 키가 큰 수남이 그 위에 올라가 줄을 풀었다. 줄을 풀자마자 툭 남자의 몸이 맥없이 아래로 떨어지려는 것을 약손과 복금이 단단히 붙잡았다.

복금이 남자의 목을 바로 해 마루 위에 반듯하게 눕혔다. 남자의 얼굴은 울혈이 뭉쳐서 시커멓게 변해 있었다. 수남이 재빨리 남자의 코 밑에 손가락을 대봤다. 복금의 말대로 미약하지만 색색 들이쉬고 내쉬는 숨결이 느껴졌다. 수남이 입을 딱 벌렸다.

"어이구, 정말 살아 있잖아? 딱 죽은 줄만 알았더니?"

"정말이네요? 아직도 맥이 뛰어요."

남자의 손목을 짚어 본 약손도 고개를 끄덕였다. 남자가 살아 있다는 것을 알고부터 일은 일사천리로 진행됐다.

약손뿐만이랴. 이래뵈도 수남과 복금, 둘 다 다들 각자 살던 고향에서는 의원과 다름없이 병자 고쳐 주던 사람들이었다. 요 몇 달간 궐에서 내의원님들 밑에서 생도 노릇하며 읊은 풍월도 한몫했다.

수남이 바늘로 남자의 열 손가락을 전부 땄다. 복금은 남자의 명치를 쉴 새 없이 문질렀다. 약손은 어디선가 족두리 풀을 뜯어 와 돌멩이로 으깨서 남자의 코 밑에 붙여 놓았다. 모두 다 사람 이 급체하거나, 갑자기 정신을 잃었을 때 쓰는 응급 처치였다.

수남이 바늘로 찌른 남자의 열 손가락에서 시커먼 피가 쏟아 졌다. 수남이 이번엔 남자의 팔다리를 주물러 줬다. 할 수 있는 모든 응급처치를 다 했으니 이제 남자가 살고 죽는 것은 하늘의 뜻이었다.

수남이 남자의 명치를 열심히 문질러 주는 복금을 쳐다봤다.

"나는 목맨 것만 보고 딱 죽은 줄 알았는데……. 근데 복금이 넌 어떻게 알았냐? 아직 살아 있다는 걸?"

"맞아. 나도 정말 죽은 줄 알았다구……."

시체 보자마자 냅다 줄행랑을 친 약손과 수남이 이제야 어물 어물 머쓱해하며 말을 걸었다. 변명처럼 느껴지기는 했는데, 다 른 것도 아니고 목매달아 죽은 시체였다.

예로부터 제 손으로 목숨 끊은 곡절의 원망은 너무도 깊다 해 서 무당이나 오작(仵作: 조선시대 때 시체를 검시하는 사람) 말 고는 곁에 근처도 않는 것이 상책이었다.

괜히 일반 사람들이 공명심이다 뭐다 해서 시체 주변을 얼쩡 거렸다가는 급살 맞거나 귀신에 씌워 미치기 십상이었으니까.

엄밀히 따져 말하자면 도망가 버린 약손과 수남이 비겁한 것이 아니라 스스럼없이 시신을 가까이에서 살펴본 복금이 좀 특이한 경우였다.

"아…… 그건요……."

복금이 머리를 긁적였다. 약손과 수남이 너는 어쩜 그렇게 겁이 없을 수 있냐고 신기해하니까 얼굴까지 빨개졌다. 복금이 더 듬더듬 남자가 살아 있다고 생각한 연유를 설명했다.

"별건 아니고……."

"응. 별건 아니고, 뭐?"

"남자의 얼굴을 봤는데 혓바닥이 멀쩡하더라고요."

"……혓바닥?"

혓바닥이 왜? 혓바닥이 뭐가 어쨌다고? 약손과 수남이 약속이라도 한 것처럼 남자의 얼굴을 자세히 바라봤다. 남자의 입은 굳게 다물려 있을 뿐, 혓바닥은 보이지도 않았다. 입 주변에 허옇게 말라붙은 침이 전부였다. 약손과 수남이 무슨 말인지 도통 이해하지 못하겠다는 듯 갸우뚱 고개를 젖히니까 복금이 덧붙였다.

"원래 사람이 목매달아 죽으면 혓바닥이 빠져나오거든요. 혀 뿌리부터…… 여기까지……."

복금이 손가락으로 가늠하듯 제 턱 아래, 가슴께를 가리켰다.

"뭐, 안 그런 경우도 있긴 하지만 일단 혀가 보이지 않으면 숨이 끊어졌는지 아닌지 정확히 확인해 봐야 하니까……."

"……."

"……."

뭐라고? 목매달아 죽으면 혀가 가슴까지 삐져나온다고? 그게 참말이야? 어떻게 그럴 수 있어? 결단코 약손과 수남은 여태껏 살아오면서 목매달아 죽은 시체 따위, 단 한 번도 눈앞에서 본 적이 없었다. 염장이나 오작도 아니면서 대체 그 끔찍한 걸 왜 보고 있는지?

"그럼, 복금이 넌 그런 시체를 직접 본 적이 있다는 말이야?"

"많이는 아니고 예전에 어무니 따라갔다가 몇 번······."

어이구야. 어무니가 무당이라더니 너도 참 어렵게 살았다······. 수남이 쯧쯧 혀를 찼다.

그때였다. 마루에 눕혀져 있던 시체, 아니 남자가 벌떡 몸을 일으켰다. 안 그래도 복금의 흉흉한 설명 때문에 잔뜩 겁먹었던 약손과 수남은 '끄아아아아악!' 비명을 지르며 뒤로 나자빠져야만 했다.

*

"흑흑······ 흐으으윽······."

집 안에는 온통 남자가 구슬피 우는 소리뿐이었다. 왜 자꾸 울기만 하느냐, 우리가 발견하지 않았더라면 자네는 지금 황천길을 걷고 있을 거다, 대체 무슨 곡절이기에 스스로 목을 맸냐······.

수남이 질문을 해도 남자는 아무런 답도 하지 않았다. 그저 서러운 눈물만 방울방울 쏟아 낼 뿐이었다.

나 원 참, 답답해서. 수남도 이젠 포기했다. 약손, 복금, 수남은 마루에 조르르 앉아 울기만 하는 남자를 바라보기만 했다. 남자가 옷깃으로 흐르는 콧물을 팽 풀었다.

목 언저리에는 굵은 띠에 걸렸던 붉은 자국이 선명했다. 마음 같아서는 한길동 영감이 전해 달라는 약도 가져다 뒀겠다, 모른 척 두고 가고 싶었지만 한번 맨 목, 두 번은 못 맬까.

셋은 쉬이 집을 떠나지도 못했다.

"무슨 사정인지 말을 해야 도와주든, 한을 풀어 주든 하지. 답답해 죽겠네."

수남이 작게 중얼거렸지만 남자는 저를 구해 준 생명의 은인들 따위 아랑곳없이 한참을 더 울었다.

"에이, 우리도 이제 가자. 사람 할 도리는 다했다. 손 따줘, 가슴 문질러 줘, 약 줘. 뭘 더 해줘? 우리도 고만 가자꾸나."

수남이 약손과 복금의 등을 치며 몸을 일으켰다. 약손과 복금도 엉거주춤 일어섰는데, 그 순간 남자가 말을 이었다.

"대체 왜…… 왜 저를 살리셨습니까……."

"?"

내가 뭘 잘못 들었나? 약손의 눈이 동그래졌다. 하지만 콜록콜록 기침을 내뱉은 남자는 이번엔 정확히 약손과 복금, 수남을 쏘아봤다. 눈에는 원망의 빛이 가득했다. 남자가 다시 한번 짓이기는 듯한 말투로 내뱉었다.

"그냥 죽게 내버려 두지 대체…… 왜 날 살렸느냔 말입니까?"

남자가 곁에 있던 연적인지 벼루인지 모를 세간을 마당 위로 냅다 던져 버렸다. 와장창! 사기 깨지는 소리가 요란했다. 아니, 기껏 죽을 둥 살 둥 온갖 방법 동원해서 겨우 살려 놨더니만, 뭐야? 왜 나를 살렸냐고? 죽게 내버려 두라고? 뭐 이런 사람이 다 있어?

순간 확 열이 뻗쳤는지 수남의 얼굴이 시뻘겋게 달아올랐다.

"아니, 이봐요 형씨. 거 말이 너무 심한 거 아니요? 우린 뭐 시간이 남아돌아서 당신을……."

수남이 대거리하려는데, 남자가 이번에는 주먹 쥔 손으로 제 가슴을 탕탕 치며 울부짖었다.

"옥향아…… 옥향아……. 나라는 못난 사내는 이 구차한 목숨 하나도 쉬이 끊지 못하는구나. 옥향아……."

응? 옥향이? 옥향이가 누구야? 약손과 복금은 영 모르겠다는 표정으로 서로를 바라봤다. 하지만 수남은 달랐다. 뭔가 짚이는 것이 있는 것 같았다.

"옥향이? 설마 예원각 옥향이를 말하는 건가? 한양 제일 기생 양옥향이? 맞아? 그래?"

수남이 재차 묻자 한참 울던 남자는 그제야 고개를 끄덕였다.

그러니까 스스로 목을 매달아 죽으려 했던 남자, 정선도의 숨은 곡절이란 이러했다. 정선도는 한길동 영감의 외조카로, 일찍이 양친을 여의었다. 어린 날에는 한길동 영감에게 몸을 의탁하여 살았으나 타고난 총명함이 남달라 사역원(司譯院: 조선시대 국가적으로 역관을 교육하고 양성했던 기관)에 들어가게 되었다고 했다.

난다 긴다 하는 수재들을 전부 제치고 사역원에서 가장 인기 있는 한학청(漢學廳: 지금의 중국어학과)의 학생이 되었으니 그 야말로 역관으로서는 탄탄대로의 앞길만 남은 자였다.

한데 앞으로 펼쳐질 꽃길 비단길 모다 치우고 자결이라니? 대체 이게 무슨 해괴망측한 일이란 말인지? 다른 사람도 아니고, 제 손으로 인생을 망치려 들어?

약손은 잘 이해되지 않았다.

남자는 한참을 더 주절주절 제 신상을 이야기하다가 본격적으로 '옥향'이라는 이름에 대해 설명했다.

"옥향과 저는 서로 사랑하는 사이입니다. 옥향이 기생이라는 신분은 제게 전혀 중요하지 않습니다. 저는 옥향과 미래를 약속하였고, 이번에 주상 전하 명을 받들어 명나라에 다녀오면 함께 혼례를 올리기로 하였습니다. 한데……."

남자는 설움이 복받치는지 다시 한번 흑흑 눈물을 쏟아 냈다. 복금이 그런 남자에게 말없이 무명천을 건넸다. 남자는 간신히 울음을 삼키고는 말을 이었다.

"한데…… 홍윤성 그자가…… 그자가 모두 망쳤습니다. 그자가…… 제게서 옥향이를 뺏어 갔습니다."

"허……."

수남이 작게 탄식했다. 홍윤성? 그자는 또 누구인데? 약손이 수남에게만 들리도록 '홍윤성이 대체 누군데 그럽니까?' 작게 속삭여 물었다.

"있다, 그런 양반 나리가. 주상 전하 뒷배만 믿고 한없이 날뛰는 한양 으뜸의 개망나니지."

"개망나니……."

역시 수남은 궐 안 사정이고, 궐 밖 사정이고 모르는 게 없었다. 약손은 홍윤성이라는 자가 누구인지는 잘 몰랐으나 한양 으뜸의 개망나니라니까 그 패악질은 안 봐도 훤할 것 같아 결단코 그자와는 어울리지 말아야겠다, 가만히 속으로 되뇌었다. 물론 고작 생도 나부랭이에 불과한 약손이 지체 높은 양반 나리를 뵐 일은 없겠지만…….

그래도 뭐, 무엇이든 미리미리 준비해 놓으면 근심이 없지 않겠는가? 약손은 '홍윤성'이라는 이름 석 자를 위험인물로 분류하여 머릿속에 쾅 도장까지 찍어 놓았다.

"저는 곧 명나라로 사행을 가야 합니다. 한데, 홍윤성이 옥향을 제 첩으로 부리겠다 공언하지 않겠습니까?"

"옥향이라는 분은 나리와 혼인을 하기로 약속했다면서요? 홍윤성에게 왜 말하지 않았습니까?"

"제가 안 했겠습니까? 몇 번이나 말했습니다! 옥향과 혼인 약속을 했다고, 우리는 서로 사랑하는 사이라고! 하지만 홍윤성 그 자는……"

수남이 정선도의 말을 툭 끊고 끼어들었다.

"한양 개망나니에게는 전혀 통하지 않을 얘기겠지. 뭐든 제멋대로 해야 직성이 풀리는 사람이니까……"

"그렇습니다. 어젯밤 찾아와 집을 쑥대밭으로 만들어 놓은 것도 바로 홍윤성의 시종들이었습니다."

아…… 집 안이 왜 이 모양 이 꼴이 됐나 싶었는데, 그게 전부 홍윤성 때문이었구나. 주상 전하 뒷배를 뒀다더니 정말 몹쓸 사람이네. 아무리 기생이라도 혼인을 약속한 사람이 있다는데 함부로 뺏어 가지를 않나, 집 안을 엉망으로 만들어 놓지를 않나.

약손이 쯧쯧 혀를 찼다.

"그래도 그렇지, 함부로 목숨을 끊는 건 너무했습니다. 아무리 가슴 아프고 속상해도 스스로 죽는 건 말도 안 됩니다. 절대 못 할 짓입니다. 나리가 죽었다는 소식을 전해 듣게 될 옥향이라는 분의 심정은 생각지 않으십니까?"

"……"

웬일로 복금이 무척이나 엄한 얼굴로 훈수했다. 구구절절 복금이 한 말에는 틀린 구석이 조금도 없었지만 정선도는 발끈 성을 냈다.

"옥향 없는 삶을 사느니 차라리 죽는 게 낫습니다. 당신들이 대체 뭘 안다고! 나와 옥향에 대해 뭘 안다고 함부로 떠들어?"

"하지만……."

"연모하는 마음…… 당신이 그걸 알아?"

정선도의 눈에 핏발이 섰다. 아드득 말아 쥔 주먹이 단호했다. 여차하면 제 분에 못 이겨 혹여 복금을 한 대 치기라도 할까 봐 약손이 얼른 그 앞을 막아섰다.

"이봐요, 이봐요, 나리! 옥향인가 난향인가……. 아무튼 연모하는 마음이 그렇게 대단하다면 더더욱 이렇게 맥없이 죽어서는 안 되는 거 아닙니까? 눈이나 감기겠어요?"

"……뭐라고?"

"개망나니 홍윤성 따위에게 보낼 게 아니라 사내답게, 정정당당하게 대처하란 말입니다! 자고로 죽은 자는 말이 없고, 개똥밭에 굴러도 이승이 좋은 법입니다. 이렇게 죽어 봤자 나리만 손해라고요."

약손이 따끔하게 일침을 가했다. 물론 겉으로는 일침 하는 척했어도 정선도라는 자의 체격이 하도 좋아서 괜히 한 대 맞을까 봐 조금 겁이 났다. 약손은 복금을 걱정하는 척, 복금의 손을 잡아끌며 함께 뒤로 멀찍이 물러났다. 화를 못 이긴 정선도가 주먹 쥐고 달려들면 언제든 도망칠 기세였다.

"사내답게…… 정정당당하게?"

다행히 정선도는 약손을 때리려하지 않았고, 분에 못 이겨 화를 내지도 않았다. 그저 무슨 큰 충격이라도 받은 듯 깊은 생각에 잠긴 얼굴이 되었다.

"하면, 우린 할 일 다 했으니까 남 일에 오지랖 고만 부리고 이만 돌아갑시다."

약손이 수남과 복금을 챙기며 눈짓했다.

"그래, 시간이 많이 지체됐구먼. 그만 가지."

수남도 얼른 약손의 뒤를 따랐다. 하지만 약손이 몇 발자국 떼기 전에 정선도가 탁 약손의 어깨를 붙잡아 돌려세웠다.

"사내답게, 정정당당하게 대처하라고 했지요?"

"……그렇습니다만?"

약손이 고개를 끄덕이자 정선도가 다시 말을 이었다.

"예, 알겠습니다. 당신 말이 맞습니다. 충고해 준 대로 정정당당하게 대처하겠습니다. 옥향을 홍윤성 그자에게 속수무책으로 보내지 않겠습니다."

"열심히 해보세요. 마음속으로 깊이 응원하겠습니다."

"하면…… 절 좀 도와주실 수 있습니까?"

"그건 안 됩니다. 저희 엄청 바쁜 몸이에요."

그럼 이만. 약손이 냉정하게 돌아섰다. 정선도가 그 단호한 등 뒤에 황급히 덧붙였다.

"대가는 충분히 드리겠습니다. 돌아가신 부모님께 받은 유산으로 받은 금이 약간 있습니다. 원래는 혼례 비용으로 쓰려던 것인데…… 절 도와주신다면 그걸 드리겠습니다."

"……."

"전부 다요."

"!"

흠칫 약손의 어깨가 떨렸다. 약손이 돌아섰다.

"이 세상에 누군가를 연모하는 마음보다 중요한 것이 어디 있을까요? 네, 저는 이해합니다. 다른 사람은 몰라도 저만은 이해합니다. 도와드리죠. 제가 무엇을 하면 될까요?"

"나도 돕겠소. 자고로 사람이 매정하게 살면 안 돼. 남 일 모른 척하면 안 돼."

약손아, 우리 궐에 가야 돼…….

수남 아저씨, 늦지 않게 돌아가야 한다고요…….

복금이 문 앞에서 발을 동동 굴렀지만 이미 약손과 수남, 황금에 눈먼 둘에게는 전혀 들리지 않는 얘기였다.

[2]

산가지를 잘 뽑았다고 좋아했는데 완벽한 오산이었다. 손가락 검지만 한 작대기를 복금이랑 약손이가 똑같이 뽑았고, 수남이 혼자서만 반 토막짜리를 뽑았다. 결국 치마저고리를 입은 것은 수남이었다. 하지만 치마만 두른다고 사내가 뚝딱 계집이 되는 것은 아니었다.

수남은 누가 봐도 시커먼 사내였고, 턱 밑에 거뭇한 수염자국이 의심스러웠으며 딱 벌어진 어깨의 떡대는 절대 무시할 수가 없었다. 계집 변장이 통하지 않는 것은 복금 또한 마찬가지였다. 결국 약손은 산가지 뽑기 따위와 상관없이 맨 마지막으로 치마저고리를 두르게 됐다.

도둑이 제 발 저린 격으로 치마 입는 내내 '나는 이런 거 입어도 소용없어! 계집이라고 우겨 봤자 안 통할걸? 나만큼 사내대장부 같은 사람이 또 어디 있다고 그래?' 칠색 팔색 해봤지만 마침내 약손이가 치마 입고, 저고리 고름까지 얌전히 매고 나왔을 때는 복금과 수남, 그리고 선도 또한 깜짝 놀라고 말았다.

"세상에! 너 정말 약손이 맞아?"

"사내치고 얼굴 반반하더니만 치마 두르니까 천생 계집이 따로 없네! 계집이 따로 없어!"

수남이 깔깔 웃음을 터뜨리며 데구루루 방바닥을 굴렀다. 그 모습이 영 아니꼬워서 약손 이마에 팟 핏대가 섰다. 내가 지금 누구 때문에 치마 두르게 됐는데? 약손이 잔뜩 인상 쓴 채로 면경을 손에 쥐고 이리저리 얼굴을 살폈다. 쪽진 머리가 영 어설퍼서 머리카락 한 가닥이 삐죽 튀어나온 것이 보였다. 나름대로 갈무리해 보려는 듯 약손이 손가락으로 열심히 밀어 넣어 봤지만 소용없었다.

"에잇, 모르겠다! 누가 이까짓 머리카락 한 올 따위에 관심 두겠어? 어서 가자고!"

약손이 탁탁 바닥을 치며 말했다. 어차피 쓰개치마를 덮어 눈만 내놓을 테니까 상관없었다.

위풍당당 약손이 먼저 앞서고 그 뒤를 복금과 수남이 따랐다. 정선도는 동구 밖까지 나와 셋을 배웅했다.

"여 생도! 모쪼록 잘 부탁드립니다!"

"금덩이나 잘 챙겨 놓으시라고!"

약손이 큰 소리를 쳤다. 재물에 눈멀어 무모한 짓거리 벌이는 일은 월당 이후로 딱 손 떼자고 그렇게 다짐했건만. 하여튼 누구 자식 아니랄까 봐 투전 못 끊는 칠봉의 성정을 그대로 빼다 박은 약손이었다.

"이리 오너라! 이리 오너라!"

아직 장사를 시작하려면 한참이나 먼 시각이었다. 해는 아직도 중천이라 예원각에서는 기생들이 한창 단잠에 빠져 있을 때이기도 했다. 혹여나 성질 예민한 여인네들이 깨어나 신경질 부릴까 봐 몸종이 얼른 나와 대문을 열어 빼꼼 고개를 내놨다.

해가 지면 이 대문으로는 한양 최고의 위인들이 제집처럼 드나든다. 물론 주머니가 두둑하지 않으면 함부로 걸음 할 수도 없다. 암만 어린 몸종이라도 꾀는 말짱해서 이제는 상대의 눈빛, 면상 한번 보는 것만으로도 그 지체의 높고 낮음을 척척 파악할 줄 안다. 한데 대낮부터 호기롭게 예원각 문을 두드린 이 초라한 사내 둘은 대체 무엇인지? 정말 별 게 다 귀찮게 하네. 빨래 널다가 나온 몸종의 인상이 단박에 찌푸려졌다.

"무슨 일입니까?"

새침하게 톡 쏘아붙였다. 수남이 어흠어흠 헛기침을 하며 어깨에 잔뜩 힘을 준 채 수염을 쓰다듬었다.

"내, 옥향이를 보러 온 객이다. 옥향이 있느냐?"

"……."

이런 제길. 몸종은 한 치의 망설임도 없이 수남의 면전에서 대놓고 욕을 뱉었다. 어깨가 부서져라 빨래 주무르다가 나왔건만, 이제 보니 웬 미친놈이 옥향이를 보겠다고 지랄을 떤다. 옥향이가 네 누이냐? 어무니냐? 감히 네깟 게 보고 잡다하면 쉬이 만나주는 그런 사람인 줄 알아? 어디 우리 옥향이를 데려오라 마라야? 돈 한 푼 없는 거지발싸개같이 생긴 게!

몸종은 고작해야 이런 거지나부랭이 때문에 저가 똥강아지처럼 왔다 갔다 한 것이 못내 화가 났다.

"옥향이 없어!"

몸종이 그대로 문을 닫으려 했다.

"……어어?"

덕분에 당황한 수남이 저도 모르게 문짝 사이로 턱 발 한 짝을 집어넣었다. 무슨 일이 있어도 옥향을 만나야 했는데 이대로 문전박대 당할 수는 없었다. 수남은 몸종에게 구구절절 사정을 설명하기 시작했다.

옥향이에게 실로 중대하게 전할 말이 있다. 당장 불러와라. 그런 중대한 말을 하고 싶거든 이따 밤에 와라. 옥향이 얼굴 보려 줄 선 사내들이 한둘인 줄 알아? 정말 급한 일이다. 일단 말이라도 좀 전해 줘라. 말 전할 테니 당장 썩 꺼져라……

대문 하나를 사이에 두고 수남과 몸종 사이에 실랑이가 벌어졌다. 결단코 옥향을 만나야겠다는 수남과, 옥향이가 미쳤냐 너 같은 비렁뱅이를 만나게? 무시하는 몸종의 싸움이었다.

결국 대낮부터 벌어진 소란 아닌 소란에 때마침 출타하여 돌아오던 예원각의 조방꾼이 그 광경을 발견했다.

"무슨 일이냐? 대낮부터 재수 없게?"

과연 한양 제일 기생집의 조방꾼다웠다. 술 취해 진상 부리는 사내들 여럿 패대기쳤을 어깨가 한 아름이었다. 약손이 두 팔을 벌려도 겨우 닿을까 말까 했다. 번쩍거리는 비단옷을 차려입었으나 객주에서 일하는 사내들 특유의 거친 분위기가 상대를 압도했다. 조방꾼의 뒤로 새끼 조방꾼 여럿이 험상궂은 얼굴로 도열해 있는 것도 보는 이를 주눅 들게 했다.

한양 사정은 무엇이든 빠삭한 수남인지라 수남은 예원각 조방꾼들이 그 어느 기생집의 어깨들보다 흉포하다는 것 또한 잘 알고 있었다. 수남은 방금 전 옥향이를 불러오라 큰 소리 치던 모습은 온데간데없이 공손하게 고개를 숙였다.

"저, 저, 저, 그것이……"

"웬 놈이 아침나절부터 귀찮게 굴어?"

조방꾼이 뚝뚝뚝 손가락을 꺾어 뼈 맞추는 소리를 냈다. 얼핏 보니 주먹 크기가 보통 사내의 곱절이었다.

뜨악! 나는 그저 옥향이만 만나고 돌아가려 했는데, 하필이면 조방꾼을 만나다니!

계획에 없던 일이라 수남은 차마 뭐라 대거리도 못 하고 뎅굴 뎅굴 눈알만 굴렸다.

"옥향일 만나고 싶으면 돈을 가져와. 물론 옥향의 하룻밤을 치를 능력이 된다면 말이야."

조방꾼이 누추한 수남의 복색을 아래위로 훑어보며 조롱했다. 세상에, 예원각 대문 넘기가 이렇게 어렵단 말인가?

일이 틀어진 수남이 어쩔 줄 몰라 하며 입술만 깨물었다. 조방꾼 무리는 수남 따위 깨끗이 무시한 채 여유작작하며 예원각 안으로 향했다. 덕분에 뒤에서 상황을 지켜보던 약손의 마음만 다급해졌다.

안 돼! 이렇게 포기할 수는 없어!

반드시 옥향을 만나야 한다고!

부모님께 유산으로 물려받았다는 정선도의 금덩이가 눈앞에서 아른거렸다. 손에 잡힐 듯 가까워진 금덩이를 맥없이 포기하는 일, 약손의 인생에는 있을 수가 없는 일이었다.

금덩이는 반드시 내가 차지하고 말 거야!

약손이 제 앞에 선 복금과 수남을 밀치고 나섰다.

"이보시오."

"……?"

막 대문 안으로 들어서던 조방꾼이 처음엔 저를 부르는 소리인 줄 모르고 싹 무시했다. 하지만 등 뒤에서 다시 한번 '이보시오!' 또렷하게 들리는 목소리에 태산만 한 등을 돌려 약손을 바라봤다. 조방꾼이 시선을 돌린 자리, 누추한 쓰개치마를 덮어쓴 여인이 멀뚱히 서 있는 것이 보였다.

"뭐야? 지금 날 부른 거야?"

사내가 걸걸한 목소리로 되묻자 약손이 끄덕끄덕 고개를 흔들었다.

"무슨 일인데 함부로 우리 형님을 불러 세워?"

아무리 네가 여인의 몸이라도 무례는 용서하지 않겠다는 듯

새끼 조방꾼이 험상궂은 얼굴로 약손에게 윽박질렀다. 이치가 화통을 삶아 먹었나? 왜 이렇게 소리를 질러 대? 귀청 터지겠네. 약손이 속마음은 싹 감추고 애써 침착함을 유지했다.

새끼 조방꾼이 한 발 한 발 약손을 향해 걸어왔다. 너 뭐냐고? 네가 뭔데 감히 우리 형님을 불러 세우냐고? 어? 여기가 어딘 줄 알고, 감히. 죽고 싶어? 새끼 조방꾼은 당장이라도 약손을 한 대 후려칠 분위기였다. 그리고 실제로도 사내는 솥뚜껑만 한 손을 높이 추켜세우기까지 했다. 저 손에 맞으면 황천길 나루터까지 는 지름으로 갈 수 있을 것 같았다.

하지만 그 어마무시한 손 따귀가 날아오기 바로 직전, 약손이 제 얼굴을 꽁꽁 가리고 있던 쓰개치마를 어깨 위로 끌어내렸다.

—사라락

정선도의 집 창고에서 찾아낸 때에 찌들어 누런빛의 쓰개치마 가 마치 애처로운 꽃잎 한 장처럼 사뿐히 떨어져 내렸다. 얼굴을 드러낸 약손이 조방꾼을 똑바로 쳐다봤다.

"나는 옥향 언니의 혼례 소식을 듣고 인사차 들른 객입니다. 옥향 언니와는 평양에서 살 때 가족처럼 지낸 사이지요. 하나 오 는 길에 도적을 만나 보다시피 이 모양 이 꼴이 되고 말았습니 다."

"뭐……?"

"돈 잃고, 재물 잃고, 옥향 언니에게 주려고 가져온 선물도 잃 고 말았네요. 내 사정이 급하여 무례인 줄 알지만 이렇게 부탁드 리겠습니다."

"……무, 무엇을?"

설마 찌든 때 잔뜩 탄 쓰개치마의 주인공이 이런 미색을 뽐낼 줄은 꿈에도 짐작하지 못한 새끼 조방꾼이 저도 모르게 말을 더듬었다. 예원각에 적을 뒀으니 아름답다 칭송하는 온갖 기생은 다 만나 봤을 텐데도 그러했다.

약손이 소매 안에서 무언가를 찾기 위해 뒤적였다. 얼굴 똑바로 쳐다볼 때도 어여쁘다고 느꼈는데, 소맷귀 살피기 위해 눈을 살짝 내리깐 모습은 더 어여뻤다.

대체 이 여인은 누구지?

나 정말 이토록 아름다운 여인은 정녕 처음 보겠네…….

새끼 조방꾼이 저도 모르게 팔푼이처럼 입을 벌리고 약손을 쳐다봤다. 마침내 약손이 소매 안에서 무언가를 찾아냈다.

이윽고 약손이 조방꾼에게 손을 내밀었다.

"이걸 옥향 언니에게 전해 주세요. 언니에게 전하면 내가 온 줄 알 겁니다."

"그, 그, 그대는 대체 뉘시기에……."

새끼 조방꾼이 달달 떨리는 목소리로 물었다.

약손은 머리 위에서 똑바로 쏟아지는 햇빛이 조금 더운 듯, 이 무더운 날에 마냥 서 있는 것이 힘에 부친 듯 손에 쥐고 있던 부채를 착 펼쳤다. 대나무 살에 한지를 촘촘히 먹인 부채가 약손의 입가를 살짝 가렸다. 그와 동시에 약손이 생긋 눈웃음을 쳤다.

"저는……."

"……?"

꼴깍. 새끼 조방꾼이 꿀떡 침 삼키는 소리가 저만치 서 있는 수남과 복금에게까지 들렸다. 약손이 말을 이었다.

"저는…… 평양 기생 사월이라 합니다."

과연, 장터 떠돌며 효녀 홍장 역할하고 아낙네들 눈물 콧물 쏟아 내게 하던 실력 하나는 아무리 시간이 흘러도 녹슬지 않았더라. 부채 하나만 있으면 약손은 효녀 홍장이든, 토번吐蕃의 늠름한 왕자님이든, 일국의 왕비님이든 무엇이든 될 수 있었다.

"사월이가 옥향 언니를 뵈러 왔다 전해 주시겠어요?"

팔랑팔랑. 약손의 부채가 작은 바람을 일으켰다.

낙월지落月池는 달이 떨어지는 곳이라 하여 예원각에서는 가장 훌륭한 풍경을 자랑하는 장소로 손꼽혔다. 예전에는 낙월지 누각에서 종종 성대한 잔치가 벌어지기도 하였으나 옥향이 낙월지를 제 별당으로 삼겠다 단언하고부터는 그 문고리가 딱 잠겼다. 가끔 낙월지의 운치를 그리워하는 손님이 있기도 했지만 옥향의 허락 없이는 그 누구도 낙월지에 함부로 드나들 수 없었다.

하긴 옥향이 누구라고 감히 그 말을 거역하는 사람이 있을까?

한양 최고의 기방 예원각.

예원각의 기생들은 빼어난 외모는 말할 것도 없었고, 춤이면 춤, 노래면 노래, 시조라면 시조. 심지어 화예에도 능하기로 유명했다. 양반들이 저희들 후원에 함부로 들였다가 쫓아 버리는 들병이나 유녀, 은근짜는 비할 것도 아니었고 제아무리 돈이 많더라도 함부로 만날 수가 없는 예기藝妓들이었다. 옥향은 그런 예원각의 기생들 중에서도 군계일학群鷄一鶴 가장 빼어난 기생에 속했다.

오직 옥향의 얼굴을 한번 보기 위해, 그녀가 연주하는 거문고 한가락, 시 읊는 목소리를 듣기 위해 하룻밤에 수백 수천 냥을 아낌없이 내놓는 양반네들이 도성 밖까지 줄을 서는 지경이었다. 옥향 혼자서 벌어들이는 수입이 예원각 전체 수입의 대부분을 차지하고 있으니 옥향이 경치 좋은 낙월지를 저 혼자만의 별당으로 삼겠다 한들 반대할 사람은 그 어디에도 없었다.

하지만 이달이 지나고 나면 어쩌면 낙월지는 다시 예전처럼 개방되어 손님들을 받을지도 모르겠다. 그 누구라도 드나들 수 있고, 쉬어 갈 수 있는 공간으로 바뀔지 모르겠다.

이달 말, 옥향은 홍윤성의 첩이 되어 예원각을 떠나야 했기 때문이었다.

*

인적이라고는 찾아볼 수 없는 낙월지의 후원.

대청마루 한편에 손때 탄 거문고가 비스듬히 누워 있었다. 거문고 배의 한복판을 가로질러 새겨진 금명琴銘은 이규보의 시구 아금무조我琴無調라.

나의 거문고에는 곡조가 없다.

언제나 노래해야 하고 소리 내어 우는 것이야말로 숙명이라는 거문고에 곡조가 없다고 단언한 까닭은 무엇인지? 대체 거문고의 주인이 뉘인지는 몰라도 세상을 무척이나 괴롭고 귀찮은 것으로 여기는 자가 틀림없었다. 별당 처마 끝에 매인 풍경이 딸랑 소리를 내며 울었다. 자그만 체구의 비자 하나가 노란빛의 꽃다지 만개한 화원을 빠른 걸음으로 가로질렀다.

백일홍과 까마중, 애기수영 따위의 들꽃이 만발한 가운데 몸종의 치맛귀에 콩다닥냉이 한 잎이 달라붙었다. 비자가 종종종 바삐 걸음을 옮길 때마다 봉긋하게 부풀어 오른 붉은 꽈리가 속절없이 흔들렸다.

"옥향 언니! 옥향 언니 잠깐만 나와 보세요. 네?"

해가 중천이면 밤일하는 기생들에게는 아직 깜깜 밤중이었다.

원래는 발소리조차 내지 않는 것이 예원각 내의 불문율이건만 비자는 낙월지가 떠나가도록 목소리를 높였다.

그 소란에 꼭 닫혀 있던 별당 문이 열렸다. 세로 살을 촘촘히 박아 가로 살을 띠처럼 짜 넣은 세살창 사이로 웬 여인의 모습이 드러났다.

처음에는 처마의 그림자에 가려 잘 보이지 않았지만 여인이 한 발자국 밖으로 나오니 방 안쪽 바라지창에서 새어 나오는 햇빛이 여인의 주변을 안개처럼 감쌌다. 덕분에 여인은 언뜻 보면 햇빛의 비호를 받기라도 하는 것처럼 신비롭게 보였다.

아니, 그녀를 비호하는 것이 오직 햇빛뿐일까.

바람, 별, 구름, 호수…… 이 세상 모든 것이 여인의 편이라 해도 과언이 아니었다. 모두가 여인을 아름답게 보이기 위해 존재하는 것만 같았다.

비자는 매일을 보고 또 봐도 좀처럼 익숙해지지 않는 제 주인의 미모에 잠시 넋을 잃었다가 이내 자신이 이러고 있을 때가 아니라는 듯 퍼뜩 정신을 차렸다.

"있잖아요, 옥향 언니……!"

"무슨 일인데 이리 소란이야? 아이들이 전부 깨겠구나."

한낮에 곤히 잠든 기생들이 가장 싫어하는 일 중에 하나가 별일도 없는데 잠에서 깨어나는 것이었다. 밤새 손님들에게 시달렸으니 잠이라도 푹 자야 피로가 풀릴 텐데, 괜히 재수 없게 나다니다 걸리면 살갗이 다 터지도록 종아리를 맞을 수도 있었다. 비자의 주인, 그러니까 옥향이 조용히 하라 주의를 주며 습관처럼 손바닥으로 목 언저리를 쓸었다.

화려한 비단은 조금의 쓰임도 없이 무명자 저고리 한 장만 걸쳐 입었으나 매끈하게 이어지는 목뒤, 귓등선이 예사롭지 않았다. 귀밑머리에 몇 가닥 흘러내린 잔머리조차 특별한 멋을 내려 한 것처럼 보였다.

"옥향 언니, 지금 밖에…… 밖에 언니 동생분이 와 계세요."

"내 동생?"

비자가 소란 떠는 일이래 봤자 예원각 손님에 관한 얘기거나, 아직 사고뭉치 태를 벗지 못한 어린 기생들의 골림, 조방꾼의 싸움 정도를 예상했던 옥향이었다.

하지만 동생이라니? 옥향이 그게 웬 뚱딴지같은 소리냐는 듯 비자를 바라봤다.

세상 이치 깨닫지도 못했던 어린 나이에 아비 투전 빚으로 팔려 이리저리 떠돌며 고아와 진배없이 살아온 옥향에게 동생이라니? 너 그게 무슨 말이야? 뭘 잘못 먹었어? 옥향이 별일이 다 있다는 듯 고개를 저으며 다시 방 안으로 들어가려 했다. 하지만 비자가 다시 한번 쿵쿵 발을 굴렀다.

"정말이에요! 언니가 평양 계실 때 가족처럼 지냈던 동생이라고…… 평양 기생 사월이라고……."

"……사월이?"

옥향은 여전히 아무것도 모르는 듯한 표정이었다. 실제로도 옥향은 평양 기생 사월이를 전혀 알지 못했다. 답답해진 비자는 이번엔 아예 미투리를 휙 벗어 던지고 대청마루에 올라섰다. 그러고는 허리춤에서 무언가를 찾아 옥향 앞에 내밀었다.

"이걸 보여 주면 알 거라고 하던데요?"

"그게 대체 뭔데? 난 사월이고 오월이고 도통 알지도 못하는 사람……!"

불현듯 옥향의 눈이 크게 떠졌다. 옥향의 손바닥 위에 비자가 건네준 물건이 작게 빛을 발했다.

"이, 이건……?"

한참 제 손을 내려다보던 옥향이 이내 휙 고개를 들었다.

"그이는 어디 있니?"

"예? 그이요? 그이라면 누구……?"

"선도……! 아니, 사월이 말이다. 평양 기생 사월이가 이걸 줬다면서?"

"네. 맞아요. 그분이 이걸 보여 주면 알 거라고 했어요."

"그래, 사월이…… 사월이는 어디에 있니? 내가 당장 만나 봐야겠다."

옥향이 답지 않게 허둥거렸다.

한양에는 워낙 미친놈들이 많아 예원각에는 걸핏하면 저가 옥향의 기둥서방이라는 둥, 미래를 약속한 정인이라는 둥, 어린 날 잃어버린 아버지라는 둥 온갖 사칭을 하며 옥향을 만나려 수작거리는 치들이 한둘이 아니었다. 물론 그들 중 대부분은 옥향의 털끝도 마주하지 못하고 조방꾼들 선에서 처리되었다. 어쩌면 평양 기생 사월 또한 그런 부류일지도 몰랐다. 하지만 옥향이 저리 아연실색할 정도로 놀랐고, 무언가 짚이는 구석이 있는 듯한 표정을 지으니 사월의 신분은 확실한 것이 분명했다.

"제가 그분을 데려올게요. 잠깐만 기다리고 계세요."

비자가 후원을 뛰어들어 왔던 것만큼이나 날랜 몸짓으로 낙월지를 빠져나갔다. 옥향은 그 모습을 물끄러미 보고 있다가 이내 현기증이 밀려오는 듯 '아아…….' 작게 한숨을 내쉬며 마루 기둥을 붙잡았다. 딸랑딸랑 스치는 바람에 능소화 꽃잎 모양으로 주물한 풍경이 소리를 냈다.

'부는 바람에 풍경 울거든 그땐 내가 옥향 생각하는 줄 아시오.'

금은보화도 아니었다. 옥향에게 이것저것 진귀한 패물을 궤짝으로 갖다 주는 사내들과 비교하자면 동무 기생들에게 자랑할 건덕지도 안 되는 풍경 선물. 한 끼 먹을 식량도 아니 됐다. 그저 언제, 어디서나 흔히 볼 수 있는 멋도 없는 쇳조각일 뿐이었다. 하지만 평생을 행복하게 해주겠다, 부족함 없이 살게 해주겠다, 입 발린 말 한마디도 못하는 사내가 준 풍경은 언제나 낙월지의 처마 끝에서 나부끼며 맑은 소리를 냈다.

바람은 잘 날 없이 부는 존재였으니 그는 정말 부는 바람처럼 쉼 없이 내 생각할까?

그렇다면 지금도 나를 생각할까?

옥향이 가만히 비자가 건네준 물건을 바라봤다. 손톱만큼 작은 물건은 다름 아닌 옥관자玉貫子더라. 보통 벼슬아치들이 망건에 다는 물건으로 지체가 높은 사람들은 값비싼 금관자나 호박, 비취 따위를 박아 멋을 내는 사내들의 장신구였다. 물론 형편이 넉넉하지 못한 하위 계급의 관료들일수록 관자의 재료 또한 값싸졌다. 옥향이 손에 쥐고 있는 옥관자 역시 아무 무늬 없는 민짜였다.

하지만 이것은……. 이것은…….

'그대는 훌륭한 연주를 들려 줬으나 나는 가난하여 줄 것이 없소. 내가 가진 것 중에 가장 값비싼 것은 망건에 두른 옥관자뿐이니…… 이거라도 괜찮겠소?'

하루에 수천 냥을 호가하는 옥향의 거문고 연주를 들어 놓고도 겨우 내놓은 게 민짜 옥관자라. 옥향의 가락지에도 쓰이지 못할 싸구려였다.

당시에 옥향은 그따위 것은 필요도 없다고 코웃음을 쳤다. 결국 옥관자는 받지 않았지만 대신 옥향은 그 낯선 남자에게 이름을 받았다.

'내 이름은 정선도요. 그대의 거문고 연주는 가히 내가 들었던 것 중 최고입니다. 단언컨대 왕산악의 음률보다 소중해요. 혹, 그대의 연주를 들으러 다시 와도 될까?'

분명 가난한 선비가 처음 만난 제게 삯으로 치렀던 그 옥관자가 분명했다. 옥향이 홍윤성의 첩으로 가게 되는 날이 정해진 이후부터는 두 번 다시 그 얼굴 보지 못하리라 생각했는데 어찌 이 물건이 다시 내 손에 올 수 있는지?

옥향이 옥관자를 품 안에 소중히 말아 줘었다.

"느 즈금 즈 증슨이느? 픙응 스을으? 느그? 므쵰으?"

너 지금 제정신이냐? 평양 사월이? 네가? 미쳤어?

수남이가 입은 해사하게 웃고 있지만 눈빛만큼은 한없이 험악한 얼굴로 중얼거렸다. 입안을 어찌나 꽉 물었는지 발음은 불분명해도 그 뜻만큼은 분명하게 전해졌다. 혹여나 누가 대화를 엿들을세라, 의심할세라 수남은 연신 주위를 살펴보기 바빴다.

아까 예원각에 오는 길에 대체 옥향이가 누구냐 꼬치꼬치 캐묻기에 저가 하는 것 구구절절 덧붙여 대답한 것이 화근이었다.

'조선 팔도에 유명한 기생이 누구냐? 강원에 연홍이, 삼남 두루에 매화, 초선, 일화, 함흥에 설희, 평양에 사월, 그리고 한양엔 옥향이라 이 말씀이지.'

'와, 그런 게 다 있었습니까? 저는 처음 들어봅니다.'

'너 같은 애송이야 잘 모르는 게 당연지사!'

'하면 그중에 누가 제일 예쁩니까?'

'그야 당연히……!'

한 귀로 듣고 한 귀로 흘려도 됐을 질문이었는데 수남은 곰곰 생각하고 재단한 끝에 초선이랑 연홍이가 엇비슷하게 어여쁘고, 그다음엔 함흥에 설희가 노래를 잘하니 조금 더 출중한 축에 속하고, 그래도 끝끝내 우열을 가릴 수 없는 것은 평양의 사월이와 한양의 옥향이라고 대답했었다.

옥향의 유명세야 자자하지만 그건 도성의 부풀려진 소문 탓이고 실제로는 한겨울 동짓날처럼 얼어 있는 뭇 사내들 마음 속절없이 녹여 버리는 춘풍春風 사월이야말로 진짜 최고의 기생이라나?

그때 약손은 끄덕끄덕 고개를 흔들며 이야기를 듣기만 했었는데 이제 와서 저가 평양의 사월이라며 사칭을 해댈 줄이야! 심지어 그 거짓말을 아무 의심 없이 덜컥 믿어 버린 조방꾼들도 수남의 입장에서는 전혀 이해되지 않을 지경이었다.

"느그 으들브스 스을으느? 금흐 으르 스을으를……."

네가 어딜 봐서 사월이냐? 감히 우리 사월이를…….

솔직히 약손이 사내치고는 조금 반반하며 얼굴이 딱 기생오라비같이 생기긴 했지만, 대체 어딜 봐서 사월이인지? 속 시커먼 사내가 계집 노릇하는데도 저놈의 조방꾼들은 눈알이 어떻게 됐나 보다. 심지어 사월이가 햇볕이 뜨겁고 고단한 척을 해대니까 조방꾼은 냉큼 시원한 그늘막 아래에 자리를 내주기까지 했다.

그것뿐만이 아니었다. 몸종이 옥향에게 말을 전하러 간 사이, 어디서 소문 듣고 온 건지 예원각 조방꾼이며 비자들이며 수많은 사람들이 은근슬쩍 지나다니며 평양 기생 사월…… 아니, 약손의 얼굴 훔쳐보기 바빴다.

수남은 행여나 눈썰미 좋은 누군가에게 '저거 사월이 아닌데? 딱 봐도 사내가 계집 노릇하는 사기꾼인데?'라는 이야기를 할까 봐 내내 좌불안석이었다.

설상가상, 멀찍이 서서 약손을 주시하고 있는 조방꾼들 때문에 심장이 더욱 미친 듯 널뛰듯이 뛰었다. 물론 조방꾼들로서는 그 유명한 평양 기생 사월이 얼굴 한 번 더 보려고 주위를 맴맴 도는 건데 그냥 혼자서 도둑이 제 발 저린 격이었다.

예원각 어깨 중 하나가 진상 손님의 허리를 부러뜨렸다느니, 손목을 잘랐다느니, 다시는 남자 구실 못 하게 생고자를 만들었다느니…… 온갖 흉흉한 소문이 다 떠오르는 가운데 가장 흉악하게 생긴 조방꾼 한 명이 성큼성큼 큰 걸음으로 걸어왔다.

수남의 얼굴이 사색이 됐다.

"아이고, 나리! 아이고! 아이고, 저는 잘못이 없습니다. 모든 것은 쟤가! 쟤 혼자서……! 저는 하지 말자고 했는데……!"

두 눈을 질끈 감고 약손을 탓하기 바빴다. 하지만 조방꾼은 그런 수남을 조금 이상한 눈빛으로 쳐다보고는 그대로 수남을 지나쳐 약손의 앞으로 걸어갔다. 화들짝 놀란 복금이 냉큼 약손의 앞에 섰지만 조방꾼 손짓 한 번에 맥없이 밀려났다. 역시 난데없는 거짓말 때문에 불안하기는 마찬가지라 치마 아래에서 달달달 경박하게 다리를 떨던 약손 역시 깜짝 놀란 얼굴로 조방꾼을 쳐다봤다.

설마…… 이렇게 탄로 나는 건가? 들킨 건가?

약손의 콧잔등에 잔잔한 땀방울이 맺혔다. 괜히 더운 척 부채질을 하며 얼굴을 가렸더니 조방꾼이 크흠 헛기침을 했다.

"저……."

"예?"

약손이 저도 모르게 벌떡 일어섰다. 혹시나 거짓말이 들켰으면 어떡하나, 옥향이 저를 만나지 않는다고 하면 어떡하나 걱정이 이만저만 아니었다. 하지만 의외로 조방꾼의 얼굴은 순했다.

"이쪽으로 따라오시오."

"……예?"

"원래는 홍 대감님 명령 때문에 옥향은 아무도 만날 수 없지만…… 평양에서 먼 길 달려온 동생이라기에 내 특별히 만나게 해드리는 거요."

"……예에?"

홍윤성인가 뭔가 하는 작자 때문에 옥향이 혼례 올리기 전까지 예원각 별당에 꼼짝없이 갇혀 있는 신세가 되었다는 것은 정선도에게 들어 익히 아는 바였다. 그래서 약손은 굳이 평양에서 온 기생 사월 노릇한 것이기도 했다.

평양에서 한양까지가 어디 보통 거리이던가? 한낱 아녀자의 몸으로, 그것도 기생이 그 먼 거리를 마다하지 않고 왔다는데 문전박대할 사람은 거의 없다고 생각했다. 약손은 저의 순간적인 재치에, 능수능란한 잔머리에 스스로 탄복했다. 제 거짓말이 효과가 있었음을 확신한 약손은 좀 전과 달리 한결 더 여유로운 모습으로 고개를 끄덕였다.

"하면, 이제 옥향 언니를 볼 수 있겠군요. 어디로 가면 됩니까?"

부챗살 너머로 사르르 웃는 약손의 눈웃음이 조방꾼의 마음도 녹였다. 어쩜, 과연 평양의 사월이로다. 입소문 자자하게 퍼진 그 미모 어디 안 갔다. 자고로 타고난 미색美色은 때 잔뜩 탄 거적때기로도 가릴 수가 없는지고! 조방꾼은 괜히 두 근 반 세 근 반 저 혼자 난리 치는 가슴 한편을 쓸어내리며 괜히 더 사내다운 척을 하며 앞장섰다.

"따라오시오!"

"예, 나리."

약손이 수남과 복금에게 찡긋 눈짓하며 조방꾼의 뒤를 따랐다. 사내놈이 대체 어디서 배운 기술인지 살랑살랑 요망하게 엉덩이 흔드는 꼴은 덤이었다.

"아이고, 두야…… 아이고……."

예원각 왈패들이 얼마나 무서운 자들인데 쟤가 저러누? 아주 간이 배 밖으로 튀어나왔구먼.

이왕 이렇게 된 거 부디 들키지나 말거라! 수남과 복금은 멀어지는 약손의 뒤를 바라만 볼 뿐이었다.

"언니…… 옥향 언니……!"

조방꾼을 따라 낙월지에 도착했을 때, 약손은 잘 가꿔진 화원 꽃에 첫 번째로 시선을 빼앗기고, 단언컨대 제가 본 건축물 중 가장 아름다운 풍경을 자랑하는 별당에 두 번째로 시선을 빼앗겼다.

이래서 사람은 무조건 한양으로 보내야 돼.

지방의 천석꾼 만석꾼 따위의 규방과는 비교할 수도 없는 꽃담을 따라 걷는 데 약손은 저 길 끝에 선 여인이 바로 옥향이라는 것을 단박에 깨달았다.

약손의 걸음이 빨라졌다. 약손은 아직도 영 어색하기만 한 치맛귀를 손에 꼭 말아 쥐었다.

"옥향이는 저기 있소."

조방꾼이 약손을 돌아봤다. 약손은 이미 눈가에 그렁그렁 눈물이 맺힌 채였다.

"옥향 언니……!"

"?"

약손은 오랜만에 돌아온 서방 맞는 아낙처럼 정신없이 내달렸다. 조방꾼이 미처 저지하거나 말릴 새도 없었다. 하지만 저 건너에 선 옥향의 표정은 아직도 긴가민가했다. 처음 보는 약손의 기이한 행태에 맞장구를 쳐야 하나 말아야 하나 고민하는 눈치였다. 약손이 그런 옥향의 손을 스스럼없이 덥석 잡아챘다.

"언니, 이게 얼마만이에요? 저예요! 저! 언니가 귀애해 주던 동생 사월이. 우리 같이 곶감도 나눠 먹고 그랬잖아요."

"음…… 그랬었나?"

옥향이 망설이는 사이, 약손이 제 뒤에 있는 조방꾼 모르게 옥향의 귀에 작게 속삭였다.

"저는 정선도 나리가 보내서 온 사람입니다. 전해드릴 말이 있습니다."

"……선도 나리가?"

약손이 재빨리 고개를 끄덕였다.

"옥관자, 그걸 제게 주셨어요. 옥향 아가씨께 드리면 알 거라고……."

"……."

옥향이 아까 몸종이 주고 간 옥관자를 다시 한번 살폈다. 분명, 제 정인의 것이 분명하다.

이제 선도를 다시 볼일은 결코 없을 거라고 생각했는데, 역시 사람이 영영 죽으라는 법은 없나 보다. 하늘이 무너져도 솟아날 구멍은 있고, 홍윤성 그 개망나니 같은 작자의 패악을 피할 수단도 존재하긴 존재했다.

"……."

옥향이 손에 쥔 정선도의 옥관자를 소맷귀 주머니에 깊숙이 찔러 넣었다. 그러고는 마찬가지로 저고리 한쪽을 틀어쥐며 약손처럼 눈물을 쏟아 냈다.

"아이고, 대체 이게 누구냐? 사월이…… 너 정말 사월이가 맞는 거야? 그런 거야?"

"네, 언니! 저 사월이 맞아요. 평양 기생 사월이……!"

약속이라도 한 듯 두 여자의 울음소리가 낙월지에 울려 퍼지기 시작했다. 그 소리가 어찌나 구슬프고 애달프던지 조방꾼은 그만 혼인 날 전까지는 옥향을 그 누구도 만나게 하지 말라는 홍윤성의 명령을 싹 잊고 말았다.

한참 울던 옥향이 조방꾼을 돌아봤다.

"내, 자네가 홍 영감의 사람이라는 것을 잘 아네만…… 이이는 내 친동생과 진배없는 아일세. 평양부터 먼 길 걸어온 아이의 정성을 생각해서라도…… 둘만…… 우리 둘만 잠시 이야기할 수 있게 해주겠나? 내 이렇게 부탁하겠네."

"허…… 그건 아니 될 말인데……."

말이 예원각 조방꾼이지 실은 홍윤성 그자와 형님 동생 하며 호형호제하는 사내였다. 조방꾼이 단호하게 고개를 저었다. 옥향이 손에 끼고 있던 호박 가락지를 빼어 조방꾼의 손에 쥐여 줬다. 값비싼 가락지도 가락지인데, 가락지를 넘기는 동안 옥향의 보드라운 손과 조방꾼의 투박한 손등이 은근슬쩍 부딪쳤다.

"허허! 이거 왜, 왜, 왜…… 왜 이래? 사람 뭐로 보구? 정말 안 된대두?"

"나리…… 한번만 부탁드려요……."

옥향이 제 몫을 했으니 약손도 그저 두고 볼 수만은 없었다. 비록 약손은 값비싼 가락지도, 목걸이도, 뇌물로 줄 그 흔한 장신구 하나 없었지만 뭐 어쩌랴. 좀 전까지 서글픈 울음 쏟아 내던 약손의 소 같은 눈망울이 반달 모양으로 휘어지며 조방꾼을 애처롭게 바라봤다. 눈물 젖은 긴 속눈썹에는 세필 붓을 올려놔도 끄떡없을 것 같았다. 조방꾼이 한 번 더 '안 돼!'라고 말하면 금방이라도 다시 서러운 눈물 쏟아 낼 기세였다.

만약 그렇게 된다면⋯⋯. 저 어여쁜 눈동자에서 눈물 나게 한다면, 내 눈에서는 피눈물이 날것이고 천하제일의 몹쓸 상놈, 개놈, 비렁뱅이가 될 것 같은 기분이었다.

금은보화 다 필요 없었다. 약손은 그냥 미모가 일당백一當百이었다.

"정말 안 되는데⋯⋯ 홍 영감님 아시면 안 되는데⋯⋯ 절대 안 돼⋯⋯ 내 눈에 흙이 들어가도 안⋯⋯."

"소녀가 이리 간청하옵니다."

"돼⋯⋯."

조방꾼은 옥향과 약손⋯⋯ 아니, 사월의 꾐에 까무룩 넘어가고 말았다. 하긴 한양 최고의 기생 옥향이랑 평양 기생 사월이 작정한 미인계美人計를 이겨 낼 사내 대체 누구인지? 조방꾼은 결국 단둘이 이야기 나누게 하는 것은 물론이고, 대화하는 동안 입 심심하지 말라고 시원한 식혜랑 과줄까지 갖다 줬다.

"저는 정선도 나리께서 보내서 왔습니다."

"쉬이⋯⋯ 목소리를 낮추세요. 이곳에서 일하는 비자 또한 홍윤성 그자의 심복들입니다."

조방꾼을 따돌린 이후, 방 안에 들어와서야 용건을 말하는 약손에게 옥향이 주의를 주었다. 예원각 최고 예기 양옥향이 대체 어쩌다 이런 신세가 되었을까?

말하자면 한도 끝도 없었다. 사흘 밤낮 잠 안 자고 말해도 부족했다. 구구절절 사연이야 길었지만 한마디로 꼭 집어 말하자면 이 모든 일의 원흉은 다름 아닌 홍윤성 그자의 탓이렷다.

홍윤성은 한양 최고의 한량, 한양 최고의 실세답게 화류계를 주도했다. 그의 눈 밖에 났다가는 예원각이고 나발이고 장사 접어야 할 판인데, 홍윤성 역시 보는 눈은 있는지라 예전부터 구애하던 옥향을 제 첩으로 들이겠다 공공연히 단언을 하고 다녔다. 본처 외에도 이미 미색 출중한 아녀자들 줄줄이 축첩(蓄妾: 첩을 여럿 두는 일)한 것 모자랐나 보다. 홍윤성의 규방이야말로 조선 팔도 제일의 꽃밭이라는 농담이 괜히 떠도는 것이 아니었다.

옥향은 여태껏 이런저런 구실로 홍윤성의 구애를 거부했으나 홍윤성의 몹쓸 근성 또한 만만치가 않았다. 결국 홍윤성은 옥향이 제 첩실 자리를 걷어차면 그날로 예원각을 박살 내어 장사를 접게 만들겠다는 협박을 했고, 심지어 옥향과 정선도가 정情을 통한다는 사실을 어떻게 알았는지 정선도의 집을 찾아가 행패까지 부렸다. 들리는 소문에 의하면 정선도가 갑작스레 명나라 사행길에 오른 것도 모다 홍윤성의 농간이라는 풍문이 떠돌 정도였다.

제 첩실이 되지 않으면 옥향의 수족을 모두 잘라 버리고, 네년이 가진 모든 것을 빼앗아 서슴없이 망가뜨리겠다는 홍윤성.

아무리 옥향이 천하의 미색 가진 자라 할지라도 고작 기생이었다. 여인이었다. 옥향이 홍윤성을 벗어날 방법은 어디에도 없었다. 결국 옥향은 홍윤성에게 더는 정선도를 괴롭히지 않는다는 확답을 받아 내고는 첩실 자리를 수락했다.

옥향이 누가 들을세라 더욱 목소리를 낮췄다.

"정선도 나리는 더 이상 저와 얽히면 아니 되시는 분입니다. 저는 곧 홍윤성의 첩실이 됩니다. 저를 잊어 달라 분명히 말씀드렸는데……. 대체 어찌 이런 위험한 행동을 하셨습니까?"

옥향의 목소리가 단호했다. 약손은 그 질문에 대답하는 대신

다른 물음을 던졌다.

"정선도 나리께서 스스로 목숨 끊으려한 것은 알고 계시는지요?"

"……예?"

그건 미처 몰랐다. 옥향이 저도 모르게 꺅 비명을 지를 뻔하다가 스스로 입을 막아 겨우 소리를 막았다.

어찌 그런…… 어찌 그런 일이……!

치맛귀 부여잡은 옥향의 손이 달달 떨렸다.

"선도 나리는 괜찮습니까? 다친 데는 없습니까? 아직…… 살아 계십니까?"

놀라게 하려던 마음은 없었는데 내심 당황한 약손이 얼른 덧붙였다.

"다행히 큰일 벌어지기 전에 발견하여 목숨에는 아무 이상이 없습니다. 요 며칠 푹 쉬면 괜찮을 거예요."

"세상에 그런…… 왜…… 왜 그런 어리석은 행동을……."

옥향의 목소리가 두 갈래 세 갈래로 사정없이 갈라졌다. 몸에 힘이 풀린 옥향이 털썩 바닥에 주저앉으려는 걸 약손이 재빨리 붙잡았다. 옥향이 이리도 큰 충격 받은 모습을 보니까 역시 둘은 연모하는 사이가 맞구나, 확신이 들었다.

좋아하는 사람끼리 좀 행복하게 살도록 내버려 두지, 대체 홍윤성이라는 자는 누구이기에 이리도 연인을 힘들게 하나 괜히 미운 마음이 들 정도였다.

약손이 옥향에게 속삭였다.

"제가 옥향 아가씨를 찾아온 이유는 하나입니다."

"그게 무엇입니까?"

약손이 빼꼼 고개를 내밀어 바깥을 내다봤다.

인기척은 느껴지지 않았다. 하지만 정선도가 예원각의 왈패들은 보통이 아니니 조심 또 조심하라 당부를 했다. 그들은 온갖 흉악하고 몹쓸 짓은 다 하고 살아온 그야말로 건달 중의 건달이리라. 약손이 평양 기생 사월이를 사칭하며 거짓말한다는 것이 밝혀지면 개죽음을 면치 못할 터였다.

약손이 옥향의 귓가로 더욱 입을 가까이했다.

"정선도 나리께서 전하라는 말씀은 한 가지입니다. 다른 것 상관없이 그저 옥향 아가씨의 뜻을 물으셨어요. 옥향 아가씨의 대답에 따라 모든 일은 저희가…… 아니, 정선도 나리가 할 것입니다."

"……어떤 뜻을?"

"잠깐 귀 좀."

소곤소곤 약손이 전하는 이야기가 옥향의 귓가를 스쳤다.

*

"자네, 대체 무얼 하다 이제 오시는가?"

"죄송합니다. 소인 속이 편치 않아 변소에 갔다가 그만……."

약손이 종종걸음으로 침전의 마루를 건너왔다. 주상 전하께서는 수라를 다 드셔 가는데 상약은 대체 어디를 가서 코빼기도 보이질 않는 건지! 안절부절못하던 상온 내시가 약손에게 단단히 쓴소리를 하려는데 때마침 식사가 모두 끝났는지 궁녀들이 상을 들고 나왔다. 하마터면 상온에게 잡혀 구구절절 잔소리를 들을 뻔했지만 역시 약손은 운수가 좋다.

"하면, 소인은 상약하러 들어가 보겠나이다."

약손이 꾸벅 고개를 숙여 말하니까 상온 역시 더는 약손을 붙잡아 둘 수가 없었다. 행여나 지존께서 저 하나 때문에 탕약 못 드실까 봐 상온은 내내 똥마려운 강아지 꼴이었다.

"어서 들어가. 어서!"

상온이 약손을 침전 안으로 마구 떠밀어 넣었다. 그러다 문득 땀에 흠뻑 젖은 약손의 등판을 만지고는 화들짝 놀랐다. 뭐야? 변소 다녀왔다더니 이치가 왜 이렇게 땀을 흘려? 똥을 제대로 못 누었나?

상온이 갸우뚱 고개를 젖히는 사이 약손은 어느새 침전 안으로 사라졌다. 암만 한길동 영감의 심부름으로 궐 밖에 다녀왔다 한들 약손의 본분은 상약이다. 차라리 제 숨 끊어졌으면 끊어졌지 다른 건 다 몰라도 주상 전하 탕약 맛보는 일 하나 만큼은 절대 거를 수 없었다.

오늘 하루, 그 어느 때보다 다사다난多事多難한 하루를 보낸 약손이 휴우 속으로만 한숨을 내쉬었다. 그래도 상약 일 몇 번 해 봤다고 이제는 제 몫의 종지를 받아 동재가 따라 준 탕약 맛보는 모습이 익숙했다.

탕약에서는 어쩔 때는 한약답지 않은 구수한 냄새가 났고, 어쩔 때는 부자附子라 해도 믿을 만큼 역한 냄새가 났다. 다행히 오늘은 별로 쓰지 않은 약인가 보다. 냄새부터 향긋한 게 속이 편안했다. 곁에 바짝 붙어 약손이 약 마시던 모습을 지켜보던 작은 내시가 약손의 입안, 귀, 눈, 손발을 꼼꼼히 살피고는 이내 아무 이상 없음을 확인하고 나서야 이유의 몫으로 탕약을 따랐다.

이제 제 할 일 마친 약손이 슬쩍 몸을 숙이고는 뒤로 한 발 물러서려는데, 침의 차려입은 이유가 고개도 돌리지 않고 말했다.

"상약이 몹시 부덕하여 과인의 심기가 불편하다. 어찌 그대는 제 할 일을 마땅히 하지 않는가?"

"!"

그 한마디에 침전 안에 있던 동재를 비롯한 내시부, 궁녀들이 약손을 매서운 눈으로 쏘아봤다. 이 말인즉슨, 상약하러 온 약손이 미리미리 대기하지 않고 있다가 방금 전에야 침전에 도착해 겨우 시간 맞춰 들어온 것을 탓하는 것이 분명했다.

겉으로만 무서운 척할 뿐이지 속내는 무르기 짝이 없는 상온 내시를 잘 따돌렸다고 생각했는데 이런 복병이 숨어 있을 줄이야! 상온과는 비할 수 없을 만큼 높은 웃전들의 눈초리가 약손의 온몸에 가시처럼 뾰족뾰족 박혔다.

"어…… 그게……."

겁먹은 약손은 등신처럼 말도 제대로 못 하고 더듬기만 했다. 하지만 이유는 약손의 난처함을 아는지 모르는지 사기그릇에 담긴 탕약이 식기를 기다리는 척 유유자적한 표정으로 하품만 해댔다.

"여 생도가 아직 어리고 대전 일이 익숙지 않아 종종 실수를 하는 듯하나이다."

웬일로 동재가 끼어들어 약손의 편을 들어 줬다. 아니, 들어주는 듯했다. 동재의 말에 이유가 일갈했다.

"아무리 경험이 없다 한들 나랏일 하는데 이리 서툴러서야…… 기강을 바로잡아야지! 이런 경우에 생도 훈육은 어찌하지?"

"보통은…… 다시는 실수함이 없도록 종아리를 몹시 친 후에 반성하게 하나이다."

"그래?"

종아리를 쳐? 그것도 몹시?

아예 상약 일을 거른 것도 아니고 제때 시간 맞춰 왔는데도 이러기야?

약손이 저도 모르게 삐죽 고개를 들어 이유를 바라봤지만 쳐다본다고 별수 있으랴. 저는 고작해야 발길에 차이고 차이는 돌멩이만도 못한 생도이고, 상대는 무려 조선 제일의 지존이고 지체 높으신 주상 전하인데.

"전하! 소인 여, 여약손…… 죽을죄를 지었나이다."

약손이 답삭 거북이처럼 목을 움츠리고 바닥에 엎드렸다. 짧게 손톱 깎은 손 마디마디가 침전 바닥을 꽉 누르느라 하얗게 변했다. 하지만 이유의 목소리는 가차 없고 냉랭하기만 했다.

"하면 상약은 화원에 나가 회초리를 꺾어 오라. 과인이 직접 본을 보일 것이니."

"!"

흐익! 약손은 그만 지엄한 주상 전하 앞이라는 것도 잊고 기겁하며 놀라고 말았다. 아니, 나는 이날 이때껏 아부지한테도 종아리 안 맞아 봤는데? 내 비록 내놓은 자식같이 큰 것처럼 보여도 나름 어화둥둥 내 아기 금자둥아 은자둥아 귀하게 컸는데?

약손은 도저히 믿기지 않는다는 듯 제 앞의 주상 전하, 이유를 바라봤다. 하지만 이유는 단호했다.

"뭘 하시는 겐가? 주상 전하의 명을 거를 셈이야? 여 생도는 어서 가서 회초리를 꺾어 와!"

동재가 엄한 목소리로 명령했다.

옛날에 약손이가 제 아비랑 둘이 서당에서 잡일하며 살았을 적이었다. 훈장님은 대대로 한양에서 높은 벼슬을 하던 집안의 아들이었는데 건강이 좋지 않아 낙향한 뒤로 동네 도령들 가르치며 소일하는 분이었다. 다른 대갓집과 다르게 몸종들을 마음대로 파는 법 없어 생이별을 않게 하고, 땅 부쳐 먹는 소작인들한테 함부로 소작료 올리지 않고, 흉년 들면 곡식 창고 전부 다 풀어 놓아 사방 백 리에 굶어 죽는 사람 없게 하고. 하여튼 근방에서 평판 훌륭하고 명망 높기로는 으뜸인 분이셨다.

동네 사람들은 물론이고 지나가는 과객에게까지 사랑채를 스스럼없이 내주던 훈장님.

뜨내기에 불과했던 칠봉과 약손을 거둬 서당에서 잡일할 수 있도록 배려한 것도 모두 훈장님의 덕분이었다. 후덕한 인심 가진 분이라 그러했을까?

초로의 훈장님은 약손의 신분 따위 전혀 관계없이 서당에서 도령들과 함께 공부해도 된다는 아주 파격적인 제안을 했었다. 다만 그를 거절한 것은 약손 스스로였다.

아직 성년 되지 못해 곱게 머리 땋아 내린 도령들과 함께 어깨를 맞대고 공부하는 일은 떠돌이 장돌뱅이에게는 그야말로 가문의 영광이겠으나 약손이 공부하기를 거부한 단 한 가지 이유, 결정적인 이유.

그것은 바로…….

"내가 회초리가 싫어 서당도 안 다녔는데 이 나이에 종아리 맞게 생겼네, 진짜. 뭔 놈의 작대기가 이렇게 두꺼워? 이걸로 맞으면 종아리가 두 동강이 나겠네. 다리가 부러지겠네. 반병신 되겠네."

약손은 여적 상림원上林苑을 배회 중이었다. 이 무슨 달밤의 체조인지 모르겠다. 하지만 주상 전하께서 당장 나가 회초리를 꺾어 오라 명하셨으니 감히 누구의 말씀이라고 반기를 들까. 약손은 거의 내쫓기다시피 침전을 뛰쳐나와야만 했다.

본래 상림원은 오로지 왕족만 드나들 수 있고, 신료들이라 해도 마땅히 허가를 맡아야만 걸음 할 수 있는데 약손은 임금님 한마디에 제집 뒷동산에 놀러라도 온 듯 누비었다. 회초리 꺾어 오라는 명령만 아니었더라면 팔도 유람하는 한량처럼 풍경 좋은 상림원 구경하느라 시간 가는 줄 몰랐을 텐데.

낮에 햇빛 잔뜩 받아 시퍼렇게 녹음이 올라온 계수나무, 함지박처럼 꽃잎이 벌어진 백작약과 적작약, 꽃삽주, 노란 훤초근이 여기저기 잔뜩 피었다.

임금님께서 즐겨 보시는 후원답게 동산색(東山色: 궁중의 정원 관리를 맡아 보던 관아) 실력 또한 일품이라. 온갖 화목花木이 참기름 발라 놓은 것처럼 반지르르 윤기가 흘렀다.

약손은 시무룩한 얼굴로 제 종아리 칠 회초리를 찾다가 저도 모르게 덩굴 엮어 내려간 붉은 나팔꽃 앞에 걸음을 멈췄다. 자고로 나팔꽃의 씨앗은 견우자牽牛子라 하여 대소변 잘 보게 해 배 앓이에도 좋고 말린 물을 허리에 찜질하면 요통도 낫게 하는 법이었다. 게다가 이렇게 튼실한 씨앗은 구하기가 쉽지 않구……

배운 게 도둑질이랬다고 비록 저가 정식 의원은 아니지만 그래도 쉬 지나칠 수가 없는 광경이었다. 약손은 휙휙 주위를 둘러보는 척하다가 나팔꽃 꽃씨를 얼른 받아 주머니 안에 마구 찔러 넣었다.

저 멀리 금위군직소(禁衛軍直所: 경호 군사들의 숙소) 불빛이 보여 괜히 가슴 한편이 서늘했지만 꽃씨 따위 훔쳤다고 설마 손목을 자르겠어?

꽃씨를 손에 한가득 쥐고 히죽 뿌듯한 미소를 짓는데,

"네가 아직도 정신을 못 차렸구나. 정녕 손가락을 잘라 육형肉刑에 처해야 할까?"

"으아아아아아악!"

인기척이라고는 전혀 없던 등 뒤에서 들리는 낮은 목소리에 약손이 혼비백산했다. 저도 모르게 뒤를 돌며 고개를 황급히 쳐들다가 빠악! 단단한 무언가에 뒤통수를 부딪쳤다.

잘 익은 박 바가지 깨지는 듯한 어마어마한 소리가 들렸다.

다만 약손은 뒤통수가 살짝 얼얼하기만 할 뿐 너무 놀라서 아픈 줄도 몰랐다. 뭐, 솔직히 말하면 놀라서 아픈 줄 모르는 게 아니라 원래 약손은 웬만한 딱밤 맞아도 끄떡없는 돌멩이 중의 돌멩이. 타고난 짱돌이기도 했고…….

아무튼 지금은 약손의 머리통이 짱돌인지 박돌인지 따지고 들 상황이 아니었다. 약손이 돌아본 곳, 그러니까 방금 전 육형 어쩌구 떠들던 바로 그 자리에서 웬 사내가 제 이마를 붙잡고 폭삭 주저앉아 있는 것이 보였다.

한데 그 사내의 차림이란 게 어둠 속에서 보아도 너무나도 익숙하고…… 너무나도 호화스럽고…… 어깨에 수놓아진 오조룡의 발톱이 오늘따라 더욱 무섭고…….

"으윽……."

사내가 고개도 못 든 채로 쪼그려 앉아 신음을 흘렸다.

그렇다. 그는 바로…….

"전하! 주상 저은하!"

나 지금 무슨 짓을 한 건가? 내가 지금 누구와 부딪친 것인가? 내가 지금…….

나는 대체…….

왜…….

꽃씨고 뭐고 다 필요 없었다. 약손은 제 손에 든 모든 것들을 다 내팽개치고 이유에게 달려들었다.

"전하! 주상 전하! 괜찮으시옵니까? 옥체 보존하시옵니까? 상약 약손이 전하를 모시겠사옵니다. 전하……! 소인의 등에 업히소서!"

약손이 부랴부랴 이유의 앞에 등을 보이고 앉았다. 하지만 방금 전 약손과 부딪쳐 난데없이 별을 보고 온 이유가 그 등에 맘편히 업힐 리 없었다.

"으으윽…… 아이고, 내 머리……."

대체 이 인간 정체가 뭐야? 사람 맞아? 돌 아니야? 수석이나 현무암이랑 박치기를 한 것만 같았다. 이유는 부딪친 이마가 아직도 얼얼하고 세상이 핑핑 도는 것만 같아 여적 몸을 추스르지도 못했다. 가뜩이나 정신없어 죽겠는데 약손은 코앞에서 '업어 드릴까요? 괜찮으십니까? 상선 영감을 불러올까요?' 종알종알 저 할 말 하느라 바빴다. 약손이 당장이라도 동재를 불러올 듯 엉덩이를 치켜들길래 일단 그것만은 막아야 한다는 생각이 들었다. 이유가 휘휘 손을 저었다. 아예 약손의 손을 덥석 잡아 버렸다.

동재를 불러서 뭐라 하게? 주상 전하가 상약 따위한테 박치기당해 정신 잃었다고 할래? 눈치 없어도 정도껏이지. 애가 지금 지존의 체면 따위는 생각도 않고…….

"됐다, 됐어. 동재는 안 돼…… 동재를 부르지 말거라……."

"하, 하오나……."

"어명이다."

제멋대로 조르르 달려가 동재 부를까 봐 잽싸게 어명이라고 못 박았다. 후우, 후우, 몇 번 심호흡을 한 이유가 간신히 정신을 붙잡았다. 눈앞에 걱정스러운 표정으로 저를 바라보고 있는 약손이 보였다.

애가 진짜 병 주고 약주나? 날 놀리나?

이 얄미운 얼굴! 짱돌!

그 모습이 몹시 밉상이라 이마라도 한 대 콱 쥐어박을까 싶었는데 약손이 느닷없이 손바닥으로 제 입을 틀어막았다.

"저, 저, 전하!"

"말소리 낮춰라. 골 울린다."

"하, 하, 하지만……."

약손이 똥마려운 강아지처럼 어쩔 줄을 몰라 했다. 약손이 허공에서 제 손을 마구 휘졌다가 느닷없이 이유의 뒤통수를 손바닥에 받쳤다. 동시에 이유의 눈가가 삐죽 날카롭게 빛났다.

너, 감히 누구의 몸에 함부로 손을 대는 거야? 지금까지는 과인의 신분을 몰랐다 하여 어여쁘게 봐줬지만 앞으로는 절대…….

하지만 이유는 미처 뒷말을 끝맺을 수 없었다. 문득 얼굴 한가운데가 화끈거린다 싶었다. 이내 주르륵 뜨거운 물줄기가 느껴졌다. 약손이 울상을 지으며 이유의 뒤통수를 잡은 손에 더욱 힘을 주었다.

"전하…… 주상 전하……!"

"……으응?"

약손이 매우 송구한 얼굴로 덧붙였다.

"코피 나요!"

이유는 열무정閱武亭 누각 기둥에 뒤통수를 기대앉아 쉬는 중이었다.

원래 지존의 자리란 게 이렇다. 아무리 화가 나도, 아무리 기뻐도, 아무리 슬퍼도 그 속마음 최대한 절제해 겉으로 표시하지 말며 냉정을 유지할 것. 늘상 얼굴 맞대면하는 신료들이라 할지라도 언제, 어느 때 상황이 바뀌어 제 등에 칼을 꽂을지 몰랐다.

제가 무심코 보이는 틈은 곧바로 약점이 된다. 맹수에게 목덜미 물어 뜯겨 넝마가 되지 않으려면 이유는 모든 하루, 일각을 살얼음판 걷듯 내딛어야 했다.

그 누구에게라도 절대 제 속내를 드러내 보이지 말지어다……

격물格物·치지致知·성의誠意·정심正心·수신修身·제가齊家·치국治國·평천하平天下.

이유가 심정을 다스리려는 듯 최대한 평온하게 숨을 내쉬며 연의(衍義: 대학의 이치를 해설한 책)의 8조목을 외웠다. 자고로 임금 된 자가 제왕학의 근본이라 할 수 있는 대학에 문외해서는 아니 될 터. 하여 이유는 언제나 대학 8조목을 가슴에 새기고 뼈에 묻는 자세로 군주의 모범을 보이기 위해 노력 또 노력……이고 나발이고!

꾹 감겨 있던 이유의 눈이 번뜩 떠졌다. 속마음 감추기는커녕 날카로운 눈빛에, 수려한 얼굴에 '나 화났음'이 여실하게 쓰여 있었다.

탁탁탁! 저 멀리서 열무정 계단 올라오는 걸음 소리가 점점 커졌다. 계단 경사 끝에서 푸른 띠 두른 머리통이 불쑥 솟아올랐다. 열심히 발 놀려 계단을 올라오면 올수록 눈썹이, 코가, 입술이, 어깨가, 팔뚝까지 최대한 걷어붙인 손목이 차례대로 드러났다. 이유는 미동도 없이 앉아 그 모습을 노려보고만 있는데 약손은 바삐 걸어와 냉큼 이유의 앞에 섰다. 손을 왜 걷어붙였나 싶었더니 연못가에 다녀왔나 보다. 약손의 팔뚝을 타고 맑은 물방울이 열무정 댓돌 위에 뚝뚝뚝 쉼 없이 떨어져 내렸다.

약손이 숨 한번 돌리지 않고 손에 꼭 쥐고 온 손수건을 꽉 짰다. 그러고는 조금의 망설임도 없이 이유의 코 아래에 대줬다. 천만다행으로 코피는 진즉 멈췄지만 지존의 몸에 남아 있는 핏자국은 여전히 참담했다.

"많이 아프십니까?"

"짱돌이랑 부딪쳤는데 너라면 안 아프겠냐?"

"죄송해요……."

약손이 어깨를 움츠렸다. 그래도 이유의 얼굴 닦아 주는 것만
은 멈추지 않다가 이내 손수건 한 귀퉁이를 야무지게 모아 쥐고
는 이유의 코를 잡았다.

"흥 하세요."

"……뭐라?"

"남아 있는 피를 다 쏟아 내야 나중에 숨 쉴 때 답답하지 않습
니다. 피가 안에서 굳어 버리면 코딱지랑 섞여 가지고……."

패애애앵! 이 더러운 놈아! 피가 굳으면 굳는 거지 코딱지랑
섞여서 뭐? 그딴 추잡한 말은 대체 왜 하는 거야?

이유가 지체 없이 코를 풀었다. 이렇게 누군가의 손에 대고 코
를 푸는 건 이유가 아주 어렸던 대군 시절, 유모도 해준 적이 없
는 경우인데. 차라리 검술에 져서 피를 봤다면 이렇게 수치스럽
지는 않을 것 같았다. 달리던 말 위에서 낙마하여 어딘가 깊이
찢어졌더라도 지금처럼 원통하지는 않을 것 같았다.

생도의 뒤통수에 부딪쳐 코피를 쏟다니. 이제는 그가 준 손수
건에 경망스럽게 코를 풀다니!

천하지존 이유, 어쩌다 이 모양 이 꼴이 됐나……

어디다 속 시원히 말하지도 못할 부끄러운 일화였다.

이유가 문득 파도처럼 밀려오는 자괴감에 치를 떠는데 정작
약손은 그런 이유의 참담한 마음 따위 아는지 모르는지 이제는
제 허리춤에 묶여 있던 두루주머니를 한참 뒤적이다가 어디에
썼을지 모를 정체불명의 무명천을 부욱 찢어 냈다.

그러고는 손가락에 돌돌 말아 모양을 만들고 가타부타 말도 없이 이유의 콧구멍 안에 쏙 집어넣었다. 그 바람에 이유가 '무슨 짓이냐, 이놈!' 칠색 팔색을 했지만 전혀 상관하지 않고 제 할 일을 했다.

"코에서 또 피 날까 봐 지혈했습니다. 당분간 그러고 계세요, 주상 전하."

저 할 말, 저가 하고 싶은 짓 허락도 없이 다 해놓고는 뒷걸음질 쳐 물러선다. 그러고는 언제 제가 주상을 독대했냐는 듯 그제야 잔뜩 겁먹은 척 몸을 움츠린다.

시선은 하염없이 땅바닥을 내려다보고, 고개는 들지 못하는 척, 송구한 척, 황송한 척하는 저 가증스러움이란……

이유는 지끈지끈 머리가 아프고 코에서 다시 피가 몰리는 것만 같았다. 저 발칙한 생도를 그냥 뒀다가는 화병으로 심신이 편치 않으리라……

솔직히 아까 회초리 꺾어 오라는 건 그냥 좀 골려 주고 싶어서 반 농담으로 건넨 말이었는데 이제는 완벽한 진심이었다.

"너…… 당장 가서 회초리 가져오너라! 당장!"

"흐잉…… 전하…… 제가 전하 피 안 나도록 상선 영감 모르게 응급 처치도 해드렸는데……"

뭐라? 지존의 옥체에 생채기 낸 것도 모자라 피를 보게 한 원흉인 네가 감히 그딴 말을 지껄여? 응급 처치? 내가 지금 누구 때문에……!

이유가 뒷목을 잡았다. 여기서 더 대거리했다가는 회초리가 아니라 종아리를 절단 낼지도 몰랐다. 자고로 약손은 치고 빠짐의 미학을 아는 눈치 백단, 처세술 만단의 생도였다. 여차저차 회초리 안 맞고 넘어가려나 싶었는데 다 망했다.

"전하……."

"어서 가서 꺾어 오지 못해?"

"흐엉……."

주인 두고 떠나는 비 맞은 강아지 같았다. 결국 약손은 비적비적 떨어지지 않는 발걸음을 애써 옮기며 제 종아리 칠 회초리를 꺾으러 가야만 했다.

호랑이한테 물려가도 정신만 바짝 차리면 살 수 있다…….

대체 누가 그따위 말을 했지? 주상 전하한테 단단히 밉보여 언제 무릎 잘릴까, 언제 목이 달아날까 전전긍긍하는 절체절명의 순간에도 태평하게 그딴 소리 할 수 있나 두고 보자.

약손은 실체 없는 누군가에게 갖은 욕을 퍼부으며 뚝뚝 싸리나무를 꺾었다. 최대한 야들야들한 가지를 고르고 골랐는데도 허공에 높이 그어 보니까 '휘이익!' 바람 가로지르는 아찔한 소리가 났다.

이걸로 종아리 맞으면 피딱지 않는 건 따 놓은 당상이겠네.

약손이 싸리나무 한 줌을 모아 쥐고 터덜터덜 힘없이 걸어가는데 문득 코끝에서 향긋한 냄새가 스쳤다. 냄새가 지나간 순간은 찰나였지만 어디 개코 여약손이 그 냄새를 놓칠 성싶으랴. 약손은 마당에 매어 놓은 누렁이처럼 킁킁거렸다. 활짝 벌려 놓은 콧구멍을 신중하게 벌렁거렸더니 향긋한 냄새가 점점 진해졌다. 약손이 냄새의 진원지를 향해 걸음을 옮겼다.

나리꽃과 등나무, 파초 가득 핀 길을 지나니까 곧 쭉쭉 뻗은 대나무밭 뒤로 약손의 눈에 몹시 익은, 약손이 못내 좋아해 마지않는 나무들이 그득그득 제 키만치 자라난 것이 보였다. 투두둑…… 약손의 발치로 기껏 꺾어 놓은 싸리나무가 몽땅 떨어져 내렸다. 약손은 뭐에라도 홀린 사람처럼 넋을 놓고 나무를 향해 걸었다.

"세상에 이건…… 정말이지……."

극락이 있다면 아마 여기가 아닐까? 관음보살님께서 돌봐주시는 동방정토東方淨土가 이곳 아닐까? 약손은 벅차오르는 가슴을 다독이며 나무를 바라보다가 이내 퍼뜩 정신을 차렸다.

입안에는 벌써 침이 잔뜩 고인 채였다. 꿀떡, 침을 삼키고 나니 더 이상 망설일 것도 없었다.

"이야아아압!"

기합 잔뜩 넣은 약손이 다다다 달려가 나무 기둥을 있는 힘껏 발로 걷어찼다. 동시에 후두둑 나무에 달린 과일이 속절없이 떨어져 내렸다.

아, 이 향긋한 냄새. 시큼한 냄새. 내가 세상에서 제일 좋아하는 냄새!

약손이 흙바닥에 떨어진 과일을 정신없이 제 주머니에 담기 시작했다.

*

요즘 이유는 일상이 못내 심심했다.

겉으로 내색하지는 않았지만 약손이랑 월당 가서 유황 도적질하며 말도 안 되는 밀회 나눈 게 그토록 재미있었나 보다. 주상 전하라는 제 신분 숨기고 망충한 서생 노릇한 게 엄청나게 짜릿했나 보다. 아니, 사실은 제 앞에서 그 어떤 계산이나 재단 따위 없이 속마음 툭툭 내뱉고 심지어 욕도 불사하는 약손의 맹꽁맹꽁한 모습 보는 게 무척 즐겁기도 했다.

하여 결국에는 아부지 병간호하러 떠난다는 약손을 여차저차 궁궐에 주저앉혀 버렸건만. 그 작은 머릿속에 뭐가 들었는지 천방지축 사고만 쳐대는 녀석을 상약으로 들였건만.

사실 상약尙藥이란 게 아무나 턱턱 입명하고 그러는 것이 아니었다. 종3품의 무척이나 존귀하고 높은 자리라는 것을 약손은 알까?

가까이서 두고 보면 적적하지는 않겠다 싶었는데, 웬걸. 약손은 저가 놀리고 때리던 망충이가 주상 전하라는 사실을 알고부터는 일절 그 어떤 하극상도 벌이지 않았다. 종지에 약 따라 마실 때도 가만히 눈 내리까는 것은 기본이었고, 침전 안에서도 허튼소리 한마디를 안 했다.

이유와 눈 마주치는 일? 그런 건 상상도 할 수 없었다. 내가 주상이고, 지존이니 생도 따위에 불과한 약손이 하늘 만치 존귀하게 대하는 것은 당연한데도 제 앞에서 데면데면하게 구는 약손을 마주할 때는 이상하게 심사가 꼬였다.

이유는 몇 번이나 마시던 탕약 그릇 집어 던지고 '야, 안 되겠다. 네가 갑자기 이러니까 내가 더 죽겠다. 너 그냥 원래 하던 대로 해라. 욕하고 때리고 내 등이나 쳐 먹어!' 말할 뻔했다.

그 속내를 여태 꾹꾹 잘 참다가 둘만 있으면 좀 나아질까 싶어 제시간에 딱 맞춰 온 애한테 부러 꼬투리를 잡아 후원으로 내쫓아 뒤를 따라왔는데, 망할.

짱돌 같은 뒤통수에 부딪쳐 피를 보고 말았다. 약손과 이유, 둘 다 치명상을 당했으면 이렇게나 억울하지는 않지. 쥐방울만 한 약손은 무슨 일이 있었냐는 듯 말짱한데 이유만 피 쏟은 게 더 심란했다.

내가 요즘 나랏일 바쁘다는 핑계로 검술을 등한시했더니 나약해졌나? 내일부터는 틈틈이 격구장에라도 나가야겠어.

이유가 나름의 계획을 세우며 패앵! 약손이 제멋대로 콧구멍에 쑤셔 넣은 무명천을 뽑아냈다. 킁킁 몇 번 숨을 들이켰다가 다시 내뱉으니까 얼얼했던 얼굴의 통증이 좀 나아졌다.

짱돌 같은 인간!

아니, 걔 인간이 아니야. 그냥 짱돌이야!

이유가 속으로 욕지기를 내뱉으며 벌떡 자리에서 일어났다.

"근데 앤 회초리 꺾으러 보냈더니 왜 이렇게 안 와? 뭐, 벌목이라도 하는 거야?"

돌아와도 애저녁에 돌아왔어야 할 시간이었다.

설마 회초리가 무서워 도망간 건 아니겠지? 이 궁궐에 저 숨을 데가 어디 있다고?

괘씸한 생각이 들었다가 불현듯 혹 애가 드넓은 상림원에서 길 잃은 건 아닌지, 요즘 날씨가 한참 무더울 때라 뱀이 기승인데 모지리처럼 발밑 보지 못하고 똬리 튼 뱀을 밟아 곤혹 치르고 있는 건 아닌지 궁금해졌다.

동산색이 매일매일 줄기차게 후원을 청소하고 관리하니까 설마하니 독사는 없겠지만…… 그렇겠지만…….

언제나 상상 초월, 이유가 무엇을 생각하든 그 이상의 것을 행하는 약손인지라 슬그머니 걱정이 뒤따랐다.

금군 풀어서 애를 찾아보라고 해야 하나? 독사한테 정강이 물려 정신 잃고 쓰러진 건 아닌지 살펴보라고 해야 하나?

내내 고심을 하는데 때마침 탁탁탁! 빠른 속도로 열무정 계단 올라오는 발소리가 들렸다. 보지 않아도 알 수 있었다. 누가 들어도 가뿐한 약손의 발소리.

이유의 침전은 복도에서 누군가 걸어오면 아무리 기척을 죽여도 발소리가 들렸는데, 확실히 약손은 내시부나 여타의 다른 신료들에 비해 발소리가 가벼웠다. 아마 사내치고 터무니없이 작은 키 때문에, 좁은 어깨 때문에 그런 것 같았다

하긴 여약손, 사내로 쳐주기엔 얼굴 곱상한 것 말고는 봐줄 거 하나 없지. 자고로 사나희 대장부라면 바위라도 깨부술 힘이 으뜸 아니겠어?

고딴 체력으로 어느 계집 입에서 악 소리 나게 할 수 있을는지……

이유가 '흐흐흐……' 웃음소리를 내며 약손의 흥을 봤다. 하지만 약손이 점점 열무정 가까이에 다가오자 저가 언제 웃고 있었냐는 듯 얼굴에서는 웃음기를 싹 지웠다.

이유가 한없이 냉랭한 표정으로 약손을 돌아봤다.

여약손, 감히 지존의 몸에서 피를 보게 해?

내 오늘 밤 네 종아리를 쳐 그 버릇 단단히 고쳐 주겠……

응? 하지만 독기 가득한 결심은 제 앞에 선 약손을 본 순간 멀리멀리 사라지고 말았다

약손이 흐억, 흐억, 흐어어억 가쁜 숨을 몰아쉬었다.

한데 그 꼴이 몹시 우습고 황망하고……

어이가 없어서……

"너, 너, 너…… 대체 그게 다 뭐냐?"

이유가 약손의 등을 손가락으로 가리켰다. 열무정 마루 위를 이유가 가리킨 것, 그러니까 대체 그게 다 무엇이냐고 질문한 것을 와르르 쏟아 냈다. 동시에 달고 시큼한 냄새가 열무정에 휘몰아쳤다.

한동안 숨을 고른 약손이 휘이이이 길게 숨을 뽑아내고는 겨우 대답했다.

"회, 회초리…… 전하께서 분부하신 회초리를 꺾어 왔습니다."

약손의 이마를 타고 뚝 땀방울이 떨어져 내렸다. 그리고 데구루루 마룻바닥을 뒹굴던 과일 하나가 이유의 발치까지 굴러갔다.

"허……."

이유가 기가 찬 듯 숨을 내쉬며 발아래에 떨어진 과일을 주웠다. 빨갛고, 동그랗고, 향긋한 과일. 약손이 상림원에서 마구 따온 과일. 그것은 바로 탐스런 과육이 주렁주렁 달라붙은 자두나무 회초리였다.

과연 여약손이다. 조선 천지에서 누가 이이의 꼼수를 이길 수 있을까? 종아리를 친다고 회초리를 꺾어 오랬더니 무려, 자두나무를 꺾어 왔다.

"이걸로 네 종아리를 때리란 말이지?"

"예. 우선 자두부터 드시옵고……."

이유는 기가 막히고 황망하여 뭐라 타박할 말도 못 찾고 툭 자두 한 알을 땄다. 마침 제철이라 냄새 그윽하고 탐스러워서 기왕 이렇게 된 거 한입 베어 물어 볼까? 슬쩍 입가로 가져갔더니 갑자기 무슨 생각이 났는지 약손이 짝 손뼉을 쳤다.

"아, 안 돼요! 지금 드시면 안 돼요!"

자두부터 먼저 드시래 놓고 정작 이유가 먹으려 하니 냉큼 자두를 빼앗아 간다. 그러고는 연못가에 다다다 뛰어 내려가 찬물에 자두를 찰박찰박 담그더니 다시 가져왔다.

"낮 동안 주야장천 해를 맞았으니 뜨거운 기운이 가득할 거예요. 여름날에 과일 그냥 잡수면 더위 먹어요."

"……."

"주상 전하께옵서 배앓이를 하시면 안 되니까…… 옥체 보존하시라고…….”

“…….”

이유가 냉한 눈빛으로 바라만 보니까 약손이 이유의 손에 자두를 쥐여 주고는 얼른 뒤로 물러났다.

눈부터 바닥에 내리깔고 거북이처럼 목 움츠리는 거.

오들오들 떠는 강아지처럼 겁먹은 척하는 거.

이제 보니까 저거 다 수법이라는 걸 알겠다. 애초에 웃전이 정말 무섭고 두렵다면 뒤통수 박아 코피 나게 하거나 얼토당토않게 자두나무 회초리를 꺾어 오지는 않았겠지. 이유는 고만 맥이 쭉 빠지는 기분이었다. 이유가 휘휘 손을 저으며 제 앞을 툭툭 쳤다.

“여기 와서 앉기나 해라.”

“아닙니다! 저 따위가 어찌 감히 전하와 독대를 합니까? 저는 괜찮습니다!”

“정신 사나워 그래. 앉아. 목 빠져.”

“아니 되는데…… 법도가 지엄한데…….”

약손이 은근슬쩍 엉덩이를 마루에 붙였다. 본래 여름 피서용으로 지은 열무정이라 전나무 깎아 만든 마루가 시원했다.

풍년이구나, 풍년이야.

다닥다닥 달라붙은 자두 때문에 얇은 나뭇가지는 보이지도 않고……. 일단 이 자두를 다 먹어 치워야 가지를 꺾어 회초리를 만들든가 말든가 할 것 같았다. 이유가 지긋이 노려보니까 속마음 간파당한 약손이 배시시 웃었다.

“어서 드세요. 저가 주상 전하 드리려고 가져온 것입니다.”

“하여간 너, 잔머리는 정말 으뜸이다.”

하지만 이유 역시 말은 그렇게 해도 사실은 약손이 그렇게까지 화나거나 괘씸하지는 않았더랬다. 네가 감히 주상인 나를 갖고 노냐고, 희롱하느냐고 분노하기에는 약손이 가져온 자두가 정말 맛나 보이기도 하였고.

본래 밥 먹을 땐 개도 안 건드리는 법이랬지.

"잘 먹으마."

"예. 많이 드세요. 부족하면 저가 가서 또 꺾어 오겠습니다."

얼씨구? 누가 보면 약손은 대접하는 주인이고 이유는 대접받는 과객인 줄 알겠다.

이 자두, 따지고 보면 내 것인데? 상림원은 명실공히 나, 이유, 임금 소유의 어원御園인데?

이유가 크게 한입 자두를 베어 물었다. 시큼하고 단맛에 저도 모르게 눈가가 찌푸려진다. 약손도 이유를 따라서 똑같이 자두를 베어 물었다. 물론 약손은 입도 크고 특히나 먹거리 욕심이 많았기 때문에 한입으로는 성에 안 차서 두 입 세 입 마구 깨물어 먹었다. 약손의 입가를 타고 주르륵 자두물이 흘러내렸다. 그 모습 보니까 이유는 고만 픽 웃음이 터졌다.

"왜 웃으세요?"

"좀 웃으면 안 되냐? 네 허락 맡고 웃어야 하는 법이라도 있냐?"

"아니 제 말은 그게 아니라……."

이유가 한마디 했더니 약손은 금방 풀이 죽어 쭈그렁바가지가 됐다.

와작와작.

으적으적.

열무정에는 온통 자두 씹고, 먹는 소리뿐이었다.

"약손아…… 왔어?"

밤이슬 맞고 돌아온 인기척에 잠이 깼나 보다. 복금이 잔뜩 가
라앉은 목소리로 아는 척을 했다. 최대한 소리 줄인다고 줄였는
데, 잠귀 밝은 복금을 속일 수는 없었나 보다.

"미안. 나 때문에 깼지?"

"아냐. 목도 좀 마른 것 같아서."

복금이 몸을 반쯤 일으켜 머리맡에 놓아 둔 자리끼 한 대접을
마셨다. 약손이 그사이에 후다닥 움직여 아랫목에 이불을 깔고
그 안으로 쏙 들어갔다. 들창에 비친 하늘은 아직도 깜깜했다.

"상약 일이 고되긴 고되다. 한밤중에도 약 마시러 가야 하구."

"아냐……. 고되지는 않은데……."

아마 지엄하신 주상 전하 보시는 앞에서 약 먹으려면 떨리기
도 하고 무섭기도 할 것이다. 탕약을 침전에 들일 때 내약방과
내시부에서 철통같은 검수를 거친다는 것은 복금 역시 누구보다
잘 아는 바였다. 그래도 '만약'이라는 경우가 있지 않은가?

애초에 상약이란 존재 역시 그 '만약'을 대비하기 위한 방침
중 하나였다. 감히 입에 올리기도 불경한 말이지만 '만약' 탕약
에 독이 들어 있다면? 하여 상약인 약손이 아무 생각 없이 그 약
마셨다가 주상 전하 대신 고초를 치르게 된다면?

대부분의 사람들은 한낱 생도의 목숨을 버려 지존의 옥체를
보존하여 천만다행이라고 생각하겠지만, 원래 팔은 안으로 굽고
가재는 게 편이다. 복금은 약손이야말로 이 궐 안에서 가장 위험
한 일을 수행하는 사람이라고 생각했다. 그러니 늘 약손의 안부
를 제일 먼저 걱정할 수밖에 없었다.

하지만 정작 약손 본인은 속 편하기만 했다. 오히려 주상 전하
드시는 존귀한 음식을 마음껏 맛볼 수 있다고 신나 하기만 했다.

내가 상약 아니었더라면 언제 이런 걸 먹어 보겠어?

언제 이런 대접받아 보겠어?

늘 이런 식이었다.

지금도 그러했다. 약손이 비록 밤늦게 대전에 다녀오긴 했지만 저가 뭐 뼈 빠지게 힘든 노동을 한 것도 아니고, 숨 한번 돌릴 여유 없이 웃전 핍박받은 것도 아니었다.

물론 종아리를 맞을 뻔한 위기가 있기는 하였지만…….

약손은 물로 깨끗이 씻었는데도 아직도 희미하게 단내 풍기는 제 손을 들어 킁킁 냄새를 맡았다. 자두가 튼실하고 단 게 맛이 일품이었다.

다음에는 복금이한테도 가져다가 맛보게 해 줘야지…….

혼자 생각하던 약손이 뭔가 떠오른 듯 휙 몸을 돌려 복금을 쳐다봤다. 복금이는 다시 잠이 몰려오는 듯 스르륵 눈을 감으려 하는 중이었다.

"그런데 우리, 정선도 나리 집에는 언제 다시 가기로 했지?"

"닷새 뒤에. 한길동 영감이 그때 새 약방문을 써주신대."

"그럼, 나도 데려가!"

"너도? 가도 돼?"

복금이 애써 감았던 눈을 다시 떴다. 하루 정도는 여차저차 갖은 핑계 대서 궐을 빠져나갔다지만, 이래봬도 약손은 어엿한 '상약'이 아닌가? 이제는 웃전 발에 이리저리 채어 심부름 다니는 생도의 신분이 아니란 말이었다.

주상 전하 곁을 지켜 시시때때로 약을 마셔야 할 이가 함부로 자리 비워도 돼? 궐을 나가도 돼? 복금이 질문하니까 약손이 두말하면 잔소리라는 듯 세차게 고개를 끄덕였다.

"내가 주상 전하한테 여쭤봤어. 심부름하러 궐 밖에 다녀와도 되냐고 했더니 그렇게 하라 하셨어. 약손이 너 하고 싶은 대로 마음대로 하라 말씀하셨어."

"진짜?"

"응. 진짜."

"세상에. 어떻게 그런 허락을 받아 냈어?"

"다 방법이 있지. 자고로 뜻이 있는 곳에 길이 있는 법……."

약손이 히죽 승리의 미소를 지어 보였다.

밤공기는 실로 말로 형언할 수 없는 오묘한 힘을 가진 것이 분명했다. 이 세상 중한 일은 모다 한밤중에 이루어진다는 말이 괜히 있는 것도 아니었다. 제아무리 성격 나쁘고 무뚝뚝하여 하나밖에 없는 제 처자한테 무던한 사내라도 딸 아들 순풍순풍 잘만 낳고 사는 것 봐라.

대체 밤중에 뭘 하였기에? 장터 떠도는 장돌뱅이들, 주모들이 낄낄거리며 뱉는 음담패설 중에 틀린 소리는 한 구절도 없었다.

아까까지만 해도 피 쏟아서 예민해질 대로 예민해져 있던 주상이 시큼한 자두 몇 알 먹고 나더니 믿을 수 없을 만큼 온순해졌다. 종아리를 치네 마네 약손을 쥐 잡듯이 잡던 포악한 모습은 온데간데없었다.

"아이고, 배부르다……."

이유가 마지막 남은 한 알의 자두를 꿀꺽 삼키며 더는 못 먹겠다는 듯 뒤로 물러났다. 약손은 전하께서 배 안 부르다 하시면 다시 상림원에 뛰어가서 열 개고 스무 개고 더 따다드릴 준비를 했었는데 천만다행이었다.

약손도 잔뜩 부른 배를 통통 두드렸다. 열무정 기둥에 등을 대고 앉으니 세상 부러울 게 없었다. 입안은 자두 향 그윽해 달고,

전나무 마룻바닥 감촉은 시원하고, 목덜미 스치며 솔솔 부는 바람은 마냥 간지럽고. 원래는 주상 전하와 마주 앉는 건 생각도 못 하고 곁에 조신하게 두 손 모아 서 있어야겠지만 법도고 나발이고 그런 건 개나 주라지.

약손이 끄억 트림을 했다. 마찬가지로 아닌 새벽에 자두로 과식한 이유 또한 벽에 등을 기대고 앉아 색색 숨만 내쉬는 중이었다. 자두를 한 번에 이렇게 많이 먹은 적은 처음이었다. 속이 더부룩한 것 같기도 하고, 아닌 것 같기도 하고…….

"내가 배앓이를 하면 네게 죄를 물어야겠다."

"에이, 그럴 리가요. 자고로 제철에 먹는 과일은 산삼보다 훌륭한 보약이랬는 걸요?"

"하…….."

말이나 못하면 밉지나 않지.

이유가 약손을 흘겼다. 가뜩이나 삐죽한 눈을 매섭게 치뜨니까 더욱 살벌하도다. 하지만 약손한테는 씨알도 안 먹혔다.

저러다가 가재 눈이 되지. 사팔뜨기 안 되면 다행이라지…….

턱 끝까지 올라와 하마터면 내뱉을 뻔한 불경한 말을 약손이 애써 꾹 눌러 삼켰다. 아무튼 이제 이유한테 밉보이는 일은 절대 하지 말아야 했다. 저이는 망충한 모지리가 아니라 주상이니까. 임금님이니까. 지존이니까. 말 한마디에 내 목숨 좌지우지할 수 있는 존재이니까…….

이유와 마주 앉은 약손이 가만히 그 얼굴을 바라보았다. 그 와중에도 주상 전하 용안은 네까짓 게 함부로 봐서는 안 된다는 웃전의 당부를 잊지 않고 힐끗힐끗 몰래 바라봤다.

괜히 기지개를 펴는 척 한 번, 간지러운 턱을 긁다가 두 번, 꾸부정해진 등뼈를 맞추는 척 세 번……. 그 따가운 시선에 내내 모른 척하며 열무정 아래 풍경 바라보던 이유가 빽 소리쳤다.

"닳겠다, 닳겠어! 사람 얼굴 왜 그리 훔쳐봐? 뭐 할 말 있어?"

"아니, 그걸 어떻게……?"

깜짝 놀란 약손이 딸꾹질을 했다. 마주 앉은 얼굴 그리 쳐다보고, 대놓고 눈치를 보는데 모르는 게 더 이상하겠다.

"왜? 무슨 말을 하려고? 할 말이 대체 뭔데?"

"그게…… 전하께 말씀드리기엔 너무나도 송구하여서……."

"그러니까 뭐냐고?"

"황공하오나……."

약손이 자꾸 송구하다는 둥 황공하다는 둥 불경스럽다는 둥 말을 뱅뱅 돌리기만 했다. 이러다가는 답답하여 제 숨이 먼저 넘어갈 것 같았다. 이유가 손가락으로 제 앞을 탁탁 쳤다.

"여약손, 이리 오라."

"전하……."

"과인 앞에 와서 가까이 앉으라……."

"하오나……."

약손이 무릎걸음으로 직직 마루를 끌며 이유의 앞에 마주 앉았다. 얼굴 표정을 보아하니 진짜로 뭔가 중하게 할 말이 있는 것 같기는 했다.

"고해라."

"그, 그것이……."

약손이 한참 손가락을 꼼지락거리다가 마침내 그 입을 뗐다.

"저가 오늘 한길동 영감 심부름으로 정선도 나리 댁에 다녀왔습니다."

"……정선도?"

처음 듣는 이름이었다. 내색하지 않고 잠자코 있었더니 약손이 얼른 '내달에 명나라 사행 떠나시는 역관되십니다. 한길동 영감님의 외조카 되시고요.' 덧붙였다. 아무리 이유라도 궐내의 신료들 이름 하나하나 다 외우지는 못하는 법이었다. 하물며 벼슬 낮은 역관은 말할 것도 없었다.

"그런데?"

"그런데 그분 댁이 창의문 근처 되는데……."

"되는데……?"

"가는 길에 보니까 풍경이며, 시장이며, 마을이며 정말 진귀하고 재미있더라고요."

"……."

"제가 겉으로 보기엔 인물이 훤해 엄청 깍쟁이 같고, 세상 물정 다 아는 것 같아도…… 실은 한양은 첨이걸랑요."

"……."

"궐에만 갇혀 있으니까 마음도 싱숭생숭하고 나날이 우울하고 기력 떨어지기만 했는데…… 제가 팔자에 역마살이 좀 섞여 있어서 그런가? 참 이래서 사람은 밖으로 쏘다녀야 되는가 싶기도 하고……."

그래서 뭘 어쩌라는 거야? 네 신분이 의학 생도이고, 궐에 틀어박혀 업무 보는 것이 네 맡은 바 소임인데?

이유가 냉한 얼굴로 약손을 쳐다봤다. 이크! 자두 먹고 기분 좋아지셨나 싶었는데 아닌가? 약손이 얼른 고개를 움츠렸다. 그래도 어차피 꺼낸 말, 꿋꿋하게 끝은 맺었다.

"종종 한길동 영감님의 심부름하러 선도 나리 댁에 다녀오면……."

"……."

"아니 될까요?"

"……."

"제가 뭐, 꼭 창의문 저자 구경하고 싶어 그러는 게 아니라! 선도 나리 건강이 심히 좋지 않아서! 사행 떠나시기 전까지만 곁에서 두고 보며 약도 좀 달여 드릴까 해서……!"

합. 약손이 입을 다물었다. 어떻게든 정선도와 옥향이 일을 마무리 지어 황금 차지할 욕심이 과해도 너무 과했나 보다. 자고로 사람이 제 분수를 알고, 세 치 혀를 조심히 놀려야 긴긴 명줄 제대로 붙잡고 살 수 있는 거랬는데!

이유의 얼굴을 보니까 완벽한 제 실수, 방자함이 도를 넘었다는 생각이 이제야 퍼뜩 스쳐 지나갔다.

"저, 전하……! 송구하옵니다."

이럴 땐 삼십육계 줄행랑, 아니면 앞뒤 재지 않고 싹싹 잘못 비는 게 최고였다. 물론 이 궐에서는 주상 전하 눈 피해 도망갈 곳이 없을 테니 후자가 최선이로다!

약손이 마룻바닥에 납작 엎드렸다.

푸른 띠 두른 이마에 차가운 마루가 닿았다. 반성하는 의미로다가 마루를 쾅쾅…… 찧지는 못하고 콩콩 찧었다.

—휘이이잉

약손과 이유, 둘 사이에 서늘한 바람이 불었다. 정선도가 저를 도와주기만 하면 몽땅 주겠다고 단언한 황금에 눈이 멀어 정신이 잠깐 회까닥 어떻게 됐나 보다.

세상에 금이 암만 좋아도 내 목숨보다 좋지는 않은데…….

옥향이랑 잘 되든 갈라서든 남 일에 참견하지 말 걸. 괜히 또 오지랖 부렸어. 마당발인 척했어. 난 아마 재물 때문에 망할 거야. 물욕 때문에 패가망신할 거야.

그리고 약손의 예상대로 이유는 방자한 생도 나부랭이 때문에 화가 나도 단단히 난 것이 분명했다. 이유는 아무 말이 없었다.

곧 이유가 약손의 머리 위로 손을 높이 쳐들었다. 어쩌면 생도 주제에 감히 분수 모르는 부탁을 한다고 따귀를 때릴지 모르겠다. 아니면 아까 부딪쳐 피를 보게 한 복수의 의미로다가 뒤통수를 냅다 갈기실지도. 점점 가까워지는 이유의 손기척에 약손은 질끈 눈을 감았다. 나름 어금니 사이를 꽉 물고 충격을 완화하기 위한 나름의 대비를 하는데,

"······응?"

불현듯 약손이 꼭 감았던 눈을 떴다. 저도 모르게 고개를 반짝 쳐들었다. 이유가, 그러니까 주상 전하의 손이 슥슥 동물 목덜미 쓰다듬듯 약손의 뒤통수를 쓸어내렸다.

"내가 널 때리냐?"

"······예?"

"툭하면 움츠러들고, 눈치 보고. 그러다 목 짧아져 아주 없어지겠다. 네가 자라도 아니고 거북이도 아닌데."

"어······ 그, 그것이······ 그것이 아니오라······."

"그것이 아니면 뭐? 혹······ 내가 무서워 그래?"

"아, 아니옵니다! 그럴 리가 있겠사옵니까?"

실은 엄청나게 무섭습니다! 말할 뻔한 걸 꾹 참고 약손이 황급히 도리도리 고개를 저었다. 그렇게 말하면 절대 안 되는 상황이라는 것은 제아무리 약손이라도 본능적으로 알 수 있었다.

"······."

"······."

저를 가만히 내려다보는 이유의 눈동자. 언뜻 보면 삐죽하게 치솟아서 한없이 사나워 보이는 눈매. 각진 턱. 그 아래 귀 선과 꼭 맞물려 떨어져 내리는 목. 그 한가운데에서 목울대가 꿀꺽 치

솟아 올랐다가 내려가는 것이 보였다.

"예전에는 망충이라느니, 모지리라느니 갖은 욕은 혼자 다 하더니……."

"……."

그건 주상 전하가 주상 전하임을 모를 때니까 그렇구요!

당차게 대거리하고 싶었는데 여전히 제 머리 쓰다듬어 주는 손길 때문인가? 약손은 굳어 버린 듯 옴짝달싹할 수 없었다.

임금님께서 대체 내게 왜 이러시나? 영문 모르는 얼굴로 바라만 보니까 이유가 이내 픽 웃음을 터뜨렸다.

"나 볼 때마다 겁먹는 짓 좀 그만해라."

"……예?"

"……보기 싫으니."

"!"

하지만 주상 전하 엄청 무서우신 걸요? 예전에는 제 무릎 잘라 버린다 겁박하셨잖아요…… 아까 전에도 종아리를 치네 마네 회초리 꺾어 오라 하시고는…….

약손이 감히 가슴속 말을 소리 내 읊지는 못하고 입술만 삐죽거렸다. 하지만 표정에는 제 마음, 생각이 한 치 거짓 없이 그대로 드러난다는 것을 아는지 모르는지. 약손의 머리를 쓰다듬어 주는 이유의 손길이 한층 더 나긋해졌다.

"궐 밖 사정이 그리 궁금하더냐?"

"……조금."

솔직한 대답에 이유가 한 번 더 웃더니 고개를 끄덕였다.

"그래. 너 말한 대로 심부름 빙자하여 밖에 다녀오렴."

"……예?"

"오며 가며 사람들 구경도 하고, 저자에서 맛있는 것도 사 먹어 보고……."

"……."

"너 하고 싶은 대로 해."

약손이 뎅구르르 한 바퀴 구르고 두 바퀴 더 굴러 이불을 제 몸에 꽁꽁 둘렀다. 이불 속에 폭 파묻히니 기분이 몹시 안락했다. 다른 누구도 아닌 주상께 직접 윤허 받은 일이다. 이제 약손은 한길동 영감의 심부름을 마음대로 갈 수 있었다.

그 말인즉슨 정선도의 황금에 한 발자국 더 가까워졌다는 뜻이기도 했고……. 하여튼 일이 잘 풀려도 너무 잘 풀렸다.

역시 내가 마음이 착하고 정직하게 살아서 하늘님도 내 편을 들어 주시는 거야! 나를 도와주시는 거야!

가장 큰 난관이라고 생각했던 주상 전하께서 그토록 쉽게 허락을 해줄 줄이야!

신난 약손이 두 발을 허공에 마구 휘저으며 까르륵 웃음을 터뜨렸다.

"아무튼 정선도 나리 댁에 갈 때 나 꼭 데려가야 돼? 까먹으면 안 돼?"

"……."

약손이 복금에게 당부했다. 하지만 복금은 언제 잠이 든 건지 새액새액 고른 숨만 내뱉을 뿐이었다.

히히……. 정선도 나리한테 황금 받으면 그걸로 뭘 하지? 집 살까? 비단 살까? 아니야, 차라리 어디 지방에 있는 옥광산을 왕창 사들여서…….

상상의 나래를 펼치는 약손은 이미 어느 지방의 옥산玉山 대지주였다. 소금을 다량 보유하여 제 말 한마디에, 손짓 하나에, 상권을 좌지우지하는 저잣거리의 큰손이었다.

약손이 스르륵 눈을 감았다. 하늘로 높이 치솟은 광대는 여전히 내려올 생각을 안 했다. 마음이 편하니까 이내 잠이 솔솔 몰려왔다. 잠들기 전 으레 습관처럼 하는 실없는 상상 몇 가지가 쭉 이어지다가 문득 아까 전에 제 뒤통수를 가만가만 쓰다듬어 주던 이유의 모습이 잠깐 생각났다.

'나 볼 때마다 겁먹는 짓 좀 그만해라. 보기 싫으니.'

'그래. 너 말한 대로 심부름 빙자하여 밖에 다녀오렴.'

'오며 가며 사람 구경도 하고, 저자에서 맛난 것도 사먹어 보고.'

'너 하고 싶은 대로 해.'

지엄하신 주상 전하 앞이라 고개를 숙이고 있어 감히 용안을 자세히 보지 못했는데, 그리 말씀하시는 목소리가 조금…….

다정했던가? 쓸쓸했던가?

아니, 어쩌면 슬펐는지도.

왜 갑자기 이제 와서 그런 생각이 드는지 모를 일이었다. 아무튼 이유의 모습은 아주 잠깐 스쳐 지나갔고, 곧 약손은 정신없이 잠에 빠져들었다.

열어 놓은 들창으로 바람에 밀린 구름이 두둥실 떠갔다.

[3]

정선도의 집.

복작복작. 속닥속닥. 쑥덕쑥덕. 다 큰 사내 넷이 한방에 모이니까 여자 셋이 깨뜨리는 접시는 저리 가라는 수다가 벌어졌다. 일단 그들 중에서 제일 연장자인 수남이 먼저 훈수를 뒀다.

"자고로 야반도주는 달빛 없는 그믐날이 최고야. 어디를 가든 어디에 있든 시커먼 어둠이 몸을 숨겨 주잖아."

"그렇습니까? 야반도주는 달빛 없는 그믐날에……."

정선도는 사역원의 장학생답게 수남이 일러 주는 이야기를 조그만 서책에 빠짐없이 필기했다.

"몇 날 며칠 걸어야 할 테니 짐은 최소한으로만 챙기는 것 잊지 마시고요. 괜히 욕심 부렸다가는 얼마 못 가 덜미를 잡힐 거예요."

"그렇군요. 짐은 최소한으로 가볍게……."

복금의 말도 진지하게 경청했다. 한지 붙여 만든 서책이 금세 정선도의 필기로 빽빽해졌다. 약손은 그냥 방 한쪽에 앉아서 수남이가 보자기에 싸온 과줄을 야금야금 먹어 치우며 세 바보의 꼴을 말없이 관망하기만 했다.

어이구, 저 망충이들. 이제 보니 입만 살았다.

야반도주는 실제로 해본 적도 없는 주제에 어중이떠중이들이 아무렇게나 내뱉은 이야기를 중요한 비방이라고 철석같이 믿는 경우랄까? 야반도주를 글로 배운 티가 폴폴 났다.

약손이야말로 칠봉의 투전 빚 때문에, 규방 여인네들 여럿 밖으로 빼돌려 준 진정한 야반도주의 장인이었다. 실제로도 약손은 이날 이때껏 그 많던 도망에 실패한 적이 없었다.

물론 사람 하는 일이다 보니까 천려일실千慮一失이라고 딱 한 번, 최근에 주상 전하에게 걸려 궁궐을 떠나지 못하게 된 적이 있기는 하지만.

아무튼 지금은 그게 중요한 게 아니다.

약손이 손가락 마디마디에 묻은 찐득한 즙청을 쪽쪽 빨아 먹고는 손바닥을 짝짝 마주쳐 야반도주를 글로 배운 세 바보의 관심을 제게 돌렸다.

"수남 아저씨 말도 맞고, 복금이 이야기도 일리 있지만 말입니다……."

약손이 에헴에헴 헛기침을 했다. 그러고는 검지로 휙 맹한 표정의 정선도를 가리켰다. 정선도는 약손이 어떤 중요한 말을 할지 몰라 언제든 이야기를 받아 적을 태세였다.

정선도가 손에 쥔 세필 붓을 힘 있게 쥐었다. 제 딴에는 나름 결의에 찬 행동이었겠지만 약손이 보기엔 한심할 뿐이었다.

평생을 공부밖에 한 게 없어 위험한 일이라고는 단 한 번도 해본 적 없는 사내. 곧은길로만 걸어왔을 뿐 남이 가본 적 없는 진창에는 발도 들여 본 적 없는 사내.

머리로는 아는 게 많을지 몰라도 저런 사람들이야말로 세상 물정을 몰라 사기꾼들에게 호구 잡히기 딱이었다. 저런 샌님이 어떻게 홍윤성 같은 망나니의 눈을 피해 야반도주를 하는지…….

물가에 세 살배기 어린애를 내놔도 이렇게 불안하지는 않을 터였다. 약손이 정선도의 눈 밑을 손가락으로 콕콕 쳤다. 밤새 책 읽는 습관 때문에 학자들이 으레 그렇듯 정선도의 눈 밑도 시커멨다. 그리고 저런 치들은 대부분 시력이 좋지 않았고 밤눈도 어두웠다.

"정선도 나리께서는 어째 밤길은 잘 찾습니까?"

"예? 그건 어쩐 일로 물으시는지……?"

"실제로 야반도주할 때는 빛 한 줄기 들지 않는 고갯길을 넘어가야 합니다. 수풀 창창하게 우거진 산길을 걸어가야 합니다. 물론 선도 나리 홀몸만 건사하는 것이 아니라 나리의 뒤를 따르는 옥향 또한 살뜰히 보살펴야 하고요."

"그것이……."

정선도가 반사적으로 손바닥을 펴 제 눈을 마구 비볐다. 내 시력이 좋았던가? 밤눈이 환했던가? 길을 잘 찾는 편이던가? 한 번도 진중히 생각해 본 적 없던 문제였다.

가만 생각해 보니까 여태껏 궁궐 드나들 때 망충이처럼 길을 잃은 적은 한 번도 없었는데……. 그렇게 따지면 길눈이 썩 어두운 편은 아닌 것 같기도 하고…….

정선도가 고개를 가웃 젖혔다. 약손이 답답하다는 듯 쯧쯧 혀를 찼다.

"밤에 산은 좀 타 보셨어요? 빛 없는 산길은 낮 길과는 비교도 되지 않을 만큼 험준합니다. 옥향과 함께 지체하지 않고 산을 넘어갈 자신이 있으세요?"

"그, 그건……."

한평생 살아오며 책만 읽었을 뿐, 그 흔한 격구 놀이조차 한번 해보지 않은 정선도가 당황하여 어버버 말끝을 흐렸다.

그러면 그렇지.

야반도주는 아무나 하나? 저런 치가 산 넘고 물 건너 아무에게도 들키지 않고 멀리멀리 달아나는 게 더 이상했다.

약손이 정선도가 소중하게 품에 들고 있던 서책을 냅다 뺏어 왔다. 그러고는 미련 없이 문 바깥으로 팩 던져 버렸다.

"이따위 탁상 논의는 다 필요 없어요."

약손이 정선도와 수남, 복금을 차례대로 바라봤다.

"우선 거사 날짜부터 다시 정하겠습니다. 그믐 아닌, 보름. 달빛이 가장 밝은 날로 하세요."

"뭐어? 그래도 돼? 그리했다가 홍윤성 패거리에게 덜미를 잡히면 어쩌려 그래?"

수남이 만류했지만 단호하게 고개를 저었다. 어차피 야반도주란 게 모 아니면 도인 법. 게다가 고작 달빛 따위에 성패가 좌지우지될 수준이라면 그들은 언제 도망을 가든, 어디를 가든 결국에는 잡힐 팔자다.

"달빛 걱정일랑 접어 두시고 저를 믿으세요. 반드시 도주에 성공하게 만들어 드릴 테니."

그 누구도 아닌 천하의 여약손이었다. 난다 긴다 하는 왈짜패들 따돌려 투전 빚 떼먹고, 규방 깊숙이 갇혀 살던 여인네들 도망치게 도와줬던 바로 그 약손. 적으로 돌리면 두고두고 괴롭혀 주고, 뒤끝이 작렬하여 은혜는 못 갚아도 원수는 반드시 갚아 준다는 여약손.

그 여약손이 기꺼이 한편 되어 도와준다는데 도주가 실패할 리 절대 없었다. 자신감 넘치는 약손의 포부에 신뢰가 절로 샘솟았다.

"하면, 난 여 생도만 믿겠소."

정선도가 고개를 끄덕였다.

"예? 보름이요? 내달 보름 말씀이신가요?"

"아니, 이번 달 보름입니다."

옥향이 눈을 동그랗게 뜨고 묻자 약손이 단호하게 고개를 저어 이번 보름이라고 대답했다. 사내 노릇하며 사기치고 살아온 세월이 유구하여 평양 기생 놀음하는 와중에 저도 모르게 늠름한 말투가 나와 버렸다. 자고로 기생이라면 애교 담뿍 섞어 콧소리 내도 모자라건만.

사내들 특유의 건들거리는 억양이 낯설었는지 근처에서 비질하던 여종이 빼꼼 길게 목을 빼고 약손을 쳐다봤다. 그 시선 의식한 약손이 갑자기 쿨럭쿨럭 기침을 토해 냈다.

"제, 제가 고뿔에 걸려 가지고 말이 좀 억세게 나왔네요."

피를 토하듯 매섭게 기침하는 약손의 얼굴이 시뻘게졌다.

"단심아, 너 가서 따뜻한 물 한 대접 가져오렴."

"……예."

여종이 비를 한편에 세워 놓고 총총걸음으로 낙월지를 빠져나갔다. 그 모습 바라보던 옥향이 이내 방문의 들창을 탕탕 닫아걸었다. 이제야 온전히 방 안에 둘만 남았다. 옥향이 더욱 목소리를 낮췄다.

"이번 달이면 며칠 남지도 않았습니다. 선도 나리가 가는 곳이라면 어디든 따를 것이고, 무서울 게 없다지만…… 그래도 보름은 너무 빠르지 않을는지요?"

"아닙니다. 원래 큰 거사일수록 지체하다 볼일 못 보는 경우가 수두룩합니다. 그저 결심했을 때, 쇠뿔 단김에 빼듯 해치워야 해요."

"하지만……."

옥향 얼굴에 수심이 서렸다.

캬……. 역시 괜히 예원각 으뜸 기생이 아니었다. 그동안 예원각을 오가며 몇 번 내외하여 익숙해질 법도 하건만, 약손은 볼 때마다 옥향의 아찔한 미모에 선득한 가슴을 다독여야만 했다.

이놈의 눈치 없는 심장, 고만 좀 나대라…….

약손이 멍하니 옥향의 얼굴을 훔쳐보는데, 옥향이 마침내 결심한 듯 고개를 끄덕였다. 옥향이 입술을 한번 깨물었다.

"알겠습니다. 이번 보름이라…… 차질 없이 준비하겠습니다."

"예."

약손과 옥향, 옥향과 약손. 둘이 의미심장한 눈빛을 주고받았다. 이로써 오늘 약손의 임무는 일단락되었다.

늘 그렇듯 정선도의 집에서 야반도주 계획을 세우면, 그 내용은 다름 아닌 약손이 평양 기생 사월이로 변장하여 옥향에게 전했다. 뿐만 아니라 정선도가 옥향에게 보내는 그리움 가득한 서신, 옥향의 답장…… 그 모든 것들을 중간에서 징검다리가 되어 전하는 것도 약손의 몫이었다.

한 쌍의 훨훨 나는 암수 다정한 꾀꼬리 지켜보는 취미 따위는 약손 인생에 결코 없는 일이지만 대체 금덩이가 뭔지……. 약손은 오늘도 정선도가 밤새 눈물로 쓴 서신을 옥향에게 전해 줬다. 옥향이 소중한 보물 받들듯 정선도의 편지를 받아 들었다. 오랫동안 만나지 못한 정인 향한 그리움이 휘몰아치는지 옥향의 큰 눈동자에 금방 울망울망 눈물이 고였다.

에잇, 이놈의 꾀꼬리들…….

이 꼴 저 꼴 보기 싫은 약손이 방구들에 붙이고 앉아 있던 엉덩이를 떼고 일어섰다. 그러고는 사내 노릇하며 잠방이 털던 버릇 그대로 정선도의 집에서 갈아입고 온 치마저고리를 툭툭 손바닥으로 털었다. 치마는 정선도의 집에서 유일하게 찾아낸 여인의 옷이라서 귀퉁이가 다 해지고 오래되어 낡아 있었다. 다행히 약손의 얼굴이 열일 백일하여 차림새의 초라함이 드러나지 않는 것이 천만다행이었다.

하지만 옥향은 아니었나 보다.

"그럼 저는 이만 가보겠습니다. 전할 말이 있으면 다시 들르겠습니다."

약손이 언제나처럼 방을 나서려는데 옥향이 그런 약손을 잡아 세웠다.

"잠깐만요."

"예?"

약손이 무심코 옥향을 돌아봤다.

뭐 어차피 옥향의 용건이래 봤자 선도 나리는 잘 계시느냐, 진지는 잘 드시느냐, 번거롭게 만들어 정말 죄송하지만 이걸 좀 선도 나리께 좀 전해 드릴 수 있겠느냐…… 따위의 부탁뿐이었다.

약손이 심드렁한 표정으로 콧구멍을 쑤셨다. 그러고는 습관대로 치맛자락에 손가락을 슥 문질러 닦았다. 영락없는 저잣거리 사내들의 불결하고 시끄러운 몸짓.

옥향이 그런 약손을 두고 방 한쪽에서 죽장농을 뒤졌다. 미리 약손에게 주려고 준비해 뒀던 것인지 옥향이 흑단 보자기에 싸 놓은 꾸러미를 내밀었다.

"이게 뭡니까?"

"뭐긴요."

옥향이 스르륵 보자기 매듭을 풀었다. 굳이 손으로 만지고 촉감 확인하지 않아도 값비싼 비단보라는 것을 한눈에 딱 알겠다.

과연 저 안에 무엇이 있을까?

개 버릇 남 못 준다고, 장물 팔던 버릇 어디 못 주고 약손이 눈을 반짝였다. 이내 옥향이 펼친 보자기 안에서 곱게 접은 비단 저고리, 치맛감이 나왔다. 뿐만이 아니었다. 옥향은 자개 패물함을 뒤져서 저고리 색감에 꼭 어울리는 영락비녀, 노리개까지 가져왔다.

"암만 도적을 만나 재산을 빼앗겼다 한들, 평양 기생 사월이의 행색이 이토록 초라한 것이 말이나 됩니까? 계속 이런 차림으로 다니시면 다른 이들이 의심합니다. 다음번에 들를 땐 이 옷을 입으셔요."

"예……?"

이걸 제가 입으라고요? 빌려 주시는 겁니까? 설마 공짜로 주는 건 아니겠지요? 맞아, 이렇게 비싼 옷감을 덥석 줄 리는 없어……. 약손이 저도 모르게 손을 뻗어 저고리를 만져 봤다. 흑단 보자기 따위와는 비교도 안 될 만큼 보드라운 옷감이 손바닥을 스쳤다. 깊은 바다색 닮은 청화색 치맛단 끄트머리마다 당초무늬가 촘촘하게 수놓아져 있었다. 옥빛 저고리에는 삼청색의 학이 뛰놀았다.

"곱지요?"

"예, 고와요."

약손이 맹충한 표정으로 열렬하게 고개를 끄덕였다. 그리고 옥향은 약손이 저고리에 정신을 빼앗기던 순간부터 내내 그런 약손의 얼굴을 단 한순간도 놓치지 않고 바라보았다.

역시, 내 생각이 옳았어.

옥향이 약손 모르게 미소를 지었다. 그동안 약손은 옥향에게 저가 정선도와 친한 지기라고 소개했었다.

'귀댁은 누구시기에 선도 나리와 저를 도와주시는 겁니까?'

'저는…… 저는 선도 나리와 생사를 넘나들며 우정을 쌓은…… 아주아주 막역한 사이입니다. 관포지교라고 할까? 단금지교라고 할까?'

그러면서 저는 본래 사내인데 부득이하게도 예원각에 드나들기 위해 계집 치장을 한 것이라고 구구절절 설명을 늘어놓았다. 그동안 저잣거리 떠돌면서 사내 행세한 경력, 빼어난 놀이판으로 다져진 연기력이 든든한 배경이 되었다. 여태까지 약손의 말을 의심하는 사람은 아무도 없었다.

하긴, 제 성별 속이고 궁궐의 상약 생도까지 된 약손인데 감히 누가 약손이 여인이라고 의심할 수 있을까. 궁궐 생도 동기들, 내시들, 궁녀들, 그리고 지엄하신 주상 전하까지 약손의 말을 철석같이 믿었다.

하지만 단 한 사람, 옥향은 달랐다.

'하면…… 여 생도께서는 실제로 사내라는 말씀이세요? 여인이 아니옵고요?'

'어허! 아무리 선도 나리의 정인이라도 말이 심합니다! 지금 누굴 보고 여인이라고 합니까? 어? 내가 이렇게, 이렇게 사내답고, 건장하고, 어? 거칠고! 저잣거리 나가면 나랑 혼인하겠다는 여인네들이 쫙 깔렸는데!'

옥향이 진심으로 여인이 아니냐고 되물었을 때, 약손은 필요 이상으로 펄쩍 뛰며 화를 냈다. 사지 육신 멀쩡한 사내에게 여인이라니. 옥향의 명백한 실언이었고, 씻을 수 없는 실수였다. 옥향은 곧바로 약손에게 사과해야만 했다. 하지만 입으로 쏟아 내는 사죄와는 별개로 옥향은 약손이 사내라는 말을 도통 믿지 못했다.

한평생 꽃보다 어여쁜 기생들을 차고 넘치게 만나 본 옥향이었다. 이토록 이목구비 올망졸망 또렷하고, 피부 고운 아이는 본 적이 없었다. 목소리는 낭랑하여 창을 시켜도 잘할 것 같았고, 팔다리도 옴팡진 것이 춤을 시켜도 또 나름대로 잘할 것 같았다.

아니, 이도저도 아니라면 그냥 자리에 앉혀만 놔도 사내 마음 녹일 수 있을 것 같은데? 한데 여인이 아니란 말이야? 대체 저게 여인이 아니라면 이 세상에 누가 여인이란 말이야?

옥향은 도저히 궁금함을 참을 수 없었다. 또한 저의 눈썰미가 잘못됐다는 사실을 결단코 인정할 수 없었다. 하여 옥향은 묘수를 냈다. 저이가 여인인지, 사내인지는 직접 두 눈으로 확인해 보면 간단할 일.

때마침 가난한 규수의 아씨처럼 늘 똑같은 치마저고리를 입고 예원각을 찾아오는 약손 때문에 일은 더 쉬워졌다.

옥향은 다른 사람들이 의심할지도 모른다는 핑계를 대며 저가 가장 아껴 한 번도 입지 않은 새 옷을 약손에게 주기로 했다. 일전에 옥향의 생일날, 재상을 지내다가 은퇴해 가진 게 재물밖에 없는 영감에게 받은 것인데, 명나라에서 직접 가져온 비단이라 팔면 반평생은 거뜬히 놀고먹으며 지낼 수 있는 저고리이기도 했다.

하지만 옥향은 전혀 아까운 줄 몰랐다. 일단은 약손의 정확한 성별을 알고 싶다는 호기심도 있었지만 실은 선도 나리와 저를 중간에서 물심양면 도와주는 약손이 고마워, 특히 청화색 옷감이 저보다는 약손에게 맞춘 듯 퍽 어울릴 것 같아서 선물했다.

"세상에, 어떻게 이런 아름다운 옷감이…… 자수 솜씨 빼어난 것 좀 봐."

옥향의 예상이 맞았다. 약손은 치마저고리에서 도통 눈을 떼지 못했다. 무심한 보통 사내라면 치맛자락에 자수가 새겨졌든, 금박을 붙였든 하등 신경도 쓰지 않았을 터.

입꼬리 당겨 올린 옥향이 결정타를 날렸다.

옥향이 옷감을 손에 말아 쥐고는 색을 가늠하는 척 약손의 가슴팍 위로 가져갔다. 그러고는 약손이 뭐라 말하거나, 미처 눈치챌 새도 없이 스르륵 입고 있던 옷고름을 풀어 헤쳤다.

"하면 지금 한번 입어 보셔요. 여 생도께서 워낙 체격이 늠름하시고 기골이 장대하셔서 제 옷이 맞을는지 모르겠으니……"

옷고름 풀어 헤친 옥향이 순식간에 약손의 저고리를 끌러 내렸다. 하지만 미처 등판이 들어나기도 전에 약손이 찰싹 옥향의 손등을 내려치며 후다닥 뒤로 물러났다. 어찌나 다급한지 약손은 그만 중심을 잃고 데구루루 방구들을 구르기까지 했다.

"이보시오! 지금 뭐, 뭐, 뭐…… 대체 뭐하시는 겁니까?"

"예에? 뭘 하긴요."

옥향이 천연덕스러운 얼굴로 눈을 동그랗게 떴다. 제가 뭘 잘못했는지, 무슨 실례를 저질렀는지 영 모르겠다는 무구한 표정이었다. 반면에 약손은 얼굴이 시뻘겋게 달아올라서는 옥향이 풀어 낸 옷고름을 여미기 바빴다.

"일언반구 말 한마디 없이 옷을 벗기다니! 대체 이게 무슨 가당치 않은 무례입니까?"

약손이 발칵 화를 냈다.

"아니, 무례라니요…… 저는 그저 새 저고리 한번 입어 보시라 권한 것뿐인데…… 사내가 속살 내보이는 것이 이토록 화내실 일입니까? 여 생도께서는 뭐 계집의 몸도 아니시면서…… 혹여 계집이라면 모를까……."

"!"

바람처럼 스치듯 가볍게 내뱉은 옥향의 말 한마디에 황급히 옷고름 묶던 약손의 손이 움찔 굳었다. 마치 정곡을 찔리기라도 한 듯 얼굴은 온통 흙빛으로 변했다.

"그, 그, 그, 그건…… 그건……."

"……."

"그러니까 내 말은……."

"……."

깜빡깜빡. 멀뚱멀뚱.

옥향이 의아하다는 얼굴로 약손을 바라봤다. 도둑이 제 발 저리고, 괜히 등이 따가운 약손이 어찌할 바를 몰라 했다. 그야말로 약손 인생 절체절명의 위기였다.

이렇게 일평생 숨겨 온 거짓말이 탄로 나는 것인가…….

약손의 이마에 송골송골 식은땀이 맺혔다.

"실은…… 그것이…… 그게……."

약손이 웅얼웅얼 변명을 내뱉으려 했다. 그대로 뒀다간 당장에라도 '우아아앙!' 울음을 터뜨린다 해도 전혀 이상하지 않을 얼굴이었다. 앳된 얼굴이 궁지에 몰려 어쩔 줄을 몰라 하니까 막냇동생처럼 귀여웠다. 해서 옥향은 약손 놀리기를 그만 멈추기로 했다. 약손이 진짜 사내였더라면 그저 옷고름 푸는 행동에 이토록 천지개벽하듯 놀랄 이유가 전혀 없었다.

역시, 저이는 여인이었어.

제 목적을 달성한 옥향이 싱긋 미소 지었다.

"제가 장난이 좀 과했습니다. 여 생도께서 천하의 둘도 없는 장부 같아 늠름한 기골 보고 싶은 마음에 소녀가 장난을 쳤습니다. 여 생도께서 여인이라니, 참 말도 안 되는 일이지요. 암, 그렇지요."

"으음……."

옥향이 깔깔 웃으며 손사래를 쳤다. 그러고는 옷감을 차곡차곡 개어 보자기에 도로 쌌다. 옥향이 흑단 꾸러미를 약손에게 내밀었다.

"어찌 됐든 다음번에 오실 땐 이 옷을 입고 오셔요."

"굳이 그럴 필요는 없을 듯한데……."

"여 생도를 도와드리고픈 소녀의 작은 정성이라고 생각해 주셔요."

"음……."

옥향 덕에 갑자기 옷고름 풀려서 귀신이라도 본 듯 놀랐던 약손이 아직도 두근대는 가슴을 진정시켰다. 어쨌든 놀란 건 놀란 거고, 치맛자락 고운 건 고운 거였다. 시선이 꾸러미에 멈춰 떨어질 줄 몰랐다.

옥향이 약손의 품에 보자기를 안겼다.

"하면, 다음번에 또 들러 주세요."

"이러면 안 되는데…… 이런 걸 받으면 안 되는데…… 내가 이런 사람이 아닌데……."

정말 어쩔 수가 없군.

약손이 설레설레 고개를 저으며 못 이기는 척 옷감을 받아 들었다. 옷감이 보통 귀하고 고운 게 아니라서 몇 번 입고 다니다가 팔아 치워도 본전은 충분히 뽑을 것 같았다.

약손의 입이 함빡 벌어졌다.

"그럼, 다음에 볼 때까지 무탈하게 지내십시오."

"예."

약손이 가벼운 발걸음으로 낙월지를 나섰다. 옥향은 그런 약손의 뒷모습을 바라보며 미소 지었다. 척하면 척 사람 보는데 도가 튼 옥향의 안목이 틀릴 리 없었다. 대체 여인이 어떠한 곡절로 사내 행세를 하고 다니지는 알 수 없지만. 뭐 세상에 사연 없는 사람이 어디 있을까. 옥향이 돌아섰다.

동재가 오랜만에 고가(告暇: 오늘날의 휴가)를 받아 사가에 다녀오던 길이었다. 사인남여四人籃輿 위에서 유유자적 온갖 여유다 부리며 귀밑머리 스쳐 지나가는 지경풍을 감상할 때 창의문을 막 지나가던 동재가 불현듯 손을 휘저었다. 곧바로 남여의 앞뒤에서 가마채를 지고 가던 네 명의 가마꾼이 고개를 조아리고 멈춰 섰다.

먼 길 걸어온 가마꾼의 목덜미로 땀이 뚝뚝, 가마에 오른 어르신의 무게를 지탱하느라 인이 박일 대로 박인 등 근육이 꿈틀거렸다.

무작정 가마를 멈춘 동재가 눈을 가늘게 떴다. 작렬하는 햇빛 피하느라 정수리 위를 가리던 청양산도 거추장스럽다는 듯 물렀다. 동재가 창의문 뒤로 늘어선 어느 집, 딱히 특별할 것도, 별다를 것도 없는 집 한 채를 주시했다.

"상선 나리, 어디 불편하신 데라도 있으십니까? 시원한 물 한 대접 올려드릴까요?"

"쉿쉿! 조용히 해라, 너."

웃전께서 갑자기 안 하던 행동 하시니, 곁에서 시중들며 따르던 어린 내시가 전전긍긍하며 동재의 속내를 읽기 위해 애썼다. 하지만 동재는 창의문 어느 너머를 가만히 바라보기만 할 뿐, 어린 내시에게 이렇다 할 분부를 내리지 않았다.

상선께서 왜 이러시지? 아는 사람이라도 만나셨나? 신기한 광경이라도 목격하셨나? 어린 내시가 덩달아 목을 빼고 동재의 시선이 멈춘 곳을 바라봤다.

하지만 창의문 너머에는 평범하기 이를 데 없는 집들만 가득할 뿐, 천둥벌거숭이 어린애들이 와글거리며 지나가고, 그 뒤로 웬 여인 한명이 종종걸음으로 걸어가는, 그저 언제 어디서든 볼 수 있는 여상한 풍경일 뿐이었다.

하지만 동재는 뭔가 특별한 것을 본 것이 분명했다.

"허허…… 이런……."

동재가 알 듯 모를 듯한 표정을 지었다. 어린 내시가 얼른 동재의 얼굴을 살폈다. 입꼬리가 슬쩍 올라간 걸 보니 뭔가 즐거운 일이 있는 것 같기도 하고, 반면에 오른쪽 눈썹 한쪽이 삐죽 솟은 걸 보니 뭔가 마뜩잖은 것 같기도 했다. 덕분에 알쏭달쏭 어린 내시는 더욱 헷갈리기만 했다.

"이제 됐다. 그만 가자."

한참 동안 남여 위에서 가만히 앉아 있던 동재가 불현듯 분부를 내렸다. 어린 내시가 얼른 동재의 머리 위로 청양산을 들이밀었다. 잘은 모르겠지만 그래도 제 웃전의 심기가 최악인 것 같지는 않았다. 만약 그랬다면 어린 내시에게 불호령이 떨어져도 벌써 떨어졌을 테니까.

"상선 영감, 무얼 보셨기에 길을 멈추라 분부 내리셨습니까? 혹 제가 모르는 재미난 광경이라도 보셨나요?"

어린 내시가 깡충깡충 사슴처럼 폴짝거리며 가마의 속도를 맞췄다. 그 모습 지긋하게 바라보며 동재가 슬며시 미소 지었다.

"재미난 광경…… 그래, 아주 재미난 걸 봤다. 세상 둘도 없이 흥미로운 걸 보았지."

"예?"

무슨 소린지 몰라 어린 내시는 고개를 갸웃갸웃 젖히기만 했다. 동재가 한참 멀어진 창의문 너머의 골목을 돌아봤다.

어린 내시가 보기에 별다를 바 없다고 생각했던 광경, 어린아이들이 뛰어놀고, 여인들이 지나가던 바로 그 광경. 동재는 그들 사이에서 몹시 낯익은 얼굴 하나를 떠올렸다.

복식은 화려하지 않고 오히려 누추한 축에 속하였으나 구김 하나 찾아볼 수 없도록 깨끗하게 차려입은 저고리, 치맛단을 왼쪽 방향으로 정갈하게 잡아 올린 손길.

그이는 바로…….

"명아, 너 잠깐 이리 와보렴."

"예, 상선 어른."

동재의 부름에 어린 내시가 얼른 가까이 다가가 얼굴을 바짝 붙였다. 동재가 어린 내시의 귓가에 속닥속닥 무언가를 나직하게 속삭였다. 비록 나이는 어릴지언정 눈치코치 하나만은 기가 막히게 빠른 어린 내시가 총명한 얼굴로 고개를 끄덕였다.

"예, 상선 어르신. 분부 받잡겠사옵니다."

그리고는 어린 내시, 동재의 명을 받자마자 다다다 걸어온 길을 다시 되돌아갔다. 동재가 팔랑팔랑 합죽선을 부쳐 바람을 일으켰다. 뭔가 재미난 일이 필히 일어날 것만 같은 느낌. 동재는 여전히 알듯 모를 듯 뜻 모를 표정만 지을 뿐이었다.

*

죽청지 위에 강아지 두 마리가 뛰논다.

한 마리는 배를 보인 채 드러누웠고, 또 다른 한 마리는 제 발밑에 깔린 동무의 등을 앙앙 깨물며 장난 걸기 바빴다. 저 멀리 후원에서 뛰노는 강아지에게서 눈도 떼지 않은 채로 이유가 손에 쥔 붓으로 강아지의 똘망똘망한 눈동자를 종이 위에 그대로 옮겼다. 가끔 적적할 때 소일거리로 매화를 치거나 글씨 연습을 한 적은 많아도 이렇게 본격적으로 그림을 그리는 것은 오랜만이다.

이유가 손을 내밀 때마다 도화원에서 불러온 화원이 척척 그림에 알맞은 붓을 건넸다. 흑묵에 다자多紫를 섞어 강아지 등에 박힌 점점의 색깔을 그대로 찍어 낼 무렵, 사가에서 편한 세월 보냈는지 뽀얀 얼굴의 동재가 얼씨구절씨구 추임새를 넣었다.

"아니, 저가 창의문을 막 지나는데 분명! 분명 낯익은 사람이 지나가지 않겠습니까?"

"아무래도 흑묵이 너무 많이 섞인 듯해. 어찌할까?"

"석간주를 넣어 색을 밝혀 볼까요?"

"그리하지."

이유는 동재가 뭐라 말을 하거나 말거나 화원과 머리를 맞대고 어떡하면 강아지의 색을 최대한 비슷하게 낼까 고민하기 바빴다. 하지만 동재 역시 이런 적 한두 번이 아니라서 아랑곳없이 말을 이었다.

"마주한 시간은 찰나였지만 그래도 저가 누굽니까? 동재예요. 제 눈썰미가 잘못될 리 없다는 거, 주상 전하께서 제일 잘 아시지요?"

"석간주는 조금만 부어야…… 안 되겠다. 과인이 직접 하겠어."

화원이 영 미덥지 않은지 이유가 손을 걷어붙이고 직접 안료를 옮겼다. 사각 연적에서 조르르 안료를 따라 내는 이유의 손길이 섬세했다. 이제 동재의 이야기는 절정을 향해 가고 있었다.

"원래는 진즉에 아는 척을 해보려고 했는데…… 말을 걸려고 했는데……."

동재는 뭐가 그리 우습고 재미나는지 까르르 제 배를 잡고 웃기까지 했다. 혼자 웃고, 혼자 발 구르고, 혼자 짝짝 박수치고. 마침내 눈에 눈물이 그렁해진 동재가 꺽꺽 숨을 고르며 말을 이었다.

"아무튼 이 호기심이 뭔지…… 그이가 너무나도 황급히 가니까 대체 어딜 그리 바삐 가나 괜히 궁금하더라고요. 그래서 명이를 시켜 알아봤죠."

"흐음……."

이유가 진중한 얼굴로 결 좋은 강아지 털을 따라 그렸다. 이윽고 동재가 입을 열었다.

"글쎄…… 예원각을…… 다른 곳도 아니고 예원각을 갔다고 합니다."

"……?"

"왜, 한양에서 제일 유명하다는 기방 말이에요. 예원각 기생들은 온통 꽃이라고, 아름답기 그지없는 여인들만 모여 있다고 입소문 자자한 바로 그 기방…… 전하께서도 알고 계시죠?"

"……뭐라?"

동시에 뚝 이유가 손에 쥐고 있던 붓대가 부러졌다. 그 바람에 붉은 다홍색 석간주 안료가 새하얀 죽청지 위에 아무렇게나 튀어 올랐다. 여태껏 혼자 수다 떠는 동재에게 눈길 한번 주지 않던 이유의 시선이 동재에 맞닿았다.

"너 지금 한 말 참말이냐? 잘못 본 거 아니야? 누가…… 어디를 갔다고?"

이유가 되물었으나 동재는 틀림없다는 듯 고개를 끄덕였다.

"잘못 보다니요! 명이가 똑똑히 보고 제게 전한 명백한 사실입니다. 글쎄 여 생도가 다른 데도 아니고 기방을 출입하더라고……."

"……."

"그런데 말입니다……."

드디어 주상 전하께서 내게 관심을 주셨구나! 관심 받아 즐거워진 동재가 더욱 신이 나서 이번 목격담의 백미白眉를 전하려던 찰나였다.

"아이고, 상선 영감! 큰일 났습니다! 큰일 났어요!"

작은 내시가 종종걸음으로 후원을 가로질러 왔다. 뭐야? 무슨 일이야? 저의 수다를 방해받아 기분 마뜩잖아진 동재가 획 고개를 돌렸다. 작은 내시가 얼른 고개를 조아렸다.

"명이가 복숭아 딴다고 나무에 올라갔다가 그대로 떨어졌습니다. 뼈가 부러졌는지, 금이 갔는지 울고불고 난리도 아니에요."

"뭐? 나무에서 떨어져? 이런 칠칠치 못한 놈을 보았나?"

이러나저러나 명이는 동재의 양자였다. 어릴 때부터 동생처럼 자식처럼 귀애하며 키워 온 아이였다. 그런 아이가 나무에서 떨어져 크게 다쳤다는데 아무리 동재라도 모른 척할 수는 없었다. 동재가 황급히 명이에게 갈 차비를 하였다.

"주상 전하, 소인 명이에게 가보겠나이다. 한 시진 안으로 돌아오겠나이다."

"……"

한 시진이든 두 시진이든 네 마음대로 하라는 듯 이유가 건성으로 손짓했다. 이유의 허락이 떨어지자마자 동재가 작은 내시를 따라 걸음을 옮겼다. 하여 동재는 나무에서 떨어졌다는 명이 때문에, 저가 주상께 전하려던 가장 중요한 말. 이야기의 결말을 맺지 못했다는 것을 까맣게 잊어버리고 말았다.

'그런데 말입니다…… 참 망측한 게, 여 생도가 무슨 곡절인지 여인의 복색을 하고 예원각에 들어가더라고요. 그이 엉뚱해서 사고뭉치라는 건 저도 잘 알지만 대체 무슨 생각을 하며 사는 자인지. 참 속을 알 수 없는 인간입니다.'

덕분에 중요한 뒷이야기를 듣지 못한 이유는 고만 팍 빈정이 상하고야 말았다. 완성을 목전에 앞뒀던 강아지 그림은 안료가 마구 튀어 못 쓰게 되었다. 그래도 전혀 아깝지 않았다. 이유는 눈길도 돌리지 않고 팩 돌아섰다. 일전에 열무정에서 시고 단 자두 먹으며 제게 했던 약손의 목소리가 어제 일인 듯 생생하게 떠올랐다.

'궐에만 갇혀 있으니까 마음도 싱숭생숭하고 나날이 우울하고 기력 떨어지기만 했는데…… 제 팔자에 역마살이 좀 섞여 있어서 그런가? 참 이래서 사람은 밖으로 쏘다녀야 되는가 싶기도 하고……'

'종종 한길동 영감님 심부름하러 선도 나리 댁에 다녀오면 아니 될까요?'

'제가 뭐, 꼭 창의문 저자 구경하고 싶어 그러는 게 아니라! 선도 나리 건강이 심히 좋지 않아서! 사행 떠나시기 전까지만 곁에서 두고 보며 약도 좀 달여 드릴까 해서……!'

뭐라고? 궐에만 갇혀 있어서 마음이 싱숭생숭해? 저자 구경하고 싶은 게 아니라 정선돈가 뭔가 약을 달여 주고 싶었어?

이제 보니까 아주 말만 번지르르했다. 잠깐 잊고 살았는데 여약손 그자, 감히 금족령 내려진 월당에서 간 크게도 유황을 훔친 자였다. 심지어 저는 여덟, 너는 둘이라며 이유에게 재물을 등쳐먹으려 했던 자이기도 했다.

거짓말을 입에 달고 사는 사람, 남을 속이고 호구 잡으면서 눈 하나 깜짝하지 않는 사람. 그이가 바로 여약손이었다.

어쩌면 정선도인가 뭔가 하는 작자에게 약을 준다는 얘기는 처음부터 거짓부렁이었을지도 몰랐다. 진짜 목적은 예원각에 드나들며 기생과 하룻밤 놀음에 취해 보고 싶었던 것인지도. 생각이 거기에 미치자 불현듯 꿈을 꾸는 것처럼 이유의 눈앞 광경이 휙 바뀌었다.

금방울 은방울 주렁주렁 매달아 놓은 주렴이 펼쳐지고, 그 안에 온갖 귀물로 화려하게 치장한 기방이 보였다. 한양 최고 기방답게 방 한쪽 버젓이 차지한 병풍은 아마 눈뜨고는 볼 수 없는 난잡한 춘화도春花圖였다.

기방 찬모가 실력 발휘해 차려 놓은 성대한 잔칫상의 주인은 다름 아닌 여약손.

약손이 '으핫핫핫!' 세상에 둘도 없는 사나희처럼 호탕하게 웃었다. 그 품 양쪽에 나란히 들어앉은 꽃 같은 기생 둘은 꺄르륵 꺄르륵 간드러지는 웃음 터뜨리며 약손의 입에 안주를 넣어 줬다.

어차피 여약손 그 인간은 먹거리라면 사족을 못 쓰는 식충이, 등신 같은 밥벌레니까 아마 하나도 거절하는 기색 없이 넙죽넙죽 받아먹을 것이다.

"이햐, 우리 옥향이가 주는 매작과를 먹으니까 아주 꿀맛이 따로 없는데?"

"어머어머, 우리 선비님 잘 먹는 것 좀 봐. 보는 내가 다 배부르네. 한 개 더 드셔 보세요."

기생이 방긋방긋 미소 지으며 약손에게 매작과를 한 개 더 내밀었다. 하지만 능수능란하게 사내 다루는 법 잘 아는 기생이 약손의 입에 고이 매작과를 전할 리 없었다. 기생이 매작과를 약손에게 주려다가 이내 쏙 제가 먹어 버렸다.

"어? 뭐야? 왜 나는 안 줘? 왜 네가 먹어?"

"선비님만 드시면 저는 무얼 먹나요? 그러지 말고 우리 사이 좋게 같이 나눠 먹어요."

기생의 입 밖으로 매작과 끝머리가 삐죽 보였다. 기생은 한껏 유혹하는 눈빛을 보내며 손가락을 까닥이고는 약손을 저의 품으로 이끌었다.

"아니, 그런 깊은 뜻이……."

그럼 바보 천지 등신 여약손은 속절없이 기생에게 이끌릴 것이고…… 매작과를 나눠 먹는지, 술을 나눠 먹는지, 기생과 약손. 약손과 기생 둘의 입술이 사정없이 부딪쳤다.

기생의 손이 대담하게도 여약손의 생도복을 끌러 내렸다. 그리고 여약손의 옆구리 안으로 슬금슬금…… 방금 잘라 놓은 박처럼 하얗고 부드러운 여약손의 속살이 언뜻언뜻 비쳤다.

여약손의 하얀 몸이 기생 위로 포개지면…….

마침내 그 둘은 하나가 되어…….

"안 돼!"

이유가 퍼뜩 정신을 차렸다. 방금 전까지 눈앞에서 펼쳐지던 기방 광경은 온데간데없어졌다. 이유가 서 있는 곳은 강아지 그림 그리던 궁궐의 후원이었다.

쏴아아…….

전나무가 바람에 속절없이 흩날렸다.

"아니, 꼴에 저도 사내라고? 어? 과인이 특별히 허락해서 외출 보내 줬더니 뭐라? 예원각을 가? 한양에 놀 데가 천진데 하필이면 기방을 갔어?"

이제 보니까 여약손 아주 몹쓸 인간이다. 키도 작고! 어깨도 좁고! 허우대는 비리비리해 가지고 그깟 비루한 몸뚱이로 사내 노릇은 제대로 할까 싶었더니만. 아주 얌전한 고양이가 부뚜막에 먼저 올라간 격이었다. 주상인 내가 친히 내린 은혜를 감히 원수로 되갚은 일이었다. 금이야 옥이야 길러 준 주인 손을 물어 버린 천하의 몹쓸 강아지!

이래서 머리 검은 짐승은 거두는 게 아니랬는데…….

대체 무엇 때문에, 왜, 어째서 부아가 치미는지 이유 자신조차 모를 일이었다.

그래, 양물 달린 사내로 태어났으니까 계집질 좀 하는 게 무슨 큰 흠이 되겠냐마는. 한양에서 돈 좀 있는 사내치고 예원각 안 가본 사내가 없으니까 기방에 출입한 건 허물될 건덕지도 안 될 테만은.

"……."

다시 한번 이유의 머릿속에서 기생과 다정하게 손잡고, 입 맞추고, 매작과를 나눠 먹는 약손의 얼굴이 떠올랐다. 이제 약손은 '흐흐흐……' 기름진 웃음을 흘리며 기생의 치마 속에 손을 넣고 있었다.

다시 한번 쩍 이유의 머릿속이 갈라졌다. 가슴 깊은 곳에서는 화르륵 불씨가 타올랐다.

아니? 다른 사람은 다 계집질해도 너는 하면 안 돼!

다른 사내들이 다 기방에 간다 해도 너는 가면 안 돼!

응당 진정한 사나희라면 아랫도리 조신하게 간수할 줄 알아야지! 이 여자랑 매작과 나눠 먹고! 저 여자랑 술 마시고! 그 무슨 지조 따위 찾아볼 수 없는 망측한 일이야?

게다가 그 난잡한 짓거리한 몸으로 감히 뻔뻔하게 내 상약을 하려 들어? 물론 약손은 단 한 번도 저가 임금님의 상약을 하겠다고 나선 적이 없었고, 지금도 이유가 너 상약 그만하고 물러나라 하면 미련 없이 손 털 의향 다분했지만 이유의 머릿속에서 그 사실은 지워진 지 오래였다.

되레 주상 전하의 단 하나뿐인 상약이 되고 싶다며, 상약이 되는 것은 제 인생의 오랜 소망이었다고 울며불며 바짓가랑이 붙들고 매달린 것은 약손이었다. 왜인지는 알 수 없으나 이유의 기억은 그렇게 각색된 지 오래였다.

"안 되겠다. 예원각? 한양 최고 기방인가 뭔가 내가 직접 걸음해 볼 것이야! 여약손이 무슨 해괴망측한 짓거리를 하며 노는지 내 눈으로 똑똑히 봐야겠어!"

다시 한번 말하지만 이유는 약손의 난잡한 사생활이 걱정되어서, 아직 혼인도 안 한 총각이 제 몸뚱이 소중히 여기지 않고 이래저래 굴리는 것이 맘에 들지 않아 인생의 연장자로서 따끔한 훈계를 해주고 싶을 뿐이었다.

여약손 그렇게 안 봤는데, 정말 실망이네!

이유가 씩씩대며 쾅쾅 큰 걸음으로 후원을 빠져나갔다. 만약 동재가 곁에 있었더라면, 아니 굳이 동재가 아니라도 명회가 이 모습을 직접 봤다면 상약 생도가 기방을 가든, 점방을 가든 주상 전하가 왜 이렇게 불같이 화를 내시냐며 의아해했을 것이다.

특히 바른말 잘하는 명회는 어쩌면,

"이건 뭐 바람난 정인 때문에 화딱지 난 남편인데? 간통 증거 현장에서 덮치려는 심본데?"

그리 쯧쯧 혀를 찼을 터였다. 하지만 애석하게도 지금 이유의 곁에는 진실하게 조언해 줄 동재도, 명회도, 그 어떤 누구도 없었다. 다만 작은 내시만이 갑자기 주상 전하께서 왜 기방을 가신다고 하는지, 이를 어쩌면 좋을지, 정녕 이래도 되는 것인지 발을 동동 구르며 마음 졸일 뿐이었다.

*

"저 좀 이상하죠? 이렇게 화려한 옷은 입어 본 적이 없어서……."

약손이 영 어색하다는 듯 저고리 고름을 손끝에 말아 쥐고 어쩔 줄 몰라 했다. 애초에 약손이 아니라 옥향을 기준으로 재단한 덕분에 한 뼘 정도의 치맛단이 바닥에 질질 끌렸다. 혹여 치맛단 밟아 넘어지기라도 하면 그건 그거대로 또 큰일이라서 약손은 내내 안절부절못하고 얼음판 위를 걷는 듯 부자연스럽게 행동해야만 했다.

"아니요. 그렇지 않습니다. 잘 어울리세요."

"어울리기는 무슨…… 사내대장부 체면에 이런 옷 입으려니 마음이 싱숭생숭하네요."

하지만 입으로는 이런 옷이 싫다고, 얼른 벗어 버려야겠다고 불평하면서도 면경에 비춘 제 모습에서 눈 떼지 못하는 까닭은 무엇인지? 약손이 이리저리 고개를 돌려가며 면경 속의 제 얼굴을 확인했다.

이래서 사람은 옷이 날개라고 하는 건가? 정선도의 집에서 입었던 의복은 비할 바가 못 됐다.

피부에 와 닿는 속적삼과 바지, 단속곳이 무척이나 보드라웠다. 옥향이 예상했던 대로 얼굴빛이 특히 맑아 쌀뜨물처럼 뽀얀 약손에게 청화색 치맛단과 옥빛 저고리의 조합은 그야말로 찰떡처럼 잘 어울렸다. 오롯이 약손을 위해서만 만들어진 옷이라 해도 믿을 정도였다.

오늘 옥향이 준 옷을 입고 예원각 마당을 가로질러 오는 동안 기방 일꾼들이 모두들 약손만 넋 놓고 쳐다보았다는 것을 알고는 있을는지.

역시, 괜히 평양 기생 사월이가 아니었어.

옥향이도 기생 중에서는 한양 으뜸으로 쳐주지만 이제 보니 사월이도 만만치 않았구나. 둘이서 누가누가 더 어여쁜가 경합을 벌이면 그야말로 막상막하이겠구나. 예원각 사람들이 약손을 보며 저들끼리 수군거린 이야기였다.

약손이 영락비녀를 이러지도 저러지도 못한 채 손에 들고 있기만 했다. 가끔 저잣거리에서 주모들이 흘러내린 머리를 다시 묶어 틀어 올릴 때 나무 비녀를 툭툭 꽂아 대는 걸 몇 번 본 적이 있기는 했지만 직접 해보려니 마음대로 되지 않았다.

애써 참빗으로 빗어 내린 가르마가 흐트러질까 봐 조심조심 망설이고 또 망설이기만 했다. 옥향이 그런 약손의 곁으로 다가 왔다. 옥향이 가까이 오자 분내인지 뭔지 모를 향긋한 냄새가 났다.

약손이는 청화색, 옥향이는 자줏빛으로 차려입은 두 여자의 치맛단이 여러 갈래로 겹쳐질 정도로 거리가 가까웠다. 비녀에 온 신경 다 팔려 있던 약손이 그제야 흠칫 놀라며 뒤로 물러섰다. 물론 약손은 실제로는 여인이었으니까 남녀가 내외해야 한다는 반가의 규율이라든지, 남녀칠세부동석 따위의 유교 가르침 따위는 전혀 상관없었다. 하지만 그래도 약손은 사내 행세 중이 아닌가?

"왜, 왜 이러십니까?"

저도 모르게 엉덩이를 뒤로 뺐다.

하지만 옥향은 전혀 아랑곳없이 약손 쪽으로 깊숙이 몸을 숙였다. 옥향이 영락비녀를 동그랗게 쪽을 틀어 머리 한가운데에 꽂았다. 매일매일 치장하고 단장하던 솜씨가 예사롭지 않아 비녀 꽂기에 가장 예쁜 자리를 한 번에 찾아냈다.

"반가의 남녀 법도가 엄격한데 이리 가까이 두고 보는 건 좀……."

"그게 뭐 어떻습니까? 어차피 여 생도께서는 진짜 사내대장부도 아니신데."

"예에?"

깜짝 놀란 약손의 두 눈이 동그랗게 커졌다. 뭐야? 내가 여자인 거 알고 있었어? 사내 행세한 거 들킨 거야? 대체 언제? 나는 의심받을 만한 일을 한 적이 없는데?

혼돈과 충격에 휩싸인 약손이 뭐라 말도 못 하고 어버버 입술만 달싹였지만 옥향이 이내 싱긋 웃으며 속삭였다.

"지금은 사나희 여 생도가 아니라, 평양 기생 사월이잖아요."

"!"

"무릇 주변 사람을 완벽하게 속이기 위해서는 제 자신부터 감쪽같이 속일 줄 알아야죠. 제 말이 틀렸나요?"

"어어……."

너무나도 맞는 말씀이라 뭐라 반박을 해야 할지.

아무튼 그 말인즉슨 옥향도 내가 여자라는 건 모른다는 얘기지? 그냥 평양 기생 사월이인 척 장단 맞춰 준다는 거지? 그런 거지?

약손이 힐끗 옥향의 얼굴을 바라봤다. 하지만 옥향은 예의 해사한 미소만 짓고 있어서 진짜 속내를 읽기는 불가능했다. 약손은 왠지 모르게 뒷골이 당기고 켕기는 기분이었다. 내가 '진짜' 여자라는 것을 눈치챘냐고 대놓고 물어볼 수도 없고…….

약손은 답답한 마음을 애써 눌러 삼켰다. 물론 옥향은 약손이 그러거나 말거나, 혼자 고뇌에 휩싸이거나 말거나 비녀를 꽂고, 제가 소중하게 아끼던 노리개 주렁주렁 채워 주기를 멈추지 않았다. 제 뜻이 만족할 때까지 약손을 치장해 준 옥향이 마침내 고개를 끄덕였다. 옥향이 자개 면경을 들어 약손의 앞에 갖다 댔다.

비녀 꽂고, 노리개 차고, 옅은 연지까지 입술과 볼에 콕콕 찍어 발랐더니 그야말로 평양 기생 사월이, 그 자체다. 아니, 어쩌면 평양 사는 진짜 사월이보다 한 수 위의 미모인지도 모르겠다.

"어떻습니까?"

"무, 무엇이……?"

"진짜 평양 기생 사월이 같지요?"

"예?"

"이리 아름다운 분께서 무슨 조화로 인해 양물 달린 사내로 태어나셨는지……"

"!"

"참말 여인이래도 믿을 법합니다."

옥향이 꺄르르 웃음을 터뜨렸다. 약손은 애써 눈에 힘을 주고 근엄함을 유지했다. 언제까지 사월이 놀음에만 정신 팔려 있을 수는 없었다. 약손이 오늘 낙월지를 찾아온 까닭은 따로 있었다.

닷새 뒤로 성큼 다가온 보름을 대비해서 옥향이 반드시 가져가야 할 짐 챙기는 일을 도와줘야 했다.

약손은 단순히 정선도와 옥향의 소식을 전해 주는 파발 노릇만 하는 게 아니라, 밖을 자유롭게 나다닐 수 없는 옥향의 재산을 처분해서 값나가는 금이나 비취 따위로 바꾸는 일을 도맡아 했다.

정선도와 옥향이 어디를 가든, 어디에서 살든 홍윤성 패거리에게 덜미 잡히지 않을 법한 귀물을 마련해 주는 일.

그게 바로 약손의 몫이었다.

"아무래도 이 산호 경대는 두고 가야겠지요? 제가 무척 아끼던 것이지만……"

"예? 경대를 두고 간다고요? 이 귀한 것을요?"

"오래 걸으려면 짐 되는 무거운 것들은 모두 버리고 가야 한다고 가르쳐 주신 것은 여 생도이시잖아요."

"그렇긴 하지만……"

그렇다.

약손이 옥향에게 야반도주의 첫 번째 법칙이라고 알려 준 진리. 발 부르트도록 산길 걷다가 멀쩡한 어깨마저 박살나고 싶지 않으면 무거운 짐은 모두 버리라고 당부한 것이 약손 본인이었다. 하지만 언제나 그렇듯 인생이란 게 이론처럼 쉽게 흘러가지는 않는 법.

"그렇기는 한데…… 제가 그렇게 말을 하긴 했는데……"

왕년에 장물 좀 만져 본 약손은 그 귀하다는 산호로 치장된 경대에서 쉬이 눈을 떼지 못했다. 모르긴 몰라도 이 정도 수준의 경대라면 웬만한 정승 댁 부인들 집에서나 볼 수 있었다. 그마저도 아깝다고 쓰지 못해 궤짝 깊숙한 곳에 숨겨 두고 보는 귀품 중의 귀품.

"이거 정말 두고 가시게요?"

"그럼요. 선도 나리도 그렇고, 저도 그렇고…… 그 무거운 짐을 지고 도망갈 자신은 없어요."

이런 나약한 사람! 만약에 나였다면 어깨 빠지는 한이 있더라도 이 경대는 반드시 챙겨 갈 텐데…… 이런 산호장은 돈이 아무리 많다 해도 쉬이 구할 수가 없는 것인데…….

방 안을 꼭꼭 채우고 있는 화려한 세간은 물론이었고, 옥향이 가진 물건들은 아주 얇은 실가락지 하나조차 허투루인 것이 없었다. 약손이 보기에는 절대 버릴 수도, 포기할 수도 없는 물건뿐이었다.

하지만 옥향은 그따위 물건에는 조금도 미련 두지 않았다. 약손의 조언대로 저에게 꼭 필요한 것이 아니라면 과감하게 버리기로 결단 내렸다.

"하면 무현금無絃琴은 두고 가십니까? 이런 건 신년마다 들어오는 명나라 상인한테 팔면 엄청난 큰돈을 만질 수 있습니다. 명나라 사람들이 특히 조선에서 만든 현금에 환장해 가지고……."

"저와 선도 나리는 명나라 상인과 흥정해 본 적이 없어요. 그리 큰돈 받아 낼 배짱도, 자신도 없구요."

"……그러네요."

하긴 명나라 상인들이 얼마나 약삭빠른데. 괜히 어쭙잖은 사람들이 대거리했다가는 뼛속까지 쪽쪽 빨리고 버려질 것이 분명했다. 딱 봐도 백년 이상의 오동나무 깎아 만든 현금이 무척 아깝기는 했지만 어쩔 수 없었다.

"그럼 이건요? 이런 남저고리는 돈 좀 있는 대가 댁 부인한테 팔면 한몫 쏠쏠히 챙길 수 있는데. 아휴, 소매끝동에 넣은 금선 金線 솜씨 정교한 것 좀 봐……."

"저고리는 이미 충분히 차고 넘칩니다. 더 챙기면 과욕이고, 행여 부족하면 나중에 새로 한 벌 사는 것이 나아요."

오호라. 이제 보니 옥향은 엄청나게 야무지고 똑 부러지는 여인이었다. 재물에 눈이 멀어 이성 잃은 약손과 다르게 저가 챙겨야 할 것, 버려야 할 것을 차분하게 골라 낼 줄 알았다. 어쩐지 자칭타칭 야반도주 장인 약손과 옥향의 역할이 바뀐 것만 같았다. 약손은 그 후로도 한참 동안 방 곳곳을 뒤지며,

"금팔찌를 두고 가기에는 너무나도 아까운데……."

"이 호박 귀걸이만큼은 제발 가져가세요. 색 고운 것 좀 봐."

"맙소사! 이 침향은 점성국(占婆王: 베트남)에서 들인 것이지요? 산삼보다 귀해서 품에 지니면 오백 년을 산다던데……."

옥향의 침농은 귀물이 끝도 없이 쏟아지는 화수분 단지 같았다. 옥향이 버리는 물건이 많아지면 많아질수록 약손은 그게 아까워서 덩달아 심란해졌다. 그러니까 옥향은 정선도와 도망치기 위해서 이 모든 걸 다 버린다는 말이지? 천년의 사랑이 따로 없네. 대체 사랑이 무엇이기에 사람을 이토록 바보 천치로 만들어? 물욕 하나 없는 열반에 오른 부처님 같아질 수 있어?

제 기준으로는 도저히 납득할 수 없는 일이었다. 약손이 거의 반포기 상태가 되어 방 한가운데 주저앉았다.

"휴……"

하여간 사랑이 사람을 망친다. 사랑이 사람을 못 쓰게 만들고, 신세를 박살 내. 둘이 연모하지만 않았으면 옥향은 나름 홍윤성의 첩이 되어 한평생 등 따습고 배부르게 살 텐데. 정선도는 정선도 나름대로 훌륭한 역관되어 나라 녹봉 받아먹으며 안락하게 살 텐데. 폭폭 한숨 내쉬는 약손의 숨소리가 커졌다. 고작 사랑 때문에 신세 조지려는 너네 둘은 정말 한심하고 어리석다, 라는 뜻이 다분했다.

한참 짐 챙기던 옥향이 그런 약손을 보며 품 웃음을 터뜨렸다.

"왜요? 제가 답답하고 한심하세요? 부귀공명 다 버리고 도망치는 모습이 꼭 바보 천치 같아요?"

"아, 아니 그게 아니라……!"

속마음 간파당한 약손이 애써 고개를 저으며 아닌 척을 했다. 흠흠, 어흠어흠. 약손의 기침 소리는 누가 들어도 어색하고 부자연스러웠다.

옥향이 치마저고리를 손바닥으로 싹싹 문질러 접었다. 최대한 부피를 줄이고 등짐을 가뿐하게 질 수 있는 비법은 약손이 가르쳐 준 방법 중 하나였다. 온갖 금라 비단 다 버리고 단출한 치맛장만 가져가는 주제에 미련조차 찾아볼 수 없는 손길은 가뿐하기만 했다.

"아직 여 생도께서는 진정한 사랑을 해본 적이 없어 제 마음을 잘 모르시지요."

"!"

아닌데? 아닌데? 내가 저잣거리 다닐 때 주모들이며, 아낙들이며 멋있다고 나 따라다니고 그랬는데? 물론 내가 사정이 있어 그녀들에게 차마 마음 주지는 못하였지만…… 아무튼 나도 나름 몰래몰래 속정 품었던 늠름한 사내가 있었는데?

다만 술 진탕 마시고, 그 사내한테 사실 내가 너를 좋아하는 것 같다고, 오다가다 네 얼굴 몇 번 봤는데 좀 멋있는 것 같다고 진상 부리면서 속마음 고백하는 바람에 미친 자식이라 한평생 들을 욕을 그때 다 듣기는 했지만…….

아무튼 나도 진정한 사랑 해본 적 있는데? 왜인지는 모르겠지만 약손은 옥향 앞에서 자꾸만 세상 물정 모르는 어린애가 되는 기분이었다.

천하의 여약손이 이렇게 얕보일 수는 없어! 약손은 저도 나름 대로 가슴 시린 천년의 사랑 해본 적 있다며 엄숙한 표정을 지어 보였다. 하지만 옥향은 영 믿지 않는 눈치였다.

"그렇다면 여 생도께서 하신 사랑이란 게 진정한 사랑은 아닐 겝니다."

"진정한 사랑 맞는데?"

"두고 보셔요. 언젠가 여 생도에게 진정한 정인이 나타나면 금 은보화 다 버리고 도망치는 백치 같은 제 마음이 십분 이해되실 거예요."

"그…… 그럴까요?"

"그렇다마다요."

옥향이 여부가 있겠냐며 고개를 끄덕였다. 그 말 들으니까 약 손은 갑자기 마음 한구석이 간지러워지는 기분이 들었다.

이팔청춘이 괜히 이팔청춘이 아니었다.

약손의 나이를 따져 보자면, 이팔청춘 시절이라. 지금 약손 또 래의 여인들은 대부분 부모님이 정해준 혼처에 따라 혼인하고,

아이 낳고 살 때였다.

어쩌면 약손도 사내 노릇하지 않았더라면 칠봉이 소개해 준 사내 만나 오늘 뭐 먹을지 반찬 걱정하고, 밤에는 촛불 앞에서 남편 옷 기우고, 아기들 재우며 살고 있을지도 몰랐다. 뭐, 지금처럼 전국 떠돌며 다른 여인들이 쉬이 하지 못하는 일 제약 없이 누리며 사는 것에 대해 불만이 있는 것은 아니지만.

그렇지만…….

하지만 나도 정말 다른 여인들처럼 혼인하고, 아기 낳고, 남편이랑 사랑하며 사는 날이 올까? 옥향처럼 돈도, 명예도, 온갖 부귀공명 다 버리고 도망갈 수 있을 만큼 애틋한 정인이 나타날까? 그런 날이 내게도 올까?

약손이 가만히 생각에 잠겼지만 아무리 상상해 봐도 그런 사람은 나타날지 않을 것 같았다. 아직 누군가를 진정 사랑해 본 적도, 열렬히 마음에 품어 본 적도 없는 약손에게는 그야말로 꿈 같은 이야기. 저 어디 먼 나라에 황금이 물처럼 흐른다는 설화처럼 아득하게 느껴지기만 했다. 그리고 약손은 누구보다 제 자신을 잘 안다고 자부하는 사람이었다. 약손이 설레설레 고개를 저었다. 만약에, 옥향의 말대로 아주 만약에 운 좋게 사랑하는 사람이 생긴다 해도, 바라만 봐도 애틋한 마음 샘솟는 정인이 나타난다 해도…….

"아니요. 저는 사랑 말고 재물을 선택할 거예요. 저는 제가 잘 알아요. 저는 값진 보물 때문에 정인을 배신 안 하면 다행인 사람인 걸요?"

"그렇습니까?"

"그럼요!"

약손은 재물과 사랑, 부귀공명과 정인 중에 망설임 없이 재물을 선택하는 제 모습을 상상하며 뿌듯해했다.

암, 사랑이 밥 먹여 주나? 정인이 내 인생 책임져 주는 것도 아닌데. 당장 오늘 먹을 밥 한술이 없는데 펵이나 애틋한 마음이 샘솟아 나겠네. 재물 없으면 님도 사랑도 다 필요 없는 법이지!

사랑은 필수가 아니라 선택이라고!

약손은 무척이나 주체적인 자신의 모습에 깊은 감명 받은 채로 끼룩끼룩 웃음을 터뜨렸다. 다만 옥향은 그런 약손을 보며 해 줄 말이 많았지만, 특히 '저 또한 선도 나리를 만나기 전까지 여생도와 같은 마음, 같은 뜻이었답니다.'라고 말해 주고 싶었지만, 지금 백 번 천 번 말해 봤자 전혀 소용없다는 것을 누구보다 잘 알기에 그저 웃기만 할 뿐이었다.

"그러하면 이 짐은 보름날에······."

옥향이 약손에게 뭔가를 얘기하려 할 때였다. 바깥이 부산스러웠다. 몸종이 황급히 뛰어와 옥향에게 말을 전했다.

"옥향 아가씨, 홍윤성 나리께서 오셨습니다. 오늘 밤 아가씨의 거문고 연주를 듣겠노라고······."

"뭐야?"

"뭐라고요?"

그 말 한마디에 옥향과 약손, 둘이 소스라치게 놀랐다. 약손은 저가 긴치마 입었다는 사실 깜빡하고 평소처럼 벌떡 일어서다가 치맛단을 밟아 뒤로 자빠졌다. 다행히 옥향이 재빨리 약손의 손을 잡아 주어 뒤통수가 깨지는 일만은 면했다. 뒤이어 조방꾼이 다급하게 달려와 사색이 된 얼굴로 약손을 바라봤다.

"빨리 나오십시오! 홍윤성 나리께서 오고 계시니! 내가 지금 애들 시켜서 잠깐 붙잡아 놓으라고 하긴 했는데······ 어서, 어서 나오십시오!"

평양 기생 사월이고 나발이고, 홍윤성은 낙월지에 아무도 들이지 말고 혼인날까지는 옥향이 저 외의 다른 사람 말고는 일절 만나지 말라는 분부를 내린 터였다.

약손의 출입은 그저 사월이 미모에 홀려 버린 조방꾼의 임의적 허락이기에, 홍윤성 그자의 망나니 같은 성격을 짐작해 볼 때, 약손이 쥐새끼처럼 몰래 낙월지 드나든 것이 알려지면 예원각이 뒤집어지는 것은 시간문제였다.

"뭘 꾸물댑니까? 당장 이곳을 빠져나가야 한다니까!"

조방꾼이 다급한 얼굴로 손짓했다.

"김 서방, 낙월지 후원 우물 뒷길 알지? 그쪽으로 내보내세요."

"알겠네."

옥향이 조방꾼에게 약손이 빠져나갈 길을 알려 주었다. 여태껏 낙월지를 드나든 와중에 홍윤성을 딱 마주한 것은 이번이 처음이었다. 당황한 약손이 어버버 조방꾼의 뒤를 쫓아나갔다.

"하면, 보름날 뵙겠습니다."

"예. 그때 다시 봬요."

약손이 재빨리 옥향의 방을 빠져나갔다. 곧이어 간발의 차이로 홍윤성이 들어왔다. 낙월지가 떠나가라 호탕하게 웃어젖히는 사내의 웃음소리가 메아리처럼 퍼졌다.

"으핫핫핫! 옥향아, 어디 있느냐? 하나밖에 없는 네 서방님께서 오셨다! 버선발로 뛰쳐나와 맞이하거라!"

그 우렁찬 목소리에 약손은 저도 모르게 힐끗 고개를 돌렸다. 창문 너머로 홍윤성이 분명한, 누가 봐도 홍윤성이 확실한 사내 얼굴이 보였다. 두 볼은 술독 올라 시뻘겋고, 꼬불꼬불 수염은 얼굴의 절반을 뒤덮었고. 그럼에도 불구하고 뒤룩뒤룩 찐 살 때문에 턱은 세 겹, 네 겹으로 접혔다. 얼굴에 좔좔 흐르는 개기름 때문에 비위 약한 약손은 그만 오웩오웩 구토를 할 지경이었다.

옆에 가까이 다가가면 땀 냄새, 꼬릿한 발 냄새, 정체 모를 쉰 냄새가 풍길 것만 같은 사내.

"으…… 정말 싫어. 내가 제일 싫어하는 관상이야."

저런 사람이랑 한 이불 덮고 평생 살아야 한다면 아무리 재물에 눈먼 나라도 전 재산 다 버리고 도망친다. 자고로 전국의 주막 주모들이 한마음 한뜻으로 이르길 어차피 사내는 다 거기서 거기라 그나마 얼굴이라도 잘생겨야 평생 데리고 살아 줄까 말까랬어.

첫 번째로 제일 먼저 으뜸으로 따져야 하는 게 얼굴, 그다음이 늠름한 몸뚱이, 그다음이 마누라 마음 단단히 휘어잡을 밤일 수준이랬던가? 아, 맞다! 젊었을 때 암만 잘생겼어도 나이 들면서 관리 못 해 배 나오고 얼굴 흘러내리면 그것도 아무짝에 소용없다 그랬지!

아무튼지 홍윤성 저자의 낯짝은 사내들의 필수 조건인 얼굴부터 아니었다. 어쩌면 옥향은 홍윤성의 눈 뜨고는 못 봐줄 얼굴 때문에 도망치는 걸 수도?

약손은 이제야 야반도주하려는 옥향의 마음이 약간은 이해됐다.

"우물가 길 따라서 쭉 나가면 뒷문이 나옵니다. 예원각 후문이라서 사람들이 잘 드나들지 않지요."

"감사합니다."

조방꾼의 뒤를 따라 걸으며 약손이 답했다. 약손은 그냥 의례히 한 말인데 순식간에 조방꾼의 얼굴이 시뻘겋게 달아올랐다. 심지어 사레가 들렸는지 콜록콜록 기침을 터뜨리기까지 했다.

이 인간 왜 이래? 뭘 잘못 먹었어?

약손은 피 토할 듯 기침하는 조방꾼이 안쓰러워 기침 멈추게 하는 혈 자리라도 짚어 줄까 하다가 이내 지금 자신은 의학 생도 여약손이 아니라 평양 기생 사월이라는 것을 자각하고는 꾹 참았다.

"이런 말씀 정말 많이 들으셨겠지만…… 정말…… 정말 아름다우시고……."

"……예?"

"항간에 평양 기생 사월이는 소문만 과장될 뿐이고, 실은 예기도 뛰어나지 않고, 미모도 그저 그렇다고 헐뜯는 미친 자들이 있겠지만……."

"예에?"

"하지만 저는 언제나 사월 님을 응원하고…… 따르고…… 내딛는 걸음 한 걸음 한 걸음이 꽃길 될 수 있도록 미천한 제가……."

이자가 지금 대체 뭐라고 씨불이는 거야? 약손이 손가락으로 귀를 후벼 팠다. 하지만 눈치 없는 조방꾼은 여전히 사월 님은 꽃길만 걸으시옵고, 저는 빛나는 사월 님을 위해 어둠을 자처하겠나이다…… 따위의 뜻 모를 염불만 달달 외웠다.

그때였다.

불현듯 옥향의 방에서 추상같은 목소리가 들렸다.

"감히 누가 다녀간 거야? 어떤 쥐새끼 같은 놈이? 당장 그놈을 데려오지 못해?"

쩌렁쩌렁 잔뜩 분기탱천한 홍윤성의 사자후가 터졌다. 흐익! 약손의 얼굴은 사색이 됐다.

서둘러 도망친다고 도망쳤는데 저 귀신같은 인간! 어떻게 저가 다녀간 것을 알았는지 모르겠다. 덕분에 약손을 향한 조방꾼의 염불도 끝이 났다. 조방꾼이 황급히 약손의 등을 밀었다.

"이 길을 따라가세요! 어서 가세요! 홍윤성 나리가 어떤 분인데. 절대 그냥 넘어가지 않을 겁니다!"

예. 얼굴만 봐도 그냥 넘어가지 않을 사람이라는 걸 짐작하고도 남겠더라고요! 홍윤성한테 잡히면 그야말로 대형사고! 속수무책으로 일이 커질 것이 분명했다. 하여 약손은 이런 상황에서 저가 제일 잘하는 으뜸의 처세술을 선보이기로 했다. 그 처세술이란 바로 병법서의 대가 손무가 지론한 삼십육계 줄행랑!

"하면, 다음에 또 봅시다!"

청화색 치맛자락 종아리까지 걷어 올린 약손이 냅다 뒷길로 뛰었다. 달음박질 실력이 어찌나 훌륭하든지 조방꾼이 정신 차리고 돌아봤을 때는 이미 저 멀리 사라진 지 오래였다.

우리 사월 님…… 꽃길만 걸어야 되는데. 조방꾼이 비장한 얼굴로 사월, 아니 약손이 도망간 길을 사수했다.

흔히 불교에서 이르길, 사람이 죽고 나면 49일 동안 생전에 지은 죄를 명부왕에게 심판받는다고 했다. 죄의 질과 종류에 따라 각기 여덟 개의 지옥에 가게 되는데, 그것이 바로 흔히 말하는 팔열지옥八熱地獄이더라.

쇠몽둥이로 억겁의 세월 동안 두드려 맞기, 커다란 솥단지 안에 사람 넣어 두고 방앗간 떡 찌듯이 쪄 버리기, 철퇴로 입 찢기, 펄펄 끓는 구리 물 마시기…… 지옥에서 받는 극형이란 하나같이 엄청나게 끔찍하고 악독한 형벌뿐이었다.

이래서 사람은 착하게 살아야 된다니까? 내가 못되고 박하게 살면 나중에 지옥 가서 형벌로 되갚아야 해. 팔열탕에 끌려가지 않기 위해서라도 선량하게 살아야만 해. 부처님께서 다 내려다보고 계시니까…….

하여 동재는 저가 삭발식만 안 했을 뿐이지, 거의 불자와 다름 없는 삶을 살고 있다고 자부했다. 뿐만 아니라 계절별로, 절기별로 저가 다니는 절에 시주를 듬뿍듬뿍 올리며 내세를 대비했다. 이렇게 착하게 산 나니까 팔열지옥에 끌려가는 일은 절대 없을 거야!

하지만 그 생각이 틀려도 단단히 틀렸나 보다.

누군가 말했지. 지옥은 따로 있는 게 아니라 지금 내가 발 딛고 사는 이 세상이 등활等活이고, 흑승黑繩이고, 무간無間이라고.

그게 무슨 개 풀 뜯어 먹는 소리인가 했더니 이제야 그 참뜻을 알겠다. 이마를 탁 칠 정도로 이해했다.

바짝바짝 피 마르는 지금 순간이 지옥이 아니라면 대체 무엇이란 말인가?

동재는 시시각각 저를 엄습해 오는 두려움 때문에 숨도 못 쉴 지경이었다. 뭐라 말도 못 한 채 그저 나 죽었소, 바짝 엎드려 몸 사려야만 했다. 다만 동재가 팔열 한복판에 떨어지기라도 한 것처럼 잔뜩 겁먹은 것과는 정반대로 낮처럼 환하게 불 밝힌 주변 만큼은 잔치 벌어진 장터처럼 와자지껄 소란스러웠다.

"이리 오너라!"

호기롭게 외치는 사내들의 쩌렁한 목소리.

"나리, 왜 오늘에서야 오셨습니까? 소첩, 목 빠지는 줄 알았사옵니다."

간드러지다 못해 줄줄 녹아 흐를 것만 같은 여인네들의 웃음 소리.

사내가 여인네 묘하게 바라보고, 기생들이 향긋한 분내 폴폴 풍겨 대며 야릇하고 묘한 기류 잔뜩 뒤섞인 이 공간은 다름 아닌 한양 최고의 기방으로 손꼽히는 예원각.

하지만 모두 다 저 멀리 떨어진 별세계의 이야기 같았다. 저들이 즐겁게 웃고 까불며 정분이 나든지 말든지, 동재와는 영영 상관없는 얘기 같았다.

"풍휘야……"

동재가 힐끗 고개를 들어 주변을 살폈다. 어쨌든 주상 전하께서 잠행潛幸 중이시니까 동재 눈에 보이지는 않아도 주변 곳곳에 내금위에서 뽑아온 호위들이 있을 것이다. 호위뿐이랴. 혼자서 군사 백 명은 능히 베고도 남는 일당백 풍운우 삼형제도 있을 것이다.

뭐, 내금위 호위들은 그렇다 치자. 그들은 전하께서 거추장스러운 거 딱 질색이니까 최대한 눈에 띄지 말고 알아서 몸 숨기라 명을 내리셨다.

하지만 풍운우 애들은 다르다. 전하의 동무인 척, 몸종인 척, 그냥 함께 외출 나온 무리인 척 전하의 곁에 가까이 머물러도 무방했다. 동재가 워낙 착하고 허물없는 성격이라 일일이 따지지 않아 그렇지, 원래는 그렇게 하는 것이 정석이고 법도이고 마땅한 경우다.

하지만 이놈의 자식들, 눈치는 엄청나게 빨라 가지고 전하의 심기 흉흉하니까 머리카락 한 올도 보여 주지 않는다. 아예 그림자도 내비치지 않는다. 그래, 전하 지키라고 무술 가르쳐 놨더니만 요딴 숨바꼭질에나 실력 발휘를 하겠단 말이지?

동재가 몇 번이나 '풍휘야! 운휘야! 우휘야!' 간곡하게 불렀지만 그들은 조금도 들은 척하지 않았다.

'망할 인간들…… 너넨 궐에 가서 다시 보자.'

홀로 남은 동재가 아드득 입술을 깨물었다.

저 멀리 홀로 예원각 주변을 서성이는 주상 전하의 뒷모습이 보였다. 얼핏 보면 그저 깊은 사색에 잠긴 듯 무심해 보였지만, 아니! 주상 전하 심기 백이면 백, 척하면 척 읽는 동재는 주상 전하 주변으로 활활 타오르는 시뻘건 불꽃을 분명히 봤다. 똑똑히 느꼈다.

이건 환영이 아니야! 허깨비가 아니야!

이유의 주변으로 솟아오르는 불꽃은 아주 작은 불씨 하나만으로도 이 세상 전부를 태워 버린다는 겁화, 초열지옥焦熱地獄의 끔찍한 불길이었다.

"모란이 이리 와서 내 품에 안겨 보련? 오늘 밤 만경대 구름 헤치며 단둘이서만 원 없이 놀아 볼까?"

"아이참, 나리! 조강지처 부인님 규방에 두고 예서 밤을 새우면 어쩌십니까? 괜히 소녀 때문에 소박맞지 말고 새벽이슬이라도 밟고 댁에 돌아가셔요."

"모란은 내가 그립지 않았나 보지? 두고두고 보고 싶지 않았나 보지? 널 위해 옥지환을 깎아 왔건만……!"

"어머낫! 이건 제가 갖고 싶다고 노래노래를 부른 옥가락지?"

"어떠냐? 이래도 나를 차가운 새벽이슬 맞고 돌아가게 둘 테냐?"

"아잇, 가시긴 어딜! 사창紗窓에 해 비출 때까지 나리랑 나랑 단둘이서……."

기생이 무언가 소곤소곤 작은 목소리로 속삭였다. 예원각 담을 타고 들려오는 소리라서 뭐라고 떠드는지 뒷말은 잘 들리지 않았다. 하지만 안 봐도 뻔하다. 듣지 않아도 알겠다.

사창에 해 들어찰 때까지, 나리랑 나랑, 단둘이서만, 이렁이렁, 저렁저렁, 다정하게 배 맞추고…….

예원각 담장을 하염없이 걷고 또 걷던 이유가 감히 입에 담을 수도 없는 기생 음담패설에 번쩍 고개를 들었다.

저, 저, 저! 채신머리없는 계집 같으니! 헤픈 사내!

뭐, 뭐, 뭐? 단둘이서만? 다정하게, 뭐?

뭘 맞춰?

뒷목이 뻐근할 정도로 열이 올랐다. 어차피 모란이는 저를 찾아와 기꺼이 옥반지 선물해 준 손님에게만 은밀히 전한 말이지만 그게 영 남 일처럼 느껴지지 않았다. 예원각이 한양 최고의 기방이랬으니까 한양에서 최고로 예쁜 기생들 많고, 최고로 맛있는 음식도 많고, 덩달아 술도 많으리라는 것쯤은 이유도 잘 알았다.

당연히 한양 최고 수준의 음습함, 퇴폐함은 어느 정도 각오했다. 하지만 아무리 굳게굳게 마음 다잡아 봐도 이렇게 실제로 목격하니까 또 얘기가 달라진다. 이유의 얼굴에 울긋불긋 열불이 뻗쳤다.

담장 너머에서 들린 사내의 목소리가 걸걸하고 묵직한 게 여약손이 아니라는 것쯤은 잘 알겠지만, 이미 이유의 머릿속에서 모란이와 희희낙락거리는 사내의 얼굴은 그 누구도 아닌 여약손이다.

"그래, 모란아! 오늘 우리 단둘이서만 손도 잡고, 발목도 잡고, 그리고 또……."

"배요! 배! 우리, 배 맞추기로 했잖아!"

"그래, 맞다! 네 말이 다 맞아. 암수 서로 정답게 꾀꼬리처럼 지저귀며 사창에 햇빛 들 때까지 원 없이 배 맞춰 보자꾸나?"

허허, 속없이 웃는 여약손이 모란의 양 볼에 쪽쪽 입도 맞춰 줬다. 생도복 품 안에 고이 가져온 옥지환은 모란이 네 번째 손가락에 쏙 끼워 주고.

"역시, 여약손 나리가 최고야!"

입맞춤 받고 옥지환도 받은 모란이가 까르르 웃음을 터뜨렸다.

여약손 저 미친 인간. 지조 없는 인간. 기생들이 하하 호호 웃어 주니까 그게 진짜로 저를 연모하기라도 해서 그런 줄 아는 모양이지? 저가 정말로 모란이의 서방이라도 되는 줄 아는 모양이지? 아니? 천만의 말씀! 만만의 콩떡이다!

쟤네는 저 찾아오는 손님한테는 다 서방님이라고 부른다. 한양에서 모란이 서방이 누구냐고 물으면 너도나도 손들며 달려들 것이다!

이유의 주먹 아래에서 곱게 차려입고 나온 쑥색 철릭이 화드득 구겨졌다. 덕분에 어침장이 철릭 소매에 정성 다해 박아 놓은 편복(蝙蝠: 박쥐) 수가 형편없이 망가졌다.

예로부터 박쥐는 이리저리 옮겨 다녀 간신에 비유 당하곤 했지만, 예외적으로 상의원에서는 악귀를 퇴멸하는 천둥 번개라고 여겨 임금의 잠행복에는 반드시 박쥐 모양을 수놓았다. 주상 전하께서 부디 아무 일 없고, 무탈하게 잠행 마치고 환궁하시라는 의미였다.

이유의 등 뒤로 노을 지던 쪽빛 하늘이 점점 더 어두워졌다. 늦어도 유시(酉時: 오후 5시~7시)까지는 들르겠다고, 엄청나게 귀하고 높으신 분이 찾아갈 터이니 예원각에서 최고로 넓고, 최고로 좋은 자리를 맡아 둔 동재의 당부가 전부 소용없어졌다.

어느덧 시간은 술시(戌時: 오후 7시~9시)를 향해 달려가고 있었다. 하지만 이유는 여전히 시간 흐르는 것도 모두 잊은 채 예원각의 담장만 맴맴 돌았다.

누가 보면 저 사내는 한평생 여인네 치마폭은 만져 보지도 못한 덜떨어진 샌님이라고 욕할지도 모르겠다. 하지만 어쩔 수 없었다.

홍등 청등 사이좋게 걸어 놓은 예원각의 대문이 위풍당당했다. 돈 가진 사내라면 누구나 쉬이 걸음 할 수 있었지만 이유가 여전히 그 안으로 걸음 하지 못하고 망설이는 까닭은 단 하나.

"……."

저 안에 들어가면 정말로 여약손이 있을 것만 같아서.

뽀얗게 분칠한 모란이랑 초선을 양 품에 하나씩 꼭꼭 앉혀 두고 술이며 떡이며 날름날름 받아먹고 있을 것 같아서.

솔직히 이런 말까지는 안 하고 싶지만 여약손 그자가 남 등쳐 먹는 데는 도사일지 몰라도 상열지사에는 좀 젬병인 것 같던데. 아마 얼마 안 되는 생도 녹봉 전부를 기생 주머니에 탈탈 꼴아 박고 있는 것이 분명할 터였다.

그래, 어차피 제 재산이고 제 돈이니까 투전으로 날리든, 계집질로 날리든 이유와는 하등 상관없는 일이지만 그래도…….

다른 사람은 몰라도 여약손 네가 여인들 틈바구니에 앉아 있는 꼴은 영 못 보겠어.

기생들이 널 놀리는 줄도 모르고 여인네들 손짓 하나에 행여 가슴 떨려 할까 봐 겁이 나. 아니, 내가 뭐 다른 연유가 있어 남 일에 오지랖 떠는 건 아니고, 난 그냥…… 그냥…….

이유는 혼자 이런저런 온갖 청승 떠느라 저가 예원각 담 따라 어디까지 걸어왔는지도 깨닫지 못했다. 별천지 같은 대문과 점점 더 멀어지니까 담 곳곳에 걸려 있는 홍등의 불빛도 띄엄띄엄 약하게 사그라졌다. 하하하 호호호 까르륵! 쉼 없이 터지던 웃음소리도 메아리처럼 작게 들리기만 했다.

나는 그냥…….

이유가 깊은 생각에 잠겨 있을 때였다. 불현듯 불빛 하나 없는 예원각 담 너머에서 '스사삭!' 사람의 인기척이 들렸다. 기방 안에서 아무 생각 없이 짤고 까불고 놀던 손님들의 기척이 아니라는 것쯤은 이유도 단번에 직감할 수 있었다. 분명 저의 존재를 지우고, 발소리를 내지 않기 위해 애써 노력하는 소리. 방금 전까지만 해도 여약손 너 진짜 미친 사람, 지조 없는 사람, 호구 멍청이라고 욕하던 생각들이 순식간에 달아났다.

들판에서 한평생을 먹고 자란 예민한 동물처럼 이유의 눈매가 순식간에 기민해졌다. 등 근육이 팽팽하게 당겨졌고 철릭 아래에 감싼 팔뚝 마디마디에 시퍼런 핏줄이 절로 섰다. 아마도 주상 전하의 주위를 맴맴 도는 낯선 자의 흔적을 느낀 것은 호위와 풍운우도 마찬가지이리라.

설마, 자객인가?

오늘 잠행은 갑작스럽게 이루어진 것이라 동재를 비롯한 몇몇을 제외하고는 아무도 알지 못하는 일인데?

이유의 신경이 곤두섰다.

누가 보냈는지는 잘 모르지만 저따위 허술한 실력으로 감히 누구의 목숨을 노려? 한심하기 짝이 없는 자객은 저의 정체를 들켰는지도 모르고 담 너머에서 한 발 한 발 자리를 옮기기 시작했다. 낭창하게 늘어진 버드나무 사이로 스스슥 사람의 그림자가 보인 것도 같았다.

감히 지존의 목숨을 노리려한 공이 가상하도다!

그렇다면 내 직접 맞아 주지!

주변에 널리고 널린 게 호위고, 요즘 달리 하는 일도 없이 밥만 축내는 풍운우가 있는데 왜 애먼 주상 전하께서 나서고 그러시냐, 동재가 들으면 기함하고도 남을 생각이었다. 하지만 이유는 조금의 망설임도 없었다. 이유가 자객의 기척을 따라 몸을 움직였다.

곧 담 너머의 자객이 훌쩍 담 위로 몸을 들어 올리는 소리가 들렸다. 그는 이유의 앞에 바람처럼 나타나 벌처럼 잽싼 몸짓으로 칼끝을 겨눌 것이 분명……

한데 어쩐지 이유가 마음속에서 예상한 자객의 동선이 전혀 맞아떨어지지 않았다. 주변 인적 드물고, 도와 달라 소리쳐도 들을 사람이 없어 이유를 암살하기 딱 좋은 지금 이 순간, 자객은 한시라도 빨리 검을 겨눠 제 할 일 마치고 떠나야 하건만 아직도 이유의 앞에 제 모습을 드러내지 못했다. 호기롭게 검을 뽑아 이유를 위협하기는커녕 그는 담 너머에서 여즉 폴짝폴짝 뜀박질하느라 바쁠 뿐이었다.

뭐, 저런 덜떨어진 자객이 다 있어?

이유가 갸웃 고개를 젖혔다. 이내 깜깜한 담 너머에서 걸걸한 욕설이 들려왔다.

"이런 지랄 방구 쌈 싸먹을 경우를 보았나…… 재수 없는 놈은 뒤로 자빠져도 코가 깨진다더니……"

"?"

"염병 환장 돌아 버리겠네. 뒷문으로 나가면 된다더니만 문이 잠겨 열리지도 않고……. 아! 이놈의 담벼락은 왜 이렇게 높고 난리야? 하등 쓸모없어!"

이제 자객은 제 성질 못 이겨서 애먼 담벼락을 쾅쾅 발로 차는 중이었다. 저의 사나운 운수를 탓하는 욕지기가 어찌나 찰떡 같은지 몰랐다. 이유는 그저 담 아래에 서서 약간 얼떨떨한 얼굴로 그 욕을 고스란히 듣기만 했다.

"내가 이런다고 못 나갈 줄 알고? 포기할 줄 알아? 두고 봐라. 내가 반드시 이 담을 넘어갈 테니!"

호기롭게 단언한 자객이 이내 어디론가 총총 사라졌다. 곧 뭔가 질질 끌려오는 소리가 어렴풋이 들렸다. 담이 쓰잘머리 없이 높다고 욕을 했으니 어쩌면 발돋움할 뭔가를 가져오는지도 모르겠다.

과연 이유의 생각이 옳았다.

자객은 정말로 디딤돌을 가져왔고, 몇 번을 낑낑 짐승 우는 소리를 내다가 이내 훌쩍, 저가 호언장담한 것처럼 담 위에 올라서는데 성공했다.

오, 대단하다! 저런 근성이라면 무엇을 시켜도 잘해 내겠어! 무인 섬에 귀양 보내도 뱀이랑 쥐 잡아 먹으며 걱정 없이 살아가겠어!

이유가 짝짝 내적 박수를 쳤다.

"으핫핫! 역시 나야!"

담 위에 선 자객이 혼자서 키득키득 기쁨의 웃음을 터뜨렸다.

아마도 어둠이 깊어 그러한가? 자객은 저에게 한 번 더 겪어야 할 시련이 있다는 것을 전혀 예상하지 못했다. 인간이란 존재가 이렇게 한 치 앞을 못 보고 아둔하다.

곧 자객이 웃음을 멈췄다.

"......"

담에서 내려오기 위해 아래를 내려다봤다. 하지만 보기만 해도 아찔하게 펼쳐진 높이 때문에 저가 언제 웃고 좋아했냐는 듯 질겁하며 뒤로 물러섰다.

"뭐야! 왜 이렇게 높아? 여기서 또 어떻게 뛰어내리라고!"

아주 산 넘어 산이었다. 홍윤성 패거리 피해서 겨우겨우 뒷길로 도망을 쳤더니, 웬걸. 조방꾼이 나가라고 일러 준 문은 무슨 연유 때문인지 굳게 잠겨 있었다. 그래도 문 잠겨 있다고 나 잡아먹으쇼, 속 편하게 있을 수는 없었다. 자고로 이가 없으면 잇몸으로 먹어야 하는 법. 문으로 못 나가면 담을 넘어가면 그만이었다. 여차저차 장 담가 놓은 항아리가 있기에 디딤돌 삼아 밟고 겨우겨우 올라섰더니만 아이고 머리야. 아찔한 높이의 담벼락 아래 때문에 다리가 절로 후들거렸다.

내가 저 아래로 뛰어내릴 수 있을까? 잠깐 상상을 해봤더니 등골에 오싹 소름만 돋을 뿐, 절대 할 수 없는 일이라는 걸 단박에 알겠다. 설상가상. 일이 정말 안 풀리려는 것인지 하필이면 입고 있는 치마 때문에 거동하기가 더욱 불편했다.

"대체 나보고 죽으라는 거야, 살라는 거야……."

저도 모르게 징징 불평이 터졌다. 옛날 설화 들어 보면 이럴 때 하늘님은 곤경에 빠진 주인공 구해 주려고 밧줄도 덥석덥석 잘만 내려 주시던데.

지금 약손 마음이 그랬다. 하늘님께서 튼튼한 동아줄 하나만 내려 주면 원이 없을 것 같았다. 그러면 나는 그 동아줄 타고 극락에 올라 천년만년 아무 근심 없이 살아갈 텐데……

하지만 설화가 왜 설화겠는가? 절대 일어날 수 있는 일이라서 설화였다. 하늘에서 동아줄이 내려오기는커녕, 약손은 그저 제 몸뚱이 하나 성하게 해달라고 빌고 또 비는 수밖에 없었다.

"잡아라! 저쪽에 사람이 있다!"

약손의 등 뒤에서 홍윤성 패거리의 목소리가 들렸다. 여기서 맹하니 앉아 있다가 저들에게 잡혀 멍석말이 당하든가, 뛰어내려서 그냥 다리 하나 부러지든가. 이래봬도 약손, 맷집이 좋아서 그깟 멍석말이쯤은 당하자면 얼마든지 당할 수는 있겠는데, 애석하게 지금 약손은 홀몸이 아니었다. 약손의 어깨 위에 정선도와 옥향, 둘의 목숨 또한 함께 달려 있었다.

일단, 홍윤성한테 잡히지 않아야 해! 그게 첫 번째야!

멍석말이 따위 무서워서가 아니라 내 등에 지운 두 목숨 때문에 뛰어내리련다! 약손이 굳게 마음먹었다. 그러고는 한 치의 망설임도 없이 몸을 앞으로 화악…….

"아니야! 못 하겠어! 못 뛰어내리겠어! 높아도 보통 높아야 뛰어내리지! 여기서 몸 날렸다가는 반병신될 게 분명해! 암! 그렇고말고! 여생을 팔푼이로 살 수는 없잖아!"

약손이 도리도리 고개를 저으며 물러섰다. 물론 그 순간에도 예원각 안에서는 '도망친 놈 잡아라! 놓치지 마라!' 사내들의 흉흉한 목소리가 들려왔다.

으악! 대체 나보고 어쩌라는 말이냐. 뒤에는 멍석말이, 앞에는 팔푼이의 길뿐이었다.

설마 저들에게 잡힌다 해도 날 죽이기야 하겠어? 계속 사월이인 척하면 조방꾼이 그랬던 것처럼 깜빡 속지 않을까? 담 아래 높이가 얼마나 까마득하든지 약손은 스스로를 합리화하기 시작했다.

하지만…….

"계집이든, 사내든 절대 사정 봐주지 마라! 반드시 내 앞에 데려와! 이놈, 감히 내 명을 어기고 쥐새끼처럼 낙월지를 드나들어? 본때를 보여 주겠어!"

분기탱천한 홍윤성의 사자후가 섬뜩했다.

"……."

망했어. 이제 난 완전히 끝났어. 아이고, 아부지…… 눈에 넣어도 안 아픈 약손이는 금덩이에 눈이 멀어 괜히 남 일 끼어들었다가 졸지에 멍석말이 당해 생을 마칩니다. 제가 꿍쳐 둔 금가락지랑 상약 생도 하며 받은 녹봉으로다가 누추한 집 한 채라도 장만하세요. 이제 아부지도 늙어서 떠돌아다니는 일은 그만하셔야 해요. 예전의 아부지가 아닙니다. 부디 투전으로 날리는 어리석은 짓은 하지 마시옵고……

약손이 흑흑 눈물을 훔쳤다.

등 뒤 후원에서는 홍윤성 패거리들이 쥐 잡듯이 수색하는 살벌한 인기척이 점점 가까워졌고, 절체절명 위기에서 가련한 약손을 구해 줄 하늘님의 동아줄은 내려올 기미가 전혀 없었다. 고개를 젖혀 까마득히 높은 하늘 올려다보던 약손은 깊은 한숨을 내쉬었다.

하늘님…… 정말 무정하십니다. 제가 뭘 그렇게 잘못했다고 이리 매정하게 구십니까?

약손이 훌쩍훌쩍 콧물을 들이마셨다.

그때였다.

원래 하늘님은 약손이가 호랑이한테 잡아먹힐 뻔한 오누이가 아닌 이상 동아줄도 내려 주지 않았고, 높았던 담벼락이 요술 부린 듯 갑자기 쑥 낮아지는 기가 막히고 코가 막힐 신묘한 조화를 일으키지는 않았다. 언제나 그렇듯 하늘님은 직접적으로 인간 세상에 관여하는 법이 없으셨으니까.

그 대신에 하늘님은,

—휘익

"……응? 뭐야?"

어둠 속에서 휘파람 소리가 들려왔다. 징징 울던 약손이 이게 무슨 일이야? 무슨 소리지? 빼꼼 눈을 뜨고 주위를 둘러봤다. 하지만 온통 깜깜하기만 할 뿐 주변에는 아무것도 보이지 않았다.

뭐야…… 나 지금 환청 들은 거야? 멍석말이 무서워서 허깨비한테 홀린 거야? 생의 마지막 순간이 이토록 원통하고 방통할 수가…… 나 여약손, 하늘님께 한 치의 부끄럼 없이 의연하게 죽음 맞이하는 모습 보여드리고 싶었는데…….

약손은 저가 잘못 들었다고 생각하고는 다시 꺼이꺼이 눈물을 쏟아 냈다.

하지만 그 순간 다시,

—휘이익!

휘파람 소리가 분명히! 똑똑히! 약손의 근처에서 들렸다. 맹세컨대 잘못 듣지 않았다. 진실로 사람이 입술 모아 불어 낸 휘파람 소리가 틀림없었다.

"누, 누구세요? 거기 누가 있습니까?"

설마 싶었지만, 그럴 리가 없다고 생각했지만, 그래도 밑져야 본전이었다. 만약 저 담 아래에 누가 있는 거라면 도움을 청해 볼 수도 있는 일이었다.

나를 그쪽에 멀쩡히 내려 주면 사례는 얼마든지 하겠어!

나를 붙잡아 줄 수 없겠냐고 흥정을 할 거야!

약손은 이미 담 아래에서 휘파람을 분 주인공에게 저를 살려만 주면 열 냥이든 백 냥이든 마음껏 퍼 줄 용의가 있었다. 그깟 백 냥이 문제랴? 내 목숨 값이라고 생각하면 한 푼도 아깝지 않았다.

"거기 누가 있다면 나 좀 도와주십시오. 이 담에서 내려갈 수 있도록 붙잡아 주십시오. 만약에 나를 도와주시기만 한다면……."

"……한다면?"

제 목숨 두고 흥정하는 약손의 목소리가 세상 간절했다. 다행인지 불행인지, 깜깜한 어둠 속에서 휘파람 분 주인공도 제 모습을 순순히 드러냈다.

큰 걸음으로 성큼 다가왔는지 진한 녹 빛의 비단을 덧댄 태사혜가 제일 먼저 쑥 보였다. 정강이 근처에 닿은 쑥색 철릭이 어둠 속에서 고고한 빛을 뿜냈다. 소매 배래선 아래로 보이는 손등에는 죽죽 시퍼렇게 핏줄이 돋아나 있었다. 태사혜 신은 발도 엄청 크고, 무릇 사내의 힘과 건강을 상징하는 핏줄도 굵직굵직하고. 누구인지는 몰라도 신체 발육 하나 만큼은 참으로 뛰어난 것 같은데, 어쩐지 그 모습이 낯이 익어······ 어둠 속의 태가 많이 본 듯도 해······.

누구지?

내가 저이를 어디서 봤던가?

약손이 저도 모르게 갸웃 고개를 젖히던 찰나, 마침내 어둠 속에서 남자의 얼굴이 드러났다.

처음에는 흑립에 가려져 긴가민가했지만 다부지게 잡고 힘차게 깎아 내린 듯한 턱선과 꽉 다문 입술, 이 세상 오복五福이란 오복은 전부 담은 듯한 큰 귀, 그리고······.

"너를 도와주면 내게 뭘 해줄 건데?"

시원하게 쭉쭉 뻗어 얼핏 보면 한없이 사납지만 웃을 때만큼은 엎어 놓은 반달처럼 다정하게 휘어지는 눈매가 약손을 똑바로 응시했다.

"아, 아니······! 어떻게······?"

제 앞에 나타난 장본인이 차마 두 눈으로 보고도 믿기 힘들어 약손의 눈이 왕방울만큼 커졌다. 남자는 저자에서 선량한 얼치기 재산 뺏는 불한당처럼 건들거리며 다가왔다.

내가 널 도와주면 내게 뭘 해줄 건데?

네까짓 게 과연 나한테 뭘 해줄 수 있는데? 응? 응?

입꼬리 삐죽 올라간 걸 보니 장난을 거는 듯도 한데 뭘 해줄 수 있냐고 묻는 목소리는 한없이 진지해서 영락없는 진심인 것 같기도 하고. 약손은 과연 지금 이 상황을 농으로 받아들여야 할 지, 진담으로 받아들여야 할지 영 갈피를 잡지 못했다. 하여 약손은 다 기어들어 가는 목소리로 제가 해줄 수 있는 것들을 더듬더듬 읊어야만 했다.

"……돈? 혹시 재물 필요하세요?"

"상약 생도 따위가 감히 내 앞에서 재물을 논해?"

……예, 저도 사실 말하면서도 민망했습니다. 그냥 혹시나 해서 던져본 말입니다.

"그럼, 뭐…… 집?"

"과인이 사는 궁보다 더 크고 좋은 걸 지어 준다면 받지."

"……칠보 가락지?"

이번엔 사내가 제 열 손가락을 활짝 펴보였다. 금가락지가 남부럽지 않게 끼워져 있었다.

"노리개!"

약손이 황급히 제 저고리에 찬 각향노리개를 내밀었다. 하지만 사내가 휙 걷어붙인 철릭 아래에는 정교하게 세공한 삼작노리개가 자랑스럽게 매달려 있었다.

"은장도! 호박 떨잠! 명나라 상인들 환장하는 산호 장식! 은약병! 용수초석(龍鬚草席: 골풀로 만든 돗자리)!"

심지어 약손은 명주 수십 필과 목화, 당주홍 함, 금단錦緞, 채단綵緞 따위를 주겠다며 흥정하기까지 했다. 어차피 제 능력으로는 구하지도 못할 사치품이지만 사내가 자꾸 그따위 것은 필요 없다 고개를 저으니까 될 대로 되라는 듯 아무 말이나 막 내뱉는 중이었다. 하지만 사내는 약손이 무슨 말을 하든 설레설레 고개를 젓기만 했다.

아니, 금을 줘도 싫대, 은을 줘도 싫대, 조선 땅에서 쉬이 구할 수 없는 명나라 도자기를 줘도 싫대…… 대체 나보고 뭘 어쩌라는 거야?

제 한목숨만 안 걸렸어도 이럴 거면 다 때려치우라고 벌컥 화를 냈을 터였다.

하지만 지금 이 순간 아쉬운 사람은 약손이었고…… 입장이 난처한 것도 약손 혼자뿐이었고…… 만약에라도 빈정 상한 남자가 횅하니 돌아서 가버리면 약손은 정말 망망대해 떠도는 나룻배가 되는 격이었다.

"그럼, 무엇을 해드리면 되는데요? 무엇이 갖고 싶으세요?"

그렇다. 돈도 싫다, 금도 싫다, 집도 싫다 약손의 제안을 다 물리친 사내의 정체는 다름 아닌 이 나라 조선의 으뜸 되시는 주상 전하시더라. 무릇 백성의 삶이 평안한지 곤궁한지 살펴봐야한다는 핑계로 잠행을 나온 이유더라.

"주상 전하, 말씀을 좀 해보세요. 전하께서는 무엇을 원하시는데요?"

약손이 다 죽어 가는 해쓱한 얼굴로 되물었다. 아찔한 아래를 연신 내려다보느라 눈앞은 핑핑 돌았다.

"내가 원하는 건 말이야……"

"예. 무엇이든 말만 하세요."

사실은 그냥 약손을 골려 주고 싶었던 건데, 시간이 가면 갈수록 약손의 얼굴이 핏기 하나 없이 창백해졌다. 그 꼴을 보니까 이유도 덩달아 마음이 좀 그래졌다. 아니, 난 그냥 너를 놀리고 싶어서. 조금만 장난치고 싶어서…….

"예? 제가 무엇을 해드리면 됩니까?"

약손이 닦달했다. 담 위에 올려놓은 약손의 종아리가 달랑거리며 흔들리는지 깊은 곳의 바닷물 닮은 청화색 치맛자락이 나부꼈다.

"음…… 네가 과인에게 해줄 것은……."

그것은 말이지…….

이유가 물끄러미 약손을 바라봤다. 맨날 키 작은 약손을 위에서 내려다봤을 뿐, 더군다나 제 앞에서 고개 조아린 약손의 동글동글한 정수리만 봐 왔을 뿐, 이유가 누군가를 보기 위해 손수 고개를 꺾어 본 적은 거의 드문 일이었다. 이유가 올려다보는 약손의 모습이 난데없이 생경했다.

아마도 여인네 복식을 차려입어 그러한 게지? 이마 한가운데를 기준으로 반듯하게 탄 가르마가 신기했고, 어쩜 저렇게 한 올의 엉킴도 없이 머리카락을 쫙쫙 빗어 내렸는지도 궁금했다. 게다가 동그랗게 쪽 틀어 올린 머리타래에 꽂은 비녀는 또 뭐란 말인지?

너 진짜 사내로 태어난 주제에 이러고 있는 게 부끄럽지도 않냐? 너희 어무니가 배 아파 낳은 아들내미가 이 모양 이 꼴로 나다니는 거 아시면 땅을 치고 울지 않으시겠냐? 너는 정말 수치를 모르는 인간이다…….

이유는 핫핫핫 통쾌하게 웃으며 사내가 여인 복색한 약손을 실컷 비웃어 주고 싶었다. 하지만 담 위에 앉은 약손이 예? 예? 제가 뭘 해드리면 되나니까요? 자꾸 채근하고 독촉하는 바람에 저도 모르게 정신 줄을 놓고야 말았다.

내가 원하는 건…… 네가 해줬으면 하는 건…….

예원각 담 너머 안에서 무슨 일이 있었는지는 모르겠지만 약손의 등 뒤가 시끄러워졌다. 잡아라, 말아라, 떠드는 것을 보니 일단 당장은 약손을 제 쪽으로 내려 줘야 한다는 것쯤은 이유도 알아챌 수 있었다.

그래, 일단 사람 목숨부터 구하고 보자고.

내가 원하는 건 그다음에 말해도 늦지 않아.

여약손! 아주 어려운 걸 말할 테니, 너 단단히 각오해!

"제가 주상 전하께 무엇을 해드릴까요?"

"……이리 온."

"……예?"

"내게 와."

이유가 팔을 벌렸다.

뭐야? 목숨 흥정하다가 갑자기 뭘 오래. 제 목숨 값에만 잔뜩 신경이 쏠려 있던 약손이 제 아래에 선 이유의 얼굴을 멀뚱히 내려다봤다.

"……."

"……."

자고로 장사할 때는 무조건 선 계약, 후 지불해야 탈이 없는 법인데? 지금 나 구해 주고 난 다음에 나중에 딴말하려는 건 아니겠지? 약손이 대단히 수상쩍고 영 믿음 가지 않는다는 눈으로 이유를 내려다봤다.

"……."

"……."

때마침 바람이 불었다. 예원각 담 둘레둘레에 심어 놓은 버드나무 잎사귀가 흔들리며 약손의 얼굴에 닿았다. 갑자기 볼 한쪽이 몹시 간지러워졌다. 약손이 검지를 들어 제 오른쪽 따귀를 벅벅 긁었다. 아마 버드나무 잎이 닿아 약손의 볼을 간지럽혔나 보다.

"뭘 그리 천치처럼 보기만 하고 있어? 어서 오라니까?"

"……."

이유가 제 가슴 한쪽을 톡톡 두드렸다. 아주 잠깐이지만 약손의 머릿속으로 이래도 되나? 저분은 까마득히 높은 주상 전하고, 나는 그냥 아무것도 아닌 생도인데, 감히 품 안으로 뛰어들어도 되나? 법도에 어긋나지 않나? 하는 물음이 스쳐 지나갔다.

약손이 열심히 짱돌을 굴렸다. 분명 상약하기 전에 임금님 앞에서 지켜야 할 법도 수십, 수백 가지를 빠릿빠릿하게 외웠었다. 밤에 허벅지까지 찔러 가며 왼 것이니 벌써 잊어버릴 리는 없다. 내가 그렇게 망충한 바보도 아니고…….

하지만 아무리 떠올려 봐도 약손이 외운 법도 중에 '주상 전하의 품 안에 마음대로 뛰어들어서는 안 된다.'라는 항목은 없었다.

법도에 없는 내용이니까 한번쯤은 뛰어내려도 되는 거겠지?

설마 지금 한 행동이 문제가 된다 한들, 먼저 뛰라고 말씀 꺼낸 쪽은 주상 전하이기도 하고…… 나는 아무 잘못이 없는 거고…… 무고한 거고…….

그래, 만약 이번 일로 추국推鞫 받게 된다면 나는 그냥 임금님이 시키는 대로 했을 뿐이라고 잡아떼자. 그때 상황이 워낙 다급하고 주변이 깜깜해서 잘 기억이 나지 않는다고 하자. 술을 진탕 마셔 올바른 판단 내릴 수 없었던 심신 미약의 상태라고 우겨 버리자. 임금님이 먼저 자기 품속으로 뛰어내리라고 유혹했어요!

약손이 나름대로 후환을 대비하며 생각을 정리했다. 그렇게 상황을 일단락 짓고 나니까 더 이상 높은 담 위에서 발발 떨며 망설일 필요가 없었다. 약손이 결심했다는 듯 고개를 끄덕였다.

"저, 잘 잡아 주셔야 해요?"

"나를 못 믿느냐?"

"꼭 잡아 주셔야 해요?"

"너 정말 말 많다. 몇 번을 말해? 내가 너 다치지 않도록……."

"이야아아아아압!"

맘 편히 뛰는 건 저고, 힘쓰며 받아 주는 것은 이유인데 왜 약손 본인이 기합을 넣는지는 모를 일이었다. 예고 없이 풀쩍 뛰어 버린 약손 때문에 이유는 그만 그 무게를 지탱하느라 하마터면 허리 반으로 똑 부러져 다시 주워 쓰지도 못할 병신이 될 뻔했다.

화악, 약손이 이유의 품 안으로 떨어졌다.

"윽!"

"주상 전하! 괜찮으세요? 아이고, 이를 어째?"

"야, 너…… 너…… 너, 여약손…… 너어……."

"주상 전하가 뛰라면서요? 맘 놓고 뛰라고 그렇게 큰소리치시더니…… 생각보다 등치 값을 못하시네요."

"그게 지금…… 그게 지금 나한테 할 말이냐? 내가 누구 때문에…… 아이고, 허리야……."

"맙소사! 허리를 다치셨어요? 자고로 남자의 생명은 허리라고 그랬는데? 주모들이 허리 한번 꺾인 사내는 뒤도 돌아보지 말고 팽 하라 그랬는데?"

"……"

이유 이마에 불끈 핏대가 솟았다. 약손은 그저 미안하고 걱정되는 마음에 주모들이 일러 준 생활 정보를 읊어 줬을 뿐이건만. 역시, 너무 정곡을 찔렀나 보다.

"일단 좀 일어나 보세요."

"나 좀 붙잡아. 일으켜 봐."

"예예. 여기 꼭 잡았어요. 저가 전하를 단단히 붙잡았습니다. 그러니까 저를 믿으시고⋯⋯."

"⋯⋯?"

"이리 온. 내게 와."

약손이 방금 전 갖은 사내 짓하며 큰소리치던 이유를 흉내 냈다. 뭐가 그렇게 즐겁고 기쁜지 목소리 잔뜩 내리깔고, 세상 둘도 없는 엄격 근엄 진지한 표정 지으며 저 혼자 꺄르르 꺄르르 웃음을 터뜨렸다.

"⋯⋯."

내가 잠깐 정신이 어떻게 됐었나 보다. 얘가 저 담장 안에서 죽든 말든 그냥 내버려 두고 모른 척 내 갈 길 갔어야 되는데. 괜히 오지랖을 부렸어. 괜히 엮여 버렸어.

내 팔자야⋯⋯.

이유의 표정이 몹시도 쓸쓸했다.

"하여튼, 여기서 계속 이러고 있으면 안 돼요. 엄살 고만 부리시고 저 붙잡고 일어나기나 하세요."

"엄살 아니거든?"

"예예. 그러시겠죠. 얜샐 얘내개댄?"

"⋯⋯."

앓느니 죽는 게 났다. 약손은 뭐가 그렇게 우스운지 혼자 꺼이꺼이 웃다가 이내 이유의 어깨를 찰싹찰싹 후려치기까지 했다.

"주상 전하 너무 웃겨⋯⋯."

"⋯⋯."

내가 이제 두 번 다시 여약손 일에 참견하면 이유가 아니다. 김유라고 성을 간다. 여약손 아우다. 이유가 입술을 꽉 깨물며 약손의 팔을 붙잡았다. 그래도 약손도 눈치가 아주 없지는 않아서 이유의 표정이 좋지 않으니까 잠자코 이유를 부축했다. 이유가 절뚝절뚝, 천근만근 무거운 발걸음을 옮겼다.

"똑바로 잡지 못해?"

"예예! 분부 받잡겠사옵니다."

"안 되겠어! 너, 아예 말을 하지 마!"

"예예! 분부 받잡겠…… 흡!"

약손이 합 조용히 입을 다물었다. 그나마 약손이 입을 다무니까 좀 살 것 같았다. 둘은 그렇게 예원각의 담을 따라 오랫동안 발을 맞추고 걸어가야만 했다.

솨아아…….

둘의 머리 위로 버드나무 가지가 낭창하게 흩날렸다. 괜히 약손 도와준다며 큰 체하다가 뼈가 골은 이유. 의외로 등치 값 어깨 값 못 하는 주상 전하를 내내 곁에서 부축해야만 했던 약손.

만에 하나 너 때문에 왕실의 후사가 끊기면 삼대를 멸해 죄를 물을 것이다, 주모들이 그러는데 암만 하체가 병신이라도 어차피 될 놈은 다 된다더라…….

둘은 한마디도 지지 않고 투덕거리며 다투기 바빴지만 그래도 훗날 세조의 필체로 추정되는 소책(素冊: 작은 책자. 본문에서는 임금이 기록한 사사로운 일기로 해석한다.)은 그날을 이렇게 기록한다.

그대가 뛰어내렸어, 내게.
내 품에 안은 이 너무나 어여쁘고 아름다워서
선녀님인지 항아님인지 잘 몰랐어.
눈을 크게 뜨고 다시 보았지.

당신이었어.

―일본 도쿄 국립 박물관 소장, 개인 기증, 이유의 소책 ₽

[4]

약손의 발걸음이 점점 느려졌다.

아까만 해도 허리 아픈 이유가 영 맥을 못 췄고, 약손이 부축을 했건만 어느새 상황은 정반대가 돼 버렸다. 약손이 한쪽 다리를 절뚝거렸다. 종내에는 이유의 한쪽 어깨에 거의 기대다시피 의지했다. 약손이 키가 작아 밤톨만 해 그렇지 은근 통뼈였다. 자꾸 부딪치는 어깨가 무겁고 신경 쓰였다. 마침내 이유가 팩 화딱지를 냈다.

"야! 무거워 죽겠다. 똑바로 좀 걷지 왜 자꾸 기대 와? 네가 날 부축하는 건지, 내가 널 부축하는 건지 도통 모르겠잖아!"

"송구합니다."

이유가 하도 앙칼지게 노려봐서 약손이 얼른 몸을 뗐다. 이유의 한쪽 어깨에 뜨끈하게 붙어 있던 체온 하나가 쑥 사라졌다. 가슴 한복판은 금방 허해졌다. 이유가 어깨를 툭툭 문지르며 영 못마땅하다는 듯 약손을 꼬나봤다.

약손이 아까부터 바닥에 질질 끌리던 치맛자락을 갈무리했다. 드러난 치마 아래로 약손의 버선발이 보였다. 한데 왼쪽 신발은 멀쩡히 신겨져 있는데, 오른쪽 신발은 온데간데없었다.

"바보냐? 천치야? 맹충이가 따로 없구만. 신발 한쪽은 어디에 있어? 국 끓여 먹었니?"

"아까 담 넘어올 때 벗겨졌습니다. 다시 집어 오기에는 상황이 여의치 않아 어쩔 수 없이 그냥 왔습니다."

그럼, 너 우리가 걸어온 그 먼 길을 내내 버선발로 왔단 말이야? 빽 소리칠 뻔한 말을 겨우 참았다. 물어 뭐하고, 타박하면 뭘 할까. 예원각에서부터 걸어오는 내내 이유와 약손이 지나친 신발 장수가 한둘이 아니었다. 진즉에 '저 신발이 벗겨져서 그런데 한 켤레 사갈 수는 없을까요?' 이렇게 말했다면 내가 뭐 사지 말라고 강짜라도 부릴 줄 알았나? 가만 보면 약손은 참 이상한 데서 융통성이 없었다.

이유가 휘휘 주위를 둘러봤다. 마침 한쪽에 좌판을 늘어놓고 있는 신발 장수가 눈에 딱 보였다. 이유가 약손의 팔을 잡아끌었다.

"아이고, 어르신. 무엇을 찾으시렵니까? 뭐 찾는 것 있으면 소인에게 말씀만 하십시오!"

넉살 좋은 장사꾼이 헤헤 웃으며 이유를 맞았다. 보아하니 머리부터 발끝까지 꾸민 차림새가 보통이 아니다. 자고로 있는 사람이 더 한다 하여 이런 나리의 주머니 열기가 가장 어렵지만, 그래도 한번 열렸다 하면 엽전이 술술 화수분처럼 쏟아지는 것 또한 다름 아닌 이런 나리다.

더군다나…….

장사꾼이 힐끔 이유의 뒤에 서 있는 약손을 바라봤다. 약손은 연신 '됐습니다, 됐어요. 저 신발 필요 없어요…….' 고개를 젓던 중이었다.

오호라! 이러면 또 작금의 상황이 어떤 상황인지 척하면 척, 안 보고도 다 알 수 있지! 호기롭게 신발 가게 앞에 선 양반 나리와, 그 곁에 곱게 차려입은 아리따운 여인네의 조합 앞에 무슨 설명이 더 필요하겠어? 설마하니 양반 나리가 내외하는 여인 두고 무심히 제 신발 구경하러 온 것은 아닐 테고.

장사꾼이 성큼 걸음을 옮겨 여인네들 신발 모아 둔 방향으로 이유의 시선을 잡아끌었다.

　"가죽에 비단 덧댄 당혜(唐鞋: 조선시대 부녀자가 신던 갖신)가 있습니다. 가죽 손질한 무두장이랑 저가 잘 아는 사이인데, 가죽이 엄청 질겨 절대 찢어질 염려 없는 최상품 중의 최상품!"

　장사꾼이 당혜를 쫙쫙 벌리고 잡아당기며 시범을 보였다. 무두장이랑 연줄 닿았다는 말이 영 거짓은 아닌지 가죽 질이 한눈에 봐도 훌륭했다. 하지만 어째 이유의 눈에는 영 차지 않는 눈치다. 장사꾼이 냉큼 당혜를 버렸다. 그 옆에 운혜(雲鞋: 구름무늬를 새긴 여자의 마른신)를 집어 들었다.

　"나리, 여기! 여기 좀 보십시오!"

　"흠……."

　앞부리와 뒤꿈치에 정교한 솜씨로 장식한 구름무늬가 섬세했다. 하지만 이유는 이번에도 물에 물 탄 듯, 술에 술 탄 듯 여전히 마뜩잖은 표정만 지어 보였다. 참내, 젊으신 양반네 취향 한번 엄청나게 까다롭네. 여차하면 이유가 마땅한 물건이 없으니 다른 곳 들러 보겠다며 휙 돌아설까 장사꾼의 마음이 바빠졌다.

　장사꾼이 좌판 가장 안쪽, 행여나 그 고운 자태에 먼지라도 얹힐까 삼으로 덮어 놓은 신발 하나를 꺼내 들었다. 이거는 예원각 기생들 지나갈 때나 보여 줄까 하여 꼭꼭 숨겨 뒀던 것인데. 친한 단골한테나 팔지, 그냥 오며 가며 만난 어중이떠중이한테는 봬 주지도 않는 것인데…….

　"하면 이건 어떻습니까? 왕년에 궁궐 상의원에서 일하다 나이 들어 출궁한 상궁마마가 만든 수혜(繡鞋: 수를 놓은 비단 꽃신)랍니다. 나이 예순 넘은 노인의 솜씨라고는 영 안 믿기지요? 예전에는 왕비마마 저고리에도 수놓고, 주상 전하 금침도 손수 만든 장인 중의 장인인데……."

고작 저잣거리에서 파는 신발을 상의원 출신 상궁이 정말 만 들었는지는 알 수 없지만 그래도 여태 본 것 중에서는 가장 나 았다. 이유의 오른쪽 눈썹이 꿈틀, 약간 구미가 당기는 표정이었 다.

"이리 줘 보게."

"예예. 나리, 보십시오. 마음껏 살펴보십시오!"

장사꾼이 얼른 이유의 손에 수혜를 쥐여 줬다. 그 모습 지켜보 던 약손이 기겁하며 손을 내저었다.

"정말 됐다니까요? 이런 신을 대체 어디에 써요? 어차피 저 별 로 발 아프지도 않고, 궐까지는 얼마 걸리지도 않아요. 그 정도 는 충분히 걸어갈 수 있는데……."

이제 약손은 이유의 등을 떠미는 중이었다. 하지만 이유는 태 산처럼 자리에 붙박여서 통 움직일 생각을 하지 않았다. 이유가 꽃신을 이리저리 살폈다. 여려 겹 붙인 베는 탄탄하고 그 위를 감싼 청홍색 비단의 결이 고왔다.

뭐, 그래도 저자 물건치고는 나쁘지 않네. 특히 신발 위에 새 겨 놓은 복수초 모양 수가 이유의 마음에 꼭 들었다. 복수초는 예로부터 복과 장수를 뜻해 이유가 특별히 좋아하는 꽃 중의 하 나였다.

"음…… 솜씨가 제법이군?"

"그렇지요? 참말 뭐 좀 아시는 나리님이시네!"

까다로운 양반 나리의 마음에 쏙 들었으니 일단 첫 번째 관문 은 무사 통과였다. 그렇다면 이제 남은 것은 딱 하나! 굳히기의 필수 조건! 상술 좋은 장사꾼은 기회를 놓치지 않았다.

"한번 신어 보세요. 발 크기도 딱이고, 지금 입고 계신 저고리랑 찰떡처럼 어울리십니다."

　장사꾼이 약손의 발 앞에 얼른 신발을 내려놨다. 아무리 장사꾼이라도 멀쩡한 여염집 규수의 발을 함부로 만지고 치마 들칠 수는 없었다. 이런 경우 한두 번이 아닌지 좌판 한쪽에서 엿가락을 쪽쪽 빨던 계집애가 총총 뛰어왔다. 딸인지 장사꾼의 얼굴을 그대로 옮겨 박았다. 계집애가 약손의 앞에 답삭 주저앉았다. 약손이 저는 이런 거 필요 없다며 돌아서려 했지만, 계집애는 이미 약손의 흙 묻은 맨발을 제 손으로 탈탈 털어 내고 있었다.

　"한번 신어 보세요. 발 크기도 딱이고, 지금 입고 계신 저고리랑 찰떡처럼 잘 어울리십니다."

　계집애는 제 아비가 한 말을 빚어 놓은 떡처럼 똑같이 되풀이했다.

　"난 정말 이런 거 필요 없는데……."

　"와! 예쁘다!"

　장사꾼의 눈썰미가 정확했다. 꽃신은 약손의 발에 딱 들어맞았다. 너무 커서 헐렁하지도 않고, 너무 작아 엄지발톱이 배기지도 않았다.

　"예쁘다! 예쁘다! 곱다! 곱다!"

　계집애가 짝짝 박수를 쳤다. 옆에서 시큰둥한 표정으로 지켜보던 이유도 그만하면 영 나쁘지는 않다는 듯 고개를 끄덕였다.

　"얼마지?"

　"넉 냥입니다, 나리."

　본래는 두 냥에 팔던 물건이지만 세상 이치 밝은 장사꾼은 간 크게도 딱 두 배를 더 불렀다. 장사 생활 십 년으로 익힌 바, 여인네 등 뒤에 세워 두고 사내 체면 다 무너지도록 가격을 깎아 달라 진상 떠는 손님은 없는 법이었다. 게다가 이유의 행색을 보아하니 값 두 배 치르는 것은 일도 아닐 터였다.

이유 역시 흔쾌히 고개를 끄덕였다. 다만, 신발값을 들은 약손만이 펄쩍 뛰며 경악했다.

"예? 넉 냥이요? 이까짓 게 뭐 한다고 넉 냥씩이나…… 저는 됐습니다. 안 사겠습니다. 어차피 그 값 치를 돈도 없고요."

약손이 단호한 표정으로 고개를 저었다. 이래봬도 약손, 짧다면 짧고 길다면 긴 인생 동안 터득한 인생의 진리가 하나 있다. 남에게 진 빚은 결국 저 스스로가 갚아야 한다. 타인에게는 애초에 아쉬운 소리 하지 않고 사는 게 최고였다. 그런 약손에게 넉 냥의 신발이라니. 그토록 큰 빚을 지는 것은 제 인생관과도 맞지 않았으며, 괜히 주상 전하에게 폐를 끼치는 건 결단코 할 수 없……

"설마 내가 너한테 삯 치르라고 할 것 같았냐? 대체 날 뭐로 보고."

이유가 쯧쯧 혀를 차며 철릭 소매 품에서 주머니를 꺼냈다. 산수풍경 기막히게 수놓은 산수낭山水囊 안쪽에서 엽전이 짤랑거렸다. 약손이 못내 사랑하고 좋아하는 엽전 부딪치는 소리!

"신발을 사 주시게요?"

"그래."

"삯을 저 대신 치러 주시게요?"

"그렇다니까."

"하면, 사양하지 않고 잘 신겠습니다. 주상 전……."

이크! 하마터면 잠행 나오신 주상의 정체를 만천하에 떠벌릴 뻔했다. 약손도 아주 눈치가 없지는 않아 하마터면 장사꾼 듣는 데 '주상 전하'라고 말할 뻔한 입을 합 다물었다.

"그냥 나리라고 불러. 어르신도 괜찮고."

이유가 약손한테만 들리도록 속삭이자 약손이 고개를 끄덕였다. 역시, 공짜가 이 세상에서 제일 좋아!

"하면, 감사히 잘 신겠습니다. 나리!"

"그리해라."

물론 장사꾼이 보기에 단둘이서만 들리게 속삭이는 이유와 약손은 세상 둘도 없이 다정한 부부처럼 보였음은 말할 것도 없는 일이었다.

"옜소, 넉 냥."

"헤헤. 나리, 감사합니다. 부디 천년만년 해로하십시오!"

창의문 시장에는 구경할 풍경이 참 많았다. 곡식 자루 지고 와서 닭 알이랑 푸성귀, 새끼 돼지 파는 농꾼들도 있었고, 숟가락 땅땅 두드리며 놋그릇이랑 쟁기, 솥단지 고쳐 준다고 소리치는 수선꾼도 꽤 여럿이었다. 비녀와 빗, 저고리 파는 난전 상인과 유기 그릇 파는 유기점, 붓을 파는 필방, 일용 잡화를 파는 시전까지. 하여튼 없는 거 빼고는 다 있는 한양의 명물 야시장다웠다.

"하나도 안 신기하네요. 저는 전국 떠돌아다니면서 시장은 물리도록 봤거든요."

"그러하냐?"

"예. 역시 소문난 잔치에 먹을 거 없습니다. 통진(通津: 현재의 김포) 시장에는 큰 나루터가 있어요. 게서 야시장 열리면 아라사(俄羅斯: 러시아)랑 신강(新疆: 현재의 우루무치) 상인들이 엄청 많이 와요. 그들은 피부가 쌀처럼 하얗거나 밤처럼 까맣고, 눈동자는 파란색이에요……."

입으로는 연신 저가 다녀 본 시장이 더 크다, 진귀한 풍경이 많다, 한양은 별로다, 불평을 하면서도 왜 눈동자는 어디 한 군데 둘 곳을 모르고 여기저기 보느라 바쁜지 모르겠다. 약손이 시장 구경하느라 떼구륵 떼구륵 좌우로 눈알 굴리는 소리가 옆에 선 이유에게까지 들릴 정도였다. 만약 이유가 칠봉을 조금이라도 알았더라면 아, 여약손은 제 아비를 꼭 닮아 언제든 어디서든 허세 부리고 과장하여 큰 체하기를 좋아하는구나, 금방 성격을 파악하고 남았을 텐데.

"하면 너 혹시 대식국(大食國: 이슬람교의 신봉자들이 이룩한 대제국의 총칭) 사람도 실제로 본 적 있느냐? 내 들은 바로는 그들도 눈동자가 파랗다던데? 맑은 날 하늘색을 닮았니? 깊은 바다를 닮았어? 혹시 옥빛은 아니야?"

이유가 이것저것 캐물었다. 이유는 유독 서역 문물에 관심이 많았다. 침향 버선이라든지, 공작새 꼬리라든지, 혹은 비취새 털 공후(箜篌: 발현 악기의 한 종류)라든지. 횡적, 당비파는 대군 시절부터 꾸준히 모았고, 손재주 뛰어난 회회국(回回國: 아라비아) 사람들이 만든 만화경은 개인 궁고宮庫에 셀 수 없을 만큼 많았다. 당연히 약손이 만난 아라사, 신강 사람들의 이야기도 무척이나 궁금할 수밖에 없었다.

한데 어쩐 일인지 약손의 대답이 들리지 않았다. 이유가 고개를 젖혔다. 방금 전까지 이유의 곁에서 나란히 걷던 약손의 모습이 온데간데없었다.

뭐야? 어디 갔어? 어디로 사라졌어? 나 지금 누구랑 얘기했니? 졸지에 허공에 대고 혼자 중얼거린 팔푼이가 된 이유가 휘휘 주변을 둘러봤다. 저만치 뒤에서 입을 딱 벌린 채 넋을 빼고 있는 약손이 보였다.

재 또 뭐에 정신이 팔려 망충이처럼 멍해 있어?

"여약손, 게서 뭘 하느냐?"

혹시라도 혼자 떠드는 저가 모지리처럼 보였을까 봐 주변 시선 한껏 의식한 이유가 쾅쾅 큰 보폭으로 약손의 곁에 섰다. 약손은 어딘가를 집중해 보느라 이유에게는 관심도 없었다.

"뭘 그렇게 쳐다봐? 뭐에 그렇게 정신이 팔려 가지고 사람이 부르는데도 모르고⋯⋯."

"⋯⋯."

문득 이유의 코 밑으로 구수한 냄새가 혹 끼쳤다. 그와 동시에 약손의 배에서는 꼬르륵 꼬르륵 천둥 번개 뇌우 퍼붓는 엄청난 소리가 들렸고.

"⋯⋯."

"⋯⋯."

약손이 넋 놓고 바라보는 곳은 장대에 용수를 걸어 지붕 위로 높이 올린 주막이었다. 삶은 소머리랑 돼지 머리 따위의 누름 고기가 좌판 위에 나란히 놓여 있었다.

나이 지긋한 주모는 채반 가지고 능숙하게 오며 가며 돼지 귀를 뚝뚝 잘라 팔팔 끓는 솥단지 안에 퐁당퐁당 집어넣었다. 뽀얗게 우러난 뼛국물이 사방으로 튀었다. 약손이 저도 모르게 꼴깍 침을 삼켰다.

이 못난이를 봤나? 국밥에 정신 판 거였어? 이유가 한심하다는 듯 고개를 저었다.

"배고파? 국밥 먹고 싶어서 여기에 서 있던 거야?"

"네, 배고파요. 아까 점심 먹은 후로는 안 먹어서⋯⋯ 우리 국밥 한 그릇만 먹고 가면 안 돼요?"

"안 돼. 갈 길이 바빠."

이유가 냉정하게 고개를 저었다. 시각이 늦은 때라 주막의 뒤채와 행랑채에는 하루 머물다 가는 사내들이 바글바글했다. 누구는 삼삼오오 모여 투전을 잡기도 하고, 누구는 아직 밤바람이 찬데 전혀 아랑곳없이 휘휘 물 뿌려 등목을 하기도 했다. 이도저도 아니면 마구간에서 소랑 당나귀한테 여물을 먹였다.

"빨리 먹을게요. 네? 계속 걷기만 했더니 다리도 아프고…… 팔도 쑤시고…… 온몸에 기력이 하나도 없어서 그래요."

약손이 주먹으로 콩콩 제 어깨를 두드렸지만 이유는 여전히 요지부동이었다.

"딱 한 그릇만 먹어요. 예서 하루를 자고 가자는 말이 아니라, 그냥 잠깐만 쉬다 가자는 건데…… 저 못 믿어요?"

이제 약손은 이유의 둥근 철릭 소매를 손에 감아쥐고 떼를 쓰는 중이었다. 무슨 일이 있더라도 내가 국밥을 먹고 가야지, 안 먹으면 절대 못 간다는 결연한 의지가 다분했다.

사실 이유도 썩 그렇게 바쁜 일은 없었다. 괜히 약손의 말에 강짜를 놔본 심보였다. 이유가 못 이기는 척 약손의 손에 이끌려 주막 안으로 들어섰다.

"나 정말 바쁜데…… 업무가 산더미처럼 쌓여 있는데…… 정말 국밥만 먹고 가는 거지?"

"그럼요! 제가 살게요. 궁궐까지 책임지고 데려다드릴게요. 어서 가요. 어서어서!"

약손이 재촉했다. 훤칠하게 키 크고 잘생긴 이유와 미처 환복하지 못해 여전히 옥향이 준 치마저고리 차려입은 약손이라. 어디서 쉬이 볼 수 없는 선남선녀 조합에 주막 사람들의 이목이 집중됐다.

사건의 발단은 이러했다.

약손이 국밥을 사겠다고 큰소리를 쳤다. 약손은 진실로 배가 고팠는지 국밥뿐만 아니라 대구전이랑 부침개, 계란 지짐이도 함께 시켰다. 조그만 소반상이 금방 풍성해졌다. 짭짤하고, 쫌찔하고, 노릇노릇하게 구워진 고소한 음식들.

당연히 술이 빠질 수 없었다. 이유는 녹봉 얼마 안 되는 의학생도 주머니 사정을 생각해 술값은 저가 내겠다고 호기롭게 단언했다. 약손의 눈이 놀라 커졌다.

"방금 하신 말씀 참말이십니까? 참말 술값을 내실 거예요?"

"그렇다니까. 나 원, 벼룩의 간을 빼먹어도 유분수지…… 술은 내가 살 테니 너는 원 없이 마셔나 보거라."

"주상 전하 최고야……."

고작 술 한 대접 사는 마당에 전하가 최고라는 둥 역시 임금님의 씀씀이는 다르다는 둥 여약손이 한껏 이유를 추어올렸다. 이유는 그때 뭔가 일이 잘못됐음을 직감했어야 했다. 저가 엄청나게 실언했음을 깨달았어야 했다.

이유가 마음껏 술 마시라 분부 내리자마자 약손이 번쩍 손을 들어 주모를 불렀다.

"주모! 여기 술 좀 갖다 줘요."

"우리는 양푼으로만 팝니다. 각자 한 양푼씩은 드시려나?"

"에이, 양푼이 하나를 누구 코에 붙여."

"응? 그럼 얼마나?"

"양푼은 됐고, 새로 끓인 술 있으면 동이로 갖다 줘 봐요. 나 오늘 허리띠 풀고 마셔 보려니까."

"허리띠는 매지도 않은 분이 무슨 허리띠를 푼다 그래? 색시가 보기보다 짓궂네."

주모가 깔깔 웃었다. 이유도 그렇고 주모도 그렇고 동이로 술을 가져오라는 약손이 농담을 한다고만 생각했다. 하지만 오산이었다.

여약손. 감히 신성한 술을 앞에 두고 농담하거나 거짓을 말하지 않을지어니. 약손은 주모가 가져오는 양푼 술을 족족 비웠다. 약손이 마셔 대는 술의 양이 통 감당이 안 될 지경이었다. 하여 주모는 약손에게 정말로 술동이를 끌어다 주는 수밖에 없었다. 약손이 술동이 안에 얼굴을 처박았다.

"너, 그 많은 술을 다 마시려는 건 아니지?"

설마, 그럴 리가 없지. 사람이 어떻게 저 많은 술을 다 마셔. 이유가 여전히 믿을 수 없다는 얼굴로 되물었지만 설마가 사람 잡는 법이다. 약손은 끄억끄억 트림해 대며 그 많은 술을 차근차근 비우기 시작했다.

'술은 내가 살 테니 너는 원 없이 마셔 보거라.'

정말이지 그놈의 입이 방정이었다. 여약손에게 술을 마음껏 마시라는 말 따위 절대 해서는 안 됐는데. 하지만 누굴 탓할까. 이유 스스로가 자초한 비극의 시작이었다.

본래 이유는 저가 어디 내놔도 빠지지 않는 주당 중의 주당이라고 자부하는 자였다. 단순히 많이 마시기만 하면 대책 없는 고주망태지만 적어도 이유는 술을 맛보고 즐길 줄 아는 진정한 애주가였다.

맛이 대체로 비슷해 혼동하기 쉬운 사절주四節酒와 이화주梨花酒는 혀끝에 한 방울 대는 것만으로도 그 맛을 구분했고, 감주는 감주대로, 소주는 소주대로 따로 두고 밤낮 시간을 맞춰 두고 마셨다. 사온서(司醞署: 술과 감주를 공급하기 위하여 설치한 관청)에서는 약주라면 사족을 못 쓰는 주상 전하 덕분에 누룩 냄새 마를 날이 없었다.

스스로가 인정하고 신료들도 치켜세워 주기 바쁜 주당 이유. 감히 이 궐 안에서 저보다 술이 센 자는 없을 거라 단언했다. 하지만 이제 보니 우물 안 개구리, 하늘의 넓음과 바다의 깊음을 전혀 알지 못하는 미숙아 중의 미숙아였음이 분명했다.

"하……."

이유가 흔들리는 시야를 애써 다잡았다. 볼을 툭툭 쳤고, 눈에 잔뜩 힘을 줬다. 하지만 마주 앉은 약손의 얼굴은 어느새 두 개, 세 개로 늘어나고 있었다. 천하지존의 자로서 내가 이렇게 나약한 모습 보여서는 안 되는데…… 먼저 쓰러져서는 안 되는데…… 이유가 잇새를 꽉 깨물었다.

그런 이유를 보며 약손이 흥 코웃음을 쳤다. 약손이 콸콸콸 이유의 양푼에 술을 가득 따랐다.

"왜요? 취하십니까? 전 아직 더 마실 수 있는 데에…… 정 못 드시겠으면 행랑채에 가서 한숨 자고 오세요오……."

저는 더 마실 수 있다고 큰소리를 치긴 치는데, 역시 약손도 취기가 오르기는 매한가지였다.

하긴 그럴 수밖에. 이유와 약손이 자리 차지한 평상 아래로는 둘이 마시고 비운 술동이 여러 개가 뎅글뎅글 굴러다니고 있었다. 약손과 이유, 둘이 암만 알아주는 천하제일 술고래라도 저만큼의 양을 마시면 취하지 않을 리가 없었다. 약손의 말끝이 자꾸만 '요오오오.', '까아아아.' 엿가락 늘어나듯 길게길게 늘어졌다.

이유가 땅땅 숟가락을 들어 개다리소반을 신경질적으로 두드렸다. 이내 휙 약손을 노려봤다. 안 그래도 쭉 찢어져 사나운 눈매가 더욱 매서워졌다.

"여약손! 너 진짜 웃긴다."

"예에? 뭐가요오? 저 안 웃겼는데에⋯⋯."

약손이 갸웃갸웃 고개를 좌우로 흔들며 되물었다. 그 천연덕스러움에 이유가 도저히 더는 못 참겠다는 듯 턱 팔짱을 꼈다. 그리고 세상에서 가장 앙칼지고 얄미운 말투로 약손에게 따졌다.

"너 아까 나한테 뭐라 그랬니? 국밥 한 그릇만 먹고 얼른 간다고 그러지 않았어? 궁궐까지 책임지고 데려다준다며?"

"예. 그리 말씀 올렸사온데에⋯⋯."

"근데 뭐야? 행랑채에 가서 한숨 자고 오라니? 그거 무슨 뜻으로 받아들여야 해?"

"예에? 말한 것이 곧 뜻일 뿐인데 무슨 뜻이냐니⋯⋯."

진짜 아무 뜻 없는데⋯⋯ 주상 전하 피곤하시니까 행랑에서 한숨 청하라는 뜻인데⋯⋯. 약손이 웅얼웅얼 당최 영문을 모르겠다는 얼굴로 변명했다. 하지만 지금 술 잔뜩 취한 이유에게는 아무것도 들리지 않았고, 아무것도 보이지 않았다.

"너 그렇게 안 봤는데 정말 실망이다. 다른 사내랑 똑같아! 허! 하! 참내! 대체 나 자는 동안 뭐하려고? 그 으슥한 행랑채에서 뭐하려고? 누가 네 음흉한 속셈 모를 줄 알아?"

"⋯⋯?"

이유가 무슨 말을 하는 건지 약손은 하나도 이해하지 못했다. 사실 약손의 머릿속도 술기운 때문에 느릿느릿 거북이걸음처럼 느리게 흐르는 중이었다. 여전히 상황 파악 못 한 약손이 꿈뻑꿈뻑 꿀 먹은 벙어리처럼 벙쪘다.

이유는 약손이 정곡을 찔러서 한마디 변명도 못 하는 거라고 제 상상을 기정사실화했다. 그렇게 생각하니까 이유는 약손에게 엄청나게 사기당한 기분이 들었다.

국밥만 먹고 간다며. 궁궐까지 나 책임지고 데려다준다며. 근데, 뭐야? 행랑채에서 한숨 자고 가자고? 그건 약속이 다르잖아!

너무나도 슬프고, 억울하고, 원통한 일이었다.

하여 이유는…… 갑자기 꺼이꺼이 울음을 터뜨리기 시작했다.

"주, 주, 주상 전하……!"

"그 간교한 입술로 과인을 부르지 마라!"

"헉!"

약손이 얼른 주위를 둘러봤다. 저도 모르게 나온 '주상 전하'라는 망발에, 이유가 술김에 내뱉은 '과인'이라는 단어 때문에 혹여 주막의 누군가 주상 전하의 정체를 눈치챘을까 봐 마음 졸였다. 하지만 이미 고주망태가 된 둘에게 관심 주는 사람은 아무도 없었다.

약손이 얼른 이유의 어깨를 토닥였다. 아무리 술에 취했어도 이 나라 지존이신 주상 전하 옥루를 그냥 두고 볼 수만은 없다는 사명감 잃지 않은 것이 천만다행이었다.

어찌 만백성의 어버이께서 이리 쉬이 눈물을 보이시나이까…….

"주상 전하 울지 마세요오…… 부디 눈물을 거두세요오…… 제가 잘못했어요오……."

"됐어, 이거 놔! 이 더러운 손 치우란 말이야!"

이유가 구슬피 울어 그러한가? 슬픔이란 놈이 금방 약손에게도 전염이 됐다. 왜 전염이 된 건지는 그 누구도 알 수 없었다. 이유를 다독이던 약손은 갑자기 저도 모르게 설움이 복받치는 기분이었다. 약손의 눈에서도 이유랑 똑같이 눈물이 방울방울 퐁퐁 샘솟았다. 이윽고 약손이 '와아아아앙!' 울음을 터뜨렸다.

그 소리에 무릎 사이에 얼굴을 묻고 울던 이유가 반짝 고개를 들었다.

"뭐야. 너 왜 울어?"

"주상 전하가 우니까요오오……."

"내가 우는 게 너랑 무슨 상관인데? 세상에 그런 말도 안 되는 경우가 어디 있니?"

"어딨긴요오…… 여기 있지이…… 흐윽……."

"이 망충아! 대체 네가 왜 우냐고!"

"주상 전하가 우니까요오오오……."

너는 왜 우냐, 주상 전하가 우니까요, 그러니까 너는 왜 우는데? 주상 전하가 우니까요……의 무한 반복이었다. 이제 약손과 이유는 손을 꼭 잡고 작정한 듯 울음을 터뜨렸다.

으와아아아앙! 우어어어어엉!

대체 무엇이 그 둘을 그토록 서럽고 슬프게 하는지는 아무도 몰랐다.

"정말이지…… 나 운다고 따라 우는 너도 망충이고, 나도 망충이다!"

"우린 둘 다 망충이다아!"

두 망충이의 주정은 새벽까지 계속됐다. 그저 이 세상 모진풍파 다 겪은 주모만이 세상 멀쩡하게 생겨 갖고 세상 둘도 없는 망충이 짓 하는 둘의 진상을 보며 쯧쯧 혀를 찰 뿐이었다.

"주모, 여기 얼마요?"

"아이고, 젊은 분들이 무슨 술을 그리 마십니까? 술 못 먹어 죽은 귀신이 붙었나? 그러다 죽어요, 죽어! 색시 마신 몫까지 전부 합쳐서 닷 냥."

"닷 냥⋯⋯."

이유가 주섬주섬 주머니를 뒤졌다. 약손한테 지지 않으려 꼴깍꼴깍 마신 술 때문에 얼굴이 불콰했다. 엽전 하나하나 세던 이유가 술기운에 휘청 무릎이 꺾였다. 하마터면 코를 박을 뻔하였으나 용케 중심을 잡았다.

"닷 냥⋯⋯ 닷 냥이라⋯⋯."

고작 닷 냥 세는 일이 쉽지 않았다. 이러다가는 세월아 네월아 도끼 자루가 썩어도 모를 지경이었다. 보다 못한 주모가 이유의 주머니를 팩 채가서 엽전 다섯 개를 손수 거둬 갔다.

"으이그, 얼른 댁에 돌아가서 색시랑 발 닦고 사이좋게 주무셔요."

"⋯⋯어? 색시? 누가 내 색시야? 응? 내 색시가 어디 있어?"

"허우대만 멀쩡하지 진상이구만, 진상이야. 이래서 사내는 술을 먹여 봐야 아는 거라더니⋯⋯."

주모가 쯧쯧 혀를 차며 더는 대거리하지 않고 부엌으로 들어갔다. 이유는 한참이나 주변을 휙휙 둘러보며 '내 색시가 어디 있는데? 내 색시 내놔! 색시 보여 줘!' 난데없이 색시를 찾아 댔다.

결국 제 색시 찾지 못한 이유가 비틀거리며 약손이 앉아 있는 평상으로 걸어갔다. 약손은 꽃신을 제 발에 꿰차 신는 데까지는 겨우 성공했으나 막상 일어나지 못하고 주저앉아 있는 상태였다. 이유가 그런 약손을 돌아봤다.

"야! 여약손! 너 혹시 내 색시 봤냐? 방금 전에 이쪽으로 걸어간 거 같은데?"

"색시요……?"

"그래! 내 색시! 주모가 발 닦고 자라 그랬단 말이야…… 단둘이 사이좋게……."

"히잉…… 못 봤는데요?"

"그래? 안 되겠다. 너 얼른 일어나. 내 색시 찾으러 가야 돼!"

"색시이……."

이유가 제 색시 찾으러 가야 한다며 약손을 재촉했다. 약손은 알겠다는 뜻으로 고개를 끄덕였다. 하지만 여전히 평상에 찰싹 눌어붙은 엉덩이 떼어 낼 생각은 없어 보였다.

답답한 이유가 쾅쾅 발을 굴렀다.

"이 굼벵이야! 대체 뭘 하는 거야? 얼른 일어나라니까?"

이 와중에 이유는 제 색시가 저를 두고 멀리멀리 도망이라도 갈까 봐 마음이 다급해졌다. 한 떨기 백작약 닮은 고운 색시가 어딘가에서 오매불망 저 오기만을 간절하게 기다리고 있을 것만 같았다.

내 색시를 혼자 기다리게 둘 수는 없어!

색시랑 나랑은 발 닦고 사이좋게 자야 된단 말이야!

이유가 약손의 팔을 잡아끌었다. 하지만 약손도 술에 취해 제정신이 아니었다. 바닥으로 쓰러질 듯 코를 묻고 있던 약손이 '푸우우—' 어린애들 하는 것처럼 입술로 바람을 불었다. 그러고는 고개를 마구 흔들었다.

"나는 안 가! 못 가요!"

"왜? 왜 못 가?"

"다리 아프단 말이에요!"

"다리 아파?"

"네!"

"어디 봐."

약손이 다리 아프다는 말 한마디에 방금 전까지 이유 머릿속에 가득하던 백작약 닮은 색시 얼굴이 뿅 간데없이 사라졌다. 이유가 엉거주춤 평상 아래로 몸을 굽혔다. 스스럼없이 무릎을 흙바닥에 닿도록 꿇고 약손의 종아리를 두 손으로 종종 주물렀다.

"여기가 아파?"

"네."

"여기는?"

"거기도요……."

약손은 이유가 손닿는 곳 전부가 아프다고 그랬다. 무릎 만지면 무릎 아프고, 오금 만지면 오금 아프고. 발뒤꿈치도 쓰리고 아리다면서 울상을 지었다. 금방이라도 눈물 터뜨릴 듯이 약손의 눈썹이 팔八자로 뉘어졌다. 그 얼굴을 마주하니까 이유는 덜컥 마음이 안 좋아졌다.

"다리가 아파서 어떻게 하지? 우리 궁궐까지 어떻게 가?"

"어떡하긴요. 주상 전하가 나 업어 줘야지이……."

"업어 줘? 업어 주면 안 아플까?"

"네! 업어 줘! 업어 줘! 업어 줘!"

"업어 줘?"

"업어 줘! 업어 줘! 아, 얼른 업어 줘!"

약손이 저 앉아 있던 평상을 주먹으로 쾅쾅 두드렸다. 업어 줘! 쾅! 업어 줘! 쾅! 감히 천하지존 주상 전하에게 다리 아픈 저를 업어 달라며 주사 부리는 생도라니. 세간에 알려지면 천지가 개벽하고 사지가 잘려 나가도 할 말이 없는 하극상 중의 하극상이었다. 대체 술이란 무엇이기에 사람을 이토록 무모하게 만드는 것인지?

그나마 천만다행인 것은 이유도 약손이랑 똑같이 취해서 지금 무엇이 옳고, 무엇이 그른지 판단 못 할 지경의 정신 상태라는 점이었다.

약손이 업어 달라고 떼를 쓰는데, 그까짓 거 사내대장부 된 도리로 안 업어 줄 까닭이 없었다. 이유는 약손을 무엄하다고 호통 치기는커녕 주섬주섬 약손 앞에 등을 보이고 앉았다.

"자, 여기 업혀."

"힝…… 좀 더 가까이 와야지……."

심지어 약손은 한 발자국도 까딱하기 싫어서 무릎 굽힌 이유한테 이쪽으로 와라, 저쪽으로 가라, 아니 좀 더 가까이! 명령하기까지 했다.

마침내 이유의 등판이 약손의 바로 앞 가까이에 딱 멈췄다. 약손이 답삭 몸만 굽히면 금방 업힐 수 있는 거리였다. 제 앞에 펼쳐진 너른 등이 든든했다. 약손의 입꼬리가 저도 모르게 히죽 올라갔다.

역시, 사내는 등판이야!

약손이 이유의 어깨를 팡 치며 그 위에 올랐다. 갑자기 쏟아진 무게 때문에 이유가 잠깐 비틀거렸지만 이내 중심 똑바로 잡고 두 발에 힘을 주고 일어났다. 이날 이때가 되도록 검무술을 등한 시하지 않고 체력 단련한 강건한 신체가 오늘에서야 진정한 빛을 발하는 듯했다.

"주상 전하 어깨 넓다!"

"업히니까 되게 편하지?"

"네! 나이 백 살은 더 먹은 고목나무만치 튼튼합니다!"

"네가 알까 모르겠는데, 한평생 무술만 하며 살아온 내금위 훈련대장보다 내 어깨가 거의 두 배는 더 넓다?"

"참말요?"

"그래. 걔네들이야 뭐, 나랑은 비교도 안 되는 일이지."

"우와아아……!"

약손이 감탄을 내뱉을 때마다 이유의 어깨가 으쓱으쓱 올라갔다. 헛기침 소리는 에헴에헴 더 커졌다.

대체 이유는 왜 약손 앞에서 저의 체력이 남다르다며 뽐내는지 모를 일이었다. 약손이 대단하다면서 칭찬할 때마다 왜 그렇게 뿌듯해하고 자랑스러워하는지는 더더욱 모를 일이었다. 약손이 업힌 자세 덕분에 치맛자락이 풍성하게 접혔다. 이유는 최대한 약손 편하도록 살뜰한 솜씨로 치맛단을 정리하기까지 했다.

"이제 갈까?"

"네!"

이유가 가도 되냐고 묻는 말에 약손이 고개를 끄덕였다. 이유는 약손 허락받고 난 후에야 말 잘 듣는 망아지처럼 타박타박 길을 나서기 시작했다.

궁궐로 향하는 그 길, 창의문 길 한복판을 걸어가는 그림자가 달빛 받아 길게 늘어졌다. 똑바로 중심 잡지 못하고 갈지之자로 속절없이 휘청댔지만 넘어지지 않는 것이 참말 용하고 또 용했다. 혹여나 등에 업힌 약손이 주르륵 흘러내리기라도 할까 봐 이유가 자리에 잠깐 멈춰 서서 으챠 힘을 줘 고쳐 업었다. 약손도 바닥으로 굴러떨어지기 싫은지 그때마다 이유의 목에 두른 제 손에 단단히 힘을 줬다. 이유 목에 닿는 온기가 뜨끈뜨끈했다.

"근데 나 궁금한 게 하나 있어."

"뭔데요?"

"응. 별 건 아니고…… 예원각에는 왜 갔어?"

"……예원각?"

"뭐 어차피 별로 궁금한 건 아닌데…… 아니, 조금 궁금하기는 하네? 너 원래는 정선도랬나? 그 사람 약 지어 준다고 그랬잖아. 궐에만 들어앉아 있기에는 마음이 싱숭생숭하다고 해서…… 난 그래서 궐 밖 출입하는 거 특별히 허락해 준 건데? 약손이 너한테만?"

이유가 구구절절 여러 가지 변명을 늘어 놨다.

아니, 무슨 주상 전하가 이렇지? 저는 존귀한 임금님이고 약손은 한낱 상약 생도에 불과하니 여차하면 '너 이놈, 감히 주상인 나를 속이고 기방을 드나들어? 내게 거짓말을 하였지? 손발을 잘라 극형에 처할 것이다!' 엄벌을 내리면 간단하게 해결될 것을.

실제로도 약손이 애초에 이유에게 했던 약속과 다른 행동을 하였으니 이미 벌할 명분도 충분했다. 하지만 이유는 다짜고짜 벌 내리기는커녕, 약손한테 예원각에 가게 된 경위 묻는 일조차 눈치를 봤다.

"나 진짜 궁금하지는 않아. 내가 신경 쓸 일이 얼마나 많은데 고작 너'따위 일에 관심을 갖겠니? 네가 예원각을 가든 향원각을 가든 난 정말 상관없다. 다만……."

"다만……?"

약손이 맞장구치듯 되물었다.

이유가 한참 동안 '다만…… 다만…….' 열심히 뒷말을 생각했다. 술에 취하니까 빠릿빠릿 말 지어 내기도 쉽지가 않았다.

"나는 다만……."

이유가 골몰할 때, 불현듯 약손 업은 손 밑으로 풍성하게 늘어진 치맛자락이 느껴졌다. 옳다구나! 잔머리가 팽팽 돌아갔다.

"나는 다만, 사내인 네가 무슨 일로 여인네 복색을 하고 다녔는지 궁금해."

"궁금해요?"

"응. 네 어머니가 이런 몰골로 나다니는 거 알면 얼마나 애통해하시겠냐? 하나뿐인 아들놈이 치마저고리 입은 꼴 보셨다고 생각하면 내 마음이 더 철렁하는데……."

"그렇지만 나는 어머니가 없는데?"

"……응?"

"울 어머니 돌아가셨어요. 저 낳다가 산통이 심하여서 그대로 돌아가셨다고……."

"!"

갑자기 정신이 번쩍 들었다. 술김에 이런저런 변명을 되는 대로 내뱉다가 실언했다. 불현듯 아주 예전에 동재가 한 말이 떠올랐다.

그러니까 그게 언제더라? 아마 약손을 월당에서 처음 만났을 때 즈음이던가? 이유는 은밀히 약손의 신상 조사를 한 적이 있었다. 약손이 포구 근처의 작은 마을에서 자란 일부터, 떠돌이 아비랑 전국 돌아다니며 장돌뱅이 생활했던 일. 노래도 하고, 약도 팔며 사기를 친 일 모두까지.

한데 그 많은 일화 중에 하나가 바로, '약손의 친모가 약손 낳은 지 열흘도 되지 않아 산독이 안 풀려 죽었다 하옵니다.'라는 이야기였다. 분명 동재에게 전해 들은 이야기였는데 그 일을 깜빡 잊어버리다니! 얼굴 한번을 보지 못하고 어미 잃은 아이의 상처를 들쑤시다니!

이유는 그만 제 입을 스스로 찢고 싶은 지경이었다. 이유가 머뭇거리며 어버버 말을 더듬었다.

그러나 정작 약손은 어차피 주상 전하께서 제 뒷조사한 일은 아예 꿈에도 몰랐고, 또한 이유가 부러 어머니 얘기를 꺼낸 것이 아님을 알기에 아무렇지 않았다.

"그, 그러하냐? 내가 실언했다. 네 어머니가 돌아가신 줄은 짐작하지 못하여서……."

"괜찮습니다. 아무튼 저에게는 치마저고리를 입든, 바지저고리를 입든 속 터져 할 어머니가 계시지 않아요."

"흐음……."

이유가 괜히 저 멀리 두둥실 뜬 달이며 별이며 풍경을 보는 척 시선을 돌렸다. 약손이 괜찮다는 듯 배싯배싯 웃었다.

"하나, 제가 예원각에 다녀온 까닭은 함부로 얘기할 수 없어요."

"얘기할 수 없어?"

"네."

"어명이래도?"

"……네."

암만 어명이래도 결코 입 열 수 없다는 이 당돌한 생도 좀 보게나? 이유는 더더욱 약손이 예원각에 다녀온 연유가 궁금해 미칠 지경이었다. 이유가 똥마려운 강아지처럼 초조해했다.

약손이 또 배싯배싯 웃음을 터뜨렸다.

"전하, 궁금하세요? 제가 예원각에 다녀온 까닭이?"

응! 엄청 궁금해! 하마터면 체통도 없이 냉큼 대답할 뻔했다. 이유가 꿀꺽 숨을 참았다. 마음 같아서는 확 그냥 어명이라고 목에 칼 들이밀어 속사정을 알아내고 싶었지만 그렇게 하지 않기로 했다.

왜냐하면…… 만약에 그랬다가 약손이 저를 무서워하면 어떻게 해? 나 볼 때마다 겁먹어서 비 맞은 짐승처럼 오들오들 떨면 어떻게 해?

'임금님은 엄청 무서우서. 김종서 영감도 철퇴로 때려 죽였고, 친동생인 안평 대군 마마님의 피도 보았지. 주상 전하 즉위할 때, 금천교가 온통 핏물이었대.'

'원체 성정이 잔혹하신 분이야. 특히 박살형을 즐기고 좋아하셔 벌을 내린대.'

예전에 월당에서 만날 적에 절대 주상 전하 눈에 띄어서는 안 된다며 제게 당부의 당부를 거듭했던 이야기들.

'하면 전하, 정녕 소인을 살려 주시는 것인지요? 지난날의 잘못은 모두 잊고 벌하지 않으시는 것이지요?'

이유가 주상 전하인 줄 알아챘을 때, 혹여나 저를 박살형에 처하지는 않을까, 무릎을 잘라 궐 밖에 내다 버리지는 않을까, 전전긍긍하던 약손의 모습들. 내가 그렇게 사람 목숨을 파리 잡듯 마구 거두는 폭군처럼 보이는가? 지옥에서 살아 돌아온 야차처럼 느껴져? 하지만 세상 사람들이 다 그리 욕하고, 오해하며 살지언정 적어도 약손만은 그렇게 생각하지 않았으면 했다. 이왕이면 주상 전하 원래 그런 분 아니라고 변호해 줄 사람이 다른 누구도 아닌 약손이었으면 싶었다.

까닭은 알지 못했다. 고작 생도 따위에게 인정받아 뭘 하려고. 대단하게 달라지는 게 있는 것도 아닌데.

"⋯⋯."

이유가 아무 말 하지 않으니 뭔가 좀 이상했나 보다. 어쩌면 주상 전하 묻는 말씀에 재깍재깍 답하지 않는 대역죄를 저질렀으니 마음 한구석이 께름칙했을지도.

약손이 이유의 목에 두른 손가락을 꼼지락거렸다.

"아, 이건 정말 말하면 안 되는데…… 진짜 안 되는데……."

"……."

"주상 전하, 혹시 제가 말씀드리지 않아 삐친 건 아니지요?"

"아니, 안 삐쳤다."

"에이, 삐치신 것 같은데?"

"얘가 왜 이렇게 사람 말을 못 믿어? 진짜 안 삐쳤다니까?"

맹세코 이유는 안 삐쳤는데 약손이 혼자 멋대로 삐쳤다고 단정 내렸다. 욱하는 마음에 저도 모르게 '안 삐쳤다니까?' 큰 목소리가 나왔다.

약손은 주상 전하께서 삐쳤음을 더더욱 확신했다.

"주상 전하, 제가 예원각에 간 까닭이 그렇게 궁금하세요?"

"……조금?"

"알려드릴까요?"

"응."

이유가 고개를 끄덕였다. 약손이 이유 귓가에 바짝 입을 갖다 댔다. 누가 들을세라 작은 목소리로 속삭였다.

"전하……."

"응?"

그러고는 한껏 뜸을 들이다가 말했다.

"궁금하면 오백 냥."

"……."

너 내려! 내 등에서 당장 내려! 궁궐까지 걸어오든지 말든지 맘대로 해!

이유가 제 등을 탈탈 털었다. 하지만 여약손이 누구인가? 궁궐까지 편하게 가게 생긴 이 황금 같은 기회를 결코 놓칠 리 없었다. 이유가 밀어내면 밀어낼수록 고목나무에 달라붙은 매미처럼 찰싹 달라붙었다. 찰기 끈끈한 찹쌀떡처럼 눌어붙었다. 그 바람에 잔뜩 목 졸린 이유가 캑캑 기침을 했다.

"농입니다, 농이에요! 오백 냥 필요 없어요!"

약손이 이유를 달랬다. 그러고도 감히 주상 전하 놀린 재미에 취해 연신 꺄르르 꺄르르 웃음을 멈추지 못했다.

"정말 죄송해요, 주상 전하. 사람 목숨이 달린 일이라 아무리 주상 전하라도 결코 말씀드릴 수가 없어요."

자고로 야반도주의 기본 조건은 비밀 유지라. 규방 여인네들한테 갯버들탕 먹여 몰래 바깥으로 빼돌릴 때 약손과 칠봉 부자가 실패하는 경우는 단 하나였다.

칠봉이 약 조제를 잘못하여서? 약손이 뭔가 치명적인 실수를 저질러서?

모두 아니었다. 그것은 바로 여인들이 갯버들탕 먹는 그날까지 저가 도주하는 일을 조개처럼 입 꼭 다물고 비밀 유지하지 못했을 때. 자매처럼 친하게 지낸 친구에게 말하였다가 들키고, 평생을 한 몸처럼 살아온 몸종에게 말했다가 잡히고.

원래 비밀이란 놈은 생판 모르는 남에게 발설했다가 탄로 나는 것이 아니었다. 가장 믿을 만한 사람에게 이실직고했을 때 드러나는 것이 대부분이었다.

뭐, 규방 여인네들까지 갈 것도 없지. 약손의 경우만 보더라도 그 얘기가 딱 맞았다. 가장 믿을 만하던 사람이라 생각했던 이유한테 저는 궐을 나가겠다고 말했다가 꼼짝없이 붙잡혔지 않는가?

"그래, 말하기 싫음 관둬라. 나도 더는 보채지 않는다. 네가 기생이랑 손을 잡든, 발목을 잡든, 배를 맞추든…… 기둥서방 노릇한다고 옥반지 턱턱 내주다가 생도 녹봉 다 날려 먹어도 나는 상관 안 해!"

이유가 딱 잘라 말했다. 하지만 결단코 상관하지 않겠다는 말과 다르게 양쪽 볼이 뚱했다. 얼굴 표정을 보면 더 웃길 것 같았는데, 애석하게도 약손은 등에 업힌 상태였다.

"전하, 죄송해요. 저에겐 무척 중요한 일이라서 그래요. 일이 잘 해결되면 정선도 나리에게 금덩이를 받기로 약속했거든요."

약손이 이유를 살살 달랬다.

"하지만 주상 전하께서 생각하시는 것처럼 기생 손잡고, 발목 잡고, 옥반지 껴 주려고 드나든 건 아니에요."

"……정말이야?"

"그럼요. 기둥서방이라니 말도 안 됩니다. 저, 그렇게 헤픈 사내 아니에요."

"흠……."

역시. 아무리 여약손이 모지리 같다 해도 기생 따위한테 쉽게 마음 주고 그러는 망충이는 아니었다. 맞아, 여약손이 누군데? 재물 한 푼 쓰는 것 아까워 벌벌 떠는 위인이었다. 계집들한테 물 쓰듯이 재물 쓸 재목이 못 됐다.

약손이 그렇게 말해 주니까 이유는 제 배 속을 꽉 막았던 응어리가 좀 풀리는 기분이었다. 어쩐지 안심이 됐다.

기생 보러 드나든 거 아니라는데 아무렴 어떨까?

"때가 되면 제가 예원각에 드나든 까닭, 주상 전하께 하나도 빠짐없이 모두 말씀드릴게요."

약손이 약속했다. 이유는 아무래도 좋아서 무조건 그래그래 너 좋을 대로 해 고개를 끄덕였다.

어느새 약손은 저도 모르게 이유의 볼을 손가락으로 콕콕 누르고 있었다. 약손 손가락 닿은 볼이 간지러웠다. 그래도 이유는 간지럽다, 거추장스럽다, 그 손 당장 치워라, 별다른 말을 하지 않았다.

그렇게 걷고 걷다가 창의문을 거의 벗어날 즈음, 저 멀리 궁궐의 높은 궁성宮城이 어렴풋이 보일 때 이유가 창의문을 나가는 마지막 교각橋閣에 닿았다.

이유 등에 업힌 약손은 어느새 꾸벅꾸벅 졸고 있었다.

이유가 그런 약손을 깨웠다. 일부러 마구 흔들거나 큰 목소리로 고함치는 것은 아니고 그냥 '약손아. 얘, 약손아. 좀 일어나 봐라.' 나직하게 속삭였다.

"벌써 다 왔습니까?"

약손이 푹 잠긴 목소리로 물었다. 약손이 색색 숨 내쉴 때마다 술 냄새가 폴폴 풍겼다.

"아니, 그게 아니라 저기 좀 봐."

"……응?"

약손이 고개를 들었다. 잠결에 스르륵 저도 모르게 풀렸던 팔에 힘을 꼭 주고 다시금 이유를 단단하게 붙잡았다.

"뭐요? 뭘 보라는 거예요?"

약손이 휘휘 주변을 둘러봤다. 그러다 이내 눈에 들어오는 풍경이 하나 있었다. 약손이 저도 모르게 '와…….' 탄성을 질렀다. 누가 가꾸어 놓은 건지는 알 수 없으나 교각 좌우에 매화나무가 지천이었다.

홍매화랑 백매화의 만개滿開.

깜깜한 어둠 속에서도 달빛을 담뿍 받아 저절로 빛을 뿜어내기라도 하는 것처럼 신비롭게 빛났다.

"전하…….."

"곱지? 창의문에서 빼놓을 수 없는 풍경이 바로 매화 구경 아니겠니? 시기만 잘 맞추면 한양에서 가장 아름다운 풍경을 볼 수 있어."

실제로 이유는 매화나무를 몹시 귀애하였다. 대군 시절 살던 잠저의 뜰에도 매화를 가꿨는데, 그 매화 또한 창의문 교각에서 받아온 나무였다.

그런 이유이었으니 한양에는 드나든 적 없는 촌놈 약손에게 매화 풍경을 자랑하고 싶은 것은 당연지사.

단언컨대 저가 암만 전국 팔도를 돌아다녔다 한들 지금과 같은 풍경은 결코 본 적 없을 터였다.

"고와요. 참말 어여쁩니다."

"그치?"

약손이 신기해하고 기뻐하는 모습이 이유의 등에서도 그대로 느껴졌다. 이유의 마음도 뿌듯해졌다. 신난 약손이 습관처럼 쾅쾅 두 발을 굴렀다. 그 방정맞은 몸짓에 이유 허벅지에서 달랑대던 발끝에서 툭 수혜가 벗겨졌다. 신발이 떨어질 줄은 미처 몰랐다.

주상 전하께서 사주신 신발인데…….

약손이 이유의 등을 두드렸다.

"전하, 꽃신 없어졌어요."

"없어지긴."

이유가 흔쾌히 다리를 굽혔다. 약손을 등에 업었으나 힘든 기색은 하나도 없었다.

이유가 왼쪽, 오른쪽 나란히 떨어진 꽃신을 손수 집어 들어 한쪽 손아귀에 모아 쥐었다. 이유가 꽃신을 들어 주니까 마음이 놓였다. 살짝 흘러내린 치마폭 아래에서 약손의 다리가 다시금 달랑달랑 흔들렸다.

이유가 교각 가까이로 한 발 한 발 걸어갈 때마다 매화 향기가 점점 더 진해졌다. 어둠 내려앉은 밤에 보는 매화 밭의 풍경이란 이 세상의 것이 아닌 듯했다. 하늘님이 친히 가꾼 도원경을 몰래 훔쳐보는 기분이었다.

때마침 바람이 불었다.

솔솔 불어오는 연풍軟風 한 자락에 매화꽃이 우수수 떨어져 내렸다. 온통 붉고, 온통 하얗다. 꽃잎이 약손과 이유의 머리 위로 나부꼈다.

"와⋯⋯."

약손이 감탄할 때마다 이유의 어깨에 두른 손에는 점점 더 힘이 들어갔다. 이유의 너른 등판에 몸을 바짝 붙여 의지해야만 했다.

"전하."

"응."

"꿈결 같습니다."

"그래?"

"예. 분명 꿈에서 본 적 있는 광경 같은데⋯⋯ 꿈길을 걷고 있는 것만 같아요."

"⋯⋯."

약손이 이토록 좋아하니 더할 나위 없었다. 궁궐로 가는 빠른 길을 택하지 않고 부러 멀리 돌아온 보람이 있었다. 이유도 약손 말에 동의한다는 듯 천천히 고개를 끄덕였다.

그래, 정말 꿈길을 걷고 있는 것 같구나.

너랑 나랑, 둘이 언젠가 이 풍경을 본 적이 있는 것도 같아.

이유가 고개를 꺾었다. 저 멀리에서 흩날리는 홍매화, 백매화를 바라봤다. 아득했다.

*

"이보시오, 여 생도. 고만 일어나 보시오."

"으으응…… 복금아, 나 일각만…… 일각만 더 있다가 일어날게. 나 진짜 피곤해……."

"어허, 여 생도!"

"……?"

처음엔 어깨를 살살 두드리던 손길이 이내 '어허, 네 이놈! 당장 일어나지 못할까?' 노기 맺힌 목소리로 바뀌었다. 여태껏 복금이가 저를 깨우는 줄 알고 잠투정 부리던 약손이 저도 모르게 후다닥 몸을 일으켰다.

"예…… 예? 저요? 저를 부르셨습니까?"

아니나 다를까. 눈뜬 자리에는 상전 내시가 술에 곯아떨어진 약손을 엄한 얼굴로 내려다보고 있었다. 흐익! 잠이 절로 달아났다.

"상전 어른, 어인 일로 소인을 찾으셨는지…… 어쩐 일로…… 무슨 일로……."

아직 술기운이 남아 있는 것인지, 잠이 덜 깨서 그런 것인지 약손이 횡설수설했다. 그 와중에도 혹여나 상전 내시 심기 거스를까 제 이마를 방바닥에 쾅쾅 찧었다. 상전이 쯧쯧 혀를 찼다.

"그대의 임무가 상약이거늘. 상약 말고 내가 그대를 찾아올 다른 연유라도 있을까 봐?"

"……예?"

"주상 전하께서 기다리시네. 어서 앞장서."

"예, 예. 어르신⋯⋯."

아직 동트기 전, 사대문이 열리기도 전의 깊은 새벽. 약손이 총총걸음으로 숙사를 나섰다.

약손이 침전에 들어섰을 때, 이미 이유의 이부자리는 깨끗이 치워진 후였다. 약손이 깊이깊이 허리를 숙여 걸음을 옮겼다. 언제나 그렇듯 문지방은 밟지 않았다. 까닭은 잘 모르지만 아부지가 그랬다. 문지방 밟으면 재수가 없고 등 뒤에 귀신이 붙는다고.

한마디로 운세가 더럽게 억세지는 격이니 어떤 주막을 가도, 누구네 집을 가도 문지방은 절대 밟지 말라고 했다. 하여, 약손은 오늘도 아부지 칠봉의 말에 따라 문지방을 훌쩍 뛰어넘었다.

"상약, 왔느냐?"

문지방 넘자마자 침전 안에서 주상 전하 묵직한 목소리가 들렸다.

"예, 전하."

상전이 약손 대신 대답했다. 이유는 동재 시중을 받으며 곤룡포를 정제 중이었다. 붉은 비단 위에 금실로 수놓은 오조룡의 눈이 번뜩였다. 이유는 면경에 제 모습을 이리저리 비춰 확인까지 했다.

거참, 뉘 집 아들이신지, 아니 뉘 나라 임금님이신지 신수가 훤했다.

약손은 면경에 비춘 임금님의 용안龍顔을 슬쩍 훔쳐보다가 이내 푹 고개를 숙였다. 사실 무서운 상전에게 붙잡혀 속절없이 끌려와 그렇지, 약손은 간밤에 마신 술 때문에 고생 중이었다. 얼굴은 통통 부어 왕 두꺼비 저리 가라였고, 눈도 잘 떠지지 않았다. 맘 같아서는 아무 데나 토악질을 하고 싶었다. 시원한 물 한 잔만 마시고 왔어도 속이 이 지경으로 뒤집어지지는 않았을 텐데. 옛날에는 술을 물처럼 들이마셔도 다음 날에 까딱없더니만 내가 점점 늙나?

약손은 예전 같지 않은 저의 체력 때문에 잠시 우울했다. 심지어 저랑 똑같이 술 마셔 놓고 여느 날과 다름없이 말짱한 주상 전하를 보니까 괜히 더 속이 뒤틀렸다.

자고로 진정한 주당이라면 말끔한 주사로 완벽하게 뒤끝을 마무리해야 하거늘!

뭔가 주상 전하에게 진 기분이었다. 나, 여약손! 다른 것도 아닌 술로 지다니! 분하다…… 혼자만의 경쟁에서, 혼자만 패한 약손이 주먹을 꽉 쥐고 부르르 몸을 떨었다.

그때, 자리에 정좌한 이유가 까딱까딱 손가락을 들어 약손을 불렀다.

"상약은 이리 가까이 오너라."

"……예."

약손이 한 걸음 두 걸음 이유의 앞으로 걸어갔다. 하지만 이유는 뭐가 부족한지, 혹은 뭐가 그렇게 마음에 안 드는지,

"아니, 좀 더 가까이."

"……예."

"아니아니, 더 가까이."

"……예."

"이쪽으로 썩 오라니까?"

"……예."

기어코 약손을 제 코앞까지 끌어다 놨다. 손 뻗으면 닿을 듯, 두런두런 이야기하면 숨결 느껴질 듯 아주 가까운 거리였다. 만

족한 이유가 그제야 핏 입꼬리를 당겨 웃었다.

"상약은 늘 그만치에서 약을 마시도록 하여라."

"……예, 전하."

누구의 말씀인데 감히 거역하겠나이까. 약손이 푹 고개를 숙여 끄덕였다. 사실은 수려하고 또 수려하신 임금님 용안을 좀 더 바라보고 싶었지만, 용안이야 앞으로 허구한 날 볼 수 있는 것이고.

약손은 당장이라도 토악질이 올라올 것만 같았다. 이러다 약 마시다가 바닥에 다 토하는 거 아니야? 그럼 난 불경죄로 의금부에 끌려갈 것이고, 사지가 댕강댕강 잘리는 능지처참……

안 돼! 약손이 잽싸게 손바닥으로 제 입을 막았다. 무슨 일이 있어도 토하지 않으리라! 아무리 쓴 약이라도 뱉어 내지 않으리라!

약손이 굳게 다짐했다.

곧 동재가 은소반 위에 탕약을 가져왔다. 탕약은 제일 먼저 주상 전하 앞에 놓였다.

하지만 이유, 제 몫의 탕약을 마시기 전에 약손의 종지에 부어 주는 것을 잊지 않았다. 원래 약 부어 주던 일은 상선 내시의 일이었는데, 오늘은 특별히 주상 전하께서 직접 하시네?

이상하다고 생각하자면 한없이 이상했지만, 그럴 수도 있다고 생각하면 또 전혀 아무 일도 아닌 여상한 일이기도 했다. 해서 약손은 아무 의심도 없이 이유가 따라 준 탕약을 입에 가져다 댔다.

"음……"

보통 이유가 마시는 약의 맛은 쓰고, 쓰고, 또 썼다. 간혹 쓴맛이 좀 맹맹한 날이 있기는 했지만 가뭄에 콩 나는 격이었다. 모든 탕약은 지옥 불에서 끓여 온 듯 엄청나게 썼다. 그리고 오늘 약손이 마신 탕약의 맛은…….

"응?"

종지를 비운 약손의 눈이 동그래졌다. 이유는 약손이 종지를 들어 저가 따라 준 약 마시는 모든 과정을 눈 한 번도 깜박이지 않고 지켜보는 중이었다. 당연히 둘의 시선이 딱 마주쳤다.

"전하, 이, 이건……?"

이유 얼굴에 설핏 장난기 가득한 웃음이 떠올랐다. 마치 소년 인 듯 눈동자도 개구지게 빛났다.

약손이 찹찹 혀로 입맛을 다셨다. 혀로 입속을 한번 훑으니까 미처 넘어가지 못한 밥풀이 걸렸다. 약손은 밥풀을 살뜰하게 모아 꼭꼭 씹었다. 오늘 약손이 받은 탕약의 맛은 특별했다. 지옥 불 탕약처럼 쓰지 않고 달콤했다.

그렇다. 이유가 따라 준 탕약의 정체는 다름 아닌 엿기름을 진하게 삭힌 꿀 식혜더라. 시원한 물 한 모금만, 사정 괜찮다면 꿀 물 한 잔만 마시면 원이 없겠다고 생각했는데 이게 웬 횡재야? 약손의 목이 꼴깍꼴깍, 한 종지만 마신 게 너무 아쉬워서 저도 모르게 침이 넘어갔다.

"어떠하냐? 독이 있는 것 같으냐?"

이유가 물었다. 하지만 물으나마나. 약손이 식혜 마시고 여적 멀쩡한데 독이 있을 리 만무했다. 약손이 아무 일 없다는 뜻으로 고개를 저었다.

"독은 없는 듯합니다. 주상 전하께서 시음하셔도 무탈합니다."

"아니야. 혹시 몰라. 조금 더 마셔 보렴."

"?"

이유가 아무 일 없다 고하는 약손의 말을 툭 잘라 막았다. 그러고는 다시 대접에서 종지로 식혜를 주르륵 따랐다. 잘 우려낸 밥풀이 동동 떴다. 아주 삭히지는 않았는데, 또 그렇다고 아주 날것도 아닌 밥풀이었다. 식혜 만든 수라간 상궁이 누구인지 솜씨가 대단했다. 큰 상을 내려도 부족했다.

주상 전하께서 식혜 안에 독 들어 있는지, 안 들어 있는지 꼼꼼히 확인해 보라는데 약손이 또 뭔 수로 그 뜻을 어길까. 탕약의 독을 검수하는 것은 상약인 저의 몫이었다.

"하면, 한 모금만 더……."

약손이 종지에 받은 식혜를 또 날름 비워 냈다. 잔 비워지기가 무섭게 이유는 또 식혜를 한가득 따라 주었다.

"어때?"

"독이 있나…… 없나…… 아, 좀 애매한데……?"

"그렇지? 애매하지? 그러니까 다시 한번 잘 마셔 봐."

"음……."

약손이 신중한 얼굴로 식혜 맛을 음미했다.

나는 지금 나랏일 하는 중이다, 주상 전하의 안전 책임지는 일을 최전선에서 하고 있다, 하나뿐인 소중한 목숨 내놓은 위험천만하기 짝이 없는 임무 수행 중이다…….

머릿속으로는 공과 사를 엄격히 구분했다. 하지만 맛난 음식 먹으면 절로 행복해지는 게 인간의 본성인지라, 달콤한 식혜 때문에 약손의 입꼬리는 절로 실룩실룩. 식혜를 입안 가득 들이켤 때마다 양 볼이 통통하게 부풀어 올랐다.

"캬! 달고 시원하다."

"숙취가 싹 사라지는 것 같지?"

"네! 네! 주상 전하!"

약손이 씩씩하게 대답했다. 약손이 잘 먹으니깐 이유 또한 절로 뿌듯해졌다. 마음속에 곳간이 있다면 올 한 해 수확한 햇곡식으로만 가득 채워 놓은 농부가 된 것만 같았다. 농부는 새하얀 햅쌀을 바라보며 금년 명절 풍족하게 보낼 생각, 아기들 엉덩이 토실토실하게 살찌울 생각, 몇 되쯤은 시장에 팔아 제 고운 부인 저고리 지어 줄 생각 따위를 하며 행복해하겠지.

다들 그러하겠지.

"전하, 편전에 드실 시각이옵니다."

"……그래?"

요즘 이유의 하루 일과는 편전에서 열리는 조회로 시작했다. 선대의 전통을 따르자면 아침 경연에 참여하는 것이 먼저겠지만 최근에 이유는 경연을 잠정 중단했다.

물론 경연을 폐한다는 유지를 따로 내린 것은 아니었다. 하지만 그렇다고 해서 이유가 먼저 경연을 주최하지는 않았다. 혹시라도 학사 중 누군가 경연을 청한다 해도 건강상의 문제로 미루면 그뿐이었다.

참으로 사람 환장하고 헷갈리게 만드는 처사라. 덕분에 집현전에만 불이 났다.

이러다 아예 경연 폐지되는 것 아닙니까? 설마, 그럴 리가 있겠습니까? 암만 주상 전하라 할지라도 선왕의 공로를 그리 쉽게 모른 척할 수는 없습니다. 한데 왜 경연을 열지 않습니까? 이러다 우린 아예 뒷방으로 밀려나 앉게 생겼습니다.

그들이 알까 모르겠는데, 학사들이 은밀히 나눈 대화는 바람결을 타고, 흐르는 물을 타고 족족 이유의 귀로 날아들었다. 늘 그렇듯 주상 전하의 은혜는 하해와 같이 넓고도 깊어서 이 궁궐 어디라도 닿지 않는 곳이 없었으니까.

구중궁궐, 심처深處에 닿는 모든 은혜가 이유의 것이었다.

이유가 작게 깎은 나무 숟가락을 아예 약손의 손에 들려 줬다. 약손은 숟가락을 야무지게 쥐어 잡고는 대접 밑바닥에 남은 밥 풀을 남김없이 박박 긁어 먹었다.

"다 먹고, 숙사에 돌아가서 한숨 푹 자렴. 상약하러 건너오너라, 부를 때까지."

"네! 네! 전하!"

속 깊은 주상 전하께서는 밤새 술 퍼마신 약손, 행여나 누가 일시키고 고되게 할까 봐 본인이 직접 부를 때까지는 넌 잠이나 자라. 그 누구도 약손을 귀찮게 하지 마라, 넌지시 못 박고 몸을 일으키셨다.

식혜 먹고 신난 약손은 연신 싱글벙글 웃는 낯으로 주상 전하 뒤통수에 대고 허리가 부러져라 절하며 인사했다.

역시, 주상 전하가 최고야!

주상 전하 엄청 좋은 분이야!

침전 나서는 이유의 걸음도 오늘따라 가뿐했다. 조회 때 싫은 낯도 꾹 참고 부득불 마주해야 할 학사들의 얼굴이 떠올라도 아무렇지 않았다. 마음속 곳간이 풍족하게 꽉꽉 들어찼는데 이 세상 뭐가 아쉽고, 뭐가 두려우랴.

"전하, 다녀오세요!"

약손이 팔랑대며 외치는 목소리가 귓전을 때렸다. 이유의 한쪽 입꼬리가 으쓱 올라갔다.

[5]

약손은 주상 전하 명 착실히 받들어 낮상 받을 즈음, 느지막이 일어났다. 따로 조반 먹지 않아도 식혜 한 대접을 다 비웠더니 배가 든든했다. 물론 조반은 조반이고 낮상은 낮상이다. 약손의 배꼽시계는 단 한 번도 틀린 적이 없었다. 누가 업어 가도 모를 정도로 숙면하던 약손은 낮상 받는 시간되니깐 벌떡 몸을 일으켰다. 그러고는 스적스적 걸음을 옮겨 낮상 받으러 갔다. 저만치 빈청 마당에서는 부지런한 생도들이 나와 벌써 밥을 먹고 있었다.

"오늘 반찬 뭐야?"

세수도 하지 않고, 눈곱이나 대충 떼며 물었다. 누군가 '소고기 뭇국이야!' 대답해 줬다. 오! 숙취엔 역시 고깃국이지!

비록 주상 전하 수라상에 오르는 귀한 소고기는 아니고, 숙수들이 쓰고 남은 잡고기뿐이지만 뭐 어떠랴. 원래 남의 살 들어가면 다 맛있는 법이었다.

약손이 휘휘 주변을 둘러봤다. 수남과 복금은 어딘가 심부름을 갔는지 여적 보이지 않았다. 늦게 오면 고깃국은 다 없어지고 말 텐데. 남아 있다 한들, 건더기는 전부 사라지고 희멀건 국물만 먹어야 할 텐데.

"너네 절루 가봐. 수남 아저씨랑 복금이 것도 남겨 놓을 거란 말이야! 다 먹으면 가만 안 둬?"

입궐 첫날에, 복금을 하대하던 막동이 마구 패주고 주먹 자랑한 보람이 있었다. 원래 약손은 생도들 사이에서도 무시무시한 돌주먹이고 천하장사 무릎도 꿇게 만든다는 소문이 퍼져 아무도 얕보지 못했다. 심지어 상약 되고 나서부터는 더욱 기세등등했다.

여약손은 까마득히 높고도 또 높은 주상 전하 직접 뵙는 생도였다. 괜히 잘못 건드렸다 눈 밖에 나면 큰일이 날지도 몰랐다. 약손이 고깃국 남겨 놓으라며 험악하게 눈을 부라렸다. 세상에 다시없을 불한당, 시정잡배 같았다. 고깃국 마음껏 뜨던 생도들이 슬슬 눈치를 봤다.

"헤헷! 고깃국 내가 다 먹어야지!"

약손은 수남과 복금의 국을 따로 챙겨 놓고 고깃국을 훌훌 들이켰다. 팥이랑 조랑 수수 섞인 잡곡밥도 야무지게 말아 먹었다.

얼추 배가 부른 후에야 끄어억 트림을 하며 뒤로 물러났다. 올챙이처럼 부풀어 오른 배 때문에 손 하나 까딱할 힘이 없었다.

아, 배부르니까 졸려……

이놈의 인간, 어떻게 된 게 배부르면 졸리고, 졸고 나면 배고프고. 배고파서 밥 먹고 나면 어느새 또 졸리는지 모를 일이었다.

약손은 밥상 위에서 꾸벅꾸벅 졸기 시작했다. 눈꺼풀이 천근만근 무거워지며 점점 눈이 감길 때, 문득 어젯밤 일이 생각났다.

나는 주상 전하 덕분에 잘 도망쳤는데, 예원각에 홀로 남은 옥향에게 아무 일이 없겠지? 홍윤성한테 해코지를 당하진 않았겠지? 하긴, 나중에 소실로 들인댔으니까 소실도 처는 처인데 설마 제 처를 벌줬겠어? 쥐 잡듯이 잡았어? 뭔 일 있었으면 벌써 그 소식 귀에 들어오고도 남았다.

에이, 괜한 걱정 사서 하지 말아야지.

무소식이 희소식인 법……

약손은 잠결에 아무 일도 없을 거라며 마음을 편히 먹었다. 하지만 그때였다.

"약손아! 약손아! 여약손!"

"아이고, 약손아! 너 지금 졸구 있냐? 네가 그럴 때냐? 눈 좀 떠봐라! 큰일 났다! 큰일!"

숙사 마당에서부터 온갖 소란 다 부리며 들어오는 두 남자. 그들은 바로 수남과 복금이더라.

아, 뭐야. 나 지금 따뜻한 햇살 맞으며 단잠에 빠지려던 중인데. 나비가 나인지, 내가 나비인지 구분 못 할 정도로 즐거웠던 중인데.

약손은 미처 졸음에서 벗어나지 못하고 한쪽 눈만 찡그려 떴다. 곧 득달같이 달려온 두 남자, 복금과 수남이 약손의 양어깨를 오른쪽 왼쪽 한 짝씩 나란히 움켜쥐곤 앞뒤로 짤짤 흔들었다.

"약손아! 큰일 났다니까?"

"나 빼고 고깃국 먹었냐? 이런 제길! 네가 지금 팔자 좋게 고 깃국 마시고, 잠잘 때가 아니라고!"

두 남자의 재촉에 약손이 번뜩 눈을 떴다.

"왜요? 무슨 일인데요?"

약손이 쳐다본 복금의 얼굴이 허옇게 질려 있었다. 수남의 이 마로, 턱으로 굵은 땀방울이 뚝뚝 떨어져 내렸다. 뭐야? 무슨 일이기에 다들 이렇게 호들갑이야?

복금이 휘이휘이 한숨을 폭 내쉬었다.

"큰일 났어. 어젯밤에 정선도 나리가…… 정선도 나리가 홍윤 성한테 끌려갔대."

"듣자 하니 몽둥이찜질을 제대로 당했다는군. 홍윤성 사택 끌 려가면 반병신 되거나, 그 자리에서 숨 끊어지거나 둘 중에 하나 라던데…… 이를 어쩌면 좋나?"

"뭐라구요?"

역시 무소식이 희소식이었다. 차라리 아무 말도 전해 듣지 못 했으면 좋으련만. 유소식이 이토록 비소식悲消息일 줄은 약손조 차 꿈에도 몰랐던 일이었다.

수남과 복금이 귀동냥해 온 소식에 의하면 이랬다.

약손이 주상 전하 도움 받아 무사히 도망쳤던 날, 예원각이 한바탕 뒤집어졌단다. 낙월지를 드나든 쥐새끼 때문에 홍윤성이 분기탱천한 것은 말할 것도 없었다. 한데 사람이 재수가 없으려면 뒤로 자빠져도 코가 깨진다고, 하필이면 그날 밤 예원각 주변을 서성이던 정선도가 홍윤성 왈패에게 꼼짝없이 붙잡힌 것이었다.

아마 옥향 보고 싶은 마음 반, 걱정되는 마음 반 숨기지 못해 몰래 왔을 텐데 약손 대신 들켜 버렸다. 정선도가 아무리 아니라고 발뺌을 해도 이미 옥향과 정분난 과거가 자명한 마당에 그 말 믿어 줄 사람은 아무도 없었다.

네가 감히 내 옥향이를 넘봐? 나 몰래 밀회 즐겼어? 이 두 연놈들을 절대 가만두지 않겠어! 화가 머리끝까지 난 홍윤성은 그대로 정선도를 제 사택으로 데려갔다랬다.

홍윤성의 고래 등 같은 기와집. 마을 하나를 메우고 산 하나를 통째로 깎아 만든 홍윤성의 기와집은 여러 가지로 유명했다. 첫째로는 궁궐 저리 가라 뺨치는 엄청난 규모에, 둘째로는 황금 칠을 해 놓은 듯 세상 온갖 귀물 끌어다 치장해 놓은 입 딱 벌어지는 사치스러움에. 마지막 세 번째는 드넓고 아름다운 기와집과는 도무지 어울리지 않는 흉흉한 소문 때문이었다.

기와집이 홍윤성의 고택인 줄 모르던 한 외지인이 말을 타고 그 앞을 지나다가 홍윤성의 왈패들에게 반병신이 될 때까지 얻어맞았다. 홍윤성 눈에 띄어 납치혼과 다름없이 첩실로 들어간 열두 살짜리 계집애가 시중을 제대로 못 든다 하여 추운 겨울날 발가벗은 채로 내쫓겨 얼어 죽었다. 일가 종친 무덤 모셔 놓은 종산宗山 서로 갖겠다고 다툼하던 나이 든 삼촌을 홧김에 죽이고는 그 시체를 다른 곳도 아닌 종산에 암매장하였다.

이쯤 되면 '개망나니'라는 별칭은 점잖은 축에 속했다. 홍윤성은 스스럼없이 사람 죽이는 살인마였고, 철면피였고, 악귀였다. 다만, 끔찍한 살인마가 떡하니 사람 죽여 놓고도 온갖 부귀영화 누리며 흥청망청 단란하게 살아가는 까닭은 하나.

'윤성이 비록 광포한 성격이나, 의리를 알고 장부의 도리를 깨쳤다. 내 어찌 그런 자를 내칠까? 그러나 윤성이 자꾸 술에 취해 실수를 범하니, 술을 줄이고 반성하라는 의미에서 경음당(鯨飮堂: 술고래)이라는 별호를 내리노라.'

그렇다. 홍윤성에게 억울하게 죽임당한 누군가의 가족이 목숨 걸고 그 사실을 관가에 발고한 적이 있었다. 하지만 홍윤성이 받은 것은 벌이 아니라 상이었다. 심지어 윤성이 네가 무슨 짓을 하더라도 너그러이 용서하겠다는 주상 전하의 아량이었다.

당연한 일이었다. 홍윤성은 이유가 계유癸酉년에 일으켰던 정난의 일등공신이었다. 공신들 아끼는 마음이 태산보다 더 큰 이유가 그를 내칠 리 없었다. 상황이 이러하였으니 주상 전하 등에 업은 홍윤성의 패악질은 하루가 다르게 고약해지고 끔찍해질 수밖에 없었다.

"약손아, 근데 우리 정말 이래도 되냐?"

"이렇게 안 하면 뭐 좋은 방법 있습니까?"

"있지! 있고말고! 관아에 고발장을 써 보든가. 그게 안 되면 고발장을 또 써 보든가, 그게 또또 안 되면 고발장을 또또또 써서……."

수남이 여러 번 말렸지만 약손은 들은 척도 하지 않았다. 기어코 사람 뒷골 서늘하게 만드는 홍윤성의 사택까지 제 발로 직접 찾아왔다. 어둠 속에서 활활 타오르는 횃불이 꼭 지옥의 입구를 알리는 이정표 같았다. 기와집이 가까워지면 가까워질수록 수남의 얼굴 또한 하얗게 질렸지만 이제 와서 돌아갈 수는 없었다. 장부된 도리로 한번 뽑은 칼날, 무라도 썰어 줘야 하지 않겠어?

약손은 대문을 지키고 있는 왈패 앞까지 한달음에 걸어갔다.

"뭐야? 웬 놈이냐?"

분명 집 지키는 몸종일 텐데, 저 사내가 단순한 노비인지 건달인지 도무지 구분되지 않았다. 인간들 원래 끼리끼리 논다고 홍윤성 집 몸종들도 제 주인 닮아 그만큼 흉악하게 생겨 먹었다는 뜻이었다. 왈패 중 한 명이 눈을 부라리며 다가왔다.

약손은 얼른 그 앞에서 푹 고개를 숙였다.

"예예, 어르신. 쇤네, 쥐를 잡으러 온 방지기(房直: 관아에 속한 심부름꾼)옵니다."

"방지기? 우린 그런 사람 부른 적 없는데?"

"그럴 리가요! 홍윤성 대감댁 추수 앞두고 곳간을 깨끗이 치우라는 명을 받았사옵니다."

"누가? 누가 그따위 헛소리를 지껄여?"

왈패가 약손의 멱살을 휘어잡을 듯 가까이 다가섰다. 당장이라도 약손을 끌고 가서 관아 행수와 삼자대면할 기세였다. 그 꼴을 보고 나니 수남도 가만히 있을 수만은 없었다.

그래, 이왕 칼을 뽑았는데 이라도 쑤셔야지! 수남이 얼른 약손과 왈패의 사이에 끼어들었다.

"아이고, 나리. 뭐가 그리 급하십니까? 행수 어른께서 깜빡하구 미처 연통 못 넣은 모양입니다. 요즘 행수 어르신이 워낙 바쁘셔야 말이죠……. 그러지 말구 날씨도 꿉꿉한데 다들 약주 한 잔 드시면서 생각합시다."

"……약주?"

"예. 양조장에서 오늘 받아 온 맑은 청주입니다."

"흐음……."

수남이 머리에 지고 온 소쿠리에서 술병을 냉큼 꺼냈다. 그러고는 왈패들에게 한 배씩 돌렸다. 참말 오늘 받아 온 술이라 그런지 단맛이 입안에서 쑥쑥 퍼졌다.

"오호라? 술맛 괜찮은데?"

"이 술 받아 온 양조장이 어디야? 솜씨가 대단해."

"아이구, 뭐 양조장이랄 것도 아닙니다. 그냥 저가 뒷마당에서 끓인 거라……."

헤헤헤, 하하하 왈패들 비위 한껏 맞춘 수남은 술을 딱 한 잔씩만 돌리고는 남은 술병을 다시 소쿠리 안에 갈무리했다. 그러고는 꿍차 굽힌 무릎을 펴 일어섰다.

"실은 이 술이 쥐를 잡는 동안 나리들 적적하실까 대접하려고 가져온 것이지요. 한데 행수님께서 연통 보내는 것을 깜빡 잊으셨으니 어쩔 수 없네요. 서찰 받아 가지고 밝은 날에 다시 오겠습니다."

수남이 소쿠리를 미련 없이 머리에 졌다. 왈패가 그런 수남을 말렸다.

"어허, 됐어! 자네, 이 행수 밑에서 일하는 사람이지? 이 행수랑 나랑 연통 보내고 말고 하는 각박한 사이가 아니야. 어디 장사 하루 이틀 하나?"

"그래도……."

"안 그래도 추수철되기 전에 미리 쥐 잡아 놓으려고 했어. 괜히 왔다 갔다 번거롭게 하지 말고 오늘 전부 끝내."

"헤헤. 그리하겠습니다."

수남이 소쿠리를 바닥에 내려놨다. 그러고는 앙칼진 눈빛으로 약손과 복금을 쳐다봤다.

"너네는 뭘 멀뚱히 보고만 있냐? 세월아 네월아 할래? 얼른 곳간 들어가서 쥐를 잡아 오란 말이야!"

"······예?"

당황한 복금이 그만 눈치 없이 '예?' 되묻고 말았다. 약손이 복금의 옆구리를 콱 꼬집었다. 그러고는 싹싹하게 고개를 끄덕였다.

"예, 어르신. 햅쌀 한 톨도 축나는 일 없도록 남김없이 쥐를 잡아 오겠습니다."

"그래그래. 얼른 가서 일해! 일!"

수남이 네까짓 것들은 당장 썩 꺼지라는 듯 휘휘 손을 저었다. 대신 왈패에게는 맛 좋은 청주를 콸콸 따라 줬다. 덕분에 약손과 복금은 아무 방해 없이 홍윤성의 곳간으로 들어갈 수 있었다.

"혹시나 해서 하는 말인데, 뭐 훔치다가 걸리면 너네 둘 다 손목을 잘라 버릴 거야. 딴짓하지 말고 쥐새끼나 잘 잡으라는 얘기야. 알겠어?"

"예예."

고작 열 살이나 넘었을까 말까 한 어린애였다. 그동안 대체 뭘 보고, 뭘 들으며 자랐는지 약손과 복금을 곳간 안으로 데려오는 동안 씨불인 입 패악이 어마어마했다. 평소 같으면 어른한테 말 버릇이 그게 뭐냐고 꿀밤을 때려 줬을 테지만, 약손은 나 죽었소 하는 심정으로 납죽 엎드릴 뿐이었다. 곳간을 지나가는 모퉁이마다 복금이 쥐덫을 놓았다. 물론 약손 역시 쥐똥을 밟는 척, 쥐구멍을 발견한 척 온갖 수선을 떨어 댔다. 그러면서도 두 눈은 어딘가에 갇혀 있을 정선도를 찾기 바빴다.

이 한심한 인간, 대체 어디에 틀어박혀 있는 것인가? 옥향이 랑 둘이 도망칠 날이 한 달이 남았나, 두 달이 남았나? 고작 닷 새였다. 닷 새만 참고 기다리면 자칭타칭 야반도주 장인 약손이 어련히 알아서 도망치게 해줬을 텐데. 이렇게 중간에 일이 틀어 지면 처음 약손이 받기로 했던 비용은 빼도 박도 못하고 날리는 격이 된다.

그나마 일 시작 전에 착수금 받았으면 불행 중 다행이다. 하지 만 애석하게도 가난한 역관 정선도는 착수금 줄 형편도 못 됐다. 그냥 나중에 일 성공하면 부모님이 남겨 주신 금덩이나 받기로 하고 덜컥 일을 저지른 게 문제였다. 이래서 재물 관련 문제는 확실히 짚고 넘어갔어야 하는데.

하지만 똑 부러지게 약정 못 한 잘못을 누구에게로 돌릴 수 있을까. 모두 제 탓이었다. 약손의 마음이 점점 더 다급해졌다.

다른 건 몰라도 여태까지 일부러 시간 내서 예원각 드나들 때 사용한 거마비, 주막 들러 사먹은 밥값이랑 술값 정도는 반드시 받아 낼 작정이었다. 도망치기 직전까지는 괜히 긁어 부스럼 만 들지 않도록 옥향이 만나지도 말고, 예원각 근처 얼씬도 하지 말 라고 그토록 당부했는데 약속을 어긴 건 정선도 쪽이니까. 일을 그르친 원인은 모두 정선도에게 있었다. 하여 약손은 중간 정산 만 깨끗이 끝내고 이 번잡스럽기 짝이 없는 두 남녀의 일에서는 완전히 발 빼기로 마음을 굳혔다.

그때였다.

"약손아!"

곳간 구석구석 쥐약 뿌리던 복금이 사색이 된 얼굴로 달려왔 다. 딱히 다른 말 하지 않아도 알 것 같았다. 광 어디선가 붙잡혀 있는 정선도를 발견했으리라.

"어디야?"

"저쪽……."

복금이 길게 펼쳐진 광채의 끝을 가리켰다. 정선도가 어디에 있는지 알았으니 이제 착수금만 받으면 오늘의 임무 완료였다.

약손이 성큼성큼 광채 끝으로 걸어갔다. 근처를 배회하던 어린 몸종이 그 꼴을 보며 빽 소리를 질렀다.

"야! 거긴 왜 가? 그쪽엔 쥐 없거든?"

어우, 저 밤톨만 한 게 자꾸 거슬리게 하네? 찬밥 더운밥 못 가리고 사사건건 끼어드네? 약손은 아까부터 손에 쥐고 있던 뭔가를 몸종 앞에 휙 던져 버렸다.

"쥐가 없긴 왜 없습니까? 아주 득실득실한데요?"

"득실득실하기는 무슨……. 꺄아아악!"

약손이 던진 물체는 다름 아닌 쌀 훔쳐 먹다 밸 터져 죽은 쥐의 사체라.

"쥐다, 쥐! 배가 갈린 쥐야! 이 피 좀 봐!"

구멍 난 뱃가죽에서 낟알 섞인 쥐 창자가 줄줄 흘렀다. 어른이 보기에도 눈살 찌푸려지는 끔찍한 광경이었다. 어린 몸종은 잔뜩 겁을 집어먹은 채 걸음아 날 살려라 곳간을 뛰쳐나갔다.

"한주먹 거리도 안 되는 놈이 어른 무서운 줄 모르고 까불어!"

약손이 손바닥을 탁탁 털며 중얼거렸다. 복금이 약손의 곁에 바짝 붙어 섰다. 한데, 먼저 가서 정선도를 보고 온 복금의 표정이 어째 편치가 않았다.

"근데, 어쩌면 좋지? 정선도 나리가…… 정선도 나리 상태가……."

"왜? 왈패들한테 언어맞아서 꼴이 말이 아니든? 눈탱이 밤탱이 됐어?"

"그게…… 그렇긴 한데……."

왈패들한테 조리돌림 당했을 테니 몸 성한 게 더 이상할 터였다. 하지만 뭐, 그 정도 각오도 안 하고 옥향이 만나러 갔나? 자고로 콩 심은데 콩 나고, 팥 심은데 팥 난다. 뿌린 대로 거둔다. 인생지사 자업자득이었다.

"여기, 이쪽이야."

복금이 광 앞에 멈췄다. 약손이 약간 피곤한 표정으로 그 앞에 섰다. 일 제대로 처리하지 못해 홍윤성 집까지 갖은 수 부려 들어와야 했던 온갖 짜증이 서린 얼굴이었다.

약손이 턱 팔짱을 꼈다.

"이봐요, 정선도 나리. 무슨 일을 이따위로 합니까? 그렇게 예원각 가지 말라고 경고했건만. 내가 계집 행세까지 하며 둘 사이 소식도 전해 줬잖아요. 하여튼 이제 나도 몰라요. 난 이만 발 뺄랍니다. 대신 여태까지 든 수고비는……!"

약손이 저도 모르게 한 발자국 앞으로 발을 딛을 때였다. 그 순간, 철퍽, 약손의 발이 축축한 웅덩이를 밟았다.

뭐야? 어디서 비가 샜나? 곳간에 웬 물이…….

발바닥 젖어 오는 불쾌한 기분이 들었다. 약손이 저도 모르게 발밑을 내려다봤다. 그와 동시에 코끝으로 피 비린내가 확 퍼졌다.

"……응?"

약손 발아래, 물웅덩이가 아니라 핏물이 한가득 고여 있었다.

"이게 뭐야……?"

말문이 탁 절로 막혔다. 수고비랑 중간 정산금, 일을 망쳐 버린 정선도에 대한 한심함…… 그런 생각들이 한순간에 싹 사라졌다. 복금은 내가 미리 말했지 않았냐는 듯 한쪽 눈을 찡그려 감았다. 약손의 시선이 천천히 광 구석으로 향했다. 빛 한 줄기 들어오지 않는 어둠 속에서 눈이 익숙해지자 서서히 곳간 안의 광경이 보였다.

"흐읏……."

그곳에 정선도가 있었다. 아니, 복금이 말해 주지 않았더라면 약손은 저게 정선도인 줄 알아보지도 못할 뻔했다.

"세상에…… 이런……."

정선도의 발목이 광 천장과 연결해 놓은 밧줄에 꽁꽁 묶여 있었다. 덕분에 거꾸로 물구나무를 서 있게 된 정선도의 머리통은 바닥에 닿을락 말락 한 높이에서 흔들리고 있었다.

톡, 톡, 톡……

물, 아니 피 웅덩이가 고인 까닭이 바로 여기 있었다. 거꾸러진 정선도의 몸뚱이를 타고 핏물이 죽죽 강처럼 흘렀다. 그저 왈패들이 몇 대 패주고, 조리돌림 한 줄만 알았는데. 정선도가 이런 끔찍한 몰골일 줄은 꿈에도 생각지 못한 일이었다.

"이보시오! 정 나리! 눈을 좀 떠 보시오! 정 나리!"

"그럼, 우리 형님은 정유년 생? 이제 보니 나보다 다섯 살이나 어리시구면? 아니아니, 그렇다구 아우 노릇하라는 건 절대 아니구! 그깟 나이가 뭐가 중요해? 내가 그렇게 꽉 막힌 사람도 아니구."

수남이 가져온 술이 거의 동났다. 술이 바닥나면 날수록 왈패들은 더욱 흥에 겨웠고, 수남은 그들 사이에서 비위 맞추느라 진땀을 흘렸다. 그리고 마침내 약손과 복금이 곳간을 빠져나왔을 때,

"앗차차 이런! 술이 다 떨어졌네? 저가 얼른 가서 술 가져오겠습니다! 잠시만 기다리십시오?"

술 없다는 핑계를 대며 잽싸게 자리를 벗어났다. 술 취한 왈패들은 그런 수남 하나도 의심하지 못하고 그래그래 어서 다녀와 손만 흔들어 줄 뿐이었다.

수남이 저 멀리 앞서 걷는 약손과 복금의 뒤를 쫓았다. 그러고는 홍윤성의 기와집이 멀어지니까 그제야 마음껏 욕을 퍼부었다.

"개 귀의 비루를 털어 먹을 놈들. 그깟 주먹 좀 쓴다고 유세 떠네. 나보다 다섯 살이나 어린 게 어디서 맞먹어? 내가 밥술을 먹어도 몇 천 번을 더 먹었고, 술을 마셔도 너보다 더 많이 마셨다!"

아까 저보다 나이 어린 왈패한테 형님이라고 부른 게 못내 빈정 상했나 보다. 수남이 씩씩 여적 풀리지 않는 분풀이를 했다. 한데, 어쩐지 앞서 걷는 약손이 아무런 반응이 없었다. 평소라면 '그랬습니까? 수남 아저씨? 똥물에 튀겨 죽여도 모자랄 놈들이네요.' 함께 욕지기를 하며 제 편을 들어 줬을 텐데.

수남이 갸우뚱 고개를 젖혔다.

"뭐야? 안에서 뭔 일 있었어? 정선도가 정산 안 해주겠대? 사람 그렇게 안 봤는데 얌생이가 따로 없구만? 저 잘못해서 일이 엉망진창된 걸 누구 탓을 해? 우리는 뭐 땅 파서 장사한다든? 금덩이는 못 쥐도 그 절반의 수고비는 줘야지! 사람이 상도를 몰라, 상도를!"

수남이 퉤퉤 침을 뱉었다. 순전히 중간 정산비 하나 챙기자고 홍윤성 집까지 찾아왔다. 나이 어린 왈패들 밑에서 동생 노릇까지 했다. 한데 떨어지는 떡고물이 하나도 없단 말이야? 수남이 욕 한 바가지를 하려는데 복금이 그런 수남의 옆구리를 쿡 찔렀다.

"수남 아저씨, 그만하세요. 그것이 아닙니다…… 그게 아니라……."

"그게 아니면 뭔데? 지금 이 순간에 재물보다 중요한 일이 뭐가 있어?"

수남이 당장 드잡이할 듯 따졌으나 복금이 소곤소곤 뭔가를 속삭였다.

"……흐익! 뭐라고? 그게 정말이야?"

"예. 정말이지요."

수남은 복금에게 전해 들은 말을 차마 믿을 수 없다는 듯 몇 번이나 되물었다. 하지만 복금이 지금 이 순간 수남에게 거짓말할 까닭이 없었다. 정선도를 만나고 온 후유증 때문에 복금의 얼굴도 수척했다.

수남이 쯧쯧 혀를 찼다.

"정선도가 그 모양 그 꼴 됐다면 이제 금덩이 받기는 다 글렀네. 더 얽혔다가는 우리도 정선도 짝 날지 누가 아니? 그냥 손 떼야겠다. 내가 아까 얘기 나눠 보니깐 홍윤성 왈패 놈들, 보통 흉악스러운 놈들이 아니야."

수남이 설레설레 고개를 저었다. 그러고는 똥이 무서워서 피하는 게 아니라, 더러워서 피한다는 말도 덧붙였다. 약손은 그때까지 한마디 대꾸도 하지 않았다.

애가 왜 갑자기 꿀 먹은 벙어리가 됐지? 수남이 약손의 얼굴을 요리조리 살폈다.

"얘, 약손아. 근데 너 지금 어디 가는 거니?"

"궐에요."

"궐? 벌써 가게? 그래도 여기까지 나왔는데 주막 들러서 사이좋게 막걸리라도 한잔하구 가자. 요 근처에 내가 잘 아는 주모가 있는데……."

왈패들 눈치 보느라고 제대로 못 마신 술이 못내 아까웠다. 궐에 들어가 봤자 심부름만 죽어라 해야 하고, 웃전 눈치 보느라 재미 하나도 없는데. 수남은 좀 더 놀다 갔으면 싶었다.

"……."

하지만 약손은 여전히 묵묵부답. 애가 오늘 진짜 왜 이러지? 술이라면 사족을 못 쓰는 애가 뭘 잘못 먹었나? 정선도가 금덩이 안 준대서 화난 거야?

수남은 여전히 눈치가 없었다. 보다 못한 복금이 수남의 옆구리를 한 번 더 쿡쿡 찔렀다.

"아얏! 너 아까부터 대체 왜 그래? 옆구리에 멍들겠다, 멍들겠어!"

수남이 팩 복금을 째려봤다. 약손은 그런 수남과 복금 쪽으로는 일말의 시선도 주지 않고 발길을 재촉했다.

"수남 아저씨는 복금이랑 약주 드시고 천천히 오세요. 저는 먼저 입궐하겠습니다."

이제 보니 약손의 얼굴이 잔뜩 굳어 있었다.

오늘은 무슨 장난을 칠까, 어디 재미지고 신나는 일은 없을까? 호기심으로 또록또록 빛나던 까만 눈동자가 고요하기만 했다.

"궐에 일찍 들어가서 뭐하게? 가 봤자 웃전 등쌀이지! 고생이지!"

막걸리에 여전히 미련 못 버린 수남이 덧붙였다. 하지만 소용없었다. 약손은 이미 저만치 가버린 후였다.

*

　간만에 수라간이 바빠졌다. 평소에는 특별히 무어가 자시고 싶다, 입맛이 없으니 이거저거 대령해 봐라, 분부 전혀 없던 주상 전하께서 특별히 '과줄'이 먹고 싶으니 가져오너라 명하셨기 때문이었다. 덕분에 수라간 상궁들이 너도나도 팔 걷어붙여야만 했다. 찹쌀가루를 절구통에 넣어 곱게 찧고, 콩물 우리고, 술 넣어 반죽하고.

　큰 가마솥에 기름 자글자글 끓이느라 아기 생각시들 혹여나 다칠까 봐 수라간 근처에는 얼씬도 못 하게 했더랬다.

　그렇게 하루 종일 지지고 볶아 대며 만든 과줄이 약과, 정과, 다식, 숙실…… 종류도 고루고루 다양했다.

　이유는 소반에 받쳐 온 가지각색 과줄을 보고 나서야 만족한 듯 고개를 끄덕였다. 냄새가 아주 달고 고소한 게 한입 먹으면 입안에서 사르르 녹을 것만 같았다. 그리고 이런 주전부리는 다름 아닌 여약손이 사족을 못 썼다. 종지에 담아 준 쓴 약도 겨우겨우 마시는 여약손. 금방이라도 오웩오웩 토할 것 같은 심정 꾹 참는 여약손.

　그래도 이유는 임금님이라고 탕약 마신 후에 꼬박꼬박 엿가락이라도 먹었지만 약손은 아니었다. 약의 쓴맛을 혼자 어쩔 줄 몰라 하며 삭여야 했다.

　안 그래도 못생긴 눈, 코, 입, 잔뜩 찡그리는 모습이 무척 웃겨서 내버려 두긴 했는데 그래도 계속 보니 마음이 좀 별로였다. 하여 이유는 오늘 약손이 상약하고 나면 그 쓴 입에 다디단 과줄 넣어 줄 생각이었다. 그게 뭐 대단한 일이라고 하루 종일 설렜다.

개가 입맛이 철모르는 어린애랑 다름없어서 과즙 주면 엄청 좋아할 텐데. 어쩌면 신나서 팔짝팔짝 뛸지도 모르는데. 겨우 장돌뱅이 노릇하며 살던 애가 이렇게 맛있는 과즙을 먹어 본 적이나 있겠어? 하여튼, 촌놈. 오늘 특별히 입 호강 좀 해봐라.

이유는 이제 막 상약 여약손을 불러오너라, 명할 참이었다. 하지만 그때, 이유가 명을 내리기도 전에 동재가 고개를 조아렸다.

"전하, 침전 밖에 여 생도가 왔다 합니다. 들일까요?"

거참, 여약손 애가 먹을 복 하나는 타고났나 보다. 어째 저 줄 양식 있는 걸 알아채고 귀신같이 찾아왔을까? 이유가 약손을 마다할 리 없었다.

"그래, 내가 마침 그를 부르려 했지. 들라 해라."

"예."

명이 떨어지자마자 침전 밖에서 동동동 마루를 걸어오는 약손의 발소리가 들렸다. 닫힌 문살로 어른거리는 그림자가 비쳤고 곧 활짝 열린 문 사이로 약손이 들어왔다. 폭 고개 숙인 정수리가 반질반질 빛이 났다. 그 동그란 머리통이 보일 때면, 어느새 이유의 얼굴에는 저도 모르게 미소가 걸렸다.

"그래, 상약 여약손 왔느냐?"

"예. 주상 전하."

영특한 상약은 저번에 주상 전하께서 제 곁에 가까이에 앉으라 명하신 뜻 분명히 기억했다. 이유의 발치에 무릎을 꿇고 정좌했다. 여 생도는 누굴 닮아 이리 총명하고 빠릿빠릿하지? 응? 한번 말한 이야기는 결코 잊는 법도 없고 말이야.

사실 약손은 이유 가까이에 자리한 것 말고는 아무것도 한 게 없었다. 그런데도 이유는 그 모든 게 다 뿌듯하고 대견할 지경이었다. 이러다가는 약손이 색색 숨만 쉬어도 들숨 잘하고, 날숨

잘한다고 그 실력 대단하다며 박수를 칠 기세였다.

이유가 제 곁에 둔 과줄 소반을 약손 앞으로 손수 끌어왔다.

야, 너 이게 뭔 줄 알아? 과줄이다, 과줄! 조선 최고 솜씨 가진 상궁 닦달해 만든 것이지. 뭐, 너를 주려고 일부러 만든 것은 아니지만 사람 사이에 정이라는 게 있잖아. 나 혼자만 먹으면 너무 얌체 같거든. 그러니까 너도 나랑 더불어서 한입 맛이나 보렴. 약 먹고 쓴 입, 과줄로 다스려. 네 입맛에 맞으면 한두 개 정도는 특별히 보자기에 싸줄 수도 있어······.

이유가 말하려 할 때였다. 하지만 그보다 먼저 답삭 고개를 숙이고 엎드렸던 약손이 고개를 들었다. 약손의 까만 눈동자가 조선의 제일 군주 이유를 응시했다.

"주상 전하."

"그래."

"전하, 저번에 소인에게 예원각에는 왜 갔냐고 여쭈셨죠? 예원각 드나든 속사정이 궁금하다 하셨죠?"

"응. 그리하긴 했는데······."

갑자기 그 얘기는 왜 꺼내? 얘 참 맥락 없네? 이유는 약손에게 한시라도 빨리 저가 준비해 놓은 과줄 먹이고 싶은 마음뿐이었다.

그런데,

"저가 그 사정 전부 말씀드리겠습니다. 무슨 연유로 계집 치마 두르고, 황급히 예원각의 담을 넘어야 했는지······ 주상 전하께 모두 다 아뢰고 싶습니다."

"응?"

약손의 목소리에서 뭔가 알 수 없는 다급함이 느껴지는 것은 기분 탓인지? 이유는 그제야 과줄에 있던 신경을 거두었다.

차근차근 약손을 살펴봤다. 푸른 생도복을 차려입은 약손은 평소와 다름없다고 생각했었는데, 다시 보니 아니었다. 이마에 동여맨 머리끈이 땀에 젖어 얼룩덜룩했다. 귀밑으로는 땀이 죽죽 흘렀다. 무엇이 그리 급한지는 몰라도 숨 돌릴 새 없이 뛰어온 것이 분명했다.

"……."

그래 뭐, 땀에 절고 사정없이 구겨진 생도복은 그렇다 치자. 문득 이유의 시선이 약손이 무릎 위에 모아 쥔 손끝에 머물렀다. 분명 주상 전하 침전 드나든다고 샘물 떠서 손을 깨끗이 씻었을 텐데. 짧게 깎은 손톱 사이사이에 검붉은 때가 끼어 있었다. 아니, 얼핏 보면 땟국이라고 오해할 수 있겠다. 하지만 조금만 주의 기울여 살피면, 약손의 손톱 사이에 낀 붉은 기가 결코 때가 아니라는 것을 알 수 있었다.

그것은 미처 씻겨 내려가지 못한 핏물. 손톱 밑에 말라붙은 선지 부스러기.

"……."

"……."

약손 앞에 앉은 이는 다른 누구도 아닌 이유였다. 지금은 조선 최고의 자리에 올라 있지만 본래는 대군이었던 사람.

적장자가 아닌 사람. 군주가 태어날 때부터 익혀야 하는 제왕학을 단 한 번도 정식으로 배워 본 적 없는 사람.

그래서 두 손에 피를 묻혀 스스로 극존極尊의 자리에 오른 사람.

설마 여약손이 사냥을 할 리 만무했다. 워낙 알아주는 새가슴이라 날짐승 배 가르는 일 따위는 하지도 못했다. 한데 어찌 여약손의 손에 그 끔찍하고도 흉흉한 흔적이 묻어 있을꼬?

이유 얼굴에 감돌던 웃음기가 거짓말처럼 싹 가셨다.

너, 왜 피를 만졌어? 누가 네 손에 피를 묻혔어?

"전하, 주상 전하……."

"과인이 들을 것이다. 하니 여 생도는 그간의 일을 하나도 빠짐없이 고하라."

약손이 더욱 고개를 깊이 숙였다.

"전하, 저가 예전에 궐을 나간 적이 있습니다. 한길동 영감님 심부름으로…… 조카분 약을 지어 주러……."

하여 약손은 그동안 저가 겪은 일을 전부 말했다.

한길동 영감의 심부름 갔다가 정선도를 만난 일, 그가 목을 매단 일, 그를 구해 준 일, 그가 죽으려 했던 전후 사정, 옥향과 정선도가 실은 미래를 약속한 정인이라는 이야기까지 모두. 심지어 이유는 약손의 이야기를 듣는 내내 간간히 '음…….', '그렇군…….', '저런…….' 추임새를 넣기까지 했다. 그러다 보니 처음에는 더듬더듬 저가 무슨 말을 하는 줄도 모르고 횡설수설하던 약손은 제 말 귀 기울여 주는 주상 전하 보며 점점 마음을 놓았다. 점차 차분해졌다.

"그런데 저번 날에 도망치던 저를 대신해서 정선도가 홍윤성에게 잡혀갔는데…… 글쎄 그는 지금……."

약손은 홍윤성 왈패에게 붙잡힌 정선도의 처지를 생각하는 것만으로도 끔찍한지 두 눈을 꼭 감았다. 곳간에서 저가 본 광경 읊는 약손의 목소리가 몹시 떨렸다. 하지만 그럼에도 불구하고 이런 얘기를 그 누구도 아닌 주상 전하에게 하게 되어 천만다행이라는 생각을 금치 못했다.

나 여약손, 참말 출세했다. 장돌뱅이 주제에 어쩌다 주상 전하께 미주알고주알 억울한 사정까지 아뢰게 됐나? 이날 이때껏 저가 살면서 본 동안 가장 끔찍한 패악 부리는 홍윤성과 왈패들.

약손은 이토록 다정하신 주상 전하께서 분명 개망나니 홍윤성을 혼쭐내 주고, 그의 일당을 함께 벌주리라는 것을 믿어 의심치 않았다. 그는 저가 가진 권세 이용해서 약한 사람 괴롭히고, 심술부리고, 심지어 사람까지 마음대로 죽이는 악귀 중의 악귀니까. 그런 작자는 지옥 불에 떨어져야 마땅하니까.

약손은 지금 당장 이유가 죄 없는 정선도를 구해 주고, 옥향도 홍윤성 그놈 첩실하지 말거라, 명하시리라 단정했다.

하지만······.

"그러한 사정으로 인해 저가 예원각에 드나든 것이옵니다, 전하."

"······그래?"

"······예."

이쯤 되면 이유 역시 약손이 전해 준 이야기에 깊이 공감하며 홍윤성 뭐 그런 개뼈다귀 같은 놈이 다 있냐며 분노해야 마땅했다. 죄 없는 사람 못살게 만들었으니 내가 직접 따끔하게 혼내 주거나 버릇 고쳐 주겠다는 분부를 내려야만 했다. 한데 전후 사정 전부 들어 놓고도 이유의 반응은 여전히 뜨뜻미지근했다.

"하면 약손이 네가 직접 해코지당하거나 괴롭힘 당한 것은 아니네?"

"예? 예? 예······ 그렇긴 하온데······."

아무렇지 않아 하는 이유 때문에 되레 약손이 당황했다.

"난 또 네 손에 피 묻은 자국이 있기에 뭐 큰일이라도 난 줄 알았다."

"······."

주상 전하, 이게 큰일이 아니라니요. 제가 좀 전에 말씀 올린 사정이 큰일 아니면 대체 무엇이 큰일이란 말입니까? 약손은 여전히 당황을 금치 못했고, 이유는 여전히 시큰둥했다. 혹시 내가 말재주가 없어서 주상 전하께 뭔가 이야기를 잘못 전했던가? 아니면 전후 사정을 빼고 말 안 한 게 있던가?

약손은 이제 저의 말솜씨를 의심할 지경이었다. 약손이 다시금 입술을 고쳐 물었다. 이번엔 좀 더 강경하고 간곡한 말투로 일렀다.

"전하, 소인 비록 정선도 그자와 알고 지낸 날은 짧으나, 정선도가 사람이 바르고 참됩니다. 사랑하는 여인 옥향을 위해서라면 목숨 버릴 각오마저 된 사내입니다."

"네 말마따나 한학청에서 공부한 자라면 총명한 인재임은 틀림없다. 허망하게 죽기엔 아까워."

"예. 정선도는 전하의 훌륭한 일꾼 될 자질 가진 자가 분명하옵니다."

"그래, 그런 사람 헛되이 죽게 할 수는 없지. 내가 윤성에게 그에 대한 이야기는 꼭 전해 보마."

"참말이십니까?"

천금보다 귀한 말 한마디였다. 약손의 얼굴에 금방 화색이 돌았다.

역시 주상 전하! 주상 전하가 최고야! 주상 전하라면 딱한 둘의 사정 모른 체하실 리가 없다니까?

약손은 그제야 한숨 돌리는 기분이었다. 약손이 휘이 안도의 숨을 내쉬었다.

"하오면 주상 전하, 옥향은 어떻게 되지요?"

"응? 옥향? 그 예원각 기생 말이냐?"

"예. 옥향과 정선도는 서로 연모하는 사이입니다. 한데 홍윤성이 겁박하여 옥향을 억지로 저의 첩실로 들이겠다고 했습니다. 그 또한 못 하게 해주실 테지요?"

"아니. 그건 안 될 말이지."

"……예?"

"그는 과인이 상관할 일이 아니야."

"……예?"

약손은 지금 저가 뭘 잘못 들었나 싶었다. 이유가 워낙 딱 잘라서 안 된다 하기에 순간 저의 귀부터 의심했다.

아니, 주상 전하. 좀 전에 홍윤성이 더는 정선도 괴롭히지 못하게 하겠다 약조하셨잖아요. 그런데 옥향이는 왜…….

애초에 정선도가 지금 이 모양 이 꼴 된 게 다 그놈의 사랑 때문인데, 정작 옥향은 첩실로 들어가든 말든 상관 안 하시겠다니. 게다가 약손은 홍윤성 첩으로 들어간 여인네들이 여럿 죽은 일, 추운 겨울 날 발가벗겨 쫓겨난 열두 살짜리 계집애의 소문까지 전부 말한 후였다. 옥향이 이대로 홍윤성 첩이 됐다가는 옥향 또한 언제, 어느 날 홍윤성 눈 밖에 나서 죽임을 당할지 모르는 일이었다.

약손이 다시 고개를 조아렸다.

"전하, 암만 천하제일 권세가라도 어찌 싫다는 규수 제 마음대로 데려가 첩으로 들일 수 있답니까? 하물며 홍윤성 그자는 살인도 스스럼없이 저지르는 악귀 중의 악귀라 하여……."

"옥향은 양갓집 규수가 아니다. 그네는 기생이지 않느냐?"

"!"

한순간 탁 약손의 말문이 막혔다. 저도 모르게 어버버…… 말까지 더듬었다. 하지만 이유는 오히려 기생의 안위 따위를 걱정하고 위하는 약손이 더 이상하다는 표정이었다.

"너, 뭔가 잘못 알고 있는 모양인데 기생이라면 분명 기적妓籍에 이름 올린 자이다. 그렇지?"

"……예."

"하면 옥향 또한 마찬가지지. 그들은 재물 받고 되팔 수 있고, 정 반대로 재물 주고 사올 수도 있다. 시를 짓고 노래를 좀 할 줄 안다고 하지만 그래도 왜 그네들을 해어화(解語花: 말을 알아듣는 꽃)라 부르겠나?"

"전하……."

"들판에 핀 꽃을 꺾든, 그저 가만히 보고만 있든 그건 모두 사람의 마음이다."

"……."

"정선도는 확실히 맥없이 죽기엔 아까운 사람이야. 그러니 죽이지 말라 언질은 하겠다. 하지만 옥향은……."

"……."

"본래 기생은 사람 아닌 족속이야. 내가 그를 신경 써야 해?"

"……."

약손의 얼굴에 핏기가 하나도 없었다. 파랗게 질린 입술을 이로 꽉 깨문 채였다. 무릎 위에 가지런히 모아 쥔 두 주먹에 절로 힘이 들어갔다. 그 바람에 핏물 든 손톱이 약손의 손바닥을 후벼 팠다. 약손이 숨을 골랐다.

"전하…… 정선도가 왜 이 지경이 됐는지 정녕 모르십니까? 이게 모두 옥향 때문이지 않습니까? 옥향을 홍윤성 그자에게 보낼 수 없어서, 툭하면 사람 죽어 나온다는 그 흉흉한 집에 차마 보낼 수가 없으니까……."

"옥향은 기생이라고 했다! 기생은 사람의 무리가 아니야!"

이유가 단언했지만 이번엔 약손도 지지 않고 대꾸했다.

"대체 옥향이 사람 아니면 무엇입니까? 그는 저랑 이야기도 나누고, 웃기도 했습니다. 먹을 것도 나눠 먹었습니다. 차 마시고, 떡 먹고! 심지어 옥향은 나중에 정선도랑 멀리멀리 도망가게 된다면 아무도 모르는 곳에서 아기 낳고 행복하게 살고 싶다는 소망도 말했습니다. 한데 전하 말씀처럼 옥향이 사람 아니라면 저는 여태 누구를 만난 것입니까? 개랑 떡을 먹었습니까? 돼지랑 차를 마셨습니까?"

"이치에 어긋나는 말로 억지 부리지 마라!"

"제가 억지를 부립니까? 지금 이치에 안 맞는 말 하는 게 누군데요? 전하 말씀대로라면 사람 아닌 무리와 떡 먹고 차 나누어 마신 저 또한 개고 돼지고 소라는 뜻이지요?"

"여약손!"

와장창! 추상같은 호령과 함께 약손의 뒤로 벼루가 날아갔다. 금강송 깎아 만든 기둥에 부딪힌 벼루 돌이 조각조각 바닥으로 흩어졌다.

화가 머리끝까지 솟아올랐을 때 손에 잡히는 것 아무렇게나 던지는 버릇 스스로도 고약한 줄 알아 고친다 고친다 다짐을 수십, 수백 번을 했는데도 이렇게나 소용이 없다. 결국 이유는 단상에 올려놓았던 벼루를 냅다 던져 버리고야 말았다.

그 말인즉, 주상 전하의 노기가 하늘까지 뻗쳤다는 뜻이다. 동재는 말할 것도 없었고, 침전 밖에 있던 내시와 상궁들이 전부 그 자리에 무릎을 꿇고 엎드렸다. 저 멀리 월대 바깥까지 늘어선 궁녀들도 영문 모른 채 자리에 주저앉았다. 다만 모두가 답삭 엎드려 지존의 화가 가라앉길 바라며 몸을 사릴 때, 오직 약손 혼자만이 아무런 미동도 하지 않은 채 이유를 쳐다볼 뿐이었다.

이 무엄하고도 버릇없는 상약 생도는 주상 전하 진노하게 만드신 것도 부족했나 보다. 이유와 똑바로 마주한 시선을 감히 거둘 줄도 몰랐다.

"……."

"……."

이유에게서 뻗쳐 나오는 노기가 어마어마했다. 이유가 어찌하여 제 혈육 가차 없이 꺾어 버리고 이 자리에 올라왔는지 십분 이해됐다. 이유에게는 사람 짓누르고 압도하는 태생적인 잔혹함이 배여 있었다. 특유의 사납고 드센 기운이 있었다. 범의 눈빛을 마주한 이는 반드시 미치거나 죽는다는데, 이유의 눈빛이 특히 그러했다.

하지만 지금 화난 사람이 뭐 이유 혼자뿐이던가? 약손 또한 만만치 않게 뿔따구가 났다. 뿔따구가 다 뭔가. 벼루만 던지지 않았다 싶었지 약손이 할 수 있는 대로 성질 다 부렸다면 벌써 주상 전하 머무는 강녕전 다 때려 부쉈다. 벌써 온 궁궐에 불 질러서 불바다 만들었다.

야무지게 말아 쥔 약손의 두 주먹이 파르르 떨렸다. 약손의 시선이 잠시 제 등 뒤에서 산산 조각난 벼루에 머물렀다.

"……."

약손은 그 광경 보면서도 딱히 별다른 말은 내뱉지 않았는데 그 새카만 눈빛이 이르길,

'던졌냐? 너 지금 내 앞에서 벼루 던졌냐?'

아주 맞먹고도 남을 기세였다. 그 서늘한 눈빛 고스란히 맞은 이유는 마음속으로 뭔가 잘못돼도 단단히 잘못됐다 싶었지만, 이미 물은 엎질러진 후였다. 저가 홧김에 깨뜨린 벼루는 다시 붙일 수도 없는 노릇이었다.

약손이 벌떡 그대로 자리에서 일어났다. 더는 말 섞고 싶지도

않다는 표정이었다.

"소인이 주제넘었습니다. 전하께 폐를 끼쳤습니다. 괜한 소리를 했네요."

꾸벅 인사는 하는데 누가 봐도 끓어오르는 화를 꾹꾹 눌러 담는 말투였다. 이유에게 예를 올린 약손이 미련 없이 뒤돌아섰다.

저, 저, 저, 방자한 생도를 보았나?

찬바람 쌩쌩 부는 얼굴을 보니까 불현듯 이유의 마음이 다급해졌다. 이토록 차가운 약손의 표정은 이유도 처음 보는 것이었다.

너 만날 내 앞에서 하하 호호 웃기만 하지 않았니? 망충이처럼 덜떨어진 모습만 보여 주지 않았니? 단 한 번도 이렇게 심하게 화낸 적은 없잖아. 이렇게 오만 정 다 떨어졌다는 내색한 적 없었잖아······.

하지만 못내 불안하고 섭섭한 속마음과 다르게 이유 입에서는 정반대의 말만 튀어나왔다.

"무엄하다! 감히, 어딜 멋대로 가느냐? 네 본분도 다 하지 않고! 너는 과인의 상약이 아니더냐?"

"······."

약손이 휙 시선을 돌렸다. 언제나 같은 자리에 두는 소반에 올려놓은 약 대접이 보였다. 약손이 탕약을 종지 안으로 콸콸 부었다. 그러고는 탕약을 남김없이 들이켰다.

지금 약손의 기분이 영 좋지 않아 그러한가? 탕약의 맛이 평소보다 백배는 더 쓰고 천배는 더 역겨웠다. 평소였더라면 '전하! 약이 써요! 너무 써요! 소인은 죽을 것 같습니다!' 제 목 틀어잡고 온갖 엄살 다 부렸을 텐데. 방바닥 데굴데굴 굴러다니며 죽는 척을 했을 텐데.

하지만 약손은 눈썹 하나 찡그리지 않았다. 그저 손등으로 제 입가에 묻은 약물을 닦아 낼 뿐이었다. 약손이 탁 소리가 나도록 종지를 내려놨다. 그리고 일갈했다.

"독 없습니다!"

*

'여 생도……'

약손이 광채에 들어갔을 때, 제일 먼저 눈에 들어온 광경은 천장 줄에 높이 걸린 살덩이였다. '살덩이'라고밖에 생각할 수 없던 까닭은, 약손이 예전에 백정 마을에 갔을 때 소나 돼지고기 따위를 판자에 걸어 놓고 흥정하는 모습을 본 적 있기 때문이었다. 그들은 손님이 주문하면 뼈와 살을 가르고 껍데기를 찢어 능숙한 솜씨로 고기를 등분했다. 하도 희한한 광경이라 넋 놓고 구경하다가 칠봉한테 등짝을 맞았던 기억이 아직도 생생했다.

하여 약손은 이 음습하기 짝이 없는 곳간에 웬 생고기가 걸려 있을까 잠깐 제 눈을 의심했다. 한데 천장에 걸린 고기는 그냥 살덩이가 아니었다. 고기 가죽이 파르르 떨렸다. 근육도 꿈틀 움직였다. 심지어 약손을 '여 생도'라고 부르기까지 했다.

약손은 다시 한번 크게 눈을 뜨고 살덩이를 살폈다.

'여 생도……'

그랬다. 그는 다름 아닌 홍윤성 왈패에게 끌려갔다던 정선도였다.

약손이 빠른 걸음으로 침전을 빠져나왔다.

등 뒤에서 '네 이놈! 무엄하다!' 잔뜩 진노한 목소리가 들렸는데, 그냥 못 들은 척했다.

감히 조선 최고 웃전의 말을 무시하다니. 네 죄를 네가 알겠냐며 당장이라도 의금부 군사들이 약손의 목에 칼을 들이밀 것만 같았다. 그래도 이놈의 욱하는 성질머리를 잠재울 길은 없었다.

세상에서 제 목숨 가장 소중하게 생각하는 약손이지만, 지금 이 순간만큼은 너무 신경질이 났다. 이까짓 목숨 거두려면 거두십시오! 맘대로 하십시오! 하는 심정이었다. 천만다행으로 약손의 뒤를 붙잡는 군사는 없었다. 오라를 두르거나 서슬 퍼런 창을 휘두르며 앞길을 막는 병졸도 없었다.

머릿속에서 정선도의 끔찍한 몰골이 떠올랐다. 온몸을 두드려 맞고, 인두로 몸을 지진 엉망진창 상처들.

'이보시오! 정 나리! 괜찮소? 대체 이게 어찌된 일이오? 정신 좀 차려 보시오!'

피 죽죽 흘리는 모습이 곧 죽을 것 같았다. 약손이 정선도의 코앞에 손을 가져가 숨부터 살폈다. 숨소리가 미약하고 맥박도 불안정했다. 아니, 사지 육신 멀쩡하던 사람이 어째 며칠 만에 이렇게 반병신이 되었나? 사람이 아니라 고깃덩이가 되었네?

일단 정선도를 똑바로 눕혀야 했다. 정선도의 발을 둘둘 묶어 놓은 새끼줄부터 풀었다. 한데, 이놈의 왈패들이 얼마나 꼭꼭 둘러놓았는지 매듭이 꼼짝을 하지 않았다. 짚 풀 표면에 긁혀서 괜히 약손의 손등만 까졌다.

아무래도 낫으로 찍어야 할 것 같은데…….

약손이 낫이나 호미 따위를 찾기 위해 황급히 주위를 살폈지만 워낙 당황하였고, 이런 끔찍한 모습 보는 건 처음이라 저도 모르게 덜덜 손발이 떨렸다.

'정 나리, 잠시 기다리시오. 내가 이 매듭부터 풀고…… 이걸

푼 다음에……'

약손이 어찌할 바 모르고 아무 말이나 막 내뱉었다. 그때, 시체와 다름없이 거꾸러져 있던 정선도가 턱 약손의 손을 잡았다.

'여 생도……'

'예, 여길 나가면 일단 의원부터 찾아가십시다. 내가 관군을 불러올 테니까……'

정선도가 갑자기 쿨럭 크게 기침을 했다. 입에서 쏟아진 피가 정선도의 눈으로 거꾸로 흘러내렸다.

'정 나리! 괜찮으십니까?'

복금도 깜짝 놀라 곁에 주저앉았다. 문득 약손의 손을 맞잡은 정선도의 아귀에 필사적으로 강한 힘이 뻗쳤다. 홍윤성 기와집에 끌려간 사람은 영락없이 죽어 나온다는 뜻이 바로 이거였나? 약손이 제 손을 꼭 잡은 정선도의 손을 내려다봤다. 대체 왈패들이 무슨 짓을 했는지 손톱이 다 빠진 채로 생살을 드러냈다. 하여 약손은 당연히 정선도가 저를 좀 살려 달라고, 저를 이 끔찍한 곳에서 제발 나가게 해 달라고 부탁하는 줄만 알았다.

그런데 몇 번이나 기침을 하고, 몇 번이나 피를 뱉고, 또 몇 번이나 깊게 찢어진 상처에 고통스러워하던 정선도가 한 말은 전혀 의외의 것이었다.

'여 생도……'

'예.'

'옥향을…… 옥향을 도망치게 해주십시오.'

'……예?'

약손은 저가 뭔가를 잘못 들었나 싶었다. 누구요? 누구라구요? 지금 누가 누굴 걱정합니까? 까딱하다가는 정 나리 본인이 쥐도 새도 모르게 죽을 수도 있는 마당에 저 도망칠 궁리나 하지…… 뭐라구요? 누굴 도망치게 해 달라구요?

약손은 정선도가 왈패들의 악독한 폭행에 시달리다가 이내 약간 정신이 이상해진 것 아닌가 의심했다. 그래서 잠꼬대처럼 저도 모르게 옥향부터 찾는지도……. 하지만 정선도는 약손의 짐작과 다르게 그 어느 때보다 맑고 또렷한 정신이었다. 정선도가 있는 힘 전부를 짜내 약손에게 부탁했다.

'홍윤성의 집에 가둬 두기엔 너무도 아까운 여인입니다. 나는 옥향을 알아요…….'

'나 때문에 일을 망쳐서 미안해요. 하지만 홍윤성의 눈 밖에 나버렸으니 나는 도망칠 수 없습니다. 산다 해도 멀쩡하지 못할 겁니다. 그러니…… 옥향만이라도 멀리, 홍윤성 없는 안전한 곳으로 보내 주세요.'

허…… 기가 막혔다. 이런 절체절명의 순간에도 사랑하는 여인의 안부 걱정을 했단 말이지? 옥향이 홍윤성 첩실 되어 갇혀 살게 될 불행한 앞날 따위를 생각했단 말이지? 약손은 고만 어이가 없고, 맥이 쭉 빠져서 매듭을 풀거나 말거나, 정선도를 살리거나 말거나 모든 의욕을 잃고 말았다.

왕년에 한 얼굴 한 덕분에 전국 장터에서 이름 날렸다는 칠봉 말에 의하면, 사실 연은 별것 없다고 했다. 그냥 한때의 지랄이라고 했다. 콩깍지 꽉 씌었을 때는 간도 빼주고, 쓸개도 빼주고, 저 하늘의 해, 달, 별도 전부 따다 주지만 어차피 그런 감정은 잠깐이라고 했다.

잠시라도 연인과 떨어지기 싫어 왜 우린 하나가 아닐까, 별 같잖은 이유로 하늘님을 원망하다가도 이내 마음 식으면 뒤도 안 돌아보고 갈라서는 사이. 그게 바로 남녀의 연모요, 상열지사라고 칠봉이 말했다. 워낙 칠봉이 이바구질에 능통하고, 툭하면 사기 치고, 늘어놓는 궤변이 많아 평소라면 귓등으로도 안 들었을 텐데 웬일인지 약손은 그 말에 전적으로 동의했다.

'맞아, 아부지. 그래서 나는 그냥 연모 같은 거 안 하고 재물이나 많이 모아서 나 혼자 잘 먹고 잘 살다가 배 터져서 죽을 거야.'

'고럼고럼, 먹다 죽은 귀신은 때깔도 좋다잖아.'

역시 그 아부지의 그 자식이었다. 쿵하면 짝. 궁합도 잘 맞았다. 그랬었는데…….

'두고 보셔요. 언젠가 여 생도에게 진정한 정인이 나타나면 금은보화 다 버리고 도망치는 백치 같은 제 마음이 십분 이해되실 거예요.'

한양에서 가장 어여쁜 기생 옥향은 그저 정선도랑 단둘이 살기 위해 저가 가진 모든 부귀공명과 재물을 버린다 했다.

'이제 저는 상관하지 마십시오. 옥향 혼자만이라도 먼 곳에 보내 주세요. 여 생도는 할 수 있다 하셨잖아요.'

역관되어 평생을 남부럽지 않게 살 수 있는 정선도는 고작 홍윤성 따위에게 저 인생 조지는 와중에도 오로지 옥향만 걱정했다. 그 둘의 상열지사가 얼마나 깊고, 얼마나 대단하며, 또 얼마나 구구절절한 역사와 사연이 있는지 약손은 잘 몰랐다. 하지만 암만 지고지순한 사랑을 한다 해도 원래 그 정도 연모는 누구나 다 하지 않든가? 지금이야 천년만년 오래갈 것 같지? 혼례 올릴 것 같지? 근데 남녀 일은 초례청 들어가기 전까지는 아무도 모르는 거랬어. 그렇게 유난을 떨다간 결국 너네도 헤어질걸?

피떡이 된 정선도에게 옥향이고 나발이고 댁 앞가림이나 잘하라고 말해 주고 싶었는데, 어째 그런 마음과 다르게 선뜻 입이 떨어지지 않았다.

'옥향을…… 옥향을 부탁합니다. 여 생도.'

정선도의 손에 범벅된 피가 약손의 손에도 묻었다. 마치 약손이 흘린 피처럼, 약손의 손에, 손톱 밑 여린 살과 맞닿은 작은 틈까지 스며들었다. 약손은 사람 생피가 그렇게 진득한 줄 그때 처음 알았다.

약손은 엉겁결에 '예, 반드시 옥향을 구하겠습니다. 아무 걱정 마십시오.' 덜컥 약속까지 해버리고 말았다. 고작 생도 따위가 하늘의 나는 새도 떨어뜨린다는 홍윤성의 패악을 어찌 막겠다는 건지. 어불성설, 실속 없는 소리였다.

하지만 그 순간 약손은 저가 도움을 청할 단 한 사람, 저가 비빌 유일한 언덕. 이유의 얼굴을 떠올렸다.

옥향과 정선도, 둘의 사정이 딱하고 또 홍윤성의 일방적인 잘못이니까 사정을 잘 말씀드리면 주상 전하께서 어떻게든 좋은 방도 내주시지 않을까? 다른 사람도 아니고 내가 드리는 부탁인데 설마 안 된다 고개 저으시겠어? 겉보기엔 안 그래 보여도 사실 주상 전하 마음 씀씀이가 얼마나 따뜻한데. 나한테 술도 마음껏 마시라고 허락해 주셨고, 국밥도 사주셨잖아. 술 취했을 때 업어 주셨잖아. 그거 보면 은근히 속정 깊으신 분이야.

약손은 이유가 분명 옥향과 정선도를 도와주리라 믿어 의심치 않았다.

홍윤성? 네 위세가 아무리 대단하다 한들 그래도 주상 전하만 하겠니? 넌 이제 끝장이야! 이참에 아주 혼쭐이 나봐라!

약손은 나름 기세등등했었다. 한데 믿었던 도끼에 발등이 찍혔다. 아니, 찍힌 걸로는 한참 부족했다. 빠직빠직 뼈가 조각나서 아예 한쪽 다리가 못 쓰게 돼 버린 기분이다.

'들판에 핀 꽃을 꺾든, 그저 가만히 보고만 있든 그건 모두 사

람의 마음이다.'

'그러나 기생은 사람 아닌 족속이야. 내가 그를 신경 써야 해?'

이유는 천한 기생 따위, 그저 이리저리 흩날리는 꽃에 불과하다고 했다. 그 꽃이 꺾이든 말든, 죽든 말든 전혀 신경 쓸 필요가 없다고 했다. 있는 정까지도 다 떨어지게 만드는 냉정한 말투였다. 약손은 다른 누구도 아닌 이유가 그렇게 나올 줄은 꿈에도 짐작하지 못했다.

그래서 그러한가?

주상 전하 그런 분인 걸 조금도 알지 못해서…… 전혀 예상한 적 없어서…….

약손은 더 속이 상했다.

"에잇! 주상 전하, 그렇게 안 봤는데 아주 못 쓰겠어! 실망이야!"

약손이 주절주절 이유 욕을 늘어놨다. 기생도 우리들과 다름 없이 웃고, 즐기고, 희로애락 다 아는데. 전부 똑같은 사람인데 어떻게 그걸 모르실 수 있지? 그들도 슬퍼하고, 화내고, 사랑하는 사람 위해서라면 제 목숨까지 바칠 수 있는 존재라는 걸 어떻게 모르시지? 그토록 총명하신 분이?

약손은 고만 화딱지가 나서 쾅쾅 크게 발걸음을 내딛었다. 제가 디딘 땅을 전부 무너뜨릴 기세였다. 그러다 문득 약손이 '앗!' 외마디 비명을 지르며 자리에 주저앉았다. 왼쪽 발바닥이 따끔했다.

감히 천하지존의 뒷말을 하여 벌을 받았는가? 덜컥 겁이 났다. 얼른 생도화를 벗어 발바닥을 확인해 봤다. 다행히 하늘님께서 괘씸하다 하여 내린 천벌은 아니고, 그저 아까 이유가 던진 벼루를 밟아 생긴 상처였다. 뒤꿈치에 박힌 벼루 조각이 제법 컸다.

어찌나 분기탱천했던지 발에 날카로운 돌조각 박힌 것도 깨닫지 못했다.

"으이씨……."

약손이 일단 검지와 엄지를 모아 쥐고 벼루 조각부터 빼냈다. 그 바람에 상처가 좌우로 들쑤셔지며 또 따끔. 저도 모르게 찔끔 눈물이 나왔다.

"아파…… 발바닥 너무 아파……."

뾰족한 돌조각 보고 나니까 아까 주상 전하가 제게 벼루 던질 때 보여 준 무서운 얼굴 표정이 또 생각났다. '여약손!' 진노해서 소리 지를 때는 천둥이랑 벼락이 내리치는 줄만 알았다.

"흐엉……."

마음이 더욱 심란해졌다. 내가 뭘 그렇게 잘못했다고 그토록 무섭게 소리를 질러? 왜 딱딱하고 무거운 벼루를 던져? 만약에 나 맞으면 어떡하라고? 머리통 터져 죽으라는 거야, 뭐야?

저가 버릇없게 째려본 거랑, 바락바락 대든 거랑, 맞먹으며 대거리한 일은 하나도 기억 안 났다. 저는 한 점 부끄럼 없었고 그저 전부 주상 전하가 잘못한 것 같았다.

주상 전하가 나빴어. 주상 전하가 모질었어. 옥향을 사람 아니라고 했잖아. 나한테 소리쳤잖아. 나를 엄한 얼굴로 내려다보며 호통치셨잖아! 예전에는 만날 '약손아.' 다정하게 불러 주시더니만, 갑자기 이러는 법이 어디 있어?

약손은 저가 지금 화내는 연유도, 과정도, 맥락도 잃어버렸다. 그냥 이유가 밉고 싫었다. 아까 일을 생각하면 할수록 입술이 삐죽삐죽 저도 모르게 실룩였다.

다행히 침전을 다 빠져나와 사람 없는 각사 구석인 것이 천만다행이었다. 약손은 고만 억울하고 분한 마음에 돌담 앞에 등을 대고 팩 주저앉았다. 찔끔찔끔 나오던 눈물이 기다렸다는 듯 팍 쏟아졌다. 막아 놨던 봇물 터지듯이 넘실넘실 흘러내렸다.

주상 전하 너무해…… 주상 전하가 나 섭섭하게 했어…… 발에서 피 나게 했어…….

설움이 복받쳐 올랐다. 약손은 무릎 사이에 얼굴을 묻고 한참을 훌쩍거렸더랬다.

"독 없습니다!"

와장창! 뭔가 박살나는 소리부터 심상치 않았다. 한데 앙칼진 목소리와 함께 침전을 뛰쳐나오는 이 생도의 정체는 대체 무엇이란 말인가?

주상 전하 성정 심히 날카롭고 예민한 것은 만천하가 아는 일이었다. 상궁들은 버선을 두 겹 세 겹 겹쳐 신어 발소리를 줄였고, 심지어 지저귀는 새소리도 거슬린다 하여 침전 근처 나무는 모두 벌목했다. 만에 하나 제비가 처마 밑에 둥지라도 틀면 내시들이 갖다 버릴 정도니 이만하면 말 다하지 않았나 싶었다. 정말이지 내 주군만 아니었으면 한바탕했어도 벌써 했다. 이것이 명회의 솔직한 심정이었다.

"앗! 송구합니다."

침전을 나서던 생도가 미처 앞을 못 보고 툭 명회와 부딪쳤다. 한껏 심술이 올라 통통 부어오른 양 볼, 바닥으로 한없이 내리깐 속눈썹, 오리 새끼처럼 삐죽 나온 입술까지.

"어, 괜찮아. 괜찮아. 송구하긴 뭐가? 사람이 드나들며 부딪치기도 하고, 갈래갈래 엮이기도 하고 그러는 거지."

명회가 이까짓 것 아무것도 아니라는 듯 손사래를 쳤다. 만약 동재가 곁에서 이 상황을 봤다면 기함하며 놀라 자빠졌겠다.

동재의 말에 의하면 명회에게는 병이 하나 있었다. 그냥 평범한 병이 아니라 오지게 까다롭고 괴팍하여 툭하면 죄 없는 주위 사람한테 지랄 발광하는 병증. 명회는 제 몸, 물건이 남의 손 타는 일을 병적으로 싫어했다. 아니, 증오했다. 궁녀들의 도움 하나 없어도 먼지 한 톨 찾아볼 수 없는 집무실, 정으로 깎아 맞춘 듯 한 치의 흐트러짐 없이 주르륵 주르륵 꽂힌 서책, 촛불이 하나 꺼지고 켜질 때마다 새것으로 갈아입는 의복까지……

만약에 그런 명회랑 부딪치면 보통은 따귀를 맞지만 기분이 안 좋을 때는 곧장 수십 대까지도 가차 없이 때렸다. 궁궐의 나인들이 한명회 어르신이 떴다 하면 괜히 나 죽었소 자리에 엎드리는 까닭이 따로 있는 게 아니었다. 하나 발칙한 생도는 저가 대체 누구와 부딪쳤는지 꿈에도 모른 채 그저 꾸벅 묵례를 하고는 이내 명회를 스쳐 지나갔다. 물론 명회 또한 무엄하다며 화를 낼 생각도 하지 못했다. 화증보다 궁금증이 더 컸다.

하여 명회는,

내가 쟬 어디서 봤더라?

빼꼼 고개를 내밀고 저 멀리 총총 사라지는 생도의 뒷모습을 바라보기 바빴다.

키도 조그맣고, 다리도 짧은 게 폴짝폴짝 토끼 새끼처럼 잘도 뛰어가네…….

넋을 놓고 감탄하던 명회의 머릿속에 뭔가 스쳐 지나갔다. 아, 맞다! 쟤…… 쟤는 바로…….

몇 날 며칠 집무실에 갇혀 재미없는 병조, 예조, 호조 따위와 머리를 맞대고 법문만 보느라 다 죽어 가던 명회 얼굴에 순간 생기가 깃들였다.

쟤 누군지 알아. 누군지 알겠어. 쟤 개잖아…….

칠촌의 역병!

명회가 무릎을 탁 쳤다.

"다 갖다 버려라! 하나도 남김없이 전부 땅에 묻어 버려!"

죄 없는 과줄 소반이 팩 뒤집어졌다. 탕약기는 쏟아져 주둥이에서 갈색 약물을 쿨럭쿨럭 뱉어 냈다. 내시들이 '전하! 주상 전하, 고정하시옵소서!' 울면서 벼루 조각을 주워 담았다. 상궁들은 흰 무명천을 들고 혹여나 돌가루가 남았을까, 주상 전하 옥체에 흠이라도 갈까, 헐레벌떡 걸레질을 했다.

한바탕 난리가 난 이유의 침전.

그 사이를 명회가 걸어 들어왔다.

명회는 사방에 흩어진 날카로운 벼룻돌을 보며 '어이쿠!' 놀랐다가도 깨금발을 들어 요리조리 이유의 곁까지 재주 좋게 걸어왔다. 누가 피를 봤는지 방바닥 군데군데 핏자국이 묻어 있었다. 힐끔 보니 주상 전하께서 다치신 건 아닌 것 같고, 돌가루 치우는 내시든가, 조심성 없어 손을 베인 상궁이든가…… 어쩌면 기세 좋게 침전을 빠져나가던 아까 그 생도일 수도?

생각이 거기까지 이르니 명회의 마음에 찌릿찌릿 간만에 불이 붙었다. 재미난 구경 생긴 게 분명하다는 직감이었다.

"한명회 영감! 오셨습니까?"

발만 동동 구르며 어쩔 줄 모르던 동재가 후다닥 명회의 곁으로 다가왔다. 오랜만에 보는 동재의 얼굴이 백년은 늙어 버렸다.

그래, 주상 전하 모시느라 네가 참 고생이 많지? 명회가 말 안 해도 다 알겠다는 듯 토닥토닥 동재의 등을 두드려 줬다.

"영감…… 흑…….."

"그래그래……."

다 때려치우고 낙향하고 싶지? 하지만 녹봉이나 겨우 받으며 먹고사는 우리한테 무슨 힘이 있겠니? 게다가 너 이번에 빚까지 내서 동절기 시주했다며? 그거 다 갚으려면 답도 없다. 그러니까 울지 말고 견뎌. 그게 네 인생의 목표니까.

명회가 이유의 발치에 무릎을 꿇고 정좌했다. 문밖에 있을 때만 해도 우리 주상 전하, 채신머리없이 나이 어린 생도와 쌈박질이나 하고 참 대견하시다며 가볍게 생각했는데 눈으로 직접 보니 상황이 좀 심각했다.

주상 전하 용안에 울긋불긋 노기가 잔뜩 올라와 있었다. 눈치 보던 동재가 녹두 물 적신 소창을 내밀어 봤지만 역시나 이유는 그 손목을 단칼에 쳐냈다.

"동재 뭐하느냐? 당장 여약손을 데려오지 않고! 내, 결단코 그 아이를 용서치 않을 것이다. 감히 뉘 앞이라고 큰 소리를 쳐? 이런 방자한 놈을 보았나! 저 잘못은 하나도 모르고 뭐라? 소인이 주제넘었다고? 전하께 폐를 끼쳤다고? 괜한 소리를 했다고?"

턱 밑, 이유의 목덜미에 죽죽 핏대가 섰다. 방금 전 약손이 내뱉고 간 말을 되새길 때마다 뒷골을 타고 바짝바짝 열이 올랐다.

"누가 개야? 누가 돼지고, 누가 소야? 내가 언제 저한테 짐승 이랬어?"

이유는 그저 옥향인가 뭔가, 그 얼굴도 모르는 기생을 이른 말이었다. 기생이라 함은 천민 중에서도 가장 천민이고, 그들이 사람 아닌 족속이란 것도 틀린 말은 영 아닌데, 여약손은 어찌하여 그 한마디에 그토록 무섭게 화를 냈을까? 어찌하여 그 한마디 때문에 다른 누구도 아닌 주상 전하를 버러지 보듯 쏘아봤을까?

"감히…… 웃전을 그리 쳐다봐?"

주상인 나를! 천하지존인 나를! 조선의 최고 웃전인 나를!

나를…… 다른 누구도 아닌 나를…… 나한테…… 나인데.

어떻게 네가 내게 그럴 수 있어……?

이유가 부들부들 치를 떨었다. 동재는 주상 전하 호령에 따라 당장이라도 여약손을 데려올 듯 황급히 방을 나서려 했다. 하나, 그보다 먼저 이유 앞에 정좌한 명회의 말이 더 빨랐다.

"전하, 이러다 환증이 도지십니다. 부디 옥체 보존하기 위하여서라도 고정하시옵소서."

"내가 지금 고정하게 생겼는가?"

"예. 전하 말씀대로 여약손 그자가 방자하고 버릇없이 하극상 벌였으니 의금부에 일러 잡아 오라고 명 내려 마땅하옵니다. 하오나 일단 침전이 엉망이고, 치운 후에…… 주상 전하 아시다시피 소인이 평소 마음이 여리고 유약하여 피를 보면 어지럼이 심해지는 병증을 앓고 있습니다. 부디 이 끔찍하고 흉흉한 피만이라도 닦은 후에 여약손을 잡아 오라 명하게 해주십시오. 소인, 참혹한 광경에 눈도 제대로 뜨질 못하겠나이다."

"끔찍하고 흉흉한 피는 무슨…… 뭐, 피?"

이유는 그제야 침전 바닥을 살폈다. 방금 전에 약손이 앉았다가 걸어 나간 자리에, 약손 발길 닿은 자리에 붉은 피가 뭉텅뭉텅 묻어 있었다. 아까 약손이 모르고 벼루 조각을 밟고 지나간 흔적이었다.

"주상 전하, 송구하옵니다."

상궁은 저의 게으름을 탓하는 줄만 알고 잔뜩 몸을 사리며 핏자국을 닦았다. 하여 붉은 기운은 상궁의 걸레질에 금방 사라졌다. 하지만 이유는 저가 지금 뭘 봤냐는 듯, 내가 본 게 정녕 피가 맞느냐는 듯 한껏 굳은 표정이었다.

"저, 저건…… 약손이가…… 여 생도는……?"

"전하……."

쉬이 볼 수 없는 주상 전하의 당황하고도 놀란 모습. 역시, 하늘님께서는 명회가 한동안 죽은 듯 틀어박혀 일만 하고, 인생의 낙 하나 없이 재미없게 산 일을 불쌍히 여기신 게 틀림없었다. 하필이면 명회가 침전에 걸음 한 날 이토록 재미지고 흥미로운 거리가 생길 것은 무어람? 명회는 입꼬리가 삐죽삐죽 하늘로 치솟으려는 것을 극한으로 인내하며 참았다. 그러고는 한없이 진중하고 근엄한 얼굴로 아뢰었다.

"전하, 방금 나간 여 생도가 저지른 죄는 죽음으로도 씻을 수 없는 중죄이옵니다. 하나 소신, 그가 일전에 칠촌에서 역병으로 오인한 환자 구한 일을 똑똑히 기억하나이다."

"중죄…… 중죄까지는 아닌데…… 그보다 약손이가 나 때문에 다쳤다고…… 내가 던진 벼루에…… 어서 가서 상처를 봐야……."

이유가 주저리주저리 내뱉는 말은 그냥 못 들은 척했다.

전하, 방금 전까지 하늘이 쪼개질듯 대노하셔서 놓고, 갑자기 마음 돌리시면 지존 체면 무어가 될는지요? 여 생도가 보면 웃습니다. 체통을 지키시옵소서.

명회가 더욱 고개를 조아렸다.

"아무리 극악무도한 죄인이라도 일의 전후 사정을 살펴보는 것은 마땅할 터……."

"대체 누가 극악무도하다는 거야?"

애가 화가 나니까 소리 좀 지를 수도 있지. 극악무도는 무슨…… 약손이 그런 애 아니라고!

이유가 발끈했지만 명회는 이번에도 못 들은 척했다.

"소신이 여약손의 사연을 명확하게 알아보고 오겠나이다. 벌은 그 후에 내리는 것이 옳지 않을는지요?"

"흠……."

살짝 고개 숙여 앉은 명회의 자세가 자로 잰 듯 단정했다. 또한 구구절절 명회가 올린 말 중에 틀린 곳은 한 군데도 없었다. 솔직히 방금 전까지만 해도 버릇없고 방자한 여약손을 죽이네, 살리네, 난리를 쳐놓고 고작 피 봤다는 소리에 내가 언제 그딴 말을 했냐는 듯 싹 입 닦기에는 아무리 주상 전하라 해도 영 민망한 일이었다.

대전 상궁과 내시들이 곁에서 모두 목격했다. 동재도 봤고, 간만에 임금님 뵈러 놀러 온 명회 또한 알았다. 약손도 약손이지만 한 입으로 두말하면 대체 그들이 임금을 뭐라 생각하겠어? 줏대 없다 여기겠지. 마땅한 기준도 모른다 하겠지.

과연 임금의 혀, 도실刀室의 검, 명회였다.

"하오니 주상 전하, 지금은 잠시 진노를 거두시옵소서. 저가 여약손 그자가 왜 그리했는지, 어떤 사정 있는지 상세히 알아 올 것입니다."

"……."

명회의 이르는 바가 분명했다. 이유가 그를 거절할 리 없다.

이유는 동재가 내민 수건을 받아 들었다. 벌겋게 살이 올라 붓기 시작하는 목뒤, 귀를 꾹꾹 눌러 닦았다. 그리고 못 이기는 척 말했다.

"명회, 자네가 그렇게까지 간곡하게 부탁하는데 내 웃전으로서 거절할 수만은 없지. 그래, 자네가 한번 알아봐. 여약손의 사정을."

"네, 전하. 명 받들겠사옵니다."

처음엔 그저 궐내에서 잔심부름이나 하는 약방 생도와 역관, 기생의 보잘것없던 작당이었다. 하지만 사람 일이란 게 이토록

한 치 앞을 몰랐다.

불씨는 번지고 또 번졌다. 마른 숲은 활활 타오를 모든 준비를 마쳤다. 때마침 바람까지 알맞게 불었으니 무려 조선의 제일 으뜸 지존님과 최고의 권세가 명회가 엮이는 실로 중대하고도 중대한 사건이 되고 말았더랬다.

오호통재라.

과연 일의 결판이 어떻게 나려고?

[6]

"어떻게 나긴. 한번 칼을 뽑았는데 본새 없이 자빠지는 한이 있더라도 원 없이 휘둘러는 봐야지!"

약손의 얼굴에 때 아닌 기개와 의지가 충만했다. 돌무덤 위에서 야무지게 박박 빨아 놓은 깨끗한 버선을 왼쪽 오른쪽 챙겨 신고, 잠방이 끈도 야무지게 묶었다. 새 옷, 값비싼 비단옷은 아니래두 밤새 당당당당 다듬이질해 놓은 탓에 누추하지는 않았다.

누추하긴. 도리어 푸른 생도복은 하얀 피부 가진 약손에게 찰떡처럼 어울렸다. 어쩔 때는 한없이 높은 지위 가진 군관님이나 학사들보다 늠름하고 고귀해 보일 때가 있었다. 약손만 지나가면 궁녀들이 얼굴 벌겋게 달아올라 가을날 베이는 벼처럼 푹푹 고개를 숙였다.

복금도 약손과 마찬가지로 차비를 모두 끝냈다. 평소처럼 내약방에서 가져온 정선도의 약재를 한 아름 챙겼다. 누가 봐도 한길동 영감 심부름 가는 심부름꾼처럼 보였다. 다만 수남 혼자서만 베개를 끼고 드러누워 신음 중이었다.

"아이고오…… 아이고오…… 나 죽네. 삼대독자 수남이 죽어…… 어무니이…… 아부지이……."

수남이 병든 닭처럼 골골거렸다. 그동안 얼마나 마음고생 심했는지 눈 밑에 검은 줄이 죽죽 그어져 있었다. 약손이 힐끗 들창 밖으로 하늘을 바라봤다. 붉은 노을이 산 뒤로 넘어가고 있었다. 이제 곧 완전히 해가 질 터. 늦지 않게 가려면 지금 출발해야만 했다.

"너네 진짜 갈 거냐? 이게 웬 쓸데없는 오지랖이냐? 약손아, 난 진짜 우리가 할 만큼 했다고 생각한다. 사람 도리는 다 했다고 믿어."

"복금아, 옷 챙겼지?"

"응. 여기 내 거랑, 네 거……."

약손은 드러누운 수남 쪽으로는 눈도 돌리지 않았다. 복금이 등에 맨 봇짐을 약손에게 내보였다. 봇짐 안에는 궐 밖을 나가면 약손과 복금이 갈아입을 옷이 들어 있었다. 둘만 얘기하고, 둘만 눈 마주치고. 수남은 완전히 없는 사람 취급했다.

"야, 너네 왜 나를 따돌림하고 그러냐? 사람 마음 서러워지게……."

수남이 비척비척 자리에서 일어났다. 괜히 더 아픈 척 크아앙 코를 풀어 보고, 콜록콜록 기침을 해봤다. 하지만 약손은 여전히 수남에게 일말의 관심도 주지 않았다.

면경에 비춘 제 얼굴 유심히 살펴본 약손이 이제 차비 끝났다고 여겼는지 벌떡 자리에서 일어났다.

"갈까?"

"그래."

둘이 사이좋게 숙사 마루에 엉덩이를 붙이고 앉아 신발을 챙겨 신었다. 나란히, 나란히 어깨동무 나란히. 그쯤 되니까 수남도 약간 신경질이 뻗쳤다. 수남이 방 안에서 빽 소리쳤다.

"너네 그러다가 죽든지 말든지, 홍윤성 패거리한테 잘못 걸려서 피곤죽이 되든지 말든지, 나는 하나도 신경 안 쓴다!"

"……."

"사람의 목숨은 하나뿐이고 소중한 것인데…… 이대로 인생 하직이겠네! 명예도 없고, 보람도 없고! 참 잘됐다! 이게 마지막 인사다! 잘 가라. 이 세상 물정 모르는 조무래기들아!"

"……."

수남이 온갖 저주와 욕, 불평불만을 퍼부었다. 하지만 둘은 돌아볼 생각도 하지 않았다. 약손과 복금은 어느새 숙사를 빠져나가고 있었다. 화가 난 수남이 팩 다시 베개를 끌어안고 드러누웠다.

이래봬도 나, 정수남 삼대독자다. 우리 어무니 아부지가 혼인 후 느지막이 겨우 본 금쪽같은 내 새끼다. 하늘이 내린 효자다. 개천에서 난 용이다. 모셔야 할 조상님 제사가 다달이 돌아온다. 내가 죽으면 울 엄니 압지는 누가 모시고, 조상님 제사는 누가 돌봐드리나? 나는 절대 이렇게 허망하게 죽을 수는 없다. 내가 비겁하고 겁이 많아 그런 것이 아니다. 내가 감당해야 할 삶의 무게가 너무도 무겁고 고단하여…….

생각할 때, 문득 수남의 눈에 방구석에 처박힌 약병 하나가 보였다. 어? 저거는 아까 약손이 꼭 잊지 말고 챙겨 가야 한다고 당부의 당부를 하던 건데? 저거 없으면 오늘 일은 절대 성공할 수 없다고 했는데?

수남이 저도 모르게 벌떡 몸을 일으켰다. 저렇게 중요한 걸 두고 가면 어떻게 해, 이 망충이들아! 이 철딱서니 없는 것들! 이래 가지고 뭔 수로 홍윤성 그 악독한 자에게서 옥향을 빼돌려?

내가 어떻게 맘 편히 너네만 보내?

어쩔 수가 없었다. 수남은 약손과 복금이 사라진 쪽을 향해 냅다 달리기 시작했다.

"야! 야! 약손아! 복금아! 너네 이거 두고 갔다! 빼놓고 갔어!"

수남이 짤랑짤랑 약병을 흔들었다. 약병 안에서는 약손이 밤새 정성을 다해 달였다는 약물이 출렁거렸다.

그나저나 이거 약물 이름이 뭐랬더라? 이거 이름이…… 이름이…… 버들 어쩌구라던데?

"약손아! 여약손! 복금아!"

수남이 헥헥 주인 향해 달리는 강아지처럼 뛰어갔다. 저만치 군관들에게 호패를 보이고 출입 장부를 작성하는 약손이랑 복금이가 보였다. 아휴, 저 망충한 놈들이 이렇게 중요한 약병 두고 간지도 모른다. 저래 가지고 목숨이나 건사하겠어? 홍윤성 왈패들이 얼마나 무서운데. 거기까지 생각하니까 수남은 도저히 그 둘만 보낼 수가 없더랬다.

"약손이랑 복금이, 오늘은 둘만 나가는 거야?"

궐 나다니느라 그새 친해진 위장이 물었다. 오늘 왜 그치는 없냐? 맨날 찰떡처럼 셋이서 붙어 다니더니만.

이제 약손은 한없이 무섭고, 한없이 흉악해 보였던 칼 찬 위장들과 몇 마디 농담도 할 줄 알았다.

"그게요……."

약손이 뭔가 말하려 할 때였다. 저만치서 '애! 애! 약손아! 복금아!' 헐레벌떡 달려오는 수남이 보였다. 위장은 '그럼 그렇지. 삼인방의 삼 빠질 리가 없지.' 픳 웃으며 장부에 수남 이름을 적었다. 수남이 팔랑팔랑 손을 흔들었다.

"나도 데려가라, 이 망충이들아!"

그리고 그런 수남을 보며 약손과 복금이 저들의 뜻대로 됐다는 듯 푸웁 남몰래 웃음 터뜨린 일은 비밀이었다.

헉헉 숨을 몰아쉰 수남은 호기롭게 위장에게 호패를 맡겼다. 그리고 궐을 나서며 세상 둘도 없는 사나희처럼 땅땅 소리쳤다.

"그래, 어디 죽이 되나 밥이 되나 해보자! 권세 높은 홍윤성의 생일잔치! 나도 한번 가 보자!"

고요한 낙월지에 초저녁부터 뻐꾸기가 울었다. 누군가 들었다면 저놈의 뻐꾸기 왜 이리 방정맞게 우냐고 소금을 뿌렸을지도 모르겠다. 하지만 한낱 미물에 불과한 뻐꾸기라도 각자 저마다의 사연은 있다. 오늘따라 유난히 뻐꾸기가 애달피 우는 까닭. 그것은 바로,

"약손아, 어때? 옥향이 나오냐?"

"아니요, 아직요. 소리를 못 들었나 봐요."

"거참, 그렇게 귀가 어두워서야……."

"그러지 말고 다시 한번 소리를 내보세요."

"알았어. 옥향이 나오나 안 나오나 잘 보기나 해."

수남이 얼른 입 앞에 손을 모아 쥐고 뻐꾸기를 날렸다. 어찌나 감쪽같은 소리인지 진짜 뻐꾸기인지 가짜 뻐꾸기인지 구분이 안 될 정도였다.

그렇게 얼마나 지났을까.

이상하다 싶을 정도로 집요하게 우는 뻐꾸기 소리 들었다면 한번쯤 낙월지 마당에 나올 법도 하건만. 들창을 열어 밖을 볼 법도 하건만. 옥향이 마당에 나오면 약손은 그에게 갯버들탕을 전해 주려고 했다. 갯버들탕의 효능과 쓰임을 설명한 뒤에 옥향이 죽은 듯 정신 잃으면 그녀를 그동안 빼돌린 규수들처럼 멀

리멀리 도망치게 할 계획이었다. 제아무리 홍윤성이라도 땅에 묻은 죽은 사람을 찾으려 하지는 않을 테니까 말이다.

하지만 사람 일이란 게 참 뜻대로 되기 어렵나 보다. 저번에 옥향이 알려 준 뒷문으로 어찌어찌 몰래 들어오는 데까지는 성공했는데, 그다음이 문제였다. 어쩌면 옥향이 뻐꾸기 소리 못 들은 것부터가 일이 잘 풀리지 않으려는 암시였는지도 몰랐다.

오로지 뻐꾸기에만 정신 파느라 셋은 저들 근처에 예원각 조방꾼이 다가오는 기척도 못 느꼈다. 뭐가 그렇게 급한지 헐레벌떡 빠른 걸음으로 지나가던 조방꾼이 담벼락 밑에 다닥다닥 달라붙어 있는 망충이 셋을 발견했다.

"야, 이놈들아! 이런 빌어먹을 자식들! 너네 여기서 뭐해?"

그는 약손도 익히 아는 얼굴이었다. 저번에 사월이인 척하고 옥향 한번만 만나게 해달라고 부탁했을 때, 안 된다고 딱 잡아떼다가 결국 마음 약해져 허락해 준 바로 그자였다.

조방꾼이 성큼성큼 큰 걸음으로 걸어왔다. 주먹코에서는 뜨거운 콧김이 씩씩, 얼굴은 벌겋게 달아올라 있었다. 솥뚜껑만 한 손이 앞뒤로 힘차게 흔들리는 것을 보고 나서야 약손은 질겁하며 뒤로 물러났다. 하지만 도망치기에는 너무 늦어 버린 때였다. 약손은 물론이고 수남과 복금까지 그대로 자리에 얼음처럼 굳어 버렸다.

"왜 말을 못 해? 귓구멍이 쳐 막혔어? 여기서 뭐하고 있느냐고 물었잖아!"

조방꾼은 당장이라도 약손에게 주먹을 날리고, 팔을 꺾고, 피를 보게 할 것만 같았다. 특히 수남은 벌써 오금을 벌벌 떨며 당장이라도 오줌 지릴 기세였다. 겁에 질린 수남이 마침내 철퍼덕 바닥에 주저앉았다.

"나, 나, 나, 나리…… 아이고, 나리…… 저가 죽을죄를 졌습니다. 이 생 하직해도 할 말 없습니다. 하지만 저는 아무 잘못이 없습니다. 억울합니다! 저는 처음부터 하지 말자고 그랬습니다. 저는 정말 싫다고 싫다고, 안 된다고 안 된다고 말리고 또 말렸는데 쟤가…… 약손이 쟤가 시켜 가지고…… 어쩔 수 없이…… 하는 수 없이……."

모든 것은 불한당 여약손의 계략이옵니다! 수남이 모든 잘못을 약손에게 떠밀며 흑흑 울음을 쏟았다. 조방꾼은 그런 수남을 한심하게 쳐다보며 쯧쯧쯧 혀를 찼다.

"아이구, 사내놈 말하는 꼬라지 봐라. 셋이서 같이 놀아 놓고는 저 혼자만 잘못 없다고 내빼네. 네놈이 그러고도 사내 배포 가졌다고 할 수 있겠냐? 에잉, 얄미운 놈아!"

조방꾼이 수남의 머리를 콱 쥐어박았다. 워낙 주먹이 크고 단단해서 꿀밤만 맞아도 엄청나게 아팠다. 수남이 '끄악!' 비명을 질렀다. 조방꾼은 더 이상 너희 셋과 대거리할 시간 없다며 셋의 등을 마구 밀쳤다. 수남의 얼굴이 더 사색이 됐다. 아마 우리를 홍윤성의 곳간으로 끌고 가려는 것이겠지? 거기 한번 들어가면 살아서 나오는 경우는 거의 드물다는데? 지옥 불에 제 발로 걸어갈 수는 없는 일이었다. 어떻게든 조방꾼을 따돌려야 했다. 어떻게든 도망쳐야만 했다.

수남은 엉엉 울며 제발 저를 용서해 달라고, 다시는 그러지 않겠다며 손이 발이 되도록 싹싹 빌었다.

"아이고! 아이고! 나리! 영감님! 잘못했습니다! 다신 이런 짓 하지 않겠습니다! 한번만 살려 주십시오! 한번만……!"

수남은 이대로 허무하게 끌려갈 수 없다는 듯 나무덩굴을 손에 꼭 쥐고 버텼다.

조방꾼이 그런 수남의 등짝을 찰싹찰싹 내려쳤다.

"이놈아! 잘못한 줄 알면 어서 가서 일을 해! 지금 밖에 손님들이 얼마나 많이 왔는지 알아? 일하라고 불러 놨더니 몰래 숨어서 농땡이를 치네. 너네 오늘 품삯 안 받고 싶지? 빈손으로 돌아가고 싶지?"

"흐어엉…… 품삯이요?"

바닥에 주저앉아 엉엉 울어 젖히던 수남이 그제야 뚝 울음을 그쳤다. 조방꾼이 수남의 겨드랑이를 잡아 일으켰다.

"너! 너는 입구에 가서 손님들 안내하고, 너! 너는 찬모들 주는 술 나르고!"

"……예?"

그렇다. 조방꾼은 낙월지 담벼락에 붙어 있는 망충이들이 일하기 싫어 농땡이 부리는 일꾼이라고 오해한 것이었다. 하긴 어느 누가 건달패들 그득그득한 호랑이 굴에서 감히 홍윤성의 옥향이를 빼돌린다고 상상이나 할까?

조방꾼이 손가락을 콕콕 찍어 수남과 복금이 할 일을 점지했다. 곧 조방꾼의 시선이 구석에 서 있던 약손에게 닿았다.

'딸꾹!'

조방꾼과 눈이 마주친 약손이 저도 모르게 딸꾹질을 했다. 분명 조방꾼은 평양 기생 노릇할 적에 봤던 사내였다. 약손은 혹여나 그가 저를 기억해 '너! 너! 저번에 평양 기생이라고 하지 않았냐? 근데 오늘은 어찌 사내 복색을 하고 있냐?' 금방이라도 무섭게 따지고 들 것만 같았다. 사람이 바보 천치가 아닌 이상 그때 봤던 사월이랑 지금의 약손이가 똑같은 사람이라는 것을 구분 못 할 리 없었기 때문이었다. '그리고 너! 너는…… 어? 가만보자. 너는……?'

아니나 다를까, 조방꾼이 약손의 얼굴을 왼쪽 오른쪽 번갈아가며 유심히 살펴봤다. 약손이 기침하는 척, 사레가 들린 척 고개를 숙여 봤지만 소용없었다.

"아니, 너! 너는…… 너는……."

"크흡……."

이제 다 틀린 것만 같았다. 약손이 평양 기생인 척했던 일이랑, 낙월지 몰래몰래 드나든 일이 전부 다 밝혀지는 것은 시간문제였다. 이제 약손도 홍윤성의 곳간에 끌려가서 정선도처럼 피떡이 되도록 얻어맞을 일만 남은 것 같았다.

조방꾼이 약손의 바로 앞에 제 얼굴을 들이밀었다.

"너!"

"히끅!"

조방꾼이 깜짝 놀라 어쩔 줄 모르는 약손에게 싯누런 이를 드러내며 웃었다. 세상 둘도 없이 악독하고 잔인한 웃음이었다.

"다른 사람 눈은 속여도 내 눈은 못 속이지! 너는……! 너는……!"

"나, 나, 나리……."

이젠 정말 끝이구나…… 약손은 차라리 눈을 감아 버렸다. 조방꾼이 말을 이었다.

"너! 푸줏간 개똥이네 막내아들이지? 고기 끊는 일 하기 싫다고 금반지 챙겨서 집 나갔다며? 너네 아부지가 그거 때문에 얼마나 열 받았는지 알아?"

"……예?"

"너 잡히면 다리몽댕이 분질러 버린다 그러던데?"

"……예에?"

"괜히 아부지 속 썩이지 말구 얼른 집에 들어가. 백정이 백정 노릇하는 게 왜 싫어? 자고로 송충이는 솔잎 갉아 먹으며 살아야 하는 법이야. 알겠어?"

"……예."

조방꾼의 때 아닌 잔소리가 줄줄 이어졌다. 조방꾼은 이내 저가 이러고 있을 때가 아니라는 듯 퍼뜩 정신을 차렸다. 조방꾼이 약손의 등을 탁 내려쳤다.

"참, 너 고기는 구울 줄 알지?"

"……예?"

"하긴 뭐, 백정 아들인데 고기 못 구울 리는 없고. 그래, 마침 잘됐다. 너는 나 따라와. 너는 고기 구우면 되겠다. 이놈의 양반 나리들, 대체 무슨 걸신이 들렸는지 행랑아범이 그네들 고기 먹어 치우는 속도를 못 따라가. 그러니까 네가 옆에서 좀 도와."

약손이 거절할 도리는 없었다. 지금 이 순간만큼은 조방꾼의 말이 곧 법이었다. 약손과 수남, 복금 셋은 꿀 먹은 벙어리가 되어 조방꾼의 뒤를 얌전히 따랐다.

"옥향 언니, 자꾸만 울어서 어떻게 해요? 분이 자꾸만 번지잖아요."

옥향 얼굴에 분칠해 주던 단영이 기어코 한숨을 내쉬었다. 먹으로 눈썹까지는 어찌어찌 제 실력으로 그렸는데, 자꾸 흐르는 눈물 때문에 하얗게 칠한 볼 위에 지렁이 지나간 듯 자국이 생겨 버렸다. 단영이 분항아리를 제 앞에 다시 끌어왔다. 분꽃 열매랑 기장, 조, 쌀가루 빻아 만든 분을 곱게 개어서 누에고치 집에 고루고루 잘 묻혔다. 하지만 그 짧은 새에 옥향의 감은 눈에서 눈물 한 방울이 또 떨어져 내렸다.

"언니!"

"……단영아."

눈 뜬 옥향의 눈가가 붉었다. 동기童妓 때부터 봐온 옥향이 이렇게 제 감정 주체 못 하고 우는 일은 단영도 처음 보는 것이었다. 단영은 옥향이 왜 우는지, 또 어찌하여 입술을 깨물며 눈물을 참으려 애쓰는지 모든 사정을 알고 있었다.

"……."

한숨이 절로 나왔다. 아무래도 분 덧칠은 조금 있다 해야 할 것 같았다. 단영은 분첩을 내려놓고 대신 수유기름 발라 빗어 놓은 머릿단을 매만졌다. 쪽 져 놓은 머리채에는 잠을 꽂아야 했다. 홍윤성 그 작자가 기어코 옥향을 첩으로 들이며 내민 패물 중 하나였다. 조선 제일 세도가답게 온갖 귀물 다 매만져 본 단영조차 한 번도 본 적 없을 만큼 희귀하고 아름다운 비녀였다. 하지만 금을 깎았으면 뭘 하고 동해의 진주를 갖다 붙이면 무슨 소용일까. 다 부질없었다. 단영이 말없이 옥향의 머리채에 꾹 비녀를 꽂았다.

예원각은 며칠 전부터 홍윤성의 생일잔치 때문에 시끌벅적했다. 다른 애들 하는 이야기를 들어 보니 홍윤성이 잔치 값으로만 수천 냥을 내놨다고 했다. 음식도 최고, 손님 대접도 최고, 부르는 기생들도 전부 최고로만 하라 그랬던가? 조방꾼 입이 찢어질 만도 했다.

다만 옥향의 낙월지만 상가처럼 고요했다. 하필이면 오늘따라 쉼 없이 울어 젖히는 뻐꾸기 울음소리가 가슴을 무척이나 처연하게 만들었다.

머리단장 끝낸 단영이 다시금 옥향의 앞에 자리했다. 이제 곧 옥향은 홍윤성의 생일잔치에 불려가야만 했다. 괜히 눈물 흘렸거나, 서러운 모습 보여 홍윤성의 심기를 거스르게 해서는 절대 안 되었다. 단영이 이제 그만 정신 차리라는 듯 옥향의 볼을 톡톡 두드렸다.

"옥향 언니, 고만 울고 마음 굳게 먹어요. 언니가 고분고분 잘만 따라주면 그분…… 정선도 나리 아무 탈 없이 돌려보내 주겠다잖아요. 이제 선도 나리 목숨은 언니 손에 달린 거예요. 그러니까……."

"단영아……."

"이제 울지 마요. 예?"

단영이 몇 번이나 옥향의 등을 다독였다. 옥향은 그때마다 눈물을 닦으며 고개를 끄덕끄덕. 단영은 몇 번이나 화장을 지우고 수정하며 겨우 옥향의 차비를 끝낼 수 있었다.

방금 전까지 서글피 울던 모습은 온데간데없었다. 금꽃 무늬를 박은 붉은 비단이 옥향의 얼굴을 세상 둘도 없이 화사하게 만들었다.

'우리는 꽃이고요, 말을 하고요, 노래를 합니다. 사뿐사뿐 나비처럼 춤도 추지요.'

어렸을 때 단영은 아버지 투전 빚 때문에 기방에 팔려 왔다. 누구는 어머니가 기녀라서 덩달아 그 신분 물려받은 경우도 있지만, 예원각 기생 대부분이 부모 손에 버려지거나 친척에게 팔린 경우였다. 춤을 못 추고 노래를 못 외우면 종아리 터지도록 호되게 혼이 나지만 그래도 한평생 배곯고 사는 일은 없으니 이정도면 계집 된 삶으로써 썩 나쁘지는 않다고 여겼다.

만날만날 고운 옷을 입고, 어여쁜 치장을 하고, 똥땅똥땅 거문고 두드리며 사는 그네들이 무어가 힘이 들겠어? 만약에 나였으면 기분이 좋아서 원 없이 어깨춤을 춰드리겠네.

단영도 한때는 그렇게 생각했다. 하지만 다 죽어 가는 얼굴로 방긋방긋 웃으며 노래하러 가야 하는 옥향을 보는데 왜 이리 가슴이 미어지는 것인지?

"나 먼저 간다. 너도 준비하고 천천히 오너라."

"……예."

옥향이 언제 저가 울고불고 눈물 흘렸냐는 듯 의연한 얼굴로 낙월지를 나섰다.

그래, 단영의 말이 옳았다.

홍윤성 그자가 그랬지. 앞으로 제 첩실이 되어 저가 주는 음식만 먹고, 저가 주는 옷만 입고, 저가 주는 아낌만 받으면 정선도 따위 몸 다치는 일 없이 무사히 내보내 주겠다고. 정선도 참혹하게 죽이는 일 따위도 하지 않고 목숨 말짱하게 보전해 집으로 돌려보내 주겠다고. 그이가 역관되어 승승장구하고, 신분도 높고 평생을 귀애하게 자란 규수와 혼인하는 것도 방해하지 않겠다고.

옥향의 치맛단이 사락사락 소리를 내며 풀을 밟았다. 담 너머의 예원각에서는 벌써부터 시끌벅적한 소리가 들렸다. 잔치에 초대받은 손님들의 흥이 넘쳤다.

모두가 기쁠 때 오로지 옥향 혼자서만 마음이 괴로웠다. 그 심정 하늘도 알았는지 서글프게 울던 뻐꾸기 소리도 어느샌가 사라졌다.

그 대신,

"아이고, 옥향아! 우리 옥향이가 왔구나!"

술에 잔뜩 절어 있는 걸걸한 목소리가 들렸다.

第十一章. 평양기생 사월이(2)

[1]

양 뿔을 푹푹 삶아 빛을 낸다는 양각등羊角燈에서 불빛이 쏟아졌다. 열어 놓은 들창에서 바람이 불 때마다 촛불이 어른어른 덩달아 뽀얗게 분칠해 놓은 기생들의 얼굴도 주홍빛으로 말갛게 빛났다.

다들 어쩌면 그리 곱고 예쁠까? 이마는 반반하고, 콧방울은 오뚝오뚝 복코이고, 빨갛게 색칠한 입술은 꽃잎을 붙여 놓은 것만 같았다. 꺄르륵 꺄르륵 그네들이 웃을 때마다 별이 부서졌다. 귀로만 듣고 있으면 세상 더할 나위 없이 마음 평온해졌을 텐데, 애석하게도 두 눈 뜨고 바라보는 광경은 영 아니올시다.

홍윤성의 생일잔치에 초대된 이들은 다들 한양에서 내로라하는 위인들이었다. 아버지가 영의정이거나, 할아버지가 좌의정이거나. 둘 다 아니라면 적어도 어머니 쪽 외가가 정 몇 품 몇 품의 까마득히 대단하고 높은 집안이었다. 한마디로 한 끗발 날리는 사람들은 죄다 모아 놓았다고 보면 됐다. 아는 것도 많고, 배운 것도 많고, 타고난 기품 또한 남다른 분들만 참석하셨으니 그들이 즐기는 놀음은 또 얼마나 고귀할까?

하지만 웬걸. 세상에 육갑도 이런 오살 육갑이 없었다. 싯누런 얼굴색이랑 맞지 않게 꽃분홍 비단 도포 겹겹이 걸쳐 입은 첫째 아무개가 술에 잔뜩 절어서 교자상을 숟가락으로 땅땅 두드렸다.

"이보게, 윤성이! 내 자네 생일을 맞아 아주 귀한 선물을 가져왔다네. 금은보화가 암만 많아도 쉬이 구할 수 없는 귀물 중의 귀물이지!"

첫째 아무개가 '얘, 업두야! 너 당장 마당에 가서 그것 좀 가져와 봐라!' 몸종에게 소리쳤다. 몸종이 '예예! 어르신!' 깍듯하게 인사를 하고는 방을 나섰다. 곧 몸종이 키가 족히 여섯 자는 넘을 듯한 장정과 함께 들어왔다. 장정은 등 뒤에 지게를 지고 있었다. 대체 뭘 이고 졌는지 덩치 산만 한 이가 한 걸음 한 걸음을 간신히 뗐다.

대체 저게 뭐지?

기생들이며 손님들, 방 안 사람들 모두가 장정의 등만 바라봤다. 덕분에 잔뜩 신난 첫째 아무개가 에헴에헴 헛기침을 했다. 방 안의 가장 한가운데, 제일 상석에서 술잔 기울이던 홍윤성의 시선도 지게에 멈췄다. 장정이 온 힘을 기울이며 지게 위의 선물을 방바닥에 내려놨다.

"자네 위한 선물이니까 직접 열어 봐!"

"뭔데 그래?"

홍윤성이 눈짓했다. 방 한쪽에서 홍윤성의 손발 자처하며 시중들던 조방꾼 하나가 얼른 선물을 가린 비단 보자기를 획 끌어내렸다. 보자기가 벗겨지자 선물이 제 모양을 드러냈다.

그와 동시에,

"어마얏!"

"저런저런! 자네는 오늘 같은 날마저 장난인가? 어릴 때부터 짓궂게 굴던 버릇을 아직도 개 못 줬구먼그려."

"세 살 버릇 여든 간다는데 그 버릇 개 줄 리가 있어. 그러나 저러나 저렇게 해괴망측한 건 대체 어떻게 구한 거야?"

손님들은 나름 점잔 차리며 첫째 아무개를 타박하는 척했지만 목소리에는 능글맞은 기름기가 잔뜩 꼈다. 기생들은 선물의 흉측함에 손으로 눈을 가렸다가, 그래도 호기심에 못 이겨 벌어진 손가락 사이로 힐끔힐끔 선물을 쳐다보기 바빴다. 다들 놀란 눈치다 보니 한구석에서 숯불 피워 고기 굽던 약손도 마냥 모른 척할 수만은 없었다. 있는 듯 없는 듯 숨 쉬는 소리도 내지 말고 병풍 노릇하라던 조방꾼 당부는 잠깐 접었다. 사슴처럼 길게 고개 빼서 선물을 봤다.

"헉!"

약손의 눈이 댕그래졌다. 민망함 때문에 얼굴이 확 붉어졌고 목까지 울긋불긋 시뻘겋게 열이 올랐다. 암만 해도 화끈거림이 멈추지 않았다. 약손은 숯불을 조절하는 척 연신 부채질을 해야만 했다.

첫째 아무개가 가져온 생일 선물, 그것은 바로……

"저 머나먼 황룡성(黃龍城: 평안도 용강의 옛 지명) 계곡에서 구한 것이지!"

남성의 양물을 똑같이 빼박은 남근석男根石이더라. 어쩌면 돌멩이가 저렇게 신묘한 모습을 하고 있을까? 바람 맞고 물에 씻겨 자연적으로 만들어진 형상이 참으로 기이했다. 꼿꼿하게 선 채 위풍당당하게 제 모양을 자랑하는 모습이 한편으로는 우습고, 또 한편으로는 영락없이 망측했다.

"어이구야……."

그 적나라한 남근석의 모습 때문에 넉살 좋은 약손도 그만 팩 못 본 척 고개를 돌려야만 했다. 한양 제일 호색한 홍윤성이 이토록 기이한 남근석을 그냥 두고 볼 리 없었다. 남근석을 요리 쓰다듬고 조리 쓰다듬으며 갖은 재주를 부리다가 첫째 아무개의 선물이 마음에 쏙 드는지 이내 핫핫핫 웃음을 터뜨렸다. 그러다가 무슨 좋은 생각이 났는지 주욱 기생들을 둘러봤다.

"하면, 이 대단한 대물을 누가 먼저 맛볼 테냐?"

"어머어머! 나리! 짓궂으셔!"

기생들이 고개를 젓고 손사래를 치며 난리를 쳤다. 생각만으로도 망측하다며 부채나 저고리 따위로 각자의 얼굴을 가리기 바빴다. 물론 기생들이 질색하면 질색할수록 홍윤성의 얼굴에는 실실 능글맞은 웃음이 떠올랐다. 홍윤성은 에라 모르겠다 술병 하나를 쥐고는 제 옆에 있던 기생 치마폭 안으로 엉금엉금 기어 들어갔다.

"꺄악! 나리, 망측합니다!"

"어허! 가만있어 보거라! 내 오늘 저 대물을 상대할 명기 중의 명기가 누구인지 찾아내고야 말 테니! 명기로 뽑힌 자에게는 금송아지 단자를 내려 주도록 하지!"

"어머, 참말이십니까요?"

"장부가 두말할까?"

금송아지 단자라니! 절대 놓칠 수 없었다. 치마폭 움켜쥐며 가랑이를 사수하던 기생의 입이 함박 벌어졌다. 기생이 냉큼 치마폭을 제 쪽으로 끌어당겼다. 기생의 하얀 종아리가 드러났다.

"금송아지는 저, 미송이를 주셔야 해요?"

"그래! 너를 줄지 말지 내 두 눈으로 확인을 해 보자구나!"

그렇게 홍윤성과 아무개들은 남근 모양 닮은 남근석 상대할 명기를 찾겠다며 가지각색 잘 차려입은 기생의 치마폭을 헤집고 또 헤집고…… 빨간색, 파란색 청사초롱 불빛 닮은 기생들 치마폭이 눈앞에서 마구 나부꼈다. 방 안이 온통 사내들이 던지는 짓궂은 농담, 기생들의 웃음소리로 후끈후끈 달아올랐다.

그때였다.

탁!

아자살亞字箭 화려하게 박아 놓은 장지문이 열렸다. 그 사이로 초록색 저고리에 붉은 치맛단, 녹의홍상 곱게 차려입은 옥향의 얼굴이 드러났다.

"어?"

방 안의 민망한 작태에 치익치익 열심히 고기만 굽던 약손이 흡 저도 모르게 숨을 들이마셨다. 예원각 유명한 기생들은 이 방 안에 다 모였는데 대체 옥향은 어디에 있을까? 왜 오지를 않을까? 옥향을 만나 갯버들탕을 건네줘야 하는데……

잔뜩 마음 졸이다가 드디어 만난 것이었다. 여기까지 찾아와 놓고 못 만나면 어쩌나 싶었는데 일단 한시름 덜었다. 가만가만 눈치 보다가 잽싸게 약병 건네줘야지! 약손은 제 품에 깊이깊이 챙겨 넣은 주머니를 다시 한번 확인했다.

옥향이 방에 들어서자 기생 치마폭에 휩싸여 놀던 홍윤성이 냉큼 몸을 일으켰다. 그러고는 시커먼 수염 덕지덕지 돋아난 입을 양옆으로 쭉 찢으며 버선발로 달려가 옥향을 맞이했다.

"아이고, 옥향아! 우리 옥향이가 왔구나!"

"굼벵이처럼 자꾸 굼뜨게 굴래? 오늘 삯 안 받고 싶어? 일 좀 똑똑하게 하란 말이야, 똑똑하게! 이 모지리들아!"

한편, 복금은 하필이면 하고많은 일 중에 술방으로 끌려와 갖은 고생을 하는 중이었다. 예원각 방 곳곳에 가득한 홍윤성 손님들의 상에 술이 떨어지기라도 하면 큰일이었다. 덕분에 복금은 동서남북 쉬지 않고 발에 불난 듯이 달려가 술을 배달했다. 원래는 옥향을 찾아서 약손이나 수남한테 위치를 일러 주기로 했는데, 이러다가는 옥향 머리카락 한 올조차 못 볼 지경이었다.

설상가상 술방 찬부 심성이 어찌나 고약한지 몰랐다. 찬부는 일꾼들이 한숨 돌리거나 잠시 숨 고르기 위해 땀 닦는 꼴조차 용납하지 않았다. 복금이 잠깐 물 마시려고 대접에 입 갖다 대자마자 손에 쥔 복숭아나무 가지를 마구 후려쳤다.

"이런 육시랄! 남의 집 일하러 온 일꾼 팔자 더럽게 좋네? 네가 지금 물 마실 때야? 술 갖다 달라 아우성치는 소리 못 들었어?"

"들었는데요…… 저는 그냥 잠깐 물만 마시고 가려고 했는데……."

"알면 당장 가! 꾀부리지 말고 일을 하란 말이야! 일!"

찬부가 복숭아 나뭇가지를 찰싹찰싹 후려칠 때마다 휙휙 바람 가르는 소리가 났다. 그 와중에 손등을 잘못 얻어맞았는지 복금의 손 등에 빨간 빗금이 쳐졌다. 원래 복숭아나무는 축귀할 때랑 치병할 때 말고는 절대 매질하면 안 되는데. 왜 하필 때려도 복숭아나무로 때리는지?

그만두세요. 도화가지 그렇게 막 쓰다가는 제대로 급살을 맞습니다.

복금은 진심으로 조언하고 싶었다. 하지만 심성 못돼 먹은 찬부는 복금에게 그런 말 한마디 할 틈도 주지 않았다.

"당장 술 배달하러 가지 않구 뭘 하니? 응? 응?"

"예예, 갑니다. 지금 갑니다."

결국 복금은 찬부에게 등 떠밀려 술병 잔뜩 넣은 죽 바구니를 어깨에 짊어지는 수밖에 없었다. 복숭아 나뭇가지에 더는 맞기 싫어서 얼른 도망치듯 술방을 빠져나왔다.

"어휴, 저러다 큰일이 나지……."

다른 사람이라면 일꾼 아무렇게나 부리는 찬부 따위 급살 맞거나 말거나 하등 신경도 안 쓸 텐데, 복금은 연신 갸웃갸웃 고개를 저으며 술방에 남은 찬부 걱정을 했다. 아무튼 지금은 찬부 따위 걱정할 때가 아니었다. 등에 짊어진 바구니에서 짤랑짤랑 술병이 부딪쳤다.

복금은 동쪽이랑 서쪽, 남쪽이랑 북쪽 사방을 돌며 술병 주둥이에 달라붙은 표식대로 술 배달을 했다. 마침내 복금이 홍윤성이 머무는 안채에 도착했다. 복금은 여전히 옥향이 어디에 있나 나름대로 면밀히 살펴보는 중이었다. 복금이 주위 경계하는 산짐승처럼 이리저리 몰래몰래 주변을 둘러봤다.

그때였다.

아직 배달하지 않은 마지막 술병이 바구니 안에 남았는데 저도 모르게 긴장이 풀렸나 보다. 어쩌면 옥향 찾는 데만 온 신경이 쏠려서 술병의 존재를 깜빡 잊었는지도 몰랐다.

복금은 그만 마당에 튀어나온 돌멩이를 못 보고 밟아 삐끗 중심을 잃고 말았다. 몸이 제 뜻과 상관없이 휘청거렸다. 그 다급한 와중에도 술병 깨뜨렸다고 노발대발 난리 칠 찬부의 승질머리가 걱정됐다. 어차피 복금은 예원각에 삯 받으러 온 게 아니니까 재물 못 받는 건 괜찮았지만 복숭아나무 회초리는 좀 무서웠다. 만약 이 술병 깨지면 약손이한테 우리 그냥 얼른 도망이나

가자고 말해 볼까?

복금은 그 찰나의 순간에도 별의별 생각을 다했다. 복금이 질끈 눈을 감았다. 곧 와장창 요란한 소리 내며 굴러떨어질 술병을 상상했다.

그런데 웬걸?

"쯧쯧쯧…… 이렇게 허술해서야……."

웬 사내가 바닥에 처박힐 뻔한 복금의 어깨를 단단히 틀어쥔 것이 아닌가? 뿐만이 아니었다. 남자가 다른 손으로는 바구니를 날래게 잡아채서 술병이 깨지는 불상사도 일어나지 않았다. 남자는 복금이 제대로 설 수 있도록 일으켜 주기까지 했다. 물론 그다음에는 복금의 어깨에서 재빨리 손을 뗐다. 남자가 더러운 것이라도 묻은 양 제 옷소매에 손바닥을 북북 문질러 닦았다.

딱 봐도 사내가 차려입은 행색이 예사롭지 않았다. 화려한 자색 비단은 복금이 단 한 번도 본 적 없을 만큼 태가 고왔다. 비단 곳곳에 금박으로 줄줄 수놓은 모란꽃은 그야말로 화려함의 극치였다. 단언컨대 궁궐에 거처하시는 높은 마마님들에게도 이토록 귀하고 고운 옷은 없을 것 같았다.

복금이 몸 둘 바를 몰라 하며 고개를 숙였다.

"감사합니다, 나리. 감사합니다…… 감사합니다……."

복금은 앵무라도 된 것처럼 그저 감사하다는 말만 되풀이했다. 화려한 옷 켜켜이 차려입은 사내는 그런 복금에게 눈길도 주지 않았다. 남자가 휙 복금의 곁을 스쳐 지나갔다. 대신 그 뒤를 따르던 다른 남자가 복금의 등을 툭툭 두드려 줬다.

"됐다. 앞으로는 조심하렴."

"예…… 감사합니다……."

둘 다 귀하고 지체 높은 티가 팍팍 났다. 곧이어 사내 둘은 픽 당연하다는 듯 홍윤성이 머무는 방으로 향했다. 한참 땅바닥만 보며 고개 숙여 인사하던 복금이 흐트러진 등짐을 제대로 갈무리했다. 그러다 문득 저가 넘어지지 않도록 도와준 사내의 얼굴이 궁금해졌다. 갑자기 왜 궁금해졌는지는 알 수 없었다. 저가 아는 사람도 아닐 텐데 괜한 호기심이 일었다. 복금이 저도 모르게 반짝 고개를 들어 사내를 바라봤다. 분명 복금과는 일말의 인연도 없을 듯한 귀인貴人들.

한데, 어쩐지 저 도와준 귀인, 아니 사내의 뒷모습이 낯익어 보이는 까닭은 무엇인지? 내가 저이를 언제 본 적이 있던가?

"감사합니다, 나리……. 헉!"

긴가민가 한참 생각하던 복금이 저도 모르게 컥 기가 막힌 듯 한숨을 토해 냈다. 머릿속에서 핑 화살 하나가 당겨졌다. 머릿속이 핑핑 돌며 지난날이 떠올랐다.

그러니까 예전에, 복금이랑 약손이가 칠촌에 갔다가 역병의 원인을 밝혀내지 못해 딱 죽을 뻔한 위기에 처했을 때, 하늘님이 내려 준 신묘한 동아줄처럼 나타난 사람!

'칠촌의 병마가 역병이 아닌 것으로 밝혀졌으니 주상 전하의 근심 또한 심히 덜어졌소. 이는 모두들 그대의 공이오. 이번 칠촌의 책임자였던 민경예에게는 비단 스무 필과 은 이십 전을 내릴 것이며, 그를 보좌한 의원들 역시 쌀 다섯 섬을 각각 내리겠소. 이는 주상 전하께서 내게 구문으로 내려 주신 어명이오.'

복금이 다시 한번 눈을 비비고 사내를 자세히 바라봤다. 하지만 잘못 볼 리 없었다.

자색 비단 휘휘 두른 사내. 화려하기 짝이 없는 황금 모란에 겹이겹이 둘러싸이고도 위화감 따위 하나 없이 찰떡처럼 잘 어울리는 옷맵시를 뽐내는 사내. 심지어 댓돌에 벗어 두는 흑피혜

黑皮鞋 두 짝, 발 감싼 버선까지 온통 귀하지 않은 것이 없는 사내.

그 사내는 바로…….

"어이, 명회! 같이 가야지. 나를 두고 가면 쓰나?"

방금 전 복금의 등을 두드려 주고 '조심하렴.' 다정한 조언 건넨 사내는 명회의 죽마고우 권람이더라.

"자네 걸음이 늦으니 답답해! 따라오든지 말든지!"

대청마루에 이제 막 발 올려놓는 사내는 다름 아닌 조선 최고의 실세 한명회였다. 헉! 복금이 하마터면 비명을 지를 뻔한 제 입을 손바닥으로 틀어막았다.

"어르신, 어찌 기별도 없이 오셨나이까? 제가 당장 안에다 고하여……."

조선 팔도 세도가라면 척척 얼굴 꿰고 있는 조방군이 그 유명한 명회를 모를 리 없었다. 조방군이 명회 앞에 답삭 고개를 숙이고 엎드렸다. 하지만 명회는 거추장스러운 짓거리 하지 말라는 듯 휘휘 손을 내저었다.

"필요 없으니까 비켜. 내 직접 들어갈 터이니."

"하오나……."

마루에서 손님맞이하고 배웅하는 조방군의 얼굴이 하얗게 질렸다. 응당 그가 맡은 임무로 따지자면 홍윤성 생일잔치에 초대받지 못한 사람은 그 앞길 막아 얼씬도 못 하게 함이 옳았다. 홍윤성이 손수 적어 준 명단에 이름을 올리지 못한 사람은 근처에도 오지 못하게 하는 것이 맞았다. 하지만 이 바닥 일이란 게 대부분 그렇듯 눈치로 먹고 눈치로 죽는다. 눈치 잘 못 살피고, 저가 제일 지체 높다 뻐기는 어르신들 비위 못 맞춰 하루아침에 작살이 나기도 한다.

그동안 쌓아 올린 예원각의 명성, 예원각의 부귀, 예원각의 공명, 예원각의 재물…… 조방꾼은 결코 한명회의 심기를 건드려 저가 이룩한 것들을 잃고 싶지 않았다. 조방꾼은 비키라는 명회의 한마디에 아무 대꾸도 못 했다. 그저 속절없이 뒤로 뒤로, 또 뒤로 물러설 뿐.

명회가 성큼 걸음을 디뎌 안으로 들어섰다.

홍윤성 생일에 초대받지 않은 명회를 잔치에 들이는 조방꾼, 그리고 일전에 나름 일면식이 있어 명회를 알고 있는 복금까지 난리가 났다.

어쩌면 좋냐. 홍윤성 영감께서 아시면 경을 치실 텐데, 이 일을 어쩌면 좋으냐? 어떡해, 어떡해. 명회 어르신이 여긴 왜 오셨지? 안에 있는 약손이는 괜찮을까? 저분이 여긴 대체 왜 오신 걸까? 복금은 방금 전에 언뜻 본 명회의 삼백안 눈동자를 똑똑히 기억했다.

하늘이 무너지는 기분이었다. 어무니가 삼백안이랑은 절대 놀지 말라 그랬는데. 동무로 정답게 지내면 모를까, 한번 수틀리면 지옥 불까지 쫓아와 상대를 괴롭히는 악질이니 아예 엮이지 않는 게 상책이랬는데?

조방꾼과 복금, 복금과 조방꾼. 둘 다 까닭은 다르지만 같은 모양새로 어찌할 바 모른 채 발을 동동 굴렀다.

다만, 명회 뒤따르는 권람만 잔뜩 신났을 뿐이었다. 권람이 시름에 잠긴 조방꾼에게 일렀다.

"예원각 찬모가 감화부(甘花富: 농어나 숭어를 칼질해 양념한 채소와 함께 쪄 먹는 음식)를 그리 잘 만든다지?"

"예? 예? 그렇기는 하온데……."

"한 대접 싸주시게. 내 좀 이따 귀가할 적에 챙겨 갈 테니."

"감화부는 어쩐 일로 이르십니까? 따뜻할 때가 제일 맛이 좋으니 금방 들이라 하겠습니다."

"아니아니, 내가 먹으려는 게 아니라 우리 부인이 잡숫고 싶다 해서. 그럼 부탁하네."

권람은 저 할 말만 마치고 명회를 따라 방 안으로 쏙 사라졌다.

생일 축하 선물로 온갖 귀물이 궤짝에서 줄줄이 쏟아졌다. 술이라면 사족을 못 쓰는 홍윤성 취향 십분 반영하여 천년만년 만수무강하시라 올린 전국의 명주가 으뜸으로 많았다. 강장제로는 그만인 더덕 술이 한 잔, 새콤달콤 입맛 돋우는 사과술이 또 한 잔, 오늘 밤 오래오래 놀아도 피곤하지 말라고 쑥마늘술이 또또 한 잔……

홍윤성의 기분은 최고조로 달아올랐다. 덕분에 예원각에서 가무 실력 가장 뒤쳐지는 미송이가 서툰 솜씨로 거문고를 해도 뭐 하나 흠 잡는 사람이 없었다. 도리어 곡조가 틀리면 틀리는 대로, 가락이 빨라지면 빨라지는 대로 그 나름의 맛이 있다며 치켜세웠다. 아까 전에 갖은 교태와 애교를 부려 끝끝내 금송아지 단자를 사수한 미송이가 함빡함빡 웃음 지었다. 거문고 튕길 때마다 미송이의 어깨도 으쓱으쓱 함께 춤을 췄다.

"호접 한 마리 날아간다. 지난날 쌍 이뤄 놀던 네 짝은 어디에 두고 너 홀로 들판을 헤매어……"

홍윤성이 호접곡에 맞춰 노래를 불렀다. 걸쭉한 목소리는 음도 맞추지 못하고, 박자도 제대로 따르지 못하는 주제에 제 흥과 감정에 한껏 취해 눈까지 꼭 감았다. 홍윤성 곁에 자리를 꿰차고 앉은 옥향이 이런 좋은 분위기를 놓치지 않았다. 얼른 술병을 들어 홍윤성의 빈 잔에 따랐다. 연잎주 특유의 향이 그윽하게 풍겼다. 홍윤성이 연잎주를 쭉 들이켰다.

"어우, 맛 좋다."

"입맛에 맞으시지요? 지난번 뵐 적에 나리께서 유독 향주를 좋아하시는 것 같아 찬모에게 일러 준비시켰나이다."

"그랬어? 역시 나 챙겨 주는 건 우리 옥향이밖에 없지."

홍윤성이 고것 참 대견하다는 듯 어린애 대하듯 옥향의 옆구리를 툭툭 두드렸다. 그러는 와중에도 은근슬쩍 몸을 붙였다. 옥향이 술병을 내려놓는 척 몸을 뒤로 젖혔지만 소용없었다. 홍윤성은 끝끝내 옥향 볼에 꾹 입술을 누르고 나서야 만족한 듯 히죽히죽 웃었다. 홍윤성은 도무지 포기를 모르는지 자꾸만 옥향의 손등을 매만지고, 훑고, 비비고 온 지랄 생난리를 쳤다.

"나리, 왜 이러십니까. 체통을 지키셔야지요."

옥향이 활짝 웃고는 있지만 연지 찍어 바른 입술 끝이 파르르 떨리는 모양은 오로지 약손만 봤나 보다. 홍윤성이 자꾸만 치근대고 질척거리는 꼴이 영 밉상이었다. 약손이 얼굴에 철판을 깔고 그 사이에 넙죽 끼어들었다.

"방금 구운 지짐입니다. 소고기 엉덩잇살을 포 뜬 놈이라 아주 쫄깃쫄깃하지요. 식기 전에 드세요."

약손이 홍윤성에게 고기를 올리는 척 은근슬쩍 옥향을 제 뒤로 밀쳤다. 덕분에 옥향이 홍윤성의 마수에서 벗어났다. 약손은 괜히 고기 접시를 요리 놓는 척 조리 놓는 척 시간을 끌었다.

이 사람이 왜 이래? 좀 과도하게 꿈지럭대는 모양이 퍽 이상했나 보다. 옥향이 무심코 고기 올리는 일꾼의 얼굴을 바라봤다. 그러다가 이내 '앗!' 속으로만 약손을 알아봤다.

"옥향 아가씨도 같이 드십시오."

"!"

약손이 옥향에게도 지짐이를 권했다. 이렇게 해서 일단은 옥향에게 저의 존재 알리는 데 성공했다! 마음 같아서는 당장 옥향에게 갯버들탕을 건네주며 사용법을 알려 주고 싶었지만 지금은 참아야 했다. 방 안에 옥향을 주시하는 눈이 너무나 많았다.

멀리 갈 것도 없이 당장 바로 옆에는 두 눈 시퍼렇게 뜬 홍윤성이 있었고…….

약손은 냉큼 구석 자리로 돌아갔다. 옥향은 영민한 여인이니 그저 약손이 온 것만 보아도 뭔가 묘수가 있을 것이다, 전할 이야기가 있을 것이다, 짐작하고도 남을 것이 분명했다.

"나리! 맛나게 드시옵고 내년도 올해처럼, 후년도 올해처럼 오래오래 장수하십시오!"

약손은 이 와중에도 헷헷 웃으며 웃전을 향한 특유의 아부 떨기를 잊지 않았다. 그런 약손을 바라보는 옥향의 얼굴 위로 뭐라 말로 표현할 수 없는 복잡한 기색이 맴돌다 사라졌다.

오늘 미송이가 거문고 연주를 맡은 것이 얼마나 다행인지 몰랐다. 미송이가 똥당똥당 실수 연발할 때마다 좌중은 그런 미송이 귀엽다며 와하하 웃음을 터뜨리기 바빴다.

"우리 미송이 연주 실력이 저리 형편없어서 대체 뉘한테 머리 올려 달라 하겠누?"

홍윤성이 키득키득 몸을 젖히며 웃었다. 그러나 미송은 하나도 주눅 드는 기색이 없었다.

"못 올리면 말라지요. 전부 다 박박 깎아 버리고 불자佛子로 살아도 난 상관없으니까!"

미송의 한마디, 한마디 행동 하나하나가 전부 귀엽고 어여뻤다. 손님들이 웃을 때마다 방 둘레둘레 장식해 놓은 금구슬 은구슬 주렴이 촤르륵 촤르륵 명랑하게 흔들렸다.

"……."

방금 약손이 가져다준 지짐이에서 따뜻한 김이 모락모락 피어올랐다. 너무 태우지도 않고, 너무 덜 익히지도 않고 노릇노릇 아주 딱 알맞게 구웠다. 옥향이 젓가락을 들어 고기 한 점을 잡았다. 홍윤성은 이미 저 줄 줄을 알았는지 자연스레 쩍 하니 입을 벌리며 지짐이 받아먹을 준비를 했다. 옥향이 세상 둘도 없이 다정한 모양으로 지짐이를 홍윤성의 입안에 넣어 줬다. 쩝쩝쩝 홍윤성의 고기 씹는 소리가 요란했다.

홍윤성 기분이 좋아 보여 다행이었다. 하여 옥향은 아까부터 내내 망설이고 또 망설이다 못 한 얘기를 하기로 마음먹었다.

"저, 나리……."

"응?"

홍윤성이 고개를 끄덕였다. 히죽히죽 웃는 얼굴이 아주 신나 보인다. 지금이라면 옥향이 무슨 말을 해도 별 탈 없이 넘어갈 수도 있을 것 같았다. 옥향이 조심스레 입을 열었다. 어차피 옥향이 홍윤성에게 부탁할 일, 하나밖에 없었다.

그건 바로…….

"요 며칠간, 정선도 나리께서 대감댁에 머물고 있다 들었습니다. 일전에 말씀드렸다시피 이제 그분은 저와 아무런 관계도 없는 분입니다. 한데 어찌하여 무고한 자를 겁박하여 가두시는지요? 나리, 제 얼굴을 봐서라도 한번만 선처해 주시면 아니 될까요?"

홍윤성 사택에 잡혀간 정선도를 하루 속히 풀어 달라는 부탁이더라. 홍윤성 집에 끌려갔다가 몸 성히 살아 돌아온 자 없다는 흉흉한 소문을 옥향이 모를 리 없었다.

옥향은 정선도가 끌려간 날 이후부터 단 하루도 맘 편히 먹고, 마시고, 웃지 못했다.

그냥 빈말이 아니었다. 정말이지 정선도만 아무 일 없이 풀어 준다면, 그렇게만 해준다면 홍윤성이 바라는 대로 그가 주는 음식만 먹고, 그가 주는 옷만 입고, 그의 첩실이 되어 있는 듯 없는 듯 평생을 죽은 듯이 살아갈 수도 있었다. 그런 까닭에 그동안 홍윤성에게 갖은 교태부리며 비위를 맞췄다. 최대한 심기를 거스르지 않기 위해 노력했다.

한데 왜 아직도 정선도를 풀어 주지 않는 것인지? 왜 그의 안부를 알려 주지 않는지?

옥향은 그야말로 바짝바짝 애간장이 타들어 갔다. 핫핫핫 여태까지 실없이 웃기만 하던 홍윤성이 갸웃갸웃 고개를 젖혔다.

"너 지금 뭐라 했니? 내가 뭘 잘못 들은 것 같은데?"

"정선도 나리를 풀어 달라고……."

"아니아니, 그다음에 한 말 있잖아. 뭐? 겁박이랬든가?"

"나리……."

"그가 무고하다고 했든가?"

"……."

"나 참, 기가 막혀서……."

홍윤성이 껄껄껄 목젖이 다 보일 정도로 웃어 젖혔다. 그러고는 제 앞의 술잔을 들어 휙 마셨다. 술을 입에 다 털어 넣음과 동시에 빈 잔을 탁 소리가 나도록 상 위에 내려놨다. 방금 전까지만 해도 마냥 즐겁기만 하던 홍윤성의 낯빛이 순식간에 뒤바뀌었다.

"야, 이년아. 누가 누굴 겁박해? 그냥 얼굴 좀 보고 이야기하자고 부른 건데, 뭐 겁박?"

"그것이 아니오라······!"

"무고해? 정선도가 무고해? 너 말 한번 잘했다. 혼인 날짜 잡아 놓은 계집 얼굴 보려고 쥐새끼처럼 드나든 놈이 무고하냐? 호색한도 이런 호색한이 없다! 보자보자 하니까 두 연놈들이 아주 얼굴에 철판을 깔았네? 너는 내가 걔를 도륙해도 할 말이 없어! 알아?"

"나, 나리······!"

홍윤성이 고함을 치니까 우르릉 쾅쾅 천둥이 치는 것만 같았다. 대경실색 놀란 옥향이 서둘러 그 자리에 엎드렸다.

골을 파먹어도 모자랄 새끼, 비루 같은 놈, 내 그놈 사지를 찢어 죽여야 이 분함이 풀리겠어······. 홍윤성 입에서 온갖 걸걸한 욕이 다 쏟아졌다.

덕분에 미송의 거문고 소리도 딱 멈췄다. 방금 전까지 웃고 떠들던 사람들 전부가 숨을 죽이고 눈치를 살폈다.

대체 정선도 그 이름 석 자가 뭐라고. 홍윤성은 주먹으로 탕탕 상을 치고 생일 선물이랍시고 받은 궤짝을 발로 팩팩 함부로 차 버렸다. 덕분에 궤짝 안에 금이야 옥이야 모셔 둔 유리와(琉璃瓦: 당대의 기와를 본떠 만든 유리기와)에 픽픽 속절없이 금이 갔다.

약손도 불같이 화내는 홍윤성을 직접 보고는 깜짝 놀랐을 정도였다. 대체 사람들 홍윤성 성질머리 왜 사납다고 하는지 궁금했는데 제 두 눈으로 보니 딱 문제가 풀렸다. 답이 금방 나왔다.

저 싫은 사람 이야기 꺼내니까 못 참고 우락부락 화내는 꼴이라니. 아마도 홍윤성은 제 심기 거스르는 모양은 손톱만큼도 용납을 하지 못하는 부류임이 틀림없었다.

저런 인간들은 대부분이 어렸을 때부터 삼대독자다 뭐다 해서 오냐오냐 키워 가지고 떡잎부터 인성을 망친 경우다. 보통 그들은 주변인들과 부대끼고 배려하며 두루두루 살아가는 개념 자체가 없었다.

홍윤성의 화가 좀처럼 가라앉질 않았다. 약손이랑 함께 고기 굽던 행랑아범이 행여나 저 미친 자가 뜨거운 숯불로 뭘 어떡할까 봐 걱정됐는지 얼른 찬물을 부어 불씨를 꺼뜨렸다.

"나리…… 고정하십시오……. 용서하십시오……."

바닥에 답삭 엎드린 옥향의 가녀린 등만 안쓰러웠다. 그러게 그냥 조금만 꾹 참고 기다리지, 왜 정선도 얘기를 꺼내 갖고 긁어 부스럼을 만들어…….

약손이 쯧쯧 혀를 차며 고개를 저었다. 어떻게든 옥향을 도와주고 싶었지만 제아무리 약손이라 할지라도 홍윤성 회까닥 눈 뒤집힌 이 상황을 중재할 방도는 없었다. 그저 이 또한 지나가리라…… 가만가만 두고 볼 뿐이었다.

그때였다.

누가누가 드나드십니다! 누가누가 오셨습니다! 조방꾼의 목소리가 하나도 들리지 않았는데 갑자기 방문이 활짝 열렸다. 홍윤성이 들어오너라 허락도 하지 않았는데, 웬 사내가 성큼성큼 큰 걸음으로 방 안을 걸어 들어왔다.

기생들 차려입은 색색의 치맛단보다도 훨씬 화려한 자색 비단이 고귀함을 뽐냈다. 둘레둘레 수놓은 황금 모란은 눈이 부실 지경이었다. 그는 딱히 소개할 필요도 없었다. 홍윤성 생일잔치에 초대도 없이 놀러 온 명회였다.

약손은 일전에 스치듯 만난 적 있는 명회를 선뜻 기억하지 못했다. 그저 홍윤성과 친분 있는 자겠거니, 행색이 꽤나 요란한 걸 보니 취향이 좀 독특하겠거니, 생각할 뿐이었다.

"……."

명회가 쭈욱 방 안을 둘러봤다. 방 안에는 각종 음식 냄새에, 술 냄새에, 사내들 고린내에, 기생들 분 냄새가 합쳐져 말로 형언할 수 없는 고약한 냄새를 풍겼다. 명회가 덕분에 비위 상했다는 듯 옷소매로 슬쩍 코를 가렸다.

홍윤성이 제일 먼저 명회를 알아봤다.

"너, 너, 너…… 네가 여긴 어떻게……."

"어떻게는 무슨. 내가 못 올 데라도 왔어?"

명회가 무척이나 천연덕스러운 얼굴로 빈자리 하나를 꿰찼다. 그러는 동안 손님들은 서로서로 바삐 눈치를 살폈다. 순식간에 방 안의 공기가 묘해졌다. 그도 그럴 것이, 한양 사는 이들 중에 명회와 홍윤성이 개와 닭, 뱀과 개구리, 참새와 벌레 사이라는 것을 모르는 자가 없었다. 얼굴만 마주쳤다 하면 서로 못 잡아먹어 안달인 주제에 홍윤성이 이 좋은 날 명회를 초대했을 리는 없고, 그렇다고 자존심 센 명회가 초대받지도 않았으면서 먼저 찾아올 리도 없을 텐데.

이게 대체 무슨 일이지?

명회 덕분에 옥향의 일은 완전히 뒷전으로 물렀다. 아무렴 홍윤성이 이를 갈며 미워하는 천적의 등장인데 옥향 따위가 중요할까. 사람들은 기대 반, 호기심 반, 대체 오늘 무슨 일이 일어날까 잔뜩 기대된다는 표정으로 홍윤성과 명회를 구경했다.

"윤성이, 생일 축하하네. 나도 왔어! 우리 참 오랜만이지?"

뒤늦게 들어온 권람이 해맑게 웃으며 인사를 했다. 권람이 명회와 같은 상을 차지하며 털썩 자리에 앉았다. 명회가 상차림을 한번 둘러보며 썩 제 맘에 들지 않는 듯 쩝쩝 입맛을 다셨다.

"생일상치고는 음식이 꽤 간소하네. 온통 내가 싫어하는 음식

뿐이야."

"아 맞다, 명회는 기름에 굽고 튀긴 적전炙煎을 잘 먹지 못하니깐. 주로 담백한 찜류를 좋아하지."

"난 생선문주(生鮮紋珠: 숭어 안에 달걀, 버섯 따위를 넣고 찐 음식)를 제일 좋아해."

"알아. 내 생일 때는 꼭 명회 먹을 문주 요리를 만들라고 이를게."

하……. 남의 생일잔치에 초대도 없이 찾아왔으면 적어도 주는 밥은 군말 없이 잘 먹어야 하는 거 아닌가? 지가 뭔데 남의 생일상이 간소하니 뭐니 왈가왈부해? 안 그래도 옥향 때문에 뻗친 성질이 명회 때문에 곱절은 더 커졌다. 홍윤성 이마에 픽픽 핏대가 섰다. 하지만 화 잔뜩 오른 얼굴은 홧홧하게 달아오르기만 할 뿐 암만 신경질이 나도 방금 전 옥향한테 했던 것처럼 욕지거리를 내뱉을 수는 없었다.

원래 사람이란 동물이 영악하기 짝이 없어서 누울 자리를 보고 기가 막히게 다리를 뻗는다. 옥향은 기생이고, 곧 제 첩실 될 사람이고, 만만이니깐 함부로 성질부릴 수 있었지만 명회는 아니었다.

명회는 명실공히 천하가 다 아는 공신功臣이었다. 주상 전하 최측근이었다. 그가 거머쥔 부귀공명은 이루 말할 수 없었다. 아무튼지 구구절절 말하자면 입만 아팠다. 요약하자면 한명회 잘못 건드렸다가는 되레 골로 가기 십상이라는 뜻이었다.

똥이 무서워서 피하냐? 더러워서 피하지! 내가 오늘 좋은 날이니깐 참는다.

홍윤성이 꾹꾹 혼신의 힘을 다해 화를 눌러 참았다. 일부러 명회 쪽으로는 고개도 돌리지 않고 등져 앉았다. 그냥 무시하는 게 상책이었다.

하지만 또 명회가 누구인가? 곧이곧대로 무시당해 준다면 그건 명회가 아니었다. 부득불 잔치를 찾아올 이유도 없었고. 명회가 톡톡 제 술잔을 두드렸다.

"이보게, 경음당. 손님이 왔는데 뭘 그렇게 멀뚱하게 있어?"

"뭐야?"

"접대를 해야 할 것 아니야. 일루 와서 한잔 기차게 따라 봐."

"너 미쳤냐?"

"자고로 술은 사내가 따라야 제 맛이지? 안 그래?"

"!"

심지어 명회는 양반다리한 제 무릎 위에 앉아 보라며 능글맞게 장난치기까지 했다.

마주 앉은 권람이 그 저질스러운 농담에 꺄르륵 꺄르륵 뒤로 넘어갈듯 웃어 젖혔다. 웃는 사람은 비단 권람만이 아니었다. 방금 전까지 잔뜩 겁에 질려 있던 기생들도 저도 모르게 픽픽 바람 새는 소리 내며 웃었다. 암만 홍윤성 눈치를 본다 해도 잇새를 삐져 나가는 웃음은 도무지 막을 도리가 없었다.

들었어? 술은 사내가 따라야 제 맛이래.

일루 와서 무릎에 앉아 보래.

평소에 예원각 찾는 나리들에게 귀에 딱지가 앉도록 들어 본 말인데, 역으로 농담하는 걸 보니까 왜 이렇게 우습고 통쾌한지 모를 일이다.

키득키득. 킥킥킥. 서로서로 숨죽여 웃는 모습이 홍윤성으로 하여금 더 열 뻗치게 만들었다. 홍윤성의 한쪽 볼이 부르르 작게 경련하며 떨렸다.

"명회…… 농이 지나치구만……."

"어? 농담으로 들렸어? 아닌데? 난 농담으로 한 말 아니었는데?"

"그만하라니깐……."

"왜? 나한테 술 따르기 싫은가 보지?"

"……."

"아니면 내 무릎에 앉기가 싫은 건가?"

"……."

"아쉽네. 교태 잘 부리면 화대로 금송아지 단자 주려고 했는데."

금송아지 이야기가 나오니까 특히 미송이가 어깨까지 들썩이며 웃음을 참았다. 끅끅 소리가 나려는 걸 허벅지를 꼬집어 가며 자제했다.

쭛. 명회가 몹시 아쉬운 얼굴로 혀를 찼다. 어쨌든 평안 감사도 저 싫으면 그만이었다. 술 따르기 싫다는 사람 억지로 끌어내는 데는 영 취미가 없었다. 명회는 깔끔하게 단념했다.

대신,

"참, 자네 새로 첩 들인다는 얘긴 들었어. 내가 아는 첩실만 대체 몇 명이야? 여덟이든가, 아홉이든가? 그러고도 만족을 못 하다니, 원……. 대단치도 않은 물건 놀리느라 사서 고생을 하네. 원래 그렇게 과시하는 사내치고 실속 있는 사람 하나 없다던데……."

그와 동시에 기생들이 약속이라도 한 듯 푹 고개를 숙였다. 혹여나 웃음 새어 나가는 모습 보일까 손으로 입 가리고, 부채로 얼굴 가리고 그 와중에 난리가 났다.

저분 뭐니? 대체 정체가 뭐니? 어쩜 저렇게 족집게 같은 말만 쏙쏙 골라서 하지?

오늘 밤 잔치가 파하고 나면 명회 덕분에 기생들 수다 봇물 터지게 생겼다. 문득 명회가 홍윤성 곁에 엎드려 있는 옥향을 가리켰다.

"쟤야? 한양에 참한 규수가 얼마나 많은데 하필이면 기생을 첩으로 들여? 자네 조상님들 아시면 꽤나 뒷목 잡겠구먼. 뭐, 그래 봤자 남의 집안일지만."

"너, 대체 무슨 말이 하고 싶은 거야?"

"별거 없어. 네가 나한테 술 따르기 싫다며? 대신 네놈 첩실 될 계집한테 술 한 잔 얻어먹겠다는 얘기지."

"뭐, 뭐야?"

"아! 이젠 제수씨라고 불러야 되나?"

명회가 명쾌하게 호칭 정리를 끝냈다. 그러고는 까딱까딱 옥향에게 손짓했다.

"그 얼마나 고운 절색이기에 우리 경음당 혼을 쏙 빼놨는지 나도 좀 봐야겠다. 폐월수화閉月羞花라도 되는 모양이지? 애, 뭐 하고 있냐? 얼른 약주 한잔 올려 봐라."

"야! 한명회!"

홍윤성이 빽 소리를 질렀다.

이제야 알겠다. 왜 초대하지도 않았는데 남의 생일잔치 기어코 꾸역꾸역 찾아왔는지 드디어 알겠다.

한명회 너, 내 기분을 망치려고! 나를 망신주려고! 그러려고 나를 찾아온 거야!

바짝 모아 쥔 홍윤성의 주먹이 부들부들 떨렸다. 당장 명회의 얼굴을 후려친다 해도 하등 이상하지 않을 모습이었다.

덕분에 명회에게 지목당하고, 홍윤성의 화를 고스란히 받는 옥향의 입장만 난처해졌다. 옥향이 이러지도 못하고 저러지도 못한 채 머뭇거렸다.

"참내, 잔칫집에서 술 한 잔 얻어먹기 더럽게 어렵네."

명회가 혀를 찼다. 불현듯 옥향이 술 따라 주기만을 하염없이 기다리던 명회의 눈빛이 단박에 싸늘해졌다. 윤성이 재수 없는 개 눈깔, 귀신 눈깔이라 여겨 뒤에서 짓씹어 대기 바쁜 삼백안이 옥향을 쏘아봤다.

"야, 자꾸 여러 번 말하게 할래? 술 따라."

*

잡꾼 칠봉이 전국을 떠돌아다니며 살 적에 약손에게 당부한 인생의 진리가 있었다. 모든 일에 열심인 것은 좋지만 괜히 너까지 나설 필요는 없으니 눈치껏 낄 때 끼고 빠질 때 빠져라, 가는 말이 고우면 나를 얕보니깐 최대한 상스럽게 말해라, 잘생긴 놈은 꼴값이라도 떨지만 못생긴 놈은 정말 아무짝에도 쓸모가 없다……. 그 말씀 줄줄 외자면 공자, 맹자가 다 무엇인가. 책 여러 권 쓰고도 부족할 판이었다. 그래도 그 중에 가장 주옥같은 대사는 바로 이거였다.

'어디 가서 함부로 술 따르지 마라. 누가 술 따르라 치근대면 뚝배기로 대가리를 깨 버려라.'

이 말에 내포된 깊은 뜻은 이러했다. 장터 떠도는 장돌뱅이 팔자가 겉보기엔 자유롭고 훨훨 나는 바람처럼 운치 있어 보여도 실은 매사가 더럽고 치사함의 연속이었다. 장터 관리하는 웃전 비위 맞추랴, 건달들한테 자릿세 상납하랴, 토박이 장사치들 눈치 보랴. 간혹 칠봉이 부르는 구성진 가락이 마음에 든다고 쌍화탕 싹쓸이하는 큰손이 나타나기라도 하면 그날은 큰손을 위한 특별 공연을 펼쳐야만 했다.

　큰손이 밥 주면 밥 먹고, 떡 주면 떡 먹고, 간혹 타고난 명창이라 칭찬하면서 술 내리면 술도 마셨다. 물론 얌체처럼 혼자 마시기만 하는 건 아니었고, 무릎 공손히 꿇은 다음에 최대한 조신한 자세로 큰손한테 술을 따라야만 했다. 해서 언젠가 약손은 칠봉을 따라서 큰손에게 술을 따르려 한 적이 있었다. 통 큰 큰손이 쌍화탕을 팔아 준 게 무척 고마웠기 때문이었다.

　하지만 그날 약손은 술 따르기는커녕 칠봉에게 된통 혼만 났다. 큰손이 떠나고 약손과 칠봉, 둘이서만 국밥을 퍼먹으며 허기를 달랠 적에 칠봉이 살벌한 얼굴로 말했다.

　'사내 행색 한다고 네가 진짜 사내인 줄 알아? 어디 계집이 함부로 술을 따라?'

　'왜? 그러면 안 돼? 큰손 덕분에 아부지랑 나랑 별 고생도 안 하고 쌍화탕 싹 팔았잖아.'

　'정신 나간 소리 하지 마! 내가 널 어떻게 키웠는데…… 앞으로 네가 사내로 살든 계집으로 살든, 어디 가서 절대 술 따르면 안 돼. 난 절대 그런 꼴 못 봐. 알겠어?'

　'음…… 만약에 누가 딱 한 잔만 따라 달라고 부탁하면?'

　약손이 맹한 얼굴로 묻자 칠봉이 국밥 건더기를 쭉 들이켰다. 그다음에 쾅 소리가 나도록 뚝배기를 내려놨다. 그러고는 숟가락으로 이빨 다 빠진 뚝배기를 땅땅 때렸다.

　'만약 술 따르라고 진상치는 잡배가 있다면…….'

　'있다면?'

　'뚝배기로 대가릴 깨 버려.'

　사실 그때 약손은 칠봉의 말을 잘 이해하지 못했다. 그깟 술 한 잔 따르는 게 뭐 대수라고 뚝배기로 머리를 깨? 너 한 잔, 나한 잔 사이좋게 마신다면 한 잔뿐일까? 까짓것 열 잔, 백 잔이라도 따라 줄 수 있었다.

하지만 역시나 칠봉이 알려 준 인생의 진리는 절대 틀리는 법이 없었다. 따라 주기는 개뿔, 완전 철없는 생각이었음을 약손은 오늘에서야 깨달았다.

'나리! 한 잔 쭉 들이켜세요. 오늘은 좋은 날이니 원 없이 취해야 하지 않겠습니까?'

'그럴까? 미송이랑 나랑 이 술 다 마셔 버리고 다정하게 놀아 볼까?'

분명 기생은 까르륵 까르륵 해맑게 웃고 있는데, 왜 뒤에서 병풍처럼 지켜보는 약손 마음이 도리어 불편했던가.

'자자! 나 한 잔 마셨으니깐 너도 한 잔 마셔 보거라.'

'술잔을 주셔야 마시든가 말든가 하지요.'

'술잔? 그게 왜 필요해? 내 입술이 바로 술잔 아니겠니?'

심지어 아무개는 한술 더 떠서 제 입이 술잔이라며 입에 머금은 술을 기생에게 전하려 했다. 수염은 시커멓고, 양치질은 언제 했는지 싯누런 어금니를 드러내 보이면서 말이다. 저런 불한당이 제게 입 맞추려 하는 상상을 하면 소름이 쫙 끼칠 지경이었다. 하지만 기생은 싫다는 기색 전혀 없이 여전히 하하 호호 웃으면서 아무런 거리낌 없이 아무개가 입으로 전한 술을 받아 마셨다.

아무개는 뭐가 그렇게 기쁘고 좋은지 자지러질듯 뒤로 넘어가며 웃었다. 하여 미송이라는 기생이 겉으로는 웃고 있지만, 차마 입에 머금은 술을 목으로 넘기지 못하고 곤욕 치르는 모습은 구석에서 고기 굽던 약손만 봤다.

약손은 고기 기름이랑 숯 찌꺼기 모아 두려고 가져온 놋쇠 그릇 하나를 슬쩍 기생 앞에 밀어 줬다. 기생은 갑자기 제 옆으로 굴러온 놋쇠 그릇을 보며 눈을 동그랗게 떴다. 물론 약손은 아무것도 모른 척 시치미 뚝 뗀 얼굴로 치익치익 고기만 구웠다.

미송은 잠깐 망설이다가 이내 아무개가 한눈파는 사이에 약손이 준 그릇에 술을 뱉었다. 물론 약손은 역시나 무뚝뚝한 얼굴로 기생이 술 뱉은 그릇을 회수했다. 미송이 뱉은 술은 나중에 행랑아범이 홍윤성이 행여나 홧김에 숯 가지고 지랄 떨까 봐 미리 불 꺼 버리는데 사용됐다. 아무튼 술 따라 주는 행위에는 이제껏 약손이 모르고 있던 수많은 의미가 담겨 있었다.

한 잔 술에는 기생이 하하 호호 웃어 주는 해사한 웃음이 담겨 있어 첫맛이 좋았다. 하지만 감히 겉으로 내색할 수 없는 불쾌함이 들어 있어 끝 맛이 역했다.

나는 너한테 옥비녀도 주고, 호박 팔찌도 주고, 금송아지 단자도 주잖아. 그러니까 너는 나한테 손 만지게 해줘야지. 옷고름도 척척 풀고, 치마속도 들추고, 뭐든 내 마음대로 할 수 있게 해줘야지.

왜냐하면 너는 나한테 술을 따랐잖아? 그 술 한 잔에 네 웃음과 자존심을 다 판 거 아니야?

왜 칠봉이 누가 술 한 잔 따라 보라고 진상치면 뚝배기로 대가리를 깨라고 했는지 약손은 뼈저리게 깨달았다. 비록 내 일은 아니더라도 방 안에 모인 좌중을 보며 약손은 정말 울고 싶은 기분에 휩싸였다.

근데, 아부지 어떡하지?

이 세상엔 뚝배기로 대가리 깨야 할 사내들이 너무 많은 것 같아……

약손이 고심하는 사이에 웬 불청객 한 명이 찾아왔다.

'손님이 왔는데 뭘 그렇게 멀뚱하게 있어?'

'접대를 해야 할 것 아니야. 일루 와서 한 잔 기차게 따라 봐.'

'자고로 술은 사내가 따라야 제 맛이지? 안 그래?'

불청객은 홍윤성한테 술 따르라고 강요를 했고, 홍윤성이 못하겠다고 버티니까 응당 네가 그렇게 나올 줄 알았다는 듯 고개를 끄덕였다. 홍윤성과 불청객의 말싸움 때문에 흥미진진했던 상황은 잠시뿐이었다. 곧 불청객 심술의 불씨는 곧장 옥향에게로 튀었다.

"야, 자꾸 여러 번 말하게 할래? 술 따라."

불청객이 딱 잘라 말했다. 방금 전까지만 해도 실실 웃으며 농치던 얼굴이 싹 굳으니 순식간에 다른 사람이라도 된 것처럼 매서웠다. 미송이가 어떻게든 상황을 무마해 보려고 '그러면 나리, 제가 먼저 한 잔 올릴까요?' 방긋 웃으며 끼어들었다가 '넌 빠져. 가만히 있으면 중간이라도 가지. 눈치코치 없이 끼어들지 마.' 불청객한테 괜히 욕만 먹었다. 상황이 이러하니 옥향도 더는 모른 척할 수 없었다. 평생 하던 일이 술 따르는 일인데 한 잔 더 따른다고 세상이 무너질까? 옥향이 자리에서 일어났다.

명회는 지금 단순히 술 마시려는 것이 아니었다. 말본새에 뭐라 딱 꼬집어 설명할 수 없는 꼬장이 묻어 있었다. 명회가 홍윤성의 생일잔치를 망치기 위해 일부러 강짜 부린다는 사실을 누구라도 쉬이 알아챌 수 있을 정도였다. 다만 중요한 것은 이깟 생일을 망쳐 명회가 얻을 수 있는 이득이 뭐냐는 것이었다. 어차피 홍윤성이랑 사이 안 좋았던 날은 하루 이틀이 아니었다.

한데 왜 하필 오늘이야? 하지만 아무도 거기까지 따지고 드는 사람은 없었다. 그냥 살얼음판 걷는 듯한 둘의 신경전을 구경하는 것만으로도 흥미진진할 뿐이었다.

홍윤성은 여태까지 큰소리 뻥뻥 치며 두목 노릇하던 기세가 싹 사라졌다. 명회가 부러 저를 욕보이려고 옥향에게 돼먹지 못한 짓거리를 하는데 암말도 하지 못했다.

못난 사내 같으니.

결국 호랑이 없는 산에서 왕 노릇하던 여우 새끼였네.

옥향이 잠자코 술병을 챙겨 들었다. 저 하나 꾹 참고 술 따르면 작금의 불화가 잠재워지리라 생각한 것이었다. 하지만 그거야말로 옥향이 저지른 실수 중의 실수, 오산 중의 오산이었다. 애석하게도 옥향은 '한명회'가 누구인지 잘 알지 못했다.

아니, 명회를 모르는 것이 비단 옥향뿐일까?

명회가 평소에 어떤 생각을 하며 사는지, 하늘 위로 휙 치켜 올라간 눈으로 무얼 보며 사는지, 속을 알 수 없는 무표정한 얼굴로 내내 무슨 작당을 꾸미는지……. 아주 오래전, 명회가 다 낡아 빠진 허름한 도포 걸치고 웃전들의 잔치란 잔치는 전부 쫓아다닐 적에는 그를 눈여겨본 사람이 아무도 없었다. 그저 돈이 없고 공명이 없으니 술 찌꺼기 한 잔, 기름기가 눌어붙다 못해 쩍쩍 말라 버려 개도 안 먹을 부침개를 줘도 감사히 받아먹는 거지나부랭이로만 여겼다.

하지만 누가 알았을까?

사람들에게 무시당하던 미천한 궁지기는 사실 땟국 절은 도포 안에 무시무시한 살생부殺生簿를 짓고 다닌 장본인이었다. 누가누가 김종서를 따르고, 누가누가 안평에게 시화를 선물했고, 또 누가누가 수양에게 충성을 맹세했는지 하나도 빠짐없이 기록하던 염라의 사관史官이었다.

그리고 모두가 알다시피 명회의 살생부는 계유년에 이르러 톡톡히 빛을 발했다.

"하오면, 삼해약주三亥藥酒 한 잔 올리겠사옵니다."

옥향이 술병을 쥐고 명회 곁으로 다가갔다. 명회가 심드렁한 얼굴로 '그러렴.' 대답했다. 그러는 동안 약손은 구석에 앉아서 홍윤성에게 못다 한 심술을 아무 힘없는 옥향에게 전가한 불청객을 혼자서만 열심히 째려보고 또 째려보는 중이었다.

사내들이란 하나같이 포악하고, 정의롭지 못하고, 비열한 호색한이다. 그까짓 술, 그냥 각자 알아서 스스로 따라 먹으면 되는 것 아닌가? 저는 팔이 없나, 뭐가 없나? 술 따르라 마라라 별 염병 지랄하고 자빠졌네, 정말……

씩씩 잔뜩 뿔난 약손의 콧구멍에서 콧김이 뿜어져 나왔다. 추운 동짓날 외양간에 매어 놓은 황소는 저리 가라였다.

이쯤 되면 갯버들탕은 옥향한테 주는 게 아니라 방 안 사내들한테 마시게 해서 그냥 흙 파서 구덩이 안에 묻어 버려도 무방할 지경이었다. 이 많은 사람들 다 묻으려면 삽질을 얼마나 많이 해야 돼?

약손이 진지하게 고민했다.

그때였다.

명회는 자신이 차려입은 의복에 무척이나 자부심 넘치는 것 같았다. 옷소매를 펄럭거리며 바람을 일으키질 않나, 황금 모란을 손바닥으로 꾹꾹 쓸어 보지를 않나, 괜히 에헴에헴 헛기침하며 옷매무새를 쉴 새 없이 정리했다.

지금도 그랬다. 옥향이 곁에 가까이 다가오는 데도 옷소매를 크게 한번 휘둘렀다. 그 바람에 옥향은 뒤로 한 발자국 물러서야만 했다. 옥향은 명회의 부산함이 잦아들고 나서야 다시 걸어왔다.

"한 잔 받으시옵소서."

"그래, 가득 따라 보아라."

옥향이 무릎을 굽혀 술병을 비스듬히 기울였다. 옥향의 버선발이 넓게 펼쳐진 명회의 도포 자락을 살짝 밟았다. 어차피 방안에서는 서로의 옷자락을 밟기만 하는 것이 아니라 뒤집고 벗기고 헤집는 와중이니 별로 신경 쓸 일도 아니었다.

옥향이 조르륵 명회의 잔에 술을 따랐다.

하지만 그때, 명회에게 대체 무슨 방정맞은 심술이 돋았는지 모를 일이었다. 명회가 술을 마시는 척 고개를 꺾다가 옥향이 밟은 도포 자락을 제 쪽으로 휙 야멸치게 빼 버렸다. 그 바람에 옥향이 삐끗 중심을 잃었다. 손에 쥔 술병이 흔들리는가 싶더니 명회가 잘 차려입은 귀한 비단 위에 순식간에 쏟아져 내렸다. 오십 일을 찧고, 오십 일을 빚어 총 백일 동안 숙성시킨다는 삼해주가 명회에게 가차 없이 뿌려졌다.

─촤아악

사위가 물 뿌려진 듯 조용해진다는 말은 다름 아닌 이럴 때 쓰는 건가 보다. 명회가 술 범벅됨과 동시에 방 안이 쥐 죽은 듯이 조용해졌다. 얼떨결에 명회에게 술 뿌린 옥향 본인은 물론이었고, 왁자지껄 떠들던 사내들, 기생들, 기세등등하던 홍윤성까지 모두 꿀 먹은 벙어리가 되어 입도 뻥긋하지 못했다. 약손도이 어처구니없는 상황 전개에 놀라 깜빡깜빡 눈만 감았다 뜰 뿐이었다.

"……."

"……."

잠깐의 침묵이 천 년의 침묵만큼 길고 깊었다. 명회의 얼굴을 타고 또르륵 또르륵 맑은 술이 속절없이 흘러내렸다. 화려한 비단 도포가 폭삭 젖었음은 말할 것도 없었다. 만두탕의 만두를 냠

냠 깨물어 먹느라 무아지경이었던 권람이 제일 먼저 정신을 차렸다. 지금 이 상황에 만두가 중요해? 명회가 이 꼴이 됐는데? 권람이 획 만두를 내팽개쳤다. 그러고는 고래고래 소리를 지르기 시작했다.

"아니, 이럴 수가! 명회, 대체 이게 무슨 날벼락인가?"

"……."

"무릇 명회가 오늘 특별히 신경 써서 차려입은 의복이라 함은, 명나라 황제께서 태감 윤봉을 시켜 하사하라 친히 명령하신 바로 그 옷 아닌가? 내 듣기로는 옷에 수놓아진 황금 모란은 황제가 금이야 옥이야 가장 아끼는 후궁이 직접 수놓은 솜씨라던데? 혹자는 믿거나 말거나 설마하니 후궁이 직접 수를 놓았겠냐고 딴죽 걸 수도 있겠지만 아니야! 내가 볼 때는 직접 놓은 수가 맞는 것 같아! 아니 세상에, 이럴 수가! 이럴 수가! 명회가 아끼고 아끼는 옷에 술이 쏟아지다니! 하필이면 황제께서! 친히! 하사하신! 바로! 그 옷에!"

뭔 놈의 옷 한 벌에 그토록 수많은 사연이 담겼는지 모를 일이었다. 아무튼 권람의 구구절절 이어지는 설명을 요약하자면 명회가 입은 옷은 황제가 하사했고, 황금 자수는 애첩 후궁이 손수 지었고, 태감 윤봉이 전해 줬고……. 세상 으뜸 보물 중의 보물임이 틀림없었다.

명나라 황제 어쩌구 하니까 옥향의 얼굴이 하얗게 질렸다. 힐끗 쳐다본 홍윤성은 더욱 가관이었다. 떡 하니 벌린 입이 다물어질 줄 몰랐다.

설마하니 진짜 황제가 하사한 옷에 술을 쏟았다면…… 권람의 말이 한 치의 거짓도 없는 사실이라면…….

"이건 명나라 황제를 욕보이는 행위 아니던가? 명나라에서는 천자를 모욕했다가는 뜨거운 물에 삶아 죽이는 팽형을 벌로 내린다는데?"

권람이 못 박듯이 꽝꽝 소리쳤다.

홍윤성의 머릿속에서 '팽형, 팽형, 팽형……' 끔찍한 단어가 끊임없이 메아리쳤다.

"나리, 용서해 주십시오! 고의가 아니옵니다!"

상황의 엄중함을 파악한 옥향이 바닥에 쓰러지듯 엎드려 잘못을 빌었다. 명회가 마른 수건을 들어 침착하게 턱을 타고 흐르는 술을 닦았다. 구들에 이마를 박고 벌레처럼 납작하게 엎드린 옥향에게는 눈길도 주지 않았다. 대신 홍윤성을 쏘아봤다.

"고의가 아니래도 잘못은 잘못이지. 이미 벌어진 잘못을 무를 수는 없는 일인데."

"허…… 팽형이라니……."

홍윤성은 살짝 넋이 나간 것 같았다. 계속 '팽형'이라는 단어만 중얼거렸다. 명회가 다 젖은 소매를 탁탁 털었다.

"암만 불청객이래도 기껏 축하해 주러 온 손님을 이런 식으로 박대하나? 이 옷이 얼마나 귀한 옷인데……! 이 옷은 다름 아닌 명나라 황제께서……!"

"!"

명회가 더 말해 무엇 하겠냐는 듯 뒷말을 삼켰다. 대신 엄청나게 모욕당했고, 상당히 불쾌하다는 얼굴로 홍윤성을 바라봤다.

"상황이 이렇게 돼 버렸으니 나도 잠자코 묵과할 수만은 없어. 윤성이 자네도 알지? 이건 내 선에서 처리할 만한 수준의 일이 아니야."

황제가 내린 옷이라 하면 응당 가보처럼 대대손손 보존해도 부족할 판이었다. 한데 술을 쏟아 욕보이기까지 했으니 실제로 명회 선에서 끝낼 만한 사건이 절대 아니긴 했다. 모든 일에는 절차가 있고 법도가 있었다.

명나라 황제, 황제가 아끼는 후궁, 그리고 태감 윤봉까지. 온갖 귀인들이 굴비처럼 돌돌이 엮인 이 사건에서 옥향이 술 쏟은 죄의 값은 얼마나 무겁고 대단할까?

아니, 옥향 하나로만 끝나면 천만다행이었다. 행여나 재수 없게 연좌緣坐를 입게 되면 가문의 멸문지화, 사지 도륙 나는 것은 따 놓은 당상이었다. 가뜩이나 홍윤성과 앙숙, 천적인 명회가 오늘 일을 가만 지켜보지는 않을 텐데. 기회는 이때다 하고 홍윤성에게 트집 잡을 텐데…….

아니나 다를까, 명회의 얼굴이 유독 싸늘했다. 오늘따라 명회의 삼백안이 더욱 소름 끼치게 느껴지는 것은 홍윤성 혼자만의 기분 탓인지? 명회가 턱 끝으로 옥향을 가리켰다.

"이 계집이 자네 첩실이라고? 하면, 자네 집안사람 되나?"

그 한마디에 홍윤성이 펄쩍 뛰며 손을 저었다.

"그게 무슨 망발이야? 첩이라니? 아직 정식 혼례도 안 올렸는데 저 계집이 어찌 내 집안사람이야?"

"하지만 아까 전에는 첩 어쩌구저쩌구……."

"말도 안 되는 소리 하지 마! 조상님께서 절대 허락하시지 않을 경우네. 어찌 집안에 기생 따위 불결한 것을 들여? 집안 망신시킬 일 있어? 쟤 나랑 아무 상관도 없는 계집이라고!"

"……그래? 확실한가?"

"암! 확실하고말고! 난 한 입으로 두말 안 해!"

"하면 저 계집의 비천한 목숨 내가 직접 거둔다 해도 자네하고는 아무 관련 없다는 말이지?"

"죽이든 살리든 끓여 먹든 자네 마음대로 해! 난 전혀 모르는 일이니까!"

홍윤성이 쌩 등을 돌렸다. 옥향이를 제집에 들이네 마네, 옥향하고 정분난 정선도 사지를 찢네 마네⋯⋯. 그동안 옥향 하나를 두고 온갖 난리 다 치던 홍윤성의 패악을 모르는 사람은 없었다. 옥향을 갖지 못하면 살아도 사는 게 아니라고 하지 않았던가? 그런데도 상황이 저에게 불리해지니까 어쩜 저렇게 싹 입 닦는지 모를 일이었다.

"그래. 그렇구만⋯⋯."

명회가 잘 알겠다는 듯 고개를 끄덕였다.

"하면, 잘못은 저 계집에게만 물으면 되겠어."

"나리⋯⋯ 죽을죄를 지었습니다. 한번만 용서를⋯⋯."

"죽을죄 지었음을 스스로 알고 있어 그나마 다행이군. 그렇지. 죽을죄는 응당 죽음으로 갚아야 하는 것이 당연해."

"⋯⋯예?"

"이 일이 밖에 알려지면 이 자리에 모인 모두에게 책임을 물을 수 있는 바, 내 특별히 경음당의 얼굴을 봐서라도 공론화시키지는 않겠어."

오늘 일 새어 나가지 않도록 좌중 모두 알아서 입단속을 하라는 말이었다. 덕분에 홍윤성은 아무것도 한 것 없이 졸지에 명회한테 빚을 졌다.

"⋯⋯."

"⋯⋯."

내가 너를 오라 하지도 않았는데 왜 부득불 찾아와서 이 사달을 만드느냐, 황제가 내린 옷이 그토록 중하면 네 집에서나 입고 다닐 것이지 왜 차려입고 나와서 내 생일을 망치냐, 따지고 싶은 말이야 수천 가지였다. 하지만 홍윤성도 눈치가 있었고 상황이 상황인지라 꾹 참을 뿐이었다. 어느새 술 다 닦고 말끔해진 명회가 가뿐한 얼굴로 자리에서 일어났다.

"옥향이 저지른 잘못은 웃전의 도리로서 도저히 두고 볼 수만은 없는 법."

"!"

"웃전을 능욕한 죄 엄히 물을 것이다. 하여 옥향 네 목을 베어 종루 앞에 열흘간 효수하겠다."

"……예?"

"죽는 그날까지 오늘 저지른 잘못을 마음속 깊이 새겨 반성토록 하여라."

명회는 단 한마디 말을 남기고 방을 나섰다. 가만가만 구석에 처박혀 모든 상황 지켜본 약손은 그만 할 말을 잃고 말았다. 저도 모르게 끕끕 딸꾹질이 터졌다.

내가 지금 무슨 말을 들었나? 뭐? 목을 벤다고? 효수를 해? 약손은 제 귀가 이상해진 것만 같았다. 손가락으로 귓구멍을 마구 팠지만 잘못 들을 리 없었다. 명회가 방을 나가자마자 방 안은 그야말로 초토화가 되어 버렸다.

"옥향 언니의 목을 베다니! 이게 대체 무슨 일이야?"

"이건 말도 안 돼. 나리, 뭐라 말씀 좀 해보세요. 저분을 좀 말려 보세요! 왜, 왜 옥향 언니 목을 잘라요?"

설마하니 홍윤성 그 개망나니에게 동정을 바라는 날이 올 줄은 미처 몰랐다. 기생들은 저마다 제 옆에 앉은 사내들에게 뭐라도 좀 해보라며, 어떻게든 옥향 살릴 방도를 찾아보라며 닦달을 했다. 하지만 그들에게 별다른 수가 있을까? 하필이면 명회에게 술을 쏟은 옥향의 재수 없음을 탓해야지.

너네가 몰라서 그러는데 이제껏 명회 살생부에 이름 적힌 사람 중에서 목숨 부지한 사람 아무도 없다. 사내들이 어쭙잖게 변명했다.

옥향은 지금 자신에게 무슨 일이 일어났는지 쉬이 받아들이지 못하고 완전히 넋이 빠진 얼굴이 됐다. 사내들이 저마다 벗었던 옷을 둘러 입고 갓을 고쳐 썼다.

"그러게 왜 조신하게 술도 못 따르고 그런 실수를 해? 병신이야? 난 몰라!"

"어디 가서 오늘 나랑 같이 있었다는 얘기 하지도 마라! 난 오늘 여기 없던 거야! 안 온 거야!"

사내들은 나는 모르겠다며, 나는 아무 잘못이 없다 외치면서 꽁무니를 내빼고 달아났다. 명나라 황제 관련된 일이었으니 행여나 불똥 튈까 두려운 것이었다.

홍윤성이 제일 먼저, 그다음에는 첫째 아무개가, 그다음다음에는 둘째 아무개가…… 남자들이 모두 도망친 방에는 결국 기생들만 남았다.

"어떻게 이럴 수가…… 그깟 옷이 뭐 대수라고 사람 목을 쳐?"

다들 차마 믿기 어렵다는 표정이었다. 술 한 잔에 사람 목숨 거둔다는 얘기는 여적 듣도 보도 못했다. 하지만 명회는 방 안이 난장판 되든 말든 저가 뱉은 말을 착착 실행하기 시작했다. 곧 방 안으로 장정 대여섯 명이 들어왔다.

"옥향이, 너 따라 나와. 우리랑 함께 가야겠어."

딱 봐도 우락부락하고, 어디서 힘 좀 꽤나 썼을 법한 험악한 인상의 사내들이었다.

"안 돼요! 옥향 언니가 뭘 잘못했다고 데려간다는 거예요?"

"술 쏟았다고 사람을 죽인다니! 이럴 수는 없습니다! 이런 법은 없어요!"

기생들이 비명을 지르며 말렸지만 여인네 몸으로 작정하고 쳐들어온 사내들의 힘을 이길 수는 없었다. 여인들은 가뿐히 제압됐고 옥향은 속수무책으로 끌려갔다.

"허……."

옥향이 끌려가는 모습을 멍하니 보던 약손이 퍼뜩 정신을 차렸다. 기생들이 앙앙 우는 소리가 귓전을 때렸다.

약손이 허둥지둥 옥향의 뒤를 따라나섰다. 아까 전에 목 베어 거리에 효수한다는 명회의 목소리가 어찌나 섬뜩하던지 다리에 힘이 풀려 몇 번이나 바닥에 고꾸라질 뻔했다.

"저기, 잠깐만…… 이대로 가 버리면 안 되는데…… 안 되는데……."

원래 오늘 약손의 계획은 옥향에게 갯버들탕을 전해 준 다음에 옥향이 죽었다고 사람들에게 알려지면 굳은 몸 몰래 빼돌려 다시 살려 내는 것이었다. 여인네들 빼돌려 본 경험이 한두 번인가? 따지고 보면 별로 어렵지도 않았고 성공할 자신도 충분했다. 한데 갑자기 나타난 웬 사내 때문에 일이 엉망진창 죄다 꼬이고 말았다.

꼬였다 뿐일까? 옥향은 술 한 잔 잘못 따른 죄로 졸지에 목까지 달아나게 생겼다.

약손이 서둘러 밖으로 나갔지만 옥향은 이미 정체를 알 수 없는 사내들에게 끌려가 사라져 버린 지 오래였다.

"옥향…… 안 되는데…… 이대로 가면 안 되는데……."

갑자기 약손은 세상이 핑핑 도는 기분이 들었다. 예원각 누각 곳곳에 걸린 불빛이 가까워졌다 멀어졌다 도깨비불처럼 정신없이 춤추며 흔들렸다. 처음에는 불청객이 내뱉은 말이 살벌하기 그지없어 다리가 풀린 것이라고 여겼는데, 이제 보니 다리뿐만 아니라 온몸에 힘이 하나도 없었다. 무릎이 콕콕 쑤시고 머릿속이 지끈지끈 아팠다.

약손이 저도 모르게 바닥에 주저앉았다. 그때, 마당을 서성이던 복금이 그런 약손을 발견하고 냅다 뛰어왔다.

"약손아, 안에서 무슨 일 있었어? 옥향 아가씨가 웬 사내들한테 끌려가던데? 어? 약손아, 너 왜 그래? 뭐야? 왜 이렇게 땀을 흘려?"

"복금아…… 복금아……."

"세상에, 이마 뜨거운 것 좀 봐. 너 아까 낮에도 밥 두 그릇밖에 안 먹더니. 어디 아픈 거지?"

"복금아……."

그냥 가벼운 고뿔이라고만 생각했던 게 화근이었나 보다. 약손의 몸이 불덩이였다.

[2]

요 며칠간 이유는 원인을 알 수 없는 두통에 시달렸다. 관자놀이가 찌르는 듯 아프고, 정수리가 차갑고, 뒷목이 당겼다. 어의들이 이런저런 처방을 내놓고 시침해 봤지만 효과는 일시적이었다. 아침에 눈을 뜨면 두통은 조금도 나아짐 없이 반복됐다. 덕분에 내약방 의원들만 바짝바짝 속을 태우는 나날이 이어졌다.

이유는 오늘도 자시(子時: 밤 11시~오전 1시)가 훌쩍 넘었는데도 쉬이 잠들지 못했다. 밀린 상소문이라도 읽겠다는 것을 동재가 부득불 말렸다. 결국 집어 든 게 낙빈왕(駱賓王: 당나라 시인)의 시문이었다.

此地別燕丹 이곳에서 태자 단을 보낸다

壯士髮衝冠 호걸의 기개는 머리카락이 관을 뚫을 만큼 용맹하지만

昔時人已沒 이제 그들은 모두 죽고 없다

今日水猶寒 시린 역수의 강물, 하염없이 흐른다

감탄이 절로 나오는 시구였다. 이토록 훌륭한 문장을 지었으니 무조(武照: 측천무후의 이름)가 심히 아꼈을 수밖에. 다만 인생이란 놈이 몹시 얄궂어 무조는 누구보다 낙빈왕을 등용하길 바랐지만, 정작 낙빈왕은 무조가 황제를 참칭한다 하여 이경업(李敬業: 무조의 통치에 반대해 반란을 일으킨 무장)을 옹호하고 무조를 타도했다. 심지어 낙빈왕은 그의 재주 다분히 살려 측천무후의 죄를 만천하에 알리는 격문까지 직접 썼다.

무조가 아끼는 문장으로 무조를 공격하다니. 이유는 낙빈왕의 격문까지 칭찬하며 품을 수밖에 없던 여황제의 마음을 십분 이해했다.

"전하, 인삼양영탕人參養榮湯 올리옵니다."

오늘 도제조가 직접 처방한 탕약은 허약해진 몸을 보신하고 소화 기관을 강화하는 인삼탕이었다. 심신을 안정시켜 불면증을 없애고 만성피로를 제거하여 이유가 토로하는 두통을 완화시키기 위해서였다.

작은 내시가 초를 밝혀 어두운 방을 환하게 했다. 곧 문이 열리고 동재가 소반에 탕약을 받쳐 왔다. 탕약 그릇을 보자마자 이유의 목뒤가 뻣뻣하게 굳었다. 언제부터인지는 잘 모르겠는데 이유는 탕약기만 보면 자연스레 긴장하게 됐다.

이유가 탕약을 마셔야 하니 좀 있으면 상약 생도가 들어올 터. 이유가 괜히 큼큼 헛기침을 하며 목소리를 가다듬었다. 허리도

쭉 펴고 어깨를 바로 했다. 지덕체智德體를 모두 겸비한 늠름하고 지적인 군자의 참된 모습을 선보였다.

평소였더라면 '여약손이 오겠구나!' 하늘 위로 솟아오르는 입꼬리를 주체하지 못했을 텐데, 어째 오늘은 이유의 굳은 표정이 영 풀어질 줄 몰랐다.

그도 그럴 것이,

'소인이 주제넘었습니다. 전하께 폐를 끼쳤습니다. 괜한 소리를 했네요.'

'독 없습니다!'

이유가 약손에게 벼루를 던진 그날 이후, 약손은 단 한 번도 이유의 눈을 쳐다보지 않았다. 상약할 때마다 꼬박꼬박 찾아와서 꼬박꼬박 약을 마시기는 하나 제 본분에만 충실할 뿐, 이유에게는 일말의 관심도 주지 않았다.

'전하, 오늘은 옥체 강녕하시옵니까?'

'날씨 좋은데 상소문만 읽지 마시옵고 나가서 해바라기라도 하십시오. 저가 오는 길에 살짝 봤더니 나비가 훨훨 날아다닙니다!'

'전하! 저 오늘 밥 일곱 그릇 먹었습니다! 항아님들이 끓여 주시는 고깃국은 정말 맛있습니다!'

'악! 전하! 약이 너무 씁니다! 너무 써요! 소인은 정말 죽을 것 같습니다!'

고작해야 종지 안의 약 한 모금 마시는 동안인데도 쉬지 않고 나불대던 입은 조갑지처럼 꽉 다물렸다. 어쩔 땐 삐약삐약 병아리 같고, 어쩔 땐 쫄래쫄래 어미 개 뒤쫓는 강아지 같고, 또 어쩔 땐 스스럼없이 자란 동무처럼 친하게 굴더니만 약손은 그날 이후부터 싹 표정을 굳히고 낯빛을 달리했다. 완전 모르는 사람을 대하는 듯 칼로 싹둑 자른 공적인 태도였다.

약손이 그렇게 나오니깐 이유는 못내 마음이 섭섭해졌다.

그래도 나는 왕인데. 그래도 나는 약손이 너보다 지체가 하늘만큼 높고 보옥寶玉만큼 고귀한데. 내가 아무리 큰 잘못을 한다 해도 모른 척 넘어가 주거나 한번쯤은 그냥 봐 주면 안 돼? 나는 너한테 실수로 화를 낼 수 있지만 그래도 너는 나한테 그러면 안 되는 거 아니야?

몇 번이나 말을 걸고 싶었다. 그날 자신이 저지른 일에 대해 솔직하게 사과하고 싶었다. 하지만 대체 이놈의 자존심이 뭔지. 약손이 자세를 굽히지 않으니까 이유 역시 약손에게 먼저 말을 건네지 않게 됐다. 네까짓 게 뭐라고 나한테 뿔이 나 있어? 네가 나한테 그럴 짬이나 되냐? 요게 귀엽다, 귀엽다 해주니까 아주 머리 꼭대기까지 오르려고 하네? 괘씸해서 안 되겠다!

나도 너한테 말 안 걸 거야!

네가 이기나 내가 이기나 그래 어디 한번 해보자!

이렇듯 서로 자존심만 세우다 보니 둘이 대화 나눈 적은 까마득한 옛날이 되어 버렸다.

약손과 이유의 사이는 점점 멀어지고 또 멀어졌다. 마침내는 모르는 사람들처럼 데면데면하게 되어 결국 작금의 상황에까지 이르게 됐다.

동재가 탕약을 종지 안에 따랐다.

저건 여약손의 몫이겠지? 여약손 들어오기만 해봐라. 내가 오늘쯤은 먼저 말 걸어 줄 것 같지? 약손아, 내가 미안했다, 사과할 줄 알았지? 아이고, 턱도 없는 소리네요. 그렇게 생각했다면 완전 오산이네요. 지존의 자존심을 걸고 맹세하는데 내가 결코 너한테 먼저 굽히고 들어가는 일은 절대 없을 거다……!

이유가 혼자 나름대로 표정 관리를 하며 마음을 굳게 다잡았다. 마침내 침전 안으로 상약 생도가 걸어 들어왔다.

이유가 일부러 딴청을 부리며 읽고 있던 시문에 더욱더 집중하는 척을 했다.

여약손이 문안 인사를 올리거든 대답도 하지 않고 무시하리라! 너를 눈에 보이지 않는 사람, 없는 사람처럼 대하여서 엄청나게 창피하고 무안하게 만들리라!

이유가 아득 입술을 깨물었다. 곧 상약 생도가 다소곳하게 무릎을 꿇고 인사를 올렸다.

"생도 김인춘, 주상 전하의 상약을 하러 들어왔나이다. 어느 약을 마시올까요?"

"?"

동시에 획 이유가 고개를 들었다. 분명 여약손이 들어올 것이라 생각했는데 웬 낯선 생도가 약손의 자리를 꿰차고 앉아 있다. 약손이랑 똑같은 생도복, 똑같은 이마 끈을 둘렀지만 분명 여약손은 아니다. 이유는 처음 보는 자였다.

"뭐야? 넌 누구야? 원래 오던 상약 생도는 어딜 가고 네가 왔어?"

의도하지는 않았지만 이유의 목소리가 절로 날카롭게 나갔다. 천하의 지존, 하늘보다 높으신 주상 전하의 불편한 심기가 그대로 전해졌다. 새로 온 상약 생도는 저가 무슨 잘못을 한지는 잘 몰랐지만 아무튼 삼대를 멸해도 부족할 죄를 지은 것만 같은 엄청난 죄책감에 휩싸였다. 일단 방구들에 이마부터 처박았다.

"그, 그것이…… 여, 여, 여 생도가 몸이 좋지 않다 하여…… 소, 소, 소인이 대신 왔사온데……."

죄 없는 상약 생도 목소리가 달달 떨렸다.

"뭐라? 여 생도의 몸이 좋지가 않아?"

이유의 얼굴이 사정없이 일그러졌다. 하, 허, 참. 기가 막힌 한숨은 끝을 모르고 터져 나왔다.

여약손. 이게 보자보자 하니까 아예 한술 더 떠서 아프다는 거짓말을 해? 내가 그렇게 꼴도 보기 싫어? 얼굴 마주하기 싫으니깐 이런 식으로 반항을 하겠다 이거지? 그래, 내 오늘 네 버르장머리를 단단히 고쳐 주마! 각오해!

이유가 손에 쥐고 있던 낙빈왕의 시문을 신경질적으로 확 젖혀 버렸다. 그러곤 자리에서 벌떡 일어났다.

"내약청으로 가자. 여약손에게 갈 것이야."

삼숙사는 생도들이 머무는 빈청에서도 가장 으슥한 곳에 위치해 있다. 햇빛 환한 낮에도 을씨년스러운 분위기를 물씬 풍기는데 하물며 해 떨어진 밤의 싸늘함은 두말할 것도 없었다. 특히나 몇 년 전에 삼숙사에서 웬 의원이 목을 매달았다는 흉흉한 소문이 더해져 삼숙사는 더더욱 사람들이 기피하는 장소가 되어 버렸다. 그래도 약손이랑 복금이가 처소로 사용하여 열심히 쓸고 닦은 덕분에 지금의 구색이라도 갖췄다.

비 오는 날이면 목매단 의원 귀신이 엉엉 울며 곡을 한다는 삼숙사 마당을 복금이 빠른 걸음으로 가로질렀다. 아궁이에 불을 지피고 몇 시간 동안 쪼그려 앉아 달인 탕약이 대접 안에서 찰랑거렸다. 복금은 귀한 탕약 행여나 한 방울이라도 흘릴까, 쏟지는 않을까 잔뜩 집중을 하며 걸었다. 덕분에 아무도 찾지 않는 삼숙사에 한 무리의 사람들이 찾아온 것을 미처 깨닫지 못했다. 복금이 댓돌 위에 신발을 막 벗으려할 때, 시커먼 그림자 하나가 스사삭 기척도 없이 복금의 곁으로 다가섰다.

"여 생도는 지금 어디에 있는가?"

"으아아아아악!"

댓돌에 올라섰던 복금의 몸이 그대로 뒤로 넘어갔다. 기껏 벗은 신발 한 짝은 마루 위로 날아갔고, 애써 달인 탕약 안에 행여나 삿된 티 섞일까 덮어 놓았던 가리개는 홀쩍 뒤집어지며 바닥으로 떨어져 내렸다. 이 빠진 놋 가리개가 마당을 굴러가며 챙그랑 챙그랑 요란한 소리를 냈다.

이 와중에 탕약 엎지 않은 것을 천만다행으로 생각해야 할까? 복금은 마치 못된 짓 하다 걸리기라도 한 사람처럼 과도하게 놀랐다. 별 하나 찾아볼 수 없는 삼경 중인데도 새하얗게 질린 복금의 얼굴이 상대에게까지 다 보일 정도였다.

"뉘, 뉘, 뉘신지요?"

상대의 신분을 묻는 복금의 목소리가 사정없이 갈라지고 떨렸다. 단 하나 분명한 것은 복금이 소스라치게 놀란 까닭이 그저 풍문에 전해지는 목매단 의원 귀신 때문만은 아니라는 것이었다. 어차피 복금은 귀곡鬼哭 따위는 믿지 않았다. 설사 원한 가득한 혼령이 실제로 존재한다 해도 그들은 아무것도 느낄 수 없는 보통 사람들 앞에는 절대 나타나지 않았다.

평인은 결코 저승으로 걸음 한 사자死者들과 이야기할 수 없다. 눈 맞춤할 수도 없다. 만질 수도 없다. 그것은 천기를 다스리는 하늘님께서 정해 놓은 엄격한 법칙이고 조화이다……

"묻는 말에만 답하여라. 여 생도는 지금 어디 있느냐?"

어둠 속에서 들려오는 목소리가 범상치 않았다. 구절구절마다 웃전의 까마득한 높음이 절로 느껴졌다.

"여 생도는…… 약손이는……"

복금이 저도 모르게 입술을 씹었다. 약손이는 방 안에 있습니다, 짤막한 대답이 너무나도 어렵게 느껴졌다. 복금이가 선뜻 말하지 못하고 어쩔까, 어쩔까, 어떻게 해야 할까 망설이고만 있는데, 뒤쪽에서 또 다른 사내가 나타났다.

불빛 하나 찾아볼 수 없는 새카만 어둠 속, 사내가 입고 있는 하얀색 침의가 야광주처럼 눈부신 빛을 발했다. 야장의 왼쪽과 오른쪽 어깨, 가슴에 새겨진 오조룡 무늬가 선명했다. 이 궁 안에서 다섯 개의 발톱 가진 곤복 입으실 분은 단 하나.

"저, 저, 전하……."

복금이 그대로 댓돌 바닥에 엎드렸다. 밤공기 때문에 차가워진 흙모래가 사정없이 볼에 닿는데도 복금의 등으로는 식은땀이 죽죽 흘렀다.

"야, 야, 약손이는…… 약손이는 지금……."

저도 모르게 뭐라 뭐라 횡설수설 말을 하기는 하는데 지존의 시선은 하찮은 복금 따위가 아니라 복금이 엎드린 댓돌 위, 나란히 벗어 놓은 신발 두 짝에 멈췄다. 똑같은 옷 입고, 똑같은 신발 신는 생도들 특성상 행여나 남의 것이랑 헷갈릴까 봐 걱정됐는지 신발 앞 코에 삐죽삐죽 제 이름 석자 올려 새긴 글자는 분명한 '여약손'.

신발이라 봤자 이유의 손바닥 합친 것보다 조금 더 크나? 네 발이 유독 작아서 다른 애들이 나쁜 맘먹고 훔쳐 간다 해도 딱히 쓸데가 없겠다. 근데도 믿지를 못해 가지고 이름을 새기고, 자수를 놓고, 하여튼 유난 떨기는. 평소라면 이름 새겨 놓은 신발이 귀엽다 웃어넘기겠지만 지금 이유의 눈에는 뭐든 다 삐뚤게만 보였다.

세상 불신자 여약손. 상대에 대한 신뢰라고는 눈곱만큼도 찾아볼 수 없는 여약손. 네가 그러니까 그 모양 그 꼴로 사는 거다! 이런 고약한 성질머리 가진 애들은 큰 벌을 내려 다스림이 마땅해!

"당장 여약손에게 일러 주상인 나를 맞으라 일러라."

"저, 저, 전하. 하지만······."

"뭣 하느냐? 내 정녕 네놈의 사지를 찢어야 정신을 차리겠느냐?"

이제 보니 아주 함께 사는 동무마저 버르장머리가 없다. 이래서 그 나물의 그 밥이고, 그놈이 이놈이고, 끼리끼리 어울린다고 하나? 여약손의 신발이 댓돌 위에 떡하니 놓여 있으니 방 안에 있는 것이 분명한데도 냉큼 약손의 위치를 고하지 않는 복금이 건방졌다. 뿐만 아니라 밖에서 일어나는 소란을 다 듣고도 코빼기 하나 내비치지 않는 여약손은 이루 말할 수 없이 괘씸했다.

여약손, 내가 여기까지 온 걸 뻔히 알고도 일부러 모른 척을 하는 거지? 실은 방 안에서 다 듣고 있는 거지? 내가 꼴 보기 싫으니까 상대 안 해 주는 거지?

생각이 거기까지 미치니까 이유는 화가 머리끝까지 치솟는 기분이었다. 몇 날 며칠 참고 또 참았던 화가 마침내 폭발했다. 복금의 대답 따위 들을 필요도 없었다. 이유가 성큼성큼 큰 걸음으로 마루 위에 올라섰다. 그러고는 누가 말릴 새도 없이 방문을 활짝 열어젖혔다.

얇은 창호 발린 문을 열자마자 방 안에서부터 계절과 맞지 않는 뜨끈뜨끈한 기운이 훅 끼쳤다. 그러거나 말거나 이유는 하나도 신경 쓰지 않고 냅다 소리부터 질렀다.

"여약손! 네 이놈! 당장 나오지 못할까? 감히 천하의 지존인 왕을 앞에 두고도 모른 척하여 나를 능멸해? 내 오늘 무슨 일이 있어도 너의 버릇을 고칠 것이다! 궐 안 모든 궁인들에게 본을 보여 기강을 바로 세울 것이다……."

추상같이 호통치던 이유의 목소리가 점차 작아졌다. 심지어 '기강을 바로 세울 것이다……' 끝말을 들은 사람은 아무도 없을 정도였다.

―휘이잉

사위가 어둠에 잠긴 조용한 삼숙사. 스산한 바람이 이유의 목덜미를 스쳤다. 고요 속에서 들려오는 인기척은 딱 하나.

"으음…… 으으음……."

방 한구석에 누워 눈도 제대로 못 뜬 채 신음하는 약손이었다.

"약손아!"

이유가 외마디 비명을 질렀다. 문지방을 무슨 정신으로 넘었는지도 몰랐다. 약손이 누워 있는 아랫목까지 한걸음으로 내달렸다. 지존의 체면이고 뭐고 다 내팽개치고는 약손 옆에 거의 미끄러지듯 주저앉았다. 약손은 제 곁에 누가 온 줄도 모르고 끄응 끄응 신음만 뱉었다.

"대체 이게 무슨 일이냐? 어쩌다가 이리됐어?"

약손의 얼굴이 온통 땀에 젖어 축축했다. 갑자기 오른 고열 때문에 힘든지 숨을 들이쉬고 내쉴 때마다 꾹 감은 눈이 절로 찡그려졌다. 이유는 약손의 이마에 손을 올렸다가 생각지도 못한 높은 열 때문에 깜짝 놀라 손을 떼고 말았다. 약손의 이마가 엄청나게 뜨거웠다. 세상에 불덩이도 이런 불덩이가 없었다.

"동재 뭐하고 있느냐? 당장 어의를 부르지 않고! 제조를 들라 해! 어서!"

이유의 다급한 목소리 하나만으로도 약손이 어떤 상황인지 짐작할 수 있었다. 동재가 작은 내시에게 눈짓했다. 발 빠른 명이가 냅다 달려가려는 순간, 복금이가 방바닥에 덥석 엎드려 그 앞을 막았다.

"주, 주, 주상 전하!"

세상에 맙소사! 감히 생도 따위가 뭐라고 윤허도 없이 지존께 먼저 말을 붙이는가? 맘만 먹자면 국법으로 엄히 다스릴 수 있는 중죄라는 것을 모르는가? 대체 내약방은 생도 관리를 어찌하는 것이야?

당장 저 생도를 끌어내어라! 동재가 명령하려 했다. 하지만 그보다 먼저 바닥에 납작 엎드린 복금이가 제 옆구리에 신주단지처럼 끼고 있던 약소반을 내밀었다.

"의, 의, 의원께서는 방금 전에 다녀가셨습니다…… 약손이 아프다 고 했더니 숙직 계시던 영감께서 약손의 병증을 확인하였습니다. 또한 이렇게 처방까지 친히 내려 주셨습니다."

참말로 복금이 가져온 대접 안에서는 갈색 탕약이 찰랑대고 있었다. 아직도 식지 않았는지 하얀 김이 폴폴 피어올랐다. 하지만 그러거나 말거나 이유는 영 마뜩잖은 눈치였다. 도제조를 불러 제가 보는 앞에서 약손의 진맥을 잡게 하고 싶었다. 제가 보는 앞에서 병증이 어떤지, 얼마나 심각한지, 어찌해야 빨리 낫게 할 수 있는지도 속속 알고 싶었다.

내가 어의를 부르라고 하면 잔말 말고 부를 것이지 제까짓 게 뭐라고 나서? 왜 훈수를 두지?

이유가 참 별꼴 다 보겠다는 듯 고개를 저었다. 이유는 복금과 실랑이하는 이 순간조차 아까울 지경이었다. 하지만 복금은 물러서지 않았다. 주상 전하의 위엄과 높으심 익히 알고 있으나 오로지 제 동무 걱정이 되어 어쩔 수 없다는 듯 더더욱 깊이 고개를 숙일 뿐이었다.

"약손의 열이 높으니 우선 해열약을 먹여 열을 떨어뜨려야 한다고 하셨습니다. 도제조께서 진맥하신다 하여도 또 새로운 탕약을 달이자면 약손은 결국 오늘 밤이 지나도록 약을 먹지 못하게 될 것이옵니다."

"……뭐라?"

"의원께서도 약손의 병은 단순한 고뿔에 불과하다 하셨습니다. 열만 내리면 아무 일 없을 거라 하셨습니다. 약손이 정신을 차린 후에 다시 진맥하러 오겠다 하셨으니 우선은 탕약부터 먹게 해주십시오."

상황이 이쯤 되니까 이유도 더 이상 복금을 무시할 수만은 없었다. 내내 약손만 걱정하며, 약손만 보고 있던 이유의 시선이 드디어 복금에게 닿았다. 고개 푹 숙인 탓에 뒤통수만 보이지만 그래도 낯이 익었다.

이유는 예전에 칠촌에 머물렀을 적에 복금을 본 적이 있었다. 약손과는 죽이 잘 맞아 지내던 동무 중 한 명이었다. 애가 비교적 조용조용한 성격에 절대 나대는 법 없고 묵묵히 제 할 일 하던 장면도 똑똑히 생각났다.

약손과 동갑이지만 훨씬 더 철이 든 느낌이랄까? 약손이 아무리 까불거리며 장난을 쳐도 도리어 그런 약손을 형처럼 보살피고 받아 주던 아이였다. 있는 듯 없는 듯 조용하기만 하던 애가 이렇게까지 나서는 모습을 보니 좀 색다르기는 했다.

"……."

"……."

이유가 말없이 복금을 바라봤다. 제 주군 심기 불편함을 눈치챈 동재가 '어허, 무엄하다! 예가 어디라고 감히 나서는가?' 꾸짖었다.

당장이라도 낄 데 안 낄 데 모르고 방자하게 군 복금에게 엄하게 죄를 물을 것 같았는데 다행히 그전에 이유가 손을 저었다.

"됐다. 저 아이 말이 맞는 듯해."

"하오나 전하……."

동재가 뭔가 덧붙이려 했다. 하지만 그사이에 약손이 '으음…….' 신음하는 바람에 모두 부질없어졌다.

"약손이 심히 아파하니 열부터 내림이 옳다. 의원이 이미 다녀갔다니 상황이 호전된 후에 따로 불러도 늦지 않을 게야."

"……예, 명 받들겠나이다."

이유의 말 한마디에 방 안의 소란이 간단하게 정리됐다. 덕분에 약손은 까무룩 정신 잃은 사이에 의원에게 맥이 잡혀 하마터면 여인이라는 사실을 들킬 뻔한 위기를 저도 모르는 사이에 면했다. 약손이 늘 입버릇처럼 자기는 천지신명님이 도와 재수가 엄청나게 좋은 운세라고 했는데 그 말이 사실이었나 보다.

"생도 복금은 어서 약손에게 탕약을 먹이도록 하여라."

이유가 명했다.

*

이유는 고즈넉한 단청 기와집을 걷고 있었다. 바닥에는 크고 굵은 돌을, 위에는 작은 돌을 차곡차곡 쌓아 만든 돌각담이 둘레둘레 감싼 집은 퍽 아늑했다. 누구의 정갈한 솜씨인지는 몰라도 깨진 기와 조각 하나도 허투루 버리는 법 없이 담장 사이에 끼워 틈새를 메웠다.

담장 아래에는 자란과 땅나리, 금불초와 돌콩 따위가 저마다 뿌리 내린 자리에서 꽃 피우느라 정신이 없었다. 이유는 그 중에 연분홍 빛깔 켜켜이 뽐내는 진달래나무 앞에 멈춰 섰다. 만개한 꽃잎은 말고 이제 막 몽우리 틔우기 시작한 어린잎만 골라 땄다. 이따가 행랑어멈한테 가마솥 뚜껑 엎어 놓고 화전 부치라고 해야지. 꽃잎 아끼지 말고 넉넉하게 올린 다음에 조청 듬뿍 묻혀서 먹이라고 해야지.

이유는 시간 가는 줄도 모르고 진달래를 모았다. 바구니가 따로 없어서 차려입은 하얀색 도포에 꽃잎을 한 아름 넣고 감싸 안았더니 그야말로 꽃도령이 따로 없었다.

꽃잎이 많아지면 많아질수록 이유의 마음 또한 덩달아 풍성해졌다.

그렇게 얼마나 지났을까?

이쯤 하면 됐다, 이만하면 충분히 먹이고도 남겠다 싶었을 때 이유가 돌아섰다. 저가 딴 꽃을 전하러 행랑채로 향하는 이유의 발걸음이 가벼웠다. 그런데 문득 떠오른 물음 하나가 있었다.

나는 누구를 주려고 이렇게 많은 꽃잎을 땄나?

누구에게 화전을 먹이고 싶어서?

이유가 퍼뜩 자리에 멈춰 섰다. 갑자기 머리가 아파 오기 시작했다. 속이 메스꺼웠다. 배 속이 울렁거리는가 싶더니 이내 역한 구역감이 밀려왔다. 이유로서는 도저히 참을 길 없는 고통이었다. 저도 모르게 픽픽 고개가 뒤로 꺾였다. 햇빛은 어디로 숨어 버렸는지 구름이 잔뜩 긴 희뿌연 하늘만 보였다.

마침내 이유가 우욱, 구토를 했다. 애써 딴 진달래 꽃잎이 후두둑 후두둑 속절없이 바닥으로 떨어져 내렸다. 이유는 구토를 하는 와중에도 흩어진 꽃잎을 모으기 위해 안간힘을 썼다.

그런데 이럴 수가!

꽃은 온데간데없이 사라졌다. 분명 도포에 품고 있던 꽃잎은 분홍색이었는데 하얀색 도포를 물들인 색은 눈이 아프도록 선명한 붉은색이었다. 이유가 웩웩 구역질을 할 때마다 입안에서는 섬뜩한 선지 덩어리가 뭉텅뭉텅 흘러나와 옷을 적셨다. 흙바닥에 고여 작은 피 웅덩이를 만들었다.

그때였다.

어디선가 까르륵 어린애 웃음소리가 들렸다.

'이리 온. 게서 무얼 하고 있는 게야? 그리 뛰어다니다가 넘어진단다.'

'아니요? 저는 넘어지지 않아요. 오늘은 백 보를 혼자 걸었다고 오라버니한테 자랑할 거예요.'

'오라버니가 아니라 대군마마라 불러야 한다니까.'

'아닌데? 아닌데? 오라버니가 계속 계속 오라버니라고 부르라 그랬는데?'

어린애의 목소리가 퍽 야무졌다. 마루 위를 동동동 바삐 걷는 소리만으로도 뒤뚱뒤뚱 뛰어다니는 뒷모습이 절로 그려졌다.

'그런데 오라버니는 언제 와요?'

'글쎄……'

'아무리 기다려도 오지를 않잖아요.'

'……'

'이젠 내가 싫어졌나 봐.'

한껏 명랑했던 어린애 목소리가 어느새 잔뜩 풀죽어 버렸다. 덕분에 이유의 마음만 괜스레 다급해졌다. 이젠 저가 싫어졌나 보다고 투정 부릴 때는 고만 심장이 덜컥 내려앉을 정도였다.

아니야, 오라버니 여기 있어. 돌담을 건너면 보이는 곳에, 아주 가까운 자리에 있어.

어떻게든 말을 하고 싶었다. 어떻게든 이 담장을 건너 저가 있다고 알려 주고 싶었다. 하지만……

'우우욱!'

이유가 세차게 기침을 하며 꽤나 크게 피를 토했다. 피를 토하는지, 몸 안의 장기를 토하는지. 꾸덕꾸덕 심상치 않게 뭉친 핏덩이 때문에 숨조차 제대로 쉬어지지 않았다. 그러는 동안 담장 너머 어린애와 사내는 지루했던 기다림을 접고 고만 떠나기로 합의를 했나 보다.

'이제 그만 가자꾸나.'

'싫어. 오라버니 기다릴래.'

'안 돼. 더는 지체할 수 없어. 아버지랑 함께 가자.'

'오라버니가 온다고 약속했단 말이야······.'

미련 잔뜩 남은 아이의 목소리가 마지막이었다. 토악질 겨우 잠재운 이유가 정신 차렸을 때는 이미 사내와 어린애는 어디론가 사라져 버린 지 오래였다.

아무도 없는 빈 기와집에는 을씨년스러운 바람만 불었다. 방금 전까지 이유가 서 있던 다정한 돌각담은 어느새 불에 그슬려 형체를 알아볼 수 없게 됐다. 꽃도, 나무도, 모두 불타 버린 죄인의 집.

어느샌가 싸락눈이 흩날리기 시작했다. 차가운 눈송이 하나가 이유의 얼굴 위로 내려앉았다. 얼음 알갱이는 이유의 눈 밑 여린 살에 닿자마자 녹아 버렸다. 그러고는 주르륵 눈물처럼 흘러내렸다.

그와 동시에 이유가 퍼뜩 눈을 떴다.

"하······."

방 안의 기운이 싸늘했다. 복금이 진작부터 군불 넣어 구들은 절절 끓었지만 외풍이 심했다.

이유가 방을 둘러봤다. 창은 꼭꼭 닫혀 있었다. 하지만 한 장만 얇게 바른 창호지가 찬 기운까지는 막을 수 없었다. 저런 얇은 창살로 앞으로 추운 겨울을 어떻게 버텨? 이유가 쯧 저도 모르게 혀를 찼다. 그러는 사이에 약손이 한 번 더 '으음⋯⋯.' 앓는 소리를 냈다.

이유는 벽에 기댄 채 아주 잠깐 선잠이 들었나 보다. 이유가 반사적으로 화드득 몸을 일으켰다. 이유의 얼굴에 옅은 눈물 자국이 남아 있었지만 애석하게도 이유는 방금 전에 저가 꾼 꿈을 깡그리 잊은 채였다. 덕분에 꿈속에서 내내 피 토하느라 힘들었던 마음도, 서러웠던 감정도 순식간에 연기처럼 사라졌다. 이유의 온 신경은 약손에게 쏠려 있었다.

"약손아, 많이 아프니?"

이유가 무릎걸음으로 걸어가 약손 곁에 앉았다. 분명 잠들기 전에는 손이랑 발 하나도 내놓은 곳 없이 이불로 꼭꼭 덮어 주었는데 언제 이렇게 제멋대로 차 버렸는지 모르겠다.

"너 자꾸 이리 배를 내놓고 자니까 고뿔 걸리는 것 아니겠냐⋯⋯."

이유가 혼잣말처럼 잔소리를 하며 이불을 갈무리했다. 나비처럼 활짝 펼친 약손의 팔을 다시 이불 안에 넣어 주고 행여 발이라도 시릴까 봐 꼼꼼하게 덮어 줬다. 그래도 천만다행으로 손등으로 이마를 꾹 눌러 보니까 열은 많이 떨어져 있었다. 복금이 가져온 탕약이 효과가 있긴 있었나 보다.

이유가 반쯤 남은 탕약을 다시 집어 들었다. 약손이 스스로 약을 마시지 못해 복금이가 한 숟가락 한 숟가락 떠서 먹여 주는 모습을 곁에서 다 봤다. 약손에게 약을 먹이라고 누구라도 부르면 됐지만 이유는 그런 수고 하지 않기로 했다. 저가 직접 숟가락을 들고 떠먹여 주기로 했다. 까닭은 알 수 없지만 그냥 그렇게 해야 마음이 놓일 것 같았다.

"벌써부터 감기에 걸리면 어떡하니? 추운 겨울엔 얼어 죽을 래?"

"으음……."

"원래 서리 내리면 참새가 제일 먼저 얼어 죽는다던데…… 넌 참새만도 못한 하찮은 인간이다."

"으으음……."

약 한 숟갈 먹이면 반이 턱을 타고 주르륵 흘러내렸다. 그럴 때마다 이유는 무명 수건으로 약손의 턱 밑을 꼼꼼하게 닦아 줬다. 여태 살며 궂은일은 물론이고 남 뒤치다꺼리 한 번도 안 해 봤을 지존, 이제 보니 간병에 탁월한 소질이 있나 보다. 저가 이렇게까지 하는데도 약손이 정신 못 차리고 끙끙 앓기만 하니까 덩달아 이유의 마음도 울적해졌다.

'독 없습니다!'

야멸치게 소리치고 갔으면 걱정이나 끼치지 말 것이지. 세상 냉정하게 굴어 놓고 이렇게 아픈 꼴 보여 주는 것은 대체 무슨 심보람?

대체 욕을 하는지, 걱정을 하는지 이유가 도무지 갈피 못 잡고 이리저리 방황할 무렵, 어느새 숟가락이 대접의 바닥을 긁었다. 복금이가 탕약 절반을 다 못 먹이고 물러난 걸 감안하면 엄청나게 대단한 성과였다. 이유는 대접까지 기울여 가며 마지막 남은 탕약을 살뜰하게 먹였다.

"많이 쓰냐?"

이유가 실없이 물었다. 평소에는 약 먹는 걸 특히 싫어하고, 조금만 맛이 없어도 온갖 인상 다 찌푸리며 불평하더니만, 왜 오늘은 아무 말이 없냐? 얼른 약손이 자리 털고 일어나서 '약 엄청

써요! 이런 건 먹기 싫습니다! 차라리 소태를 먹는 게 낫겠어요!'
꾀라도 부렸으면 싶었다.

그러면 내가 더는 쓰지 않도록 과줄 한 알 먹으라고 내줄 수
도 있는데…… 경단이나 주악으로 입가심하라고 할 수도 있는
데…….

이유가 포옥포옥 깊은 한숨을 내쉬었다.

그때였다.

이제 고만 정신을 차리렴, 어서 일어나 보렴, 지존의 갸륵한
뜻이 전해졌나 보다. 내내 꾹 감겨 있던 약손의 눈이 거짓말처럼
스르륵 떠졌다. 힘없이 깜빡깜빡 감았다 뜨는 속눈썹 사이로 새
까만 눈동자가 보였다. 하루를 종일 앓아 떼꾼한 기운이 남아 있
었지만 그래도 정신을 차렸으니 천만다행이었다.

"약손아! 정신이 들어?"

이유가 깜짝 놀라 물었다. 하지만 약손은 별다른 대답도 없이
눈만 꿈뻑이며 천장을 봤다가, 창문을 봤다가, 굴렁굴렁 눈알을
돌리기만 했다. 꼭 어미 잃고 품 찾아 헤매는 누렁소 같았다. 약
손이가 '움머―' 우는 소리를 낸다 해도 하나도 이상하지 않을
모습이었다.

"……."

"……."

약손이 아무 말도 하지 않으니까 이유는 덜컥 마음이 안 좋아
졌다. 애가 혹시 아직도 나한테 화가 나서 그러는가 내심 서운하
기도 했다.

그래, 내가 다 미안해. 내가 잘못했어.

너한테 벼루를 던지지 말 걸…….

이유는 싹싹 제 잘못을 빌고 싶은 지경이었다.

하지만 이유의 생각과 달리, 약손이 말이 없는 것은 그저 오랫동안 잠들었다가 방금 일어나서 정신을 쉬이 차리지 못했기 때문이었다. 이내 약손은 저가 방에 누워 있다는 사실, 입가에 남아 있는 쓴맛으로 보아 약을 먹었다는 사실, 또한 저 앞에 걱정스러운 얼굴로 앉아 있는 이가 이유라는 사실을 깨달았다.

어찌 주상 전하께서 이런 누추한 곳에 오셨는지…….

약손이 예를 차리며 몸을 일으키려 했지만 이유가 먼저 '됐다, 누워 있어. 그대로 있어.' 만류했다. 가뜩이나 기력 없는 약손이라서 다시 툭 베개에 머리를 대고 누웠다.

내가 왜 여기에 있지?

어쩌다 여기까지 왔을까?

약손이 가만가만 생각을 더듬었다.

'옥향이 저지른 잘못은 웃전의 도리로서 도저히 두고 볼 수만은 없는 법.'

'웃전을 능욕한 죄 엄히 물을 것이다. 하여 옥향 네 목을 베어 종루 앞에 열흘간 효수하겠다.'

'죽는 그날까지 오늘 저지른 잘못을 마음속 깊이 새겨 반성토록 하여라.'

불청객의 엄한 목소리가 떠올랐다. 웬 사내들에게 속절없이 끌려가던 옥향의 마지막 모습도 기억났다. 약손은 그 뒤를 따르려다가 이내 정신을 잃었고……. 원래는 갯버들탕을 먹여 옥향을 구해 주려고 했었는데, 정선도가 부탁한 대로 홍윤성 같은 자의 첩으로 살게 하지 않고 멀리멀리 보내 주려고 했는데…….

대체 옥향은 무슨 팔자가 그리 사나워 목이 잘리는 최후를 맞아야 하는 걸까? 그깟 술 잘못 따른 죄가 그리 큰가? 황제가 내린 옷 한 벌 따위가 과연 사람 목숨보다 중해? 만약 옥향이가 어느 고관대작의 귀한 딸내미였더라도 그리 쉽게 죄를 물었을지. 아주 만약에 옥향이가 높은 벼슬한 사내였더라도 정녕 그리 쉽게 목을 쳤을지.

그렇게 생각하니까 약손은 못내 서러워졌다. 몸이 아프니깐 별 게 다 억울하고 원통했다. 약손도 모르는 사이에 눈에 눈물이 잔뜩 고여 버렸다. 흐른 눈물은 주르륵 관자놀이를 타고 귓등으로 떨어졌다.

"약손아, 왜 그래? 왜 울어? 어디가 아파?"

"……."

한편, 이유는 갑자기 울먹이는 약손을 보고 기함했다. 애가 겨우 눈뜨고 정신 차렸다고 좋아했는데 대뜸 눈물부터 흘리다니! 이거야 원 잠시도 마음을 못 놓겠다. 이유가 저도 모르게 엉덩이를 끌어다 약손 곁에 바짝 붙어 앉았다. 약손이 '흐윽…….' 소리도 못 내고 우는 모습이 못내 안쓰러웠다. 저도 모르게 덥석 약손의 손을 맞잡았다.

"왜? 많이 아파? 고뿔이 심해졌어?"

이유가 물었고, 약손이 도리도리 고개를 저었다.

"약이 너무 써서 그래?"

약손이 그것도 아니라며 다시 고개를 저었다.

아픈 것도 아니고, 약이 쓴 것도 아니라면 뭐지? 대체 왜 울지? 이유는 인생 최대의 난관에 부딪혔다. 그래도 포기하지 않고 뚝심 있게 약손이 우는 까닭을 알아내기 위해 고군분투했다.

어지러워서?

도리.

속이 메스꺼워서?

도리도리.

아, 알았다! 밥 먹고 싶어서! 당장 밥상 대령하라 이를까?

도리도리도리.

헛다리만 계속 짚는 주상 전하 때문에 안 그래도 심신 미약해진 약손은 더욱 속이 상해 버렸다. 약손 눈에서 주룩주룩 눈물이 쏟아졌다. 약손이 울 때마다 이유는 제 가슴 또한 함께 미어지는 것만 같았다.

대체 왜 우는지 말을 해. 뭐가 필요해? 뭐를 해줄까?

뭐가 먹고 싶어? 내가 다 들어 줄게.

너는 그냥 말만 해…….

이유가 간곡히 부탁했다. 한참 혼자서 울기만 하던 약손이 드디어 입을 열었다.

"주상 전하……."

"그래. 왜? 응?"

약손이 훌쩍훌쩍 눈물을 삼켰다. 이유가 엄지손가락으로 약손의 눈물길을 슥슥 닦아 줬다. 제 설움을 다정하게 받아 주는 사람이 있으니깐 약손은 좀 마음이 놓이는 기분이었다.

"전하……."

약손은 자꾸자꾸 주상 전하만 찾았다. 그 이름 자꾸자꾸 불러 주니 이유는 어쩐지 배 속이 뜨거워지는 기분이었다.

참 이상한 일이로다. 약손이 저만 자꾸자꾸 찾는 게 좋기도 하고, 뿌듯하기도 하고, 한 것도 없는데 괜히 보람차기도 했다. 이유는 뭐든 다 말하라는 듯, 네가 무슨 말을 해도 절대 혼내지 않고 다 들어 주겠다는 듯 잡은 손을 다정하게 쓸어내렸다.

약손이 삐죽삐죽 튀어나오는 입술을 감쳐물었다. 그러고는 이내 가슴속에 있던 말을 읊었다.

"전하……."

"그래."

"이제 옥향은 죽어요."

"허……."

대체 무슨 말을 하려고 애가 이렇게 망설이나 싶었는데 고작 한다는 말이 옥향이다. 이유는 살짝 맥이 빠졌다. 하지만 약손은 지금 옥향의 옥, 자만 들어도 눈물이 나는 상황이었다. 약손은 저가 내뱉은 말 때문에 다시 한참을 꺼이꺼이 울어야 했다. 그 서러운 통곡의 대잔치 속에서 드문드문 약손의 고해가 줄줄 이어졌다.

전하, 이제 옥향은 죽어요…… 옥향의 머리를 잘라서 종루에…… 종루에 걸어 버린대요. 정선도 나리는 두 번 다시 볼 수 없대요…….

이제 둘은…… 영영 헤어져야 돼요…….

아마 헤어짐의 당사자 되시는 옥향 본인조차 이렇게까지 서럽게 울지는 않을 것 같았다.

애는 왜 이렇게 남 일에 신경 쓰는 건지. 왜 제 일이라도 되는 것처럼 슬퍼하는 건지. 이렇게 오지랖이 넓어 대체 어따 쓰누?

이유가 쯧쯧 혀를 찼다. 하지만 단순히 약손이 한심해 보이거나 철없다고 여긴 것은 아니었다. 한심하다니, 그럴 리가.

아마도 약손은 이유가 생각했던 것보다 훨씬 더 정 많은 사람임이 분명했다.

훨씬 더 따뜻함이 넘치는 사람임이 틀림없었다.

그런 사람은 앞으로의 삶이 꽤나 고단하지. 아무한테나 쉬이 정 주면, 너 또한 쉬이 상처 받는다는 것을 왜 몰라…….

이유는 그저 속마음은 꾹 삼키고 토닥토닥 약손을 달랬다. 우선은 약손의 울음을 멈추게 하는 것이 제일 중요했다.

"알겠다. 네 뜻 잘 알겠어. 그러나 지금은 네 몸을 먼저 챙겨야지."

"옥향은 죽는데……."

"그이가 왜 죽니. 옥향 걱정 그만하고 한숨 푹 자렴."

"하지만 옥향은 죽어서……."

"사람 그렇게 쉽게 안 죽는다니깐."

"옥향의 머리가 종루에……."

이유도 고집이 센 편인데, 이제 보니 약손에게는 비할 바가 아니었다. 자꾸만 옥향 옥향 타령을 해대는 통에 결국 이유는 '어허! 어서 자래두!' 엄한 소리를 내는 수밖에 없었다.

이유가 손바닥으로 약손의 눈을 가려 버렸다. 약손은 작은 짐승처럼 끼잉 시무룩한 소리를 냈지만 마지막 잠드는 순간까지도 기어코 '옥향……' 중얼거리기를 멈추지 않았다.

이유가 억지로 눈을 가린 덕분인지 약손은 밀려오는 수마를 이기지 못하고 다시 잠들었다. 방 안은 조용해졌고 곧 색색 약손의 고른 숨소리만 들렸다. 아까 처음 봤을 때는 핏기 하나 없이 창백한 얼굴이었는데 지금은 약 효과 때문인지 두 볼이 발그레했다. 이유는 약손의 나아진 혈색을 보고 나서야 겨우 마음을 놓았다.

바깥에서 동재가 '전하, 침전에 돌아갈 차비를 할까요?' 작게 물었다. 이유는 약손의 잠든 얼굴을 물끄러미 바라보기만 했다. 하루의 일과를 제대로 보내려면 지금이라도 돌아가 잠깐이라도 눈 붙여야 함이 마땅했다. 하지만 그러기에는……

"……."

"……."

약손이 꾹 잡고 있는 손을 놓기가 싫었다. 뜨끈뜨끈 전해지는 온기가 너무 좋은데 이 손을 놓고 자리를 떠나기가 못내 싫었다. 그깟 잠, 자도 그만 안 자도 그만인데.

하여 이유는 바깥의 동재에게 나직하게 일렀다.

"내 따로 명할 때까지 기척 내지 말라."

"……예."

그날 이유는 밤새도록 잠든 약손의 곁을 지켰다.

*

오늘따라 종각 주변이 썰렁했다.

평소라면 유푼有分과 무푼無分의 각전들이 떠들썩하게 물건 내놓고 품팔이하느라 바쁠 때였다. 그러나 오늘은 어쩐 일인지 각전방마다 긴 발이 쳐져 있었다. 퇴청에 방석 깔아 두고 손님 기다리는 시전들도 보이지 않았다. 사내들은 행여나 마음 약한 노모가 운종가에 나갔다가 까무러칠까 봐 지게에 직접 부모를 업고 마실 나갔고, 아낙들은 오늘 만큼은 아이들의 외출을 엄격하게 금했다.

당분간은 갑돌이네 집에 못 간다!

앞으로 보름간은 끝순이네 집 갈 생각하지 마!

모두들 쉬쉬하며 가족들을 단속했다. 하지만 손바닥으로 하늘을 가리랴. 아이들은 땅따먹기를 하다가 올려다본 담 너머 꼬챙이처럼 깎아 만든 긴 장대에 걸린 사람 머리통 하나를 봤다. 밭일하던 사내들은 최대한 종각 쪽으로는 고개도 돌리지 않으려 했지만, 습관처럼 굽힌 허리를 펴고 땀을 닦다가 바람결에 휘이휘이 검은 머리 흩날리는 섬뜩한 눈동자를 마주했다. 깊은 밤, 여인들이 혼자서는 맘 편히 변소도 못 가는 나날이 지속됐다.

종루에 걸린 사람의 머리통은 바닷가 줄에 걸어 놓은 어물처럼 바싹바싹 말라 갔다. 실에 줄줄 꿰놓은 통통한 감이 물기 모두 빠진 것처럼 납작해졌다. 대체 저 끔찍한 머리통의 장본인은 어쩌다가 목이 잘리는 것도 모자라 종루 꼭대기에 걸리게 됐을까? 터럭과 살갗을 훼손하는 일은 불효 중의 불효라는데, 부모님은 제 자식 몸뚱이 잘린 걸 알면 얼마나 억장이 무너질까? 한데 저 죄인은 무슨 죄를 지었지?

글쎄 그건······.

누구는 머리통의 주인이 금 백 근을 훔쳤다고 했다. 다른 누구는 사람 수십 명을 칼로 찔러 죽인 악귀 짓을 저질렀다고 했다. 또 누구누구는 머리통의 주인이 아기들의 간을 백 개쯤 삶아 먹은 문둥이가 틀림없다고 단언했다. 머리통의 주인이 저지른 죄는 날이 가면 갈수록 부풀려졌다. 뿐만 아니라 범죄의 질 또한 흉악해졌다.

물론 암만 사람들이 입방아를 찧어 대도 '황제가 하사한 옷에 술을 쏟아서'라는 답은 일절 찾아볼 수가 없었다. 하긴 세상에 누가 옷에 술 쏟은 죄로 머리가 잘렸다는 말을 믿을는지.

해가 넘어가는 종각의 하늘. 구름 낮게 깔린 쪽빛이 으스스했다. 머리통은 보름 동안 걸어 놓는다더니만 대체 이놈의 보름이 왜 이렇게 긴가? 얼른 저 끔찍한 것 좀 치웠으면 좋겠는데.

웬 노인이 재수 옴 붙었다는 듯 카악 가래침을 뱉으며 지나갔다.

그리고 운종가의 한 모퉁이, 세 명의 사내가 몹시도 허망하고 비통한 얼굴로 잘린 머리를 바라봤다.

"이만 가자. 여기서 하루 죙일 서 있다 해서 죽은 사람 살아 돌아오는 것도 아니잖니."

수남이 싸늘해지는 기운에 소름이 오스스 돋은 팔뚝을 싹싹 비볐다.

"그래, 약손이 너 아직 고뿔 떨어지지 않았는데 더 심해질라. 이제 그만 궁으로 돌아가자."

복금이 약손의 등을 토닥토닥 두드렸다. 하지만 약손은 사람들이 눈 돌리고 욕하기 바쁜 머리통에서 쉽사리 눈을 떼지 못했다. 휘이익, 부는 바람에 약손의 이마 끈이 흩날렸다.

복금 말대로 아직 고뿔이 다 낫지 않은 약손의 얼굴이 해쓱했다. 입술에는 허옇게 각질이 일어났다. 약손이 잇새를 깨물었다. 빨갛게 변한 눈에서 툭 눈물이 떨어지자 약손은 누가 볼세라 얼른 손등으로 비벼 닦았다. 수남도 복금도 약손이 우는 모습을 봤지만 그냥 모른 척했다. 수남이 챙겨 온 소주를 흙 위에 죽죽 뿌렸다.

"옥향이…… 우리가 딱히 해줄 게 없어 미안하네. 죽은 사람한테 말해 봤자 소용없겠지만…… 그저 다음 생엔 이리 허망하게 가지 마시고…… 성불이나 하쇼……."

일이 이렇게 될 줄 알았으면 처음부터 엮이지 말 걸 그랬다. 정선도가 죽겠다 살겠다 목매달고 난리쳐도 그냥 모른 척하고 약만 전해 주고 내뺄 걸 그랬다. 셋 중에 가장 연장자인 수남은 약손과 복금을 말리지 못하고 일에 휩쓸리게 한 잘못을 저에게로 돌렸다. 세 사람은 수남이 소주를 뿌리고도 한참 후에야 등 돌릴 수 있었다.

사람 목숨이란 이토록 하찮구나. 허망하구나…….

궐로 돌아가는 발걸음이 무거웠다.

약손은 밥 잘 먹고, 잘 자고, 푹 쉰 덕분에 얼추 고뿔을 떨쳐

냈다. 주상 전하 대신 상약하는 게 아니라 꼬박꼬박 제 몫으로 달인 탕약을 마신 덕분인 것 같기도 했다. 그래도 궁궐에서 삼시 세끼 밥 먹으며 마냥 놀 수만은 없었다. 이제 곧 상약 생도 본분의 위치로 돌아갈 때였다. 저가 병이 다 나았습니다, 대전의 내시에게 고해야 하는데 어찌 된 일인지 약손은 차일피일 저의 병이 나았다는 사실을 알리지 않고 미뤘다. 어제는 뜨거운 국에 밥 말아 먹다가 콧물이 흘러서, 그제는 아침에 자고 일어났는데 코가 막혀서, 그끄제는 목이 칼칼해서…… 변명도 가지가지였다. 오늘은 몸이 찌뿌듯하고 무릎이 쑤시니깐 아직 완전히 병이 나은 것이 아니라고 단정했다. 아니, 내가 뭐 밥만 축내는 식충이라서 그런 것은 아니고 불경한 몸으로 주상 전하 뵀었다가 고뿔이라도 옮기면 어떻게 해…….

약손은 저 나름대로 합리화를 시켰다. 하지만 솔직히 이실직고를 하자면 주상 전하를 뵙기가 껄끄럽고 무서웠다.

'독 없습니다!'

냉정하게 소리치고 나온 주제에, 그날 이후로 본척만척 데면데면하게 굴었던 주제에 다시 주상 전하를 알현하려니깐 오금이 다 저렸다.

여약손, 너 대체 무슨 배짱으로 주상 전하께 그리 버릇없이 굴었냐?

아부지가 그놈의 성질머리 안 죽이면 훗날 사고를 쳐도 단단히 칠 거라고 일렀는데 역시 아부지 말이 옳았다. 이놈의 성깔 좀 죽이고 살 걸. 감히 누구 앞에서 큰 체를 한 거야? 약손은 할 수만 있다면 과거의 저를 한 대 후려치고 싶을 정도였다.

"에휴, 여약손. 너 대체 어쩌다가 이 모양 이 꼴이 됐냐……."

생도들 다들 각자 할 일 하러 나가고 없는 텅 빈 빈청의 마당.

약손은 집 지키는 누렁이라도 된 듯 마루에 앉아 멍하니 허공만 바라봤다. 괜히 다 귀찮고 싫어진 마음에 벌러덩 마루 위로 드러누웠다. 팔 깍지를 뒤통수에 끼고 팔자 좋게 누우니깐 새파란 하늘, 두둥실 떠가는 뭉게구름이 보였다. 약손의 마음은 깜깜하고 어두운데 날씨 하나 만큼은 기가 막히게 맑도다.

한번 앓고 난 사이에 계절이 거짓말처럼 휙 바뀌었다. 땀 죽죽 흐르게 만들던 고된 더위는 물러간 지 오래였다. 대신 살랑살랑 목깃을 스치는 바람이 서늘했다. 약손이 종아리를 흔들었다. 마루 바깥으로 비쭉 나간 발끝이 털리면서 신발이 벗겨졌다. 햇볕 따뜻하고, 바람 상쾌하고, 방금 전에 밥 잔뜩 먹어 배가 부르니까 잠이 쏟아졌다. 스르륵 저도 모르는 사이에 눈이 감겼다.

잠이 들랑 말랑, 나른해진 정신이 수면과 현실의 줄타기를 하는 그 사이, 불현듯 약손의 귓가를 스치는 목소리가 하나 있었다.

'벌써부터 감기에 걸리면 어떡하니? 추운 겨울엔 얼어 죽을래?'

'왜 그래? 왜 울어? 어디가 아파?'

'왜 우는지 말을 해야 알지. 뭐가 필요해? 뭐를 해 줄까? 내가 다 들어 줄게. 너는 그냥 말만 해…….'

찬 수건으로 이마를 꾹꾹 눌러 주던 기척, 손을 맞잡은 따뜻한 온기. 마치 현실인 양, 실제로 겪은 일인 양 생생하게 기억났다.

약손은 잠에 빠져드는 이 순간에도 목소리의 주인공이 누구인지 충분히 가늠할 수 있었다. 제 이마를 만져 주고, 손을 잡아 주던 사람이 누구인지 너무나도 잘 알 수 있었다. 약손은 저가 지금 잠결에 말도 안 돼는 꿈을 꾸는 것이라고 생각했다.

'아프지 말렴. 내 오늘 밤 네 곁을 지킬 터이니…….'

그 순간 약손은 무서운 꿈이라도 꾼 양 '아악!' 소리를 지르며 벌떡 몸을 일으켰다.

가을 햇빛 정통으로 맞은 약손의 얼굴에 식은땀이 송골송골 맺혔다.

아, 정신 나갔나 봐 진짜. 잠깐 눈 좀 붙일까 했더니 주상 전하가 왜 거기서 나오냐고. 남의 꿈에는 느닷없이 왜 나타나는지…….

약손이 헉헉 가쁜 숨을 몰아쉬었다. 언제 왔는지 복금이 약손을 걱정스러운 얼굴로 내려다봤다.

"약손아, 괜찮아? 악몽 꿨어?"

약손이 별일 아니라는 듯 일단 휘휘 손부터 저었다. 땀으로 흥건히 젖은 목뒤를 대충 손으로 닦아 냈다. 약손은 제가 방금 전에 들은 목소리가 단순한 꿈인지, 허상인지 궁금했다. 꿈이 내가 겪은 일처럼 이렇게 생생할 수 있나? 혹시 나 고뿔 걸려 아팠을 때, 주상 전하가 오신 적 있니? 그냥 내 착각이고 꿈인 거지? 주상 전하가 나를 찾아올 리 없잖아. 그치?

약손이 복금에게 질문하려 했다. 하지만 그보다 먼저 복금이 누구에게 쫓기기라도 하듯 연신 등 뒤를 돌아봤다.

"약손아, 여기서 이러고 있을 때가 아니야. 너 여기 있으면 안 돼. 지금 한길동 영감께서 너 어디 있냐고 계속 찾으시는데……."

"뭐? 한길동 영감께서 날 찾아?"

그 날벼락 같은 말 한마디에 주상 전하고 뭐고 꿈속 일은 깨끗이 잊었다.

한길동 영감, 그가 누구인가?

일전에 약손이 갯버들탕 먹고 사맥死脈된 일의 앞뒤 상황을 몹시 궁금해하시었고, 고뿔 단단히 걸린 약손의 맥을 짚어 보겠다 약손의 뒤를 쫓아다니며 들들 볶아 댄 장본인이었다. 다행히 한길동 영감이 찾아올 때마다 복금이 미리 알려 주어서 요리조리 미꾸라지처럼 맥 잡히지 않고 빠져나갈 수 있었다.

이번에도 그럴 수 있을까?

"아이고, 한길동 영감님 아니십니까? 예? 약손이요? 보았지요! 숙사 마루에서 깜빡 잠이 든 것 같던데. 아마 아직 있을 걸요? 제가 좀 전에 보고 왔습니다."

다만 오늘은 눈치 없는 수남이가 약손 찾는 한길동 영감을 손수 숙사 마루까지 모시고 왔다는 사실이었다. 덕분에 한길동 영감 피해서 도망치려던 약손은 고만 숙사 문 앞에서 한길동 영감과 딱 마주치고야 말았다.

"어허! 이게 누구야? 여약손이 아닌가?"

"헙!"

뒷걸음질 치던 약손이 그대로 얼음이 된 듯 자리에서 굳어 버렸다. 약손 만날 때마다 맥 한번 짚어 보자고 노래를 부르던 사람이었으니 분명 오늘도 맥을 잡자고 달려들 텐데. 이거 참, 오늘은 무슨 핑계를 대고 도망을 가지? 약손이 삐질삐질 땀을 흘렸다.

그러거나 말거나 한길동 영감은 으레 사람 좋은 미소를 지으며 약손에게 다가왔다. 약손은 일단 손목부터 등 뒤로 감췄다. 이런저런 변명도 통하지 않는다면 이대로 냅다 도망칠 기세였다. 나중에 캐물으면 뒷간이 급해서 그랬다고 하지, 뭐. 약손이 머리를 굴리는 사이 한길동 영감이 성큼 약손의 앞에 섰다.

"하, 하, 한길동 영감님……."

"대체 내가 자네를 얼마나 찾았는데 코빼기 하나 안 비치는가? 내가 자네 부른 사실을 몰랐어?"

"그, 그것이 말이지요……."

약손이 슬금슬금 걸음을 옮기며 도망칠 준비를 했다. 하지만 그보다 먼저 한길동 영감이 허허 웃음을 터뜨리며 말을 이었다.

"그래, 뭐 이렇게 만났으니 됐고. 자네, 어서 광화문 앞으로 가보시게나."

"……예?"

"앞뒤 상황 설명할 시간 없네. 어서 가봐! 지금이 아니면 안 된단 말이야!"

"무슨 일로 그러시는지……."

"거참, 가보면 안다니까? 얼른! 서둘러!"

오늘도 맥 잡아 보자고 하면 어쩌나 싶었는데 천만다행이었다. 한길동 영감은 느닷없이 광화문에 가 보라며 약손의 등을 떠밀었다. 하여 약손은 영문도 모른 채 얼떨결에 한길동 영감 뜻대로 광화문까지 내쫓기듯 달려야만 했다.

그리고 약손이 광화문에 도착했을 때, 성문 앞은 명나라로 떠나는 역관들의 사행(使行: 관리가 임무를 수행하기 위하여 길을 떠나는 일)으로 발 딛을 틈이 없었다.

각자의 목적과 쓰임이 다른 짐을 한가득 실은 마차가 즐비했다. 사신들은 오랫동안 떨어져야 할 가족, 친지와 인사를 나누기 바빴다. 허리에 칼 찬 비장들은 엄한 얼굴로 사신들을 호위했다. 어린아이들이 호기심 가득한 눈으로 끝없이 이어진 행렬을 구경했다.

약손이 한 걸음 디디면 누군가에게 부딪쳐 두 걸음 밀려나고, 또 한 걸음 겨우 디디면 세 걸음 뒤로 밀려났다. 이러다가는 사람들 발길에 채어 딱 죽을 것만 같았다. 약손은 아직도 한길동 영감이 왜 저를 이토록 난리 북새통인 광화문 앞으로 보냈는지 이해하지 못했다.

　그때였다.

　약손이 '어어! 밀지 마시오! 사람 치지 마시오!' 소리치며 자리를 벗어나려는 그때, 누군가 톡톡 약손의 등을 두드렸다.

　"아잇, 대체 누구야!"

　방금 전 웬 사내와 부딪쳐 하마터면 코가 깨질 뻔한 약손이 짜증을 내며 뒤를 돌아봤다. 그리고 돌아본 그곳에는…….

　"헉!"

　약손의 눈이 놀라 커졌다.

　"여 생도, 그동안 잘 지내셨습니까?"

　싱글벙글 웃음기 가득한 얼굴로 약손을 바라보는 정선도가 있었다. 물론 약손이 겨우 정선도 하나 때문에 놀란 것은 아니었다. 약손은 이내 다리에 힘이 풀려 픽 자리에 주저앉고 말았다.

　"아이참, 사람들 많은 곳에서 이러고 있으면 다칩니다. 일어나셔요."

　정선도 곁에 선 또 다른 사내가 바닥에 엎어진 약손을 일으켜 주고 흙 묻은 무릎을 손수 살뜰하게 털어 줬다.

　"끄아아악!"

　약손은 제 뒤치다꺼리해 주는 사내를 보며 더욱 넋이 나간 표정이 됐다.

　"어떻게 이런…… 어떻게 이럴 수가…… 죽은 사람이 무슨 곡절로 살아 있는지……."

　약손이 내내 정신을 차리지 못하자 사내가 싱긋 미소 지으며 말했다.

　"곡절을 말씀드리자면 길지요. 다만 한 가지 분명한 것은 한명회 영감께서, 아니 실은 주상 전하께서 저를 살려 주셨답니다."

그랬다. 정선도와 똑같은 역관의 옷을 차려입은 사내. 정선도
와 함께 명나라로 떠날 차비를 끝낸 미남자. 그는 다름 아닌 목
이 잘려 죽었다는 옥향이었다.

*

옥향은 턱 숨이 막히는 것만 같았다. 얼굴에 씌운 용수 때문이
기도 했지만 이름 모를 사내들에게 납치되듯 끌려가니 세상에
그 어떤 강심장이 태평할 수 있을까. 땀방울이 자꾸만 눈으로 흘
러 따가웠다. 그래도 이 와중에 호랑이 굴에 잡혀가도 정신 똑바
로 차리면 살 수 있다는 말을 기억했다. 당장 기절해도 하등 이
상하지 않을 정신을 단단히 붙잡고 버텼다. 사내들이 짐짝 던지
듯 집어넣은 가마가 정신없이 흔들렸다. 눈을 가린 옥향은 중심
을 제대로 잡지 못해 몇 번이나 부딪혀야만 했다.

이 가마는 대체 어디로 향하는가? 나는 어디로 가는가? 목을
친다 하였으니 참수옥에 가둬 놓으려는 것인가?

손님에게 술을 쏟았던 순간부터 네 목을 베어 버리겠다는 판
결을 받는 과정이 그야말로 번갯불에 콩 구워 먹듯 눈 깜짝할
새에 일어났다. 옥향이 죄를 빌거나 스스로를 변호할 틈 따위는
어디에도 없었다.

'네 목을 베어 종루 앞에 열흘간 효수하겠다. 죽는 그날까지
오늘 저지른 잘못을 마음속 깊이 새겨 반성토록 하여라.'

웬 남자의 서늘한 얼굴이 떠올랐다. 옥향은 삼백안을 실제로
본 적은 이번이 처음이었다. 휙 들어 올린 검은 눈동자는 옥향을
보는지 맨 허공을 보는지 초점이 분명치 않았다.

그를 생각하니 다시금 쫙 소름이 끼쳤다. 옛 어른들이 이르길

삼백안은 냉정하고 사람다운 정다움이 없으니 절대 곁에 두고 지내지 말라더니만 그 말이 사실이었나 보다. 어쩌자고 삼백안과 얽혔으며 또 어쩌자고 그의 심기를 거스르게 됐을까?

후회했지만 이미 늦었다. 술을 쏟은 실수는 고의가 아니었다. 따지고 보면 옥향이 밟은 옷자락을 야멸치게 빼 버린 사내 때문에 중심을 잃고 넘어져서 벌어진 일이기도 했다.

하지만 그 누가 옥향의 억울한 사정을 알아줄는지…….

옥향은 날아가는 새도 떨어뜨린다는 천하의 홍윤성조차 사내의 말에 아무 반박하지 못하던 것을 똑똑히 기억했다.

흔들리던 가마가 멈춰 섰다. 가마채가 열렸다. 눈이 가려지니까 시각을 제외한 다른 감각에 온 신경이 집중됐다. 코끝에서부터 훅 시원한 솔향이 불어왔다. 가마꾼들의 발자국 소리까지 똑똑히 들렸다.

옥향이 저도 모르게 가마 뒤쪽으로 물러섰다. 절대 이대로 끌려갈 수는 없었다. 죽음을 목전에 두니까 생존 본능이 절로 솟구쳤다. 옥향은 저가 할 수 있는 최대의 반항을 했다. 손으로 보이지 않는 허공을 마구 휘젓고 무작위로 발길질을 했다.

"이것 놓으시오! 당신들은 대체 누구이기에 이토록 무례하게 구는 거요?"

"너 따위랑 실랑이할 여유 없어. 잔말 말고 빨리 내려!"

옥향이 내리지 않겠다고 버텼지만 사내들의 힘을 이길 수는 없었다. 누군가 옥향의 팔을 우악스럽게 잡아당겼다. 옥향의 몸이 그대로 쭈욱 가마 밖으로 쏠렸다.

심장이 세차게 뛰었다. 이제 딱 죽겠다는 생각이 드니까 그동안 살아왔던 인생이 주마등처럼 스쳐 지나갔다.

역병으로 일찍이 죽어 버린 옥향의 부모님, 고아가 된 옥향을 고작 쌀 한 되 받고 기방에 팔아 버린 친척, 종아리 세차게 맞으며 춤과 노래를 익히던 수많은 나날……. 가지 않겠다 버티는 옥향의 발이 흙바닥에 질질 끌렸다. 신발 벗겨지고 새하얀 버선에 자갈이 마구 할퀴어도 아픈 줄 몰랐다. 살아오면서 미웠던 사람, 좋았던 사람 꼽자면 열 손가락이 부족했지만 그래도 마지막에 떠오르는 사람은 하나뿐이었다.

"선도 나리……."

지금쯤 어디에서 무얼 하고 계실까? 홍윤성의 사택에 끌려갔다는 소식이 마지막이었는데 어디 다치신 데는 없으신지. 우리는 전생에 무슨 악독한 죄를 지었기에 서로 얼굴 한 번을 못 보고 헤어져야 하는지. 정선도 생각을 하니 참고 참았던 눈물이 속수무책으로 터져 나왔다.

"흐윽…… 선도 나리……."

저도 모르게 잇새로 정선도의 이름을 불렀다. 그때 화악 옥향의 얼굴을 가린 용수가 벗겨졌다. 옥향이 질끈 감았던 눈을 떴다. 귓가에서 쯧쯧쯧 혀 차는 소리가 들렸다.

"하여간 여인네들 감상적인 거 알아 줘야 돼. 저 죽는 순간에도 정인 이름 부르기 바쁘네…… 사랑이 밥 먹여 주나?"

옥향을 무척이나 한심해하는 목소리였으나 곧이어 다른 목소리가 휙 끼어들었다.

"사랑 앞에 여남 입장 따로 있나? 죽는 순간에 정인 이름 부르는 게 뭐 어때서? 죽는 순간이니까 정인 이름 부르지! 정인이 왜 정인인데? 절체절명의 순간에 떠올릴 수 있는 정인 있는 게 어디 흔한 줄 알아?"

"나라면 그 시간에 좀 더 생산적인 유언을 남기겠어."

"자네는 사랑 따위 조금도 모르는 칠푼이라서 그래!"

"자네만 할까."

"그래, 내가 자네를 어떻게 말로 이기겠나? 하지만 나중에 두고 보겠네! 자네가 죽기 전에 누구 이름을 부르는지! 저승까지 쫓아가서 놀려 줄 테야!"

"그러시든가……."

두 남자의 대화가 만담처럼 쉬지 않고 이어졌다. 고개를 들고 주변을 살펴보니 어둠 속에서 웬 남자 둘의 형체가 간신히 보였다. 사내 중 한 명이 뒤늦게 옥향의 존재를 깨닫고는 '아차!' 탄식하며 옥향에게 달려왔다. 남자가 바닥에 밀쳐진 옥향을 붙잡아 일으켰다.

"괜찮으십니까? 이런…… 치맛단이 엉망이 돼 버렸네요. 쟤들이 하도 험한 일만 해가지고 여인네 다루는 법 몰라 그랬을 겁니다. 용서하세요."

남자가 정중히 사과했다. 하지만 옥향은 더더욱 경계를 풀지 않았다. 당연했다. 어둠 속에서 어렴풋이 보이는 낯선 사내들이라니.

그때 탁탁 부싯돌 부딪치는 소리와 함께 어두웠던 사위가 밝아졌다. 그제야 옥향의 시야가 또렷해졌다.

"……."

제일 처음으로 보이는 것은 아까 무지막지한 힘으로 저를 끌고 왔던 사내들. 다들 산적 뺨치게 한 등치 했고, 개중에는 얼굴에 긴 칼자국도 그어져 있는 사람도 있었다. 옥향이 흠칫 놀라며 뒤로 물러섰다. 덕분에 하마터면 중심 잃고 뒤로 넘어질 뻔했다. 옥향이 '앗!' 비명을 지르니까 곁에 있던 남자가 재빨리 옥향을 잡아 줬다.

"조심하십시오!"

당부하는 목소리가 나긋했다. 반사적으로 얼굴을 바라봤던 옥향의 눈이 놀라 커졌다.

"아니, 당신은……!"

"예. 우리 구면이지요? 아까 윤성이 잔치에서 봤잖아요."

구면이라며 옥향에게 한껏 친한 척하는 남자는 다름 아닌 권람.

'세상에 이럴 수가! 황제가 하사한 옷에 술을 쏟다니! 명나라에서는 천자를 모욕했다가는 뜨거운 물에 삶아 죽이는 팽형을 벌로 내린다는데?'

아까 옥향이 술을 쏟았을 때 유독 목소리 컸고, 불난 집에 부채질하듯 끔찍하고 얄미운 말만 족족 골라 하여 좌중을 겁에 질리게 한 장본이었다.

당신이 왜 여기에…… 옥향은 상황 파악이 잘 되지 않았는지 도무지 영문을 모르겠다는 표정이었다.

곧 어둠 속에서 또 한 명의 사내가 옥향 앞으로 다가섰다. 사내가 든 촛대에서 주홍색 불빛이 흔들렸다. 처음엔 그가 누구인지 잘 몰랐지만 이내 옥향은 촛불에 비춘 사내의 얼굴을 보고는 저도 모르게 헉 숨을 멈췄다.

"앗!"

"흐음……."

옥향은 귀신이라도 본 듯 놀랐지만 사내는 전혀 아랑곳하지 않고 이리저리 촛불을 움직여 옥향의 행색을 살폈다. 이마는 환한지, 혈색은 건강한지, 손가락 열 개는 제대로 붙어 있는지…… 꼼꼼하게 살피는 꼴이 흡사 장터에서 짐승 구매하는 까탈스러운 손님 같았다.

"그래도 맥없이 죽지는 않겠다 바락바락 대든 꼴이 기특하긴 하네. 근성은 있겠어."

"……뭐요?"

"예원각 최고 기생이라더니 미색은 뭐 따질 것도 없을 것이고, 아까 보니간 가무에도 능하던데? 그래, 언문은 뗐나?"

"조, 조금……."

"까막눈도 아니렷다!"

사내는 옥향에게 이것저것 질문을 퍼부었다. 옥향은 뭐에 홀리기라도 한 것처럼 군말 없이 대답했다.

길었던 문답이 끝나고 나서야 남자가 뒤로 한 발 물러섰다. 길게 늘어진 촛불이 남자의 얼굴을 스쳤다. 옥향을 보는지, 반 허공을 보는지 좀처럼 속내를 읽을 수 없는 서늘한 눈동자.

명회였다.

"……."

"……."

덕분에 옥향은 명회의 삼백안을 눈싸움이라도 하는 것처럼 똑바로 마주 봐야만 했다. 촛대를 타고 촛농이 주룩주룩 비처럼 흘러내렸다.

다시 한번 말하지만 옥향은 이제껏 살면서 삼백안은 처음 봤다. 휙 들린 눈동자가 신기하기도 하고, 오싹하기도 하고. 하지만 상상했던 것처럼 마냥 흉측하거나 겁나지만은 않았다. 솔직히 말하자면 명회의 이목구비가 미남 축에 속하여서 그런가? 세상 사람들이 귀신 눈깔이라 욕하는 삼백안이 참 희한하게도 사내 얼굴에 아주 찰떡처럼 어울렸다. 보는 이로 하여금 여러 가지 생각 하게 만드는 눈동자였다.

옥향이 이런저런 생각을 하던 와중에 문득 명회가 깜빡 제 눈을 감았다 떴다. 옥향은 전혀 몰랐지만 옥향은 졸지에 명회와의 눈싸움, 기 싸움에서 이겨 버렸다.

명회가 어이없다는 듯 작게 탄식했다. 이내 피식 입꼬리를 끌어올렸다. 언뜻 웃은 것도 같았는데 그 순간은 아주 잠깐 찰나였다. 언제 그랬냐는 듯 다시 본래의 서늘한 인상으로 돌아왔다.

"넌 정말 목 잘려 죽어도 할 말이 없다. 네 죄 읊으라면 줄줄이 엮어 책으로 낼 수도 있어."

"그, 그게 무슨 말씀이시온지……."

"무슨 말이냐고? 하나, 넌 내 시간을 허투루 낭비하게 했어. 둘, 경음당 그놈과 말 섞게 했어. 셋, 경음당 그놈의 못난 얼굴을 마주하게 해서 좋은 것만 보고 살아도 부족한 내 소중한 인생의 한 부분을 망쳤어. 넷, 너 때문에 난 오늘 할 일을 내일로 미루게 됐어. 다섯, 나를 오라 가라 바쁘게 만들었어. 여섯, 내가 왜 이딴 하찮은 일에 신경 써야 하지? 일곱, 그러므로 괘씸죄 적용. 여덟, 그냥 오늘 내 기분이 별로야……."

명회가 구구절절 옥향의 죄를 읊었다. 명회는 한없이 진지한 말투인데 곁에 선 권람은 큭큭 웃음을 참느라고 바빴다.

"그러니까 죄를 지었으면 마땅히 책임을 져."

"어떻게……?"

"어떻게는 무슨 어떻게야? 네까짓 게 뭘 할 수 있어? 당연히 몸으로 갚아야지."

"……예?"

이윽고 명회가 딱 잘라 한마디 결론을 내렸다.

"너, 명나라 좀 다녀와."

"……?"

"정선도랑 같이."

*

　"한바탕 비가 올 기세입니다. 더는 지체할 수 없어요. 어서 가
시지요."

　끝이 보이지 않을 만큼 길게 늘어선 방물(方物: 명나라에 보내
던 산물) 수레가 제일 먼저 출발했다. 저포(苧布: 모시로 짠 피
류)와 면주(綿紬: 명주실로 무늬 없이 짠 피륙), 백면지와 나전소
함, 염석 따위가 가득 실려 있어 주변을 지키는 비장들의 표정
또한 엄격했다.

　정선도와 옥향 역시 함께 가야 하는데 그간의 속사정 약손에
게 다 전하자니 시간이 턱없이 부족했다. 이번 사행의 호위를 맡
은 유수(留守: 수도 이외의 곳을 맡아 다스리던 정이품의 벼슬)
가 몇 번이나 재촉한 끝에 정선도가 먼저 마차에 올랐다. 옥향
또한 날렵한 솜씨로 훌쩍 그 뒤를 따랐다. 화려한 비녀랑 쪽 진
머리 하나 없이 사내처럼 질끈 올려 묶은 상투가 가뿐해 보였다.
미인의 기질은 사내 행색을 하든 거지 행색을 하든 당최 숨길
수가 없는 모양이었다. 옥향이 수레 밖으로 쏙 얼굴을 내밀었다.

　"여 생도! 한명회 영감께서 거추장스러운 치마 입고는 그 먼
길 갈 수 없다 하여 과감하게 사내 옷을 입어 봤는데, 어떻습니
까? 잘 어울립니까?"

　옥향이 팔랑팔랑 제 손을 흔들어 보였다. 약손은 아무렴 여부
가 있겠냐는 듯 고개를 끄덕여 답했다. 옥향이 퍽 다행이라는 듯
웃었다.

　"치마 벗고 걸으니까 아주 편합니다. 여태껏 이런 자유를 모르
고 살았다니, 원……. 세상에 이런 기쁨이 또 있을까 싶네요. 그
렇지요, 여 생도?"

"두말하면 잔소리지요. 치맛단은 실용성 하나 없고 거추장스럽기만 하고…… 제가 말은 안 해 그렇지 예전에 여인 복색 했을 때 얼마나 불편했는지 모릅니다."

약손이 근엄한 표정으로 덧붙였다. 옥향은 수레 안에서 짐을 뒤지더니 이내 주머니 하나를 찾아냈다. 옥향이 약손에게 주머니를 건넸다.

"이게 뭐예요?"

"뭐긴요. 저희를 도와주신 품삯입니다. 약소해요."

"여 생도, 잊었는가? 날 도와주는 대가로 금덩이를 주기로 했잖아!"

정선도가 옥향 뒤에서 날름 덧붙였다. 아니, 내가 이따위 금덩이 받으려고 그런 게 아닌데…… 이깟 금이 뭐라고…… 고작 금덩이 때문에…….

약손이 한껏 감동받은 얼굴로 주섬주섬 주머니를 받아 들었다. 돌아가신 부모님이 남긴 유산이라더니 아주 묵직했다. 금덩이 따위 까맣게 잊은 지 오래였는데, 막상 손에 쥐고 보니깐 마음이 저절로 든든해졌다.

"제가 꼭 금덩이 때문에 두 분 도와드린 건 아닙니다…… 아시지요?"

"알지요. 알다마다요!"

옥향이 고개를 끄덕였다. 이윽고 수레가 천천히 움직이기 시작했다. 안 그래도 갑작스러운 이별이 너무나도 빨리 지나가는 듯했다.

"여 생도. 이 금덩이는 선도 나리가 드리는 몫입니다. 그러니 제가 여 생도께 진 빚은 아직 유효한 거예요. 하지만 언젠가 반드시 지금의 은혜를 갚겠습니다."

"무슨 우리 사이에 은혜를 갚는다고…… 응당 인간이라면 은혜는 반드시 갚아야 하긴 하지만……."

"그러니 어디에서든, 어디에 계시든 몸 건강히 잘 지내세요. 훗날 다시 만난 날이 올 거예요."

저만치 멀어지는 옥향이 약손에게 손을 흔들었다. 정선도 또한 마냥 설레는 얼굴로 '여 생도! 하면 나중에 다시 만나세!' 크게 소리쳤다.

사신 행렬이 점점 멀어졌다. 성문 앞에 남은 가족들 중 누군가가 뒤늦게야 아쉬운 눈물을 터뜨렸다. 물론 약손은 울지 않았다.

이런 일에 울 여약손이 아니었다. 한데 어쩐지 마음 한구석이 휑했다. 어렸을 때부터 단짝처럼 지낸 동무를 떠나보낸 기분이었다.

참 사람의 인연이란 게 요상하다. 몇 년을 알고 지내도 데면데면한 사람이 있는가 하면, 인연 닿은 지 얼마 안 됐는데도 이토록 깊은 정을 느끼는 사람이 있다. 장돌뱅이 약손은 사람을 떠나고, 또 떠나보내는 일이 아직도 익숙지 않아 큰일이었다.

따지고 보면 전혀 아쉬워할 필요가 없는 일인데. 옥향의 말대로 어디서든 몸 건강히 잘 살면 언제든 다시 만나지 않겠는가?

약손이 돌아섰다. 그러고 나니 문득 떠오르는 얼굴 하나가 있었다.

'알겠다. 네 뜻 잘 알겠어. 그러나 지금은 네 몸을 먼저 챙겨야지.'

'옥향은 죽는데…….'

'그이가 왜 죽니. 옥향 걱정 그만하고 한숨 폭 자렴.'

'하지만 옥향은 죽어서…….'

'사람 그렇게 쉽게 안 죽는다니깐.'

'옥향의 머리가 종루에······.'

처음엔 꿈이라고만 여겼다. 저가 아팠을 때 이마를 만져 주고, 탕약을 떠먹여 주고.

옥향은 죽지 않는다고 호언하는 그 얼굴이 아플 때 보이는 허깨비인 줄만 알았다. 하지만 아니었다.

'한명회 영감께서······ 아니, 주상 전하께서 저를 살려 주셨답니다.'

기생은 사람의 무리가 아니라더니. 그들은 그냥 바람에 꺾이고 스러져도 하등 이상할 것 없는 길가의 들병이라더니.

내가 아까 옥향에게 건네받은 주머니를 가슴팍에 채웠나? 갑자기 가슴 한쪽이 뭉근해지는 기분이었다. 약손은 저도 모르게 제 가슴 한 귀퉁이를 손으로 꾹꾹 눌러야만 했다. 눈에 보이지 않는 무언가가 배와 가슴, 제 몸을 채우다 못해 넘쳐흐르는 것만 같았다.

대체 이 요상한 기분의 정체란 무엇인지?

약손은 도무지 알지 못했지만 그래도 딱 한 가지만은 확실하게 알 수 있었다.

갑자기 주상 전하가 몹시 뵙고 싶었다. 저가 앓아누운 몇 날 며칠 못 뵈어서 그런가? 그동안 강녕하셨는지, 어디 아픈 곳은 없으신지 안부 여쭙고 싶어졌다. 그렇게 생각하니 덩달아 마음이 바빠졌다. 한 발 한 발 천천히 내딛던 발걸음이 어느 순간 빨라졌다. 약손이 달렸다.

*

약손은 단숨에 궐까지 내달렸다. 서쪽 문에 해당하는 영추문延

秋門을 지나고, 백악물 졸졸 흐르는 어구御溝를 한달음에 건너뛰었다.

평소라면 금천교 지키는 천록(天祿: 귀신을 물리친다고 알려진 상상 속의 동물) 석상한테 이런저런 안부를 물었을 텐데, 오늘은 본 척도 하지 않았다. 그럴 겨를이 없었다.

처음 생도로 들어왔을 때만 해도 이 넓은 궐의 지리를 언제 다 외우나 싶었는데 이제는 외웠다 뿐일까. 각사와 각사를 가로지르는 가장 빠른 지름길이랑 개구멍은 전부 꿰뚫고 있을 정도였다. 웬만한 사람들은 있는 줄도 모르는 온갖 소문小門을 지나서 편전에 들어섰다.

약손이 상약되어 편전 드나든 날이 하루 이틀이 아니기에 아무도 약손의 출입을 제지하지 않았다. 살기 가득한 금군禁軍도 더 이상 두려운 존재가 아니었다. 약손이 종종걸음으로 사정전을 뒤돌아 나갔다.

저 멀리 우뚝 솟은 향오문이 보였다. 향오문을 지나면 곧장 주상 전하의 침전이 나온다. 쉼 없이 달려온 탓에 숨이 턱 끝까지 차올랐다. 그러나 약손은 쉴 생각도 하지 않았다. 당장 주상 전하를 뵙고 옥향 살려 준 일에 대한 이야기를 나누고 싶었다. 감사의 인사를 올리고 싶었다. 약손의 턱을 타고 송골송골 땀방울이 떨어져 내렸다.

"주상 전하!"

마음만 급해진 약손이 향오문에서 냅다 주상 전하부터 찾았다. 숨을 몰아쉬며 문턱을 한걸음에 넘으려는데 그 순간 챙! 약손 앞을 환도環刀가 막았다.

"상약이 침전엔 어인 일이십니까?"

칼날은 아직 뽑지도 않은 검이었다. 하지만 그 안에 날을 얼마나 잘 벼려 놨는지 검의 살기는 검집을 뚫고 나올 지경이었다. 흐익! 약손이 저도 모르게 뒤로 한 걸음 물러섰다.

지엄한 얼굴로 앞을 막아선 내금위장의 얼굴이 보였다. 그는 체격이 무척 좋은 축에 속했다. 약손의 정수리 위로 머리통 대여섯 개는 더 쌓아야 서로의 키가 대등해지려나? 내금위가 괜히 임금의 측근 호위부대가 아니었다. 궁궐 안팎을 지키는 금군들의 엄격함도 엄격함이었지만 내금위와는 비할 바가 아니었다. 맨날 작은 내시 뒤를 졸졸 따라올 땐 암말 없이 길을 터 주어서 몰랐는데, 이렇게 마주하니깐 등골이 오싹했다. 아무도 없는 고갯길에서 호랑이를 맞닥뜨린 기분이었다.

약손은 무릎에 손을 짚고 가쁜 숨소리부터 가다듬었다.

"그, 그것이…… 주상 전하가 보고 싶어서…… 흡!"

하마터면 '주상 전하가 보고 싶어서 왔습니다.' 이실직고 말할 뻔했다. 진짜로 입 밖에 냈으면 돌이킬 수 없는 창피였다. 약손이 재빨리 말을 정정했다.

"아, 아니…… 보고 싶은 게 아니라 뵙고 싶어서…… 드릴 말씀이 있어서……."

"……."

내금위장은 여전히 엄숙한 표정이었다. 그늘진 전립戰笠 아래, 눈은 안 보이고 꾹 다물린 입매만 보이는 모습이 보는 이로 하여금 더욱 주눅 들게 만들었다.

내금위장이 손에 든 책장을 넘겼다.

금일今日, 침전을 드나들기로 미리 연락받은 사람들의 명단이 모두 적혀 있었다. 약손이 평소에 아무 제지 없이 드나든 까닭은 내시부에서 내금위에게 미리 알려 명단에 약손의 이름을 올려 줬기 때문이었다.

하지만 오늘은 아니었다. 약손은 주상 전하의 상약하라는 부름을 받은 적이 없었다. 그냥 제멋대로, 제 기분에 취해서 무턱대고 찾아왔을 뿐이었다. 당연히 약손의 출입이 허락될 리 없었다.

"금일은 상약의 일이 없는 줄 아옵니다. 혹, 상선께 따로 부름을 받으셨는지요?"

"그건 아니온데……."

"하면 상약께서는 사사로이 향오문을 넘으실 수 없사옵니다."

꼬박꼬박 존대를 하긴 했지만 내금위장의 말투가 어쩌나 똑부러지고 칼 같은지 몰랐다. 평소에 침전을 드나든 경험? 여러 번 오가며 익숙해진 낯? 그런 건 하나도 소용없었다. 약손의 이름이 출입 명단부에 적혀 있지 않으니 입시를 허락할 수 없다.

내금위장의 뜻은 확고했다. 실제로 그것이 이치에 맞는 일이었으니 약손은 그 대쪽 같은 단호함 앞에서 감히 저를 한 번만 들어가게 해 달라 억지를 부리거나 떼를 쓰지도 못했다. 광화문 앞에서부터 쉬지도 않고 뜀박질해 왔는데 이렇게 허무하게 돌아서야 하는가? 주상 전하 만나면 하고 싶은 말이 이렇게나 많은데? 마음은 벌써 주상 전하 침전에 닿았다. 하지만 궐의 법도란 하늘만큼 지엄하고 산맥만치 드높았다.

사실 따지고 보면 웬 낯선 생도가 침전 앞을 어슬렁댄다고 내금위장이 환도 안 뽑은 것만으로도 감사해야 할 일이었다.

"주상 전하 꼭 뵙고 싶었는데……."

어쩔 도리가 없었다. 약손은 도무지 떨어지지 않는 발길을 떼야만 했다. 그래도 미련이 남아서 자꾸만 뒤를 돌아봤다. 금방이라도 저 문안에서 바깥 사정 귀신같이 알아챈 주상 전하가 '약손이 왔느냐? 이리 들어오렴.' 다정하게 말 걸어 줄 것만 같았다.

'어허! 내금위장은 상약 여약손을 모르는가? 그대는 왜 이리 눈치가 없어? 약손의 앞을 막지 말게!' 제 편들어 주며 내금위장을 혼내 줄 것만 같았다.

"……"

"……"

하지만 향오문 안은 조용하기만 했다. 약손이 바랐던 일은 결코 일어나지 않았다. 그동안 주상 전하께서 항상 약손을 먼저 부르셨고, 상약이라는 명분 때문에 아무런 제지 없이 드나들어 몰랐는데…….

맞다.

주상 전하는 미천한 생도 따위가 보고 싶을 때 조르르 달려가 만날 수 있는 분이 아니었다. 약손이 하고 싶은 말 있으면 언제든 찾아가 별거 없는 수다를 떨 수 있는 평인은 더더욱 아니었다.

주상 전하께서는 이 나라에 오직 하나뿐인 군주. 감히 약손 따위는 올려다볼 수도 없는 까마득히 높은 자리에 계신 지존.

약손은 사정전을 돌아가면서 향오문 너머로 보이는 침전을 한 번 더 바라봤다.

"……"

그동안 머리가 어떻게 됐나 보다. 정신을 놓고 살았나 보다. 어찌하여 한 나라의 지존되시는 주상 전하를 이토록 친근하게 여기며 살았을까?

세상 누구보다 가깝고 다정하다고 여겼던 그분.

사실은 세상 가장 먼 곳에 계시는 분이라는 사실을, 약손은 오늘에서야 깨달았다.

[3]

약손은 임금님 뵙지 못했다고 잔뜩 심란해진 마음 달랠 길 없어 초저녁부터 저녁밥도 거르고 잠이 들어 버렸다. 원래 한번 잠들면 누가 업어 가도 모르는 편이라서 깜깜 한밤중인 삼숙사에는 약손의 코고는 소리만 요란했다. 코골이가 어찌나 대단한지 누가 들으면 숙사 무너지는 줄 알 정도였다. 세상모르고 잠든 와중에 드르륵 약손의 방문이 열렸다.

"이보시게, 여 생도."

"……"

누군가 톡톡 잠든 약손의 등을 두드렸다. 하지만 약손은 요지부동. 드르렁 드르렁 코를 골다 못해 대체 무슨 꿈을 꾸는지 '꾸에에에엑' 숨넘어가는 소리를 냈다. 약손을 깨우던 그림자는 손목에 좀 더 힘을 실어 약손의 등을 때렸다. 하지만 그렇게 쉽게 일어난다면 그것은 여약손이 아닐지어니……

처음엔 그저 톡톡톡, 툭툭툭 두드리는 그림자의 악력이 점점 더 세졌다. 나중에는 퍽퍽퍽 싸우는 것처럼 때렸다. 덕분에 정수리를 정통으로 얻어맞은 약손이 아닌 밤중에 홍두깨처럼 '악!' 비명을 지르며 몸을 일으켰다.

온통 깜깜한 와중에 동재 하명 받고 찾아온 명이가 촛불을 밝혀 주홍빛 불을 제 얼굴 가까이 댔다. 덕분에 약손은 귀신이 나타난 줄만 알고 '으아아악!' 기함하며 뒤로 자빠졌다. 명이가 약손이 넘어지지 않도록 잽싸게 멱살을 잡아 일으켜 줬다.

"그만 일어나십시오, 여 생도! 무슨 잠을 그리 깊이잡니까?"

"아, 아, 아니, 당신은……?"

"어서 갑시다. 가서 상약을 하셔야지요."

"헉……"

이 밤중에 상약이요? 약을 마시라고요? 따져 물을 겨를도 없었다. 약손은 잠이 덜 깬 얼굴로 어서 가자 재촉하는 명이의 뒤를 따를 뿐이었다.

쌀쌀한 새벽 공기 맞으며 걷는 동안에 얼추 잠이 깼다. 향오문을 넘을 적에는 아까 낮에 내금위장 만난 일이 생각나 저도 모르게 몸을 움츠렸다. 하지만 지금은 앞에 명이가 있는데 그 누가 상약 여약손의 길을 막을 수 있을까? 평소와 마찬가지로 주상 전하 침전으로 가려는데 어째 앞장선 명이는 다른 길로 향했다.

마음 같아서는 '어디로 가십니까?' 질문하고 싶은 걸 꾹 참았다. 암만 명이 나이가 어려도 명이는 내시고 약손은 생도였다. 지체가 다르니 함부로 입 놀리며 귀찮게 해서는 안 되었다. 그저 쫄래쫄래 세상 물정 모르는 강아지처럼 뒤를 따라 걸었다.

한데 걷고 보니까 어쩐지 주변 광경이 점점 낯이 익었다. 약손이 와 본 곳이기도 했다.

어라? 여기는…….

'전하께서 분부하신 회초리를 꺾어 왔습니다.'

'이걸로 네 종아리를 때리란 말이지?'

'예. 우선 자두부터 드시옵고…….'

일전에 이유에게 밉상 보여 회초리를 맞을 뻔한 적이 있었다. 날카로운 회초리에 종아리 긁히기는 죽기보다 싫어서 자두나무를 꺾어 갔더랬다. 주상 전하, 이 자두 드시옵고 저 좀 용서해 주세요오……. 되도 않는 떼를 쓰며 억지를 부렸는데 이유는 예상외로 자두만 실컷 먹고 약손의 종아리를 치지 않았다.

주상 전하께서 직접 관리하시는 상림원이라 온갖 기이한 꽃나무가 피었던 광경이 똑똑히 기억났다.

저 멀리 열무정閱武亭 누각 위로 우뚝 솟아오른 그림자가 보였다. 딱 벌어진 어깨며 널찍한 등의 풍채가 한눈에 봐도 주상 전하였다. 거참, 어디 나라 임금님이시기에 저리 잘나셨나?

그림자만 봐도 훤칠했다.

꼴깍. 저도 모르는 사이에 약손의 목구멍으로 침이 넘어갔다. 이럴 줄 알았으면 자리끼라도 한 대접 마시고 올걸. 주상 전하를 직접 뵈니까 목이 바짝바짝 말랐다. 타는 듯한 갈증이 일었다.

약손은 주상 전하 마지막으로 본 일을 떠올렸다.

'옥향이 사람 아니라면 저는 여태 누구를 만난 것입니까? 개랑 떡을 먹었습니까? 돼지랑 차를 마셨습니까?'

'전하 말씀대로라면 사람 아닌 무리와 떡 먹고 차 나누어 마신 저 또한 개고 돼지고 소라는 뜻이지요?'

'소인이 주제넘었습니다. 전하께 폐를 끼쳤습니다. 괜한 소리를 했네요.'

'독 없습니다!'

하여간 이놈의 성질머리가 문제였다. 기생인 옥향을 사람 범주에도 넣지 않는 주상 전하에게 화가 나서 버럭버럭 소리를 질렀다. 심지어 탕약 벌컥벌컥 건방지게 마시고 문 쾅 닫고 나오는 패악까지 부렸다. 솔직히 말해서 약손이 소리 지른 건 맞아도 문 쾅 닫은 건 절대 고의가 아니었다. 바람 때문이었는데……

하지만 이제 와서 말해 뭐하랴. 여태 목 잘리지 않고 멀쩡히 보존한 게 용할 지경이었다.

이렇게 옥향을 살려 주시는 줄 알았다면 개니, 돼지니, 심한 말은 하지 않았을 텐데. 주상 전하를 함부로 대하는 버릇없는 행동은 안 했을 텐데……

과거로 돌아갈 수만 있다면 못 된 말 줄줄 늘어놓는 제 주둥이를 찰싹찰싹 후려치고 싶을 정도였다. 하지만 엎질러진 물은 주워 담을 수 없고, 한번 내뱉은 말 역시 돌이킬 수가 없는 법이었다.

아까 낮까지만 해도 주상 전하 얼른 만나고 싶었던 마음이 먼 과거의 일인 양 거짓말처럼 싹 사라졌다. 그냥 이대로 시간이 딱 멈췄으면 좋겠다 싶을 정도였다. 약손의 속사정 따위는 전혀 모르는 작은 내시의 빠른 걸음이 원망스러웠다.

약손이 자책하는 사이에 어느덧 열무정이 한층 가까워졌다. 뒤돌아 보이는 듬직한 어깨 또한 손 뻗으면 닿을 듯 지척이었다.

"전하, 상약 들었나이다."

"……."

작은 내시가 작게 고한 후 뒤로 물러섰다. 원래대로라면 약손 또한 '전하, 소인 여약손이옵니다. 강녕하셨나이까?' 인사를 하고, 서로 안부를 물어 마땅했다. 밤사이 안녕이라고 하루 동안 별일은 없었는지, 밥은 꼭꼭 씹어 잘 먹었는지, 항아님이 만든 반찬은 무엇이 맛있고 무엇이 맛없었는지. 날씨가 맑아 오랜만에 빨래를 했는데, 갑자기 소나기가 내려 다 망쳐 버렸다든지…….

가만 생각해 보면 약손은 탕약 마시는 그 짧은 순간에 미주알고주알 별 시답잖은 않은 얘기를 다 한 것 같았다. 더불어 이유는 또 그게 무슨 대단한 화제라고 진지하게 들어 주며 답변해 주었는지.

이거야 원, 약을 마시는 건지 수다를 떠는 건지 저조차 헷갈릴 지경이었다. 문득 작은 내시가 약손 곁에 두고 간 초롱불이 눈에 들어왔다. 깜깜한 한밤중이었으니 등불을 주고 간 일은 하나도 이상한 일이 아니었다. 하지만 약손은 불현듯 저가 예전에 이유에게 늘어놨던 말을 기억했다.

'아까 편전 근처를 걸어올 적에 하마터면 넘어질 뻔했어요. 돌부리 튀어나온 걸 못 보고 걸려서…… 제가 밤눈이 좀 어둡거든요. 오죽하면 울 아부지가 밤만 되면 눈뜬장님 되는 멍충이라고 놀리겠어요.'

'아버님 말씀이 심하시네.'

'그죠? 주상 전하? 저 멍충이 아닌데…… 엄청 똑쟁이인데…….'

'너는 훤한 낮에도 멍충이잖니. 밤낮을 가리지 않는 멍충이.'

'…….'

저녁에 상약하러 올 때, 밤눈 어두워 넘어질 뻔했다는 말을 한 적 있다. 워낙 스쳐 지나가듯 가벼이 한 말이어서 약손 본인 또한 신경 쓰지 않았다. 하지만 그다음 날부터였던가? 약손을 데리러 오는 내시의 손에는 반드시 초롱불이 들려 있었다. 덕분에 약손은 아무리 깜깜해도 발 헛딛는 법 없이 말짱하게 걸어 다닐 수 있었다.

"……."

그때는 몰랐었다. 설마 저 하나 때문에 번거롭게 초롱불 들고 다니며 앞을 밝혀 줄 거라고는 상상도 하지 못했기 때문이었다.

'본래 기생은 사람 아닌 족속이야. 내가 그를 신경 써야 해?'

당시만 해도 약손은 왜 사람들이 이유를 피도 눈물도 없는 사람이라고 여기는지 십분 이해했다.

하나를 보면 열을 안다는 말이 왜 있겠는가? 기생은 사람이 아니라고 단정 짓는 꼴을 보니 주상 전하는 세간에 떠도는 온갖 잔혹한 풍문과 딱 어울리는 군주였다. 어찌 사람의 인두겁 써 놓고 단지 기생이라는 이유로 사람을 하찮은 벌레 취급도 안 할 수 있는지? 바늘로 찔러도 피 한 방울 안 나올 사람. 상왕의 유지를 받든 신하를 철퇴로 죽이고, 혈육조차 단칼에 죽여도 아무 죄책감 못 느낄 냉혹한 사람.

약손이 이유에 대해 내린 결론이기도 했다.

하지만 틀렸나 보다. 이유가 정녕 지옥의 야차보다 잔인했다면 대체 무슨 연유로 옥향을 살려 주었을까?

'곡절을 말씀드리자면 길지요. 다만 한 가지 분명한 것은 한명회 영감께서…… 아니, 실은 주상 전하께서 절 살려 주셨답니다.'

주상 전하 덕분에 목숨 부지할 수 있었다는 옥향의 얼굴이 떠올랐다. 옥향 곁에서 더할 나위 없이 즐겁게 웃던 정선도 또한 생각이 났다.

"……"

약손이 저도 모르게 깊은 한숨을 내뱉었다. 이유는 무슨 생각을 하는지 여태 약손이 온 줄 모르는 것 같았다. 아직도 약손을 등진 채였다. 문득 약손은 갑자기 이 나라 조선, 가장 듬직한 어깨를 가진 이유의 뒷모습이 몹시 쓸쓸해 보인다고 생각했다.

명이가 두고 간 초롱불을 제 손에 들었다. 약손이 한 걸음 이유의 곁으로 다가섰다. 약손이 든 초롱불이 이유의 앞을 밝혀 줬다.

"전하……"

일단 용기 내어 먼저 부르긴 하였으나 무슨 말을 해야 하는지 잘 모르겠다. 한없이 미안하긴 한데, 그 뜻을 어떻게 전하면 좋을지? 약손은 그냥 고개만 폭 숙였다.

일전에 버릇없게 굴었으니 혼을 내면 어떡하지? 혹 종아리를 치시려고 열무정으로 나를 불렀나? 하긴 내가 잘못한 거니까 종아리를 맞아도 할 말이 없어……

만약 이유가 종아리를 때린다고 하면 약손은 저번처럼 꾀부리지 않고 잘 마른 싸리나무를 열 개쯤은 꺾어 오겠다고 다짐했다.

약손이 선뜻 이유의 앞으로 나아가지 못하고 뒤에서 쭈뼛거렸다. 어둠 속에서 나직한 목소리가 들렸다.

"약손이 왔느냐?"

"……예."

"잠깐 다른 생각을 하느라 너 오는 줄도 몰랐다. 한데 어찌 그리 망부석처럼 서 있기만 해?"

"저……."

"밤기운이 차구나."

"그것이……."

주상 전하, 죄송합니다. 제가 잘못했어요.

망충한 입. 망충한 여약손. 죄송하다는 그 한마디가 목구멍에서 안 나왔다. 하지만 정작 이유는 그런 말쯤 듣지 않아도 상관없는 것 같았다. 대신 약손에게 손짓했다.

"전하……."

"이리 온."

밤이라 그러한가? 이유의 목소리가 푹 잠겨 있었다. 그래도 약손에게 이리 가까이 오라 손짓하는 목소리는 한없이 다정하기만 했다.

네 죄를 아냐고 호통치거나, 당장 가서 회초리 꺾어 오지 못하겠냐며 눈물이 쏙 빠지도록 혼을 낼 줄 알았는데. 약손의 예상은 모두 틀렸다. 세상 둘도 없이 저를 위해 주는 목소리에 약손은 갑자기 찌잉 코가 매워지는 기분이었다.

"전하, 주상 전하……."

더는 망설일 것도 없었다. 약손은 훌쩍 코를 한번 먹고 냉큼 이유의 곁에 엉덩이를 붙이고 앉았다.

이유가 자리에서 벌떡 일어났다. 행여나 차가운 마루에 앉을 약손이 추위라도 탈까 걱정됐는가? 제 몫의 만화방석滿花方席을 아낌없이 내주고는 그 위에 약손을 앉혔다. 본래 만화방석이라 함은 갖가지 떨기의 꽃수를 놓은 방석을 칭했다. 명나라에 보내는 방물 수레에는 빼놓지 않고 챙길 만큼 귀한 물품이기도 했다.

그를 아는지 모르는지 약손은 괜찮다는 사양 따위 일절 하지 않고 임금님이 내주시는 방석에 제 엉덩이를 냉큼 올렸다.

"엄청 푹신푹신해요. 엉덩이도 따뜻해지는 것 같구."

"그렇지? 나는 거추장스럽기만 하고 하등 필요치 않은 물건이니 너 쓰려무나."

"감사합니다. 주상 전하."

훌쩍훌쩍 약손이 자꾸만 코를 먹었다.

"아직도 많이 아파? 다 나은 게 아니야?"

이유 목소리에 수심이 가득했다. 재잘재잘 노래 부르는 뻐꾹새도 없고, 맴맴 귀 시끄럽게 울어 대는 귀뚜라미랑 철써기, 방울벌레마저 깊이깊이 잠든 밤.

이유의 낮은 목소리가 약손의 귓전에서 웅웅 울렸다. 이유가 속삭이는 숨결이 언뜻 스치기라도 하면 약손은 저도 모르게 오스스 소름이 돋을 지경이었다. 이유가 무섭거나 오싹할 정도로 끔찍해서는 아니었다. 맥없이 살갗이 간지러웠다.

이상하네? 벌레가 기어가나? 깃털이 붙었나? 약손이 손가락으로 제 목뒤를 벅벅 긁었다.

"아니에요. 고뿔 다 나았어요. 복금이가 달여 준 탕약 열심히 마시고 매운 국에 밥 말아 먹었더니 뚝 떨어졌어요. 이젠 열도 안 나요."

약손이 아픈데 하나도 없다며 두 손을 쫙 펼쳐 보였다. 이유가 도리도리 고개를 저었다.

"아니, 고뿔 말고……."

"네?"

고뿔이 아니라면 무엇을 말씀하시는 건지? 약손이 영문 모르겠다는 표정으로 갸웃 고개를 기울였다. 이유가 톡톡 손끝으로 발끝을 가리켰다.

"발 상처 말이야."

"……."

덧버선 둘둘 말아 신은 발이 보였다. 명이 등쌀에 급히 오느라고 생도화 귀퉁이로 버선이 엉망진창 삐져나와 있었다. 내 발이 왜? 생각하던 약손은 이내 '아…….' 박 터지는 소리를 냈다. 약손이 잔뜩 신경질 내며 이유 침전을 빠져나갔을 때, 미처 밑을 보지 못하고 이유가 던진 벼루에 발을 다쳤다. 당시만 해도 약손은 이유한테 잔뜩 섭섭했을 때였다. 불난 집에 부채질한다고 돌멩이에 발까지 찔리니까 분기가 탱천했다. 벼루 조각에 찔린 상처를 치료하는 내내 '주상 전하 미워!', '주상 전하 못됐어!', '주상 전하 곰보!' 온갖 욕을 다했다. 한 치 앞을 보지 못하고 이유 원망하던 과거를 생각하니깐 괜히 마음이 뜨끔했다.

주상 전하, 저가 다 죄송해요…… 저가 망충했어요…….

약손이 푹 고개를 숙였다. 약손은 하염없이 미안해서 그런 건데 이유는 아직도 발이 아파 그런 줄 알았나 보다. 이유가 약손 발아래 쪽에 무릎을 굽혀 앉았다.

"아직 상처 안 나았구나? 여기를 다쳤어?"

히익! 세상 지존이신 전하께서 어찌 나 같은 미천한 생도의 발을 만져 주시나? 어찌 내 발아래 스스럼없이 무릎을 꿇으시나? 누가 본다면 경을 칠 일이었다. 약손이 화들짝 놀라며 발을 빼려 했다. 하지만 이유가 꾹 잡고 놓아주지 않았다.

"저, 전하. 어찌하여 제게 이러시옵니까?"

"가만있어 봐. 상처를 보자."

"이러시면 아니 되는데…… 또한 상처가 난 쪽은 오른발이 아니고 왼발이온데……."

"……."

이유가 끄응 작게 한숨을 내쉬었다.

이러시면 안 된다는 약손의 말은 싹 무시했다. 저가 던진 벼루를 밟아 얼마나 다쳤는지, 상처는 깊은지 넓은지, 약은 잘 발랐는지 안 발랐는지 확인을 해야 마음이 놓일 것만 같았다. 남녀 사이에 발을 보여 주는 일은 큰일이어도 어차피 같은 사내끼리 발 한번 보는 건 대수도 아니니까. 아예 옷을 홀딱 벗고 목간한다 해도 하나도 이상하지 않으니까.

하지만 약손 입장에서는 미치고 팔짝 뛸 노릇이었다. 암만 사내 노릇하고 살아왔다 한들 남들 눈 보는 곳에서는 세수도 맘 편하게 못 했다. 종아리도 겨우 내놓고 씻는 판에 어찌 외간 남자한테 맨발을 보여 주는지? 복금이가 발 치료를 해준다고 했을 때도 딱 잘라 거절했다. 혼자 있을 때만 몰래몰래 발 내놓고 약을 발랐다. 그런데 어떻게 주상 전하께 맨발을 보여드려? 생각만 해도 남세스러웠다. 하여 발의 상처를 보겠다는 이유와 절대 불가하다는 약손 사이에 작은 실랑이가 벌어졌다.

"약손은 어서 상처를 보이라니깐? 내 눈으로 직접 볼 것이니……."

"아니 되옵니다…… 왜 이러셔요……."

하지만 이유가 한번 이루겠다 마음먹은 일을 그 누가 막을 수 있을까? 지체로 보나, 힘으로 보나 약손은 여러모로 이유를 이

길 수 없었다. 이유가 콱 약손의 왼발을 붙잡았다. 굳이 보여 주지 않겠다고 버티는 꼴을 보니 상처는 꽤 큰 것 같았다. 이유는 당장이라도 어의를 불러 약손의 발을 치료하라 명할 용의가 있었다.

"내 도제학에게 일러 상처에 특효약인 환고를 올리라 명하겠노라……."

이유가 약손의 버선을 잡아 확 벗기려는 때, 불현듯 이유의 어깨에 뜨듯한 온기 하나가 와 닿았다. 이유에게 고스란히 제 맨발을 드러내게 생긴 약손이 이유 쪽으로 덥석 몸을 숙여 버린 것이었다.

"전하……."

"너……."

이유는 그만 말문이 박혀 저도 모르게 협 입을 다물었다. 말도 없이 갑자기 이렇게 안겨 오면 어떻게 해?

향긋한 약초 냄새가 코끝에 훅 끼쳤다. 내약방을 제집처럼 드나든 덕에 약손에게서는 하루도 약 냄새가 그칠 날이 없었다. 온종일 약재에 쓰일 약초를 말리고 짓찧느라 특유의 향기가 몸에 뱄다. 비슷한 냄새는 어의들에게서도 공통적으로 맡을 수 있었다. 하지만 사람 체향이란 게 참으로 신기하다. 약손한테는 약초 냄새와 뒤섞인 약손 특유의 향기가 있었다. 어쩔 때는 새벽이슬 맞은 새파란 새싹처럼 싱그러웠는데, 또 어쩔 때는 하루 종일 햇빛에 널어놓은 이불처럼 고소한 향내가 났다.

적토국(赤土國: 태국)에서는 향낭 주머니를 병을 치료하는 생약의 일종으로 사용한다더니 일리가 있었다. 언젠가 약손이 곁에 왔을 때, 이유는 몇 날 며칠 시달리던 두통과 신경통이 씻은 듯 나은 적도 있었다.

"……."

"……."

지금도 그랬다. 약손의 체향을 아주 가까이에서 맡으니깐 그동안 마음 한구석을 차지하고 있던 보이지 않는 응어리가 싹 풀리는 듯했다. 막혀 있던 한 부분이 시원하게 쑥 뚫리는 듯했다.

"약손이, 너……."

"전하……."

약손이 더욱 몸을 가까이 붙여 왔다. 이마를 아예 이유 어깨에 기대 버렸다.

"……."

"……."

처음엔 암만 주상 전하라도 맨발 보여드리기 싫은 마음이 더 커서 그랬다. 어떻게든 제 벗은 발을 사수하려고 그랬다. 하지만 반드시 상처를 확인하고 말겠다는 이유의 결연한 얼굴을 보는데 왜 이렇게 가슴이 뭉클해지는지. 밤이라 그런가? 아무것도 아닌 일 하나에 마음이 싱숭생숭했다.

대체 저가 뭐라고 이렇게 신경을 쓰세요. 이깟 상처가 뭐라고 그 귀한 환고를 올리라 하세요. 저는 보잘것없는 생도에 불과한데…… 주상 전하 마음은 하나도 모르고 주상 전하 밉다고 온갖 욕을 다 했는데. 망충이라고, 곰보라고 놀렸는데…….

손에 피를 묻혀 옥좌를 차지하였으니 침을 뱉어도 부족한 냉혈한이라는 세간 사람들 말이 다 옳다고 동의했는데…… 소문은 참말이라고 생각했었는데…….

다른 사람 앞에서 우는 모습 보이기 죽기보다 싫었건만, 눈물은 제 의지와 상관없이 찔끔찔끔 잘도 새어 나왔다. 훌쩍훌쩍 콧물 들이켜 참는 것도 한계가 있었다.

"전하."

"응?"

"오해해서 죄송해요. 제가 잘못했어요."

"뭘?"

"전부 다……."

동시에 와아앙 약손의 울음이 터졌다. 애 갑자기 왜 우냐고, 머리통 무거운데 왜 기대냐고 휙 밀치기라도 하면 어떡하나 걱정했는데 다행히 이유는 아무 말이 없었다. 냉정하게 밀어 버리기는커녕 제 품에 안긴 약손의 등을 토닥토닥 두드려 줬다.

"흐어어어엉…… 전하아아……."

설움이 복받쳤다.

역시, 주상 전하는 좋은 분이야. 지옥의 야차 같은 건 절대 아니야. 바늘로 찌르면 아파서 눈물 줄줄 흘리고, 피 펑펑 흘리는 약한 사람이야. 누구든 우리 주상 전하 피도 눈물도 없다고 욕하기만 해봐. 내가 가만두지 않을 거야!

되로 준 욕, 말로 갚아 줄 거야! 혀를 뽑아서 반성하게 만들 거야! 열 손가락 다 잘라서 일가친척들한테 전부 돌려 보게 한 다음에 웃전 능멸한 기강을 바로 세울 거야!

약손은 이유 품에 안겨 엉엉 우는 동안 혼자만의 굳은 맹세를 했더랬다.

"전하, 이거 마시면 되죠?"

한바탕 울고 난 약손의 눈이 붉었다. 그냥 발의 상처 좀 본다고 했을 뿐인데 그게 그렇게 서러울 일인가? 세상 떠나가라 울 만큼? 결국 이유는 약손의 맨발 보는 일은 포기했다. 대신 하염없이 우는 약손을 달래느라 진을 뺐다.

제 품에 고개를 박고는 죄송하다느니, 다 저의 부족한 식견이었다느니, 제 업보가 커서 그랬다느니…… 잘못을 줄줄 고하는 꼴이 엄청나게 우스웠다. 심지어 약손은 누군가 이유를 욕하거나 해코지하면 저가 나서서 대신 맞서 싸워 주겠다는 피의 맹세까지 했다.

일단은 혀를 뽑을 거고요…… 열 개 손가락 전부 자를 거고요…… 그자가 누구든 목만 내놓은 채로 호랑이 자주 출몰하는 산골짜기에 묻어 버릴 거예요. 저 삽질 되게 잘해요…….

아무도 약손에게 맹세를 강요한 적이 없건만, 약손은 생각하는 것만으로도 등골이 오싹해지고 손발이 덜덜 떨리는 끔찍한 형벌을 저 혼자서 척척 잘도 나열했다. 어찌 사람 된 도리로 그토록 흉악한 짓을 할 수 있냐는 말이 목구멍까지 차올랐지만 이유도 눈치가 있었기에 꾹 참았다. 보복을 다짐하는 약손의 눈빛이 흉흉했다. 약손의 심기를 거스르면 일단 주상 전하인 저부터 손가락 잘린 채로 산에 묻힐 것만 같았기에…….

"응. 그게 네가 마실 약이란다."

이유는 저도 모르게 약손의 눈치를 봤다. 지존 체면 모두 잊고 약 종지를 손수 갖다 바쳤다. 약손이 제 몫의 탕약을 꼴깍꼴깍 마셨다. 약손이 약을 삼킬 때마다 옷깃 사이로 보이는 목덜미 역시 꼴깍꼴깍 똑같이 따라 움직였다.

말로는 온갖 욕 다 내뱉고 흉악한 사내인 척은 혼자 다 하는데, 희멀건 목덜미는 의외로 가늘었다. 심지어 사내라면 응당 가지고 있어야 할 울대도 거의 보이지 않았다. 누군가 이유 욕을 하면 귀 막혀 못 들은 척할 것 같고, 누군가 이유와 싸우기라도 하면 제일 먼저 걸음아 날 살려라, 나는 모르는 일이다 도망갈 것 같은 주제에. 하여튼 여약손은 입만 살았다. 하도 같잖아서 픽픽 웃음이 나긴 했지만 그래도 말이라도 저리 해주니깐 괜히 마음이 든든했다.

여약손 따위가 뭐라고 제 편 하나 느니까 기분이 퍽 좋았다. 아니, 솔직히 말하면 진경지(陳慶之: 중국 남북조 시대의 무장. 천군만마의 일화로 유명하다.)의 삼천 기병대가 부럽지 않을 정도였다.

약손이 약을 모두 마셨다. 쓴맛이 뒤늦게 확 퍼지는 바람에 미간을 잔뜩 찌푸리며 인상을 썼다. 그 모습 보던 이유가 뭔가 생각이 난 듯 '아!' 무릎을 탁 치며 일어났다. 얼른 약 소반 곁에 있던 죽바구니를 가져왔다. 사각 뚜껑을 획 열어젖히니까 수라 상궁이 솜씨 발휘해서 색깔별로 담아 놓은 과줄, 주악, 경단 따위가 보였다.

"그게 뭐예요, 주상 전하?"

바구니를 살펴보던 약손의 눈이 동그래졌다.

"세상에, 이건?"

먹거리를 보니깐 저도 모르게 얼굴에 화색이 돌았다. 내가 저녁 안 먹고 잠든 건 어찌 아셨을까? 출출해서 힘이 하나도 없는 걸 어떻게 아셨지? 약손이 킁킁 강아지처럼 콧구멍을 벌렁거렸다. 고소한 주전부리 냄새를 맡으니까 허기가 밀려왔다.

"약 먹고 나면 쓰다 했지? 너 주려고 가져왔단다. 어서 먹어. 쓴맛 사라지게."

"참말…… 이 귀한 걸…… 제가 먹어도 될는지……."

과연 궁궐 상궁마마 솜씨다웠다. 배열해 놓은 가지각색 경단이며 단자 빛깔이 이루 말할 수 없이 고왔다. 약손이 차마 손 못 대고 망충이처럼 머뭇거리기만 하니까 이유가 대신 단자 한 개를 집어 건네줬다. 동그란 찹쌀에 골고루 묻힌 거피팥 고물이 포

스스 주변으로 흩날렸다.

"맛있겠다. 냄새두 좋구……."

꿀꺽. 약손이 침을 삼켰다. 게다가 약손은 단자라면 사족을 못 썼다. 없어서 못 먹는 형편이라면 이해하기 쉬울까? 하지만 단자 값이 만만치 않으니 제값 주고는 절대 못 사먹었다. 그래도 시장이 파할 적에 떨이로 남는 게 있으면 제일 먼저 사먹는 게 바로 단자였다.

약손이 단자를 두 손으로 받아 고이 받들었다. 입을 크게 벌려서 한입에 앙 집어넣으려다가 문득 좀 전의 이유와 마찬가지로 '앗!' 뭔가 생각난 듯 제 무릎을 쳤다. 약손이 단자를 도로 내려놓았다. 그러고는 제 허리춤에 매달린 주머니를 뒤졌다.

"왜? 얼른 먹지를 않구? 배고프다며?"

"전하께 드릴 물건이 있어요."

"……뭔데?"

배고픈 걸 빤히 아는데 뭘 그렇게 뒤적이며 찾는담? 금강산도 식후경이라니 얼른 단자부터 한입 먹은 후에 찾아도 좋으련만. 이깟 단자 못 먹어도 약손이 굶어 죽지 않았다. 이유는 도리어 저가 약손을 먼저 못 챙겨 먹여 안달이었다. 약손은 고작 한 끼를 걸러서 배고프다 했을 뿐이었다. 하지만 이유에게는 약손이 아사 직전의 위기에 처한 사람처럼 위태롭게 느껴졌다.

마침내 약손이 허리 춤치 안에서 뭔가를 찾아냈다. 딱 보니까 크기는 손바닥만 한데 무게가 꽤나 만만찮은 듯했다. 너, 그 무거운 걸 어떻게 허리에 두르고 왔니?

이유는 어이가 없었다. 약손이 턱 이유의 손에 제가 챙겨 온 물건을 쥐어 줬다.

"이게 뭔데?"

"직접 풀어 보세요."

약손은 방긋 웃기만 할 뿐 아무 대답을 해주지 않았다. 약손이 준 물건에는 한지가 둘둘 말려 있었다. 대체 뭐에 쓰였는지 한지에 누런 땟국이 줄줄 흘렀다. 이유는 잔뜩 경계하는 표정으로 겹겹이 싸 놓은 한지를 풀어 헤쳤다.

약손이 네가 시켰으니까 일단 풀어 보기는 하겠는데……

이놈의 한지, 왜 이렇게 많이 겹쳐 놓은 거야? 도무지 끝이 보이지 않았다. 이유가 한참 더 한지를 벗겨 냈다. 이윽고 한지 속에서 시커먼 돌멩이 하나가 툭 튀어나왔다.

"이건……?"

"네, 맞아요."

이유가 돌멩이를 요리조리 살폈다.

"……벼루?"

정답! 약손이 고개를 끄덕였다.

"광화문 나갔을 때 도자전(刀子廛: 칼과 패물 따위를 팔던 가게)이 있기에 사왔어요. 주인이 그러는데 요즘 반가의 선비들이 가장 많이 사용하는 벼루래요. 없어서 못 팔 지경이라나?"

"음……."

"가격도 엄청 비싸요. 두 냥. 원래는 석 냥인데 흥정해 가지고 겨우겨우 깎은 거예요. 이깟 벼루가 무슨 석 냥씩이나…… 싸게 잘 샀죠?"

"으음……."

암만 물량이 없어서 못 파는 벼루라 한들, 선비들이 가장 많이 사가는 벼루라 한들, 감히 주상 전하 쓰시는 물품과 비할 바가 있을까? 특히나 이유에게 진상되는 벼루는 그야말로 최고급, 남포에서 나는 오석烏石 벼루뿐이었다. 가끔은 화려하게 치장한 옥

벼루를 사용하기도 했지만 그 외의 돌에는 잡스러운 찌꺼기가 많다 하여 궁 안에는 애초에 들여오지도 않았다.

"흠……."

이유가 가만가만 벼루를 살펴봤다. 서화에 능한 이유가 봤을 때, 약손이 사온 벼루는 반가에서 사용하기는커녕 어린애들 글 공부할 때도 못 쓸 형편없는 벼루였다. 아무래도 약손이 글씨 잘 안 쓰는 어중이떠중이 같으니깐 약삭빠른 주인 놈이 괜히 한번 호구 잡아 속여 본 것 같았다.

쓰지도 못할 싸구려 벼루를 무려 두 냥씩이나 주고 값을 치렀다니…… 애가 이렇게 순진해 갖고 어떻게 이 모진 세상 헤쳐 살아가지?

가슴이 콱 막힐 정도의 답답함이 밀려왔다. 하지만 약손은 아무것도 모른 채 마냥 방긋방긋 웃기만 했다. 저가 장터에서 사온 벼루가 못내 자랑스러운 것 같기도 했다.

약손의 어깨가 으쓱으쓱 올라갔다. 이유는 차마 그 얼굴에 대고 '이 벼루는 못 쓴다! 싸구려다!'라고 말하지 못했다.

벼루의 질이 좋든 나쁘든 그게 무슨 상관인가? 그저 이유에게 최고로 중요한 것은,

"그래, 이 벼루를 날 주려고 샀단 말이지? 다른 누구도 아닌, 나를?"

"네. 주상 전하만 생각하면서 샀어요. 저가 직접 골랐어요."

"허허……."

이유의 마음속에 뿌듯함과 자랑스러움이 휘몰아쳤다. 우리 약손이 참말 기특한지고. 세상 둘도 없는 충신인지고. 이유는 약손이 대견하여 못 견딜 지경이었다.

우리 약손이 이제 다 컸다. 주상 전하 생각하며 벼루 살 줄도

알고. 고작 한 푼 두 푼도 아까워서 벌벌 떨며 재물 허투루 못 쓰는 걸 뻔히 아는데 오직 주상 전하 한 분을 위하여 두 냥도 선뜻 내놓는 대인배가 되었다니. 대체 언제 이렇게 배포 큰 사내로 자라났담? 이유는 당장이라도 약손에게 큰 상을 내리고 싶을 정도였다. 약손이 반짝반짝 눈을 빛내며 덧붙였다.

"주상 전하가 저한테 벼루 던져서 깨뜨렸잖아요. 그 크고 무거운 걸……."

"……으응?"

"빗나갔으니 망정이지 정통으로 맞았으면 전 머리통 깨져서 죽었을 거예요. 아마 지금 이 자리에도 없었을 거고요. 거적에 둘둘 말려 시구문 바깥에 버려졌을 걸요? 그렇지요, 주상 전하?"

"!"

"뭐, 지난날의 잘못을 탓하는 건 아닙니다. 과거를 들추는 건 소인배들이나 하는 짓이잖아요. 그래도 발바닥에 상처만 남고 말았으니 얼마나 다행이에요? 조상님이 절 도우셨나 봐요."

"!"

약손 얼굴에 악의라곤 눈곱만큼도 찾아볼 수가 없었다. 그저 저가 다치지 않고 무사했으니 다행이라는 기색뿐이었다. 하나 이유는 지난날 저가 저질렀던 과오가 떠올라 영 면목 없어졌다.

어쩌자고 여약손에게 벼루를 던져 가지고…….

이유 역시 그때로 돌아간다면 무슨 짓을 해서든 벼루를 던지는 일 만큼은 막고 싶을 정도였다. 약손이 저는 뒤끝 전혀 없는 사람이라고 강조할 때마다 이유의 양심이 쿡쿡 찔렸다. 이유가 쭈뼛쭈뼛 이실직고 잘못을 빌었다.

"약손아, 그때는…… 내가 어떻게 됐나 보다. 제정신이 아니라서……."

"아하, 심신미약의 상태였으니 없던 일로 해 달라?"

"아니아니, 그게 아니구…… 내가 많이 반성을 하고 있으니까……."

"아하, 범죄를 뉘우치고 충분히 반성하고 있으니 감형을 해 달라?"

"하……."

무슨 말을 해도 안 통했다. 벼루 사왔다고 기특해했었는데 이제 보니깐 자업자득의 죗값이었다.

이 벼루 볼 때마다 그때를 떠올리며 뉘우치라는 깊은 뜻이었나? 이유는 잔뜩 풀이 죽었는데 약손은 여전히 저는 과거에 얽매이는 꽉 막힌 사람이 아니라며 손사래를 쳤다. 까르륵 까르륵 약손이 천진하게 웃을 때마다 이유는 오금이 저렸다.

"다시는 벼루 안 던질게. 내, 약속하마."

"글쎄요. 그 부분은 제가 따로 생각을 해볼게요."

"생각은 무슨 생각!"

"울 아부지가 손버릇 험한 사내랑은 같이 놀지 말랬단 말이에요. 인간 망종이니까 말도 섞지 말래요."

"아부지…… 아니야. 난 약속 꼭 지켜. 다시는 안 던질게. 맹세할까?"

"그깟 맹세가 무슨 필요가 있겠어요. 주모들이 그러는데 이 세상에서 제일 하찮은 게 사내들 맹세래요. 남자 절대 고쳐 쓰는 거 아니라구……."

"아냐, 아냐. 누가 그래? 난 진짜야!"

"흠……."

"이래봬도 내가 주상 전하인데! 지존인데……! 남아일언중천금이랬다. 설마 사내 된 도리로 한 입으로 두말할 것 같아?"

"흐음……."

"네가 날 못 믿으면 대체 누가 날 믿어…… 난 어떡하라고……."

"거야 제 알 바 아니죠."

"약손아……."

이유는 거의 울기 직전이었다. 더 놀렸다가는 엉엉 눈물을 흘리지도 몰랐다. 약손은 탐탁지 않았다. 하지만 이유가 이토록 싹싹 빌고 저자세로 나오니까 딱 한번은 못 이기는 척 넘어가 주기로 했다.

"저는 왜 이렇게 마음이 약한 걸까요?"

"네 도량이 큰 탓이라고 여기렴."

"하지만 기억하세요. 여약손 인생에 두 번째 경고는 없습니다."

"……."

약손은 대쪽 같은 선전 포고를 하고 나서야 '벼루 사건'을 마무리했다. 약손이 아까 미처 못 먹은 경단을 집어 들었다. 이유는 그제야 한시름 덜어 낸 듯 안도의 한숨을 내쉬었다.

챱챱챱. 약손이 오물오물 떡 씹는 소리가 차졌다.

"맛있어?"

"네. 맛있어요."

"다행이다. 네가 뭘 좋아할지 몰라서 상궁한테 가장 맛난 걸로만 준비하라고 일렀는데…… 무슨 맛이 제일 맛있니?"

"음……."

약손이 곰곰 생각에 잠겼다. 경단이며 주악, 과줄을 한 입 한 입 전부 먹어 보고, 향을 음미하는 얼굴이 무척이나 신중했다.

"치자색 경단이 제일 맛있어요!"

"그건 호박이야. 다음에 호박 맛 더 많이 만들라고 할까?"

"네."

"하면 두 번째로는 뭐가 맛 좋은 것 같아?"

"주황색?"

"그건 대추야. 대추도 더 많이 만들라고 하마."

"네!"

원래는 수라상궁이 주상 전하 드시라고 만든 주전부리인데 정작 이유는 한 입도 안 먹었다. 그래도 상관없었다. 보기만 해도 배부르다는 경우는 아마 이런 상황을 두고 말하는 모양이다. 약손이 얼마나 복스럽게 잘 먹어 대는지 이유는 제 마음까지 다 불러 왔다.

우리 약손이는 누굴 닮아 이렇게 잘 먹나? 자고로 사람이 갖고 태어나는 복중에 일등은 식록복食祿福이라는데. 배곯는 일 없도록 내가 틈틈이 신경 쓰고 주의 기울여서 평생을 배부르도록 거둬 먹여야겠다. 이유는 냠냠냠 열심히 떡 먹는 약손을 보며 남모르게 다짐했다.

"전하도 한 개 드세요."

"난 많이 먹었어. 너 다 먹어도 돼."

"네네!"

약손이 더할 나위 없이 해사하게 웃었다.

한데 참으로 망측한 일이었다. 그 얼굴 마주 보는 순간, 이유의 가슴은 왜 이렇게 떨리던지. 설레던지. 정말 주책도 이런 주책이 없었다. 이유는 갑자기 옆구리가 간지러운 것 같았다.

혹시 피부 환증이 도졌나? 그럴 리가 없는데…….

이유는 영문을 모른 채로 심장이 쿵쿵 세차게 뛰는 가슴 한가운데를 하염없이 쓸어내려야만 했다. 갑자기 얼굴이 화끈거리며 열이 나는 것 같기도 했다. 안 되겠다. 계절이 바뀌니 고뿔에 걸리려나? 여약손한테 옮았나? 이따가 약손 가고 나면 동재한테 물어봐야겠다. 어의 불러서 진맥 짚으라고 한 다음에 무슨 증상인지 자세하게 설명하라고 해야겠다.

내 마음이…… 왜 이렇게 간지러운 것이냐?

*

"전하께서는 이 세상 다시없을 불세출의 성군이시기 때문이옵니다."

"백성을 아끼는 마음이 하해보다 드넓은 애민 군주이기 때문이옵니다."

이유는 내내 궁금하였던 질문의 답을 상정소(詳定所: 국가의 법규를 제정하거나 정책 및 제도를 마련하기 위해 설치한 임시 기구)에 들렀을 때 알아낼 수 있었다.

왜 이렇게 자꾸 등이 간지러운 것이냐? 이쪽 겨드랑이랑, 팔딱팔딱 맥 뛰는 가슴 한복판이 특히 그렇구나. 온갖 병증 심하게 앓았어도 이토록 가슴이 두근거린 적은 없건만. 혹…… 불치의 깊은 병에 걸린 것이냐?

이유는 밤에 잠을 자다가도 느닷없이 몸이 간지러워 죽겠다며 일어나서는 동재를 닦달했다. 동재는 피부 환증 돋았나 싶어 녹두 물 적신 천으로 닦아드렸지만 널찍한 등판은 그 흔한 열꽃 하나 없이 깨끗하기만 했다.

도제조와 제조, 판관과 주부, 심지어 봉사와 부봉사까지 줄줄이 불러서 자꾸만 가슴이 두근대고 얼굴에 열이 오르는 까닭을 찾게 했지만 다들 꿀 먹은 벙어리라도 된 듯 아무 말을 못 했다.

그도 그럴 것이, 몇 번이고 이유의 맥을 짚어 봤지만 별다른 특징이 없었다. 기氣는 막힘없이 술술 통하였고, 생기는 가득했다. 속도는 빠르지도 않고, 느리지도 않고 딱 적당했다. 더할 나위 없이 순조로운 맥이었다. 이토록 건강한 맥을 짚고도 병을 찾아낸다면 그것 또한 색다른 재주임이 틀림없었다.

'주상 전하의 옥체는 그 어느 때보다 강건하시옵니다.'

어의들이 입을 모아 한마음 한뜻으로 고한 말은 이것뿐이었다. 상황이 이러하니 이유만 미치고 환장할 노릇이었다.

아니, 가슴이 이렇게 주체 못 할 정도로 빨리 뛰는데 아픈 데가 없다고? 하루에도 열두 번씩 얼굴이 화끈거릴 정도로 열이 오르는데 아무 문제가 없어? 등이랑 목뒤가 엄청나게 간지러운 건 어떻게 설명할 건데?

결국 이유는 내약방 어의들 따위 하등 쓸모없는 인재라며 다 내쫓아 버리고 말았다. 아무도 제 병증 속 시원하게 진단해 주는 사람이 없으니 마음이 울적해졌다. 오죽 심란했으면 홀로 산책하다가 만난 약방 서리한테까지 내 맥을 짚어 보라고 명령했을까.

각사에 물품 전하러 가던 서리는 아닌 밤중에 홍두깨 만난 듯이 영문을 모른 채로 이유를 진맥해야만 했다. 천하지존의 손목을 붙잡은 서리의 손가락이 부들부들 떨렸다. 두 눈을 꼭 감고 가만히 맥 짚던 서리는 이유에게 이것저것 몇 가지 질문을 하며 증상을 종합했다.

'시, 시, 시도 때도 없이 가슴이 뛰고, 얼굴에 열꽃이 오르며, 저도 모르는 사이에 넋을 놓고 딴생각에 빠진다…… 영문도 모른 채 괜히 히죽히죽 웃음이 난다…… 손발이 따뜻해진다…… 밥을 먹지 않아도 배가 부르다……'

'그래, 전부 맞다.'

'소, 소, 소인의 짧은 식견으로 봤을 때…… 주상 전하께서 앓고 계신 병증은…….'

서리가 자꾸만 뒷말을 툭툭 끊어 먹었다. 안절부절못했다. 마음 조급해진 이유의 얼굴이 사정없이 구겨졌다.

'그래, 네 짧은 식견으로 봤을 때 병명이 뭔데? 당장 고하지 못할까?'

'저, 저, 저, 전하!'

추상같은 호령에 서리가 덥석 흙바닥에 엎드렸다. 그리고 진단한 이유의 병명. 그것은 바로…….

'상사병이 아닐는지요.'

'…….'

내가 진짜 미쳤지. 정신 나갔지. 빼어난 의술 뽐내는 어의를 두고 저리 하찮은 서리한테 맥을 짚게 하다니. 그래서 결국 찾아낸 병이 뭐라? 상사병? 잠시나마 서리에게 기대를 걸었던 이유는 제 자신이 몹시 어리석게 느껴졌다.

이유의 얼굴에 실망한 기색이 역력했다. 그래도 꼴에 저도 의원이라고 주상 전하 앞에서 벌벌 떨던 서리는 무슨 대단한 용기가 났는지 마지막까지 의원으로서의 소견 덧붙이기를 잊지 않았다.

'하오나 전하, 지금은 병증의 초기라 만사가 즐겁고 하염없이 행복하겠으나, 이대로 계속 방치했다가는 매사 짜증스럽고 우울해집니다. 웃다가 우는 일은 예사일 것이며, 식음 전폐하여 몸이 점점 수척해집니다. 주위 사람에게 툭하면 신경질을 부릴 것이고, 별것 아닌 일에도 긴장하여 식은땀을 흘리게 됩니다. 최악의 경우에는 꿈속에서 사모하는 이와 성교를 하다가 기력이 쇠해져 목숨을 잃을 수도 있으니…….'

그 순간 휘익 서리의 목 아래 날카로운 환도가 뻗쳤다. 감히 지존의 목숨과 수명을 혀끝에 올렸으니 역모로 다스려도 무방할지어다. 칼 휘두른 내금위장에게서 살기가 뿜어져 나왔다. 이유의 말 한마디면 당장 서리의 목숨 거둘 수도 있었다.

하지만 이유는 굳이 영문 모르고 제 앞에 불려 와 맥 짚게 된 가련한 서리의 목숨을 거두지 않았다.

쟤를 죽여 무엇을 얻을 수 있으랴…….

이제 피 냄새는 지겨웠다. 이유는 그저 심히 맥 빠진 얼굴로 휘휘 손만 내저었다.

잘 알았으니 넌 도로 네 갈 길 계속 가라.

내 잘못이다, 내 잘못. 약방 서리 따위가 뭘 안다고…….

그래도 내의원 소속이라고 끝까지 증상 읊는 패기 하나는 마음에 들었다.

'너 이름이 무엇이냐?'

'저, 저, 저는…… 하, 하, 한길동이라 하옵니다…….'

'그래, 그 마음 잃지 말고 곧은 심지 갖고 병자를 돌보거라.'

이유는 한길동의 처방을 한 귀로 듣고 한 귀로 흘리며 돌아섰다. 그렇게 또 시간은 속절없이 흘렀다. 이유는 여전히 제가 앓는 병증의 원인을 찾지 못해 답답했다. 한데 드디어 정답을 알아냈다.

"불세출의 성군이라……."

이유가 홀로 되뇌었다. 상정관 최항이 기회를 놓치지 않고 동의했다.

"그러하옵니다. 이 나라 조선이 건국된 이후에도 변변한 법전 하나가 없어 얼마나 많은 불편함이 있었사옵니까? 물론 태조 때부터 내려온 경제육전, 태종께서 배포하신 속육전이 있다고는 하오나 법령 간에 어긋남이 많아 실질적으로 적용하기 어려운 사례가 많았사옵니다. 소신 단언컨대, 주상 전하께서 새로이 편찬하는 법전이야말로 앞으로 조선의 근간이 될 것임을 장담하옵니다."

맞습니다. 지당한 말씀입니다. 명명백백 옳습니다. 상정소 내의 신료들이 너도나도 이유를 칭찬하기 바빴다. 평소라면 입에 바른말 작작하고 하던 일이나 계속하라 손을 내저었을 텐데 오늘은 웬일인지 잠자코 듣기만 했다.

최항의 말이 맞았다. 법전 만드는 게 어디 보통 일이든가? 최항, 한계희, 강희맹 등 조선에서 내로라하는 문신이란 문신들은 다 불러 왔다. 수천, 수만 장에 이르는 법률을 하나하나 살폈고, 각 지역 법에 맞게 수정과 첨삭하는 일을 거듭했다. 게다가 들어가는 비용은 또 왜 이렇게 많은지.

명회가 괜히 햇빛 한 자락 보지 못한 채 피죽도 못 먹은 얼굴로 쏘다니는 게 아니었다. 대전을 편찬하는 과정이 워낙 방대하니까 일단 호전戶典과 형전刑典에만 집중하라 일렀는데도 업무는 도무지 끝을 보이지 않았다. 그렇다고 실제로 적용하기 어려운 선대의 법률이나 명나라 법전 따위에 계속 의지할 수는 없었다.

이쯤 되면 혹자는 이유가 법전을 편찬하는 데에 거창하고 장대한 목표라도 있는 줄 알겠지만 아니었다. 그저 이유는 왕위에 오른 후 몇 가지의 사건을 몸소 체험하며 법률의 엄격한 기준이 필요하다는 사실을 뼈저리게 실감했을 뿐이었다.

그 첫 번째는 토지 비옥하기로 유명한 칠촌의 재정을 파탄 내다 못해 아이들 산 채로 불태워 죽이려던 조경창이더라. 그 버러지 같은 인간을 어떻게 잊을 수 있을까? 조경창이 저지른 횡포 일거하자면 피가 거꾸로 솟고 창자가 뒤집혀도 부족했다. 일벌

백계함이 마땅했다. 하지만 이유는 조경창이 저지른 죄 낱낱이 적힌 세전장부를 손에 쥐고도 그를 벌하지 못했다.

조경창이 죗값 치르지 않은 까닭은 단 하나.

그는 계유정난 때 이유를 도와준 공신의 혈족이었다. 조경창을 심문하는 순간, 조경창은 성삼문과 뜻 함께하는 신료들의 먹이가 되어 갈가리 뜯기고도 남을 것이라는 것은 불 보듯 뻔한 일이었다. 물론 매죽헌이 그토록 간단하게 일을 마무리하지는 않을 터. 이참에 정난공신이 저지른 온갖 죄와 불경한 짓거리 줄줄이 굴비 꿰듯 엮어서 궐에 피바람을 몰고 오고도 남을 자였다.

그것은 홍윤성 또한 마찬가지였다. 홍윤성이 한양의 개망나니라는 소문은 이유 또한 익히 잘 알았다. 부녀자를 납치하듯 마구잡이로 데려가 첩실 삼아 대니 홍윤성이 사는 동네에는 멀쩡한 딸내미 둔 집이 없을 정도라지?

홍윤성은 제가 가진 권세 이용하여 선량한 백성 등쳐먹으며 사는 헤살꾼이었다. 하지만 이유는 조경창과 마찬가지로 홍윤성 또한 벌하지 못했다. 제 손으로 제 허벅지 스스로 벨 수는 없었으니까. 특히나 홍윤성은 뛰어난 무인이었다. 고작 세 치 혀로 힘 실어 준 조경창의 조부와는 비할 바가 아니었다. 홍윤성의 군사가 정난 때 큰 힘 실어 준 일은 윤성과 앙숙처럼 지내는 명회조차 부정하지 못할 정도였다.

이유는 그저 홍윤성에게 자숙하라는 의미로 경음당(鯨飲堂: 술고래)이라는 별명만 내려 줬을 뿐이었다.

제가 가진 모든 것을 걸어 옥좌를 차지했건만, 생각보다 이유의 뜻대로 할 수 있는 일이 별로 없었다. 나름대로 강력한 왕권을 구축하고 있기는 한데, 힘의 올바른 정방正方 유지하기가 숨이 턱턱 막힐 정도로 버거웠다. 딱 한 발자국만 잘못 딛어도 벼랑 끝이었다. 잠깐 숨 좀 고르려 멈추면 나락이었다.

내가 만약 장자로서 온전하게 왕위 물려받았다면, 조경창쯤 단칼에 목을 베어 효수하라 명할 수 있었을까?

내가 만약 조카의 왕위 빼앗지 않고 패륜 저지르지 않았다면, 홍윤성쯤 저 멀리 유배 보내어 왕실의 지엄한 기강을 바로 세울 수 있었을까? 옥향이란 기생도 명회를 시켜 몰래 빼돌리는 것이 아니라 당당하고 떳떳하게 도와줄 수 있고?

결코 끝나지 않을 고민의 연속이었다.

피를 마셔 걸어온 이 자리, 뼈를 밟아 도착한 권좌權座.

살아가는 나날 하루하루가 치욕과 능욕으로 점철될 줄 누가 알았을는지.

하여, 이유에게는 새로운 법전이 그 누구보다도 절실하게 필요했다. 고려공사삼일(高麗公事三日: 고려의 법은 사흘만 지나면 흐지부지된다. 재판관에 따라 다른 판단이 내려짐을 일컫는 말) 따위가 아니라 엄격한 기준의 잣대를 적용할 적확하고도 실효성 있는 강한 법령이 필요했다.

제힘이 되어 줄 공신들을 내치지 않되, 그들의 패악을 충분히 다스릴 수 있는 이 나라 조선의 근간이 되는 법률. 선대의 그늘이 아닌, 오직 이유에 의해, 이유를 위해 만들어진 새로운 성문成文.

그런데 참 생뚱맞은 일이 일어났다. 상정 관료들이 이유를 불세출의 성군이니, 애민 군주니 낯간지러운 말로 치켜세워 주는 순간, 이유는 저가 몇 날 며칠 시달렸던 요상한 병증의 원인을 찾아냈다.

이유가 가진 건 쥐뿔도 없는 주제에 오지랖만 넓어서 남의 일에 불물 안 가리고 끼어드는 여약손 일을 굳이 도와주는 까닭.

여약손만 보면 자꾸 뭘 먹이고 싶고, 챙겨 주고 싶어지는 마음. 여약손만 생각하면 저도 모르는 사이에 실실 터지는 웃음.

아, 이제야 알 것 같았다. 그건 바로 이유가 불세출의 성군이기 때문이었다. 백성을 그 누구보다 위하고 아끼는 애민 군주이기 때문이었다.

따지고 보면 여약손, 걔는 운수 좋게 생도가 되어 궐에서 산다 뿐이지 무지렁이 백성과 진배없었다. 궐에서 먹여 주고 재워 주니까 번듯해 보일 뿐, 사실은 전국 장터 떠돌아 살던 장돌뱅이였다.

한데 이유는 누구인가?

만백성의 어버이였다. 응당 어버이라 함은 자식 못 챙겨 전전긍긍하는 존재였다. 맛있는 음식이 있으면 입에 넣어 주고 싶고, 따뜻한 옷이 있으면 입혀 주고 싶은 사람.

게다가 여약손이 좀 불쌍하게 생겼나? 사내자식이 돼서는 키도 작아, 어깨도 좁아, 얼굴은 사내인지 계집인지 헷갈리게 기생 오라비 같이 생겼어…… 여인네들 마음 사로잡기는 애초에 그른 놈이었다. 그렇게 비리비리한 애를 대체 누가 좋아해? 여인들도 다 눈이 달렸고 각자 취향이 있는데. 적어도 나 정도는 돼야지! 에헴에헴!

그렇게 생각하니까 이유는 약손이 퍽 안쓰러워졌다. 신분도 보잘것없고, 체격도 최하위고, 모아 놓은 재물도 별로 없는 여약손. 그런 주제에 식충이 빵치게 밥만 많이 먹는 여약손. 조선 최고로 손꼽히는 애민 군주 이유의 심금을 충분히 울리고도 남을 가련한 백성임이 틀림없었다.

어떡하지, 우리 약손이? 키 작고 어깨 좁아 가지고 여자들한테 간택 못 받아서 장가도 못 가고, 토끼 같은 자식도 못 낳고.

저번에 싸구려 벼루를 두 냥이나 주고 사온 꼴 보니까 못된 사람한테 호구 잡혀서 그나마 생도 짓으며 모은 녹봉 다 날리는 거 아니야? 비렁뱅이 되어 거리에 나앉는 거 아니야? 이 집 저 집 동냥질하며 살다가 추운 어느 겨울날 싸늘한 시신이 되어 생을 마감하는 거 아니야?

세상에, 우리 약손이 불쌍해서 어떡하면 좋니…….

이쯤 되니까 어쩔 도리가 없었다. 차마 마음이 내키지는 않지만, 이유는 어버이 된 지극한 마음으로 자식이자 백성인 여약손을 친히 거둬 주기로 했다. 너는 평생 내 옆에 붙어살며 약이나 맛보며 살아라.

정말이지 어쩔 수 없는 일이었다. 비록 어의는 이유의 병명을 찾지 못했지만 스스로 병증의 원인을 찾아낸 이유의 얼굴이 한층 밝아졌다.

휴, 다행이다.

같은 사내인 여약손이 자꾸 눈에 밟히는 까닭이 내심 궁금했는데, 걔가 내 백성이라서 그런 거였다니. 내가 불세출의 성군이고, 애민 군주이니까 신경 쓰이는 거야!

"하면, 다들 수고하라. 계속 수고하라. 쉼 없이 박차를 가하며 더더욱 수고하라."

이유는 힘을 북돋아 주는지, 사기를 꺾는지 모를 한마디를 남기고 각사를 나섰다. 이유의 걸음이 아까보다 훨씬 더 가벼웠다.

"성은이 망극하옵니다. 주상 전하……."

등 뒤로 신료들이 일제히 목 놓아 외치는 목소리가 들렸다.

이유가 성큼 큰 걸음으로 침전을 향했다. 아침부터 피로를 호소했으니 피곤을 덜어 줄 탕약이 준비되어 있을 터. 그 옆에서 단정하게 앉아 상약할 준비하고 있을 약손의 똘망똘망한 얼굴이 자연스럽게 떠올랐다.

　이유도 모르는 사이에 입가에 미소가 걸렸다. 이유의 얼굴로
서늘한 바람이 스쳤다. 더웠던 계절이 지나가고, 새로운 계절이
돌아오는 시기. 빨간 단풍, 노란 단풍 골고루 섞인 바람결을 따
라서 아이들이 합창하는 노래가 궁궐의 높은 담을 넘어 들려왔
다.

　―계집도 아니고 사내도 아닌 것이 밥을 먹는단다.
　―계집도 아니고 사내도 아닌 것이 뒷간을 간단다.
　*―계집도 아니고 사내도 아닌 것이 안방에서 쿨쿨 잠을 자는
데,*
　*―계집도 아니고 사내도 아닌 것은 혼례를 올릴 때 족두리를
쓸까? 사모관대를 쓸까?*
　*―글쎄? 글쎄? 계집도 아니고 사내도 아닌 것은 어머니가 될
까? 아버지가 될까?*
　―글쎄? 글쎄? 계집도 아니고 사내도 아닌 것!
　*―너는 계집이냐? 사내냐? 사실을 말하지 않으면 네 입을 찢
는단다.*

　참으로 해괴망측한 노래였다.

<3권에서 계속>